Van dezelfde auteur

Het recht van de macht
Op eigen gezag
Duister lot
Vuil spel
Onder druk
In het hart
Nachtreizigers
De laatste man
Onbewaakt ogenblik
De samenzwering
Het uur van de zonde
De verzamelaars
Geniaal geheim
De verraders
Niets dan de waarheid
De rechtvaardigen

David Baldacci

Familieverraad

A.W. Bruna Uitgevers B.V., Utrecht

Oorspronkelijke titel
First Family

Vertaling
Hugo Kuipers
Auteursfoto
© Creative Edge Studios, Inc. Photographer: Corrie Davidson
Omslagbeeld
© Yolande de Kort/Trevillion Images
Omslagontwerp
Studio Jan de Boer

ISBN 978 90 229 9503 7
NUR 332

•Proloog•

Ze liep in een rustig tempo. De straat door, naar links, twee straten rechtdoor en toen schuin naar rechts. Op het ene kruispunt bleef ze even staan, op het andere wat langer. Eigenlijk alleen uit gewoonte. De radar in haar hoofd signaleerde geen gevaar en ze ging versnelde haar pas. Ook op dit late uur waren er nog mensen, maar die zagen haar niet. Het was of ze voorbijging als een lichte bries: gevoeld maar niet gezien.

Het drie verdiepingen hoge gebouw van betonblokken stond op de plaats waar het altijd had gestaan, tussen een flatgebouw links en een leegstaand betonnen gebouw rechts. Er was natuurlijk wel beveiliging, maar die stelde niet veel voor, was niet het beste van het beste. Typisch zo'n totaalpakket: het vertraagde een vakman slechts enkele minuten, een professional nog veel minder.

Ze koos niet voor de deur aan de voorkant, maar voor een raam aan de achterkant van het gebouw. Op zulke ramen zat bijna nooit een alarm. Ze forceerde het zwenkslot, schoof het raam omhoog en klom naar binnen. De bewegingdetector leverde geen enkel probleem op; ze schakelde hem neuriënd uit. Toch klonk ze nerveus. Ze was dicht bij datgene waar ze voor kwam.

En dat maakte haar doodsbang. Niet dat ze dat ooit zou toegeven.

De archiefkast zat op slot. Ze grijnsde.

Je zet me wel aan het werk, Horatio.

Vijf seconden later gleed de lade open. Ze liet haar vingers over de ruiters van de mappen gaan. Op alfabet. Dat betekende dat ze ergens in het midden zat, al had ze nooit gevonden dat ze daar thuishoorde. Haar vingers hielden halt en pakten de map vast. Het was een dikke; dat had ze ook wel verwacht. Natuurlijk was ze geen gek van tien pagina's. Voor haar moesten ze meer bomen kappen. Ze haalde de map eruit en keek naar het kopieerapparaat op de werktafel.

Oké, daar gaan we dan.

Horatio Barnes was haar psychiater, de goeroe van haar geest. Een tijdje geleden had hij haar overgehaald zich in een psychiatrische inrichting te laten opnemen. Door die vrijwillige opsluiting was maar één raadsel opgelost, en dat had helemaal niets met haar problemen te maken. Later had die goeie ouwe Horatio haar gehypnotiseerd. Hij had haar naar haar kinderjaren teruggebracht, zoals iedere psychiater die ook maar een knip voor de neus waard was, steevast deed. De sessie had blijkbaar veel aan het licht gebracht. Er was alleen het probleem dat Horatio haar niet wilde vertellen wat ze tegen hem had gezegd. Ze was hierheen gekomen om dat kleine verzuim recht te zetten.

Ze schoof de papieren in de invoer en drukte op de knop. Een voor een gleden de gebeurtenissen uit haar leven door het hart van het kopieerapparaat. Telkens wanneer er een kopie in de uitvoer werd geworpen, was het of haar hartslag door dat roffelende geluid werd opgejaagd.
Ze legde de originele papieren in de la terug, deed een elastiek om haar gekopieerde dossier en hield het in beide handen. Het woog misschien maar een kilo, maar toch dreigde ze door het gewicht door de vloer te zakken. Ze verliet het gebouw zoals ze was binnengekomen. Toen ze over het asfalt liep, maakten haar schoenen een bonkend geluid. Ze liep rustig naar haar auto terug, opnieuw zo onzichtbaar als een lichte bries. Om haar heen ging het nachtleven gewoon door; de mensen zagen haar niet.
Ze stapte in en startte de motor. Ze was klaar om te vertrekken. Haar handen gleden over het stuur. Ze wilde rijden. Ze vond het altijd prachtig om met haar acht cilinders over een nieuwe weg te scheuren, ergens heen waar ze nog nooit geweest was, maar nu ze door de voorruit keek, wilde ze geen nieuwe dingen. Ze wilde juist heel graag dat de dingen waren zoals ze waren.
Ze keek naar het dossier en zag de naam op de eerste bladzijde.
Michelle Maxwell.
Heel even dacht ze dat zij dat niet was. Op die bladzijden stonden het leven, de geheimen, de kwellingen van iemand anders. Problemen. Dat gevreesde woord. Het leek zo onschuldig. Problemen. Iedereen had problemen. Toch had het altijd geleken of zij met dat ene woord te definiëren was. Het reduceerde haar tot een eenvoudige formule die voor iedereen onbegrijpelijk bleef.
De motor draaide stationair, stootte koolstof uit in een atmosfeer die daar al van was verzadigd. Er spatten een paar regendruppels op haar voorruit. Ze zag mensen hun pas versnellen bij het besef dat er onweer op komst was. Even later was het zover. Ze voelde dat de wind tegen haar stoere SUV *duwde. Een flits van de bliksem werd gevolgd door een harde bulderkreet van de donder. Zo'n hevig onweer duurde nooit lang. Zulk geweld was niet lang vol te houden; daarvoor verbruikte het zijn energie te snel.*
Ze kon zich niet bedwingen. Ze zette de motor uit, pakte de papieren op, haalde het elastiek eraf en las. Het begon met algemene informatie. Geboortedatum, geslacht, opleiding en arbeidsverleden. Ze sloeg de bladzijde om. En de volgende ook. Allemaal dingen die ze al wist, en dat was ook niet zo vreemd, want dit ging over haarzelf.
Bij de vijfde bladzijde met getypte aantekeningen beefden haar handen. De kop luidde KINDERJAREN, TENNESSEE. *Ze slikte een keer, en toen nog eens, maar het droge gevoel ging niet weg. Ze kuchte en rochelde, en het werd alleen maar erger. Het speeksel droogde meteen op in haar mond, zoals toen ze zich bijna had doodgeroeid voor haar olympische zilveren medaille, die met de dag minder voor haar betekende.*

Ze pakte een sportdrankje en dronk zo onbeheerst dat ze op de zitting en de papieren morste. Ze vloekte en wreef over het papier om het droog te maken. En toen scheurde het bijna in tweeën. Dat bracht tranen in haar ogen; ze wist niet precies waarom. Ze hield het gescheurde papier dicht bij haar gezicht, al mankeerde er niets aan haar ogen. Ze kon goed zien, maar deze letters kon ze niet lezen. Ze keek door de voorruit en kon daar ook niets zien, zo hard stortte de regen neer. De straten waren nu verlaten. De mensen waren weggestoven bij de eerste regenvlaag, die bijna horizontaal werd voortgejaagd door de wind.
Ze keek weer naar de papieren, maar daarop was niets te ontwaren. De woorden waren er natuurlijk wel, maar ze kon ze niet zien.
'Je kunt dit, Michelle. Je kunt dit aan.' Haar woorden klonken laag, geforceerd, hol.
Ze keek opnieuw.
KINDERJAREN IN TENNESSEE, begon ze. Ze was weer zes jaar oud en woonde met haar ouders in Tennessee. Haar vader was een politieman met goede carrièrevooruitzichten; haar moeder was... nou, die was haar moeder. Haar vier oudere broers waren volwassen en het huis uit. Alleen de kleine Michelle was er nog. Bij hen.
Ze kon het nu goed lezen. De woorden waren duidelijk, en toen ze behoedzaam naar dat geïsoleerde stukje persoonlijke geschiedenis terugkeerde, namen haar herinneringen vaste vormen aan. Op de volgende bladzijde bleef haar blik even op de datum aan de bovenkant rusten, en toen was het opeens of de bliksem zich in haar had geboord. Pijn van een miljard volt, een kreet van afgrijzen die als het ware zichtbaar door haar heen ging.
Ze keek uit het raam; ze wist niet waarom. De straten waren nog steeds verlaten. Het regende nu zo hard dat het was of de druppels met elkaar verbonden waren, als miljarden kralensnoeren.
Toch zag ze, turend door de stortbui, dat de straten niet helemaal leeg waren. Daar stond de lange man, zonder paraplu. Zonder jas. Hij was doorweekt; zijn overhemd en broek waren aan zijn huid vastgeplakt. Hij keek naar haar en zij keek naar hem terug. Er zat geen angst, haat of medegevoel in de blik waarmee hij door die muur van water naar haar keek. In die blik, dacht ze uiteindelijk, lag een onderliggend verdriet dat niet onderdeed voor haar eigen wanhoop.
Ze draaide het sleuteltje om, schakelde en trapte op het gaspedaal. Toen ze voorbijreed, keek ze naar hem, net op het moment dat er weer een bliksemstraal door de hemel flitste en heel even de nacht tot dag maakte. In die explosie van energie was het of hun blikken onlosmakelijk met elkaar werden verbonden, voor altijd op elkaar gericht.
Sean King zei niets en probeerde haar ook niet tegen te houden toen ze voorbijdenderde. Hij stond daar alleen maar. Zijn druipnatte haren hingen voor zijn gezicht, maar zijn ogen waren groter en feller dan ze ooit had meegemaakt. Ze joegen haar

angst aan. Het was alsof ze haar ziel uit haar weg wilden trekken.
Even later reed ze een hoek om en was hij weg. Ze ging langzamer rijden en deed haar raampje open. Het pak papier vloog de auto uit en plofte in een vuilcontainer neer.
Even later was haar SUV *niet meer te zien in het bestraffende gezicht van de storm.*

•1•

Verjaardagsballonnen en machinepistolen. Stijlvolle vorken die in roomzachte lekkernijen groeven, terwijl eeltige vingers om gekromde metalen trekkerbeugels werden gelegd. Door de lucht schalde grote hilariteit bij het uitpakken van cadeaus, en tegelijkertijd was het onheilspellende geroffel van een dalende helikopter te horen.

Het ministerie van Defensie had het complex de officiële naam Naval Support Facility Thurmont gegeven, maar de meeste Amerikanen kenden het als Camp David. Onder geen van beide namen was het een gebruikelijke locatie voor een kinderfeestje. In de crisistijd was het als werkverschaffingsproject gebouwd. Het was eerst een vakantieoord en werd later het presidentiële buitenverblijf. President Roosevelt had het U.S.S. *Shangri La* genoemd, omdat het in feite het presidentiële jacht verving. Zijn huidige, veel minder exotische naam had het gekregen van president Eisenhower, die het naar zijn kleinzoon noemde.

Het terrein van vijftig hectare was landelijk en bood veel mogelijkheden voor buitensport: tennisbanen, wandelpaden en welgeteld één oefenhole voor presidentiële golfers. Het kinderfeestje werd in het kegelcentrum gehouden. Er waren meer dan tien kinderen met hun begeleidsters. Ze vonden het natuurlijk allemaal opwindend dat ze op de heilige grond waren waarop ooit presidenten als Kennedy en Reagan hadden gelopen.

De hoofdbegeleidster en organisator van het feestje was Jane Cox. Ze was het wel gewend die rol te spelen, want ze was getrouwd met Dan Cox, ook wel de Wolfman genaamd, en dat betekende dat ze de First Lady van de Verenigde Staten was. Die rol speelde ze met charme, waardigheid en de nodige humor en slimheid. Hoewel iedere president van de Verenigde Staten 's werelds ultieme multitasker was, bleef de First Lady wat dat betrof nooit veel bij hem achter.

Bij het kegelen scoorde ze zevenennegentig zonder dat de bal door de geul stuiterde, en daarbij droeg ze bowlingschoenen in patriottisch rood-wit-blauw. Ze droeg haar lange bruine haar in een staart en bracht zelf de taart naar binnen. Ze zette *Happy Birthday* in voor haar nichtje Willa Dutton. Willa was klein voor haar leeftijd en had donker haar. Ze was een beetje verlegen, maar ook buitengewoon intelligent, en heel erg aardig als je haar beter leerde kennen. Hoewel Jane het natuurlijk nooit in het openbaar zou toegeven, was Willa haar favoriete nichtje.

De First Lady at geen taart. Jane lette op haar figuur sinds de rest van het land – ja, zelfs de hele wereld – dat deed. Sinds ze in het Witte Huis was komen

wonen, was ze een paar kilo aangekomen. En ook een paar kilo nadat die vliegende hel was begonnen, zoals ze de herverkiezingscampagne noemde waar haar man momenteel middenin zat. Ze was op lage hakken één meter zeventig groot, lang genoeg om haar kleren goed te kunnen dragen. Omdat haar man net geen één meter tachtig was, droeg ze nooit hakken die zo hoog waren dat hij er kleiner door leek. Uiterlijke schijn was belangrijk, en mensen hadden graag dat hun leiders langer en robuuster waren dan de rest van de bevolking.
Ze wierp een blik in de spiegel en vond dat haar gezicht er goed uitzag. Het vertoonde de lijnen en sporen van een vrouw die kinderen had gebaard en veel politieke wedlopen had doorstaan. Niemand zou daar smetteloos uit tevoorschijn komen. Wat je ook aan zwakheden bezat, de tegenstanders vonden ze en staken er een breekijzer in om alles wat ze konden gebruiken naar boven te werken. De pers noemde haar nog steeds aantrekkelijk. Sommigen gingen nog verder en zeiden dat ze het uiterlijk van een filmster had. Misschien vroeger, dacht ze, maar nu niet meer. Als ze bij de film was gegaan, zou ze nu in de fase van de karakterrollen verkeren. Evengoed was ze heel wat vooruitgegaan sinds de tijd dat vollere wangen en een steviger achterste hoog op haar prioriteitenlijst stonden.
In het feestgedruis wierp Jane nu en dan een blik uit het raam. Buiten patrouilleerden ernstig kijkende mariniers met hun wapen in de aanslag. De Secret Service was natuurlijk ook met haar meegekomen, maar Camp David viel officieel onder de bevoegdheid van de marine. Het voltallige personeel, van timmerlieden tot hoveniers, maakte daar deel van uit. De bewaking was grotendeels in handen van de permanente marine-eenheid die hier was gestationeerd. Eigenlijk werd Camp David beter bewaakt dan het Witte Huis, al zou je niet gauw iemand vinden die dat toegaf.
Niet dat Jane aan de beveiliging dacht toen ze glimlachend zag hoe Willa de twaalf kaarsen op haar taart van twee verdiepingen uitblies en daarna hielp met het uitdelen van stukken. Jane liep naar Willa's moeder toe, Pam Dutton, die lang en slank was en krullend rood haar had, en omhelsde haar.
'Ze ziet er gelukkig uit, hè?' zei Jane tegen Pam.
'Ze is altijd blij als ze bij tante Jane is,' antwoordde Pam, en ze gaf een liefdevol klopje op de rug van haar schoonzus. Toen de twee vrouwen elkaar loslieten, zei Pam: 'Ik kan je er niet genoeg voor bedanken dat we het feestje hier mochten houden. Ik weet dat het niet... nou, dat het niet de norm is, omdat Dan, ik bedoel de president, er zelf niet eens bij is.'
Omdat ze geen bloedverwante was, vond Pam het nog steeds moeilijk om haar zwager bij zijn voornaam te noemen, terwijl de broers en zussen van de president, en Jane zelf, hem vaak Danny noemden.
Jane glimlachte. 'Volgens de wet mag de First Lady ook beschikken over het

federale onroerend goed van de president. En weet je, ik doe nog steeds de financiën van ons gezin. Danny is niet zo goed met cijfers.'
'Toch was het erg aardig van je,' zei Pam. Ze keek naar haar dochter. 'Volgend jaar is ze een tiener. Ik kan bijna niet geloven dat mijn oudste dan een tiener is.'
Pam had drie kinderen: Willa, John van tien en Colleen van zeven. Jane had ook drie kinderen, maar die waren ouder. De jongste was een negentienjarige studerende zoon. Haar dochter was verpleegkundige in een ziekenhuis in Atlanta. Daartussenin zat een jongeman die nog niet wist wat hij met zijn leven ging doen.
De Coxen hadden jong kinderen gekregen. Jane was nog maar achtenveertig, terwijl haar man net zijn vijftigste verjaardag had gevierd.
'Het is mijn ervaring,' zei Jane, 'dat jongens een probleem zijn voor je hart en meisjes voor je hoofd.'
'Ik weet niet of mijn hoofd al klaar is voor Willa.'
'Blijf communiceren. Weet wie haar vrienden zijn. Bemoei je voorzíchtig met alles wat er om haar heen gebeurt, maar kies de dingen waarover je ruzie wilt maken goed uit. Van tijd tot tijd zal ze zich in zichzelf terugtrekken. Dat is niet meer dan normaal, en als je eenmaal duidelijk hebt gemaakt wat de regels zijn, is het niet erg. Ze is erg intelligent. Ze begrijpt het gauw genoeg. Ze zal blij zijn met je belangstelling.'
'Dat lijkt me goede raad, Jane. Ik kan altijd op je rekenen.'
'Jammer dat Tuck niet kon komen.'
'Hij komt morgen terug. Jeként je broer.'
Ze wierp Pam een zorgelijke blik toe. 'Het komt wel goed. Geloof me.'
'Ja, vast wel,' zei de vrouw zachtjes. Ze keek naar de blije Willa.
Toen Pam bij haar vandaan liep, keek Jane ook naar Willa. Het meisje kon zich soms merkwaardig volwassen gedragen, al stak het kind dat ze nog altijd was nu en dan ook de kop op.
Ze kon beter schrijven dan menige volwassene en uiteenzettingen geven over onderwerpen die veel oudere mensen boven de pet gingen. Bovendien bezat ze een nieuwsgierigheid die verderging dan de dingen waarin haar leeftijdgenoten belang stelden. En toch, als je naar haar keek, zag je dat ze impulsief giechelde, om de haverklap 'wauw' zei en nog maar net de jongens aan het ontdekken was, met de mengeling van afkeer en fascinatie die kenmerkend was voor preadolescente meisjes. In die reactie op de andere sekse zou niet veel verandering komen als Willa volwassen werd, dat wist Jane heel goed. Alleen zou er dan meer op het spel staan.
Het feestje was afgelopen en iedereen nam afscheid. Jane Cox stapte in de helikopter. Die droeg niet de naam Marine One, want de president was er niet bij. Vandaag vervoerde het toestel alleen het B-team, wist Jane. Dat vond ze hele-

maal niet erg. Thuis waren haar man en zij gelijken. In het openbaar liep ze de obligate twee passen achter hem.

Ze deed haar gordel om en een geüniformeerde marinier gooide de deur dicht en zette hem vast. Vier stoïcijnse agenten van de Secret Service vlogen met haar mee. Ze stegen op en even later keek ze omlaag naar Camp David, of de 'Vogelkooi', de codenaam die de Secret Service aan het buitenverblijf in het Catoctin Mountain Park had gegeven. De helikopter zwenkte naar het zuiden. Over een halfuur zou ze veilig op het gazon van het Witte Huis landen.

In haar hand had ze een briefje dat Willa haar had gegeven voordat ze het feestje verliet. Het was een bedankbriefje. Ze glimlachte. Het was net iets voor Willa om van tevoren al zo'n briefje te schrijven. Het was opgesteld in volwassen bewoordingen en bevatte precies de goede dingen. Sommige personeelsleden van Jane zouden wat etiquette betrof nog iets van haar nichtje kunnen leren.

Jane vouwde het briefje op en stopte het weg. De rest van de dag en de avond zouden lang niet zo aangenaam verlopen. Haar officiële plicht riep. Het leven van een First Lady, had ze algauw ontdekt, was net zoiets als een jachtig perpetuum mobile waar van tijd tot tijd vlagen van verveling tegenaan waaiden.

De helikopter landde op het gras. Omdat de president niet aan boord was, werd er weinig ophef gemaakt toen ze naar het Witte Huis liep. Haar man was in zijn werkkamer, dicht bij het ceremoniële Oval Office. Toen hij zich kandidaat had gesteld voor het presidentschap en haar om haar steun had gevraagd, had ze daar enkele voorwaarden aan verbonden. Een daarvan hield in dat ze onaangekondigd zijn heiligdom mocht betreden, zonder dat ze op de officiële bezoekerslijst stond.

'Ik ben geen bezoeker,' had ze indertijd tegen hem gezegd. 'Ik ben je vrouw.'

Ze liep naar de *body man*, de speciale assistent van de president. Deze man tuurde op dat moment door het kijkgaatje in de deur van het Oval Office, voordat hij naar binnen zou gaan om een gesprek te onderbreken dat achterlag op het schema. Hij moest ervoor zorgen dat haar man volgens schema en zo efficiënt mogelijk zijn werk kon doen. Dat deed hij door voor dag en dauw op te staan en zich dan helemaal te wijden aan wat de president nodig had, vaak door bij voorbaat in behoeften te voorzien waarvan de president zich zelf nog niet bewust was. Op elke andere plaats dan het Witte Huis, dacht Jane, zouden ze de body man gewoon een echtgenote noemen.

'Aan de kant, Jay, want ik ga naar binnen,' zei ze tegen hem. Hij deed het meteen. Hij had nooit naar haar 'gegluurd'. Dat zou hij ook nooit doen, als hij zijn baan wilde houden.

Ze was enkele minuten bij de president om hem over het kinderfeestje te vertellen. Daarna ging ze naar hun woonverblijf om zich op te frissen en andere kleren aan te trekken voor een receptie die ze zou geven. Enkele uren later, toen het donker werd, ging ze naar haar 'officiële' huis terug. Ze deed haar schoenen uit en dronk een kop dampende thee. Daar had ze dringend behoefte aan gehad.

Dertig kilometer verderop gilde de twaalfjarige Willa Dutton.

•2•

Sean keek onder het rijden naar Michelle. Een snelle blik om te controleren hoe ze eraan toe was. Misschien merkte ze het niet eens. In elk geval zei ze er niets over en bleef ze recht naar voren kijken.

'Wanneer heb je ze leren kennen?' vroeg ze.

'Toen ik bewakingsdienst had. Ik heb het contact aangehouden. Heel aardige mensen.'

'Oké,' zei ze peinzend. Ze keek nog steeds door de voorruit.

'Ben je de laatste tijd nog bij Horatio geweest?'

Michelles hand verstrakte om haar beker Starbucks-koffie. 'Waarom was je me naar zijn praktijk gevolgd?'

'Omdat ik wist wat je ging doen.'

'En wat dan wel?'

'Inbreken om uit te zoeken wat je hem onder hypnose hebt verteld.'

Michelle zweeg.

'Hoe ben je daarachter gekomen?'

'Het is nogal laat om naar iemands huis te gaan.'

'Michelle, ik vind dat we hierover moeten...'

'Daar moet je niet over beginnen, Sean.'

Sean keek de avond in. Het was of de duisternis op hem af kwam.

'Jc hebt mijn vraag niet beantwoord,' zei ze.

'Jij de mijne ook niet,' zei hij geërgerd.

'Nou, waarom gaan we zo laat nog naar hun huis?'

'Dat was niet mijn idee.'

'Ik dacht dat je een verjaardagscadeautje ging brengen.'

'Dat cadeautje heb ik gekocht nádat ze gebeld had. Ik herinnerde me plotseling dat ze vandaag jarig is.'

'Waarom dan wel?'

'Misschien heeft het te maken met een opdracht voor ons.'

'Hebben die o zo aardige mensen van jou een privédetective nodig?'

'En ze wilde niet wachten.'

Ze verlieten de bochtige landweg en reden over de lange oprijlaan met bomen aan weerskanten.

'Rimboe,' mompelde Michelle.

'Privacy,' verbeterde Sean haar.

Het volgende moment kwam het grote huis in zicht.

'Mooi huis,' zei ze. 'Je vriend zit er blijkbaar warmpjes bij.'
'Overheidscontracten. Het schijnt dat de federale overheid met geld strooit.'
'Hé, wat een verrassing! Maar het is donker in het huis. Weet je zeker dat je op deze tijd hebt afgesproken?'
Sean stopte aan de voorkant.
Michelle zette haar koffiebeker neer en trok haar pistool uit de holster aan haar riem. 'Dat was de gil van een vrouw.'
'Wacht nou even. Niet zo onbesuisd,' zei hij, en hij legde zijn hand op haar arm. Toen er een dreunend geluid uit het huis kwam, pakte hij zijn eigen wapen uit het dashboardkastje. 'Laten we zelf gaan kijken voordat we de politie bellen.'
'Jij de achterkant, ik de voorkant,' zei Michelle.
Hij stapte uit en draafde naar de achterkant van het bakstenen huis, dat in koloniale stijl was opgetrokken. Hij rende langs de garage die dwars op het pad uitkwam, en bleef even staan om het terrein te overzien voordat hij verderging. Even later had Michelle haar eigen terrein verkend en stond ze naast de voordeur.
Er was geen gegil of gedreun meer te horen. Er waren geen andere auto's te zien. Ze kon roepen, vragen of alles in orde was. Alleen zou ze dan, als er echt iets aan de hand was, de schurken alarmeren. Ze probeerde de voordeur. Op slot. Iets maakte dat ze haar hand terugtrok; ze wist niet precies wat, maar ze was blij dat ze het had gedaan.
Het salvo scheurde door de deur en liet scherpe stukjes geverfd hout door de lucht springen. Ze voelde dat de kogels langs haar vlogen voordat ze zich in Seans auto boorden.
Ze sprong van de voorveranda af, rolde zich een keer om op het gazon, sprong overeind en had binnen twee stappen een sprint ingezet. Ze stak haar hand in haar zak, vond haar telefoon en drukte zonder te kijken op de toetsen van 911. De centrale nam op. Michelle wilde net iets zeggen toen de garagedeur openvloog en de pick-uptruck een scherpe draai maakte en op haar af denderde. Ze draaide zich om en schoot eerst op de banden en toen op de voorruit. Haar telefoon vloog uit haar hand toen ze opzijsprong en een wal af rolde. Ze kwam op een stapel bladeren en modder op de bodem van een greppel terecht. Ze ging overeind zitten en keek naar boven.
En schoot.
Zoals gewoonlijk trof ze doel. De kogel raakte de man midden in zijn borst. Er was wel een probleem. Haar kogel, een 9mm met een jacket, was niet dodelijk. De man wankelde achterover, bracht zijn wapen omhoog, richtte en schoot.
Michelle Maxwell overleefde die avond alleen doordat ze meteen begreep dat haar belager een kogelwerend vest droeg en doordat ze lenig genoeg was om zich daarna achter een dikke eik te rollen voordat de kogels uit de MP5 haar

kant op kwamen. Tientallen kogels sloegen in de boom, versnipperden de schors en joegen stukjes eikenhout in het rond. Toch hield hout dat zo dik was altijd stand, zelfs tegen kogels die in golven uit een machinepistool kwamen.
Ze kwam meteen in actie, want een geoefende hand had maar enkele seconden nodig om een magazijn uit een machinepistool te laten springen en er een nieuwe clip in te drukken. Met beide handen om de kolf van haar pistool sprong ze tevoorschijn. Deze keer zou ze op het hoofd mikken en hem voorgoed uitschakelen.
Alleen was er niemand meer die ze kon doodschieten.
De man met de MP5 had haar achter die boom gejaagd en was er toen vandoor gegaan.
Ze klom voorzichtig de helling op, haar pistool recht voor zich uit. Toen ze hoorde dat de pick-up wegreed, klauterde ze vlug omhoog, zich optrekkend aan wortels en takken. Op het moment dat ze op het pad kwam, was de pick-up al uit het zicht verdwenen. Ze rende naar Seans auto en vroeg zich af of ze de achtervolging moest inzetten, maar bleef staan toen ze stoom onder de motorkap vandaan zag komen. Haar blik viel op de kogelgaten in het metaal. Ze gingen nergens heen.
Ze?
'Sean,' riep ze. 'Sean!'
'Hier!'
Ze rende de trap op, schopte het restant van de verbrijzelde voordeur open en stormde de huiskamer in, waarbij ze haar pistool systematisch heen en weer bewoog.
Sean zat bij een vrouw op de vloer geknield. Ze lag op haar rug, haar armen en benen gespreid alsof ze een trekpop was. Haar ogen waren open, maar stonden hard en dof, want ze was dood. Haar rode haar lag op haar schouders. De doodsoorzaak was gemakkelijk te zien. Haar keel was doorgesneden.
'Wie is dat?'
'Pam Dutton. De vrouw met wie we zouden gaan praten.'
Michelle zag dat er iets op de blote armen van de vrouw geschreven stond. 'Wat is dat?'
'Weet ik niet. Een stel letters.' Hij boog zich er dichter naar toe. 'Zo te zien hebben ze een dunne zwarte viltstift gebruikt.'
'Is er verder nog iemand in het huis?'
'Laten we gaan kijken.'
'We mogen de plaats delict niet verstoren voordat de politie er is.'
'En we mogen niet iemand laten doodgaan die misschien nog te redden is,' wierp hij tegen.
Ze hadden maar een paar minuten nodig. Er waren vier slaapkamers op de

bovenverdieping, twee aan elke kant, schuin ten opzichte van de hal. In de eerste slaapkamer waar ze kwamen lag een jong meisje. Ze was bewusteloos, maar had geen zichtbare verwondingen. Haar ademhaling was regelmatig, haar hartslag zwak, maar aanwezig.
'Colleen Dutton,' zei Sean.
'Gedrogeerd?' vroeg Michelle terwijl ze naar het kleine meisje keek.
Sean duwde een ooglid van het meisje omhoog en zag dat de pupil vergroot was. 'Daar lijkt het wel op.'
In de tweede slaapkamer lag een jongen, die er net zo aan toe was als het meisje.
'John Dutton,' zei Sean. Hij voelde de pols van het kind en keek naar de pupil. 'Ook gedrogeerd.'
De derde slaapkamer was leeg. De laatste slaapkamer was de grootste. Hij was niet leeg.
De man lag op de vloer. Hij droeg een broek en een T-shirt en had blote voeten. De ene kant van zijn gezicht was gezwollen en lelijk gekneusd.
'Dat is Tuck Dutton, Pams man.' Sean voelde zijn pols. 'Buiten westen, maar hij haalt goed adem. Zo te zien heeft hij een fikse dreun gehad.'
'We moeten nu echt de politie bellen.' Michelle pakte de telefoon van het nachtkastje. 'Geen verbinding. Ze moeten de draden hebben losgetrokken.'
'Gebruik je mobieltje.'
'Dat ben ik kwijtgeraakt toen ze me wilden overrijden.'
'Wíé wilden je overrijden?'
'Een bestuurder en een man met machinepistool. Heb je niemand gezien toen je binnenkwam?'
Hij schudde zijn hoofd. 'Ik hoorde schoten en ging door de achterdeur naar binnen. Toen hoorde ik nog een hard geluid.'
'Ze crashten door de garagedeur. Dus ik heb vanavond alle pret gehad.'
'Pam dood. Tuck buiten westen geslagen. John en Colleen gedrogeerd.'
'Je zei dat ze drie kinderen hadden.'
'Hebben ze ook. Willa is blijkbaar weg. Die lege slaapkamer was van haar.'
'In de pick-uptruck? Een ontvoering?'
'Dat weten we niet zeker. Wat heb je gezien?'
'Het was een Toyota Tundra. Dubbele cabine, donkerblauw. Ik heb het nummer niet gezien, want ik had het te druk met in leven blijven. Een bestuurder en een schutter. Allebei man. O ja, er zit minstens één kogel in de voorruit.'
'Heb je ze goed genoeg gezien om ze te kunnen identificeren?'
'Nee, maar een van hen droeg een kogelwerend vest van goede kwaliteit, misschien militair spul. Hij had geen probleem met een kogel uit mijn Sig. En hij had een zwarte bivakmuts op. Hij is dus moeilijk te identificeren.'

'En geen teken van een twaalfjarig meisje in die pick-up?'
'Niet dat ik heb gezien. Ze zullen haar ook wel gedrogeerd hebben.'
Sean gebruikte zijn mobiele telefoon om 911 te bellen en alle informatie door te geven. Hij stopte hem weer in zijn zak en keek om zich heen.
'Wat is dat?'
Michelle liep de kamer door om naar iets te kijken wat uit de kast stak. 'Kledinghoes, half open.' Ze bukte zich. 'Er zit een label aan. United Airlines, vlucht 567 naar vliegveld Dulles, met de datum van vandaag.' Ze stak haar hand in een washandje dat ze uit de badkamer had gehaald, trok de rits een eindje open en keek naar binnen. 'Mannenkleren. Zeker van Tuck.'
Sean keek naar de blote voeten en het T-shirt van de bewusteloze man. 'Hij komt thuis, begroet waarschijnlijk Pam, gaat naar boven om zijn tas neer te zetten, wil andere kleren gaan aantrekken, en beng!'
'Er zit me iets dwars. Die Tundra die uit de garage kwam. Die is van de Duttons, of de schurken hebben hun eigen auto in de garage gezet.'
'Misschien om te voorkomen dat iemand zou zien dat ze Willa erin legden.'
'Hier in de rimboe? Om deze tijd? Je kunt van hieruit niet eens een ander huis zien. Ik weet niet eens of er wel een ander huis ís.'
'En waarom hebben ze Willa meegenomen en niet een van de andere kinderen?'
'En waarom hebben ze de moeder van het gezin vermoord en alle anderen in leven gelaten?'
Sean probeerde Tuck bij te brengen, maar dat lukte niet.
'Laat hem maar met rust. Misschien heeft hij inwendig letsel.'
Ze liepen de trap weer af en Sean ging naar de keuken en vandaar naar de garage. Er waren drie garagedeuren. Op de ene plek stond een nieuwe Mercedes, een sedan. Op een andere plek stond een Chrysler-busje. De derde plek was leeg.
Michelle wees naar de verwoeste garagedeur. 'Het is duidelijk dat de pick-up hier heeft gestaan. Weet je of de Duttons een blauwe Tundra hadden?'
'Nee, maar de kans is groot dat hij van hen was.'
'Omdat die plek leeg is?'
'Ja. Zo ongeveer elke garage staat vol met allerlei troep, met soms zelfs ook een auto. Op geen van de drie plekken staat troep. Dat wijst erop dat ze drie auto's hadden. Anders zou de derde plek voor opslag zijn gebruikt.'
'Goh, jij bent echt een detective.'
Sean legde zijn hand op de motorkap van de Mercedes. 'Warm.'
Michelle streek met haar vinger over een van de banden van de auto. 'Het loopvlak is nat. Het heeft vanavond geregend. Dat moet Tuck zijn geweest, die van het vliegveld kwam.'

Ze liepen terug naar de huiskamer en keken naar Pam Dutton. Sean drukte met zijn elleboog op de lichtknop, haalde zijn blocnote tevoorschijn en noteerde daarin de letters die op de arm van de vrouw geschreven stonden.
Michelle bukte zich en bekeek Pams handen. 'Zo te zien heeft ze bloed en huid onder haar nagels. Waarschijnlijk heeft ze zich verzet.'
'Dat heb ik ook gezien. Hopelijk kunnen ze iets in een DNA-database vinden.'
'Zou er niet meer bloed moeten zijn?' vroeg Michelle.
Sean bekeek het lijk van dichterbij.
'Je hebt gelijk. Het kleed zou onder het bloed moeten zitten. Zo te zien hebben ze haar halsslagader doorgesneden. Ze moet meteen hevig hebben gebloed.'
Michelle was de eerste die het plastic voorwerp zag dat onder de elleboog van de dode vrouw uitstak. 'Is dat wat ik denk dat het is?'
Sean knikte. 'Het is een leeg buisje.' Hij keek haar aan. 'Hebben ze haar bloed meegenomen?'

•3•

Talbot had uitverkoop. Diane Wohl was om vier uur van haar werk weggegaan om haar slag te slaan. Een nieuwe jurk, een paar blouses, misschien ook een broek, een halsdoek. Ze had net opslag gekregen en wilde dat geld goed gebruiken. Het kon helemaal geen kwaad om jezelf zo nu en dan te verwennen. Ze parkeerde haar auto in de garage van het winkelcentrum en liep ruim honderd meter naar de winkel. Twee uur later ging ze weg, nadat ze van alles had aangepast en genoeg kleding had gekocht om twee draagtassen te vullen. Op die manier stimuleerde ze de noodlijdende economie en deed ze daarmee haar plicht jegens het vaderland.

Ze gooide de draagtassen op de passagiersstoel en stapte in. Ze had honger en dacht erover om op weg naar huis even naar de afhaalchinees te gaan. Ze had net de sleutel in het contact gestoken toen ze een rondje van metaal tegen haar hoofd voelde. Ze rook een sterke geur en dacht niet meer aan kung pao-kip en eiersoep. Het was een mengeling van wapenolie en sigaretten.

'Rijden,' zei de stem zacht maar onverbiddelijk. 'Of je bent dood.'

Ze reed.

Een uur later hadden ze de buitenwijken achter zich gelaten. Ze zag alleen nog het asfalt, de strepen daarop, een volle maan en muren van bomen. Geen andere auto, geen ander mens. Diane Wohl was helemaal alleen met het monster dat achter in haar Honda zat.

Hij zei weer iets. 'Hier afslaan.'

Haar maag trok zich samen en het zuur van de angst steeg naar haar keel.

De auto hobbelde een paar minuten over een zandweg en leek door de bomenmassa verslonden te worden.

'Stoppen.'

Diana stopte. Toen ze haar hand van de koppeling trok, wierp ze een zijdelingse blik op haar tasje. Daar zat haar mobiele telefoon in. Als ze die nou kon aanzetten. Of haar sleutels. Ze had er een heleboel aan een ring. Als ze die te pakken kon krijgen, kon ze hem ermee in zijn ogen slaan, zoals ze in televisieseries had gezien. Alleen was ze zo bang dat ze het niet kon. Haar hele lichaam beefde alsof ze parkinson had.

Het monster van weinig woorden zei: 'Uitstappen.'

Ze kwam niet in beweging. Haar keel was kurkdroog, maar ze kon nog uitbrengen: 'Als je mijn auto en mijn geld wilt, mag je ze hebben, maar doe mij niets. Alsjeblieft.'

Het monster liet zich niet overreden. 'Uitstappen.' Hij drukte de loop van het wapen tegen haar achterhoofd. Er bleef een plukje haar achter de korrel aan het eind van de loop haken en het werd met wortel en al uitgetrokken. De tranen liepen Diane over de wangen. Ze dacht dat haar laatste minuten waren aangebroken. Het was precies zo gegaan als in al die waarschuwingen: *Ken je omgeving. Wees alert. Er is maar een seconde voor nodig.*

Van Talbot naar de dood op een eenzame bosweg.

Ze deed het portier open en maakte aanstalten uit te stappen. Eerst pakte ze nog haar tasje.

Ze schrok en liet los toen de vingers zich om haar pols sloten. De man droeg handschoenen.

'Dat heb je niet nodig.'

Ze deed het portier achter zich dicht.

Al haar hoop vervloog toen hij tegelijk met haar uitstapte. Ze had gehoopt dat hij alleen maar naar de voorbank zou klimmen en haar van haar Honda zou beroven, niet van haar leven.

Hij was ouder en had dicht, tamelijk lang, wit haar dat er bezweet en vuil uitzag. Zijn gezicht leek uit massieve steen gehouwen te zijn, met riviertjes over het hele oppervlak. Hij was ouder, maar hij was ook een grote man, meer dan honderd kilo zwaar en met brede schouders en kolossale, dooraderde handen. Hij torende boven de tengere Diane uit. Ook als hij geen wapen had gehad, zou ze tegen hem geen kans hebben gemaakt. Zijn pistool was recht op haar hoofd gericht. Ze vond het angstaanjagend dat hij geen masker droeg; zijn gezicht was duidelijk te zien.

Het kan hem niet schelen. Het kan hem niet schelen of ik weet wie hij is. Hij gaat me vermoorden. Verkrachten en dan vermoorden. En dan laat hij me hier achter.

Ze snikte.

'Alsjeblieft, doe dit niet,' zei ze toen hij een stap naar voren kwam en zij een stap naar achteren deed. Ze zette zich schrap voor zijn aanval.

Ze zag de andere man niet die achter haar kwam staan. Toen hij op haar schouder tikte, gaf ze een gilletje en draaide zich om. Hij was kleiner en pezig, met scherpe latinotrekken, maar dat zag ze niet, want hij hield een busje omhoog en de dichte nevel trof haar recht in het gezicht.

Diane kreeg het meteen benauwd en haalde diep adem om frisse lucht in haar longen te krijgen. Het lukte niet. Haar zintuigen lieten haar algauw in de steek en ze zakte in zijn armen. Ze legden haar achter in een gehuurd busje dat dichtbij geparkeerd stond en reden weg.

•4•

Er was een grote politiemacht naar het huis gekomen. Sean en Michelle stonden in een hoek van de met dennennaalden bezaaide tuin en zagen agenten, rechercheurs en technisch specialisten over het getroffen huis van de Duttons uitzwermen als mieren over een karkas. In sommige belangrijke opzichten was dat trouwens een goede vergelijking.

Er waren ambulances gekomen die de levende leden van de familie Dutton naar het ziekenhuis hadden gebracht. Mevrouw Dutton was nog binnen, bij de mierenzwerm. De enige arts die haar zou behandelen, was er een die haar nog verder zou opensnijden dan al was gebeurd.

Sean en Michelle waren drie keer door geüniformeerde agenten en rechercheurs in burger van Moordzaken ondervraagd. Ze gaven systematisch en gedetailleerd antwoord, en er werden notitieboekjes volgeschreven met wat ze over de gruwelijke gebeurtenissen van die avond konden vertellen.

Michelle keek naar twee zwarte personenauto's die met vrij grote snelheid de oprijlaan inreden. Toen de mannen en vrouwen eruit sprongen, vroeg ze Sean: 'Wat doet de FBI hier?'

'Heb ik dat nog niet verteld? Tuck Dutton is de broer van de First Lady.'

'De First Lady? Je bedoelt Jane Cox, de vrouw van president Cox?'

Sean keek haar alleen maar aan.

'Dus dat betekent dat haar schoonzus is vermoord en haar nichtje is ontvoerd?'

'De camerawagens kunnen er elk moment zijn,' zei hij. 'En het antwoord zou zijn: "Geen commentaar."'

'Dus Pam Dutton wilde ons inhuren. Enig idee waarom?'

'Nee.'

Ze zagen de FBI-agenten met de plaatselijke rechercheurs praten en het huis binnengaan. Tien minuten later kwamen ze weer naar buiten en liepen naar Sean en Michelle toe.

Michelle zei: 'Zo te zien zijn ze niet blij dat wij hier zijn.'

Dat waren ze inderdaad niet. Al na drie minuten was duidelijk dat de FBI-agenten moeilijk konden geloven dat zij tweeën door Pam Dutton waren uitgenodigd, maar niet wisten waarom.

Voor de vierde keer zei Sean: 'Zoals ik al zei, ben ik een vriend van de familie. Ze belde me en zei dat ze me wilde spreken. Ik heb geen idee waarover. Daarom kwamen we hier vanavond naartoe. Om dat te horen te krijgen.'

'Op dit uur?'
'Zij noemde de tijd.'
'Als u zo goed met hen bevriend was, hebt u misschien ook een vermoeden wie dit kan hebben gedaan,' zei een van hen. Hij had een normaal postuur en een smal hoofd, gespierde schouders en een gezicht dat blijkbaar altijd even chagrijnig keek. Misschien had hij een maagzweer, dacht Michelle, of gevoelige ingewanden.
'Als ik enig idee had, zou ik het tegen die rechercheurs hebben gezegd toen ze het me vroegen. Is die pick-up al gesignaleerd? Mijn collega hier heeft een kogel door de voorruit geschoten.'
'En waarom heeft uw colléga een vuurwapen bij zich?' vroeg Chagrijn.
Sean stak langzaam zijn hand in zijn zak en haalde zijn identiteitsbewijs tevoorschijn. Michelle deed hetzelfde met haar vergunning voor verborgen wapens.
'Privédetectives?' zei Chagrijn voordat hij de papieren teruggaf. Uit zijn mond klonk het als 'kinderlokkers'.
'En ex-Secret Service,' zei Michelle. 'Wij allebei.'
'Goed zo,' snauwde Chagrijn. Hij knikte naar het huis. 'De Secret Service kan hier nog last mee krijgen.'
'Waarom?' vroeg Sean. 'Broers en zussen van de president en zijn vrouw komen niet voor bescherming in aanmerking, tenzij er een specifieke bedreiging is. Ze kunnen niet iedereen beschermen.'
'Snap je het dan niet? Het gaat erom hoe het overkomt. Moeder vermoord, kind ontvoerd. Dat is geen mooi verhaal. Zeker niet na het feestje in Camp David van vandaag. Het presidentiële gezin gaat veilig naar huis. Het niet-presidentiële gezin wordt zo ongeveer geplet door een tank. Lelijke krantenkoppen.'
'Welk feestje in Camp David?' wilde Michelle weten.
'Ik stel hier de vragen,' snauwde hij.
Het daaropvolgende uur moesten Sean en Michelle weer tot in de kleinste details vertellen wat ze hadden gezien en gedaan. Ondanks alle irritante eigenschappen van Chagrijn moesten ze toegeven dat de man grondig te werk ging.
Uiteindelijk waren ze in het huis terug en keken ze naar het lijk van Pam Dutton. Een forensisch fotograaf maakte close-ups van de bloedspatpatronen, de dodelijke wond en de sporen onder Pam Duttons nagels. Een andere technisch specialist typte de letters die op de armen van de dode vrouw stonden op een laptop in.
'Weet iemand wat die letters betekenen?' vroeg Michelle, en ze wees ernaar. 'Is het een vreemde taal?'
Een van de mannen schudde zijn hoofd. 'Geen taal die ik ooit heb gezien.'
'Het lijken eerder willekeurige letters,' zei Sean.

'Er zitten defensieve sporen onder haar nagels,' merkte Michelle op. 'Zo te zien heeft ze de dader flink gekrabd.'
'Dat wisten we al,' zei Chagrijn.
'Hoe gaat het met Tuck en de kinderen?' vroeg Sean.
'Er gaan mensen naar het ziekenhuis om hun verklaringen op te nemen.'
'Als ze de vader buiten westen moesten slaan omdat hij met ze vocht, heeft hij misschien iets gezien,' zei een van de FBI-agenten.
'Ja, maar als hij iets heeft gezien, vraag je je af waarom ze hem niet dezelfde behandeling hebben gegeven als zijn vrouw,' zei Michelle. 'De kinderen waren gedrogeerd. Die hebben waarschijnlijk niets gezien, maar waarom zouden ze een ooggetuige achterlaten?'
Chagrijn was niet onder de indruk. 'Als ik nog eens met jullie tweeën wil praten – en dat zit er wel in – kan ik jullie dan bereiken op de adressen die jullie hebben opgegeven?'
'Geen probleem,' zei Sean.
'Goed,' zei Chagrijn, en hij en zijn team liepen weg.
'Laten we gaan,' zei Sean.
'Hoe? Ze hebben onze auto kapotgeschoten. Is dat je niet opgevallen?'
Sean liep naar buiten en keek even naar zijn vernielde Lexus. Toen draaide hij zich fel naar haar om. 'Weet je, dit had je me weleens eerder kunnen vertellen.'
'Ja, ik had zeeën van tijd.'
'Zal ik de wegenwacht bellen?'
Terwijl ze daarop wachtten, vroeg ze: 'Dus we laten het er maar bij?'
'Wat bedoel je?'
Ze wees naar het huis van de Duttons. 'Nou, dit hier. Een van die klootzakken heeft geprobeerd me dood te schieten. Ik weet niet hoe het met jou is, maar ik vat zoiets persoonlijk op. Pam wilde ons inhuren. Ik vind dat we het aan haar verplicht zijn de zaak te onderzoeken.'
'Michelle, we weten helemaal niet of de reden waarom ze mij belde iets met haar dood te maken heeft.'
'Als dat niet zo is, zou ik dat het toppunt van toeval noemen.'
'Oké, maar wat kunnen we doen? De politie en de FBI zijn ermee bezig. Ik denk niet dat we veel ruimte hebben om te opereren.'
'Dat heeft jou nooit eerder weerhouden,' zei ze koppig.
'Dit ligt anders.'
'Waarom dan?' Hij zei niets. 'Sean?'
'Ik hoorde je wel!'
'Nou, wat is er dan anders?'
'De mensen die erbij betrokken zijn.'

‘Wie? De Duttons?’
‘Nee. De First Lady.’
‘Waarom? Wat maakt dat nou uit?’
‘Het maakt uit, Michelle. Het maakt heel veel uit.’
‘Je klinkt alsof je haar kent.’
‘Ja, ik ken haar.’
‘Hoe?’
Hij liep weg.
‘En de wegenwacht dan?’ riep ze hem na.
Michelle kreeg geen antwoord.

•5•

Sam Quarry hield van zijn huis, of van wat daarvan over was. De Atlee-plantage was al bijna tweehonderd jaar in zijn familie. Het land dat erbij hoorde had zich ooit tot kilometers in de omtrek uitgestrekt, met honderden slaven die het bewerkten. Daar was nog maar tachtig hectare van over, en de oogst werd nu vooral binnengehaald door trekarbeiders uit Mexico. Het plantagehuis zelf had betere tijden gekend, maar het was nog groot en bewoonbaar, als je je niet stoorde aan het lekkende dak, de tochtige muren en de muizen die nog weleens over de broze houten vloeren wilden ritselen. Het waren vloeren waarover in de Burgeroorlog de laarzen van zuidelijke generaals hadden gelopen, en ook de zuidelijke president Jefferson Davis zelf, de verliezer van die oorlog, die korte tijd in het huis had verbleven. Quarry kende de geschiedenis van de plantage goed, maar hij had er nooit in gezwelgd. Je koos je familie niet uit, en je familiegeschiedenis evenmin.

Hij was nu tweeënzestig en had een bos sneeuwwit haar die des te witter leek doordat zijn huid door de zon verweerd was. Met zijn grove botten, stevige bouw en krachtige, gezaghebbende stem was hij een echte buitenman, zowel uit noodzaak als uit keuze. Hij leefde van het land, maar hield van de rustieke attributen van de jager, visser en amateurtuinder. Zo was hij nu eenmaal – een man van de aarde, mocht hij graag zeggen.

Hij zat achter zijn rommelige, gehavende bureau in de bibliotheek. Achter datzelfde bureau hadden generaties van Quarry-mannen zich op een stoel laten zakken en belangrijke beslissingen genomen die van invloed waren op de levens van anderen. In tegenstelling tot sommige van zijn voorouders die het zichzelf als plantage-eigenaar niet al te moeilijk hadden gemaakt, nam Sam Quarry zijn verantwoordelijkheid heel serieus. Hij hield zijn zaken goed op orde, niet alleen voor zichzelf, maar ook voor de mensen die hij nog in dienst had. Toch zat er eerlijk gezegd meer achter. De Atlee-plantage was eigenlijk alles wat hij nog had.

Hij rekte zijn één meter negentig lange lijf uit en legde zijn brede, eeltige en door de zon rood geworden handen over zijn platte buik. Toen keek hij naar de muur met slechte portretten en korrelige zwart-witfoto's van zijn mannelijke voorouders en dacht na over de situatie waarin hij verkeerde. Hij was iemand die altijd de tijd nam om over de dingen na te denken. Bijna niemand deed dat nog, van de president van de Verenigde Staten tot Wall Street-baronnen en de gemiddelde man of vrouw. Snelheid. Iedereen wilde alles direct we-

ten. Door dat ongeduld bleek het antwoord dat ze kregen meestal verkeerd te zijn.
Er verstreken dertig minuten waarin hij niet bewoog, maar zijn hersenen waren veel actiever dan zijn lichaam.
Ten slotte boog hij zich naar voren, trok handschoenen aan, en onder het waakzame oog van zijn grootvader en naamgenoot Samuel W. Quarry, die mede de leiding had gehad van het verzet tegen gelijke rechten in Alabama, typte hij op de verbleekte toetsen van zijn oude IBM Selectric. Hij kon met een computer werken, maar had er nooit een bezeten, al had hij wel een mobiele telefoon. Mensen konden dingen uit je computer stelen, wist hij, zelfs wanneer ze in een ander land zaten. Wanneer hij een computer wilde gebruiken, ging hij naar de bibliotheek. Als ze daarentegen zijn gedachten uit zijn Selectric wilden halen, moesten ze in zijn domein op de Atlee-plantage binnendringen, en hij betwijfelde sterk of ze de plantage dan levend zouden verlaten.
Hij was klaar met tweevingertypen en haalde het papier uit de machine. Hij las de korte inhoud nog eens door en deed het papier toen in een envelop, die hij niet met zijn speeksel maar met een beetje water uit een glas op zijn bureau dichtplakte. Hij was niet van plan mensen de kans te geven hem op te sporen, niet door DNA in zijn speeksel en niet op een andere manier.
Hij legde de envelop in zijn bureaula, die hij op slot deed met een bijna honderd jaar oude sleutel die nog prima werkte. Hij stond op en liep naar buiten, het daglicht in, om zijn kleine, afbrokkelende koninkrijk in ogenschouw te nemen. Hij kwam Gabriel tegen, een magere zwarte jongen van elf wiens moeder, Ruth Ann, Quarry's huishoudster was. Hij klopte Gabriel op zijn hoofd en gaf hem een opgevouwen dollar en een oude postzegel voor zijn verzameling. Gabriel was een slimme knul die het in zich had om te gaan studeren, en Quarry had zich vast voorgenomen hem daarbij te helpen. Hij had de vooroordelen van zijn grootvader niet geërfd, en ook niet die van zijn vader; die had George Wallace – tenminste de berouwloze George Wallace – een groot man genoemd 'die de gekleurden op hun plaats wist te houden'.
Sam Quarry geloofde dat alle mensen sterke en zwakke punten hadden, en dat die losstonden van hun huidpigment. Een van zijn dochters was met een gekleurde man getrouwd en Sam had het geen enkel probleem gevonden haar naar het altaar te begeleiden. Ze waren inmiddels gescheiden en hij had geen van beiden in jaren gezien. Hij schreef de breuk niet toe aan het ras van zijn voormalige schoonzoon. Zijn jongste dochter was verrekte moeilijk om mee samen te leven.
Hij reed twee uur met een roestige en gedeukte Dodge-pick-up, die al driehonderdduizend kilometer op de teller had, over zijn land. Ten slotte stopte hij bij een vervallen, tientallen jaren oude zilverkleurige Airstream-caravan met een

rafelige luifel. In de caravan bevonden zich een piepkleine badkamer met toilet, een gasbrander, een koelkastje, een boiler, een minuscule slaapkamer en airconditioning. Quarry had hem bij wijze van betaling gekregen van een groothandelaar in landbouwproducten die in een oogstseizoen zonder geld was komen te zitten. Hij had er een ondergrondse elektriciteitslijn heen geleid vanuit de kabelkast die de grote hooischuur van stroom voorzag.

Onder de luifel zaten drie mannen, alle drie behorend tot de Koasati, een indianenstam. Quarry wist veel van de geschiedenis van inheemse Amerikanen in Alabama. De Koasati hadden eeuwenlang in delen van noordelijk Alabama gewoond, met de Muskogee, Creek en Cherokee in het oosten en de Chickasaw en Choctaw in het westen. In de negentiende eeuw waren de meeste inheemse Amerikanen uit Alabama verdreven en onder dwang naar reservaten in Oklahoma en Texas verplaatst. Bijna iedereen die de Koasati-taal sprak woonde tegenwoordig in Louisiana, maar sommigen hadden kans gezien naar Alabama terug te keren.

Een van de Koasati was hier jaren geleden gekomen, lang nadat Quarry de Atlee-plantage van zijn vader had geërfd, en hij was hier altijd gebleven. Quarry had hem de kleine caravan gegeven om in te wonen. De twee anderen waren hier nu ongeveer zes maanden. Quarry wist niet of ze zouden blijven. Hij mocht hen graag, en blijkbaar tolereerden ze hem. In de regel vertrouwden ze geen blanken, maar ze stonden toe dat hij op bezoek kwam en in hun gezelschap verkeerde. Per slot van rekening was het formeel zijn land, hoewel de Koasati het al in eigendom hadden gehad toen er nog lang geen Quarry's of andere blanken in Alabama waren.

Quarry ging op een stoel van gasbetonblokken met een dikke rubberen mat zitten, deelde bier en shag met hen en wisselde verhalen met hen uit. De man aan wie Quarry de caravan had gegeven, werd Fred genoemd. Fred was minstens tien jaar ouder dan Quarry. Hij was klein en krom, en had sluik wit haar en een gezicht dat uit een beeldhouwwerk van Remington afkomstig leek te zijn. Hij praatte het meest van de drie, en dronk ook het meest. Hij was een ontwikkeld man, maar Quarry wist weinig van zijn persoonlijke achtergrond.

Quarry praatte met hen in hun eigen taal – tenminste, zo goed mogelijk. Zijn kennis van het Koasati was beperkt. Ze wilden Quarry wel tegemoetkomen door Engels te praten, maar alleen tegen hem. Hij kon het hun niet kwalijk nemen. De blanken hadden het enige ras dat zich in Amerika inheems mocht noemen schandalig behandeld. Overigens hield hij die gedachten voor zich, want ze hielden niet van medelijden. Ze waren in staat iemand te vermoorden omdat hij medelijden had.

Fred mocht graag vertellen hoe de Koasati aan hun naam waren gekomen.

'Het betekent "verdwaalde stam". Ons volk is hier lang geleden in twee groepen weggegaan. De eerste groep liet tekens voor de tweede groep achter, maar langs de rivier de Mississippi verdwenen alle tekens van de eerste groep. De tweede groep ging verder en kwam mensen tegen die onze taal niet spraken. Onze mensen zeiden tegen hen dat ze verdwaald waren. "Wij zijn verdwaald" is in onze taal *Koasai*. Dus schreven die mensen op dat wij Koasati waren. Dat betekent dus het verdwaalde volk.'

Quarry, die dat verhaal al minstens tien keer had gehoord, zei: 'Nou, Fred, om je de waarheid te zeggen zijn we in sommige opzichten allemaal verdwaald.'

Een uur later, toen de zon op hen brandde en het onder de dunne luifel zo heet werd als in een oven, stond Quarry op. Hij streek het stof van zijn broek, tikte tegen zijn hoed en beloofde dat hij gauw terug zou komen. Dan zou hij een fles drank meenemen, en maïs aan de kolf en een emmer appels. En sigaretten. Ze konden zich geen in de winkel gekochte sigaretten permitteren, maar gaven daar wel de voorkeur aan boven shag.

Fred keek naar hem op. Zijn gezicht was nog meer gelooid en gerimpeld dan dat van Quarry. Hij haalde het shagje uit zijn mond, hoestte langdurig en zei toen: 'Breng de volgende keer die zonder filter mee. Die smaken beter.'

'Doe ik, Fred.'

Quarry reed een heel eind over zandwegen die zo hobbelig waren dat ze zijn oude pick-up heen en weer gooiden. De man merkte het bijna niet. Dit was zijn manier van leven.

De weg hield op.

Daar stond het huisje.

Eigenlijk was het niet echt een huis. Er woonde daar niemand – tenminste, nog niet – maar zelfs als het werd bewoond, zou niemand er lang kunnen blijven. In feite was het alleen maar een kamer met een dak en een deur.

Quarry draaide zich om, keek in alle richtingen en zag niets dan zand en bomen. En natuurlijk het stukje blauwe Alabama-hemel dat mooier was dan elke andere hemel die Quarry ooit had gezien. Hij was in elk geval mooier dan die in Zuidoost-Azië, maar daar was er aan de horizon altijd luchtdoelgeschut geweest, gericht op hem en de F-4 Phantom II waarin de Amerikaanse luchtmacht hem liet vliegen.

Hij liep naar het huisje toe en stapte de veranda op. Hij had het zelf gebouwd. Het stond niet op de grond van de Atlee-plantage, maar daar verscheidene kilometers vandaan op een stuk land dat zijn grootvader zeventig jaar geleden had gekocht, waarna hij er nooit meer iets mee had gedaan – en met reden. Het was ver bij alles vandaan, maar dat kwam Quarry juist goed uit. Zijn opa moest wel dronken zijn geweest toen hij dit stuk woestenij kocht; maar ja, de man was vaak dronken geweest.

Het huisje was niet meer dan twintig vierkante meter groot, maar dat was ge-

noeg voor wat hij ermee deed. Het had een standaarddeur van negentig centimeter breed, zonder enig reliëf en met gewone koperen scharnieren. Hij gebruikte een sleutel om de deur open te maken, maar ging niet meteen naar binnen.
Hij had alle vier de wanden zes centimeter dikker gemaakt dan gebruikelijk was, al moest je wel een heel scherp oog hebben om die afwijking op te merken. In de buitenwanden zaten dikke metaalplaten, die het huisje ontzaglijk sterk maakten. Hij had de platen zelf met zijn acetyleenbrander aan elkaar gelast. Elke naad was een kunstwerk. Waarschijnlijk zou het huisje pas bezwijken als een tornado precies op het dak landde, en zelfs die hamer van God zou het misschien niet voor elkaar krijgen.
Hij ging niet naar binnen voordat er frisse lucht in het huisje was gestroomd. Die fout had hij al eens gemaakt en toen was hij bijna flauwgevallen door de overgang van volop zuurstof buiten naar bijna geen zuurstof binnen. Er waren geen ramen. De vloer bestond uit planken van vijf centimeter dik. Hij had ze zorgvuldig geschuurd, zodat er nergens meer een splinter te bekennen was. Wel zaten er kieren van vier millimeter tussen de planken, maar ook die waren nauwelijks met het blote oog te zien.
De ondervloer was ook bijzonder. Quarry zou met vrij veel zekerheid kunnen zeggen dat waarschijnlijk geen enkele vloer van een huis in Amerika zo'n onderbuik had als wat hij hier had gebouwd. De binnenwanden bestonden uit met de hand bepleisterd kippengaas. De bevestiging van het dak aan de muren zou ook goed genoeg zijn voor onderdelen van een supertanker. Hij had bijzonder sterke bouten en moeren gebruikt om het huis stevig te maken en te voorkomen dat het verzakte of bewoog. De fundering was van gegoten beton, maar er zat ook een veertig centimeter hoge betonnen kruipruimte onder het hele huis. Daardoor stond het huis natuurlijk wat hoger, maar door de veranda was dat nauwelijks te zien.
Het meubilair was eenvoudig: een bed, een stoel met lattenrug, een accugenerator en nog wat andere spullen, inclusief een zuurstoftank die tegen een van de muren stond. Hij stapte van de veranda af, draaide zich om en keek naar zijn schepping. Elke verstekhoek was volmaakt. Hij had vaak bij generatorlicht gewerkt als hij de planken en balken op zijn zaagbokken had liggen, en dan was zijn blik zo scherp als een laserstraal op de zaaglijn gericht. Het was warm, vermoeiend werk geweest, maar zijn geest en zijn ledematen waren aangedreven door een vastbeslotenheid die voortkwam uit de twee allersterkste menselijke emoties.
Haat.
En liefde.
Hij knikte waarderend. Hij had goed werk geleverd. Het huis was stevig en zo

goed als hij het ooit zou kunnen maken. Het zag er niet bijzonder uit, maar toch was het een buitengewoon staaltje van techniek. Niet slecht voor een jongen uit het diepe Zuiden die zelfs niet aan een college had gestudeerd.

Hij keek naar het westen, waar in een boom een bewakingscamera was geïnstalleerd, afgeschermd tegen zowel de brandende zon als nieuwsgierige ogen. Dat had hij ook zelf uitgedacht en gerealiseerd, want niets wat hij zich kon veroorloven was ooit goed of betrouwbaar genoeg. Doordat hij de takken en bladeren zorgvuldig had gesnoeid en bijgeknipt, had de camera een goed zicht op alles wat hier gebeurde.

Hij had een gaatje en een lange geul in de schors aan de achterkant van de boom gemaakt en de kabel van de camera erdoorheen geleid. Vervolgens had hij de stroken schors eroverheen gelijmd, zodat de kabel helemaal niet meer te zien was. Op de grond had hij de kabel begraven en een meter of honderd bij de boom vandaan geleid, naar een natuurlijke wal waarin zich ook een onnatuurlijk element bevond.

Een andere ondergrondse kabel voerde van diezelfde plek naar de onderkant van het kleine huis, waar hij in een pvc-buis verdween die Quarry had aangebracht voordat hij het beton voor de fundering had uitgegoten. Die kabel had een dubbele splitter aan het eind, en er leidden kabels in nog twee richtingen. Dat alles ging schuil achter loodplaten die hij over de metaalplaten in de wand had gelegd.

Hij deed de deur van het huis op slot en stapte weer in zijn oude Dodge. Nu moest hij nog ergens anders heen. En daar ging hij niet met de pick-up naartoe.

Hij keek op naar die volmaakte Alabama-hemel. Een mooie dag voor een tochtje met een vliegtuig.

•6•

Een uur later reed de tientallen jaren oude vierpersoons Cessna over de korte startbaan en steeg op. Quarry keek door het zijraam omlaag en zag het eind van zijn land onder zich voorbijglijden. Tachtig hectare: het leek veel, maar eigenlijk stelde het niet veel voor.

Hij vloog laag, bedacht op vogels, andere vliegtuigen en misschien een helikopter. Omdat hij nooit een vluchtplan indiende, moest hij goed opletten.

Een uur later daalde hij en landde soepel op een particulier vliegveldje, waarna hij zelf het toestel van nieuwe brandstof voorzag. Er stonden daar geen dure zakenvliegtuigen. Je had er alleen metalen hangars met open voorkant, een smalle strook asfalt die als startbaan fungeerde, een windzak en vliegtuigen als dat van hem: oud, opgelapt, maar met liefde en respect onderhouden. Hoe goedkoop het toestel ook was geweest toen hij het jaren geleden derdehands had gekocht, het zou nu te duur voor hem zijn.

Hij had gevlogen sinds hij bij de luchtmacht was gekomen en met zijn zware F-4 Phantom over de rijstvelden en dichte regenwouden van Vietnam was geraasd. Later boven Laos en Cambodja, waar hij bommen liet vallen en mensen doodde omdat hij daartoe bevel had gekregen. Later had hij ontdekt dat er nooit officieel toestemming voor was gegeven, maar dat zou voor hem toch niet hebben uitgemaakt. Soldaten deden gewoon wat hun werd opgedragen. Als hij daar over de jungle vloog en van de grond af beschoten werd, trok hij nooit iets in twijfel.

Hij stapte weer in zijn vliegtuigje, zette de motor aan en steeg op. Met een snelheid van nog geen vijf knopen per uur dook hij in een niet al te harde tegenwind.

Na korte tijd nam hij gas terug. Hij duwde de knuppel naar voren en gebruikte de thermiek om te dalen. Dit was het moeilijkste deel van de tocht: landen op zijn andere eigendom. Het bevond zich in de bergen en er was geen landingsbaan, alleen een lange strook gras die hij met veel inspanning had geëgaliseerd en gemaaid. Het was een stevige, vlakke strook grond, maar de zijwinden konden het je lastig maken. Met een strak gezicht en met zijn sterke handen stevig op de stuurknuppel ging hij omlaag. Zijn landingskleppen waren helemaal open. Hij raakte de grond, stuiterde op, raakte de grond opnieuw en stuiterde weer, waarbij er een hevige trilling door de hele ophanging van het vliegtuigje ging. Toen hij voor de derde keer neerkwam, bleven de wielen op de grond. Hij trapte hard op de voetpedalen, met zijn hakken op de rem van het voorwiel.

Daardoor, en door de landingskleppen, kwam de Cessna ruimschoots voor het eind van de geïmproviseerde landingsbaan tot stilstand.
Hij drukte met de neuzen van zijn schoenen op de onderste voetpedalen om de binnenkleppen te bedienen en het vliegtuig te laten zwenken, zodat het even later in tegenovergestelde richting stond. Toen zette hij de motor uit. Nadat hij zijn plunjezak en een stel aan elkaar gebonden driehoekige wielblokken die hij in de cabine bewaarde bij elkaar had gepakt, stapte Quarry uit. Hij legde de blokken voor de wielen van het lichte vliegtuigje om het op zijn plaats te houden. Toen liep hij met zijn lange benen over het oplopende, met keien bezaaide terrein naar de helling van de berg. Hij haalde een sleutelring uit zijn jaszak en zocht de juiste sleutel uit. Toen bukte hij zich en maakte de dikke houten deur open die in de helling was ingebouwd. Die deur ging grotendeels schuil achter enkele rotsen die hij met een hefboom van hun plaats had gewrikt en stevig had vastgezet.
Zijn grootvader had tientallen jaren aan de steenkoollaag in deze berg gewerkt, of beter gezegd: dat hadden zijn onderbetaalde werknemers gedaan. Als kind was Quarry hier met zijn opa geweest. In die tijd gingen ze erheen over een weg die toegankelijk was gebleven tot een dag geleden, toen Quarry hem had geblokkeerd. Over die weg hadden de kiepauto's de steenkool afgevoerd toen de mijn nog in werking was, en hij had dezelfde weg gebruikt om met zijn pickuptruck alles aan te voeren wat hij hier nodig had. Het zou nooit allemaal in zijn kleine vliegtuigje hebben gepast.
Dit stuk berg was niet altijd een mijn geweest. In de loop van de tijd hadden waterstromen en andere geologische krachten enorme grotten uitgehold. Ten tijde van de Burgeroorlog, lang voordat er steenkool uit deze berg was gehaald, waren in deze spelonken soldaten van het Noorden langzaam en gruwelijk aan hun eind gekomen. Hun laatste dagen hadden ze zonder zon en frisse lucht gesleten. Het vlees was van hun botten gevallen, en op de dag dat ze ophielden met ademhalen waren ze niet meer dan veredelde skeletten geweest.
De mijngangen waren voorzien van lichten, maar Quarry gebruikte ze niet als het niet nodig was. De stroom kwam van een generator en brandstof was duur. Daarom gebruikte hij een oude zaklantaarn, dezelfde die zijn vader had gebruikt als hij 's avonds in de moerassen van Alabama op 'opstandige' zwarten joeg, zoals hij ze noemde. Als kind had hij zijn vader 's avonds thuis zien komen, nog helemaal opgewonden van wat hij en zijn kameraden in hun haat hadden gedaan. En dan had zijn vader zitten snoeven terwijl hij de whisky naar binnen goot, triomfantelijk vervuld van wat het ook maar was dat hij meende te bereiken door mensen dood te maken die er anders uitzagen dan hij.
'Die ouwe rotzak met zijn haat,' zei Quarry met opeengeklemde kaken. Hij verafschuwde de man om alle ellende die hij had veroorzaakt, maar niet genoeg

om een zaklantaarn weg te gooien die nog helemaal goed was. Als je niet veel bezat, was je zuinig op wat je had.
Hij maakte een deur in de wand van een van de hoofdgangen open, pakte een batterijlamp van een plank, deed hem aan en zette hem op een tafel in het midden van de kamer. Toen keek hij bewonderend om zich heen naar zijn werk. Hij had een stevig raamwerk van balken en vervolgens gipsplaten op de wanden aangebracht; elke wand was loodrecht en therapeutisch lichtblauw geverfd. Hij had al die materialen van een bevriende aannemer gekregen, die ze overhad van verschillende projecten en geen ruimte had om ze op te slaan. Achter de wanden bevond zich de massieve rotsmassa van de berg, maar iemand die in de kamer om zich heen keek zou denken ergens in een huis te zijn. Dat was ook precies de bedoeling.
Hij liep naar een hoek en keek naar de vrouw die daar ineengezakt op een stoel met rechte leuning zat. Ze sliep met haar hoofd op haar schouder. Hij porde tegen haar arm, maar ze reageerde niet. Dat zou niet zo blijven.
Hij stroopte haar mouw op, haalde een gesteriliseerde spuit uit zijn plunjezak en stak hem in haar arm. Daar werd ze wakker van. Haar ogen gingen open en werden langzaam helder. Toen ze hem zagen, wilde ze haar mond opendoen om te gillen, maar die was dichtgeplakt met tape.
Hij glimlachte naar haar terwijl hij twee buisjes liet vollopen met haar bloed. Ze keek met afgrijzen naar wat hij deed, maar zat te goed vastgebonden op de stoel om in beweging te kunnen komen.
'Ik weet dat dit vreemd op u overkomt, mevrouw, maar gelooft u me: het is allemaal voor een goed doel. Ik wil u geen kwaad doen, en trouwens ook niemand anders. Begrijpt u dat?'
Hij trok de spuit los, reinigde de wond met een watje met alcohol en plakte er zorgvuldig een pleister op.
'Begrijpt u dat?' Hij keek haar met een geruststellende glimlach aan.
Ten slotte knikte ze.
'Goed. Ik vind het jammer dat ik u een beetje bloed moest afnemen, maar ik heb het echt nodig. We gaan u nu te eten geven en wassen en dat soort dingen. U hoeft niet altijd vastgebonden te zitten. U krijgt een zekere vrijheid. U ziet vast wel in dat het in het begin nodig was, dat vastbinden. Nietwaar?'
Ze keek hem onwillekeurig recht aan en merkte dat ze ondanks haar grote angst opnieuw instemmend knikte.
'Goed, goed. Maakt u zich geen zorgen. Het komt allemaal in orde. Er gebeuren geen rare dingen. U weet wel, omdat u een vrouw bent en zo. Dat soort onzin tolereer ik niet. Oké? U hebt mijn woord.' Hij gaf een kneepje in haar arm.
Ze voelde zowaar dat haar mondhoeken een glimlach vormden.

Hij stopte de buisjes in zijn plunjezak en wendde zich van haar af.
Eén ogenblik verbeeldde ze zich dat hij zich nu bliksemsnel zou omdraaien en met een maniakale lach een kogel in haar hoofd zou schieten of haar keel zou doorsnijden.
Maar hij ging gewoon de kamer uit.
Diane Wohl keek om zich heen. Ze wist niet waar ze was, waarom ze daar was en waarom de man die haar had ontvoerd zojuist bloed bij haar had afgenomen. Ze had gewinkeld bij Talbot, was in haar auto met een pistool bedreigd, en nu was ze hier, waar dat dan ook mocht zijn.
In de verte hoorde ze iemand neuriën.
Ze snikte.

•7•

Sean King zat in het donker. Toen het licht op hem scheen, hield hij zijn hand boven zijn ogen en tuurde naar de indringer.
'Sorry. Ik wist niet dat je hier was,' zei Michelle, al klonk ze niet echt verontschuldigend.
'Ik sliep hier,' legde hij uit.
Ze ging op de rand van zijn bureau zitten. 'Gaan we mokken? Weigeren vragen te beantwoorden? Slapen op kantoor? In het donker zitten? Bespeur ik daar een patroon?'
Hij schoof een krant naar haar toe. 'Heb je het verhaal gelezen?'
'Ik heb het al online gelezen. De meeste feiten kloppen. Op die foto kijk je met gepaste ernst.'
'Het is een dossierfoto uit mijn tijd bij de Secret Service.'
'Ik vond al dat je er opvallend jeugdig uitzag.'
'Ik werd door journalisten gebeld. Ik heb telkens opgehangen.'
'Ze bellen niet alleen. Ze staan ook voor ons kantoor geparkeerd. Ik ben net door de achterdeur gekomen. Ik denk dat iemand me heeft gezien, dus ze zullen de achterkant nu ook wel in de gaten houden.'
'Fantastisch. Dan zitten we hier gevangen.'
Hij stond op en liep woedend met grote stappen heen en weer.
'Wil je er nu over praten?' vroeg ze.
Hij bleef staan en duwde met zijn schoen tegen een pluisje op de vloerbedekking.
'Het is een moeilijke situatie,' zei hij.
'Wat precies? Dat we een gekeelde vrouw hebben gevonden en dat er een kind is ontvoerd? Of heb je het over iets wat door je hoofd gaat?'
Hij ijsbeerde verder, zijn kin tegen zijn borst.
'Je zei dat je de First Lady hebt gekend. Hoe? Je zat al lang niet meer bij de Secret Service toen Cox werd gekozen. Vooruit. Voor den dag ermee.'
Hij wilde net iets zeggen toen de telefoon ging. Sean wendde zich af, maar Michelle nam op. 'King en Maxwell. Wij snuffelen voor u.' Ze zweeg abrupt. 'Wat? Ik... O, ja, zeker. Hier is hij.'
Ze hield hem de telefoon voor.
'Ik wil met niemand praten.
'Met deze persoon wel.'
'Wie is het?'

'Jane Cox,' fluisterde ze.
Sean drukte de telefoon tegen zijn oor. 'Mevrouw Cox?' Hij luisterde, wierp Michelle een snelle, gegeneerde blik toe en zei: 'Oké, Jane.'
Michelle trok haar wenkbrauwen op en keek aandachtig naar haar compagnon.
'Ik weet het. Ja, het is een tragedie. Willa, ja, natuurlijk. Ja. Dat is zo. Je hebt het goed begrepen. Heb je Tuck gesproken? O. Natuurlijk. Dat begrijp ik. Wat?' Hij keek op zijn horloge. 'Ja, dat lukt ons wel.' Hij keek Michelle aan. 'Ze is mijn compagnon. We werken samen, maar als je liever hebt... Dank je.' Hij hing op en keek Michelle aan.
Ze snauwde: 'Als je nou weer dichtklapt en heen en weer gaat lopen, sla ik je met mijn pistool. Wat zei ze?'
'Ze wil dat we naar haar toe komen.'
'Naar haar toe? Waar?'
'Naar het Witte Huis.'
'Waarom? Wat wil ze dat we doen? Haar vertellen wat we hebben gezien?'
'Dat niet precies.'
'Wat dan wel precies?'
Hij keek op. 'Ik denk dat ze ons willen inhuren. We moeten uitzoeken wie dit heeft gedaan.'
'Wil de First Lady ons inhuren? Waarom? Ze heeft verdomme de hele FBI tot haar beschikking.'
'Blijkbaar wil ze die niet. Ze wil ons.'
'Ik ben niet doof. Je bedoelt dat ze jóú wil.'
'Denk je dat we die journalisten kunnen ontlopen? Ik wil niet dat ze ons naar het Witte Huis volgen.'
Michelle stond op en haalde haar sleutels tevoorschijn. 'Ik vind het al beledigend dat je dat moet vragen.'

•8•

Sam Quarry maakte de deur open en keek naar binnen. Hij zag dat ze aan de tafel zat en een kommetje pap at. Ze keek met een ruk om, sprong overeind en trok zich terug tegen de muur.

Hij liet de deur openstaan toen hij naar binnen liep. 'Willa, je hoeft nergens bang voor te zijn.'

'Ik ben niet dom. Er is van alles om bang voor te zijn. Vooral voor ú!'

Haar wangen trilden en er vormden zich tranen van angst in haar ooghoeken.

Quarry trok een stoel bij en ging zitten. 'Ik zou ook bang zijn, maar ik ga je geen kwaad doen. Oké?'

'U kunt van alles zeggen. Hoe weet ik dat u niet liegt? U bent een misdadiger. Misdadigers liegen altijd. Daarom zijn het ook misdadigers.'

Quarry knikte. 'Dus je denkt dat ik een misdadiger ben?'

'U bént een misdadiger. U hebt me ontvoerd. Daarvoor gaan mensen naar de gevangenis.'

Hij knikte weer naar het kommetje. 'Is de pap niet te waterig? Sorry, maar we hebben alleen poedermelk.'

Ze bleef tegen de muur gedrukt staan. 'Waarom doet u dit?'

'Wat bedoel je? Dat ik je hierheen heb gebracht?'

'Wat zou ik in deze situatie anders kunnen bedoelen?'

Quarry glimlachte om haar nuchtere logica. 'Ik heb gehoord dat je pienter bent.'

'Waar is mijn familie? Ik vroeg het aan die andere man, maar die wilde het niet zeggen. Hij bromde alleen maar wat.'

Quarry haalde een zakdoek tevoorschijn en veegde over zijn gezicht om zijn diepe walging te camoufleren.

'Waarom hebt u rubberen handschoenen aan?' vroeg ze, kijkend naar zijn handen.

'Ooit van eczeem gehoord?'

'Ja.'

'Dat heb ik, en ik wil niemand besmetten.'

'Ik vroeg u naar mijn familie,' zei ze ernstig. 'Zijn ze ongedeerd? Vertel het me.'

'Het gaat goed met ze. Maar ja, ik ben een misdadiger en zou dus kunnen liegen.'

'Ik haat u!' riep ze uit.

'Dat kan ik je niet kwalijk nemen.'
'Komt het door mijn tante?' zei ze plotseling.
'Je tante?' vroeg hij in alle onschuld.
'Doe maar niet of ik achterlijk ben. Mijn tante is Jane Cox. Mijn oom is de president.'
'Je hebt gelijk. Daar heb je volkomen gelijk in.'
'Nou, heeft het met hem te maken?'
'Daar geef ik geen antwoord op. Sorry.'
Willa trok de mouw van haar shirt op om een pleister te laten zien die ze bij haar elleboog had. 'Vertel me dan waar dit voor is.'
'Je zult je wel hebben gesneden.'
'Ik heb gekeken. Het is een prikgaatje.'
Hij keek weer naar het kommetje en de lepel. 'Ben je daar klaar mee?'
'Heeft dit met mijn oom te maken?' snauwde ze.
'Laat één ding duidelijk zijn, Willa. Ik wil je geen kwaad doen. Oké, ik heb de wet overtreden en jou hierheen gebracht, maar ik zou veel liever zien dat je die deur uit liep en weer naar huis ging. Maar: zolang je hier bent, zou het mooi zijn als we proberen zo goed mogelijk met elkaar om te gaan. Ik weet dat het moeilijk is, maar het is nu eenmaal zo. Het is beter voor mij.' Hij keek haar strak aan. 'En beter voor jou.'
Hij pakte het kommetje en de lepel op, hield ze tegen zijn borst en liep naar de deur.
'Wilt u tegen mijn moeder en vader zeggen dat ik ongedeerd ben?' zei ze met zachtere stem.
Hij draaide zich om. 'Dat zal ik doen.'
Bij die woorden laaide zijn woede nog veel feller op.
Toen hij weg was, ging Willa weer op het bed in de hoek zitten en liet haar blik langzaam door de kamer gaan. Ze had dapper tegen de man gesproken, maar voelde zich niet erg moedig. Ze was bang en wilde haar familie zien. In haar angst kromde ze haar handen telkens weer. Bij de gedachte aan het ene na het andere afschuwelijke scenario liepen de tranen over haar wangen. Ze bad en praatte hardop tegen haar vader en moeder. Ze zei tegen haar broer en zus dat ze heel veel van hen hield, ook al kwamen ze soms zonder toestemming in haar kamer en haalden ze haar spullen dan overhoop.
Ze veegde haar tranen weg en concentreerde zich. Ze geloofde niet wat de man over de handschoenen, het eczeem en de pleister op haar arm had gezegd. Ze dacht dat het iets met haar oom en tante te maken had. Welke andere reden zou er kunnen zijn? Verder was er eigenlijk niets bijzonders aan haar familie. Ze liep door de kamer en zong daarbij zachtjes in zichzelf. Dat deed ze wel vaker als ze zich zorgen maakte of bang was.

'Het komt wel goed,' zei ze keer op keer tegen zichzelf toen ze niet meer kon zingen. Ze ging weer liggen en trok de deken over zich heen, maar voordat ze het licht uitdeed, keek ze naar de deur. Ze stond op, liep door de kamer en keek naar het slot.

Het was een zwaar nachtslot, zag ze voor het eerst.

En nu voelde ze naast haar angst opeens een sprankje hoop.

•9•

Quarry liep door de mijngang en streek daarbij met zijn hand over het zwarte steen van de wanden, waarin de resten van oude, vette steenkoollagen nog te zien waren. Hij maakte de deur van een andere kamer open. Daar ging hij aan een tafel zitten, pakte de buisjes bloed uit zijn plunjezak en etiketteerde ze met verschillende getallen. Van een plank die aan de muur hing pakte hij een doos, die hij openmaakte. Er zaten nog meer buisjes bloed in. Sommige waren afkomstig van Pam Dutton, die nu in een mortuarium in Virginia lag, wist hij. In andere buisjes zat bloed dat hij Willa had afgenomen terwijl ze bewusteloos was.

Hij plakte een etiket op de buisjes van Pam en Willa Dutton en legde ze allemaal in een koelbox vol ijspakken. Vervolgens liet hij Willa's kommetje en lepel in een plastic zak glijden en legde die in een andere doos.

Oké, dat is dan dat. Ik moet nu verder.

Hij stond op en maakte een vrijstaande metalen wapenkluis open die hij met zijn pick-uptruck hierheen had gebracht. In die kluis zaten automatische en semiautomatische pistolen, geweren, vizieren, twee MP5's, twee AK's en munitie voor dat alles. Dit geheime arsenaal vertegenwoordigde verscheidene generaties van Quarry-mannen met een voorliefde voor vuurwapens. Hij keek aandachtig naar de verzameling en koos voor een .45 Cobra Enterprises Patriot. Met zijn ene hand om het kunststoffen frame schoof hij er met de andere een verlengd magazijn voor zeven patronen in, gevuld met standaard 1911-munitie. Het was een licht wapen, al bezat het genoeg kracht, en er was zes kilo druk voor nodig om de trekker over te halen. Vanwege de onevenwichtigheid van het vijfhonderd gram wegende frame en de .45 patroon was het niet prettig om met dit pistool te schieten, maar het was licht om met je mee te dragen, en als je er van dichtbij iets mee raakte, viel dat ter plekke neer.

Het was een handig, compact wapen, geschikt voor persoonlijke bescherming. Maar daar zou hij het niet voor gebruiken.

Zodra zijn hand het geladen pistool omvatte, zweette hij.

Er zaten zeven patronen in het magazijn, maar hij zou er niet meer dan twee nodig hebben. Hij zou er geen plezier aan beleven. Helemaal niet.

Hij liep door de rotsgang en bereidde zich mentaal voor op wat hem te doen stond. Zijn vader en grootvader hadden op mensen gejaagd, al wist hij dat ze zwarten nauwelijks als zodanig beschouwden. Ze maakten ze waarschijnlijk dood zonder er veel bij na te denken, zoals ze een watermocassinslang of een lastige mol doodschoten. Op dat punt ging de zoon en kleinzoon een andere weg dan zijn mannelijke verwanten. Hij zou doen wat hij moest doen, maar hij wist ook dat het diepe littekens bij hem zou achterlaten en dat hij het moment waarop hij de dodelijke schoten loste de rest van zijn leven steeds weer opnieuw zou beleven.

Hij kwam op zijn bestemming aan en scheen met zijn zaklantaarn tussen de tralies door die in de opening van een grote nis waren aangebracht. Het waren dezelfde tralies die vele tientallen noordelijke soldaten gevangen hadden gehouden, al had Quarry het roestige metaal opnieuw gelakt en daarna in de rots teruggezet.

Twee mannen zaten tegen de achterwand. Ze droegen een werktenue van het leger en hun handen waren op hun rug geboeid. Quarry keek de kleine, pezige man aan die aan de vrije kant van de tralies naast hem stond.

'Laten we dit afwerken, Carlos.'

De man likte nerveus langs zijn lippen en zei: 'Meneer Sam, met alle respect, maar ik geloof niet dat we dit hoeven te doen, meneer.'

Quarry draaide zich met een ruk naar hem om. Hij torende boven de kleine man uit. 'Er is hier maar één leider, Carlos, en dat ben ik. We hebben hier een hiërarchie, en zo hoort het ook. Jij als militair zou dat toch moeten weten. Geloof me, dit doet mij veel meer pijn dan het jou ooit zal doen. En ik hou maar weinig mensen over voor wat me te doen staat. Het is een ellendige situatie.'

De man sloeg geïntimideerd zijn ogen neer, maakte de deur open en gaf de twee mannen met een aarzelend gebaar te kennen dat ze naar buiten moesten komen. Omdat hun benen ook aan elkaar waren geboeid, konden ze alleen strompelen. Toen ze in de lichtbundel van Carlos' zaklantaarn kwamen, glansde het zweet op hun gezichten.

Een van de mannen zei: 'Het spijt me. Jezus, het spijt me.'

'Ik vind het ook heel jammer, Daryl. Ik doe dit echt niet voor de lol.'

Daryl was zwaargebouwd en de man achter hem was lang en mager. Zijn adamsappel ging op en neer van angst. 'We waren niet van plan dat te doen, meneer Quarry, maar toen we het kind buiten westen hadden, kwam ze binnen en schreeuwde ze en vloog ze ons aan. Moet u Daryls gezicht eens zien. Ze krabde bijna zijn hele huid weg. We deden het uit zelfverdediging. We wilden haar ook bewusteloos maken en dan de spuit in haar zetten, maar ze was door het dolle heen.'

'Wat had je dan van een moeder verwacht als je haar kind wegneemt? We hebben dat scenario wel honderd keer besproken, en ook wat jullie in elke mogelijke situatie moesten doen. Moord was geen optie. Nu zit ik met een meisje dat haar moeder nooit meer zal zien. Dat had niet mogen gebeuren.'

Daryl klonk smekend: 'Haar vader was thuis. En dat zou hij niet zijn.'

'Dat doet er niet toe. Daar hadden we ook plannen voor.'
Daryl gaf het niet op. 'Ze heeft me lelijk gekrabd en haar vinger in mijn oog gestoken. Ik werd kwaad. Ik dacht niet meer na. Ik haalde uit met mijn mes en raakte haar precies in haar keel. Dat was niet mijn bedoeling. Ze ging dood. We hebben geprobeerd haar te redden, maar we konden niets doen. Het spijt me.'
'Dat hebben jullie me al verteld. Als het verschil zou hebben gemaakt, zouden jullie hier nu niet staan, en ik ook niet.'
Daryl keek nerveus naar de Patriot. 'We hebben altijd voor u klaargestaan. Dat weet u. We hebben het meisje voor u opgehaald. Ze heeft nog geen schrammetje.'
'Eén uitzondering is genoeg om de regel te breken. Toen jullie zeiden dat jullie me hiermee wilden helpen, heb ik gezegd dat er niet veel regels waren, maar jullie hebben de belangrijkste geschonden. Jullie hebben een eed afgelegd en ik heb die eed geaccepteerd. En nu staan we hier.'
Hij knikte naar Carlos, die de mannen met tegenzin bij hun polsen vastpakte en ze op hun knieën trok.
Quarry ging bij hen staan. 'Spreek tot jullie god, mannen, als jullie er een hebben. Daar zal ik jullie de tijd voor geven.'
Daryl mompelde iets wat klonk als fragmenten van een gebed. De magere man huilde alleen maar.
Even later zei Quarry: 'Klaar? Goed.'
Hij drukte de Patriot tegen de onderkant van Daryls schedel.
'O, jezus. Goddomme,' jammerde Daryl.
'Alstublieft!' schreeuwde de andere man.
Quarry's vinger gleed van de metalen trekkerbeugel naar de trekker. Toch trok hij uiteindelijk de Patriot weg. Hij wist niet precies waarom; hij deed het gewoon.
'Sta op!'
Daryl keek hem verbijsterd aan. 'Wat?'
'Ik zei: sta op.'
Daryl kwam bevend overeind. Quarry keek naar het opengekrabde gezicht en bloeddoorlopen rechteroog van de man en scheurde toen de voorkant van Daryls shirt open. Tussen de gespierde borsthelften van de man zat een grote blauwe plek.
'Zei je nou dat het een vrouw was die op je schoot?'
'Ja. Het was donker, maar ik kon zien dat het een meisje was.'
'Dat *méisje* kon dan verdomd goed schieten. Eigenlijk had je dood moeten zijn, jongen.'
'Ik had het kogelwerende vest om, zoals u had gezegd,' zei hij schor. 'Het spijt me dat die vrouw is omgekomen. Dat was niet de bedoeling. Het spijt me.'
'En je zegt dat je *dénkt* dat jullie een buisje hebben achtergelaten?'
'Eentje maar. Na wat er was gebeurd moest het allemaal heel snel gaan, vooral

toen die andere mensen er opeens waren. Op de terugweg hebben we ze geteld. Als ze die vrouw opensnijden en zo, weten ze toch wel dat we haar bloed hebben afgenomen.'
Quarry aarzelde nog even. 'Nou, ga dan maar.'
'Wat?'
Quarry knikte een opgeluchte Carlos toe, en die maakte vlug Daryls boeien los. De man wreef over zijn geschaafde polsen en keek naar de magere man, die nog op zijn knieën zat. 'En Kurt?'
Quarry duwde de loop tegen Daryls borst. 'Geen woord meer. Ga nou maar weg, voordat ik van gedachten verander. Kurt is jouw zaak niet.'
Daryl zette een paar stappen, viel, krabbelde overeind en strompelde het donker in.
Quarry wendde zich weer tot Kurt.
'Alstublieft, meneer Quarry,' mompelde de veroordeelde.
'Ik vind het heel jammer, Kurt, maar het is oog om oog, jongen.'
'Maar Daryl is degene die de vrouw heeft doodgemaakt, meneer.'
'Hij is ook mijn zóón. Ik heb niet veel, maar ik heb hem.'
Hij richtte het pistool op Kurts hoofd.
'Maar u bent als een vader voor mij, meneer Quarry,' zei Kurt. De tranen rolden over zijn wangen.
'Dat maakt dit ook zo verdomd moeilijk.'
'Dit is absurd, meneer Quarry. U bent gek!' riep hij.
'Natuurlijk ben ik gek, jongen!' schreeuwde Quarry terug. 'Zo gek als een deur. Dat zit in mijn bloed. Daar kom ik nooit vanaf.'
Kurt gooide zich opzij en probeerde weg te kronkelen. Zijn lompe schoenen wierpen wolkjes kolenstof op. Zijn kreten galmden door de mijngang, zoals die van de noordelijke soldaten in vroeger tijden.
'Hou die zaklantaarn wat dichterbij, Carlos,' beval Quarry. 'Ik wil niet dat hij ook maar een seconde langer lijdt dan nodig is.'
De Patriot blafte en Kurt probeerde niet meer weg te komen.
Quarry liet het pistool langs zijn zij zakken en mompelde iets onverstaanbaars. Carlos sloeg een kruis.
'Weet je wel hoe kwaad dit me maakt?' vroeg Quarry. 'Begrijp je hoe woedend én teleurgesteld ik ben?'
'Ja, meneer,' zei Carlos.
Quarry porde met zijn schoen tegen de dode Kurt en stak de nog warme Patriot achter zijn broekband.
Hij draaide zich om en liep door de gang. Naar het daglicht.
Hij had genoeg van de duisternis.
Hij wilde alleen nog maar vliegen.

•10•

Michelle liet haar pistool in haar kluisje in de SUV achter. Ze had geen zin om de komende jaren in een federale gevangenis te zitten en zich af te vragen hoe ze zo dom had kunnen zijn om te proberen met een geladen wapen het Witte Huis binnen te wandelen.

Het was haar gelukt de journalisten die bij hun kantoor hadden postgevat af te schudden, al was dat wel ten koste gegaan van wat rubber op Michelles banden en al was een van de journalisten tijdens de korte achtervolging tegen een geparkeerd busje gebotst. Ze was niet gestopt om te helpen.

Ze liepen door de ingang voor bezoekers en verwachtten dat ze het Witte Huis in geleid zouden worden, maar nadat ze waren gefouilleerd en met een metaaldetector waren onderzocht, zei een van de geheim agenten tot hun verbazing tegen hen: 'Kom mee.'

Ze werden in een auto gezet die voor de ingang stond.

Die reed weg zodra het portier dicht was.

'Waar gaan we heen?' vroeg Sean aan de bestuurder.

De man gaf geen antwoord. De man naast hem keek niet eens om.

Michelle fluisterde: 'Bij de Secret Service zijn ze niet zo blij.'

'Er wordt al geruzied over de schuldvraag,' fluisterde Sean terug. 'Misschien weten ze waarom de First Lady ons heeft laten komen. Waarschijnlijk houden ze er niet van dat buitenstaanders gaan rondsnuffelen.'

'Wij zijn ex-collega's.'

Hij haalde zijn schouders op. 'Ik ben nou niet bepaald op een prettige manier weggegaan. En jij ook niet.'

'Dus de FBI heeft de pest aan ons, en onze eigen jongens ook. Weet je, we moeten een vakbond oprichten.'

'Nee, we moeten weten waar we heen gaan.' Hij wilde de vraag net opnieuw stellen toen de auto vaart minderde en stopte.

'Hier, in de kerk,' zei de bestuurder.

'Wat?'

'Als de gesmeerde bliksem die kerk in. Mevrouw wacht.'

Zodra ze uit de auto stapten, beseften ze dat het een erg kort ritje was geweest. Ze waren alleen maar naar de andere kant van Lafayette Park gereden. De kerk was de St. John en de deur stond open. Toen ze naar binnen liepen, reed de auto weg.

Ze zat op de voorste rij. Sean en Michelle zagen – of beter gezegd: voelden – dat er beveiligingsmensen in de kerk waren. Toen Sean naast Jane Cox ging zitten, kon hij niet nagaan of ze had gehuild of niet. Hij vermoedde van wel, maar hij wist ook dat ze niet het soort vrouw was dat gemakkelijk haar emoties toonde. Misschien niet eens aan haar man. Hij had zelf weleens meegemaakt dat deze vrouw emotioneel werd, maar dat was maar één keer gebeurd. Hij had niet verwacht dat hij het nog een keer zou meemaken.

Onder haar zwarte winterjas droeg ze een blauwe jurk die tot haar knieën reikte, en verder praktische pumps en weinig sieraden. Ze had een hoofddoek om, maar het was te zien dat ze haar haren had opgestoken. Dat deed ze vaak en veel mensen vonden dat ze daarmee de vergelijking met Jackie Kennedy heel goed kon doorstaan. Deze vrouw was nooit opzichtig geweest, wist Sean, maar wel stijlvol. Elegant. Ze wilde nooit iets zijn wat ze niet was. Nou, dat was niet helemaal waar, vond hij. Een First Lady moest veel dingen voor veel mensen zijn, en het was onmogelijk dat één persoonlijkheid aan zoveel verschillende ideeën kon voldoen. Ze ontkwam er dus niet aan om soms een rol te spelen.

'Dit is Michelle Maxwell, mevrouw... Jane.'

Jane glimlachte vriendelijk naar Michelle en keek toen Sean weer aan. 'Ik stel het op prijs dat je me op zo'n korte termijn kon ontmoeten.'

'We dachten dat je ons in het Witte Huis zou ontvangen.'

'Dat dacht ik ook, maar ik veranderde van gedachten. De kerk biedt een beetje meer privacy. En het is hier... vredig.'

Hij leunde op de bank achterover, keek even naar het altaar en zei toen: 'Wat kunnen we voor je doen?'

'Waren jullie er echt bij toen het gebeurde?'

'Ja. Ik bracht een cadeautje voor Willa.' Hij vertelde haar wat er de vorige avond was gebeurd, maar liet de gruwelijke dingen weg.

'Tuck kan zich niet veel herinneren,' zei ze. 'Ze zeiden dat het wel goed met hem komt, dat hij geen inwendige bloedingen of zoiets had, maar zijn kortetermijngeheugen schijnt te zijn aangetast.'

'Dat gebeurt vaak als iemand een klap tegen zijn hoofd krijgt,' merkte Michelle op. 'Misschien komt het terug.'

'De Secret Service regelt nu de bescherming van de... uitgebreide presidentiële familie,' zei ze.

'Heel slim,' zei Sean.

'De achilleshiel is eindelijk blootgelegd,' zei Jane rustig.

'De FBI stelt een onderzoek in,' zei Sean. 'Ik betwijfel of wij iets kunnen wat zij niet kunnen.'

'Ik had een verjaardagsfeestje voor Willa gegeven in Camp David. Pam was daar ook, en Willa's vriendinnen, haar broertje en zusje. Het was een heel bijzondere dag voor een heel bijzonder meisje.'

'Ze is bijzonder,' beaamde Sean.
'En dan te bedenken dat er op die mooie feestdag zoiets... zoiets gruwelijks is gebeurd.' Ze keek Sean plotseling aan. 'Ik wil dat je Willa vindt. En de mensen die hiervoor verantwoordelijk zijn.'
Hij slikte nerveus. 'Het is een federaal onderzoek. Daar mogen we ons niet in mengen. Ze maken gehakt van ons.'
'Je hebt me een keer geholpen, Sean, en dat ben ik nooit vergeten. Ik weet dat ik niet het recht heb om dit te vragen, maar ik heb dringend opnieuw je hulp nodig.'
'Maar de FBI?'
Ze maakte een laatdunkend gebaar. 'Die zijn vast wel erg goed, maar omdat Willa familie van mij is, spreekt het vanzelf dat dit heel gauw een politieke kwestie wordt.'
'Hoe kan iemand de moord op een moeder en de ontvoering van haar kind tot iets politieks maken?' vroeg Michelle.
Jane keek haar aan met een nog net niet neerbuigende glimlach. 'We zitten midden in een herverkiezingscampagne. Deze stad is erin gespecialiseerd niet-politieke dingen tot politiek te maken, Michelle. Sommige mensen kennen geen grenzen.'
'En dat zou dan invloed hebben op het onderzoek dat door de FBI wordt ingesteld?' vroeg Sean.
'Ik wil niet het risico lopen dat het antwoord op die vraag ja is. Ik wil mensen die maar één doel hebben: de waarheid ontdekken. Zonder loze beschuldigingen. Zonder politieke trucs. Dat betekent dat ik júllie wil.'
'Hebt u enig idee waarom iemand dit zou doen, mevrouw Cox?' vroeg Michelle.
'Ik zou niemand weten.'
'En de gebruikelijke verdachten?' opperde Sean. 'Een terroristengroep? Misschien koos die voor een gemakkelijk doelwit, omdat het presidentiële gezin te goed beschermd wordt.'
'In dat geval zou zo'n groep de verantwoordelijkheid hebben opgeëist, of eisen hebben gesteld,' voegde Michelle eraan toe.
'Misschien gebeurt dat binnenkort. Hoe denkt de president erover?' vroeg Sean.
'Hij maakt zich net zoveel zorgen als ik.'
'Ik bedoel, heeft hij enig idee wie dit kan hebben gedaan?'
'Ik geloof het niet, nee.'
Op gedempte toon voegde Sean eraan toe: 'Weet hij dat je met ons praat?'
'Ik zie geen reden waarom hij dat zou moeten weten. Zeker niet op dit moment.'

'Met alle respect: uw Secret Service weet het, mevrouw,' zei Michelle.
'Ik denk dat ik wel op hun discretie kan rekenen.'
Michelle en Sean wisselden een nerveuze blik. Geen enkele agent van de Secret Service zou ooit met opzet iets voor de president verborgen houden. Dat zou carrièrezelfmoord zijn, discretie of geen discretie.
'Oké,' zei Sean, 'maar als we dit gaan onderzoeken, kunnen we dat op een gegeven moment misschien niet meer verborgen houden.'
Michelle merkte op: 'In dat geval kunnen we beweren dat we het alleen doen omdat Sean een vriend van de familie is en omdat we er toevallig bij waren toen het gebeurde. Ze hebben zelfs geprobeerd mij dood te schieten. Daar kunnen we het aan ophangen.'
Sean knikte en keek Jane aan. 'Ja, zo kunnen we het spelen.'
'Goed.'
'We moeten met Tuck, John en Colleen praten.'
'Dat kan ik regelen. Tuck ligt nog in het ziekenhuis. De kinderen logeren bij Pams zus in Bethesda.'
'En we moeten toegang hebben tot de plaats van het misdrijf.'
Michelle voegde eraan toe: 'De FBI zal al het forensisch sporenmateriaal hebben. Dat moeten we ook zien als we echt iets willen bereiken.'
'Ik zal zien wat ik kan doen. Per slot van rekening is het mijn familie.'
'Oké,' zei Sean langzaam. Hij keek haar aandachtig aan.
'Dus jullie doen het?' Ze legde haar hand op die van Sean.
Hij keek Michelle aan, die vlug knikte. 'We doen het.'

•11•

Ze liepen de kerk uit. De auto van de Secret Service stond niet op hen te wachten.

'Blijkbaar hebben we geen retourtje genomen,' mompelde Michelle.

Ze liepen door Lafayette Park, toen Sean zei: 'Let op. Daar heb je ze.'

De twee mannen kwamen doelbewust op hen af. Een van hen was Chagrijn, de FBI-agent. De ander kende Sean goed, en Michelle ook. Hij was Aaron Betack, een hogere functionaris van de Secret Service. De carrière van de man had hem in korte tijd vanuit de loopgraven naar machtige hoogten gebracht, en Sean zag dat hij zich ook de bijbehorende veerkrachtige tred eigen had gemaakt.

Ze versperden Sean en Michelle de weg.

Sean deed alsof hij verrast was. 'Hé, ook aan de wandel? Vier zielen, één gedachte.'

Chagrijn zei: 'We weten waar jullie zijn geweest en met wie jullie zojuist hebben gepraat, en we gaan daar nu ter plekke een eind aan maken. Het laatste wat we kunnen gebruiken zijn twee cowboys...' Hij zweeg even en keek verlekkerd naar Michelle. 'Pardon, een cowboy en een cowgírl, die dit verpesten.'

'Ik heb je naam niet verstaan,' zei Sean vriendelijk.

'FBI-agent Chuck Waters, bureau Washington.'

'Dat is goed om te weten,' merkte Michelle op. 'Want voor mezelf noemde ik je oelewapper.'

'Maxwell,' snauwde Betack. 'Een beetje respect graag.'

'Dat heb ik als je iets laat zien om respect voor te hebben,' zei ze meteen.

Waters kwam dichter bij haar staan en bewoog vlak voor haar neus zijn vinger heen en weer. 'Ik zou maar niet zo hoog van de toren blazen, dametje.'

Aangezien Michelle bijna tien centimeter langer was dan Waters, zei ze: 'Als ik een dametje ben, moet jij wel een dwerg zijn.'

'En dat je het maar weet, Chúck: dit dametje hier kan met ons allemaal de vloer aanvegen. Met haar linkerhand,' zei Sean.

Betack, die ongeveer even groot was als de één meter vijfentachtig lange King, maar met nog bredere schouders, schraapte zijn keel. Hij keek zijn collega van de FBI behoedzaam en met een schouderophalen aan. Waters' gezicht werd rood, maar hij deed een stapje terug.

Betack zei: 'Sean, Maxwell en jij doen geen onderzoek naar deze zaak. Punt uit.'

'De laatste keer dat ik naar mijn loonstrookje keek, kwam het niet van de overheid.'

'Evengoed...'
'Er is geen evengoed. We hebben met een mogelijke cliënte gepraat. We hebben ons bereid verklaard voor die cliënte te gaan werken. Dit is Amerika. Zulke dingen zijn hier toegestaan. Nou, als jullie ons willen excuseren, we hebben een zaak om aan te werken.'
'Je krijgt hier spijt van, King,' blafte Waters.
'Ik heb spijt van een heleboel dingen in mijn leven. Toch sta ik hier.'
Hij duwde hen opzij en Michelle volgde hem. Ze liet haar elleboog in het voorbijgaan tegen Waters' schouder komen.
Toen ze bij Michelles SUV terug waren, zei ze: 'Ik was daarnet heel trots op je.'
'Daar is geen reden voor. We hebben twee van de machtigste diensten ter wereld tegen ons in het harnas gejaagd.'
'Ga tot het uiterste of ga naar huis.'
'Ik meen het, Michelle.'
Ze zette de auto in de versnelling. 'Dat betekent alleen maar dat we deze zaak snel moeten oplossen.'
'Zou dat echt ook maar enigszins mogelijk zijn?'
'We hebben wel lastiger zaken opgelost.'
'Ja, en dat ging nooit erg snel.'
'Geef me de kans om voorzichtig pessimistisch te zijn. Waar gaan we eerst heen? Tuck?'
'Nee, de kinderen.'
Onder het rijden zei ze: 'En wat vind je van het verhaal van Jane Cox?'
'Het leek me wel eerlijk.'
'O, denk je dat?'
'Heb jij een andere indruk?'
'Je hebt me nog niet verteld hoe je haar kent.'
'Hoe ken je nou eigenlijk iemand anders?'
'Bespaar me dat existentiële gelul. Ik wil weten hoe je haar kent.'
'Waarom doet dat er iets toe?'
'Het doet ertoe omdat het je oordeel zou kunnen vertroebelen.'
'Wie zegt nou weer dat mijn oordeel vertroebeld is?'
'Kom nou, ik zag toch hoe ze haar hand op die van jou legde? Hebben jullie een verhouding gehad of zoiets?'
'Denk je dat ik het met de vrouw van de president heb gedaan? Het moet niet gekker worden!'
'Misschien was ze nog niet de vrouw van de president toen je haar kende,' zei Michelle kalm. 'Ik kan dat niet weten, want je wilt me er niets over vertellen, compagnón. Over eenrichtingsverkeer gesproken. Ik heb jou wel alles verteld. Het moet van twee kanten komen.'

'Oké, oké.' Hij keek zwijgend uit het raam.
'Oké, wat?'
'Ik heb géén verhouding met Jane Cox gehad.'
'Wilde je dat wel?'
Hij keek haar even aan. 'Wat maakt jou dat uit?'
Michelle, die grijnzend naar hem had gekeken, maakte nu een geagiteerde indruk. 'Het kan me niet schelen naar wie jij hunkert. Dat is jouw zaak.'
'Ik ben blij dat te horen, want als ik ergens naar hunker, is het wel privacy.'
Er viel een pijnlijke stilte.
Michelle zocht koortsachtig naar nieuwe vragen die ze kon stellen, en toen ze iets had bedacht, ging ze meteen verder: 'Je werkte allang niet meer voor de Secret Service toen haar man zich kandidaat stelde voor het presidentschap.'
'Daarvoor was hij senator.'
'Wat is het verband met de Secret Service? Of had die er niets mee te maken?'
'Wel. En niet.'
'Geweldig. Dat is dan ook weer opgehelderd.'
Hij bleef zwijgen.
'Sean, kom op!' Ze sloeg van ergernis op het stuur.
'Dit blijft onder ons, Michelle.'
'Ja, ik ben een echte kletskous.'
'Ik heb dit nooit aan iemand verteld. Aan niemand.'
Ze keek even naar hem en zag hem grimmig kijken. 'Oké.'
Hij leunde in zijn stoel achterover. 'Jaren geleden was ik met een team van de Secret Service in Georgia om een bezoek van de president voor te bereiden. Ik ging nog laat een hapje eten met een andere agent. Hij ging weg omdat hij dienst had, maar ik had die avond vrij. Ik ging een eindje wandelen, verkende het terrein, volgde de route van de autocolonne om risico's te signaleren. Ik had ongeveer een uur gelopen. Het zal halftwaalf of zo zijn geweest. Toen zag ik hem.'
'Wie?'
'Dan Cox.'
'De president?'
'Hij was toen nog geen president. Hij was net in de Senaat gekozen. Zoals je misschien weet, heeft hij een hele termijn in de Senaat gezeten, en daarna nog een jaar of twee van de volgende termijn, voordat hij zich kandidaat stelde voor het presidentschap.'
'Oké, je zag hem. Nou en?'
'Hij zat in een geparkeerde auto in een steegje, stomdronken en met een meid boven op hem.'
'Kom nou!'
'Zou ik zoiets verzinnen?'

‘Wat gebeurde er?’
‘Ik herkende hem. We hadden een briefing over het bezoek van de president aan de plaatselijke autoriteiten gegeven, en daar was hij ook bij geweest.’
‘Waarom liet hij zich in een steegje “afwerken” door een ander dan zijn eigen vrouw?’
‘Nou, ik wist toen niet dat het niet zijn vrouw was, maar evengoed was het riskant. Hij zat in dezelfde politieke partij als de president en ik wilde niet dat dit in de publiciteit kwam voordat de president arriveerde. En dus tikte ik op het raam van de auto en liet mijn insigne zien. Die meid ging zo snel bij hem weg dat ik dacht dat ze dwars door het dak zou springen. Cox was zo dronken dat hij niet wist wat er gebeurde.’
‘En wat deed je toen?’
‘Ik zei tegen de dame dat ze moest uitstappen.’
‘Was ze een hoertje?’
‘Ik denk van niet. Ze was jong, maar niet zo gekleed als je van een hoertje zou verwachten. Ik weet nog dat ze bijna uit de auto viel terwijl ze haar slipje probeerde aan te trekken. Ik vroeg om haar papieren.’
‘Waarom?’
‘Als ik er later last mee zou krijgen, wilde ik die dame kunnen vinden.’
‘Dus toen gaf ze je haar rijbewijs?’
‘Het was duidelijk dat ze dat niet wilde, maar ik zei dat ze geen keus had. Ik overblufte haar en zei dat ik als ze het niet deed de politie moest bellen. Ze liet me haar rijbewijs zien en ik noteerde haar naam en adres. Ze woonde in de stad.’
‘Wat gebeurde er daarna?’
‘Ik wilde een taxi voor haar bellen, maar ze ging ervandoor. Voordat ik achter haar aan kon gaan, maakte Cox geluiden. Ik liep vlug naar de auto terug, ritste zijn gulp dicht, duwde hem op de passagiersplaats, pakte zijn rijbewijs om achter zijn adres te komen en bracht hem naar huis.’
‘En toen heb je Jane Cox ontmoet?’
‘Ja.’
‘Goh, dat is ook een manier om iemand te leren kennen. Heb je haar alles verteld?’
Sean wilde iets zeggen, maar hield zich in.
‘Je kunt nooit voorzichtig genoeg zijn?’
‘Zoiets,’ zei hij. ‘Ik zei alleen dat ik hem “in beschonken staat” in de auto had aangetroffen. Al kon je het parfum van die meid op hem ruiken en had hij lipstick op zijn overhemd. Ik droeg hem het huis in en de trap op naar de slaapkamer. Het was allemaal erg gênant. Gelukkig sliepen de kinderen. Toen ik daar aankwam, had ik haar mijn legitimatiebewijs laten zien. Ze was ontzettend dankbaar en zei dat ze nooit zou vergeten wat ik voor haar had gedaan. En voor

hem. En toen... Toen barstte ze in huilen uit. Het zal wel niet de eerste keer zijn geweest dat er zoiets gebeurde. Ik... Ik hield haar zo'n beetje vast, probeerde haar tot bedaren te brengen.'

'Je hield haar zo'n béétje vast?'

'Oké, ik had mijn armen om haar heen. Wat moest ik anders doen? Ik wilde haar troosten.'

'Was dat het moment waarop je begeerte de overhand kreeg?'

'Michelle!' zei hij op scherpe toon.

'Sorry. Oké, dus je hield haar zo'n beetje vast. En wat toen?'

'Toen ze niet meer huilde en zichzelf weer in de hand had, bedankte ze me opnieuw. Ze bood aan me naar de stad terug te brengen, maar dat leek me niet zo'n goed idee. Dus ik ging een eindje lopen en nam toen een taxi.'

'Dat was alles?'

'Nee, dat was niet alles. Ze belde me. Ik weet niet precies hoe ik het moet formuleren; we werden kennissen en toen vrienden. Ik denk dat ze echt dankbaar was voor wat ik had gedaan. Als hij door iemand anders was gevonden, zou hij nu waarschijnlijk geen president zijn.'

'Daar zou ik maar niet zo zeker van zijn. Politici staan niet bekend om hoogstaand moreel gedrag.'

'Hoe dan ook, ik was goed thuis in Washington en ze wilde dat ik haar er alles over vertelde. Ik denk dat ze de stad uiteindelijk beter kende dan haar man.'

'En zo leerde je ook Tuck en zijn gezin kennen?'

'Jane nodigde me een paar keer uit. Ik denk dat Dan Cox zich mij niet eens herinnerde. Misschien herinnerde hij zich zelfs die avond niet eens. Ik weet niet hoe ze hem heeft verklaard dat ik was uitgenodigd, maar hij deed er nooit moeilijk over. Toen hij president was geworden, zag ik ze niet veel meer. Het moge duidelijk zijn waarom. Mensen als ik verkeren niet in die kringen. En ik werkte niet meer voor de Secret Service en was uit Washington weg. Toch stuurde ze me altijd een kerstkaartje. Ik bleef in contact met Tuck en zijn gezin. Toen we hier kwamen wonen, behoorden zij tot de eersten die me terug verwelkomden.'

Michelle keek verrast. 'Waarom heb je mij dan nooit aan ze voorgesteld?'

Er trok een grijns over Seans gezicht. 'Ik wilde ze niet afschrikken.'

'Dus nu kom je de dame in nood opnieuw te hulp.'

'Ja, de dingen willen zich nog weleens herhalen.'

'O ja? Nou, laten we hopen dat we het overleven. Ze kregen me die avond bijna te pakken, en zolang ik bij jou ben, raak ik heel snel door mijn negen levens heen.'

'Ja, maar het is ook nooit saai.'

'Nee, het is nooit saai.'

•12•

Sam Quarry reed over hobbelige wegen terug naar de Atlee-plantage. De Patriot die hij had gebruikt om Kurt dood te schieten lag naast hem op de voorbank. Hij stopte voor zijn negentiende-eeuwse stapel natuursteen en met de hand gevormde baksteen. Het stof van Alabama dat om de banden van de pick-uptruck dwarrelde, leek meer op een hittewaas dan op het zand van het diepe Zuiden. Een hele tijd bewoog hij niet. Hij zat daar met zijn handen op het stuur naar de vijfhonderd gram wegende Patriot te kijken, met zijn slagpin als veiligheidspal. Ten slotte streek hij met zijn duim over de zijkant van de kolf. Hij wilde uit zijn hoofd zetten wat hij had gedaan, door het wapen aan te raken waarmee hij het had gedaan.

Op de terugweg was hij bijna neergestort met de Cessna. Meteen na het opstijgen was hij onbedaarlijk gaan beven, en op amper zestig meter hoogte had een zijwind hem te pakken gekregen en waren zijn vleugels bijna verticaal gaan staan. Achteraf dacht hij dat het maar weinig had gescheeld of hij had zich niet in de lucht kunnen handhaven, maar hij kreeg de macht over het toestel terug. Het vliegtuig had weer opwaartse druk en hij ging omhoog.

Gedurende de hele jeugd van zijn zoon had hij Daryl dicht bij zich gehouden. De jongen had niet vooraan gestaan toen er verstand werd uitgedeeld. Dat wist zijn vader, maar hij hield toch van hem. De jongen was trouw. Hij deed altijd wat zijn vader zei. Wat hij aan intellect tekortkwam, maakte hij meer dan goed met zijn hardnekkige vastbeslotenheid en aandacht voor details – eigenschappen die hij met zijn vader deelde. Die eigenschappen waren hem in het leger goed van pas gekomen. Daryl, Kurt en Carlos waren vrijwillig in dienst gegaan en hadden in Irak en Afghanistan gevochten. Ze hadden in totaal acht medailles verdiend en het ergste overleefd waarmee de vijand ze kon bestoken, inclusief tientallen bermbommen.

Toen waren de moeilijkheden begonnen. Op een ochtend was Quarry beneden gekomen en had hij de drie mannen zien ontbijten in de keuken van Atlee.

'Wat doen jullie hier?' had Quarry gevraagd. 'Ik dacht dat jullie orders hadden om weer naar het Midden-Oosten te gaan.'

'We kregen heimwee,' mompelde Daryl, zijn mond vol gort en vet spek. Kurt had alleen maar geknikt en gegrijnsd terwijl hij Ruth Anns sterke koffie opslurpte. Carlos, altijd de stille, had nerveus naar zijn bord gekeken en een beetje met zijn vork in het eten geprikt.

Quarry ging langzaam tegenover hen zitten. 'Mag ik jullie één domme vraag stellen? Weet het leger hiervan?'
De drie mannen keken elkaar even aan en toen zei Daryl: 'Ze zullen er wel gauw achter komen.' Hij grinnikte.
'Nou, waarom zijn jullie gedeserteerd?'
'We hebben geen zin meer in vechten,' zei Kurt.
'Het is in Irak nog heter dan hier in Alabama. En 's winters kouder dan op de maan,' voegde Daryl eraan toe. 'En we zijn er al vier keer geweest. We hebben Al Qaida op hun donder gegeven. En de taliban ook.'
'Idioten met een handdoek om hun kop,' ging Carlos verder terwijl hij met zijn koffiekopje speelde.
'Ze komen steeds terug,' zei Kurt. 'Als boemerangen. Je knalt er eentje kapot, en hup, daar is de volgende.'
'Kinderen komen je om snoep vragen en brengen zichzelf tot ontploffing,' zei Daryl.
'Het is pure ellende, meneer Quarry,' voegde Kurt eraan toe. 'We zijn het zat. Eerlijk waar.'
Daryl had zijn vork neergelegd en streek met de rug van zijn vlezige hand over zijn mond. 'En dus vonden we dat het tijd werd om naar Alabama terug te gaan.'
'*Sweet home Alabama*,' zei Kurt met een sluwe grijns.
De volgende dag was de MP gekomen.
'Ik heb ze niet gezien,' zei Quarry tegen de streng kijkende soldaten. Ze spraken met Ruth Ann, Gabriel en zelfs met indiaan Fred, maar ze kregen niets van hen te horen. Familie zorgde voor familie. Hij vertelde de MP's ook niet over de oude mijn, want daar hielden Kurt, Carlos en Daryl zich schuil. Hij had de mannen daar de vorige avond naartoe gevlogen.
'Het is een federaal misdrijf om gedeserteerde soldaten verborgen te houden,' had de kleine latinosergeant tegen Quarry gezegd.
'Ik heb mijn land gediend in Vietnam, meneer de sergeant. Ik heb meer mannen gedood dan jij ooit in je dromen zult doen. Het leverde me twee Purple Hearts op, maar nog niet eens een bedankje van de Amerikaanse overheid. Nee, mijn land gaf me juist een schop onder mijn kont toen ik thuiskwam. Geen optocht voor de Vietnammers. Als ik mijn zoon zie, zal ik doen wat ik moet doen.' Quarry had voor hen gesalueerd en toen de deur in hun gezicht dichtgegooid.
Dat was twee jaar geleden, en het leger was in die tijd twee keer teruggekomen, maar er waren daar niet veel wegen en Quarry wist altijd al lang voordat ze bij Atlee waren dat ze eraan kwamen. Daarna kwam het leger niet terug. Blijkbaar hadden ze meer aan hun hoofd dan drie jongens uit Alabama die geen zin meer

hadden om meer dan tienduizend kilometer van huis tegen Arabieren te vechten, dacht Quarry.

Kurt was bijna evenzeer een zoon voor hem geweest als Daryl. Hij had de jongen vanaf zijn geboorte gekend en hem bij zich opgenomen toen zijn ouders bij een brand om het leven waren gekomen. Daryl en Kurt leken veel op elkaar.

Carlos had op een ochtend, meer dan tien jaar geleden, opeens voor de deur gestaan. Hij was toen niet veel ouder geweest dan Gabriel nu. Geen familie, geen geld. Alleen een shirt en een broek, geen schoenen, maar een sterke rug en een onverwoestbare werklust. Soms had Quarry het gevoel dat hij zijn hele leven verschoppelingen had opgenomen.

'Wat doet u daar, meneer Sam?'

Quarry onderbrak zijn gedachten en keek uit het raam van zijn pick-up. Gabriel stond vanaf de verandatrap naar hem te kijken. De jongen droeg zijn gebruikelijke gebleekte Wranglers en witte T-shirt. Hij had geen schoenen aan. Op zijn hoofd had hij een oude Atlanta Falcons-honkbalpet die hij van Quarry had gekregen. Hij droeg hem achterstevoren om zijn nek niet te verbranden – tenminste, dat had hij op een dag tegen Quarry gezegd toen die ernaar vroeg.

'Ik dacht alleen maar na, Gabriel.'

'U denkt veel na, meneer Sam.'

'Dat doen volwassenen nu eenmaal. Groei dus maar niet te snel op. Het is veel leuker om kind te zijn.'

'Als u het zegt.'

'Hoe was het op school?'

'Ik hou veel van rekenen, maar lezen vind ik het leukst.'

'Nou, misschien word je dan sciencefictionschrijver. Als Ray Bradbury. Of die Isaac Asimov.'

'Wie?'

'Waarom ga je je moeder niet helpen? Ze heeft altijd wel iets te doen en ze komt hulp tekort.'

'Oké. Zeg, bedankt voor die postzegel. Die had ik nog niet.'

'Dat weet ik. Anders had ik hem je niet gegeven, jongen.'

Gabriel liep weg en Quarry zette de auto in de versnelling en reed hem de schuur in. Hij stapte uit, stak de Patriot achter zijn broekband en nam de ladder naar de hooizolder. Zijn schoenen gleden weg op de smalle sporten toen hij zich aan zijn armen omhoogtrok. Hij duwde de deuren van de hooizolder open en keek uit over wat er van de Atlee-plantage was overgebleven. Daarvoor kwam hij hier verschillende keren per dag. Alsof hij misschien zou verdwijnen als hij er niet steeds naar keek.

Hij leunde tegen het houten kozijn, rookte een sigaret en keek naar de illegalen die in zijn velden ten westen van het huis aan het werk waren. In het oosten zag hij Gabriel zijn moeder Ruth Ann de moestuin helpen onderhouden, waar steeds meer van hun eten vandaan kwam. Het landelijke Alabama stond in de voorhoede van het nieuwe 'groene' Amerika. Uit noodzaak.

Wanneer mensen have en goed verliezen in het land van overvloed, doen ze alles om in leven te blijven.

Quarry drukte zorgvuldig zijn sigaret uit om het droge hooi niet in brand te steken, gleed de ladder af, pakte een schop uit het rek en liep een kleine kilometer naar het zuiden. Hij groef een diep gat, en dat viel niet mee, want de grond was hier compact. Maar hij was het gewend om met zijn handen te werken, en hij stak de schop steeds dieper de grond in. Hij liet de Patriot in het gat vallen, gooide het weer dicht en legde een grote steen op de omgewoelde aarde.

Het was of hij iemand had begraven, maar hij zei geen gebed. Niet bij een pistool. Niet bij wat dan ook. Niet meer.

Zijn moeder zou hier niet blij mee zijn geweest. Ze was haar hele leven bij de pinkstergemeente geweest en had niet veel aanleiding nodig gehad om in tongen te spreken. Zo lang als hij zich kon herinneren, had ze hem elke zondag meegenomen naar de dienst. Toen ze op een avond midden in een Alabamastortbui op sterven lag, had ze in tongen tot haar Heer gesproken. Quarry was toen nog maar veertien geweest en het had hem doodsbang gemaakt. Niet die tongen; die was hij wel gewend. Nee, het was het sterven, in combinatie met het geschreeuw in een taal die hij niet verstond. Het was of zijn moeder wist dat ze dit leven verliet en de Heer wilde laten weten dat ze eraan kwam, alleen was Hij misschien doof en moest ze het dus heel hard roepen. Hij dacht dat Jezus elk moment in de slaapkamer van zijn moeder kon binnenvallen om die arme vrouw tot zwijgen te manen.

Ze had in haar laatste uren niet tegen hem gepraat, al had hij naast haar gezeten. Terwijl de dikke tranen over zijn magere wangen rolden, had hij tegen haar gezegd dat hij van haar hield. Met heel zijn hart had hij gewild dat ze hem aankeek en iets zei in de trant van: 'Ik hou van je, Sammy.' Of ten minste: 'Vaarwel, jongen.' Misschien zat het ergens in de tongen; dat kon hij niet nagaan. Hij had die taal nooit geleerd. Toen had ze nog één kreet geslaakt en was ze gewoon opgehouden met ademhalen, en dat was dat. Met weinig ophef. Eigenlijk had het hem verbaasd hoe gemakkelijk het was om dood te gaan. Hoe eenvoudig het was om iemand te zíén doodgaan.

Hij had nog even gewacht om er zeker van te zijn dat ze echt dood was en niet alleen maar uitrustte tussen kreten naar de Heer door. Toen had hij haar ogen gesloten en haar armen over elkaar gelegd op haar borst, zoals hij in films had zien doen.

Zijn vader was er niet bij geweest toen ze stierf. Quarry trof hem later dronken aan in bed met de vrouw van een van zijn knechten, die in het ziekenhuis lag omdat hij met zijn been in een maaimachine was gekomen. Hij had zijn vader over zijn schouder uit het huis van de vrouw gedragen en met de auto naar Atlee gebracht. Quarry was nog maar veertien geweest, maar hij was al één meter vijfentachtig en beresterk. Hij reed al auto sinds zijn dertiende – tenminste, op de achterafweggetjes van het landelijke Alabama van rond 1960.

Hij had de oude auto in de schuur geparkeerd, de motor uitgezet en een schop gepakt. Dicht bij de plaats waar hij de Patriot onder de grond had gestopt had hij een graf voor zijn vader gegraven. Hij was teruggelopen naar de schuur. Onderweg had hij zich afgevraagd hoe hij zijn vader het best kon doodmaken. Hij had toegang tot alle vuurwapens in Atlee, en dat waren er veel, en hij kon goed met elk daarvan schieten, maar een klap tegen het hoofd maakte minder lawaai dan een schot. Hij wilde de oude echtbreker absoluut vermoorden, maar hij was wel zo slim dat hij zijn eigen leven daar niet voor wilde opgeven.

Hij had zijn vader uit de auto getrokken en hem op zijn buik op de met stro bedekte vloer van de schuur gelegd. Hij wilde de dodelijke slag op de onderkant van de nek toebrengen, zoals je deed bij een dier dat je uit zijn lijden wilde verlossen. Toen hij de moker pakte, was zijn vader opeens overeind gaan zitten.

'Wat is er aan de hand, Junior?' zei hij met zijn dronken stem, en hij keek zijn zoon met zijn wazige ogen aan.

'Niet veel bijzonders,' had Quarry geantwoord, en de moed was hem in de schoenen gezonken. Hij mocht dan zo groot zijn als een volwassen man, evengoed was hij nog steeds een kind. Eén blik op zijn vader was genoeg om hem daaraan te herinneren.

'Ik heb honger als een paard,' zei zijn vader.

Quarry had zijn moordwapen neergelegd en zijn vader overeind geholpen en ondersteund tot ze in het huis waren. Hij gaf zijn vader te eten en moest hem bijna dragen om hem boven te krijgen. Hij deed het licht in de slaapkamer niet aan, kleedde zijn vader uit en legde hem in bed.

Toen de man de volgende morgen naast zijn koude, dode vrouw wakker werd, hoorde Quarry zijn schreeuw helemaal in de melkstal, waar hij uit alle macht aan koeienspenen zat te trekken. Hij had zo hard gelachen dat de tranen hem in de ogen sprongen.

Nadat Quarry het pistool had begraven, liep hij terug naar Atlee. Het was een mooie avond. De zon beëindigde zijn verblijf in de hemel met een glorieus rood schijnsel in de heuvels van het Sand Mountain-plateau op de zuidelijke grote teen van de Appalachen. Alabama, dacht hij, was zo ongeveer de mooiste plaats op aarde, en Atlee was er het mooiste deel van.

Hij ging naar zijn studeerkamer en stak de haard aan, al was het een warme dag geweest en was de avond drukkend, met roofzuchtige muggen die al op jacht naar bloed waren.

Bloed. Hij had veel bloed in die koelboxen. Hij had ze opgeborgen in de grote kluis waarin zijn grootvader belangrijke papieren had bewaard. Die kluis stond in de kelder, naast de oude, ratelende verwarmingsketel die in dit deel van het land bijna nooit nodig was. De kluis had een draaischijf, die hij als kind zo hard mogelijk had laten rondtollen, in de hoop dat het ding bij de juiste cijfers tot stilstand kwam en de inhoud prijsgaf. Dat was nooit gebeurd. Het testament van zijn vader had Quarry eindelijk de juiste cijfervolgorde gegeven. Toen was het niet meer zo spannend geweest als vroeger.
Toen het vuur was opgelaaid, nam hij de pook en stak hem in de vlammen tot hij goed heet was. Hij leunde in zijn stoel achterover, stroopte zijn mouw op en drukte het rood geworden metaal tegen zijn huid. Hij gaf geen schreeuw, beet alleen een beetje in zijn onderlip. Hij liet de pook vallen en keek naar zijn pulserende arm. Met ingehouden adem van de pijn bestudeerde hij het teken dat het verhitte metaal had achtergelaten. Hij had er een streep mee gemaakt, een lange streep. Hij zou het nog drie keer moeten doen.
Hij schroefde een fles gin open die hij op zijn bureau had staan, en dronk eruit. Hij goot er wat van op de wond. De blaren zwollen op door de vretende alcohol. Het leek net een kleine bergrug, miljoenen jaren geleden ontstaan door een hikbeweging in de ingewanden van de aarde. De gin was goedkoop, en hij dronk dit vaak: graandistillaat met andere troep erdoor, een regionaal product. Dat was tegenwoordig zoveel in zijn leven: regionaal.
Hij had niet gelogen tegen de arme Kurt. Er zat inderdaad krankzinnigheid in zijn familie. Zijn vader had daar zeker zijn portie van gehad, en diens vader ook. Beide mannen waren uiteindelijk in een inrichting terechtgekomen, waar ze in hun laatste levensjaren over dingen hadden gewauweld waar niemand naar wilde luisteren. De laatste keer dat Quarry zijn vader in leven had gezien, had de man naakt op de vuile vloer van een kamer gezeten, erger stinkend dan een buitenplee in augustus en orerend over die stomme verrader van een Lyndon B. Johnson, en over gekleurde mensen, al had hij niet zo'n beleefde term gebruikt. Op dat moment was Quarry tot de conclusie gekomen dat zijn vader niet krankzinnig was, maar alleen puur slecht.
Hij leunde in zijn stoel achterover en keek naar het haardvuur, dat plofte en siste.
Ik mag dan een miezerige boerenkinkel zijn, ik zál dit doen. Ik vind het jammer, Kurt. Ik vind het echt heel jammer. Eén ding verzeker ik je: je zult niet vergeefs gestorven zijn. Niemand van ons zal vergeefs sterven.

13

Ze reden naar het huis van Tucks schoonzus in Bethesda, Maryland, waar de kinderen logeerden. John en Colleen Dutton waren nog niet van de schrik bekomen en wisten erg weinig. Michelle ging bij de zevenjarige Colleen zitten en probeerde iets uit het meisje los te krijgen, maar dat leverde bijna niets op. Ze had die avond in bed gelegen. De deur van haar kamer was opengegaan, maar voordat ze kon kijken, had iemand haar vastgegrepen en had ze iets op haar gezicht gevoeld.

'Een hand of een doek?' vroeg Michelle.

'Allebei,' zei Colleen. De tranen welden in haar ogen op toen ze dat zei en Michelle drong niet aan. Beide kinderen hadden een kalmerend middel gekregen, maar het was duidelijk dat ze nog steeds in de greep waren van een verlammend verdriet.

De tienjarige John Dutton had ook in zijn kamer geslapen. Hij was wakker geworden toen hij voelde dat er iets dicht bij hem was, maar meer kon hij zich niet herinneren.

'Een geur? Een geluid?' had Sean geopperd.

De jongen schudde zijn hoofd.

Ze wisten geen van beiden zeker waar Willa in het huis was geweest. Bij zijn moeder beneden, dacht John. Zijn kleine zusje meende zich te herinneren dat ze Willa een paar minuten voordat ze zelf werd aangevallen de trap naar de eerste verdieping op had horen gaan.

Sean liet hun zijn notitie zien van de tekens die op het lichaam van hun moeder hadden gestaan, maar ze wisten geen van beiden wat ze betekenden.

Met de gebruikelijke vragen over vreemden die in de buurt hadden rondgehangen, vreemde brieven in de post of rare telefoontjes, waren ze ook niets verder gekomen.

'Weet een van jullie misschien waarom jullie moeder me wilde spreken? Heeft ze daar met jullie over gepraat?'

Ze schudden allebei hun hoofd.

'En jullie vader? Heeft een van jullie hem gisteravond gezien?'

'Papa was de stad uit.'

'Maar hij kwam gisteravond terug,' merkte Michelle op.

'Ik heb hem niet gezien,' zeiden John en Colleen tegelijk.

Het kleine meisje wilde heel graag weten of ze Willa terug zouden vinden.

'We doen wat we kunnen,' zei Michelle. 'En we zijn goed in wat we doen.'

'Wat nu?' zei Michelle, toen ze bij de diep getroffen kinderen vandaan reden.

'Ik heb bericht van Jane. Tuck kan ons ontvangen.'
'We kunnen met iedereen praten, maar als we niet op de plaats van het misdrijf mogen komen en het sporenmateriaal niet mogen bekijken, maken we niet veel kans.'
'Wat is er geworden van mijn zonnetje in huis?'
Michelle keek in het spiegeltje. 'Dat is daar achter ons opgebrand. Die kinderen zijn ontroostbaar.'
'Natuurlijk zijn ze dat, maar dat zijn ze nog meer als we Willa niet vinden.'

Er stonden twee agenten van de Secret Service voor Tucks ziekenhuiskamer, maar die waren van het bezoek van Sean en Michelle in kennis gesteld en lieten hen snel doorlopen. Tuck zat rechtop in bed en keek suf. Naast zijn bed stond een infuusstandaard waaraan allerlei medicijnen hingen, met een slangetje naar Tucks arm.
Sean stelde Michelle voor en legde zijn hand op de schouder van de man. 'Ik vind het heel erg van Pam,' zei hij.
De tranen biggelden over Tucks gezicht. 'Ik kan het niet geloven. Ik kan niet geloven dat ze dood is.'
'We zijn net bij John en Colleen geweest.'
'Hoe gaat het met ze?' Tuck ging van bezorgdheid nog meer overeind zitten.
'Naar omstandigheden goed,' zei Sean diplomatiek.
'En Willa? Nog nieuws?'
Sean keek Michelle even aan, trok een stoel bij en ging naast het bed zitten. 'Nee. Wat kun je ons over gisteravond vertellen?'
Michelle kwam dichterbij. 'Neem de tijd. Je moet het niet overhaasten.'
Tuck bleek hun niet veel te kunnen vertellen. Hij was in de slaapkamer geweest toen hij een kreet had gehoord. Hij was naar de deur gerend en toen was er iets met een dreun op zijn hoofd neergekomen.
'De artsen zeggen dat ik een kanjer van een hersenschudding heb, maar dat er geen blijvend letsel is.'
'Hoe laat gebeurde het?'
'Ik was naar boven gegaan om andere kleren aan te trekken. Ik was voor een vergadering buiten de stad geweest. Ik kwam laat huis.'
'Hoe laat?'
'Kort na elf uur.'
'Wij kwamen daar om halftwaalf aan,' zei Sean.
Tuck keek verbaasd. 'Waren jullie er ook?'
Sean legde het hem uit en vroeg toen: 'Waar kwam je vandaan?'
'Jacksonville.'
'Was je in je Mercedes naar huis gereden?'

'Ja. Hoe weet je dat?'
'Ben je regelrecht naar huis gereden? Nergens gestopt?'
'Ja, regelrecht naar huis. Hoezo?'
'Nou, als iemand je volgde, zou je het misschien hebben gemerkt als je gestopt was.'
'Waarom zou iemand me volgen?'
'Sean bedoelt dat degene die je gezin heeft aangevallen jou misschien naar huis is gevolgd.'
'Je bedoelt dat het iets willekeurigs was?'
'Ze zagen iemand in een nieuwe Mercedes. Zulke dingen komen wel vaker voor, Tuck.'
Tuck hield zijn hand voor zijn gezicht. 'Jezus, ik kan het niet geloven.'
'Mag ik vragen waar die vergadering over ging?'
Tuck haalde langzaam zijn hand weg. 'Niets bijzonders. Je weet dat ik defensieleverancier ben. We hebben een klein kantoor in Jacksonville. Mijn bedrijf werkt samen met andere bedrijven aan een project voor biologische defensie. Het is iets voor het ministerie van Binnenlandse Veiligheid. We legden de laatste hand aan onze offerte.'
'En je kwam precies op tijd terug om een klap op je hoofd te krijgen,' zei Michelle.
Tuck sprak langzaam. 'Ze hebben me over Pam verteld. Over hoe ze is gestorven.'
'Wie? De politie?'
'Mannen in pakken. Van de FBI, zeiden ze, geloof ik. Mijn hoofd werkt nog niet goed. Sorry.'
Ze stelden hem de vragen die ze ook aan de kinderen hadden gesteld en kregen van hem ook geen antwoorden waar ze veel aan hadden. Tuck glimlachte zwakjes. 'Het was een geweldige dag voor Willa. Ze mocht haar partijtje in Camp David geven. Hoeveel kinderen maken nou zoiets mee?'
'Niet veel,' beaamde Michelle. 'Jammer dat jij er niet bij kon zijn.'
'De eerste keer dat ik een verjaardag misliep. En nog in Camp David ook. Ik ben daar nooit geweest.'
'Het is nogal landelijk,' zei Sean. 'Dus de First Lady speelde een grote rol in Willa's leven?'
'Ja. Voor zover ze tijd had, bedoel ik. Soms kan ik nog steeds niet geloven dat ze met de president getrouwd is en dat ik dus zijn zwager ben.'
'Hebben jullie altijd een hechte band met elkaar gehad?'
'Ja. Ik mocht Dan ook graag. Heb zelfs op hem gestemd.' Tuck slaagde erin even te glimlachen, voordat hij een snik wegslikte. 'Ik kan er niet bij dat iemand zoiets zou doen, Sean.'

'Er is misschien meer aan de hand, Tuck,' zei hij.
'Je bedoelt dat het iets met Dan en Jane te maken heeft?'
'De mensen weten dat jullie familie zijn. Jullie zijn een veel gemakkelijker doelwit dan het presidentiële gezin.'
'Wat willen ze dan? Als het geld is: de president kan niet zomaar een greep in de schatkist doen om losgeld te betalen.'
Sean en Michelle wisselden weer een blik. Tuck keek van de een naar de ander. 'Dat kan toch niet?'
'Laten we ons op de feiten concentreren, Tuck. We hebben nog tijd genoeg voor speculaties.'
'We hebben geen tijd, Sean. Denk eens aan Willa. Ze hebben Willa. Ze kan wel...' Hij kwam opgewonden overeind.
Sean duwde hem voorzichtig op het bed terug. 'Luister eens, Tuck, de FBI zet alle zeilen bij en wij doen ook wat we kunnen. Het is belangrijk dat alle betrokkenen kalm blijven en ons precies vertellen wat ze weten.'
Sean haalde zijn notitie van de tekens op Pams arm tevoorschijn.
'Herken je dit?'
'Nee, hoezo?'
'Heeft de FBI je er niet naar gevraagd?'
'Nee. Wat is dit?'
'Dit was met zwarte viltstift op Pams armen geschreven.'
'O mijn god. Is het iets van een sekte of zo? Is dat het?' Tucks woede veranderde in angst. 'Is Willa ontvoerd door een moderne Charlie Manson die de pest heeft aan de overheid?'
Een verpleegkundige kwam de kamer binnen en zei streng: 'Ik moet u beiden vragen weg te gaan. U maakt hem onrustig.'
Michelle wilde protesteren, maar Sean zei: 'Goed. Sorry.' Hij pakte Tucks arm. 'Zorg jij nou maar dat je beter wordt. John en Colleen hebben je heel hard nodig.'
Tuck knikte snel en liet zich weer in de kussens zakken.
Enkele minuten later stapten Sean en Michelle in hun auto.
'Ik heb één vraag,' zei Michelle.
'Eentje maar? Ik ben onder de indruk.'
'Waarom was Tuck voor een vergadering de stad uit op de dag dat zijn dochter haar verjaardag vierde in Camp David? Wat hij in Jacksonville deed, was blijkbaar niet zo belangrijk. Het had toch kunnen wachten? Of konden ze niet televergaderen? En zie ik dat nou verkeerd of wilde hij echt weten of de president de schatkist kon gebruiken om losgeld te betalen?'
'Hij maakte ook een beetje te gauw de sprong naar een sekte. Daarom vroeg ik hem niet waarom Pam met ons wilde praten. Het is best mogelijk dat ze met ons over Túck wilde praten.'

'Dus je verdenkt hem?'
'Ik verdenk iedereen. Daarom heb ik het ook niet aan Jane Cox verteld.'
'Je hebt wel handig vastgesteld dat hij regelrecht naar huis is gereden. Denk je echt dat dit iets willekeurigs was?'
'Nee, dat denk ik niet.'
'Denk je dan dat dit echt iets met de president en zijn vrouw te maken heeft?'
'Dat dacht ik, totdat Tuck dat zei.'
'Tot hij wat zei?'
'Dat hij aan een groot overheidsproject op het gebied van biodefensie werkt.'

14

Later die avond wilden ze naar het huis van de Duttons rijden, maar ze konden de straat niet in, want die was afgezet met dranghekken. Voor de hekken stonden politiewagens en SUV's van de FBI schuin geparkeerd. Ook achter die tijdelijke muren stond de straat vol met politieauto's en busjes van de technische recherche.

Aan hun kant van de afzetting zagen ze gretige journalisten met grote microfoons rondrennen, op de voet gevolgd door hun cameramensen. Nieuwswagens met elektronische masten die tot in de hemel reikten stonden overal geparkeerd. Ook de nieuwsgierigen waren massaal komen opdraven. Ze probeerden iets te zien te krijgen van het gebeuren en vielen ten prooi aan de verslaggevers, die weinig anders te doen hadden dan om zinloos commentaar vragen, want de autoriteiten wilden geen woord zeggen.

'Oké, daar gaat dus het sporenmateriaal,' zei Michelle.

Sean luisterde niet. Hij keek naar het stuk papier waarop hij de letters had geschreven die ze op de armen van Pam Dutton hadden aangetroffen. Hij combineerde ze op verschillende manieren om een betekenis te vinden.

'*Chaffakan. Hatka en Tayyi*?'

'Chaffakan? Dat lijkt op Chaka Khan. Misschien zijn het fans van popzangers met mooie namen.'

'Kun je nou nooit serieus zijn?'

'Oké. Tayyi klinkt als Japans of Chinees. Een vechtsport of een ontspanningstechniek.'

'Of een code?'

'In dat geval hebben we de sleutel niet.'

Sean haalde zijn mobiel tevoorschijn en typte op het digitale schermpje.

'Wat doe je?'

'Wat iedereen tegenwoordig doet. Ik googel het.'

Hij wachtte tot zijn zoekvraag werd beantwoord en keek naar de resultaten. Zo te zien was hij niet erg enthousiast.

'Hatka is een actrice of een amusementsbedrijf. Tayyi heeft iets te maken met Arabieren in de zesde eeuw. Het zijn stammen of zoiets.'

'Iets terroristisch?'

'Dat gevoel heb ik niet. Ik probeer nog een paar andere combinaties met die letters.' Hij typte weer iets in en kreeg meer resultaten, totdat een daarvan zijn aandacht trok.

'Yi.'
'Wat is daarmee?'
'Ik typte "Yi" in plaats van "Tayyi", en kijk eens wat hier staat.' Sean las het van het scherm voor. 'De herkomst van Yi, een syllabisch schrift, is in de loop van de tijd verloren gegaan, maar vermoedelijk werd het beïnvloed door het Chinese schriftsysteem. Elk karakter vertegenwoordigt een lettergreep. Het werd vooral voor religieuze en geheime geschriften gebruikt. Het wordt gesproken door miljoenen mensen in de Chinese provincies Yunnan en Sichuan.'
'Dus een geheim Chinees religieus genootschap met een vreemde taal is verantwoordelijk voor dit alles?' zei Michelle sceptisch. 'De letters komen uit het Engelse alfabet. Het zijn geen Chinese karakters.'
'Ik weet het niet. Ik probeer alleen maar een spoor te vinden.' Hij typte een nummer in en stak zijn hand op toen Michelle iets wilde zeggen.
'Hé, Phil, met Sean King. Ja, het is lang geleden. Dat weet ik. Zeg, ik ben terug in Washington en ik heb een vraag over een taal. Ja. Nee, ik wil geen taal leren. Ik wil nagaan of iets een taal is of niet. Ja, ik weet dat ik onzin uitkraam. Zeg, ken jij iemand in Georgetown die de taal Yi kent? Uit China?'
Michelle tikte met haar vingers op het stuur terwijl hij het gesprek voerde.
'Ja, ik weet dat het niet een van de grote talen is, maar kun je nagaan of iemand op jouw faculteit er iets van weet? Dank je. Als ik eens iets voor jou kan doen.'
Hij gaf Phil zijn nummer en verbrak de verbinding.
Toen Michelle hem vragend aankeek, zei hij: 'Een vriend van me die op de faculteit vreemde talen van de Georgetown University werkt. Hij gaat het na en belt me dan terug.'
'Jippie.'
Hij keek haar nors aan. 'Heb jij betere ideeën?'
Ze wilde net antwoord geven toen zijn telefoon ging. 'Ja?' Hij ging rechtop zitten en keek uit het raam. 'Nu? Ja, goed.'
Hij verbrak de verbinding en keek verbaasd.
'Wie was dat?'
'FBI-agent Waters. We zijn officieel uitgenodigd om aan het onderzoek mee te werken.'
Michelle schakelde. 'Goh, Jane Cox maakt haar reputatie waar.'

•15•

Waters stond bij de voordeur op hen te wachten. Het was duidelijk dat de FBI-agent kort werd gehouden, met wurgketting en al, en dat hij dat helemaal niet leuk vond. Hij liet hen elastische overschoenen aantrekken en zei dat ze alleen mochten lopen waar hij liep. Het kostte hem duidelijk de grootste moeite om beleefd te blijven en als hij iets zei, kwam het er bijna als gegrom uit.

'Het moet leuk zijn om hooggeplaatste vrienden te hebben,' zei hij toen ze de trap op gingen naar de slaapkamers, nadat ze eerst langs de contouren van Pam Duttons lichaam op het kleed in de huiskamer waren gelopen.

'Je zou het ook eens moeten proberen, maar ja, dan moet je eerst leren vrienden te maken,' snauwde Michelle. Sean porde haar met zijn elleboog in haar zij.

Boven bleven ze bij de deur van een van de slaapkamers staan. Waters duwde hem open. Sean en Michelle bleven net voorbij de deuropening staan en keken om zich heen.

Het was Willa's kamer. De kamer waar niemand was geweest toen ze de vorige keer het huis doorzochten. Hij was netjes en schoon. Er waren planken vol boeken en er stond een slanke, zilverkleurige Mac op haar bureau. Het woord WILLALAND stond op een van de muren, die in feite een groot zwart schoolbord was.

'John Dutton zei dat hij dacht dat Willa beneden bij haar moeder was toen het gebeurde, maar Colleen zei dat ze dacht dat ze Willa op de trap hoorde,' zei Sean.

'Dat hebben ze ons ook verteld,' zei Waters kortaf.

'Weet jij welke versie de juiste is?'

'Als Willa op de trap is aangevallen, zijn daar geen sporen van. Misschien heeft Colleen de ontvoerders op de trap gehoord.'

'Zijn er sporen van braak?'

'We denken dat ze door de achterdeur zijn binnengekomen. Die zat niet op slot. Er is daar ook een achtertrap naar boven.' Hij wees naar links. 'Aan het eind van die gang.'

'Denken jullie dus dat de ontvoerders via die achterdeur zijn binnengekomen en het huis daarna kamer voor kamer hebben afgewerkt, van achteren naar voren?' vroeg Michelle.

'En dat ze eerst Colleen en toen John hebben gedrogeerd, Tuck bewusteloos hebben geslagen en daarna Pam hebben vermoord en Willa hebben ontvoerd?' maakte Sean voor haar af.

'Dat is een theorie,' zei Waters.
'Waarom hebben ze Tuck niet ook gedrogeerd? Hij zei dat hij de deur van de slaapkamer opendeed en dat hij toen een klap op zijn hoofd kreeg.'
'Hij is geen kind, maar een grote kerel. Misschien waren ze bang dat het middel niet goed bij hem werkte. Een klap voor zijn kop was beter.'
'Welk middel hebben ze gebruikt?'
'De artsen hebben monsters genomen van resten op de gezichten van de kinderen. Blijkbaar was het een vloeibare vorm van een narcoticum.'
Sean zei: 'En is het jullie theorie dat Willa van het begin af aan het beoogde slachtoffer was?'
'Dat hoeft niet. Misschien stuitten ze eerst op Willa en grepen ze haar. Pam Dutton komt de kamer in, ziet wat er gebeurt en gaat ze te lijf om haar dochter te beschermen. Dat is niet meer dan begrijpelijk. Ze doden haar en nemen het kind mee.'
Sean schudde zijn hoofd. 'De huiskamer is aan de vóórkant van het huis. Als ze aan de achterkant binnenkwamen, zoals jullie denken, en toen van kamer naar kamer naar voren gingen, zouden ze eerst op Tuck en dan op John zijn gestuit. Daarna zouden ze in Willa's kamer zijn gekomen en ten slotte zouden ze Colleen hebben gevonden. Pas daarna gingen ze naar voren. Als Willa in haar kamer was geweest, zouden ze eerst haar hebben gevonden en daarna pas Colleen. Ik kan niet geloven dat ze Pam eerst vermoordden en dan de moeite nemen Tuck bewusteloos te slaan en de andere kinderen te drogeren.'
Michelle voegde daaraan toe: 'Toen wij kwamen aanrijden, hoorden we een gil. Waarschijnlijk de doodskreet van Pam. De boeven waren toen al in de huiskamer. Tuck en de andere kinderen waren al onschadelijk gemaakt.'
Sean zei: 'Dus Willa was toen waarschijnlijk niet in haar kamer. Misschien was ze in de huiskamer. Ze was de oudste en het was haar verjaardag. Ze mocht van mama lang opblijven, of mama had haar uit haar kamer gehaald toen papa thuiskwam, want dan kon hij haar feliciteren.'
Michelle pikte de draad op. 'Mama gaat de kamer uit, loopt misschien naar de keuken om iets te halen, en Tuck gaat naar boven om andere kleren aan te trekken. Misschien zijn de andere kinderen dan al gedrogeerd. Ze slaan Tuck buiten westen, gaan vlug naar de huiskamer, grijpen Willa; mama komt terug, ziet wat er gebeurt, gaat hen te lijf, en dat kost haar het leven.'
'Waar het om gaat,' voegde Sean daaraan toe, 'is dat Willa het beoogde doel was. Ze zouden al bij de andere kinderen zijn geweest.'
Aan Waters' gezicht te zien had de man nog niet aan dit alles gedacht. Met zoveel zelfvertrouwen als hij kon opbrengen zei hij: 'Het is nog vroeg.'
Michelle gaf met haar gezichtsuitdrukking te kennen hoe ze over dit antwoord dacht. Zwak.

'Heeft de patholoog-anatoom gezegd hoeveel van Pam Duttons bloed er ontbreekt?'
'Meer dan wat er uit de wond was gelekt en wat we op het kleed hebben gevonden.'
'Welke patholoog-anatoom doet deze zaak?'
'Lori Magoulas. Ken je haar?'
'De naam komt me bekend voor. Enig idee waarom ze haar bloed hebben meegenomen?'
'Misschien zijn het vampiers.'
'En de sporen onder haar nagels?'
'Daar zijn we nog mee bezig,' zei hij kortaf.
'Vingerafdrukken? Bijvoorbeeld op dat buisje?'
'Ze moeten handschoenen hebben gedragen. Ze waren goed.'
'Niet heel erg goed,' zei Sean. 'Ze konden Pam niet bedwingen en moesten haar doden. Tenminste, daar lijkt het op.'
'Misschien wel, misschien niet,' zei Waters ontwijkend.
'Hebben jullie de Tundra gevonden?'
'Hij was van de Duttons. We vonden hem in een bos, anderhalve kilometer hiervandaan. Ze hadden het ding een greppel in gereden. Waarschijnlijk om hem te verbergen.'
'Enig teken van wat ze daarna hebben gedaan?'
'We zoeken nog naar sporen in de pick-uptruck. Er zal daar een andere wagen hebben klaargestaan, maar daar hebben we geen sporen van gevonden. We doen buurtonderzoek, vragen of iemand iets heeft gezien. Dat heeft nog niets opgeleverd.' Hij keek Michelle aan. 'Weet je zeker dat het twéé kerels waren?'
'Een man met een machinepistool en een bestuurder. Ik zag de bestuurder door de voorruit. Lang. Beslist een man.'
Sean keek op zijn horloge. 'Als je nagaat op welke tijd ze is ontvoerd, en de actieradius in alle richtingen uitrekent, kunnen ze al duizenden kilometers hebben afgelegd.'
'Met een privévliegtuig kunnen zé overal op de wereld zijn,' voegde Michelle eraan toe.
'Ik neem aan dat er geen losgeldeis is ontvangen?'
Waters keek Sean aan. Aan zijn gezicht was duidelijk te zien dat er een eind aan zijn toch al weinige geduld was gekomen. 'Weet je, ik heb me een beetje in jou verdiept. Doet het nog pijn dat je uit de Secret Service bent gegooid omdat je een zaak had verpest en er door jou iemand was omgekomen? Dat moet niet gemakkelijk te verwerken zijn geweest. Heb je er ooit over gedacht een kogel door je kop te jagen? Dat zou heel begrijpelijk zijn.'

'Luister eens, agent Waters, ik weet dat dit een pijnlijke situatie is. Ik weet dat het lijkt of we je door de strot gedouwd zijn...'
'Dat líjkt niet alleen zo. Jullie zíjn me door de strot gedouwd,' zei hij.
'Goed. Ik wil een afspraak met je maken. Als wij iets ontdekken of een spoor vinden, geven we het aan jou door en kun jij ermee aan de haal gaan. Ik hoef niet zo nodig in de kranten. Ik wil alleen Willa vinden. Oké?'
Waters dacht daar even over na en stak ten slotte zijn hand naar Sean uit, maar toen Sean hem wilde schudden, trok Waters hem terug en zei: 'Jij hoeft me niets te geven, wat deze zaak betreft. Nou, hebben jullie nog iets te vragen terwijl ik voor babysitter speel bij jou en je compagnón?'
'Ja, hoe zit het met je hersenen?' snauwde Michelle. 'Zitten die nog steeds klem in je reet?'
'Met dat soort opmerkingen komen we niet dichter bij Willa,' merkte Sean op.
'Dat is zo,' beaamde Waters. 'En hoe langer ik met jullie twee te maken heb, des te minder tijd ik heb om aan míjn zaak te werken.'
'Dan zullen we niet meer van je tijd verspillen,' zei Sean.
'Bedankt voor niks.'
'Vind je het erg als we nog wat rondkijken voordat we weggaan?' Toen Waters aanstalten maakte om te weigeren, liet Sean erop volgen: 'Ik wil er zeker van zijn dat mijn rapport voor president Cox volledig is. En dan vertel ik hem ook hoe behulpzaam jij bent geweest.'
Als Waters nog bleker was geworden, zouden de forensisch specialisten die in het huis waren hem waarschijnlijk in een lijkenzak hebben gestopt. 'Hé, King, wacht eens even,' zei hij nerveus.
Sean liep de trap al af.
Toen Michelle hem had ingehaald, zei ze: 'Als ik zulke kerels meemaak, ben ik er trots op dat ik Amerikaan ben.'
'Vergeet hem maar. Weet je nog? Tucks tas, die met het label van een luchtvaartmaatschappij?'
'Kledinghoes, marineblauw, standaard licht polyester. Een beetje versleten. Hoezo?'
'Formaat van handbagage?'
'Als je bedenkt dat mensen tegenwoordig koffers ter grootte van mijn auto met zich meesjouwen? Ja, absoluut handbagage.'
Sean haalde zijn telefoon tevoorschijn en toetste wat cijfers in. Hij zette het scherm aan en werkte zich door een aantal websites heen. 'United Airlines, vlucht 567, van Jacksonville naar Dulles?'
'Ja.'
Hij keek naar het kleine schermpje. 'Die vlucht komt volgens de dienstregeling

om halftien 's avonds binnen. Tuck stapt uit, loopt naar zijn auto en rijdt naar huis. Hoe lang denk je dat hij daarover doet?'
'Dat hangt ervan af bij welke terminal hij aankwam. Soms moet je op een lopende band staan om bij de hoofdterminal te komen. Vanaf terminal A kon hij het gewoon lopen.'
Sean voerde een kort telefoongesprek. Hij verbrak de verbinding. 'Het toestel komt aan bij terminal A.'
'Dus geen lopende band. En ook niet veel drukte op dat uur van de avond. Ik zou zeggen: hooguit dertig minuten om thuis te komen.'
'Dus laten we zeggen dat hij er een kwartier over deed om bij zijn auto te komen en bij het vliegveld vandaan te rijden. Tel daar de rijtijd bij op en je komt op kwart over tien. Rond het voor alle zekerheid af op een uur en je komt op halfelf.'
'Als het vliegtuig op tijd is geland.'
'Dat moeten we nagaan, maar als het op tijd was, ontbreken er dertig minuten in Tuck Duttons verhaal. Tenminste, als we geloven dat hij om ongeveer halftwaalf is thuisgekomen.'
'Geloof jij dat?'
'Toen we hem vonden had hij bloed op zijn gezicht. Dus ja, ik geloof hem.'
'Wat zou de man in die tijd hebben gedaan?'

16

Sam Quarry reed naar een UPS-kantoor en verstuurde de doos met geëtiketteerde bloedbuisjes. Ze gingen naar een lab in Chicago waarvan hij in de bibliotheek had ontdekt dat ze een onlineservice hadden. Er zat een vooraf betaalde retourverpakking bij.

Daarna reed hij honderdvijftig kilometer naar het oosten en stak zelfs de grens met Georgia over. Hij reed een parkeerterrein met chauffeursrestaurant op. Van de zes pakjes die hij bij zich had was er maar één echt van belang. Hij parkeerde en liep over het parkeerterrein naar een brievenbus. Na zich er eerst van te hebben vergewist dat er geen bewakingscamera's waren die vastlegden wat hij deed, stopte hij alle pakjes in de brievenbus. Het enige pakje dat echt van belang was, ging naar een adres in Maryland. Het bevatte het kommetje en de lepel die Willa had gebruikt, en de brief die hij eerder had getypt. Hij wist niet of de autoriteiten precies konden nagaan waar een pakje op de bus was gedaan, maar hij moest ervan uitgaan dat ze dat konden. De andere pakjes waren alleen maar afleidingsmanoeuvres voor het geval iemand die hem zag later tegen de politie zou zeggen dat hij iemand één pakje op de bus had zien doen. Nou, dat kon hij dus niet zijn. Iedereen zou denken dat hij een trucker was die een stuk of wat pakjes naar huis stuurde.

Hij reed naar Alabama terug en stopte ergens om een hapje te eten voor hij verderging. Toen hij bij de Atlee-plantage aankwam, brandde er alleen licht in Gabriels kamer.

Quarry klopte op de deur. 'Gabriel?'

De kleine jongen deed de deur open. 'Ja, meneer Sam?'

'Waarom ben je nog zo laat op?'

'Ik lees.'

'Wat lees je?'

'Dit.' Gabriel hield een boek omhoog. Quarry pakte het aan en keek naar de titel. *Het absoluut ware dagboek van een parttime-indiaan.*

'Het is heel goed. Je moet erom lachen. En soms ook huilen. En er staan grotemensenwoorden in, als u weet wat ik bedoel. Toch vind ik het mooi.'

'Maar je bent geen indiaan.'

'Daar gaat het niet alleen over, meneer Sam. Er staan dingen voor iedereen in. De mevrouw van de bibliotheek heeft me erover verteld. Ik wil op een dag ook een boek schrijven.'

'Nou, je hebt in elk geval genoeg woorden in je hoofd zitten, want ze komen er

soms sneller uit dan ik ze kan volgen.' Quarry gaf het boek terug. 'Is je moeder al gaan slapen?'
'Ongeveer een uur geleden. We vroegen ons af waar u heen was.'
'Ik moest wat dingen regelen.' Quarry leunde tegen de deurpost, streek een lucifer tegen het hout af en stak een sigaret op. 'Heb je Kurt de laatste tijd nog gezien?'
'Nee, meneer.'
Hij keek Gabriel vanonder zijn dichte wenkbrauwen aan. 'Ik denk dat hij is weggegaan.'
Gabriel keek verrast. 'Waarom zou hij dat doen? Waar moet hij heen?'
Quarry tikte met zijn sigaret tegen de deur, en de as dwarrelde naar de vloer. 'Iedereen moet ergens heen. Sommige mensen doen er gewoon wat langer over om te ontdekken waar ze heen willen.'
'U zult wel gelijk hebben.'
'Als iemand ernaar vraagt, moeten we dat maar zeggen. Al zit het me wel dwars. Hij was bijna familie. Hé, jij gaat er nooit vandoor zonder eerst met mij te praten, hè?'
Gabriel keek al geschrokken bij het idee. 'Als ik ooit wegga, meneer Sam, bent u na mijn moeder de eerste die het hoort.'
'Goed zo. Blijf lezen, Gabriel. Je moet je voorbereiden. De wereld zal je een kans geven, maar meer ook niet. De rest moet je zelf doen. Als je het verknalt, is het uit.'
'Dat zegt u al zo lang als ik me kan herinneren.'
'Een goede raad is het waard om herhaald te worden.'
Quarry liep naar zijn kamer. Die bevond zich op de bovenste verdieping en was ooit van zijn ouders geweest. Netheid was nooit een van Quarry's sterke punten geweest, al deden Ruth Ann en Gabriel hun best om tenminste nog wat orde te scheppen in de groeiende stapels.
Quarry's vrouw Cameron was meer dan drie jaar dood. Het grootste verlies van zijn leven, en hij had nogal wat verliezen meegemaakt. Na haar dood had Quarry niet meer in hun bed geslapen. Hij gebruikte een lange, versleten, honderd jaar oude bank die tegen een muur van zijn slaapkamer stond. Hij had veel dingen van zijn vrouw in de badkamer gelaten, en Ruth Ann stofte ze plichtsgetrouw af, al zouden ze nooit meer gebruikt worden.
Hij had Atlee al lang geleden kunnen verkopen; dat was misschien beter geweest. Toch was het geen reële optie. Cameron had van het huis gehouden, en als hij het wegdeed, zou hij als het ware ook afstand doen van haar. Dat kon hij niet, net zomin als hij zijn eigen zoon kon doodschieten. Al had dat angstaanjagend weinig gescheeld. Dat was het krankzinnige trekje van de Quarry's. Dag na dag, jaar na jaar werd het sterker, als de tentakels van een tumor die zich

moorddadig een weg door de hersenen baanden.
Hij ging op de bank zitten en pakte zijn fles gin, maar voordat hij een slok nam, veranderde hij van gedachten. Hij stond op, trok zijn laarzen aan en pakte de autosleutels van de wankele tafel.
Twee minuten later was hij weer onderweg. Hij keek naar een hemel met zoveel sterren dat de nacht bijna dag werd. Hij deed het raam open, zette muziek aan en dronk zijn gin. De warmte van de zuidelijke nacht sloeg hem in het gezicht. Hij had de pest aan airconditioning. In Atlee hadden ze die nooit gehad, en evenmin in de auto's die hij in bezit had gehad. Een man moest zweten. Weglopen van zweet was net zoiets als weglopen van wat je menselijk maakte.
Zijn oude pick-uptruck legde dertig kilometer af, hobbelend over zand en kiezel, over macadam en ten slotte over asfalt dat nog glom van de hete dag.
En toen was hij er. Hij was hier al wel duizend keer eerder geweest. Elk bezoek was hetzelfde, en toch ook weer anders.
Hij kende iedereen bij de voornaam. De bezoekuren waren allang voorbij, maar dat was geen probleem. Hij was Sam Quarry. Iedereen kende Sam Quarry, omdat iedereen Tippi Quarry kende. Ze hadden haar naar de actrice Tippi Hedren genoemd. Cameron Quarry had van die film met al die gekke vogels gehouden. Hun jongste dochter Suzie, die getrouwd was geweest met die zwarte man, woonde tegenwoordig in Californië en deed daar iets, al wist haar vader niet precies wat. Hij was er vrij zeker van dat als hij het wél wist, hij het zou afkeuren. Daryl was het kleintje geweest.
Alleen heeft mijn kleintje nu een moeder van drie kinderen doodgemaakt.
Toch was het hun geen van beiden zo vergaan als Tippi. Vorige maand was ze zesendertig geworden. Ze was daar al dertien jaar, acht maanden en zeventien dagen. Hij wist dat omdat hij de tijd bijhield op een kalender in zijn hoofd, alsof hij zijn resterende dagen op aarde wegstreepte. In zekere zin deed hij dat ook. Ze had nooit meer een voet buiten de betonnen muren van dat gebouw gezet. Dat zou ze ook nooit meer doen.
Quarry's lange benen voerden hem automatisch naar de kamer van zijn oudste kind.
Hij deed de deur open, zoals hij al zoveel keren had gedaan. Het was donker in de kamer. Hij liep naar de stoel waarop hij al zo vaak zijn achterste had laten zakken dat de lak was weggesleten. De tracheacanule zat in haar hals, zoals gebruikelijk was wanneer hij lang moest blijven zitten, alleen al omdat hij dan gemakkelijker schoon te maken was dan wanneer hij in haar keel zat. Het beademingsapparaat waarmee hij was verbonden pompte aan één stuk door om haar longen van zuurstof te voorzien. De monitor van de levenstekenen piepte. Het ene eind van een zuurstofslang leidde naar de centrale buis in de muur, en het andere eind was in de neusgaten van zijn dochter gestoken. Ze lag ook aan

een infuus met een gecomputeriseerd apparaat. Dat leidde een stroom van geneesmiddelen en voedingsstoffen naar een centraal toegangspunt dat bij haar sleutelbeen in haar huid was uitgesneden.
Quarry nam een klein ritueel in acht. Hij streelde het haar dat om haar hals was gelegd tot aan haar schouder. Hoe vaak had hij dat haar om zijn vinger gewonden toen Tippi nog een klein meisje was? En dan raakte hij haar voorhoofd aan, het voorhoofd waarin rimpeltjes waren gekomen toen ze nog een baby was en hij haar in bad deed. Vervolgens kuste hij haar op de wang. Toen ze een kind was, waren de huid en de botten daaronder glad geweest, prettig om aan te raken. Nu was dat alles ver voor haar tijd al verschrompeld en stug geworden.
Zodra hij zijn ritueel had verricht, pakte hij haar hand, leunde achterover en praatte tegen haar. Daarbij dacht hij aan wat de artsen tegen Cameron en hem hadden gezegd toen het gebeurd was.
Erg veel bloedverlies.
Zuurstoftekort in de hersenen.
Coma.
En ten slotte: *Onherstelbaar.*
Woorden die ouders nooit over hun kind wilden horen. Ze was niet dood, maar ze was zo dicht bij de dood als technisch maar mogelijk was, terwijl ze nog ademhaalde met hulp van een machine en dure middelen. Hij haalde het boek uit de zak van zijn jasje, knipte de lamp op het nachtkastje aan en las haar voor.
Het boek was *Pride and Prejudice*. De beroemdste roman van Jane Austen was het favoriete boek van zijn dochter geweest, al sinds ze het als dartele tiener van de plank in Atlee had gepakt. Haar grote enthousiasme voor het verhaal had Quarry ertoe gebracht het ook te lezen, zelfs verscheidene keren. Voordat Tippi hier terecht was gekomen, had Quarry zijn dochter altijd als een levensechte versie van Elizabeth Bennet uit Austens verhaal gezien. Elizabeth was de intelligente en levendige hoofdpersoon die altijd snel een oordeel klaar had. Toen Tippi hier was beland, had Quarry nog eens over het alter ego van zijn dochter in het verhaal nagedacht en was hij tot de conclusie gekomen dat ze meer weg had van de oudste dochter, Jane Bennet. Lief, maar timide; verstandig, maar niet zo slim als Elizabeth. Het was kenmerkend voor haar dat ze in andere mensen alleen het goede zag. Dat had Jane in het verhaal gelukkig gemaakt, maar in het echte leven was het voor Tippi Quarry desastreus geweest.
Een uur later stond hij op en zei hij wat hij altijd zei. 'Rust maar lekker uit, schat. Papa komt gauw terug. Ik hou van je, meisje.'
Hij reed naar Atlee terug. Toen hij met zijn gin op zijn bank lag, zag hij, voordat hij in slaap viel, Tippi nog even voor zich, jong en glimlachend naar haar papa.

•17•

Tuck Duttons vlucht van United Airlines was niet te laat aangekomen. Hij was zelfs twintig minuten te vroeg geweest, omdat ze ruimschoots op tijd uit Jacksonville waren vertrokken en geen problemen hadden gehad met het aanvliegen van het vliegveld Dulles.

Michelle zei: 'Dus hij had minstens vijftig minuten over in plaats van dertig. Misschien wel meer dan een uur.'

Ze zaten de volgende morgen aan de koffie in een café in Reston, dicht bij hun kantoor. Om geen last meer van de pers te hebben had Sean een verklaring afgelegd waarin hij niet veel had gezegd, net genoeg om ze een beetje rust te geven. Ze waren niet naar hun kantoor teruggegaan en logeerden in een hotel, voor het geval de verslaggevers de oerdrang weer voelden om achter hen aan te gaan.

'Dat is zo.'

'Denk je dat hij in het complot zat?'

'Als dat zo was, waarom bleef hij dan niet bij het huis vandaan? Waarom zou je dan terugkomen en je op je kop laten slaan?'

'Om de argwaan weg te nemen.'

'Motief?'

'Het gebeurt verbijsterend vaak dat mannen hun vrouw vermoorden,' zei Michelle. 'Dat is voor mij motief genoeg om nooit naar het altaar te lopen.'

'En Willa?'

Michelle haalde haar schouders op. 'Misschien hoort dat allemaal bij het complot. Ze kidnappen Willa, maar we vinden haar ergens veilig en wel terug.'

'Dat alles moet wel veel geld kosten. Daar moeten gegevens van zijn.'

'Het zou mooi zijn als we een blik in Tucks financiën konden werpen.'

'Ik weet waar zijn kantoor is.'

'Gaan we daar nu heen?'

'Nadat we met de patholoog-anatoom hebben gepraat. Ik heb haar gesproken. Ze was net klaar met de sectie van Pam Dutton.'

'Dus je kent haar écht?'

'Ik ben sociaal ingesteld.'

'Dat maakt me zo bang.'

Lori Magoulas was ongeveer vijfenveertig, klein en stevig gebouwd, met geblondeerd haar in een staart.

Nadat Michelle door Sean aan haar was voorgesteld, zei Magoulas: 'Het verbaast me iets van je te horen, Sean. Ik dacht dat je voorgoed naar dat meer van je was gegaan.'

'Washington blijft trekken, Lori.'

Lori keek sceptisch. 'Ja. Ik kan niet wachten tot ik hier weg ben en míjn meer vind.'

Ze ging hun voor door een betegelde ruimte waar andere mensen zich in wijde ziekenhuispakken over de doden bogen. Ze bleven bij de roestvrij-stalen tafel staan waarop Pam Dutton lag. Haar lichaam was voorgoed getekend door de doorgesneden keel en de gebruikelijke Y-incisie die Magoulas bij haar had verricht.

'Wat heb je ontdekt?'

'Ze verkeerde in goede gezondheid. Zou waarschijnlijk oud zijn geworden, als dat niet was gebeurd,' zei ze, wijzend naar de opengereten keel van de vrouw.

'En het bloed?'

Magoulas tikte iets in op een laptop die op een bureau naast de stalen tafel stond en bestudeerde cijfers die op het scherm verschenen. 'Voor zover ik kan nagaan, rekening houdend met wat er op het kleed en haar kleren is achtergebleven, zou ik zeggen dat ze ongeveer een halve liter mist.'

'Zouden ze die hebben meegenomen?'

'Het mes raakte de keelslagader en sneed de linkerhalsslagader en de linkerhalsader door. Ze moet in een paar minuten zijn doodgebloed.'

'Hoe denk je dat het is gegaan?' vroeg Michelle.

'Op grond van de hoek van de steekwond en de sporen onder de nagels zou ik zeggen dat ze van achteren is vastgepakt en dat haar keel is doorgesneden. Misschien heeft ze haar hand naar achteren gestoken en haar aanvaller in het gezicht gekrabd. We hebben veel weefsel en bloed onder haar nagelriemen gevonden. Ze moet hem flink te pakken hebben gehad. Waarschijnlijk kwam dat zijn humeur niet ten goede.'

'Weet je zeker dat het een man was?' vroeg Sean, en hij zag Michelle kwaad naar hem kijken.

'We hebben ook baardstoppels tussen het bloed en het weefsel gevonden.'

'Ik vroeg het voor alle zekerheid,' zei Sean tegen zijn compagnon.

'Dus als de línkerhalsader en -halsslagader zijn doorgesneden, zal haar belager waarschijnlijk rechtshandig zijn, als hij van achteren toesloeg,' zei Michelle.

'Dat klopt.' Ze pakte een plastic flesje op. Er zaten draadjes van een zwart materiaal in.

'Hier vond ik iets van onder de nagels van haar rechterduim en linkerwijsvinger. Er zat ook iets in haar haar.'

Michelle tuurde naar het sporenmateriaal. 'Dat lijkt me nylon.'

'Van een masker?' opperde Sean.

'De man die ik zag, had een zwart masker op,' zei Michelle. 'Pam reikt naar achteren en graait met haar handen naar zijn gezicht. Ze krijgt het nylon onder haar nagels.'
'Heb je verder nog iets gezien?' vroeg Magoulas.
'Eigenlijk niet. Ik heb een vrij goed waarnemingsvermogen, maar de man schoot op me met een MP5. Het scheelde maar een paar centimeter of hij schoot niet een boom, maar mij aan flarden. Het leek me verstandiger om in leven te blijven dan om de schutter te identificeren.'
Magoulas keek haar met grote ogen aan. 'Daar kan ik in komen.'
'Iets over de letters op haar armen?' vroeg Sean, terwijl hij ze op het lichaam aanwees. Ze waren nu moeilijker te lezen, doordat Pams huid was verkleurd. De dode huid leek de permanente inkt in zich op te nemen. In plaats van letters leek het nu een soort huidziekte, of anders de symbolen van een krankzinnige menselijke catalogiseermethode.
'Ik ben patholoog, geen taaldeskundige. Het is zwarte inkt, waarschijnlijk van een viltstift. Het is geschreven in blokletters en de schrijfkunst is niet geweldig, als je mijn bescheiden mening wilt horen. Ik spreek vloeiend Spaans, maar dat is geen Spaans. Het is ook geen andere Romaanse taal. Het is duidelijk niet Chinees of Russisch. Verkeerde alfabet.'
'Misschien een Afrikaanse stamtaal?' merkte Sean op.
Michelle zei: 'Net als bij Russisch en Chinees zouden ze dan geen Engels alfabet gebruiken. Misschien is het alleen maar onzin om ons op het verkeerde been te zetten.'
'Oké, verder nog iets interessants?' vroeg Sean.
'Ja, de vrouw had erg rood haar. Ik heb heel wat roodharigen opengesneden, maar zij spant de kroon. Ik had bijna een zonnebril nodig om de sectie te kunnen doen.'
'En wat is de relevantie daarvan voor het onderzoek?' vroeg Michelle.
'Hij vroeg niet naar iets relevants, maar naar iets interessants.' Met een grijns voegde ze eraan toe: 'Hé, zelfs wij moeten weleens een grapje maken. Anders wordt het hier wel heel erg deprimerend.'
'Oké,' zei Sean. 'Akkoord. Nog iets anders wat echt relevant is?'
'Deze vrouw heeft kinderen gehad.'
'Dat weten we.'
'Twee keizersneden.' Ze wees naar de oude hechtingen op Pams buik, evenwijdig met de Y-incisie. Het leken net verbleekte ritssluitingen.
'En de derde vaginaal,' voegde Sean eraan toe.
'Onmogelijk,' zei Magoulas.
'Wat?' zei Sean op scherpe toon.
'Uit het visueel onderzoek is gebleken dat haar bekkenbot ongewoon gevormd

was. Haar geboortekanaal was abnormaal smal; dat is bevestigd door de röntgenfoto's. En al is zoiets bij een sectie moeilijk te zeggen, het lijkt erop dat haar eerste sacrale wervel niet functioneerde; waarschijnlijk was dat aangeboren. Het komt er dus op neer dat geen enkele verloskundige bij deze vrouw voor een gewone bevalling zou hebben gekozen. Het was veel te riskant. Het kon eigenlijk alleen met een keizersnede.'

Ze keek naar Sean en Michelle, die strak naar Pam Duttons geteisterde buik keken, alsof de antwoorden waarnaar ze zo verlangden opeens naar hen omhoog zouden komen zweven.

'Is dat relevant?' vroeg Magoulas, die hen nog steeds onderzoekend aankeek.

Sean wendde eindelijk zijn blik van de oude chirurgische littekens en de nieuwe incisie af. 'Je zou kunnen zeggen dat het interessant is.'

•18•

Een uur later parkeerden ze bij een twee verdiepingen hoog gebouw op een kantorenterrein in Loudon County.
'Hoe wist je waar hij werkte?' vroeg Michelle.
'Ik ben een vriend van de familie.' Hij zweeg even. 'En ik heb een visitekaartje uit Tucks slaapkamer meegenomen.'
'Dus een van de kinderen was niet van Pam? Maar welke dan?'
'Pam heeft rood haar en Tuck is blond. Willa heeft heel donker haar. De twee andere kinderen zijn vlaskoppen.'
'Dus al is het een recessief gen, misschien was dat rode haar tóch relevant.'
'En interessant.'
Sean en Michelle gingen naar binnen en liepen naar de balie van de receptioniste.
'Ik ben Sean King. Dit is mijn collega Michelle Maxwell. Wij vertegenwoordigen Tuck Dutton in die afschuwelijke kwestie rond zijn gezin.'
De receptioniste, een jonge vrouw met kort bruin haar en grote trieste ogen, zei: 'O, god, ik weet het. We hebben het allemaal gehoord. Het is afschuwelijk. Hoe gaat het met hem?'
'Eigenlijk niet zo goed. Hij heeft ons gevraagd wat dingen uit zijn kantoor te halen.'
'Ik hoop dat hij zich onder deze omstandigheden niet druk maakt om werk.'
Sean boog zich dichter naar haar toe. 'Nou, misschien houdt het werk hem juist wel bij zijn positieven. We komen net uit het ziekenhuis.'
'U zei dat u hem vertegenwoordigt?' zei de vrouw langzaam. 'Bent u advocaten?'
Sean liet zijn legitimatiebewijs zijn. 'Privédetectives. We proberen uit te zoeken wie het heeft gedaan. We proberen ook Willa terug te vinden.'
'O god, ik wens u veel succes. Willa is hier een paar keer geweest. Wat een geweldig klein meisje.'
'Nou en of,' zei Michelle. 'En bij ontvoeringszaken is de tijdfactor van het grootste belang. Daarom wil Tuck dat we iets bekijken waaraan hij heeft gewerkt, want misschien heeft het iets met de zaak te maken.'
Ze keek onbehaaglijk. 'O, ik begrijp het. Nou, meneer Dutton werkt aan veel zaken die nogal, eh... vertrouwelijk zijn. U weet wel, patentrechten en zo.'
Sean glimlachte. 'Dat begrijp ik volkomen. Dat heeft hij ook tegen ons gezegd. Misschien is er hier iemand die ons kan helpen?'

De vrouw glimlachte, duidelijk blij dat ze het probleem naar iemand anders kon doorschuiven. 'Jazeker. Ik zal meneer Hilal bellen.'
Ze pakte de telefoon en vijf minuten later kwam een lange, slanke, kalende man van in de veertig de hal binnen lopen. 'Ik ben David Hilal. Kan ik u helpen?'
Sean vertelde wat ze kwamen doen.
'Ik begrijp het.' Hilal wreef over zijn kin. 'Komt u maar mee, dan praten we erover.'
Ze volgden hem naar zijn kamer. Hij deed de deur dicht en ging tegenover hen zitten.
'Hoe gaat het met Tuck?'
'Fysiek komt hij er wel bovenop,' antwoordde Sean. 'In emotioneel opzicht ligt het moeilijker.'
'Het was verschrikkelijk. Toen ik het hoorde, kon ik het gewoon niet geloven.'
'Ik weet dat uw firma betrokken is bij geheim biodefensiewerk. Tuck zei dat u momenteel pogingen doet een groot overheidscontract op dat terrein in de wacht te slepen.'
'Dat klopt. We zouden niet meer dan een toeleverancier zijn, maar als we het krijgen, is het voor ons gigantisch. Er zou voor jaren werk in zitten. Tuck stak er veel tijd in. Wij allemaal.'
'En was hij daarom in Jacksonville op de dag dat het gebeurde?'
'Dat... klopt,' zei Hilal aarzelend.
'Nou, was hij daar of niet?' vroeg Michelle.
Hilal keek onbehaaglijk. 'Eigenlijk is dit Tucks bedrijf. Ik ben alleen maar zijn compagnon.'
'We werken met Tuck samen,' zei Sean. 'We willen alleen maar de waarheid boven tafel krijgen. We willen uitzoeken wie Pam Dutton heeft vermoord. En we willen Willa vinden. Ik neem aan dat Tuck dat ook wil.'
'Dit is nogal pijnlijk,' zei Hilal. 'Ik bedoel, het ligt eigenlijk niet op mijn weg.'
Michelle boog zich naar voren en tikte met haar vinger op het bureau van de man. 'We hebben het wel over het leven van een klein meisje.'
Hilal liet zich achterover in zijn stoel zakken. 'Oké, ik denk dat Tuck in Jacksonville was met iemand.'
'Iemand? Hij zei dat hij daar in het kantoor was dat uw bedrijf daar heeft om aan dat project te werken. Is dat niet zo?'
'Ja, we hebben daar een kantoor, maar daar werkt maar één persoon. Een vrouw.'
Sean en Michelle wisselden een blik. 'Heeft die vrouw een naam?' vroeg hij.
'Cassandra. Cassandra Mallory. Ze werkt aan de offerte. We hebben haar zes maanden geleden in dienst genomen. Ze heeft heel goede contacten bij Binnenlandse Veiligheid. Veel mensen wilden haar hebben.'
'Omdat ze hen aan opdrachten kon helpen?'

‘Overheidsdiensten zijn niet anders dan andere organisaties. Je haalt contracten binnen met relaties en vertrouwen. De federale diensten houden van comfort en vertrouwdheid. Als Cassandra deel uitmaakte van wat we te bieden hadden, zou dat ons enorm helpen.’

‘En Tuck was daar bij haar. Bedoelt u dat hij daar niet alleen om professionele redenen was?’

‘Ze is een erg aantrekkelijke vrouw. Erg intelligent. Blond, mooi gebruind, draagt graag korte rokken,’ voegde Hilal er gegenereerd aan toe. ‘Tuck en zij konden het heel goed met elkaar vinden. Haar expertise lag niet op het terrein van de techniek, maar op dat van de verkoop. Die dame kon verkopen. Zo ongeveer alles.’

Sean boog zich naar voren. ‘Had Tuck een verhouding met die vrouw?’

‘Als u vraagt of ik bewijs heb, dan heb ik dat niet. Het zijn kleine dingen. Bijvoorbeeld dat hij daar zo vaak naartoe ging. Dingen die ik heb gehoord.’

‘Dus niets concreets?’ vroeg Michelle.

‘Ongeveer een maand geleden kwamen er gegevens van zijn creditcard binnen. Ik speel hier zo’n beetje voor financieel directeur. Ik controleer de rekeningen, teken de cheques.’

‘Wat voor gegevens waren dat?’

‘Er was iets vreemds aan Tucks onkosten daar.’

‘Bloemen, bonbons of lingerie voor de sexy Cassandra?’ vroeg Michelle.

‘Nee, u begrijpt me verkeerd. Het gaat niet om wat hij uitgaf, maar om wat hij níét uitgaf.’

‘Ik kan het niet volgen,’ zei Sean.

‘Hij gebruikte zijn bedrijfscreditcard niet om voor een hotelkamer te betalen.’

Sean en Michelle wisselden weer een blik.

‘Misschien gebruikte hij een andere,’ opperde Michelle.

‘Hij gebruikt altijd die van de firma. Als je zakendoet met de overheid, moet je altijd heel voorzichtig zijn met onkosten. We gebruiken die kaart alleen voor werk. Bovendien krijgt Tuck al zijn punten op die kaart. Hij gebruikt hem voor vliegtickets, upgrades enzovoort. Dat doen we allemaal.’ Hilal ging vlug verder. ‘En hij nam daar altijd een kamer in hetzelfde hotel. Het is een goed hotel, maar niet te duur. In die hotelketen geniet hij voordelen omdat hij veel punten heeft, maar deze keer bleef hij drie nachten weg en had hij zijn creditcard niet gebruikt om een hotel te betalen.’

‘En Cassandra heeft daar een huis?’

‘Een appartement direct aan het water. Ik heb gehoord dat het erg mooi is,’ voegde hij er vlug aan toe.

‘En er was daar niemand anders bij wie Tuck kan hebben gelogeerd?’

‘Hij kende daar niemand anders. We hebben dat kantoor daar alleen maar geopend omdat Cassandra daar woont. Ze wilde niet hierheen verhuizen en ook niet vanuit haar huis werken. Ik geloof ook dat de vereniging van eigenaren van haar appartementengebouw dat niet toestaat. Daar komt nog bij dat er in Jacksonville veel defensiekantoren zijn en we daar misschien nog ander werk kunnen binnenhalen. Het heeft dus zin om daar een adres te hebben.'

Sean leunde in zijn stoel achterover. 'Wat dacht u nou echt toen u hoorde wat er met zijn gezin was gebeurd?' vroeg Sean. 'De waarheid.'

Hilal slaakte een diepe zucht. 'Het is geen geheim dat Pam en hij niet het allerbeste huwelijk van de wereld hadden. Hij had deze firma en zij zorgde voor het huis en de kinderen. Maar zijn vrouw vermoorden en zijn dochter ontvoeren? Tuck is geen heilige, maar zoiets zie ik hem niet doen.'

'Denkt u dat Pam vermoedde dat er iets aan de hand was?'

'Ik zou het echt niet weten. Ik heb niet zoveel contact met haar.'

'Als hij uit het huwelijk wilde stappen, zijn er gemakkelijker manieren,' merkte Michelle op.

'Precies. Waarom ging hij niet gewoon van haar scheiden?' vroeg Sean.

Hilal tikte met zijn vingertoppen op het bureau. 'Dat zou misschien problematisch zijn geweest.'

'In welk opzicht?'

'Ik zei al dat we Cassandra ongeveer zes maanden geleden in dienst hebben genomen. Daarvoor werkte ze op de inkoopafdeling van het ministerie van Binnenlandse Veiligheid. Dat is de afdeling waarmee wij zaken willen doen. Dat bedoelde ik toen ik zei dat ze heel goede contacten had.'

'Dus als hij toch van Pam probeerde te scheiden en de verhouding in de openbaarheid kwam...?'

'Overheidsdiensten die zakendoen met bedrijven hebben alleen al een hekel aan de schijn van een belangentegenstelling. Als de hoofdleverancier waarvoor wij zouden werken ontdekte dat iemand van ons een verhouding had met een vroegere ambtenares van Binnenlandse Veiligheid, zou dat een groot probleem zijn. Onder normale omstandigheden zou dat probleem misschien niet groot genoeg zijn om een eind aan de contacten te maken, maar dit zijn geen normale omstandigheden.'

'Wat bedoelt u?' vroeg Sean.

'Tuck is een zwager van de president. Daardoor is iedereen al bang dat de schijn van een voorkeursbehandeling wordt gewekt. Het ministerie zal misschien zelfs denken dat ze al iets met elkaar hadden vóórdat ze het ministerie verliet. Misschien gaan ze dan ook naar dingen kijken die we vroeger voor het ministerie hebben gedaan. Het wordt algauw heel ingewikkeld. Het is al moeilijk genoeg om dit soort opdrachten binnen te halen. De concurrentie zal elke fout die je maakt gebruiken.'

'U beseft zeker wel dat u zojuist heel goed hebt uitgelegd waarom Tuck de hele zaak kan hebben georkestreerd?' zei Sean.

'Ik kan nog steeds niet geloven dat hij zijn gezin zoiets zou aandoen.'

Sean keek Michelle aan met een subtiele blik die ze nog steeds meteen kon vertalen.

Ze zei: 'We hebben nog meer vragen, meneer Hilal, maar hebt u hier ook koffie? U kunt zelf waarschijnlijk ook wel een kop gebruiken.'

Hilal stond op. 'Nou en of.' Hij keek Sean aan. 'Wilt u ook?'

'Nee, maar kunt u me vertellen waar de herentoiletten zijn?'

Hilal ging hun voor door de gang en wees Sean de toiletten. Michelle en hij gingen naar de kantine.

Sean ging niet naar de wc, maar maakte rechtsomkeert en glipte de kamer in die zich twee deuren bij die van Hilal vandaan bevond. Op de heenweg waren ze daarlangs gekomen en hadden ze aan de naam op de deur gezien dat het de kamer van Tuck Dutton was.

Het was een grote maar rommelige kamer. Je kon duidelijk zien dat hier iemand werkte die veel dingen tegelijk deed. Sean verspilde geen tijd, maar liep regelrecht naar de computer op het bureau. Hij haalde een kleine USB thumb drive uit zijn zak. Daar stond een uniek programma op dat door politiediensten werd gebruikt om forensisch materiaal uit computers te halen zonder de machine uit te zetten of in beslag te nemen. Het was Sean gelukt er eentje los te krijgen van een vriend van hem bij de FBI.

Hij stak hem in de USB-poort op het toetsenbord, en na enkele muisklikken werd het programma van de thumb drive op het scherm geüpload. Natuurlijk bevatte de software op de USB-stick programma's om wachtwoorden te kraken, maar omdat daar tijd mee gemoeid was, koos Sean voor een snellere manier. Hij deed een aantal pogingen en kwam toen op een idee.

Hij typte de naam 'Cassandra' in. Niets. Toen probeerde hij 'Cassandra1'.

De digitale poort ging open en na enkele opdrachten van Sean zette de software bepaalde delen van Tuck Duttons harde schijf op de thumb drive.

•19•

Toen de jonge agent van de Secret Service de post uit de brievenbus had gehaald, viel zijn oog op het pakje. Er stond geen afzender op en het etiket was met blokletters beschreven. Hij gaf die informatie aan zijn superieuren door en binnen dertig minuten denderde er een wagen van het explosieventeam door de straat. Het team deed zijn werk, en gelukkig verdween de hele omgeving niet in een nucleaire vuurbal. Evengoed was de inhoud nogal ongewoon.
Een kommetje met de resten van hard geworden pap en melk op de bodem.
Een lepel met net zo'n korstje.
En een dichtgeplakte envelop met een getypte brief.
Nadat de technisch specialisten hadden geconstateerd dat er geen vingerafdrukken of andere nuttige sporen op de doos, envelop of brief te vinden waren, richtten de agenten hun aandacht op de inhoud van de brief:

Onderzoek de vingerafdrukken op de kom en lepel. U zult zien dat ze van Willa Dutton zijn. Wij hebben haar. Ze is veilig. Wij zullen spoedig contact met u opnemen.

De doos was verstuurd naar het huis van Pam Duttons zus in Bethesda, waar John en Colleen Dutton onder bescherming van de Secret Service logeerden.
Toen de vingerafdrukken werden vergeleken met afdrukken die in Willa's slaapkamer waren gevonden, bleken ze overeen te komen.
Ze namen meteen contact op met de posterijen om na te gaan waar het pakje vandaan gekomen was. De kwestie kreeg de hoogste prioriteit, maar wat de plaats van verzending betrof kwamen ze niet dichterbij dan Dalton, een stadje in het noorden van Georgia. Daar was het pakje verwerkt.
Later op die middag werd contact opgenomen met Sean en Michelle. Ze kregen te horen dat ze naar het ministerie van Financiën moesten gaan, dat zich aan de oostkant van het Witte Huis bevond, met een standbeeld van Alexander Hamilton aan de voorkant. Ze werden naar de onderbuik van het immense gebouw gebracht, waar ze in een lange tunnel kwamen die pal naar het westen leidde en in verbinding stond met het Witte Huis. Sean was daar eerder geweest toen hij bewakingsdienst op het Witte Huis had, maar voor Michelle was het de eerste keer. Toen ze langs dichte deuren aan de gang kwamen, fluisterde hij tegen haar: 'De verhalen die ik zou kunnen vertellen over wat er in sommige van die kamers is gebeurd...'

'Ik zie Londen, ik zie Frankrijk,' mompelde Michelle terug.
De First Lady ontving hen in haar kantoor in de West Wing.
Ze droeg een zwarte broek en een lichtblauwe sweater, en haar zwarte pumps lagen onder haar bureau. Ze zag er veel vermoeider uit dan de vorige keer dat ze haar hadden gezien.
Het verbaasde Sean dat hij Aaron Betack op de achtergrond zag staan. Het leek wel of de man zich zo klein mogelijk maakte, alsof hij daar liever helemaal niet zou willen zijn, maar als de First Lady iets wilde, gebeurde dat meestal ook.
'Op dit soort dagen heb ik er spijt van dat ik ben gestopt met roken,' zei Jane. Ze gaf met een gebaar te kennen dat ze tegenover haar konden gaan zitten.
'Was je niet met de campagne mee in Connecticut?' vroeg Sean.
Ze knikte. 'Ik ben eerder teruggevlogen toen ze me over het pakje hadden verteld. Ik heb agent Betack gevraagd erbij te zijn; dan kan hij namens de Secret Service eventuele vragen van jullie beantwoorden.'
Sean en Michelle keken naar Betack, die er zo te zien geen enkele behoefte aan had hun zelfs maar te vertellen hoe laat het was.
Toch knikte hij en probeerde te glimlachen. Dat laatste zag eruit alsof hij last had van brandend maagzuur.
Jane zei: 'Ik heb gehoord dat de FBI niet altijd zo goed met jullie heeft samengewerkt. Mag ik aannemen dat daar iets aan is gedaan en dat jullie geen tegenwerking hebben ondervonden van enige andere dienst?'
Er was eigenlijk maar één andere dienst bij betrokken en die werd vertegenwoordigd door de grote man die achter haar stond. Die werd een beetje rood toen ze dat zei.
Sean zei vlug: 'Iedereen is erg behulpzaam geweest. Vooral de Secret Service. Het zijn moeilijke tijden voor iedereen, maar ze hebben steeds voor ons klaargestaan.'
'Uitstekend,' zei Jane.
Betack keek Sean een hele tijd aan en knikte toen vaag. Daarmee bedankte hij Sean in stilte voor de dekking die hij had gegeven.
Jane Cox ging achter haar bureau zitten en legde in enkele minuten uit wat er was gebeurd. Betack verstrekte de meer technische details over de aflevering van de doos en de inhoud daarvan.
'Dus iemand heeft haar,' zei Michelle. 'Ze zeggen dat ze veilig is en dat ze later contact met ons opnemen.'
Jane zei op scherpe toon: 'We weten niet of ze echt veilig is. Ze kan ook wel dood zijn.'
'Het is geen goed teken dat ze wisten waar ze de brief heen moesten sturen,' zei Sean.
Betack knikte. 'We denken dat ze onderzoek naar de familie hebben gedaan en

wisten dat die tante in de buurt woonde. Zelfs als de kinderen daar niet logeerden, zou de doos uiteindelijk toch bij ons terechtgekomen zijn.'
'Het kan ook betekenen dat de ontvoerders over informatie van binnenuit beschikken,' zei Sean. Hij keek Betack scherp aan. 'Ik wil niet suggereren dat het van de Secret Service komt, maar er kunnen andere lekken zijn.'
'Je hebt gelijk,' zei Betack. 'We gaan dat na.'
'Wat doen we nu?' wilde Jane weten.
'Kunnen ze vaststellen waar het pakje is verstuurd?' vroeg Sean.
Jane zei: 'Het komt uit Dalton in Georgia. Tenminste, dat zei de FBI-directeur tegen me.'
Betack bevestigde dat met een knikje.
'Oké, dat is al iets. Als het op een bepaald postkantoor is verwerkt, valt daar een regio onder waar post kan worden ingeleverd of op de bus gedaan. Dat maakt het zoekgebied kleiner. Er is wel veel mankracht voor nodig, maar ze kunnen daar een onderzoek instellen.'
'De FBI is er al mee bezig,' zei Betack.
Michelle zei: 'Als ik de ontvoerder was, zou ik dat weten en het pakje niet op de bus doen in de buurt van de plaats waar ik Willa vasthield. Ik zou een heel eind rijden.'
Sean voegde daaraan toe: 'Dalton ligt in het noorden van Georgia. Dat is niet ver van Tennessee, Alabama en North en South Carolina.'
'Dat maakt het moeilijk, maar niet onmogelijk,' zei Betack. 'En het is een van de weinig sporen die we hebben.'
Sean zag Jane naar een foto kijken die ze in haar handen had. Ze keerde hem voor hen om. Het was een foto van Willa op een paard.
'Ze was net zes geworden. Ze wilde natuurlijk een pony. Ik denk dat alle kleine kinderen dat willen. Dan zat toen nog in de Senaat. We gingen met haar naar een kleine boerderij bij Purcellville in Virginia. Ze ging meteen op dat paard zitten en we kregen haar er bijna niet meer af. De meeste kinderen zouden doodsbang zijn geweest.'
Ze legde de foto langzaam neer.
'Een dapper meisje,' zei Sean zacht.
Jane zei nadrukkelijk: 'Ze is dapper en capabel, maar evengoed is ze een klein meisje.'
'Heeft de FBI ideeën over het motief?' vroeg Michelle.
'Voor zover ik weet niet.'
Ze keek Betack aan, die alleen maar zijn hoofd schudde.
'We hebben met Tuck gepraat en zijn naar zijn kantoor geweest.'
'Hebben jullie iets nuttigs ontdekt?'
Sean verschoof een beetje op zijn stoel en keek Betack toen onbehaaglijk aan.

'Dit kan persoonlijk worden.'
Betack keek de First Lady aan. 'Ik kan weggaan.'
Ze dacht even na. 'Goed. Dank u, agent Betack. De president en ik willen onmiddellijk op de hoogte worden gehouden van alle nieuwe ontwikkelingen.'
Toen Betack weg was, zei ze: 'Wat bedoel je met persoonlijk, Sean?'
'Heeft Pam ooit met je gepraat over problemen in haar huwelijk?'
'Waarom vraag je dat?' vroeg Jane op scherpe toon.
'Voor de goede orde,' zei Sean. 'Nou, was er iets?'
Jane leunde achterover, maakte een bruggetje van haar handen en knikte langzaam. 'Ik was op het verjaardagsfeestje in Camp David. We hadden het erover dat Tuck er niet was. Dat hij voor zaken op reis was. Eigenlijk was het niets bijzonders, maar...'
'Maar wat?'
'Het leek of ze iets wilde zeggen, maar het toen toch maar niet deed. Ze merkte terloops op dat Tuck nu eenmaal Tuck was en dat hij de volgende dag terug zou zijn.' Ze keek van de een naar de ander. 'Wat is er?'
Sean en Michelle waren allebei naar voren gekomen in hun stoel. 'Zou Tuck terugkomen op de dag ná de ontvoering?' zei Sean.
Jane keek onzeker. 'Ja, dat klopt. Dat zei ze, geloof ik. Toen was hij er opeens op de avond dat het gebeurde.' Jane boog zich ook naar voren. 'Wat is er aan de hand?'
Sean keek Michelle aan. 'Misschien had Tuck een verhouding.'
Jane stond op. 'Wat?'
'Had je daar geen idee van?'
'Natuurlijk niet, want het is niet waar. Mijn broer zou dat nooit doen. Welk bewijs hebben jullie?'
'Genoeg om het nader te willen onderzoeken.'
Jane ging weer zitten. 'Dit is... ongelooflijk.' Ze keek op. 'Als jullie denken dat hij een verhouding had, willen jullie toch niet suggereren dat...'
'Jane, ik kan die vraag niet beantwoorden. Tenminste niet nu. We zijn nog maar kort met deze zaak bezig. We doen ons best.'
'En we willen vooral Willa veilig terugkrijgen,' voegde Michelle eraan toe.
'Natuurlijk is dat ons doel. Het is de enige reden waarom ik jullie om hulp vroeg.' Jane bracht een bevende hand naar haar voorhoofd.
Sean kon gemakkelijk haar gedachten lezen. 'Als je een onderzoek instelt, weet je nooit precies waar het heen leidt. Soms doet de waarheid pijn, Jane. Ben je daarop voorbereid?'
De First Lady keek hem kalm en strak aan.
'Weet je, in dit stadium van mijn leven kan niets me nog verbazen. Probeer Willa te vinden. En dan zien we wel wat ervan komt.'

Ze draaiden zich alle drie om, want op dat moment ging de deur open. Sean en Michelle sprongen automatisch overeind toen president Dan Cox de kamer binnenkwam, geëscorteerd door twee ervaren agenten van de Secret Service. Hij glimlachte en stak zijn hand uit.

Cox was ongeveer even groot als Michelle en een beetje kleiner dan Sean, maar met brede schouders. Zijn gezicht vertoonde op zijn vijftigste meer sporen van jeugdigheid dan van de tol die de middelbare leeftijd eiste. Dat was nogal opmerkelijk, want hij werd al jaren genadeloos gadegeslagen door de hele wereld. Sean en Michelle gaven de man een hand.

'Het verbaast me je te zien,' zei Jane.

'Ik heb mijn afspraken voor de rest van de dag afgezegd,' zei Cox. 'Mijn mensen waren daar niet blij mee, maar als president heb je een paar voorrechten. Als je een voorsprong van vijfentwintig procent hebt in de peilingen en je tegenstander is het meer met je eens dan oneens, dan mag je weleens een vrije dag nemen. Zelfs als ik achter stond in de race, zou Willa's veiligheid op de eerste plaats komen.'

Jane keek hem met een dankbaar glimlachje aan. 'Ik weet dat je er altijd zo over hebt gedacht.'

Cox liep naar zijn vrouw toe, gaf haar een kus op haar wang en wreef even over haar schouder, om zich vervolgens tot de twee voormalige agenten van de Secret Service te wenden. Hij keek even naar zijn bewakers en zijn blik ging nauwelijks waarneembaar naar de deur. Binnen enkele ogenblikken waren de mannen weg. Sean, die deze kleine blik van verstandhouding had gezien, dacht: hoeveel keren heeft een president diezelfde oogbeweging gebruikt om mij iets duidelijk te maken?

'Jane heeft me verteld wat jullie twee doen,' zei Cox. 'Ik ben blij met jullie ervaring en inzet. We moeten alles in het werk stellen om Willa veilig terug te krijgen.'

'Zeker, meneer de president,' zei Sean automatisch.

Cox liet zich op de rand van het bureau van zijn vrouw zakken en gaf de twee privédetectives te kennen dat ze konden gaan zitten. 'Ik ben in het vliegtuig op de hoogte gesteld van het pakje. Ik hoop dat het tot iets positiefs leidt.' Hij zweeg even. 'De politiek zou hierbuiten moeten blijven en ik zal alles in het werk stellen om daarvoor te zorgen, maar omdat de oppositie de meerderheid in het Congres heeft, heb ik daar geen absolute macht.' Hij keek zijn vrouw aan en glimlachte teder. 'Die heb ik niet eens in mijn eigen huis, en dat is maar goed ook, want mijn wederhelft is veel slimmer dan ik ooit zal zijn.' Zijn nonchalante glimlach verdween. 'Officieel is dit onderzoek in handen van de FBI. Sommige van mijn adviseurs vinden dat ik mijn persoonlijke belangen geen rol mag laten spelen, maar ik heb tegen FBI-directeur Munson gezegd dat de zaak de hoogste prioriteit krijgt. Met de politieke gevolgen reken ik later wel af. Mijn vrouw heeft jullie dit toevertrouwd, en dus vertrouw ik jullie ook, maar hoewel jullie van het onderzoek op de hoogte worden gehouden, moeten jullie wel bedenken dat jullie de rol van particulier adviseur spelen. De FBI heeft de leiding.'

'Dat begrijpen we, meneer de president.'

'Ze zijn erg behulpzaam geweest,' voegde Michelle daaraan toe, zonder een zweem van de spot die ongetwijfeld bij haar opkwam.

'Goed. Hebben jullie iets ontdekt?'

Sean wierp een snelle blik op Jane Cox. Haar gezicht was onbewogen, maar toch kon Sean er iets uit afleiden. 'Het is nog vroeg, president, maar we werken zo hard en zo snel als we kunnen. Het lijkt erop dat het pakje ze verder helpt. Hopelijk leidt het ergens toe, zoals u al zei. Dat gebeurt vaak met zulke dingen. De boeven maken fouten als ze gaan communiceren.'

'Goed.' Cox stond op. Sean en Michelle deden dat ook.

'Tot straks, schat,' zei de president.

Even later was hij weg, ongetwijfeld weer geëscorteerd door zijn zwijgende bewakers.

Buiten het Witte Huis moesten de paar vierkante meter rondom de president maximaal worden beschermd. Sommige agenten noemden dat de 'rode zone': daar mocht de tegenpartij absoluut niet scoren. Dat betekende dat naar buiten toe de ene beschermende laag op de andere volgde. Om verder te komen moest de indringer telkens een laag uitschakelen. De rode zone was de laatste muur die je moest doorbreken om bij de leider van de vrije wereld te komen. Deze zone bestond uit de beste agenten, die minutieus waren gescreend voordat ze deze verantwoordelijkheid kregen. Ze werden schuin voor en achter hem opgesteld, in de vorm van een ruit. Een ondoordringbare ruit. Al die agenten zouden zich automatisch doodvechten en zonder enige twijfel een dodelijke kogel voor de president opvangen. Die ene laag mocht nooit worden doorbroken, omdat het de laatste was.

Zelfs in het Witte Huis was de Secret Service altijd dicht bij de president, behalve in de privéverblijven van het presidentiële gezin. Als het om de bescherming van de president ging, wist je nooit helemaal zeker waar je vijanden waren en of je vrienden echt vrienden waren.

Enkele minuten later liepen Sean en Michelle door de tunnel naar het ministerie van Financiën terug, voorgegaan door een marinier in groot tenue.

'Ik heb altijd al de president willen ontmoeten,' zei Michelle tegen Sean.

'Het is een indrukwekkende man, maar...'

Michelle fluisterde nu. 'Maar je zult hem altijd zien als de man in die auto met die vrouw?'

Hij trok een grimas, maar gaf geen antwoord.
'Waarom vroeg je Jane niet naar de twee keizersneden en drie kinderen?'
'Omdat ik het gevoel had dat ik dat niet moest doen. Op dit moment maakt mijn intuïtie me doodsbang.'

•20•

Sean gaapte, leunde achterover, dronk zijn koffiekopje leeg en stond op om meer koffie te halen, terwijl Michelle aandachtig naar het computerscherm keek. Ze waren in haar appartement bij Fairfax Corner. Terwijl buiten auto's en mensen door het populaire dure winkelcentrum stroomden, hadden zij tweeën zich afgezonderd in Michelles rommelige werkkamer en tuurden ze naar het scherm van haar Mac. Sean kwam terug en gaf haar een nieuwe kop koffie. Ze hadden er een hele tijd over gedaan om Tuck Duttons computerbestanden door te nemen, maar dat had dan ook enige interessante informatie opgeleverd.

Het was de bedoeling geweest dat de man op de ochtend na de ontvoering thuis zou komen. Cassandra Mallory's mobiele nummer had in zijn computer gestaan. Sean had het gebeld. Toen er een vrouw opnam, verbrak hij de verbinding. Haar adres kwam ook in Tucks gegevens voor.

'Misschien moeten we die vrouw een bezoekje brengen,' zei Michelle.

'Als ze er nog is.'

'Denk je dat ze in het complot zat?'

'Moeilijk te zeggen. Ik geloof wel dat ze iets met elkaar hadden. Je gebruikt niet de naam van zomaar een collega als wachtwoord voor je computer. Alleen, of ze hiervan wist, en of Tuck erbij betrokken was...' Hij haalde zijn schouders op.

Ze keek hem verbaasd aan. 'Ik dacht dat Tucks betrokkenheid wel duidelijk was. Als hij er níét bij betrokken was, was het wel verdomd toevallig.'

'We hebben naar zijn bankrekening gekeken en geen onduidelijke geldstromen gevonden. Denk je dat ze het gratis hebben gedaan?'

'Misschien heeft hij nog ergens een rekening. De man is defensieleverancier. Ga me niet vertellen dat zulke mensen niet overal geheime potjes hebben.'

'Als hij ervoor koos om in het huis te zijn, nam hij dat besluit waarschijnlijk op het laatste moment. Ik heb met de luchtvaartmaatschappij gebeld. Hij heeft pas op het allerlaatste moment zijn reservering veranderd.'

'Zoals we al eerder zeiden, had hij er misschien over nagedacht en dacht hij dat hij niet zo gauw verdacht zou worden als hij er zelf bij was.'

Sean keek uit het raam. 'Ik heb het gevoel dat we op deze manier niet verder komen. Ze zullen het materiaal onder Pams nagels wel door allerlei databases halen. Misschien levert dat iets op.'

Michelle zei opgewonden: 'Wacht eens even. Als het losgeld nu eens de betaling is? Op die manier hoeft Tuck geen cent af te schuiven en kan de FBI geen geldspoor volgen.'

'Dus die kerels doen het allemaal op de bonnefooi? Je weet dat ontvoerders het moeilijk hebben. De betaling is altijd het grote probleem. Zelfs met elektronische overboekingen is er altijd een spoor. Je krijgt je geld en dan trapt de FBI je deur in.' Sean haalde diep adem. 'En we weten nog steeds niet waarom ze Pam Dutton bloed hebben afgenomen.'
'Hoe gaan we verder met Tuck?'
'We praten nog eens met hem, maar we laten niet blijken dat we iets vermoeden.'
'Dat doet zijn vriendje Hilal misschien voor ons. Tuck een tip geven, bedoel ik.'
'Dat denk ik niet. Hij wil vooral dat die leverantie aan de overheid doorgaat. Hij wil niet met Tuck worden meegesleurd als die schuldig blijkt te zijn. Ik denk dat hij zich erbuiten houdt.'
'Als Pam niet de natuurlijke moeder van Willa is, wie dan wel?'
'Dat is misschien niet van belang.'
'Je zei eerder dat je dacht dat Willa het geadopteerde kind was. Daarom dacht ik dat je van een verband met dit alles uitging.'
'Willa is twaalf. Als het iets met haar te maken heeft, heeft iemand er lang over gedaan om daarachter te komen.'
'Heb je ze er ooit over horen praten dat Willa geadopteerd was?'
'Nooit. Ik weet niet anders dan dat het alle drie kinderen van hen waren.'
'Oké, en Jane Cox?'
'Wat is er met haar?'
'Ze weet van onze vermoedens. Als zij haar broer daar nu eens over vertelt?'
Voordat Sean antwoord kon geven, ging Michelles telefoon.
'Hallo?'
'O, hé, Bill. Ik... Wat?' Michelle verbleekte. 'O mijn god. Wanneer? Hoe?'
Michelle zei een hele tijd niets. Ze luisterde, maar haalde met horten en stoten adem. 'Oké, oké. Ik neem het eerste het beste vliegtuig.' Ze verbrak de verbinding.
'Michelle, wat is er?'
'Mijn moeder is dood.'

•21•

De grote wielen van de Cessna stootten tegen de harde, met gras begroeide aarde, vertraagden en kwamen tot stilstand. Sam Quarry taxiede over de geïmproviseerde startbaan en zette het vliegtuig andersom door handig met de voetpedalen te werken. Hij stapte uit en hing een plunjezak aan zijn schouder. Nadat hij de wielen van het toestel had geblokkeerd, maakte hij de buitendeur van de oude mijn open. In het licht van zijn zaklantaarn en de zwakke plafondlampen liep hij door de tunnel.

Enkele minuten later was hij bij Carlos en Daryl.

'Hebben jullie Kurts lijk weggewerkt?' vroeg hij ernstig.

Daryl sloeg zijn ogen neer, maar Carlos zei: 'We hebben het in de zuidelijke gang begraven. Met een gebed en zo. Met veel respect.'

'Goed.' Quarry keek zijn zoon aan. 'Heb je hier iets van geleerd, jongen?'

Daryl knikte stijfjes. 'Nooit je zelfbeheersing verliezen.' Aan zijn toon was te horen dat hij niet echt iets had geleerd. Dat ontging Quarry niet.

Hij klopte zijn zoon op de rug, en toen groeven zijn sterke vingers zich in de huid van de jongere man. 'Telkens wanneer je denkt dat je je zelfbeheersing verliest, moet je denken aan de prijs die Kurt heeft betaald. Denk daar dan eens goed over na. Want ik kan je vertellen: ik had net zo goed Kurt kunnen vrijlaten. Dan hadden Carlos en hij het onzevader opgezegd bij jóúw gat in de grond. Is dat duidelijk?'

'Dat is duidelijk, pa. Dat is duidelijk.'

'Een klein stukje van mij is met hem gestorven. Misschien meer dan een klein stukje. Ik heb mezelf daarmee verdoemd tot een eeuwigheid in de hel. Denk daar ook over na.'

'Ik dacht dat je niet in God geloofde?' zei Daryl zachtjes, terwijl Carlos toekeek. Carlos' gezicht was ondoorgrondelijk, maar hij wreef langzaam over de christoffelpenning die hij aan zijn hals droeg.

'Misschien geloof ik niet in God, maar wel in de duivel.'

'Oké, pa.'

'Ik maak niet veel regels, maar als ik ze maak, verwacht ik dat ze worden nageleefd. Anders komt hier niets van terecht. Begrepen?'

'Ja, meneer,' zei Carlos, die niet meer over de penning wreef en hem weer onder zijn shirt liet glijden.

Quarry liet de mannen alleen en liep door. Even later zat hij tegenover Willa, die een corduroybroek en een wollen trui droeg die ze van Quarry had gekregen.

'Heb je alles wat je nodig hebt?' vroeg Quarry.
'Ik zou graag een paar boeken willen hebben,' zei Willa. 'Er is niets anders te doen. Ik zou graag willen lezen.'
Quarry glimlachte en maakte zijn plunjezak open. 'Twee zielen, één gedachte.' Hij haalde er vijf boeken uit en gaf ze aan haar. Ze bekeek ze aandachtig.
'Hou je van Jane Austen?' vroeg hij.
Ze knikte. 'Ze is niet mijn absolute favoriet, maar ik heb alleen *Waan en eigenwaan* gelezen.'
'Dat was het favoriete boek van mijn dochter.'
'Was?'
Quarry verstijfde enigszins. 'Ze leest niet meer.'
'Is ze dood?' vroeg Willa met de botheid van de jeugd.
'Sommigen zouden het zo noemen.' Hij wees naar de andere boeken. 'Ik weet dat je heel slim bent, en dus heb ik geen dingen meegenomen die waarschijnlijk ver onder je niveau zijn. Laat me weten wat je interessant vindt en wat niet. Ik heb er nog veel meer.'
Willa schoof de boeken opzij en keek hem aandachtig aan. 'Mag ik een pen en wat papier? Ik zou graag willen schrijven. Dat zou me wat afleiden.'
'Oké. Dat is geen probleem.'
'Hebt u met mijn ouders gepraat? U zei dat u dat zou doen.'
'Ja, ik heb ze bericht gestuurd. Ik zei dat je ongedeerd bent.'
'Gaat u me doodmaken?'
Quarry deinsde terug alsof ze hem opeens een stomp had gegeven, en misschien had ze dat inderdaad. Hij vond zijn stem terug. 'Hoe kom je daar zo ineens bij?'
'Soms geven ontvoerders hun slachtoffer niet terug. Ze vermoorden het.' Haar grote ogen bleven hem strak aankijken. Blijkbaar was ze niet van plan het onderwerp los te laten.
Quarry wreef met zijn eeltige, verweerde hand over zijn kin. Toen keek hij naar die hand alsof hij hem voor het eerst zag. Het was dezelfde hand die een eind aan Kurts leven had gemaakt, dus misschien had het meisje wel gelijk. *Per slot van rekening ben ik een moordenaar.*
'Dat begrijp ik. Ik kan je volgen. Als ik van plan was je dood te maken, zou ik gewoon kunnen liegen en zeggen dat ik dat niet zou doen. Dus wat maakt het uit?'
Ze had zich op dit steekspel van woorden voorbereid. 'Maar als u tegen me zegt dat u me wél gaat vermoorden, is het waarschijnlijk de waarheid, want waarom zou u daarover liegen?'
'Verrek, mensen zeggen zeker weleens tegen je dat je slimmer bent dan goed voor je is, hè?'

Haar onderlip trilde een beetje. Ze ging weer over van Einstein naar het bange twaalfjarige meisje dat ze in werkelijkheid was. 'Ik wil naar huis. Ik wil naar mijn moeder en vader. En mijn broertje en zusje. Ik heb niets verkeerds gedaan.' De tranen stroomden uit haar ogen. 'Ik heb niets verkeerds gedaan, en dus begrijp ik niet waarom u dit doet. Ik begrijp het gewoon niet!'
Quarry keek omlaag. Hij kon niet meer in die grote, natte ogen kijken, met alle angst die daarin zat. 'Het gaat niet om jou, Willa. Niet echt. Het is... Het is gewoon de enige manier waarop het werkt. Ik had over allerlei mogelijkheden nagedacht en dit was de enige mogelijkheid met een kans van slagen. Het was mijn enige kans. De enige troef die ik kon uitspelen.'
'Op wie bent u kwaad? Wie wilt u raken?'
Hij stond op. 'Als je meer boeken wilt, zeg je het maar.'
Hij ontvluchtte de kamer, met achterlating van een huilende Willa. Hij had zich nog nooit zo diep geschaamd.
Enkele minuten later keek Quarry naar Diane Wohl, die in de hoek van haar 'cel' op haar hurken zat, zo ver mogelijk bij hem vandaan. Hij had ook medelijden met haar kunnen hebben, maar dat had hij niet. Willa was een kind. Die had nog niet de kans gehad om keuzes te maken. En fouten. Deze vrouw had beide gedaan.
'Mag ik je iets vragen?' zei Diane met een bevende stem.
Quarry ging aan het tafeltje in het midden van de kamer zitten. Hij dacht nog steeds aan Willa, maar hij zei: 'Ga je gang.'
'Mag ik mijn moeder bellen? Om haar te laten weten dat ik ongedeerd ben?'
'Dat kan niet. Tegenwoordig kunnen ze alles volgen. Er ontgaat de overheid niets. Sorry. Zo is het nu eenmaal.'
'Nou, kun jij haar dan laten weten dat ik ongedeerd ben?'
'Dat misschien wel. Geef me haar adres maar.'
Hij gaf haar een potlood en een stukje papier. Er kwamen rimpels in haar voorhoofd toen ze het adres opschreef. Hij pakte het papier terug en ze vroeg: 'Waarom heb je bloed bij me afgenomen?'
'Dat had ik ergens voor nodig.'
'Waarvoor?'
Quarry keek naar de kleine ruimte. Het was geen luxehotel, maar Quarry had wel onder primitievere omstandigheden geleefd. Hij had geprobeerd de vrouw te voorzien van alles wat ze nodig had om het comfortabel te hebben.
Ik ben niet slecht, zei hij tegen zichzelf. Als hij dat maar steeds dacht, ging hij er misschien in geloven.
'Mag ik jou een vraag stellen?'
Ze keek geschrokken, maar knikte.
'Heb je kinderen?'

'Hè? Nee, die heb ik nooit gehad. Hoezo?'
'Ik vroeg het me alleen maar af.'
Ze kwam dichter naar hem toe. Net als Willa had ze schone kleren aan. Quarry had de spullen meegebracht die ze bij Talbot had gekocht. Ze pasten precies.
'Zul je me laten gaan?'
'Dat hangt ervan af.'
'Waarvan?'
'Van de ontwikkelingen. Ik kan je wel vertellen dat ik van nature geen gewelddadig mens ben, maar ik kan de toekomst niet voorspellen.'
Ze ging tegenover hem aan de tafel zitten en vouwde haar handen.
'Ik kan niets bedenken wat ik in mijn hele leven heb gedaan waardoor jij me dit zou willen aandoen. Ik ken je niet eens. Wat heb ik gedaan? Wat heb ik toch gedaan om dit te verdienen?'
'Je hebt één ding gedaan,' zei Quarry.
Ze keek op. 'Wát? Vertel het me.'
'Dat moet je zelf maar bedenken. Je hebt er tijd genoeg voor.'

•22•

Het was nog vroeg in de morgen toen het vliegtuig met enige turbulentie over de grauwe wolken vloog die waren blijven hangen van een onweer dat al over de Smoky Mountains was getrokken. Later, toen het toestel afdaalde naar het vliegveld van Nashville, deed Michelle nog steeds wat ze de hele vlucht had gedaan: naar haar handen kijken.

Toen de vliegtuigdeur openging, reed ze haar bagage meteen naar buiten. Binnen twintig minuten nadat ze bij de gate was aangekomen, zat ze in een huurauto en was ze al op weg. Toch drukte ze het gaspedaal niet zo hard in als gewoonlijk. In plaats daarvan hield ze het op een bezadigde tachtig kilometer per uur. Michelle verlangde er totaal niet naar om op haar bestemming aan te komen.

Volgens haar broer Bill was hun moeder met een goed humeur uit haar bed gekomen. Ze had ontbeten met een kommetje pap en daarna in de tuin gewerkt. Later had ze negen holes gespeeld op een golfcourse in de buurt, en na thuiskomst had ze gedoucht en zich aangekleed. Ze had een stoofpot voor haar man opgewarmd en naar een televisieprogramma gekeken dat ze eerder had opgenomen. Daarna was ze op weg naar buiten geweest om met vriendinnen te gaan dineren, toen ze in de garage in elkaar zakte. Frank Maxwell was toen in de badkamer geweest. Hij was even later naar de garage gegaan en had zijn vrouw daar languit op de vloer aangetroffen. Blijkbaar geloofde hij dat Sally al dood was voordat ze tegen de betonvloer was geslagen.

Ze wisten niet wat de doodsoorzaak was – een beroerte, een hartaanval, een aneurysma –, maar dood was ze. Terwijl de bomen aan weerskanten van de weg voorbijgleden, gingen de gedachten nog sneller door Michelles hoofd. Ze vlogen van haar eerste herinneringen aan haar moeder naar hun laatste ontmoetingen, die geen van alle bijster gedenkwaardig waren geweest.

Een uur later had ze met haar vier broers gepraat, van wie er twee relatief dicht bij hun ouders woonden en een, Bobby, zelfs in dezelfde stad. De vierde, Billy Maxwell, die in Florida woonde, was bij zijn ouders op bezoek geweest en had het nieuws gehoord toen hij amper een uur op de terugweg was. Michelle was de laatste die kwam. Ze had enkele uren bij haar vader gezeten, die alleen maar zwijgend voor zich uit staarde, en had zich van tijd tot tijd uit die ellende losgemaakt om regelingen voor de begrafenis te treffen.

Frank Maxwell had het grootste deel van zijn leven bij de politie gezeten en had het tot korpscommandant gebracht. Hij zag er nog steeds uit alsof hij zo uit een politiewagen kon springen om achter iemand aan te rennen en iets met die persoon te doen zodra hij hem te pakken had. Michelle had de fysieke kracht van haar vader, en ook de ambitie, de pure onwil om ooit genoegen te nemen met een tweede plaats. En toch, als Michelle hem vanuit de verte gadesloeg, wanneer hij niet wist dat ze naar hem keek, zag ze een oudere man die zojuist alles had verloren en geen idee had wat hij met de rest van zijn leven moest beginnen.

Nadat ze zoveel van dat alles in zich had opgenomen als ze kon verwerken, ging ze naar de achtertuin, waar ze op een oude bank ging zitten, naast een appelboom waarvan de takken zo zwaar met vruchten beladen waren dat ze bijna de grond raakten. Ze sloot haar ogen en deed alsof haar moeder nog leefde. Ze dacht terug aan haar kindertijd met hen beiden. Dat was moeilijk, want Michelle Maxwell had hele stukken van haar jeugd simpelweg uit haar geheugen gewist om redenen die voor haar psychiater blijkbaar duidelijker waren dan voor haarzelf.

Ze belde Sean om hem te laten weten dat ze goed was aangekomen. Hij zei alle juiste dingen en gaf haar alle steun. Toch voelde Michelle zich daarna eenzamer dan ooit. Een voor een kwamen haar broers bij haar in de tuin. Ze praatten, huilden, praatten wat meer en huilden wat meer. Het viel haar op dat Bill, de grootste en oudste, een keiharde straatagent in een buitenwijk van Miami die je gerust een oorlogszone kon noemen, het hardst snikte.

Onwillekeurig bemoederde Michelle haar oudere broers, al was ze daar eigenlijk niet het type voor. Ze voelde zich verstikt door de nabijheid van haar door verdriet overmande broers. Daarom liet ze hen uiteindelijk in de tuin achter en ging het huis weer in. Haar vader was boven. Ze hoorde hem met iemand telefoneren. Ze keek naar de deur tussen de keuken en de garage. Ze was daar nog niet heen gegaan. Eigenlijk wilde Michelle helemaal niet zien waar haar moeder was gestorven.

Toch was ze ook iemand die haar angsten niet uit de weg ging. Ze draaide aan de knop, maakte de deur open en keek naar de drie ongeverfde treden van multiplex die naar de dubbele garage leidden. Er stond een auto op de dichtstbijzijnde plek. Het was de lichtblauwe Camry van haar vader. De garage zag eruit als elke andere garage. Op één ding na.

De bloedvlek op de betonvloer. Ze ging er dichter naartoe.

Bloed op de betonvloer?

Was ze van het trapje gevallen? Had ze haar hoofd gestoten? Michelle keek naar het portier van de Camry. Daar was niets op te zien. Ze keek naar de ruimte tussen de ruwe treden en de auto. Haar moeder was een grote vrouw geweest. Als ze voorover was gevallen, had ze tegen de auto aan moeten komen. Ze kon niet opzij zijn gevallen, want het trapje had een half muurtje aan weerskanten.

Dan zou ze gewoon op het trapje in elkaar zijn gezakt. Maar als ze nu eens was gevallen omdat ze een beroerte had gehad? Ze kon eerst tegen de auto en dan met haar hoofd op de vloer zijn gevallen. Dat zou het bloed verklaren.

Dat móést het bloed verklaren.

Ze draaide zich om en slaakte bijna een gil.

Daar stond haar vader.

Frank Maxwell was officieel één meter negentig, maar zijn leeftijd en zijn gewicht hadden daar meer dan drie centimeter vanaf genomen. Hij had de compacte, harde spieren van een man die zijn hele leven fysiek bezig was geweest. Zijn blik gleed over het zorgelijke gezicht van zijn dochter. Misschien probeerde hij daar iets van af te lezen. Toen keek hij naar de bloedvlek op de vloer. Hij keek ernaar alsof die vuurrode vlek een versleutelde boodschap bevatte die hij wilde ontcijferen.

'Ze had de laatste tijd vaak hoofdpijn,' zei haar vader. 'Ik zei tegen haar dat ze naar de dokter moest.'

Michelle knikte langzaam. Ze vond het een vreemde manier om een gesprek te beginnen. 'Misschien heeft ze een beroerte gehad.'

'Of een aneurysma. Een buurman van hiertegenover heeft er kortgeleden een gehad. Het werd bijna zijn dood.'

'Nou, ze heeft in elk geval geen pijn geleden,' zei Michelle zwakjes.

'Nee, ik denk van niet.'

'Bill zei dat je in de badkamer was?'

Hij knikte. 'Ik stond onder de douche. Het idee dat ze daar lag terwijl ik...'

Ze legde haar hand op zijn schouder en kneep erin. Het was angstaanjagend om te zien dat haar vader er zo aan toe was. Alsof hij elk moment kon bezwijken. Als je iets van haar vader kon zeggen, dan was het dat hij zich altijd kon beheersen.

'Je had niets kunnen doen, pa. Zulke dingen gebeuren. Het is niet eerlijk. Het is niet goed, maar het kan je overkomen.'

'En gisteren is het mij overkomen,' zei hij op besliste toon.

Michelle haalde haar hand weg en keek naar de garage. De kinderspullen waren allang uit het leven van haar ouders verdwenen. Hun oude dag was niet belemmerd door fietsen, opblaasbadjes of slaghouten. De garage was schoon, maar leeg, alsof de hele geschiedenis van hun gezin was weggespoeld. Ze keek weer naar het bloed, alsof dat het aas was en zij de hongerige vis. 'Dus ze ging met vriendinnen uit eten?'

Hij knipperde snel met zijn ogen. Heel even dacht ze dat hij in tranen zou uitbarsten. Ze bedacht opeens dat ze haar vader nooit had zien huilen. Zodra die gedachte bij haar opgekomen was, ging er een schokje door haar hoofd.

Ik heb mijn vader zien huilen. Ik weet alleen niet meer wanneer.

'Zoiets.'
Toen ze zijn vage antwoord hoorde, kreeg ze een droge mond en voelde haar huid aan alsof ze zich had gebrand.
Zonder een woord te zeggen glipte ze langs haar vader de keuken in, en pakte ze de sleutels van haar huurauto van het aanrecht. Voordat ze wegreed, wierp ze een blik op het huis. Haar vader stond door het grote raam van de huiskamer naar haar te kijken. Ze kon de uitdrukking op zijn gezicht niet ontcijferen en wilde dat ook niet.
Met een meeneembeker koffie in haar hand reed ze door de buitenwijk van Nashville, waar haar ouders na hun pensionering met financiële hulp van hun vijf kinderen hun droomhuis hadden gebouwd. Michelle was de enige die ongetrouwd en kinderloos was, en had dan ook buiten verhouding aan het goede doel bijgedragen, maar daar had ze nooit spijt van gehad. Het viel niet mee om van een politiesalaris een groot gezin te onderhouden, en haar ouders hadden veel offers voor hen gebracht. Ze vond het geen enkel probleem om die schuld terug te betalen.
Ze pakte haar telefoon en belde haar oudste broer. Ze stak meteen van wal, gaf hem niet eens de kans om 'hallo' te zeggen.
'Bill, waarom heb je me niet over het bloed in de garage verteld?'
'Hè?'
'Het bloed op de vloer van de garage, verdomme!'
'Ze stootte haar hoofd toen ze viel.'
'Waartegen stootte ze haar hoofd?'
'Waarschijnlijk de auto.'
'Weet je dat zeker? Want ik zag geen sporen op de auto.'
'Mik, wat wil je hiermee zeggen?'
'Doen ze een sectie?'
'Wat?'
'Een sectie!'
'Dat... Dat weet ik niet zeker. Nou ja, misschien moeten ze dat wel doen,' voegde hij er met tegenzin aan toe.
'En waarom heb je me dit niet verteld toen je belde?'
'Wat zou dat voor zin hebben gehad? Ze doen de sectie en dan weten we dat ze een beroerte of een hartaanval of zoiets heeft gehad. Ze viel en stootte haar hoofd.'
'Ja, weer dat hoofd. Is de politie erbij geweest?'
'Natuurlijk. En de ambulance. Ze waren er toen ik hier aankwam.'
'Wie van jullie vieren was er het eerst?'
Michelle dacht dat ze het antwoord wel wist. Haar broer Bobby was brigadier van politie in de stad waar hun ouders woonden. Ze hoorde een gedempt gesprek; blijkbaar overlegde Bill met zijn broers.

Hij kwam weer aan de lijn. 'Pa belde Bobby, en die was hier binnen tien minuten, al woont hij aan de andere kant van de stad.'
'Geweldig. Geef me Bobby even!'
'Jezus, waar maak je je nou zo kwaad om...'
'Laat hem aan de telefoon komen, Bill!'
Even later hoorde ze Bobby's stem. 'Mik, wat heb je toch?' begon hij streng.
'Pa belde jou. Je kwam. Had je dienst?'
'Nee. Ik had gisteren vrij. Ik was thuis en hielp Joanie met het avondeten.'
'Wat zei pa tegen je?'
Bobby verhief zijn stem. 'Wat hij tegen me zei? Hij zei dat ónze moeder dood was. Dat zei hij, jezus nog aan toe.'
'Was de politie er toen je daar aankwam?'
'Ja. Pa had ze gebeld. Ze waren er vijf minuten eerder dan ik.'
'En wat heeft pa precies tegen ze gezegd?'
'Nou, omdat hij onder de douche stond, wist hij niet precies wat er gebeurd was. Hij vond ma en belde 911, en toen belde hij mij.'
'En wat zei de politie toen ze de zaak hadden bekeken?'
'Volgens hen zag het ernaar uit dat ze was gevallen en haar hoofd had gestoten.'
'Ze wisten niet waaróm ze was gevallen.'
'Dat konden ze niet weten. Misschien is ze alleen maar gestruikeld en stootte ze haar hoofd. Als iets in haar lichaam kapotgesprongen is en haar val heeft veroorzaakt, kan alleen de patholoog-anatoom dat vaststellen.' Fel voegde hij eraan toe: 'En ik word al beroerd bij het idee dat ze ma zouden opensnijden.'
'Heb je bloed op het portier van de Camry gezien toen je in de garage kwam?'
'Waarom wil je dat weten?'
'Omdat, Bobby, ze haar hoofd toch érgens aan gestoten moet hebben.'
'Zoals ik al zei, kan ze op het trapje zijn gestruikeld. Ze viel eerst tegen de auto en stootte toen haar hoofd tegen de vloer. Of misschien tegen het muurtje van de trap. Dat heeft een scherpe rand. Als je daar verkeerd tegenaan komt, is het uit. Dat weet je.'
Michelle probeerde zich voor te stellen dat haar moeder met haar hak achter een ruwhouten stootbord van het trapje bleef haken – misschien achter een spijker die in de loop van de tijd naar buiten was gekomen – naar voren viel, tegen de auto smakte zonder daar een deuk in te maken, opzijviel en zo hard met haar hoofd tegen de vloer sloeg dat er bloed verscheen. Als nu eens uit de sectie bleek dat er een andere doodsoorzaak was?
'Mik? Ben je daar nog?'
'Ja,' snauwde ze terug.
'Oké. Zeg, we weten niet waar je heen wilt, maar...'

'Ik ook niet, Bobby. Ik ook niet.' Ze verbrak de verbinding, zette de auto bij een parkje, sprong eruit en rende.

Er waren gedachten bij haar opgekomen die haar doodsbang maakten. Op dit moment kon ze niets anders doen dan van die gedachten wegrennen, al werd ze voortdurend achtervolgd door het beeld van haar vader die door het raam naar haar stond te kijken, zijn gezicht verstrakt tot een hard masker, een uitdrukking van iets wat ze niet kon thuisbrengen.

•23•

Terwijl zijn compagnon in Tennessee was om de confrontatie met familiedemonen aan te gaan, at Sean in zijn kantoor een afhaalmaaltijd en bestudeerde hij nog steeds de uitdraaien die hij had gemaakt. Hij hoopte dat ergens in Tuck Duttons bestanden iets te vinden was wat hem zou vertellen of de man om nog duistere redenen zijn vrouw had laten doden en zijn dochter had laten ontvoeren.

De telefoon onderbrak zijn gedachten.

Het was Jane Cox.

'Ik wil dat we in het ziekenhuis bij elkaar komen. Tuck wil met je praten.'

'Waarover?' vroeg hij behoedzaam.

'Ik denk dat je dat wel weet.'

Sean trok zijn jasje aan en liep naar zijn huurauto. Zijn eigen auto was met achtduizend dollar schade naar de werkplaats. Zijn verzekeringsmaatschappij had hem laten weten dat een kogelsalvo niet door zijn polis werd gedekt.

'Waarom niet?' had hij gevraagd.

'Omdat we het als een terroristische daad beschouwen, en u hebt geen terreuraanvulling,' antwoordde de verzekeringsvrouw, die nog kans zag dit opgewekt uit te spreken.

'Het was geen terrorisme. Het was een criminele daad en ik was het slachtoffer.'

'Er zaten zevenendertig kogelgaten in uw auto, meneer King. Volgens onze polisrichtlijnen is dat geen criminele daad, maar terrorisme.'

'Gaat u op het aantal kogels af? Dat is toch onzin, mevrouw?'

'U kunt altijd tegen de beslissing in beroep gaan.'

'O ja? Hoe groot is volgens uw richtlijnen de kans dat ik dat beroep win? Minder dan nul procent?'

De opgewekte mevrouw bedankte hem voor zijn klandizie en hing op.

Hij startte de auto en wilde net achteruitrijden toen iemand op zijn raam tikte. Hij keek om. Het was een vrouw van begin dertig, blond haar, goed figuur, te veel rode lipstick, en met de uitgedroogde huid van iemand die dagelijks pancake moest gebruiken om tegen camera's met een hoge resolutie bestand te zijn. Ze hield hem een microfoon met ingebouwde digitale recorder voor, alsof het een granaat was die ze zou gaan werpen.

Hij keek achter haar en zag een camerawagen langzaam in zicht komen en hem de weg versperren.

Verdomme.

Sean maakte het raampje open.
'Kan ik iets voor u doen?'
'Sean King?'
'Dat klopt. Zeg, ik heb iemand van de gezamenlijke media een verklaring gegeven. Je kunt zijn materiaal gebruiken.'
'Er zijn nieuwe ontwikkelingen.'
'Welke ontwikkelingen?'
'Hebt u vertrouwelijke gegevens uit de kantoorcomputer van Tuck Dutton gestolen?'
Seans maag dreigde in opstand te komen. Een deel van zijn *picatta*-kalfsvlees steeg naar zijn keel.
'Ik weet niet waar u het over hebt. Wie heeft u dat verteld?'
'Ontkent u dat u naar zijn kantoor bent gegaan?'
'Ik geef niets toe en ontken niets.'
'De firma van Tuck Dutton levert technologie aan de overheid. Ze werken aan uiterst geheime zaken voor het ministerie van Binnenlandse Veiligheid.'
'Ben u nou een verslaggeefster of de woordvoerster van een bedrijf? Dat kan ik niet nagaan.'
'Weet u dat het een misdrijf is om andermans eigendom te stelen? En dat u, als blijkt dat u geheime informatie hebt gestolen om spionage te plegen, beschuldigd kunt worden van hoogverraad?'
'Oké, nu klinkt u als een advocate in spe. Ik ben toevallig een echte. Dus als u uw vriend daar geen opdracht geeft zijn wagen te verplaatsen, zal ik eens zien hoe ver ik hem met mijn kar de straat over kan duwen. En dan trek ik hem uit die wagen en maak ik me schuldig aan mishandeling. Al noem ik dat dan zelfverdediging. Dat maakt het tot een minder vervolgbaar delict.'
'Bedreigt u ons?'
'Nog één seconde en ik bel de politie en beschuldig jullie van wederrechtelijke vrijheidsberoving, intimidatie en laster. Zoek dat allemaal maar eens op in een boek over het recht.'
Sean gaf gas en zette de auto in zijn achteruit.
De vrouw sprong naar achteren en de bestuurder van de camerawagen trapte nog net op tijd op het gas om te voorkomen dat hij door Sean werd geramd.
Een halfuur later liep Sean naar Tucks ziekenhuiskamer. Zijn humeur verslechterde bij elke stap die hij zette. Natuurlijk had hij die informatie uit Tucks computer gehaald, niet omdat hij een spion was, maar omdat hij wilde nagaan of Tuck betrokken was bij de moord op zijn vrouw. Dat had hem juridisch kwetsbaar gemaakt, maar het was niet de eerste keer dat hij zulke risico's nam. Daarom was hij zo kwaad. Iemand had hem in de val laten lopen. Hij wilde weten wie en waarom.

Hij liet zijn legitimatiebewijs zien aan een van de agenten van de Secret Service op de gang. Omdat de First Lady er was, namen ze meer tijd om hem te fouilleren en met een metaaldetector te onderzoeken, en daarna leidden ze hem de kamer in. Tuck zat in een stoel naast het bed. Jane Cox stond naast hem en hield haar hand op de schouder van haar broer om hem te steunen.
Er stonden twee agenten tegen een muur, totdat Jane zei: 'Wilt u buiten wachten?' Een stevig gebouwde agent keek Sean doordringend aan en schuifelde toen met zijn collega naar de deur. 'We staan vlak bij de deur, mevrouw.' Hij deed de deur achter zich dicht. Sean draaide zich om naar broer en zus.
'Bedankt voor je komst,' zei Jane.
'Het klonk alsof het belangrijk was. Ik hoop dat het dat ook is.'
Zijn bruuske houding bracht de vrouw enigszins van haar stuk. Voordat ze iets terug kon zeggen, richtte Sean zijn aandacht op Tuck. 'Je ziet er al veel beter uit. Wil die kanjer van een hersenschudding goed genezen?'
'Het doet nog wel verrekte pijn,' zei Tuck, in de verdediging gedrongen.
Sean trok een stoel bij en ging tegenover het tweetal zitten.
'Ik werd net onverhoeds overvallen door een tv-verslaggeefster die op heksenjacht was.' Hij keek Jane aan. 'Weet jij daar iets van?'
'Natuurlijk niet. Hoe zou dat kunnen?'
'Ik weet het niet.' Hij keek Tuck weer aan. 'Oké, Tuck. De tijd dringt, dus waarom zouden we eromheen draaien? Cassandra Mallory?'
'Wat is er met haar?'
'Wat betekent ze voor jou?'
'Ze werkt voor mijn bedrijf.'
'Is dat alles?'
'Natuurlijk.'
'Je compagnon denkt daar anders over.'
'Dan vergist hij zich.'
Sean stond op en keek uit het raam. Beneden stond de colonne te wachten tot de First Lady klaar was met haar bezoek. Een leven in een luchtbel. Sean wist daar alles van. Elke stap die je zette werd zorgvuldig bestudeerd, en op een gegeven moment durfde je bijna geen adem meer te halen. Toch waren er honderden miljoenen voor uitgegeven en hadden ze jaren van hun leven gegeven om in die luchtbel te komen.
Was het waanzin, narcisme of een combinatie van beide, onder het mom van het dienen van de samenleving?
Hij draaide zich weer naar hen om en dacht snel na. Als hij toegaf dat hij wist dat het wachtwoord van Tucks computer Cassandra was, zou hij bekennen dat hij in de database van de man had ingebroken. In plaats daarvan zei hij: 'Zou je een leugendetectortest willen ondergaan?'

Tuck wilde iets zeggen, maar Sean zag dat de greep van de First Lady zich om zijn schouder verstrakte. Tuck zei niets.

'Sean,' begon ze. 'Waarom doe je dit?'

'Je hebt me gevraagd deze zaak te onderzoeken. Dat doe ik. Ik heb geen zeggenschap over waar mijn onderzoek me heen leidt, zelfs niet als dat plaatsen zijn waar ik niet wil komen. In het Witte Huis zei je dat ik eropaf moest gaan. Dat weet je vast nog wel. Zo lang is het niet geleden. "We zien wel wat ervan komt." Heb je dat niet gezegd?'

'Ik herinner me ook dat ik je vroeg Willa te zoeken.'

'Nou, daarvoor moet ik eerst uitzoeken wie haar heeft ontvoerd en waarom – en ook nog Pam heeft vermoord.' Bij die laatste woorden keek hij Tuck fel aan.

'Ik heb hier niets mee te maken,' snauwde Tuck.

'Dan vind je het ook niet erg om een leugendetectortest te doen.'

'Je kunt me niet dwingen,' wierp hij tegen.

'Nee, maar als ik naar de FBI ga en zeg wat ik heb ontdekt, gaan ze zoeken op plaatsen waar jij ze niet wilt hebben. Als je door de test komt, doe ik dat niet. Dat is de afspraak.'

'Dus je hebt met zijn compagnon David Hilal gepraat?' zei Jane kalm. 'Ik dacht dat je niet zoveel van het werk van je broer wist.'

Ze ging onverstoorbaar verder. 'Heeft Hilal je ook verteld dat hij Tuck heel graag wil uitkopen? Dat hij de firma in zijn eentje wil hebben?'

Sean keek Tuck aan. 'Is dat waar?'

'Zeker weten. Ik zal niet liegen. Ik heb wat financiële tegenslag gehad. David wist dat ik geld nodig had. Hij wil me uitkopen, maar voor een prijs waarin de waarde van dat project voor Binnenlandse Veiligheid niet verdisconteerd is. Als we dat project binnenhalen is onze firma miljoenen meer waard.'

'Dus je ziet dat het in Hilals belang is om Tuck verdacht te maken. Als Tuck achter de tralies gaat, krijgt Hilal alles voor een habbekrats.'

'Niet noodzakelijkerwijs,' zei Sean.

'Ik zou me dan gedwongen zien mijn deel te verkopen om de advocatenrekeningen te betalen,' merkte Tuck op. 'Hij zou het bijna voor niets krijgen. En ik heb dat bedrijf opgebouwd.'

Jane voegde daaraan toe: 'Sean, misschien kun je je aandacht beter op een andere verdachte richten dan Tuck.'

Sean dacht even na. 'Denk je dat Hilal een kidnapping en moord heeft georganiseerd om Tuck de schuld te geven en het bedrijf in handen te krijgen? Dat is nogal vergezocht, hè? En waarom zou hij Willa dan laten kidnappen?'

Jane ging op de rand van het ziekenhuisbed zitten. 'Ik weet ook niet precies hoe een psychopaat denkt, maar het is niet merkwaardiger dan te denken dat mijn

broer zijn vrouw heeft laten vermoorden, zijn dochter heeft laten ontvoeren en zich door iemand een klap op zijn hoofd heeft laten geven die gemakkelijk zijn dood had kunnen worden, alleen omdat hij zogenáámd een verhouding had.'
Sean stond nu met zijn handen in zijn zakken uit het raam te kijken. Het was niet onlogisch wat ze zei. Misschien was hij op grond van Hilals woorden tot voorbarige conclusies gekomen, zonder een en ander grondig uit te zoeken. Maar dat computerwachtwoord dan? Toen schoot hem iets te binnen. Als iemand het wachtwoord nu eens in 'Cassandra1' had veranderd? Als Hilal dat nu eens had gedaan, in de veronderstelling dat Sean zou proberen bij de harde schijf te komen, het wachtwoord zou raden en daaruit zou afleiden dat die vrouw en Tuck een verhouding met elkaar hadden?
Dat, bedacht hij, was net zo waarschijnlijk als dat zijn verzekeringsmaatschappij voor zijn 'terroristische' schade betaalde.
Hij draaide zich met een ruk om. 'Tuck, wat is het wachtwoord van je computer op je werk?' Hij knipte met zijn vinger om op een antwoord aan te dringen. 'Kom op. Wat is het?'
Tuck aarzelde net lang genoeg. 'Carmichael.'
'Dat is Pams meisjesnaam, nietwaar?' zei Jane vlug.
Tuck knikte. Ze bracht haar hand omhoog en veegde een traan bij zijn rechteroog weg.
Jullie liegen allebei tegen me. Op de een of andere manier weten ze dat ik in die computer heb ingebroken. Ze hebben die verslaggeefster achter me aan gestuurd. Om me af te schrikken.
Het was niet verrassend dat Tuck met uitvluchten kwam aanzetten, maar Sean vond het heel vreemd dat de First Lady daaraan meewerkte. Het was duidelijk dat hij nog heel wat te onderzoeken had.
'Oké, ik ga me in Hilal verdiepen.'
'Goed.' Jane stond op, gaf Tuck een kus op zijn wang en sloeg haar armen even om hem heen.
Toen ze naar Sean toe liep, zei ze: 'Ik stel het op prijs dat je hieraan blijft werken.'
'Ja.' Hij negeerde haar uitgestoken hand en liep de kamer uit.

•24•

Sam Quarry veegde het zweet van zijn voorhoofd, zette zijn pijnlijke rug in de goede stand en voelde een bevredigende plop toen de druk van zijn overbelaste wervelkolom werd weggenomen. Hij keek naar zijn land vanaf het hoogste punt van de Atlee-plantage, een rotsmassief dat ongeveer vijftien meter de lucht in stak. Een reeks stenen traptreden, gladgesleten door zijn voorouders, leidde naar de top. Zo lang als Quarry zich kon herinneren, stond het bekend als Angel Rock. Alsof het een opstapplaats was naar de hemel en naar een beter leven dan dat wat de familie Quarry op aarde gegund werd. Quarry was geen gokker, maar hij zou er een paar dollar onder durven te verwedden dat bijna geen van zijn mannelijke voorouders die reis met succes had gemaakt.

De Atlee-plantage was ondanks al zijn historische betekenis in feite een boerenbedrijf. Veranderd waren in de afgelopen tweehonderd jaren alleen de gewassen die verbouwd werden en de manieren waarop die verbouwd werden. Muilezels en ploegen waren vervangen door dieselmotoren; allerlei nieuwe gewassen hadden de plaats van katoen en tabak ingenomen. Quarry wilde zich niet vastleggen op een bepaald gewas en probeerde steeds iets anders, zolang het maar winstgevend was voor een kleine boerderij als de Atlee-plantage was geworden. Zoals de meeste efficiënte boeren hield hij zich obsessief met alle details bezig: de bodemgesteldheid, de regenval, de oogsttijden, die hij tot op de minuut wilde berekenen, de voorspelde vorst, de opbrengst per hectare in verhouding tot de verwachte marktprijzen, het exacte aantal arbeiders dat voor de oogst nodig was, de tractoren voor het vervoer en de bankiers voor het krediet.

Hij zat te ver in het noorden van Alabama om kiwi's te kunnen verbouwen, maar had het met canola geprobeerd, omdat er eindelijk op niet al te grote afstand een fabriek was opgericht die canola-olie 'met toegevoegde waarde' uit de koolzaadachtige plant kon halen. Het was een goed wintergewas, dat meer inkomsten per hectare opleverde dan de gebruikelijke wintertarwe. Hij verbouwde ook traditionele producten als kool, stok- en sperziebonen, maïs, okra, pompoenen, tomaten, raapstelen en watermeloenen.

Een deel van de oogst werd gegeten door de mensen die met hem op Atlee woonden, maar het meeste werd aan bedrijven en winkels in de omgeving verkocht, want hij had die inkomsten dringend nodig. Hij had ook twintig varkens en vierentwintig mestkalveren, en hij had afnemers in Atlanta en Chicago gevonden die het vlees voor *churrasco*, Braziliaanse barbecue, gebruikten. Ook van dit vlees hielden ze een deel voor eigen consumptie.

Een boerenbedrijf was zelfs onder de gunstigste omstandigheden een riskante onderneming. Mensen die in de aarde wroetten, konden alles goed doen, maar dan kwam er droogte of vroege vorst en was al hun moeite vergeefs. Moeder Natuur verontschuldigde zich nooit voor haar goddelijke en soms rampzalige interventie. Hij had zijn portie goede en slechte jaren gehad. Hoewel duidelijk was dat Quarry met dit alles nooit rijk zou worden, was even duidelijk dat geld niet het doel was. Hij betaalde zijn rekeningen, liep met opgeheven hoofd en was er vrij zeker van dat een mens niet meer van het leven kon verwachten, tenzij hij corrupt, overdreven ambitieus of beide was.

De volgende uren zwoegde hij met zijn seizoenarbeiders in de velden. Hij deed dat om minstens twee redenen. Ten eerste mocht hij graag op het land werken. Dat deed hij al sinds hij een jongen was, en hij zag geen reden om daarmee op te houden omdat hij hard op weg was een oude man te worden. Ten tweede werkten zijn arbeiders altijd een beetje harder als *el jefe* in de buurt was.

Gabriel kwam 's middags bij hem, na anderhalve kilometer vanaf de bushalte te hebben gelopen. De jongen was sterk en ijverig, en kon met een kalme, geoefende hand gereedschap hanteren of machines bedienen. Later, aan tafel, mocht Gabriel van Quarry het gebed zeggen, terwijl zijn moeder Ruth Ann en Daryl toekeken. Vervolgens nuttigden ze de eenvoudige maaltijd, die bijna geheel uit blik of van vorige oogsten afkomstig was. Quarry luisterde ook naar Gabriels verhalen over wat hij die dag op school had geleerd.

Hij keek de moeder van de jongen bewonderend aan. 'Hij is slim, Ruth Ann. En leergierig.'

Ruth Ann glimlachte waarderend. Ze was broodmager en zou dat ook altijd blijven, want er was iets met haar darmen wat ze niet kon laten behandelen omdat ze er geen geld voor had, en ze zou daar waarschijnlijk over een jaar of tien aan sterven. 'Dat heeft hij niet van mij,' zei ze. 'Koken en schoonmaken – meer gaat er niet in mij om.'

'Dat doe je heel goed.' Dat zei Daryl, die tegenover Gabriel zat en druk bezig was geweest maïsbrood in zijn mond te stoppen, voordat hij een grote slok lauw bronwater nam om het allemaal weg te spoelen.

'Waar is Carlos?' vroeg Gabriel. 'Hij is er toch niet ook vandoor gegaan, net als Kurt?'

Daryl wierp zijn vader een gespannen blik toe, maar Quarry sopte eerst rustig zijn maïsbrood in de tomatenjus en antwoordde toen: 'Hij doet wat dingen voor me buiten de stad. Hij is gauw terug.'

Na het eten ging Quarry naar de zolder, waar hij tussen het spinrag ging zitten bij wat er nog over was van de geschiedenis van zijn familie: vooral meubelen, kleren, boeken en papieren. Quarry was daar niet uit nostalgische overwegingen. Hij spreidde de plattegronden uit over een oud tafeltje dat ooit van zijn over-

grootmoeder van moederszijde was geweest, die uiteindelijk haar man met een geweer had doodgeschoten vanwege – tenminste volgens de familieverhalen – een vrouw met een mooi gezicht, goede manieren en een erg donkere huid.
Quarry bestudeerde de weg, het gebouw, de toegangspunten en mogelijke probleemzones die op de plattegronden stonden aangegeven. Toen keek hij naar technische tekeningen die hij had gemaakt. Quarry had een beurs gewonnen om werktuigbouwkunde te studeren, maar de Vietnam-oorlog had die plannen in de war gegooid, want zijn vader had gewild dat hij in dienst ging om tegen de gesel van het communisme te vechten. Toen hij jaren later thuiskwam, was zijn vader dood, was Atlee van hem en zat het er gewoon niet meer in dat hij ging studeren.
Toch kon Quarry alles repareren wat een motor of bewegende onderdelen bezat. Het inwendige van een machine, hoe gecompliceerd ook, was een open boek voor hem. Dat was van veel voordeel geweest voor de Atlee-plantage, want terwijl andere boeren dure monteurs moesten laten komen als machines het lieten afweten, repareerde Quarry ze gewoon zelf, meestal op zijn rug liggend en met een grote moersleutel in zijn gespierde hand.
Hij boog zich dan ook met een kennersoog over de kaarten en tekeningen, en keek waar verbeteringen konden worden aangebracht en rampen konden worden vermeden. Daarna ging hij naar beneden en trof daar Daryl aan, die geweren schoonmaakte in de kleine wapenkamer naast de keuken.
'Niks ruikt lekkerder dan geweervet,' zei Daryl, die opkeek toen zijn vader de kamer binnen kwam.
'Dat zeg jij.'
Daryls plotselinge glimlach verflauwde, misschien omdat hij zich een Patriot-pistool herinnerde dat tegen de onderkant van zijn schedel werd gedrukt door de man die nu een meter van hem af stond in een kamer vol wapens met grote vernietigingskracht.
Quarry deed de deur dicht en op slot, ging naast zijn zoon zitten en spreidde de kaarten op de vloer uit. 'Ik heb dit al met Carlos doorgenomen, maar voor alle zekerheid wil ik dat jij het ook begrijpt.'
'Dat weet ik,' zei zijn zoon, terwijl hij de loop van zijn favoriete hertengeweer schoonmaakte.
Quarry ritselde met de papieren in zijn richting. 'Dit is belangrijk, Daryl. Dit mag niet misgaan. Let goed op.'
Na een halfuur heen en weer praten stond Quarry tevreden op. Hij rolde de kaarten op, en toen hij ze in hun lange koker terugschoof, zei hij: 'Ik ben bijna neergestort met dat vliegtuig. Zo verschrikkelijk vond ik het van Kurt.'
'Dat weet ik,' zei Daryl met een beetje angst in zijn stem, want hij wist dat zijn vader onvoorspelbaar was.

'Ik zou waarschijnlijk hebben gehuild als jij het was geweest. Dat wilde ik je laten weten.'
'Je bent een beste kerel, pa.'
'Nee, dat denk ik niet,' zei Quarry terwijl hij de kamer uit ging.
Hij liep naar Gabriels kamer en riep door de deur: 'Wil je mee naar Tippi? Ik moet onderweg ook even naar Fred.'
'Ja, meneer, ik ga mee.' Gabriel legde zijn boek neer, trok zijn tennisschoenen aan en zette zijn honkbalpet achterstevoren op zijn hoofd.
Even later stopten Quarry en Gabriel met Quarry's oude Dodge bij de Airstream-caravan. Op de zitting tussen hen in stond een doos met een paar flessen Jim Beam en drie sloffen Camel zonder filter. Nadat ze de doos op het houten trapje van de Airstream hadden gezet, tilden Quarry en Gabriel twee kisten met geconserveerde groenten, tien dikke maïskolven en twintig appels uit de laadbak.
Quarry klopte op de deur van de oude, gedeukte caravan, terwijl de watervlugge Gabriel door het zand achter een hagedis aan rende totdat die onder de Airstream verdween. Een oude, gerimpelde man deed open en hielp Quarry en Gabriel de levensmiddelen naar binnen dragen.
'Dank je,' zei de man in zijn inheemse taal, terwijl hij naar de kisten keek.
'Wij hebben meer dan we nodig hebben, Fred.'
Toen de indiaan hier was gekomen, had hij Quarry nooit zijn naam genoemd; hij was gewoon gekomen. Na enkele gênante maanden was Quarry hem Fred gaan noemen, en de man had daar geen bezwaar tegen gemaakt. Quarry wist niet hoe zijn indiaanse vrienden hem noemden, maar dat was hun zaak, vond hij.
De twee andere indianen waren binnen. Een van hen lag te slapen op een aftandse bank die geen poten en springveren meer had, zodat de man bijna op de vloer zakte. Aan zijn harde gesnurk te horen vond hij dat geen enkel probleem. De andere man keek naar een comedy op een oude 15-inch-televisie die Quarry enkele jaren geleden aan Fred had gegeven.
Ze braken de Beam aan, rookten en praatten. Gabriel speelde met een oude hond die Fred en zijn Airstream had geadopteerd, en dronk uit een flesje cola dat hij van Fred had gekregen.
Als Quarry niet op een Koasati-woord kon komen, keek Gabriel op en zei het hem voor. Telkens wanneer hij dat deed, lachte Fred en bood hij Gabriel een slok Beam als beloning aan.
En elke keer stak Quarry zijn hand op. 'Als hij een man is, mag hij drinken, al zou ik het niet aanraden. Op de lange termijn doet het meer kwaad dan goed.'
'U drinkt, meneer Sam,' merkte Gabriel op. 'Veel.'
'Neem mij niet als voorbeeld, jongen. Je moet de lat hoger leggen.'

Later reden ze door naar Tippi. Quarry liet Gabriel uit *Pride and Prejudice* voorlezen.
'Nogal saai,' zei de jongen toen hij klaar was met een lange passage.
Quarry nam het boek van hem over en stopte het in zijn achterzak. 'Zij vindt van niet.'
Gabriel keek naar Tippi. 'U hebt me nooit verteld wat er met haar is gebeurd, meneer Sam.'
'Nee, dat is zo.'

•25•

Sean had weer met David Hilal gepraat. Hij had hem op het parkeerterrein aangesproken toen de man naar huis wilde gaan. Tucks compagnon had niet veel toe te voegen aan wat hij al had gezegd. Toch gaf hij kalm antwoord op alle vragen, terwijl hij tegen zijn auto leunde en tegelijk berichten op zijn BlackBerry las en intypte.

Maar toen Sean de mogelijke uitkoop van zijn compagnon ter sprake bracht, veranderde hij van toon. Hij stak zijn BlackBerry in zijn zak, sloeg zijn armen over elkaar en keek Sean stuurs aan.

'Waarmee zou ik hem dan moeten uitkopen? Ik heb al mijn geld in deze firma gestoken. Ik zit tot aan mijn nek in de schulden. Ik zou op dit moment niet eens een lening voor een auto kunnen krijgen.'

'Hij zei dat u hem een erg laag aanbod hebt gedaan.'

'We hebben het over zoiets gehad, maar weet u: het was andersom.'

'Wilde hij u uitkopen?'

'Ja. Voor een erg laag bedrag.'

Oké, wie van de twee spreekt de waarheid?

'Waarom zou u uit het bedrijf willen stappen voordat het grote contract is binnengehaald? Tuck zegt dat de firma door dat contract miljoenen meer waard zou worden.'

'Zonder enige twijfel. Als we het krijgen, maar dat staat niet vast. We hebben technologie ontwikkeld die volgens mij de beste is. Dat is de reden waarom de hoofdleverancier met ons in zee is gegaan. We moeten het opnemen tegen heel grote ondernemingen, en hun producten doen qua prestatie en betrouwbaarheid niet veel onder voor de onze. Als de overheid iets uitbesteedt, gaat het niet altijd eerlijk. De grote jongens omzeilen de regels, smijten met geld. Omdat ze meestal veel connecties hebben, kopen ze ook het beste talent op en moeten de kleine jongens het met de restjes doen. Ik zou liever niet uit de firma willen stappen, maar ik heb niet veel geld meer. Als we het contract niet krijgen, is de zaak veel minder waard dan het aanbod dat hij me heeft gedaan. We mogen er nu dan goed voor staan, maar zoals ik al zei, is het niet gunstig dat de zwager van de president van de Verenigde Staten een verhouding heeft met Cassandra. Als dat uitkomt, hebben we een probleem.'

'Hij zei dat er niets tussen Cassandra en hem was.'

'O ja? Vraagt u hem dan maar eens waar hij overnachtte toen hij daar was. Hij heeft vast wel een excuus bij de hand.'

'U zei eerder dat u niet geloofde dat Tuck zijn vrouw zou vermoorden, maar zo te horen bent u niet erg op uw compagnon gesteld.'
'Dat ben ik ook niet.'
'Dat hebt u niet eerder gezegd.'
'O nee?'
'Ik maak altijd veel aantekeningen. Nee, dat hebt u niet gezegd.'
'Goed. Nou, ik heb niet de gewoonte mijn compagnon zwart te maken bij mensen die ik niet ken. Maar eerlijk gezegd is de verleiding vaak wel groot.'
'Waarom?'
'Laten we zeggen dat hij me niet altijd netjes heeft behandeld.'
'Kunt u daar een voorbeeld van geven?'
'Zou u me geloven als ik het u vertelde?'
'Ik sta altijd voor alles open.'
Hilal tuurde even in de verte en keek toen Sean weer aan. 'Dit is eigenlijk nogal pijnlijk.'
'Ik kan heel goed geheimen bewaren.'
Hilal stopte een stukje kauwgom in zijn mond. Hij kauwde en praatte snel, alsof het malen met zijn tanden en kiezen hem de moed gaf om alles te vertellen. 'Het kerstfeest van vorig jaar. We hadden een leuk contractje binnengehaald. Niets om over naar huis te schrijven, maar we zetten de bloemetjes buiten om het moreel hoog te houden. Drank, muziek, een duur diner en een privékamer in het Ritz Carlton. We gaven te veel uit, maar dat was niet erg.'
'Oké. Wat gebeurde er?'
'Tuck werd dronken en viel mijn vrouw lastig.'
'Hij drong zich op? Hoe dan?'
'Volgens haar door in haar kont te knijpen en te proberen zijn tong in haar keel te steken.'
'Hebt u het gezien?'
'Nee, maar ik geloof mijn vrouw.'
Sean verplaatste zijn gewicht naar zijn rechtervoet en keek Hilal sceptisch aan. 'Als u uw vrouw geloofde, waarom bent u dan nog steeds compagnon van Tuck?'
Hilal sloeg beschaamd zijn ogen neer. 'Ik wilde hem in elkaar slaan en de deur uit lopen. Dat wilde ik echt, maar mijn vrouw vond dat niet goed.'
'Vond *zíj* het niet goed?'
'We hebben vier kinderen. Mijn vrouw werkt niet. Zoals ik al zei, zit alles wat we hebben in dit bedrijf. Ik heb een minderheidsbelang. Als ik eruit probeerde te stappen, kon Tuck me verneuken, en dan had ik geen cent meer. Dat zouden we niet te boven komen. We zouden alles kwijt zijn. En dus slikten we onze trots in. Wel heb ik daarna altijd voorkomen dat mijn vrouw in dezelfde kamer

was als Tuck. Dat blijf ik doen. U mag met haar praten, als u wilt. U kunt haar meteen bellen. Ze zal u precies hetzelfde vertellen.'

'Was Pam op dat kerstfeest?'

Hilal keek eerst verbaasd, maar knikte toen. 'Ja, ik begrijp waar u heen wilt. Ja, ze was er. Nog wel verkleed als kerstvrouw. Knalrood haar en mager. Ik denk dat sommige mensen niet óm haar lachten, maar haar uitlachten.'

'Denkt u dat ze heeft gezien dat Tuck uw vrouw lastigviel?'

'Zo groot was de kamer niet. Ik denk trouwens dat veel mensen het hebben gezien.'

'U hebt Pam niet zien reageren?'

'Ze gingen niet samen weg. Dat kan ik u wel vertellen.' Hilal zweeg. 'Zeg, is er verder nog iets? Want ik moet nu echt naar huis.'

Sean liep terug naar zijn auto. Hij had twee redenen om Hilal te geloven. Ten eerste het feit dat 'Cassandra' het wachtwoord op Tucks computer was. Ten tweede Tucks bewering dat hij in financiële moeilijkheden verkeerde en dat Hilal daar misbruik van wilde maken. Na zijn gesprek met Jane en Tuck had Sean nog eens wat beter naar Tucks financiële gegevens gekeken die hij op de harde schijf had gevonden. De man had een effectenportefeuille van acht cijfers voor de komma, en schulden die nog geen kwart van dat bedrag beliepen. Zijn bewering dat hij arm was, was dus onzin. Als ze wisten dat hij Tucks harde schijf had gekraakt, moesten ze ook weten dat hij die leugen zou doorzien. Toch hadden broer en zus geprobeerd hem te belazeren. Sean liet dat even rusten en ging over op de volgende voor de hand liggende vragen.

Waarom kwam je eerder terug, Tuck? En wat deed je in dat kleine uur tussen het vliegveld en je huis?

Op de terugweg naar zijn kantoor belde hij Michelle. Ze nam niet op. Hij sprak een boodschap in. Hij maakte zich zorgen om zijn compagnon. Maar ja, hij had zich al zo vaak zorgen om haar gemaakt. Op het eerste gezicht was ze de meest rotsvaste persoon die hij ooit had gekend, maar hij had ontdekt dat rotsen een paar dunne laagjes hadden als je er maar diep genoeg in boorde.

Hij reed naar huis, pakte een weekendtas, reed naar het vliegtuig en betaalde een exorbitant bedrag om met een vliegtuig dat over een uur vertrok naar Jacksonville te kunnen vertrekken.

Hij moest met Cassandra Mallory praten. Onder vier ogen.

Onderweg naar het vliegveld Washington Dulles werd hij gebeld. Het was zijn vriend de talenkenner Phil van de Georgetown University. 'Ik heb hier iemand die de Yi-taal kent. Als je me een voorbeeld stuurt van waar je het over hebt, kan ze ernaar kijken.'

'Ik mail het je,' zei Sean. Op het vliegveld aangekomen, verstuurde hij het. Toen hij naar de beveiliging liep, hoopte hij dat de tekens op de arm ergens toe zouden leiden, maar hoe meer hij erover nadacht, des te kleiner leek hem die kans. Zoals Michelle terecht had opgemerkt: het waren niet eens Chinese karakters.

Toen het straalvliegtuig met vijftig zitplaatsen de heldere avondhemel in vloog, hoopte Sean dat zijn reis hem dichter bij Willa zou brengen, en niet in de tegenovergestelde richting.

Elke dag die verstreek zonder dat het meisje werd gevonden, maakte het waarschijnlijker dat ze haar levenloze lichaam zouden vinden.

•26•

Jane Cox keek in de huiskamer van het presidentiële woonverblijf uit het raam. Het Witte Huis stond midden in de hoofdstad, maar voor degenen die er woonden zou het net zo goed in een ander zonnestelsel kunnen staan. Niemand ter wereld kon echt begrijpen wat voor leven Jane leidde, behalve de gezinnen die in het huis hadden gewoond en hun lot aan het ambt van president hadden verbonden. Zelfs voor sommige van die mensen waren de tijden veranderd. Nog maar een halve eeuw geleden kon president Harry Truman met maar één bewaker door de stad lopen. Dat was nu ondenkbaar. En er was nooit eerder zo intensief op alle daden, woorden en gebaren van de bewoners van het Witte Huis gelet als in deze tijd.

Ze begreep wel waarom sommige First Lady's aan drugs of alcohol verslaafd waren geraakt of klinisch depressief waren geworden. Zij bleef overal van af, al nam ze nu en dan een glas wijn of bier als ze aan de campagne meewerkte en het voor een foto noodzakelijk was. De enige drugs die ze ooit had gebruikt, waren marihuana toen ze nog studeerde en een snuifje cocaïne toen ze na haar studie een tijdje in het Caribisch gebied was. Dat was indertijd gelukkig grotendeels onopgemerkt gebleven, en later, toen ze de lange reis van vrijgevochten studente tot presidentsvrouw had afgelegd, had niemand er ooit melding van gemaakt.

Ze belde Pam Duttons zus en praatte met John en Colleen. Ze deed haar best om de kinderen gerust te stellen, maar ze voelde hun angst en wenste dat ze hun meer kon vertellen dan dat ze hoopte en bad dat Willa gauw thuis zou komen. Daarna belde ze haar broer, die nog voor observatie in het ziekenhuis lag, al zou hij daar waarschijnlijk binnenkort uit worden ontslagen. Hij had bezoek gehad van de twee kinderen.

Jane liet haar eten door personeel van het Witte Huis naar boven brengen en at in haar eentje. Ze had verschillende uitnodigingen gekregen om die avond uit eten te gaan, maar had ze allemaal afgewezen. In de meeste gevallen ging het om mensen die alleen maar hun status wilden opkrikken door het brood te breken met de First Lady en een foto te laten maken die ze later aan hun kleinkinderen konden laten zien. Ze was liever alleen. Nou ja, zo alleen als je kon zijn in een huis met meer dan negentig fulltime personeelsleden en te veel veiligheidsagenten om ze te kunnen tellen.

Ze ging naar buiten om een eindje te wandelen, uiteraard vergezeld door adjudanten en de Secret Service. Ze zat een tijdje in de Children's Garden, een schaduwrijke plek die door lady Bird Johnson was ontworpen. Jane keek graag naar de tegels met gebronsde hand- en voetafdrukken van presidentiële kleinkinderen langs het pad. Ze hoopte dat haar eigen kinderen opschoten en haar en Dan kleinkinderen zouden schenken.

Later liep ze langs de tulpenbedden in de Rose Garden, waar duizenden bollen in de lente tot bloei zouden komen en een schitterende kleurenpracht zouden vormen. Vervolgens ging ze naar het solarium, dat Grace Coolidge van een vroegere zolderkamer had gemaakt. Het was het minst formele vertrek in het hele huis en had volgens haar ook het beste uitzicht. First Lady's hadden vaak het voortouw genomen om iets aan het Witte Huis toe te voegen voor toekomstige presidenten en hun gezinnen, en ook om het tot iets van henzelf te maken. Jane had daar in de afgelopen drie jaar ook iets aan gedaan, al was ze lang niet zover gekomen als het werk dat onder aanvoering van Jackie Kennedy was verricht.

Ze ging naar haar woonverblijf terug en herinnerde zich de dag waarop ze hier waren aangekomen, drie jaar geleden. De vorige presidentiële familie was om tien uur 's morgens vertrokken en de Coxen waren om vier uur 's middags aangekomen. Het was net als bij een zomerhuisje. Toen ze binnenkwamen, hingen hun kleren al in de kasten en hun schilderijen aan de muren, lagen hun favoriete snacks in de koelkast en stonden haar persoonlijke toiletspullen al netjes naast elkaar in haar badkamer. Ze begreep nog steeds niet hoe het personeel dat alles in zes uur tijd voor elkaar had gekregen.

Later dronk Jane koffie en dacht ze aan haar gesprek met Sean King. Ze kon op hem rekenen. Hij was een goede vriend geweest en had zelfs de politieke carrière van haar man gered. Ze wist dat King kwaad op haar was, maar dat ging wel weer over. Ze maakte zich drukker om haar broer. Het grootste deel van haar leven had ze voor hem gezorgd, vooral omdat hun moeder was gestorven toen Jane net elf was geworden; Tuck was vijf jaar jonger. Sommigen zouden zeggen dat ze hem had verwend. Ze moest nu onder ogen zien dat haar beschermende instinct hem meer kwaad dan goed had gedaan. Toch kon ze hem nu moeilijk de rug toekeren.

Jane liep weer naar het raam en keek naar de voetgangers die voor het Witte Huis stonden. Háár huis. In elk geval nog de komende vier jaar, als je op de peilingen mocht afgaan. Toch zou de definitieve beslissing worden genomen door de meer dan honderddertig miljoen Amerikanen die haar man al dan niet een tweede termijn zouden gunnen.

Terwijl ze haar wang tegen het kogelvrije glas drukte, bleven haar gedachten bij Willa rusten, als een anker op de bodem van de zee. Willa was nu ergens bij mensen die haar moeder hadden vermoord. Ze wilden iets, alleen wist Jane niet wat.

Jane Cox bereidde zich mentaal voor op de mogelijkheid dat Willa niet bij hen terugkwam. Dat ze al dood was. Jane had zichzelf erin getraind geen emotie te tonen, zeker niet in het openbaar, tenzij de politieke omstandigheden dat juist vereisten. Niet dat het haar aan hartstocht ontbrak, maar er waren al veel politieke carrières gestrand op een grillig vertoon van woede, frivoliteit of zelfs de valse oprechtheid die voor kiezers een teken was van een oneerlijk karakter. Niemand wilde immorele, onberekenbare vingers bij de nucleaire knop hebben, en het publiek hield er ook niet van dat er een steekje loszat aan de partner van degene die op die knop kon drukken.

Daarom lette Jane Cox al minstens de afgelopen twintig jaar van haar leven op elk woord dat ze zei, en dacht ze na over elke stap die ze zette, stelde ze zich de gevolgen voor van elke fysieke, spirituele en emotionele handeling. De enige prijs die ze daarvoor moest betalen, was dat ze alle hoop kon opgeven menselijk te blijven.

Het schema dat ze voor deze avond had gekregen, bevatte tien minuten waarin ze haar man kon bellen, die in Pennsylvania was om een verkiezingstoespraak te houden. Ze belde hem en zei de gebruikelijke dingen. Ze feliciteerde hem met de nieuwste peilingen en zijn recente tv-optredens, waarin hij echt presidentieel was overgekomen.

'Gaat alles ook goed met jou, schat?' vroeg hij.

'Alles, behalve Willa,' zei ze terug, een beetje scherper dan waarschijnlijk haar bedoeling was geweest.

De politieke talenten van haar man werden zelfs door zijn tegenstanders heel hoog aangeslagen, maar Dan Cox' inzicht in wat zijn vrouw bewoog had dat hoge niveau nooit kunnen bereiken.

'Natuurlijk, natuurlijk,' zei hij. Er drongen flarden van gesprekken op de achtergrond tot haar door. 'We doen wat we kunnen. Het is belangrijk dat we blijven hopen, dat we positief blijven denken, Jane.'

'Dat weet ik.'

'Ik hou van je,' zei hij.

'Dat weet ik,' zei ze opnieuw. 'Veel succes vanavond.' Ze legde de telefoon neer. De tien minuten die haar waren toegekend, waren om.

Na een halfuur zette ze CNN aan. Ze keek in een verkiezingsjaar nooit naar het nieuws, behalve als haar man ergens in de openbaarheid verscheen. De politici van het tweede garnituur hadden inmiddels hun toespraken gehouden en de vijfenzeventigduizend aanwezigen zouden nu de man te zien krijgen voor wie ze waren gekomen.

President Daniel Cox liep onder luide muziek het podium op. Jane kon zich de tijd nog herinneren waarin politieke toespraken nog niet op popconcerten leken, met een voorprogramma, oorverdovende muziek en een menigte die een belachelijke slogan scandeerde. Ooit was het allemaal veel waardiger en misschien ook echter geweest. Tegenwoordig was alles in scène gezet. Het vuurwerk ging af op het moment dat haar man achter de lessenaar ging staan en naar de twee bijna onzichtbare teleprompterschermen keek. Er was ook een tijd geweest, wist ze, waarin politici voor de vuist weg spraken, of alleen van tijd tot tijd in hun aante-

keningen keken. Ze had gelezen dat politici uit de tijd van de Revolutie en de Burgeroorlog teksten die ze zelf hadden geschreven, teksten van enkele honderden pagina's lang, uit hun hoofd leerden en foutloos uitspraken.
Jane wist dat er tegenwoordig geen enkele politiek leider was – ook haar man niet – die zoiets kon. In Lincolns tijd ging een verspreking dan ook niet in een oogwenk de wereld rond, zoals tegenwoordig. Toen ze haar man van zijn schermen zag voorlezen, met zijn duimen op de lessenaar zag tikken, terwijl er buiten beeld borden omhoog- en omlaaggingen om de toehoorders te instrueren dat ze moesten applaudisseren, juichen, scanderen of met hun voeten stampen, verlangde Jane naar die tijd van vroeger terug. In die tijd gingen Dan en zij met z'n tweeën naar zo'n bijeenkomst. Ze haalden speldjes en bumperstickers uit de kofferbak en deelden ze uit aan de weinige mensen die waren gekomen. En dan had ze toegekeken terwijl Dan midden tussen de mensen stond en vanuit zijn hart en zijn hoofd met hen sprak, handen schudde, baby's kuste en de mensen vroeg bij de komende verkiezingen op hem te stemmen.
Nu hij president was, was het net of er een klein land in beweging werd gezet wanneer Wolfman ergens heen ging: bijna duizend mensen, hele vliegtuigladingen en genoeg communicatieapparatuur om je eigen telefoonbedrijf te beginnen, zodat haar man in elke hotelkamer op aarde alleen maar zijn telefoon hoefde op te pakken om rechtstreeks toegang te hebben tot het Amerikaanse telefoonnet. Leiders van de vrije wereld mochten niet spontaan zijn. Jammer genoeg mochten hun partners dat ook niet.
Ze bleef naar hem kijken. Haar man zag er goed uit. Dat kon nooit kwaad in een carrière, ook niet in de politiek. Hij kon een menigte bespelen. Dat had hij altijd al gekund. Hij kon met mensen communiceren en contact leggen met miljonairs en fabrieksarbeiders, zwart of blank, serieus of onnozel. Daarom was hij zo ver gekomen. De mensen hielden van hem. Ze geloofden ook dat hij echt om hen gaf. Dat laatste was ook zo; Jane was daarvan overtuigd. En geen man was ooit president geworden zonder de volledige inzet van 'de wederhelft'.
Ze luisterde naar zijn ingeblikte toespraak van zevenentwintig minuten. Vanavond ging het over de economie, met de belofte cao-banen te steunen en met lovende woorden over de staal- en steenkoolindustrie, want hij was in Pennsylvania. Onwillekeurig zei ze tegelijk met hem de woorden van de toespraak op. Net als hij zweeg ze één, twee, drie seconden voordat ze met de clou kwam van een grap die verzonnen was door een jonge toesprakenschrijver die veel meer verdiende dan zou moeten.
Ze kleedde zich uit en ging naar bed. Al voordat ze het licht uitdeed, voelde Jane dat de duisternis van alle kanten op haar af kwam.
De volgende morgen zou het dienstmeisje merken dat de kussens van de First Lady een beetje nat waren van tranen.

•27•

Willa legde *Pride and Prejudice* neer. Kort nadat ze hierheen was gebracht, had ze op alle muren geklopt en geconstateerd dat er iets massiefs achter zat. Ze had op haar horloge gekeken als ze voetstappen hoorde en wist dat er om de twee uur iemand door de gang patrouilleerde.

Ze maakte haar eigen eten klaar van ingeblikte stoofgerechten, die ze koud at, en vacuüm verpakte kant-en-klaarmaaltijden waarvan ze wist dat ze iets met het leger te maken hadden. Ze was ander eten gewend, maar haar maag vond het niet erg. Ze dronk mineraalwater, at crackers, probeerde zich warm te houden en gebruikte de batterijlamp spaarzaam. Ze deed hem uit als ze ging slapen en probeerde niet te denken aan dingen die in het donker op haar af kwamen. Ze luisterde altijd of ze de man hoorde komen, de lange oudere man. Ze herkende zijn manier van lopen. Ze mocht hem meer dan de anderen, die water, blikjes eten, schone kleren en nieuwe batterijen voor haar lamp brachten. Die zeiden nooit iets, keken haar nooit aan, en toch was ze bang voor hen. Bang dat hun zwijgen opeens in woede zou overgaan.

In het begin had ze geprobeerd met hen te praten, maar nu deed ze dat niet meer. In plaats daarvan deed ze haar best om onzichtbaar te worden als ze kwamen. Ze slaakte een zucht van verlichting als ze weggingen en de deur achter zich op slot deden.

Ze keek op haar horloge. De voetstappen waren net voorbijgekomen. Ze had nu tijd. Twee uur lang. Ze pakte de lamp en liep naar de deur. Ze tikte er zacht op. Wachtte. Tikte. Wachtte.

'Hallo?' zei ze. 'Eh... ik denk dat er hier brand is uitgebroken.'

Geen reactie.

Ze zette de lamp neer en haalde de pen die Quarry haar had gegeven uit haar zak. Of beter gezegd: ze trok het klemmetje van de pen eraf. Dat had de vereiste haak van negentig graden aan het eind. Vervolgens nam ze een lang stuk metaal met een driehoekige uitstulping aan het eind. Dat had ze van een van de conservenblikjes gemaakt. Ze had het ronde metalen deksel van een blik genomen en het zorgvuldig in tweeën gesneden. Daarvoor had ze de zware lamp gebruikt om het op de tafel te houden terwijl ze het metaal met de scherpe rand van een ander blikdeksel had doorgesneden. Toen had ze de rest van het deksel als een kleedje opgerold tot een lange cilinder, waarna ze het uiteinde daarvan in de gewenste vorm had gehamerd.

Ze keek naar het slot en probeerde zich te herinneren wat ze nog wist van *lock-*

picking, het openkrijgen van sloten zonder ze te beschadigen. Twee jaar geleden was ze bij het presidentiële gezin op bezoek geweest in een honderd jaar oud huis aan de kust van South Carolina dat ze van rijke vrienden van de president voor een zomervakantie van twee weken mochten gebruiken. Colleen Dutton, die toen nog maar vijf was, had zich in de badkamer opgesloten. Het doodsbange meisje had gegild, op de oude deur gebonkt en aan het ouderwetse slot gemorreld, maar dat had niets opgeleverd. Toen was een agent van de Secret Service te hulp gekomen. In nog geen tien seconden had hij met een paperclip het slot open gekregen en Colleen bevrijd.

Daarna had Willa urenlang met haar armen om haar ontroostbare zusje heen gezeten. Later was ze bang geweest dat Colleen zichzelf ook per ongeluk in de badkamer zou opsluiten als ze thuis waren, en dus had ze de agent gevraagd haar te leren een slot open te maken. Dat had hij gedaan, en hij had haar ook het verschil tussen een gewoon slot en een nachtslot laten zien. Nachtsloten waren moeilijker open te krijgen, je had er meer kennis en twee verschillende instrumenten voor nodig, en daar had ze hier mee te maken.

Nadat ze de handgreep van de lamp aan de deurknop had gehangen om licht bij haar werk te hebben, stak Willa het klemmetje van de pen, dat ze als drukmiddel gebruikte, in de onderkant van de slotopening. Ze draaide het als een sleutel rond en oefende genoeg druk uit om te voorkomen dat de slotstiften op hun plaats terugvielen. Met haar andere hand stak ze het instrument dat ze van blik had gemaakt in het bovenste deel van het slot. Ze oefende zoveel druk uit dat er ondanks de kilte in de kamer een zweetdruppel op haar voorhoofd verscheen. Ze duwde met het instrument omhoog om de stiften op één lijn te krijgen. Op een gegeven moment gleed haar hand uit en kwam het penklemmetje uit het slot.

Ze stak het er weer in en probeerde het opnieuw. Ze had dit thuis vaak geoefend, maar wist dat je nooit kon voorspellen hoeveel tijd je nodig had. Ze was geen expert en kon niet aanvoelen hoe de stiften tegen het instrument drukten. Het kon een kwestie van minuten of van uren zijn. Ze hoopte vurig op het eerste.

Willa verstijfde toen ze voetstappen hoorde naderen. Ze draaide haar pols en keek op haar horloge. Er waren nog maar twintig minuten verstreken. Kwam de man naar haar toe? De oude man die zacht praatte, maar bij wie ze toch het gevaar voelde, de woede die hij in zich had? Nee, het was niet zijn manier van lopen. Het was een van de andere mannen. Ze trok haar instrumenten uit het slot terug en wilde al naar haar bed vluchten toen de voetstappen zich verwijderden. Voor alle zekerheid wachtte ze nog even.

De instrumenten gingen er weer in en ze werkte verder met dubbele concentratie. Ze kon nu voelen hoe de stiften bewogen. Een voor een bracht ze ze op één

lijn, en al die tijd hield ze het penklemmetje zo stevig vast dat haar onderarm en pols er pijn van deden.
De laatste stift viel op zijn plaats en ze trok het van blik gemaakte instrument eruit en draaide het penklemmetje als een sleutel om. De schoot trok zich in de deur terug. Ze haalde diep adem en prevelde een gebed. Toen zette ze de lamp op de laagste stand, luisterde aandachtig en duwde de deur open.
Willa wachtte enkele ogenblikken en liep toen langzaam de duisternis in.

•28•

Sean dronk van zijn koffie en keek door de zoomlens van zijn camera naar het hek van het appartementengebouw. Het was dertig graden in Jacksonville en hij had zijn jasje uitgetrokken en op de passagiersplaats van zijn Avis-huurauto gelegd. De airco had hij op een hoge stand gezet. Het parkeerterrein van het gebouw was goed te zien achter een smeedijzeren hek met indrukwekkende krulversieringen.

Even later ging hij rechtop zitten en zette de auto in de versnelling. Zijn doelwit was zojuist via de glazen schuifdeuren aan de voorkant van het gebouw naar buiten gekomen en had even de tijd genomen om haar Maui Jims-zonnebril op te zetten. Hij zag dat ze alle zeilen had bijgezet: geplooide minirok, hoge hakken, blote gebruinde benen en een tanktopje dat zo'n diep decolleté liet zien dat een man er gemakkelijk in kon verdwalen.

Ze drukte op haar sleutelhanger, het gebruikelijke getsjilp was te horen, en ze stapte in haar auto. De combinatie van het lage chassis van haar Mercedes cabriolet en een geniepig briesje was genoeg om haar rok zo ver omhoog te brengen dat haar dunne witte string even te zien was, afstekend tegen haar gebruinde dij. Ze drukte op een knop, en het metalen dak van de auto kwam omhoog en gleed aan de achterkant weg.

Haar auto passeerde het automatische hek en verdween snel over de weg. Haar haar golfde in de windvlagen die van de oceaan kwamen. Het zouden mooie beelden zijn geweest voor een Mercedes-commercial. Sean reed achter haar aan. Ze haalde kleding op bij een stomerij en ging naar een apotheek. Misschien voor de pil, dacht Sean, die aan de overkant van de straat zat te kijken.

Hij glimlachte. De vrouw wist precies hoe ze het moest spelen. Overal waar ze liep – en de dame wist beslist hoe ze moest lópen – vergaapten mannen zich aan haar. Als ze in en uit haar auto stapte, deed ze dat als het ware in slow motion, en gedurende verbazingwekkend lange tijd liet ze dan alles zien wat mannen 's nachts liet zweten en overdag hun fantasie op hol deed slaan. Als ze vertraagde, leek het of alle mannen met haar mee vertraagden. Dan konden ze geen vin meer verroeren, tot die gebruinde benen, dat volmaakte achterwerk en die opwindende boezem in één stoot energie van de Mercedes Benz waren verdwenen.

Haar volgende bestemming, een exclusieve woonwijk, was interessanter. Sam zag haar stoppen op het pad van een schitterend huis van wit stucwerk en rode dakpannen, met palmbomen aan de voorkant. Hij keek weer door de zoomlens van zijn camera en zag degene die de deur opendeed. De man was lang en ge-

distingeerd, met dicht grijzend haar, en hij was gekleed in een katoenen broek, poloshirt en blauwe blazer.
Sean maakte enkele foto's van hen voordat ze het huis binnengingen.
Sean zag de postwagen door de straat rijden. Toen de post in de brievenbus van het huis was gedaan, wachtte Sean tot de wagen om de hoek was verdwenen, reed toen vlug naar de brievenbus, klapte het deksel open en keek naar de post die erin zat.
'Greg Dawson,' las hij op een envelop. Hij nam de hele stapel door. Een van de brieven trok zijn aandacht. Het was blijkbaar reclame, gericht aan mensen die in een database voorkwamen. 'Greg Dawson, directeur, Science Matters Ltd.'
Dit wordt steeds interessanter, dacht hij.
Hij legde de post terug, reed naar het eind van de straat en verkende de omgeving. Hij zag een mogelijkheid: een ongebruikt, met bomen begroeid perceel, twee deuren bij het huis van Dawson vandaan. Hij stapte uit, liep met zijn camera in de hand naar het perceel, sprong over een muurtje, rende door de achtertuin van het huis naast dat van Dawson en gluurde over de gestuukte muur tussen de twee percelen. Toen hij zag dat de kust veilig was, klom hij over de muur, liet zich achter in de tuin neerkomen en hurkte neer achter een paar struiken.
De achtertuin was weelderig en professioneel aangelegd. Sean keek naar het grote zwembad met een waterval en een bijbehorend gebouwtje dat uit dezelfde materialen was opgetrokken als het grote huis. Het was duidelijk dat Dawson geld had. Er stond een tafel naast het zwembad, met daarop een kan limonade en twee borden. Hij stelde zijn camera in en wachtte af. Een latinovrouw in het uniform van een dienstmeisje kwam met een dienblad vol eten naar buiten. Ze zette alles neer en ging weer naar binnen.
Enkele minuten later kwamen Dawson en Cassandra naar buiten. Dawson schoof de stoel voor Cassandra aan en ze gingen zitten om te eten. Cassandra keek glimlachend naar de luxueuze omgeving. Sean kon haar gedachten lezen: deze dame zou heel snel aan deze levensstijl kunnen wennen.
Toen Dawson een envelop uit de zak van zijn jasje haalde en die naar Cassandra toe schoof, kon Sean daar foto's van maken. Dawson zei iets, maar Sean kon het niet verstaan; daarvoor maakte de waterval te veel lawaai. Ze maakte de envelop open en Sean zag de randen van bankbiljetten toen ze er een paar naar buiten schoof. Hij maakte daar ook foto's van.
Even later schopte Cassandra een van haar schoenen met naaldhakken uit. Ze stak haar lange been uit en legde plompverloren haar voet in het kruis van haar tafelgenoot. De dame was niet subtiel, vond Sean. De man trok een kwaad gezicht naar haar en zei iets. Sean kon het niet verstaan, maar de dame keek teleurgesteld en deed haar schoen vlug weer aan.

Hij kende Dawson niet, maar waardeerde het in de man dat hij weerstand kon bieden aan Cassandra, koningin der sletten.
Na de lunch reed Cassandra weer naar huis. Toen ze daar was aangekomen, reed Sean weg en belde hij David Hilal. Zonder hem te vertellen wat hij had ontdekt vroeg hij naar Science Matters Ltd.
'Dat is een van de concurrenten die ook achter het contract aan zitten.'
'Kent u een zekere Greg Dawson?'
'Hij heeft de leiding van de biodefensie-offerte bij Science. Een behoedzame kerel die tot zo ongeveer alles bereid is om te winnen. Hoezo?'
'Ik ga alleen maar een theorie na. Dus u rekent erop dat Cassandra's contacten op het ministerie van Binnenlandse Veiligheid u het contract opleveren?'
'Nou, we denken dat onze offerte en technologie beter zijn dan die van Dawsons team, maar het helpt dat we Cassandra hebben. Ze kent het project, de bedrijven en de overheidskant vanbinnen en vanbuiten. Als alle andere factoren gelijk zijn, gaat het contract waarschijnlijk naar ons.'
'Waren er dan niet meer mensen die haar wilden hebben, zoals Science Matters? En die zijn veel groter dan u, nietwaar?'
'Dat zijn ze zeker. Ze zullen haar vast wel veel extraatjes en waarschijnlijk ook meer geld hebben geboden, maar Tuck kon haar overhalen om voor ons te komen werken.'
Sean knikte peinzend. 'Enig idee hoe?'
'Het is maar een idee.'
'Laat u het maar eens horen.'
'Misschien heeft hij haar een deel van zijn aandelen in de onderneming aangeboden. Ik weet dat ze een salaris krijgt, want ik betaal de rekeningen, maar dat van die aandelen zou iets tussen hen tweeën kunnen zijn.'
'Al bent u compagnon?'
'Ik heb u al gezegd dat ik een minderheidsbelang heb. Dat komt er in feite op neer dat ik mijn pap moet eten en dan beleefd om meer moet vragen.'
'Maar als Tuck en Cassandra een verhouding hebben en het komt uit?'
'Dan zou dat niet gunstig voor ons zijn.'
'Enig idee waarom ze zou wíllen dat de verhouding uitkomt?' vroeg Sean.
'Ik zie niet waarom. Als ze een deel van de onderneming bezit, zou het haar alleen maar schaden, nietwaar?'
'Niet als ze een reserveplan heeft dat haar nog meer oplevert.'

•29•

Twee uur later wachtte Sean tot er een auto door het hek van het appartementengebouw reed. Hij reed er vlug achteraan, voordat het automatische hek weer dichtging. Hij parkeerde op een bezoekersplaats, pakte een smalle doos van de voorbank en liep de hal van het gebouw in.

De conciërge, een pezige, kalende man in een te grote blauwe blazer, keek op van zijn krant. 'Kan ik u helpen?'

Sean klopte op de doos. 'Bloemen voor mevrouw Cassandra Mallory.'

'Oké, laat u ze hier maar liggen.'

'Dat gaat niet. Op mijn bon staat dat ik ze persoonlijk moet afleveren. Ze moet ervoor tekenen.'

'Ik kan ervoor tekenen. We houden er niet van dat bezorgers de liften gebruiken.'

'Kom nou, doe me een lol. Ze betalen me amper genoeg voor mijn benzine. Ik leef van mijn fooien. Jij gaat me geen fooi geven, hè?'

'Nee, dat ga ik niet doen, want die bloemen zijn niet voor mij.'

'Hé, ik ben ook maar een gesjochten jongen die aan de kost moet komen. Ik heb twaalf lange stelen in deze doos en ik moet voor vanavond acht uur nog vijftien adressen af. Ik loop me uit de naad voor een grijpstuiver.'

'Je lijkt me een beetje oud om bloemen te bezorgen.'

'Vroeger had ik mijn eigen hypotheekbedrijf.'

De man keek hem begrijpend aan. 'O.'

'Nou, wil je haar even bellen en zeggen dat ik er ben? Als ze die bloemen niet wil, is het geen probleem.'

De man aarzelde, maar pakte toen de telefoon op. 'Mevrouw Mallory. Met Carl, de conciërge. Eh... er zijn bloemen voor u aangekomen.' Hij zweeg even. 'Eh... dat weet ik niet. Een ogenblik.' Hij keek Sean aan. 'Van wie zijn ze?'

Sean greep in zijn borstzakje een keek op een leeg stukje papier. 'Een zekere Greg Dawson.'

Carl herhaalde die naam in de telefoon. 'Ja, goed. U zegt het maar.'

Hij hing op en keek Sean aan. 'Je hebt geluk. Ze zit in nummer 756. Daar is de lift.'

'Fantastisch. Hopelijk geeft ze goede fooien.'

'Je ziet er goed uit, dus als je echt geluk hebt, geeft ze je misschien wat anders.'

Sean trok een verbaasd gezicht en zei: 'Wat, bedoel je dat ze een stuk is?'

'Laat me het zo stellen, vriend: als ze door de hal loopt, heb ik het gevoel dat ik in een *Playboy*-fantasie ben terechtgekomen. De enige reden waarom ik dit snertbaantje hou.'

Sean ging met de glazen lift omhoog en had onderweg een schitterend uitzicht op de kust. Cassandra moest bij de deur hebben staan wachten, want die ging meteen open toen hij aanklopte. Ze was op blote voeten en droeg een badjasje tot halverwege haar dijen. Haar haar was vochtig; misschien had ze gezwommen of kwam ze onder de douche vandaan.

'Bloemen?' zei ze.

'Ja, van een zekere meneer Dawson.'

'Ik moet zeggen dat ik verrast ben.'

Sean bekeek haar eens goed. 'Mevrouw, u lijkt me iemand die veel bloemen van heren krijgt.'

Ze lachte hem toe. 'Je bent lief.'

'Wilt u hier even tekenen?' Hij hield haar zijn bonnenboekje en pen voor. Terwijl ze tekende, maakte hij de doos open. Er zaten twaalf rozen met lange stelen in die hij voor vier dollar bij een kraam had gekocht.

Ze pakte er een uit en rook eraan. 'Ze zijn mooi.'

'Hebt u er een vaas voor? Ze kunnen beter meteen in het water.'

Ze keek naar hem op en haar glimlach werd dieper. Terwijl ze haar blik over zijn slanke lichaam van één meter vijfentachtig en zijn knappe gezicht liet gaan, zei ze met een hese stem, waardoor Sean zich plotseling onrein voelde: 'Hoe heet je?'

'Sean.'

'Ik heb jou hier niet eerder gezien, Sean.'

'Ik ben hier nog niet zo lang. Jammer voor mij, zou ik zeggen.'

'Wil je de bloemen naar binnen brengen terwijl ik een vaas zoek?'

Toen ze zich omdraaide, zag ze kans haar borsten over zijn onderarm te laten glijden. Dat deed ze zo handig dat Sean alleen maar kon concluderen dat deze dame die beweging in de loop der jaren had geperfectioneerd. Hij liep achter haar aan naar binnen en deed de deur dicht. Die viel automatisch in het slot. Het was een luxueus appartement en Sean zag overal details die veel hadden gekost. Deze dame had ook een goede smaak wat kunst, meubelen en oosterse kleden betrof. Ze ging naar de keuken, maakte een kastje open en bukte zich. De aanblik die Sean daardoor werd geboden, bracht zowaar een blos op zijn wangen. De witte string was vervangen door een heel klein zwart slipje, maar de rest was alleen maar Cassandra.

Nog steeds voorovergebogen draaide ze zich om, natuurlijk om er zeker van te zijn dat hij keek. Toen ze hem zag kijken, deed ze alsof ze schrok. 'O, neem me niet kwalijk.'

Het lukte hem te grijnzen. 'Geen probleem. Het vrouwelijk lichaam is erg mooi. Waarom zou je het verbergen?'

Ze glimlachte terug. 'Je houding staat me wel aan.'
Ze deed er zo lang over om de vaas te pakken dat hij haar dode lichaam had kunnen identificeren door alleen maar naar de billen te kijken. Ten slotte richtte ze zich op en keek hem aan.
En haar glimlach verdween op slag.
Ze zag zijn cameraschermpje, de foto van Greg Dawson die haar de envelop gaf.
'Wat is dit? Wie ben jij?'
Sean ging op een van de barkrukken naast het granieten aanrecht zitten.
'Hoe kom je aan die foto?' zei ze verwijtend.
'Trek eerst wat kleren aan. Ik begin me te ergeren aan die stripteaseact van je.'
Ze keek hem kwaad aan. 'Waarom zou ik niet gewoon de politie bellen?'
Bij wijze van antwoord hield hij de camera weer omhoog. 'Omdat dit kiekje van jou en Greggie dan naar het ministerie van Binnenlandse Veiligheid gaat. Tenzij je hun kunt uitleggen waarom iemand die aan het hoofd staat van een bedrijf dat met Tuck Duttons firma concurreert jou een envelop geeft bij een gezellige lunch in zijn tuin, kan Science Matters dat vette overheidscontract wel op zijn buik schrijven. Heb ik gelijk of niet, Cassandra? Nou, ga wat aantrekken!'
Ze liep weg om zich aan te kleden. Toen ze terugkwam, droeg ze een trainingspak van mauve velours.
Hij knikte haar goedkeurend toe. 'Dat is een stuk beter. Nu kan ik je tenminste als een volwassene behandelen.' Hij ging op de bank in de huiskamer zitten, vanwaar hij een indrukwekkend uitzicht over het water had. Ze nam plaats tegenover hem en trok haar blote voeten onder zich.
'Dus die bloemen kwamen níét van Greg?' zei ze, uit de hoogte.
'Nee. Hij meende het toen hij je tijdens de lunch een blauwtje liet lopen. Misschien heeft hij vaker met meiden als jij te maken gehad en weet hij wel beter.'
'Nou, wie ben jij dan precies en wat wil je?' zei ze. 'Want hoe eerder je hier weg bent, hoe beter.'
'Eén regel: jij stelt niet de vragen. Dat doe ik.'
'Waarom...'
Hij hield de foto omhoog en ze hield haar mond.
'Ik weet van jou en Tuck Dutton.'
Ze rolde met haar ogen. 'Gaat het daarover? Kom nou.'
'Je had een verhouding met hem.'
'Bewijs het maar.'
'Dat hoef ik niet te doen. Dat kan ik aan de FBI overlaten.'
'De FBI? Waar heb je het over?'
'Tucks vrouw is vermoord en zijn oudste dochter is ontvoerd. Wou je me vertellen dat je dat niet wist?'

'Natuurlijk wist ik dat. Het heeft in alle kranten gestaan. Zijn zus is de vrouw van de president.'
'Vind je het leuk om de zwager van de president te neuken?'
'Rot op.'
'Je hebt iets om je zorgen over te maken.'
'Waar heb je het nou weer over?' zei ze quasiverveeld.
'Ik heb het over het oudste motief voor een overspelige man om zijn vrouw te vermoorden: dan kan hij met zijn maîtresse trouwen.'
'Zo was het niet tussen Tuck en mij.'
'Hoe was het dan wel? Je kunt het mij vertellen, of de FBI. En de agent die de zaak onderzoekt is lang niet zo aardig als ik.'
'Hij voelde zich tot me aangetrokken.'
'Ja, dat weet ik, maar als je ook zo hebt gebukt toen hij hier was, kan ik het de man nauwelijks kwalijk nemen. Nou ja, ik neem het hem wel kwalijk, want het betekent dat hij een slappe hufter is. Waarom ben je voor hem gaan werken, terwijl je vast wel betere aanbiedingen kreeg van grotere ondernemingen?'
'Je schijnt veel van me te weten.'
'Ik ben altijd al nieuwsgierig geweest. Ga verder.'
'Hij zei dat hij het heel goed met me zou maken als we het contract kregen.'
'Dus niet alleen salaris, maar ook aandelen in het bedrijf?'
'Zoiets.'
'Ik ben niet geïnteresseerd in "zoiets". Ik wil feiten.'
'Twintig procent van de winst die op het contract werd gemaakt,' zei ze vlug. 'Boven op mijn salaris en bonussen.'
'En toen kreeg je een beter aanbod, al had je al je contract met Tuck getekend.'
'Ik weet niet wat je bedoelt,' zei ze aarzelend.
'Natuurlijk wel. Je had een avontuurtje met Tuck. Dawson legde zijn oor te luisteren en kwam erachter, of misschien had hij je ertoe aangezet, wie weet? Maar nu had hij een bewijs dat hij aan het ministerie van Binnenlandse Veiligheid kon voorleggen. Je neukte met de zwager van de president. Als ze dat hoorden, kreeg Dawson het contract en kreeg jij stiekem je beloning. Misschien was het geld in die envelop een deel daarvan.' Hij hield de camera omhoog. 'Alleen heb ik nu deze foto's van Greggie en jou. Die kan ik aan Binnenlandse Veiligheid geven en dan valt je droom in duigen. Is dat geen interessante ontwikkeling? En waarom kreeg je betaald in baar geld?'
'Greg zei dat ze tegenwoordig alle geldstromen kunnen nagaan. Elektronisch, Zwitserse bankrekeningen, noem maar op. Dit geld was een soort aanbetaling.'
'Oké.'

'Zeg, misschien kunnen we het op een akkoordje gooien.'
'Het gaat me niet om geld in een envelop.'
'Het hoeft niet altijd om geld te gaan.' Ze keek hem doordringend aan. 'Ik weet dat je me een slet zult vinden, maar dat ben ik echt niet. We kunnen veel plezier met elkaar hebben. Heel veel plezier.'
'Dank je, maar ik val niet op vrouwen die hun reet laten zien aan elke bezorger die op hun deur klopt. En niet dat ik bot wil overkomen, maar wanneer heb je je voor het laatst laten testen op een geslachtsziekte?'
Ze wilde hem een klap geven, maar hij greep haar pols vast.
'Hier neuk je je niet uit, dame. Het gaat niet meer om een of ander overheidscontract, en een luxe appartement dat je al naaiend in de wacht sleept. Als je niet met mij meewerkt, moet je misschien terechtstaan voor medeplichtigheid aan moord en ontvoering. In Virginia, waar het is gebeurd, staat daar de doodstraf op. En executie door een dodelijke injectie mag dan pijnloos zijn, dood ben je evengoed.'
De tranen liepen Cassandra nu over de wangen. 'Daar had ik niets mee te maken. Dat zweer ik je.'
Sean haalde een digitale recorder tevoorschijn en legde hem op de salontafel. 'Ga zitten.'
Ze ging zitten.
'We spreken het volgende af. Tenzij je me de absolute waarheid vertelt – en ik weet er genoeg van om het te merken als je me ook maar een klein beetje probeert te belazeren –, gaat dit alles direct naar de FBI. Begrepen?'
Ze knikte en veegde de tranen uit haar ogen.
'Goed.' Sean zette het apparaatje aan en zei: 'Op de dag voordat zijn vrouw werd vermoord, was Tuck hier bij jou. Hij logeerde hier bij je, toch?'
Ze knikte.
'Ik moet je horen.'
'Ja, hij was hier.'
'Hij had de nacht daarvoor bij je doorgebracht, toch?'
'Ja.'
'En jullie tweeën hadden een verhouding?'
'Ja.'
'Wist zijn vrouw dat?'
'Ik weet het niet. Tuck dacht blijkbaar van niet.'
'Tuck nam jou in dienst vanwege je vorige baan op het ministerie van Binnenlandse Veiligheid. Hij dacht dat hij daardoor meer kans maakte om een groot contract van dat ministerie in de wacht te slepen. Klopt dat?'
'Ja.'
'En nu bedrieg je hem met Greg Dawson en Science Matters?'

Cassandra aarzelde. Sean pakte de recorder op. 'Oké, jij je zin.'
'Wacht. Ja. Ik werk achter Tucks rug om met Greg Dawson samen. Hij liet ons volgen. Hij ontdekte onze verhouding. Hij kwam naar me toe en deed me een beter aanbod. Ik nam het aan.'
'Tuck Dutton zou naar Virginia terugkeren op de dag nadat zijn gezin was overvallen, maar hij kwam eerder terug. Weet je waarom?'
'We... We hadden onenigheid.'
'Waarover?'
'Ik... Ik denk dat hij vermoedde dat er iets aan de hand was.'
'Tussen Dawson en jou?'
Ze keek verrast. 'Nee. Het tegenovergestelde.'
Sean keek verbaasd. 'Het tegenovergestelde?'
'Hij dacht dat zijn vróúw een verhouding had. Ik zei tegen hem dat ik het belachelijk van hem vond. Want hoe groot was de kans nou dat hij én zijn vrouw tegelijk buiten de pot pisten? Dat was misschien een beetje tactloos, maar mannen zijn net kleine jongens als het op overspel aankomt. Oké, dus ze deed het met een ander. Dat is toch niet zo'n punt? Daar hoef je je niet druk om te maken.'
'Maar hij maakte zich er wel druk om.'
'Ja. Ik dacht dat hij me ging slaan. Hij zei dat hij van zijn vrouw hield. En dat terwijl we naakt op mijn bed zaten nadat we elkaar suf geneukt hadden. Toen zei ik iets stoms in de trant van: "Nou, dan laat je dat wel op een rare manier blijken." Toen ging hij tegen me tekeer, pakte zijn spullen bij elkaar en ging weg.'
'Zei hij ook waarom hij dacht dat zijn vrouw een verhouding had?'
'Hij had het over telefoongesprekken die hij had gehoord. Hij zei dat hij Pam een keer was gevolgd en dat ze koffie had gedronken met een man die hij niet kende.'
Sean leunde achterover in de kussens. Aan zo'n aspect van de zaak had hij nooit gedacht. 'Heeft hij die man ook beschreven?'
'Nee.'
'Tussen de tijd waarop Tuck thuis had moeten zijn en de tijd waarop hij echt thuiskwam zat ongeveer een uur. Ik heb het over de tijd tussen halftien en elf uur die avond. Heeft hij jou in die tijd gebeld?'
'Nee, ik heb niets meer van hem gehoord sinds hij hier is weggerend.'
Sean keek haar sceptisch aan. 'Ik moet de absolute waarheid horen, Cassandra.'
'Ik zweer het je. Kijk maar naar mijn telefoongegevens. Ik ging naar bed en heb met niemand meer gepraat.'
Sean zette de recorder uit. 'Als ik weer met je moet praten, hoop ik voor je dat ik je kan vinden.'

‘Laat je dit alles in de openbaarheid komen?’
‘Nee. Tenminste, nog niet. Een goede raad: zeg tegen Greggie dat hij zich uit de strijd om dat contract terugtrekt.’
‘Hij is vast heel kwaad. Hij heeft me al veel geld betaald.’
‘Dat is jouw probleem. Waarom probeer je het niet met bukken? Misschien is Greg niet het type voor een voet in zijn kruis.’
Die avond nam Sean het vliegtuig terug naar Washington. Hij was veel te weten gekomen. Alleen jammer dat hij nu nog meer vragen had dan tevoren.

•30•

Willa draafde dicht langs de rotswand door de gang; haar vingers streken over het onregelmatige gesteente. Ze was bedacht op elk geluid, elk sprankje licht. Ze had haar lamp zo laag gedraaid dat ze bijna niets kon zien. Het was koud, en de slierten van haar adem volgden haar door de donkere gang. Ze ging een hoek om en bleef staan.

Kwam daar iemand aan? Ze deed de lamp uit en drukte zich plat tegen de rots. Vijf minuten later liep ze door. Ditmaal liet ze het licht uit. Haar hand streek over hout en kwam toen tegen metaal. Ze bleef weer staan en deed de lamp op z'n allerlaagst aan. Het was een metalen slot.

Net als dat op mijn deur.

Ze vond de moed om haar hand omhoog te brengen en zachtjes op het hout te kloppen. Geen antwoord. Ze klopte opnieuw, nu een beetje harder.

'Wie is daar?' zei een bevende stem aan de andere kant.

Willa keek om zich heen, drukte haar gezicht tegen de deur en fluisterde: 'Zit je opgesloten?'

Ze hoorde voetstappen en toen zei de stem: 'Wie ben jij?'

'Ik heet Willa. Ik zat ook opgesloten, maar ik ben eruit gekomen. Ik denk dat ik jou er ook uit kan krijgen. Hoe heet je?'

'Diane,' fluisterde ze terug.

'Weet je waarom je hier bent?'

'Nee.'

'Ik ook niet. Wacht.'

Willa haalde haar penklemmetje en opgerold blikdekseltje tevoorschijn en ging aan het werk. Het was moeilijker dan de eerste keer, omdat ze de lamp bijna niet kon laten branden. Terwijl ze haar uiterste best deed om te voelen of de slotstiften op hun plaats vielen, luisterde ze ook of ze iemand hoorde aankomen.

Eindelijk vielen de stiften op hun plaats. Willa draaide het penklemmetje om en de deur zwaaide open. Diane Wohl keek op haar neer. 'Je bent nog een kind.'

'Ik ben bijna een tiener,' zei Willa zelfverzekerd. 'En het is me gelukt uit mijn kamer te komen. En jou uit jouw kamer te halen. Kom mee.'

Toen ze wegliepen, keek Diana om zich heen. 'Waar zijn we?'

'Je moet niet zo hard praten,' fluisterde Willa. 'Op dit soort plaatsen draagt het geluid heel ver.'

'Wat voor plaatsen?' zei de vrouw, zachter nu.

Willa raakte de rotswand aan. 'Ik denk dat we in een tunnel of een oude mijn zijn.'
'O mijn god,' klaagde Diane, 'als we in een oude mijn zijn, kan die elk moment instorten.'
'Ik denk het niet. Die balken zien er stevig uit. En de mannen die ons hier vasthouden zouden ons niet naar een onveilige plaats hebben gebracht.'
'Waarom niet?'
'Omdat hun dan ook iets kan overkomen.'
'Weet je waar de uitweg is?'
'Misschien voel ik straks beweging in de lucht.'
'Als we doorgaan, verdwalen we. Misschien voorgoed.'
'Nee.' Ze scheen met de lamp op de vloer. 'Ik heb de papieren etiketten van de blikken in stukjes gescheurd. Elke drie meter of zo laat ik een snipper vallen. Zo weten we waar we vandaan kwamen voor het geval we terug moeten.'
Ze liepen door, weer een bocht om en nog een.
Willa keek in het licht van de lamp op haar horloge. 'We hebben ongeveer twintig minuten voordat ze weer voorbijkomen. Evengoed kan die andere man ook komen. Hij is onvoorspelbaar.'
'Die lange man met het witte haar?'
'Ja. Hij lijkt niet zo erg als de anderen, maar ik ben toch bang voor hem.'
'Ik ben doodsbang voor allemaal.'
'Waar woon je?'
'In Georgia.'
'Ik kom uit Virginia. Ik hoop dat het goed gaat met mijn familie. De man zei dat hij hun heeft laten weten dat het goed met me ging. Heb jij een gezin?'
'Nee,' zei Diane vlug, 'maar ik heb hem gevraagd contact met mijn moeder op te nemen en tegen haar te zeggen dat ik ongedeerd ben, maar ik weet niet of ik ongedeerd blijf.'
'Ook een goede reden om hier weg te komen,' merkte Willa op.
'Wat was dat?' zei Diane op scherpe toon.
Ergens achter hen had een schreeuw geklonken.
'Ik denk dat ze hebben gemerkt dat we weg zijn,' zei Willa. Op dat moment voelde ze een zwakke luchtstroom op haar wang. Ze pakte Dianes hand. 'Deze kant op.'
Ze liepen vlug door de gang.
'Kijk!' zei Willa.
De gang eindigde bij een zware deur.
Diane probeerde de oude deurkruk, maar die wilde niet in beweging komen.
Willa had haar instrumenten al tevoorschijn gehaald. Terwijl Diane de lamp vasthield, stak ze die erin. Ze werkte snel, maar systematisch.

'Hoe heb je dat geleerd?'
'Het komt van pas als je kleine zusje zich steeds in de badkamer opsluit,' zei Willa, terwijl ze in het slot duwde en porde, in de vurige hoop dat de stiften op hun plaats zouden vallen.
Diane keek de gang door. 'Ze komen eraan. O mijn god, ik denk dat ze eraan komen. Schiet op. Schiet op!'
'Als ik opschiet, werkt het niet,' zei Willa kalm.
'Als je niet opschiet, krijgen ze ons te pakken.'
De laatste stift viel. Willa draaide het penklemmetje om en duwde samen met Diane de zware houten deur open. Het licht dat door de opening viel verblindde hen bijna. Ze schermden hun ogen af en tuurden om zich heen.
Toen trof het dreunen van voetstappen hen harder dan het zonlicht.
'Kom,' riep Diane.
Ze pakte Willa's hand en ze renden naar het vlakke stuk grond recht voor hen, waar net op dat moment een klein vliegtuigje landde.
'Wie zou dat zijn?' vroeg Diane.
Willa keek om zich heen en zag dat je hier blijkbaar alleen met een vliegtuigje kon komen. 'Niet iemand die we willen tegenkomen. Deze kant op. Vlug.'
Ze veranderden van richting en doken achter een rots weg, net op het moment dat Daryl en Carlos de mijngang uit kwamen en in verschillende richtingen renden.
Willa en Diane kropen en klommen over een smalle, steile richel omhoog. Ze drukten zich zo laag mogelijk tegen de rots.
'Misschien kunnen we boven komen en dan aan de andere kant naar beneden,' hijgde Willa.
Diane hijgde zo erg dat ze niets terug kon zeggen. Ze pakte Willa vast. 'Ik moet even op adem komen. Ik heb nooit veel aan sport gedaan.'
Even later klommen ze verder. Ze kwamen boven en keken over de rand naar de andere kant van de rotsmassa.
'God beware ons,' zei Diana. De rotswand was steil, bijna verticaal. 'Ik kom nooit beneden.'
'Nou, ik ga het proberen,' zei Willa. 'Denk je dat je je ergens kunt verstoppen? Als ik wegkom, ga ik hulp halen.'
Diane keek om zich heen. 'Ik denk van wel.' Ze keek weer over de rand. 'Willa, dat overleef je niet. Je kunt niet gaan.'
'Ik móét het proberen.'
Ze pakte de rand van een rots vast, stak haar voet naar een smalle richel uit en ging een stap naar beneden. De richel hield stand, al gleden er kiezelstenen en wat gruis, verstoord door haar manoeuvre, van de helling af en stuiterden naar beneden, waar ze door de wind werden meegevoerd.

'Alsjeblieft, wees voorzichtig,' zei Diane.
'Ik doe mijn best,' zei Willa ademloos. 'Het is moeilijk.'
Ze liet zich op een nieuwe richel zakken en wilde net aan haar volgende beweging beginnen toen de rots waarop ze stond opeens meegaf.
'Willa!' riep Diane.
Willa graaide naar wat ze maar kon vinden om haar val te voorkomen, maar alles wat ze aanraakte liet los. Intussen werd ze bekogeld door grote en kleine steentjes.
'Help me!'
Diane werd opzijgeduwd door de man die haar voorbijrende. Hij stak zijn lange arm uit en greep Willa bij haar pols vast, een seconde voordat ze verloren zou zijn geweest.
Willa werd als een vis uit zee omhooggetrokken en op een platte rots gegooid.
Ze keek op.
Sam Quarry keek helemaal niet blij.

•31•

Michelle keek naar het dode lichaam van haar moeder. De sectie was verricht, en hoewel de uitslagen van de toxicologische en andere tests nog niet binnen waren, luidde de conclusie dat Sally Maxwell niet door een natuurlijke oorzaak was gestorven. De doodsoorzaak was een klap tegen haar hoofd geweest.

Michelle had zelf met de patholoog-anatoom gesproken. Als haar broer, die brigadier van politie was, daar geen toestemming voor had gegeven, zou het niet zijn gebeurd. De familie van een moordslachtoffer kreeg meestal alleen enkele troostende woorden en wat tijd alleen met de dode – geen feiten. De reden hiervoor was eenvoudig maar verontrustend: het gebeurde vaak dat familieleden elkaar vermoordden.

De patholoog-anatoom was kortaf, maar duidelijk geweest. 'Uw moeder heeft niet haar hoofd gestoten doordat ze is gevallen. Daar was de wond te diep voor. Dat kan de gladde betonvloer niet hebben gedaan, en er waren ook geen sporen op de portiergreep van de auto of de trapleuning. En die randen kwamen toch al niet overeen met de vorm van de wond.'

'Wat was precies de vorm van de wond?'

'Ik zou dit niet met u moeten bespreken, weet u,' zei hij onwillig.

'Alstublieft, het was mijn moeder. Als u me kunt helpen zonder regels te schenden die voor u onaantastbaar zijn, zou ik dat erg op prijs stellen.' Die eenvoudige smeekbede raakte blijkbaar de juiste snaar bij de man.

'Het was een ongewone vorm. Ongeveer tien centimeter lang en iets meer dan een centimeter breed. Als ik moest raden, zou ik zeggen dat het metaal was, maar er zat een ongewone lijn in. Een heel vreemde wond.'

'Dus het staat vast dat iemand haar heeft vermoord?'

De patholoog-anatoom had haar door zijn multifocale brillenglazen aangekeken. 'Ik doe dit werk al dertig jaar en ik heb nog nooit meegemaakt dat iemand zelfmoord heeft gepleegd door zichzelf met een bot voorwerp tegen het hoofd te slaan en daarna, dus na de dood, het wapen zo goed heeft verborgen dat de politie het niet kon vinden.'

Het lichaam van haar moeder was door de patholoog-anatoom vrijgegeven en naar een uitvaartonderneming gebracht. Michelle was daarheen gegaan om haar moeder te zien voordat het stoffelijk overschot werd afgelegd. Er lag een laken tot aan de hals, zodat de Y-incisie die de patholoog-anatoom in haar had gezaagd gelukkig niet te zien was.

Geen van Michelles broers had haar hierheen willen vergezellen. Ze werkten allemaal bij de politie en wisten hoe een lichaam er na een sectie uitzag, vooral achtenveertig uur nadat de dood was ingetreden. Het gezegde dat schoonheid niet dieper dan de huid ging, was nooit meer op zijn plaats dan onder zulke omstandigheden. Nee, haar 'harde' broers wachtten tot het conserveermiddel in het lichaam van hun moeder was gepompt, haar haar in model was gebracht, haar gezicht was opgemaakt, haar kleren netjes waren aangetrokken om de aanslag van de sectie te verbergen, en haar lichaam in de kist van drieduizend dollar was gelegd, zodat iedereen ernaar kon kijken.

Michelle wilde zich haar moeder niet zo herinneren, maar toch had ze hierheen moeten komen. Ze moest het afschuwelijke zien dat iemand had gedaan met de vrouw die haar meer dan dertig jaar geleden het leven had geschonken. Ze kwam in de verleiding het hoofd van haar moeder opzij te draaien om zelf naar de wond te kijken, maar ze weerstond die aandrang. Het zou van weinig eerbied getuigen, en als de patholoog-anatoom niet wist wat voor wapen er was gebruikt, zou Michelle dat ook niet kunnen zien.

Ze stelde zich de laatste ogenblikken van haar moeder voor. Had ze haar moordenaar gezien? Had ze hem of haar gekend? Had ze geweten waarom ze was neergeslagen? Had ze pijn gevoeld?

En dan de laatste, meest verpletterende gedachte van allemaal: was haar moeder door haar vader vermoord?

Ze pakte de hand van haar moeder vast en streelde hem. Ze zei dingen tegen de dode vrouw die ze nooit had kunnen zeggen toen Sally nog leefde. Daarna voelde Michelle zich leger dan tevoren. De laatste tijd waren haar depressies toch al peilloos diep.

Vijf minuten later was ze in de frisse lucht en zoog ze zo veel mogelijk zuurstof in haar longen. De rit naar huis werd in beslag genomen door herinneringen aan haar moeder. Toen ze het pad van hun huis op reed, bleef Michelle daar een tijdje zitten om zichzelf weer onder controle te krijgen.

Haar vader had gekookt. Michelle ging met hem aan tafel. Haar broers waren uitgegaan – om de band met elkaar te versterken, nam ze aan, en misschien ook om hun kleine zusje wat tijd alleen met hun vader te gunnen.

'Lekkere soep,' zei ze.

Frank lepelde een beetje kippensoep in zijn mond. 'Helemaal zelf gemaakt. Ik ben in de loop van de jaren steeds meer gaan koken.' Met enige wrok voegde hij eraan toe: 'Dat weet jij natuurlijk niet.'

Ze leunde achterover, brak een stukje van een broodje af en kauwde er langzaam op. Ze vroeg zich af hoe ze moest reageren. Maar eigenlijk was er geen antwoord mogelijk. Ze was er inderdaad niet geweest. Ze wist dat inderdaad niet. Toch vroeg ze zich af waarom hij haar nu een schuldgevoel wilde aanpraten.

'Had mama ook genoeg te doen?'
'Ze had haar vriendinnen. Je moeder was altijd al veel socialer ingesteld dan ik. Dat zal wel door mijn werk komen. Ik moest een zekere afstand bewaren. Die belemmering had zij niet.'
En door verbittering?
'Je bedoelt dat je nooit wist wanneer een van je vrienden de wet ging overtreden?' Terwijl ze die woorden uitsprak, wilde Michelle ze alweer inslikken.
Hij keek haar een hele tijd aan en zei toen: 'Zoiets.'
'Iemand in het bijzonder? Vriendinnen, bedoel ik?'
'Rhonda, Nancy, Emily, Donna,' zei hij.
'Wat deden ze?'
'Kaarten. Winkelen. Veel golfen. Lunchen. Roddelen. De dingen die gepensioneerde vrouwen doen.'
'Jij ging nooit mee.'
'Ook weleens, maar het was meer iets van meiden onder elkaar.'
'Met wie had ze die avond afgesproken?'
Opnieuw wachtte hij een hele tijd met antwoord geven. Als ze zou moeten gokken, zou Michelle hebben gewed dat haar vader op het punt stond een leugen op te dissen.
'Donna. Tenminste, dat denk ik. Ik geloof dat ze zei dat ze uit eten gingen. Ik weet het niet zeker. Ze zei het in het voorbijgaan.'
'Heeft Donna een achternaam?'
Ditmaal reageerde hij meteen. 'Hoezo?' vroeg hij.
'Waarom wat?'
'Waarom wil je Donna's achternaam weten?'
'Nou, heeft iemand haar gebeld om te vertellen dat ma niet is gekomen omdat ze dood is?'
'Die toon van je bevalt me niet, meisje.'
'Pa, ik ben al meer dan twintig jaar geen meisje meer.'
Hij legde zijn lepel neer. 'Ik heb haar gebeld. Oké? En zo groot is dit stadje nou ook weer niet. Ze had het al gehoord.'
'Dus ma had inderdaad met Donna afgesproken?'
Een ogenblik keek hij verward, onzeker van zichzelf. 'Hè? Ja, ik geloof van wel.'
Michelle voelde een wringende pijn in haar borst. Met een slap smoesje stond ze op en ging naar buiten. Daar belde ze de enige die ze ooit echt had vertrouwd.
Sean King was net op het vliegveld Washington Dulles geland.
'Ik heb je nodig,' zei ze, nadat ze hem had verteld wat er was gebeurd.
Sean ging op zoek naar een vlucht naar Nashville.

•32•

'Het had je dood wel kunnen worden,' snauwde Quarry, die tegenover Willa in haar 'cel' zat.
'Ik ben hier gevangene, en gevangenen hebben het recht om te proberen te ontsnappen,' zei ze zonder omhaal terug. 'Dat is hun plicht. Dat weet iedereen.'
Quarry trommelde met zijn lange, dikke vingers op het tafelblad. Hij had Willa's lockpickinginstrumenten in beslag genomen en ook alle conservenblikken weggehaald. Ook had hij Daryl en Carlos extra beveiliging op de deur laten aanbrengen.
'Wie is Diane?' vroeg Willa.
'Een vrouw,' zei Quarry nors.
'Dat weet ik al. Waarom is ze hier?'
'Dat gaat je niets aan.'
Hij stond op om weg te gaan.
'O ja, nog bedankt.'
Quarry draaide zich verrast om. 'Waarvoor?'
'U hebt mijn leven gered. Als u er niet was geweest, lag ik nu ergens daar beneden.'
'Graag gedaan, maar doe zoiets niet opnieuw.'
'Mag ik Diane nog eens spreken?'
'Misschien wel.'
'Wanneer?'
'Dat weet ik niet.'
'Waarom weet u het niet? Het is een heel eenvoudig verzoek.'
'Waarom stel je zoveel vragen als ik ze toch niet beantwoord?' zei Quarry, die zich duidelijk aan de hardnekkigheid van het meisje ergerde, maar daar ook door gefascineerd werd.
'Omdat ik blijf hopen dat u er op een dag antwoord op geeft,' zei ze opgewekt.
'Jij bent anders dan alle kleine meisjes die ik ooit heb gekend. Dat neem ik terug. Je doet me aan iemand denken.'
'Aan wie?'
'Gewoon iemand.'
Hij deed de deur achter zich op slot en schoof de dikke plank aan de buitenkant van de kamer op zijn plaats. Zelfs wanneer Willa kans zag het slot opnieuw open te krijgen, zou ze de deur niet open kunnen duwen.

Terwijl hij daar liep, haalde hij de papieren uit zijn zak. Die waren de reden waarom hij hiernaartoe gevlogen was. Hij kwam bij de deur en klopte aan.
Diane zei met bevende stem: 'Wie is daar?'
'Ik moet met je praten!' riep hij door de deur. 'Ben je aangekleed? Opgeknapt na je uitstapje?'
'Ja.'
Hij maakte de deur open en liep naar binnen.
Net als bij Willa hadden ze de kamer voorzien van een bed, een kleine tafel, een lamp, een portable toilet, water en zeep, eten in blik, water en wat kleren. Diane had de vuile kleren die ze tijdens haar vluchtpoging had gedragen inmiddels vervangen door een andere broek en een witte blouse.
Quarry deed de deur achter zich dicht. 'Ik heb net met Willa gepraat.'
'Alsjeblieft, doe haar geen kwaad om wat ze heeft gedaan.'
'Ik ben niet van plan haar kwaad te doen.' Grimmig voegde hij daaraan toe: 'Tenzij jullie nog eens zoiets flikken. Zelfs als jullie eruit komen, kunnen jullie nergens heen.'
'Waarom doe je dit?'
Hij ging aan de tafel zitten en hield de papieren omhoog. 'Hierom.' Hij knikte naar de enige andere stoel in de kamer. 'Wil je gaan zitten?'
'Ik wil naar huis.'
'Je moet hiernaar kijken.'
Diane verzamelde moed en kwam wat dichterbij. 'Als ik dat doe, laat je me dan gaan?' Haar stem klonk smekend en haar ogen waren vol tranen. Blijkbaar wilde ze ontzettend graag iets van hem horen waardoor ze haar uiteindelijke vrijheid tegemoet kon zien.
'Nou, ik hou je hier niet veel langer. Zoveel is zeker.'
'Waarom heb je me hierheen gebracht? En Willa?'
'Ik heb jullie allebei nodig,' zei Quarry eenvoudigweg. 'Zonder jullie zijn de dingen die ik moet doen niet mogelijk.' Hij hield de papieren omhoog. 'Ik heb het bloed dat ik je heb afgenomen naar een laboratorium gestuurd waar ze er tests mee hebben gedaan, DNA-tests. Ik had ook een uitstrijkje uit je wang kunnen nemen, maar ik heb er veel over gelezen en geloof dat het net zo goed is om met bloed te werken, misschien wel beter. Ik wilde geen fouten maken.'
'DNA?'
'Ja. Zoiets als vingerafdrukken, maar dan beter. Ze gebruiken het vaak om mensen uit de dodencellen te krijgen die onschuldig zijn.'
'Ik heb geen misdrijf begaan.'
'Dat heb ik ook niet gezegd.' Hij keek naar de papieren en las de resultaten nog eens door. 'Maar je bent twaalf jaar geleden bevallen van een klein meisje. Na

de bevalling heb je haar afgestaan. Vond je het leuk om haar vandaag terug te zien?'

Het bloed trok uit haar gezicht weg. 'Waar heb je het over?'

'Willa is je dochter. Ze heet tegenwoordig Willa Dutton. Ze heeft net haar twaalfde verjaardag gevierd. Haar moeder heet Pam Dutton. Haar adoptiefmoeder, bedoel ik. Ik heb het bloed van mevrouw Dutton ook laten onderzoeken, voor het geval dat van jou niet bij dat van Willa paste, maar dat was wel het geval. Je bent zonder enige twijfel haar moeder.'

'Dat kan niet,' zei ze dof. Ze kreeg de woorden bijna niet uit haar mond.

'Je werd zwanger, kreeg de baby, en toen hebben de Duttons haar geadopteerd.' Hij bewoog de papieren heen en weer. 'Het DNA liegt niet, mevrouw.'

'Waarom doe je dit?' vroeg ze met een zachte, maar paniekerige stem.

'Ik heb zo mijn redenen.' Hij stond op. 'Wil je je dochter nog eens zien?'

Diane legde haar hand op het tafelblad om zich in evenwicht te houden. 'Wat?'

'Ik weet dat jullie elkaar al hebben ontmoet, maar ik dacht dat je haar misschien terug wilde zien, nu je het weet.'

Ze keek naar de papieren. 'Ik geloof je niet.'

Hij gaf haar de papieren. 'Ik heb ze laten opstellen in een taal die mensen als ik kunnen begrijpen. De bovenste test is die van Willa's bloed. Die daaronder is van het jouwe. Kijk maar naar het resultaat.'

Ze nam de papieren aan en las ze langzaam. 'Negenennegentig procent overeenkomst voor moeder en kind,' zei ze met doffe stem.

Ze gooide de papieren neer en riep: 'Wie ben jij?'

'Dat is een lang verhaal, en ik ga het je niet vertellen. Wil je met het meisje praten of niet?'

Diane schudde haar hoofd al. Ze bewoog het driftig heen en weer.

Quarry keek met een mengeling van medelijden en walging op haar neer. 'Je had het kind kunnen houden. Misschien begrijp ik wel waarom je dat niet hebt gedaan, maar dat wil niet zeggen dat ik het ermee eens ben. Kinderen zijn waardevol. Je moet ze vasthouden. Die les heb ik door schade en schande geleerd.'

Diane ging rechtop zitten. 'Ik weet niet wie je bent of wat je wilt, maar je hebt niet het recht om over mij te oordelen.'

'Als ik geneigd was tot oordelen, zou je misschien al dood zijn.'

Die woorden brachten Diane op haar knieën. Ze maakte zich zo klein mogelijk en snikte.

Quarry bukte zich, pakte de DNA-rapporten op en bleef naar haar staan kijken. 'Je laatste kans om het meisje te zien,' zei hij ten slotte.

Er verstreek enige tijd. Ten slotte zei Diane: 'Moet... Moet ze me zien?'

'Jullie hebben elkaar al ontmoet.'

'Toen wist ik niet dat ze mijn dochter was,' zei Diane. Ze voegde er zachtjes aan toe: 'Ik wist niet... dat ik haar moeder was.'
'Oké, dat kan ik begrijpen.'
Plotseling schoot Diane iets te binnen. 'O mijn god, wéét ze dat ik haar moeder ben?'
'Nee. Ik vond het niet nodig haar dat te vertellen. Want jij bent niet degene die het meisje heeft grootgebracht.'
'Ken je die Pam Dutton?'
'Ik heb haar nooit ontmoet.'
'Weet je of ze goed voor Willa is geweest?'
'Bedoel je dat je de vrouw niet kende voordat je je dochter aan haar gaf?'
'Zo ging het niet. Ik had eigenlijk geen keus.'
'Iedereen heeft een keus.'
'Kan ik haar zien zonder dat ze mij ziet?'
'Ik weet wel een manier. Als je daartoe bereid bent.'
Diane kwam wankelend overeind. 'Ik wil haar graag zien.' Op de een of andere manier kwam dat eruit als een schuldbekentenis.
'Geef me een paar minuten.'
Diane kwam vlug naar voren en greep zijn arm vast. 'Je gaat haar toch geen kwaad doen?'
Quarry haalde langzaam Dianes vingers van zijn mouw. 'Ik ben zo terug.'
Vijf minuten later was hij er weer en hield hij de deur voor haar open. Ze keek er angstig naar, alsof ze dacht dat ze nooit terug zou komen als ze door die opening liep.
Quarry voelde dat aan en zei: 'Ik geef je mijn woord. Je mag het meisje zien en dan breng ik je hier terug.'
'En wat dan?'
'Dan moeten we afwachten. Meer kan ik je niet beloven.'

•33•

Quarry verwijderde de plank van de metalen haken die diep in de rotswand verzonken waren, maakte de deur open en gaf Diane een teken dat ze naar binnen kon gaan.

'Waar is ze?'

Hij wees naar links. 'Daar.'

Diane draaide zich om en keek naar een klein hoopje onder de deken op een bed dat tegen de muur stond. Quarry trok de deken omhoog. Daaronder lag Willa te slapen.

Diane kwam voorzichtig dichterbij. 'En als ze wakker wordt?'

'Ik heb haar iets gegeven om haar te laten slapen. Minstens een uur. Ze lijkt op jou,' zei Quarry zachtjes. 'De neus, de kin. Je kunt haar ogen nu niet zien, maar die hebben dezelfde kleur als de jouwe.'

Diane knikte onwillekeurig. Zij zag de gelijkenis ook. 'Willa Dutton. Dat is een mooie naam.'

'Heb jij haar geen naam gegeven?'

'Nee. Omdat ik wist dat ik haar zou afstaan, heb ik niet... Ik kon het niet.'

Diane streelde het donkere haar van het meisje. Toen keek ze Quarry weer aan. 'Je gaat haar geen kwaad doen.'

'Dit is niet haar schuld. En eigenlijk ook niet de jouwe.'

'Maar je zei eerder...'

'Er zijn gradaties van schuld.'

'Dus wie?'

'Wilde je haar afstaan?'

'Ik zei dat ik geen keus had.'

'En zoals ik al zei, hebben mensen altijd een keus.'

'Mag ik haar vasthouden?'

'Ga je gang.'

Diane sloeg haar armen om Willa's schouder. Ze raakte haar gezicht aan, drukte haar wang tegen die van het meisje en kuste haar ten slotte op haar voorhoofd.

'Wat herinner je je van de adoptie?'

'Niet veel. Ik was nog maar twintig.'

'En de vader?'

'Dat gaat je niets aan.'

'En dus heb je haar maar afgestaan?'

'Ja.' Ze keek naar hem op. 'Ik had geen geld. Ik studeerde nog en kon niet voor haar zorgen.'
'En dus hebben ze haar van je overgenomen. En toen kwam het goed met je leven,' zei Quarry. 'Je maakte je studie af en kreeg een goede baan. Je trouwde, maar scheidde. Je hebt nooit meer kinderen gekregen.'
'Hoe weet je dat allemaal over mij?'
'Ik ben niet zo erg intelligent, maar ik werk hard. Ik moest alles over je weten.'
'En waarom doe je dit alles?'
'Dat gaat je niets aan.'
Diane keek weer naar Willa. Het meisje kreunde een beetje.
'Wordt ze wakker?' vroeg Diane angstig.
'Ze droomt in haar slaap. Laten we teruggaan.'
Terug in haar kamer, zei Diane: 'Hoe lang hou je me hier nog vast?'
'Als ik daar een antwoord op had, zou ik het zeggen, maar ik weet het niet.'
'En Willa?'
'Voor haar geldt hetzelfde.'
'Zei je dat haar adoptiefmoeder Pam heet?'
'Ja.'
'Ze zal zich wel vreselijke zorgen maken.'
'Dat denk ik niet,' zei Quarry.
'Waarom niet?'
'Omdat ze dood is.'

•34•

Sean kon diezelfde avond nog naar Nashville vliegen. Michelle haalde hem van het vliegveld. Onderweg naar het huis van haar vader vertelde hij haar wat hij over Tuck en Cassandra Mallory had ontdekt.

'Ze klinkt als iemand die ik heel graag een schop onder haar kont zou willen verkopen.'

'Nou, je zou niet gauw mis schoppen. De dame loopt ermee te koop.'

'Wie was die man die Pam ontmoette? De man van wie Tuck dacht dat hij een verhouding met haar had.'

'Ik heb nog geen gelegenheid gehad om dat uit te zoeken.'

Toen ze een tijdje in stilte hadden gereden, zei hij: 'Denk je echt dat je moeder door je vader is vermoord?'

'Ik weet niet wat ik moet denken. Ik weet alleen dat ze door iemand is vermoord en dat hij zich als hoofdverdachte gedraagt.'

'Denkt de politie dat ook?'

'Hij is korpscommandant geweest en mijn broer Bobby zit hier in het korps. Ze dekken vaak hun eigen mensen.'

'Als alles in een bepaalde richting wijst, moeten ze wel in actie komen.'

'Dat weet ik,' zei ze gespannen.

'Heb je met die Donna gepraat? Met wie je moeder die eetafspraak had?'

'Nog niet. Ik hoopte dat jij en ik dat samen konden doen.'

Hij pakte haar schouder vast. 'Ik weet dat dit moeilijk is, Michelle, maar we moeten er samen doorheen.'

'Ik weet dat jij je handen vol hebt aan de zaak-Dutton. Nog wel met de First Lady ook. Ik voel me een beetje schuldig omdat ik je hierbij haal.'

Hij glimlachte geruststellend. 'Ik ben er goed in om veel dingen tegelijk te doen. Dat zou je zo langzamerhand moeten weten.'

'Toch stel ik het op prijs.'

'Hebben ze buurtonderzoek gedaan? Heeft iemand iets gezien?'

'Bij de buren hadden ze een zwembadfeest. Hun kleindochter werd zestien. De hele straat stond vol auto's. Veel lawaai. Muziek. Niemand heeft iets gezien.'

'Misschien levert dat nog iets op,' zei hij bemoedigend.

Omdat het huis vol zat, had Michelle voor Sean een kamer in een hotel gereserveerd. Hij bracht zijn tas daarheen en ze reden naar het huis. Nadat Sean iedereen zijn deelname had betuigd, liep Michelle met hem de tuin in, waar ze konden praten.

'De begrafenis is morgen,' zei ze.
'Ik geloof dat je broers zich afvragen wat ik hier doe.'
'Laat ze het zich maar afvragen.'
'Verdenken ze hun vader?'
'Als ze dat al doen, zouden ze het niet toegeven.'
'En toch heb jij daar geen moeite mee.'
'Aan wiens kant sta jij?'
'Altijd aan de jouwe. Hoe wil je het onderzoek beginnen?'
'Ik heb het adresboek van mijn moeder ingepikt. Daar staat ene Donna Rothwell in. Ze is de enige Donna, dus zij moet het zijn. Ik weet dat het erg laat is, maar ik had zo gedacht dat we naar haar toe konden gaan.'
'Onder welk voorwendsel?'
'Dat ik de vriendinnen van mijn moeder wil leren kennen? Verhalen die ze me kan vertellen. Ongewone herinneringen die me naar een moordenaar kunnen leiden.'
'En als je vader die moordenaar blijkt te zijn?'
'Ik maak geen uitzonderingen op die regel. Als hij het is, dan is het niet anders.'
Donna Rothwell was bereid hen ondanks het late uur te ontvangen. Ze was begin zestig, ongeveer één meter vijfenzestig, en compact, sportief gebouwd. Er was de grootst mogelijke aandacht aan haar kapsel en make-up besteed. Ze straalde veel warmte, zelfs opgewektheid uit. Ze woonde ongeveer zeven kilometer bij de Maxwells vandaan. Het was groot, duur ingericht en smetteloos schoon; de deur was opengedaan door een dienstmeisje. Deze dame had duidelijk geld, en aan de vele foto's en souvenirs op planken en tafels was te zien dat ze in stijl de wereld had bereisd.
Ze vertelde: 'Wijlen mijn man, Marty, was president-directeur van een groot computerbedrijf en heeft zich vroeg laten uitkopen. We hebben een goed leven met elkaar gehad.'
'Is uw man overleden?' vroeg Sean.
'Jaren geleden. Zijn hart.'
'Niet hertrouwd?'
'Marty en ik kenden elkaar nog uit onze studententijd. Zoiets goeds kan ik vast niet meer krijgen, dus waarom zou ik het risico nemen? Ik ga trouwens wel met mannen uit. Op dit moment heb ik zelfs verkering. Dat klinkt puberaal, dat weet ik, maar als je lang genoeg leeft, ga je de hele cirkel rond.'
'Was u goed bevriend met mijn moeder?'
'We deden veel dingen samen. Ze was leuk, je moeder. Ik weet dat het allemaal verschrikkelijk triest en deprimerend is, maar je moeder wist hoe ze zich moest amuseren.'

'En mijn vader?'
Donna pakte haar cocktail en nam er een slokje van voordat ze antwoord gaf. 'Die ging niet veel uit. Hij las veel – tenminste, dat zei Sally. Hij was afstandelijker. Een politieman, hè? Al die jaren de slechte kant van het leven gezien. Dat gaat je niet in de koude kleren zitten, denk ik. Misschien kun je daardoor geen plezier meer hebben. Ik weet het niet. Het zijn maar vermoedens,' voegde ze er vlug aan toe, want waarschijnlijk zag ze Michelles gezicht betrekken. 'Je vader is een aardige man. Erg aantrekkelijk. Veel vrouwen hier vonden dat je moeder zich erg gelukkig mocht prijzen.'
'Ongetwijfeld. Dus mijn moeder had met u afgesproken op de avond dat ze stierf?'
Donna zette haar glas neer. 'Wie heeft je dat verteld?'
'Doet dat er iets toe?'
'Eigenlijk niet.'
'Nou, was het zo?'
'Ja, we hadden erover gepraat.' Ze zweeg even. Blijkbaar wilde ze eerst haar gedachten op een rijtje zetten. 'Ik geloof eigenlijk wel dat we iets zouden doen. Uit eten, misschien naar de film. Dat deden we ongeveer eens per week.'
'Het is nog niet zo lang geleden. Weet u het niet zeker?' zei Sean beleefd. 'De politie zal het zeker willen weten.'
Donna pakte haar glas weer op. 'De politie!'
'Mijn moeder is geen natuurlijke dood gestorven, mevrouw Rothwell. De politie stelt een onderzoek in.'
'Ik dacht dat ze een hartaanval had of haar hoofd had gestoten of zoiets.'
'Zo is het niet gegaan.'
'Wat is er dan gebeurd?' Toen ze geen van beiden iets zeiden, riep Donna uit: 'Bedoelen jullie dat ze is vermoord?'
'Waarom denkt u dat?' vroeg Michelle.
'Als het geen hartstilstand was en ze heeft haar hoofd niet gestoten en de politie stelt een onderzoek in, wat kan het dan anders zijn?'
'Wat kunt u me vertellen over het leven van mijn moeder hier? Andere mensen die ze kende? Dingen die ze deed?'
Donna staarde voor zich uit. Haar mond bewoog, maar er kwam geen geluid uit. Ten slotte zei ze: 'Als er een moordenaar rondloopt...'
'Dat heeft niemand gezegd. Laten we het nu weer over mijn moeder hebben.'
Donna dronk haar glas leeg en zei gejaagd: 'Ze had veel vrienden. Voor zover ik weet alleen vrouwen. We deden dingen samen. Hadden plezier. Dat was alles.'
'Mag ik hun namen?'
'Waarom?'
'Omdat ik met hen wil praten zoals ik met u praat.'

‘Onderzoeken jullie dit?’ Ze keek Michelle nerveus aan. ‘Sally heeft me verteld dat je voor de Secret Service hebt gewerkt. En dat je nu privédetective bent.’
‘Dat klopt, maar op dit moment ben ik een dochter die haar moeder heeft verloren. Mag ik die namen?’
Donna gaf haar de namen met de adressen en telefoonnummers.
Toen ze wegreden, ging Michelles telefoon. Ze nam op, luisterde en verbrak de verbinding. ‘Shit!’
‘Wat is er?’
‘Dat was mijn broer, Bill. De politie heeft mijn vader aangehouden voor ondervraging.’

•35•

Ze reden met Bill Maxwell naar het politiebureau, maar ondanks het feit dat Bobby deel uitmaakte van het korps kwamen ze weinig te weten. Uiteindelijk zaten ze in de hal te wachten en dronken daar slechte automaatkoffie. Twee uur voor zonsopgang schuifelde Frank Maxwell, bleek en afgetobd, door de hal. Hij keek verrast toen hij hen zag.

Bill sloeg meteen zijn arm om de schouders van zijn vader. 'Gaat het, pa? Ik kan bijna niet geloven dat ze je dit hebben geflikt.'

'Ze deden alleen maar hun werk, Billy. Zoals jij dat ook doet.'

'Wat wilden ze?' vroeg Michelle.

'De gebruikelijke dingen: waar, wat, waarom,' zei Frank terloops, zonder haar recht aan te kijken.

'Wat heb je ze verteld?' vroeg ze.

Nu keek hij haar strak aan. 'De waarheid.'

Michelle kwam dichter naar haar vader toe. 'En die was?'

Bill kwam tussen hen in staan en legde zijn hand op de schouder van zijn zus. 'Wil je rustig aan doen? Moeder wordt vanmiddag begraven.'

'Dat weet ik,' snauwde Michelle, en ze trok zijn hand weg. 'Wat heb je tegen ze gezegd, pa?'

'Dat is iets tussen hen en mij. En mijn advocaat.'

'Je advocaat?' zei Bill verbaasd.

'Er wordt een onderzoek naar me ingesteld. Ik heb een advocaat nodig.'

'Maar je hebt niets gedaan.'

'Doe niet zo dom, Bill. Er zijn wel vaker onschuldigen in de gevangenis terechtgekomen. Dat weet jij net zo goed als ik. Net als ieder ander heb ik recht op een advocaat.'

Ze reden samen naar huis, Frank en Bill Maxwell achterin. Het hele eind werd er geen woord gezegd.

Later, toen Sean het huis van de Maxwells verliet om naar zijn hotel te gaan, zei hij tegen Michelle: 'Als jij nu eens een oogje op je vader houdt, dan neem ik de lijst met vriendinnen en kijk ik of ik voor de begrafenis een paar van hen kan opzoeken.'

'Geen denken aan. Ik ga met je mee. We kunnen het na de begrafenis doen.'

'Maar je familie...'

'Hij heeft mijn vier broers. Ik denk niet eens dat hij me mist. Het is misschien juist wel goed, want we kunnen niet zo best met elkaar opschieten.'

'Oké, dan ga ik een paar uur slapen.'
'Ik ook,' zei ze.
Toen Sean in zijn hotel terug was, sliep hij vier uur en voerde toen enkele telefoongesprekken. Tuck Dutton was uit het ziekenhuis ontslagen. Hij belde Pam Duttons zus in Bethesda. Tuck had de kinderen opgehaald en was naar een vakantiehuis gegaan, zei ze tegen hem. Sean had Tucks telefoonnummer en belde dat.
Iemand nam op toen het toestel twee keer was overgegaan.
Het was niet Tuck.
'Jane?'
'Hallo, Sean.'
'Ik hoorde dat Tuck met de kinderen naar een vakantiehuis is gegaan.'
'Dat is zo. Ik heb hem geholpen zich te installeren.'
'Waar is het?'
'In Virginia. Het is een herenhuis bij het station Vienna Metro. De FBI brengt er soms bezoekende agenten onder. De Secret Service is er natuurlijk ook.'
'Hoe gaat het met Tuck en de kinderen?'
'Niet zo goed. Heb je nog iets ontdekt?'
'Ja. Kun je me Tuck even geven?'
'Kun je het mij niet vertellen?'
'Ik moet hier echt met Tuck over praten.'
Sean hoorde haar een geluid maken waaruit bleek dat ze zich gekrenkt voelde. Evengoed hoorde hij kort daarop Tucks stem.
'Wat is er, Sean?'
'Staat Jane naast je?'
'Ja, hoezo?'
'Je hebt wat privacy nodig om te horen wat ik te zeggen heb. Zoek een rustig plekje.'
'Maar...'
'Doe het!'
'Eh... wacht even.'
Sean hoorde hem iets mompelen, en toen drongen er andere geluiden door de telefoon tot hem door. Blijkbaar liep Tuck ergens heen en ging er een deur dicht. Ten slotte kwam hij weer aan de lijn.
'Oké, wat is er?'
'Ik ben in Jacksonville geweest.'
'Waarom?' snauwde Tuck.
'Ik wilde bruin worden.'
'Sean...'
'Ik weet alles, Tuck. Sterker nog: ik weet veel meer dan jij.'

'Ik heb je gezegd dat...'
'Ik heb de hele middag bij Cassandra de Exhibitioniste gezeten. Dat wil zeggen, nadat Greg Dawson haar had uitbetaald.'
'Greg Dawson!' riep Tuck uit.
'Rustig aan met de decibellen, Tuck. Mijn gehoor gaat toch al achteruit. Dan nu het nieuws. Dawson heeft ontdekt dat jij iets met Cassandra hebt, en mevrouw werkt nu voor hem om jou dat grote overheidscontract door de neus te boren. Reken maar dat ze foto's en zo hebben van jullie twee samen in bed, genoeg om ze op het ministerie van Binnenlandse Veiligheid een genoeglijk avondje te bezorgen.'
'De klootzak. En dat kreng!'
'Ja. O, en zo zie je maar weer eens dat er veel te zeggen valt voor huwelijkstrouw.'
'Je hebt Jane toch niet verteld...'
Sean onderbrak hem. 'Dat is niet mijn taak. In mijn ogen ben je een grote klootzak omdat je je vrouw dit hebt aangedaan, de moeder van je kinderen – maar wat maakt het uit hoe ik erover denk?'
'Zij nam het initiatief, Sean. Dat zweer ik je. Ze verleidde me.'
'Word nou eens volwassen, Tuck. Manipulatoren als Cassandra nemen altijd het initiatief bij sukkels als jij; dat is precies waar ze goed in zijn. Jij als gelukkig getrouwde man moet dan tegen haar zeggen dat ze naar de pomp kan lopen. Hé, dat heb zelfs ik tegen haar gezegd toen ze me haar billen liet zien, en ik ben vrijgezel! Ik had haar kunnen bespringen zonder dat ik me daar ooit schuldig over hoefde te voelen, maar gelukkig heeft mijn goede smaak me daarvan weerhouden. Aan de andere kant ben ik geen huwelijksadviseur, en het is ook niet de reden waarom ik bel.'
'Waarom bel je dan wel?' vroeg Tuck nerveus.
'Cassandra zei dat jullie tweeën onenigheid hadden over de vraag of Pam een verhouding had. Is dat waar?'
'Nou...'
'Je gaat me nu de waarheid vertellen, of je mag in je eentje op zoek gaan naar Willa.'
'Ja. Dat is waar.'
'Het zou leuk zijn geweest als ik dat eerder had geweten, Tuck,' zei Sean.
'Ik... Ik wist me niet goed raad. En dan had ik ook nog die klap op mijn kop gehad.'
'Cassandra zei dat je Pam had horen telefoneren en dat je haar ook met een man had gezien.'
'Dat klopt. Ik kon bijna niet geloven dat ze mij zou bedriegen.'
'Ja, waar haalt zo'n vrouw de euvele moed vandaan, hè? Oké, nu de volgende

grote vraag. Ik weet dat je vliegtuig vroeg is aangekomen. Je zei dat je onderweg nergens gestopt bent, dus hoe heb je dat extra uur dan doorgebracht dat je had tussen het moment waarop je het vliegtuig verliet en het moment waarop je thuiskwam?'

'Hoe weet je...'

Sean kapte hem ongeduldig af. 'Ik ben detective, Tuck. Het is mijn werk. We zijn nu tijd aan het verspillen, en je kind is ergens bij een stel gewelddadige mensen. Dus waar was je? En als je er zelfs maar over peinst om tegen me te liegen, kom ik naar je toe en sla ik je helemaal verrot, of je nou door de Secret Service wordt beschermd of niet.'

'Ik hing buiten bij mijn huis rond,' zei hij vlug.

'Buiten bij je eigen huis?'

'Ja. Ik keek ernaar. Ik dacht dat als Pam dacht dat ik nog in Jacksonville was zij en haar "vriend" misschien bij elkaar zouden zijn. Ik wilde ze op heterdaad betrappen, maar er kwam niemand, en dus reed ik de garage in en ging ik het huis binnen.'

'En als die kerel was verschenen, wat had je dan precies gedaan?'

'Gedaan? Eh... dat weet ik eigenlijk niet. Waarschijnlijk hem in elkaar geslagen.'

'En wat dan? Zou je dan aan Pam hebben bekend dat je zelf ook ontrouw was, zodat zij jóú in elkaar kon slaan?'

'Hé, je vroeg ernaar en ik heb het je verteld. Ik hoef geen preek van jou.'

Iets in zijn verhaal wilde er bij Sean niet in. 'Je huis staat aan het eind van een lange oprijlaan met bos aan weerskanten. Waar stond je te kijken?'

'De oprijlaan maakt een bocht, en er zit een opening tussen de bomen aan de oostkant. Vandaar kun je niet alleen de voordeur, maar ook de zijkant met de garage zien.'

'Het was avond en het was donker.'

'Ik had een verrekijker in mijn auto.'

'Toevallig?'

'Oké, die had ik speciaal daarvoor gekocht.'

'Toen je naar je eigen huis stond te kijken, zag je toen iemand die daar niet zou moeten zijn?'

'Nee. Er was niemand.'

'Er was natuurlijk wel iemand, Tuck. Ze waren niet in het huis terwijl jij ernaar keek, anders had je wel geschreeuw gehoord. Ze observeerden het huis voordat ze toesloegen, zagen jou meteen en wachtten tot je naar binnen ging voordat ze je huis overvielen.'

'Dan zou ik hen ook gezien hebben, Sean.'

'Nee, dat zou je niet. Het is duidelijk dat ze wisten wat ze deden. En jij duidelijk niet,' voegde hij eraan toe.

'Shit,' bromde Tuck.
'Wat zei ze toen je haar hoorde telefoneren? Zo gedetailleerd als je kunt.'
'Het waren twee telefoontjes. Bij het ene nam ik toevallig tegelijk met Pam op. Ik hoorde een mannenstem. Hij zei iets in de trant van: "Ik wil een ontmoeting. En gauw." En Pam wilde dat later doen. Dat is alles wat ik hoorde voordat ik niet meer durfde te luisteren en ophing.'
'En die andere keer?'
'Ik liep langs de slaapkamer. Ze moet hebben gedacht dat ik al weg was, maar ik was mijn tas vergeten en kwam uit de garage terug. Ze praatte met gedempte stem, maar ik hoorde haar zeggen dat ik over twee dagen de stad uit ging en dat ze elkaar dan konden ontmoeten.'
'En wat gebeurde er?'
'Ik deed alleen maar alsof ik de stad uit ging. Ik veranderde mijn vluchtreservering en volgde haar. Ze ging naar een koffieshop, ongeveer een halfuur hiervandaan.'
'En toen zag je die man?'
'Ja.'
'Kleur haar, postuur, ras, leeftijd?'
'Grote kerel. Ongeveer zo groot als jij. Ik weet dat omdat hij opstond toen ze binnenkwam. Hij was blank en had kort donker haar met wat grijs erin. Jaar of vijftig. Hij zag er keurig verzorgd uit.'
'Wat deed je?'
'Ik heb ongeveer een halfuur in mijn auto gezeten. Toen kwam Pam naar buiten en reed ik weg.'
'Waarom wachtte je niet tot die man naar buiten kwam? Dan had je hem kunnen aanspreken.'
'Ik zei al dat het een grote kerel was.'
'Is dat de enige reden?'
Stilte.
'Tuck, zeg iets!'
'Oké, oké. Hij had een pak aan. Ik zag dat ze in papieren keken. Ze deden niet verliefd of zo. Dus dacht ik plotseling...'
'Wat, dat hij misschien toch niet haar minnaar was? Dat hij misschien een advocaat was en dat Pam erover dacht om van je te scheiden?'
'Of dat hij een privédetective was, net als jij, en dat ze hem inhuurde om mijn gangen na te gaan.'
Daar had Pam me waarschijnlijk over willen spreken.
'Wacht eens even. Als je dat dacht, waarom ben je dan op de avond dat Pam werd vermoord vervroegd uit Florida teruggekomen? Je zei dat je ze op heterdaad wilde betrappen en die kerel misschien in elkaar wilde slaan, maar nu heb

je net toegegeven dat je ervandoor ging omdat het een grote kerel was. Je gaf ook toe dat je dacht dat hij niet haar minnaar was maar misschien een privédetective. Hou nou eens op met liegen. Ik wil de waarheid.'
'Dit is gênant, Sean.'
'Tuck, wil je Willa terug?'
'Natuurlijk wil ik dat!'
'Vergeet dan je gêne en vertel me de waarheid.'
'Ik dacht,' gooide Tuck eruit, 'dat als ik die kerel uit ons huis zag komen, ik hem kon onderscheppen en misschien kon afkopen.'
'Waarom?'
'Om dezelfde reden waarom Dawson blijkbaar deed wat hij deed. Als Pam achter de verhouding kwam en alles in de openbaarheid bracht, konden we het contract wel vergeten. Dat kon ik niet laten gebeuren, Sean. Ik had me uit de naad gewerkt. Dat contract betekende alles voor me.'
Sean had heel graag door de vluchtige nevel van telefoonsignalen heen willen reiken om Tuck Dutton tegen de grond te slaan.
'Nou, blijkbaar betekende dat contract meer voor je dan je huwelijk. Dat verhaal dat Jane en jij me in het ziekenhuis opdisten, over je compagnon die je wilde dwingen je te laten uitkopen omdat je het geld nodig had, dat was dus gelul.'
'Dat was niet precies de waarheid, nee.'
'En Jane wist dat het niet de waarheid was?'
'Ze wilde me beschermen, Sean. Dat heeft ze altijd gedaan, en ik stel haar telkens weer teleur.'
'Hé, denk je dat Pam iets heeft opgeschreven wat ons naar die man kan leiden? Of misschien een visitekaartje, als hij advocaat of privédetective was?'
'Waarom? Hij heeft niets te maken met Willa of met wat Pam is overkomen. Het moet te maken hebben met mijn avontuurtje met Cassandra.'
'Tuck, wil je verdomme nou even je hersens uit je kruis trekken en die in je hoofd terug stoppen? Dat dit met jouw avontuurtje met Cassandra te maken heeft, is maar één theorie, en nog een heel onwaarschijnlijke ook. Wil je daar eens over nadenken? Waarom zouden ze je vrouw vermoorden en Willa ontvoeren om een overheidscontract? Dawson had alles al voorbereid om jou er samen met Cassandra in te luizen, dus waarom zou hij die dingen dan nog doen? Zijn er andere concurrenten die de doodstraf zouden riskeren om dat contract te krijgen?'
'Nou, nee, eigenlijk niet. De strijd om overheidscontracten is hard, maar niet zó hard.'
'Geweldig. Hartelijk dank dat je je verstand hebt gebruikt. Nou, het zou ook kunnen dat die man iets met Willa's verdwijning en Pams dood te maken heeft en dat het helemaal losstaat van jouw problemen.'

'Hoe zou dat kunnen? Waarom zou hij Pam bellen en haar ontmoeten als hij zoiets van plan was?'

'Ooit gehoord van ontmoetingen onder valse voorwendsels om aan informatie te komen? Jullie defensieleveranciers schijnen dat tot een wetenschap te hebben verheven.'

'O, ja, ik begrijp wat je bedoelt,' zei Tuck langzaam.

'Heb je hierover iets aan de FBI verteld? Over Cassandra en de man die je met Pam zag?'

'Natuurlijk niet. Wacht even. Moet ik dat doen?'

'Dat moet je mij niet vragen. Ik ben je juridisch adviseur niet. Als ik in de stad terug ben, gaan jij en ik het een en ander uitpraten met je zus.'

'In de stad terug? Waar ben je dan?'

'In Tennessee.'

'Waarvoor?'

'Een begrafenis.'

'Jezus, dat schiet me net te binnen. Vrijdag is Pams begrafenis. Jane regelt alles.'

'Ongetwijfeld.'

'Ben jij dan terug?'

'Ja. Maar weet je wat, Tuck?'

'Ja?'

'Ik kom daar voor Pam. Niet voor jou! O, en nu we toch eerlijk tegen elkaar zijn, nog dit: was Willa het geadopteerde kind?'

'Hè?' Tuck klonk geschokt.

'Uit de sectie is gebleken dat Pam maar twee keizersnedes heeft gehad en dat ze niet op een normale manier kon bevallen. Jullie hebben dríé kinderen, dus welke was het? Willa?'

Tuck hing op.

'Bedankt voor het antwoord,' zei Sean in zichzelf.

•36•

Quarry haalde zijn sleutelbos tevoorschijn, vond de juiste sleutel en maakte de tien centimeter dikke deur open die bijna twee eeuwen oud was. Atlee was een mengelmoes van stijlen: zuidelijk aristocratisch, armoedig blank en Amerikaanse geschiedenis. Dat laatste werd gedemonstreerd door de kamer waar hij nu in kwam. Deze bevond zich binnen in het grote huis, zo diep in de aarde uitgegraven dat je nooit aan de weeïge geur van vochtige, hard geworden rode klei kon ontkomen. In deze kamer hadden Quarry's voorouders hun meest onhandelbare slaven langdurig opgesloten, opdat ze de rest van de 'onvrijen' niet tot opstand zouden aanzetten. Quarry had de voet- en polsboeien uit de muren verwijderd, en ook de houten scheidingswanden van de cellen, die de slaven bij elkaar vandaan hadden gehouden zodat ze met z'n allen geen gevaar vormden. Het was een deel van zijn familiegeschiedenis dat hij graag zou vergeten.

Er waren hier mensen gestorven. Quarry wist dat, want zijn familie van slavenhouders had de gegevens precies bijgehouden. Mannen, vrouwen en zelfs kinderen. Als hij hier 's avonds was, kon hij ze soms voelen. Dan meende hij hun gekreun te horen, hun laatste flarden van ademhaling, hun nauwelijks hoorbare afscheid.

Hij sloot de deur achter zich en deed hem op slot. Zoals altijd zag hij de lange, diepe krassen in het dikke, met de hand gezaagde eikenhout, gemaakt met de nagels van mensen die hun vrijheid probeerden te heroveren. Als je goed genoeg keek, zag je nog donkere sporen van oud bloed op het hout. Op grond van de gegevens wist Quarry ook dat het niet een van hen was gelukt hieruit te ontsnappen.

De muren waren nu bedekt met geverfd multiplex. Hij had zelf een rachelwerk op de muren gezet en vervolgens een stevige hamer en zijn sterke armen gebruikt om de platen multiplex, die tweeënhalve meter lang waren, op de latten te spijkeren. Het was zwaar werk geweest, maar het zweten had hem goed gedaan. Hij had altijd van projecten gehouden die hem erg moe maakten.

Dat geverfde multiplex droeg werk dat hele jaren van Quarry's leven vertegenwoordigde. Hij had daar schoolborden die hij uit gesloopte scholen had gered en whiteboards die hij op de kop had getikt bij een bedrijf dat werd opgeheven. Die oppervlakken waren helemaal bedekt met Quarry's precieze, thuis geleerde cursieve handschrift. Notities waren door lijnen met elkaar verbonden, en andere lijnen gingen naar weer andere verzamelingen van gegevens. Overal zaten rode, blauwe en groene punaises, onderling verbonden met draad. Het leek wel het kunstwerk van een wiskundige of natuurkundige. Soms voelde hij zich net de John Nash van zijn kleine hoekje van Alabama, maar dan zonder de paranoide schizofrenie van Nash, hoopte hij. Er was wel één verschil tussen hem en de natuurkundige die de Nobelprijs had gewonnen: er stonden geen ingewikkelde formules of getallen op de muren, behalve kalendergegevens. Het waren eigenlijk alleen maar woorden, maar die slaagden er toch in een ingewikkeld verhaal te vertellen.

In deze kamer had Quarry alle stukjes aan elkaar gepast, de ene lange avond na de andere. Zo lang als hij zich kon herinneren, had zijn geest met stromen en bewegingen gewerkt. Toen hij zijn eerste motor uit elkaar had gehaald, was het alsof hij kon zien waar de eerste vonk van energie de benzine tot ontbranding bracht, en ook alles wat er gebeurde doordat het interne verbrandingssysteem zijn magische werk deed. De ingewikkeldste schema's of mechanische tekeningen, die voor de meeste mensen ondoorgrondelijke puzzels waren, waren voor hem zo helder geweest als water uit de kraan.

Zo was het ook met al het andere gegaan: vliegtuigen, wapens, landbouwmachines, zo ingewikkeld en met zoveel bewegende onderdelen dat gekwalificeerde mechanici zich soms laveloos dronken omdat er tig verschillende mogelijkheden waren en ze de juiste niet konden vinden. Quarry daarentegen had er nooit moeite mee gehad. Hij geloofde dat hij die gave van zijn in tongen sprekende moeder had geërfd, want zijn overspelige, racistische vader kon nog niet eens een auto met startkabels aan de praat krijgen. Quarry behoorde tot een snel uitstervend ras van Amerikanen. Hij kon werkelijk alles maken.

Toen hij naar het grootste werk uit zijn leven keek, bedacht hij dat het een duidelijk afgebakend geheel van tijd, plaats en gelegenheid vormde, een soort schatkaart die hem had gebracht tot waar hij moest zijn. Die hem had laten doen wat hij had gedaan. En ook in de toekomst zou doen. De nabije toekomst.

Voor de muren stonden gehavende oude houten archiefkasten met het onderzoekswerk dat hem in staat had gesteld de hiaten op de muren in te vullen. Hij was naar veel plaatsen gereisd, had met veel mensen gepraat en honderden bladzijden volgeschreven met aantekeningen. Al die papieren lagen nu in die kasten, maar de vruchten van het onderzoek waren op de muren te zien.

Zijn blik begon aan het ene eind van dat 'mozaïek', waar het allemaal begonnen was, en ging toen langzaam naar het andere eind, waar het allemaal bij elkaar gekomen was. Van het ene naar het andere eind waren de stippen nu eindelijk met elkaar verbonden. Sommige mensen zouden deze kamer een schrijn van zijn obsessieve geest noemen. Quarry zou dat niet hebben tegengesproken, maar voor hem vormde de kamer ook de enige weg naar de moeilijkst bereikbare doelen in de wereld.

De weg naar niet alleen waarheid, maar ook gerechtigheid. Die sloten elkaar niet noodzakelijkerwijs uit, maar Quarry had ontdekt dat ze erg moeilijk samen te voegen waren. Er was hem nooit iets niet gelukt wat hij echt had gewild, maar soms dacht hij aan de mogelijkheid dat dít hem uiteindelijk niet zou lukken.
Hij liep naar de verste hoek, waar een kleine ruimte was, en keek achter een houten scheidingswand naar een stel zware metalen cilinders die daar opgestapeld lagen en met buizen, slangen en leidingen waren verbonden. Er lagen ook restanten van loodomhulsels op een houten werkbank. Hij klopte op een van de tanks; zijn trouwring tikte tegen het metaal.
De troef die hij achter de hand had.
Hij deed de deur op slot, liep naar de bibliotheek, trok zijn handschoenen aan, draaide een vel papier in zijn schrijfmachine en drukte op de toetsen. Toen de woorden op het papier verschenen, verbaasden ze hem niet en vertelden ze hem ook niets. Alles wat hij typte, had hij al lang geleden uitgedacht. Toen het klaar was, vouwde hij het papier op, haalde een sleutel uit zijn zak, deed die samen met de brief in een vooraf geadresseerde envelop, plakte de envelop dicht en reed weg in zijn oude pick-uptruck. Na driehonderd kilometer gooide hij de brief in een brievenbus, ditmaal in de staat Kentucky.
De volgende morgen was hij op de Atlee-plantage terug. Hoewel hij de hele nacht had gereden, was hij helemaal niet moe. Het leek wel of hij nieuwe energie kreeg bij elke nieuwe stap van zijn plan. Hij ontbeet met Gabriel en Daryl en hielp daarna Ruth Ann met de afwas. Toen hij zes uur met zijn zoon in het veld had gewerkt, was Quarry bezweet. Hij veronderstelde dat zijn brief de volgende dag op zijn bestemming zou aankomen en vroeg zich af hoe ze zouden reageren. Ze zouden wel in paniek raken.
Hij glimlachte.
Na het avondeten reed hij op een van zijn paarden naar de Airstream van Fred. Hij steeg af, ging op het meubilair van betonblokken bij de caravan zitten en deelde sigaretten, een fles Jim Beam-whisky en blikjes Red Bull uit waar zijn Koasati-vrienden zo van hielden. Hij luisterde naar verhalen die Fred over zijn jeugd in Oklahoma vertelde. Hij was daar in een reservaat opgegroeid met iemand die, zoals hij hardnekkig volhield, een zoon van Geronimo was.
'Het waren daar toch Cherokee?' merkte Quarry op, terwijl hij naar Freds hond keek, die aan zijn geslachtsdelen likte en toen door het stof rolde om zich van vlooien te ontdoen. 'Ik dacht dat Geronimo een Apache was.'
Fred keek hem aan met een mengeling van vrolijkheid en ernst op zijn messcherpe gelaatstrekken. 'Denk je dat mensen die eruitzien als jij het verschil kunnen zien tussen mensen die eruitzien als ik?'
De andere indianen lachten, en Quarry lachte ook. Hij schudde zijn hoofd en grijnsde. 'Hoe ben je hier eigenlijk terechtgekomen? Dat heb ik nooit geweten.'

Fred spreidde zijn korte armen. 'Dit is Koasati-land. Ik ben thuisgekomen.'
Quarry ging hem niet vertellen dat het géén Koasati-land was, maar al heel lang Amerikaans Quarry-land. Toch mocht hij de man graag. Hij vond het prettig om bij hem op bezoek te gaan, hem sigaretten en whisky te brengen, en naar zijn verhalen te luisteren.
Quarry grijnsde en hief zijn bierblikje. 'Op thuiskomst.'
'Op thuiskomst,' zeiden ze allemaal tegelijk.
Enkele minuten later gingen ze met z'n allen naar binnen om van de muggen verlost te zijn en nog enkele toosts op onzinnige dingen uit te brengen. Een van de Koasati zette de tv aan en draaide aan de knoppen tot hij een helder beeld kreeg. Het was tijd voor het nieuws. Terwijl Quarry zat te drinken, ging zijn aandacht naar het scherm en luisterde hij niet meer naar het gezwam van Fred. Het journaal opende met de ontvoering van Willa Dutton. Er was net nieuws binnengekomen. Door een lek was een spoor in de openbaarheid gekomen dat op de plaats van het misdrijf was aangetroffen, maar nog niet eerder bekend was gemaakt. Quarry stond op toen de presentator vertelde wat voor spoor dat was. Tekens die op de arm van de dode vrouw waren geschreven. Letters die geen betekenis hadden, maar waarin de politie zich toch verdiepte.
Quarry sprong van de bovenste tree van het caravantrapje in het zand en liet de oude hond daardoor zo schrikken dat het beest ervan jankte en zich tot een balletje oprolde. Fred was nog net op tijd bij de deur om Quarry in volle vaart op zijn paard naar Atlee terug te zien rijden. Hij schudde zijn hoofd, mompelde iets over gekke blanken en sloot de deur van de caravan.
Quarry trof Daryl in de schuur aan. De jongere man keek ongelovig op toen zijn vader op hem af kwam stormen. Quarry gooide hem tegen de muur en drukte zijn onderarm tegen de keel van zijn zoon.
'Je hebt iets op haar arm geschreven!' bulderde hij.
'Wat?' piepte Daryl.
'Je hebt iets op haar arm geschreven! Wat was het?'
'Geef me wat lucht en ik vertel het je.'
Quarry deed een stap terug, maar pas nadat hij zijn zoon een harde duw had gegeven, waardoor Daryl weer tegen de muur viel. Moeizaam ademhalend vertelde Daryl zijn vader wat hij had gedaan.
'Waarom heb je dat in godsnaam gedaan?' vroeg Quarry.
'Toen die vrouw dood was, werd ik bang. Ik wou ze op een dwaalspoor zetten.'
'Dat was stom van je, jongen.'
'Het spijt me, pa.'
'Dat is je geraden ook.'
'Zoals ik het opschreef, komen ze er nooit achter.'

‘Vertel me precies hoe je het hebt opgeschreven.’
Daryl pakte een oude zaadcatalogus van de werkbank, scheurde er een vel uit, nam een Bic-pen en schreef de letters op.
Quarry pakte het papier op en las het.
‘Zie je, pa, voor hen is het wartaal, hè? Jij weet het wat betekent, hè?’
‘Natuurlijk weet ik dat,’ snauwde hij. Quarry liep naar buiten en keek naar de hemel, die nog licht was, al kleurde de laagstaande zon de wolken vlammend rood, als de onderbuik van gloeiende kooltjes. Hij zag niet dat Daryl hem was gevolgd en nu naar hem keek met een gezicht dat smeekte om een lofprijzing omdat hij die list had bedacht. Zodoende zou hij nooit weten dat het dezelfde smekende blik was waarmee Quarry zijn moeder op haar sterfdag had aangekeken.
Quarry streek een lucifer af en verbrandde het papier tot het een zwarte flinter was. Hij zag het restant wegdrijven in een lichte bries, om vervolgens op een meter afstand in kleine stukjes naar de grond te dwarrelen.
‘Is het goed, pa?’ zei Daryl nerveus.
Quarry wees naar de zwarte stukjes. ‘Dat is je tweede fout, jongen. Nog één en het is uit, zoon of geen zoon.’
Hij draaide zich om en liep weg.

•37•

De familie Maxwell luisterde, samen met Sean King en een heleboel anderen, naar wat de dominee te zeggen had. Hij las op gepast vrome toon voor uit de Schrift en ging toen opzij om de mensen naar voren te laten komen, zodat ze de met bloemen bedekte kist konden aanraken en een persoonlijk woord tot de overledene konden richten. Michelles broers liepen er samen heen, gevolgd door anderen. Later, toen de mensen een voor een vertrokken, legde Frank Maxwell zijn handen op de kist van zijn vrouw en boog zijn hoofd.

Michelle stond naast Sean en keek naar haar vader. Ten slotte hield hij een hand voor zijn ogen en liep hij met gebogen hoofd aan hen voorbij naar de auto. Michelle wilde zijn arm vastpakken, maar zag daar op het laatste moment van af.

'Ga je erheen?' vroeg Sean.

'Waarheen?'

'Naar de kist? Om de laatste eer te bewijzen?'

Michelle keek naar de mahoniehouten kist met het stoffelijk overschot van haar moeder. Op de achtergrond stonden medewerkers van de begraafplaats klaar om hem in de grond te laten zakken. De lucht was betrokken. Straks zou het gaan regenen, en ze wilden waarschijnlijk gauw met hun werk beginnen. Er waren die dag nog meer begrafenissen; het leek wel een fulltimebaan om de doden hun rustplaats te geven.

Er waren maar weinig dingen waar Michelle Maxwell bang voor was, maar dit was er een van.

'Kom je met me mee?'

Sean pakte haar arm en ze liepen samen naar voren. Ze legde haar hand op de kist en streek met haar vinger wat bloemblaadjes weg.

'Ze hield niet van lelies,' zei Michelle.

'Wat?'

Michelle wees naar de bloemen op de kist. 'Ze hield van rozen.' Zodra ze het woord uitsprak, trok Michelle haar hand terug, alsof ze gestoken was.

'Gaat het?'

Ze keek naar haar hand. Er was daar niets. Ze was niet gestoken of gebeten of zo. En lelies hadden geen doornen.

Ze keek naar hem op.

'Michelle, gaat het wel?' zei hij opnieuw.

'Ik... Ik weet het niet.' En met meer kracht voegde ze eraan toe: 'Laten we hier weggaan.'

In het huis was een heleboel te eten. Vrienden kwamen langs. Zachte, sombere gesprekken werden afgewisseld door grappen en lichte hilariteit. Te midden van dat alles zat Frank Maxwell op de bank voor zich uit te staren. Iedereen die naar hem toe ging om zijn deelname te betuigen, trok zich algauw weer terug, want de man liet niet eens blijken dat hij je had opgemerkt.
Sean keek naar Michelle, die naar haar vader keek. Toen er een groep mensen in het huis verscheen, kwam Frank Maxwell eindelijk in beweging. Omdat hij een kwaad gezicht trok, keken Michelle en Sean in dezelfde richting om te zien wat zijn aandacht had getrokken. Er waren zes mensen binnengekomen, vier mannen en twee vrouwen. Ze droegen schalen met eten en praatten met elkaar. Michelle herkende enkelen van hen van de begrafenisdienst. Toen ze zich weer naar haar vader omdraaide, schrok ze.
Hij was weg.
Sean en zij wisselden een blik. Sean wees naar de achtergang, waaraan de grote slaapkamer lag. Toen tikte hij op zijn borst en knikte naar de nieuwe groep mensen. Michelle knipperde met haar ogen om te laten blijken dat ze het begreep en ging naar de slaapkamer.
Ze klopte op de deur.
'Wat is er?'
Haar vader klonk kwaad.
'Ik ben het, pa.'
'Ik kom zo,' zei hij. Zijn stem was kalmer, maar ze kon de woede horen die eronder schuilging.
'Mag ik binnenkomen?'
Er gingen dertig seconden van stilte voorbij.
Ze klopte opnieuw. 'Pa?' zei ze ten slotte.
'Goed. Ja, kom maar binnen.'
Ze maakte de deur open en deed hem achter zich dicht. Haar vader zat op de rand van het bed. Hij had iets in zijn handen. Ze ging naast hem zitten en keek ernaar.
Het was hun trouwfoto. Ze hadden het in stijl gedaan. Een grote kerkdienst, haar moeder stralend in golvend wit, haar vader met gemillimeterd haar in jacquet. Hij was nog maar eenentwintig geweest, en net terug uit Vietnam. Hij was lang, gebruind en knap, en had een zelfverzekerde glimlach. Sally Maxwell, nog geen twintig, was beeldschoon. Michelle had veel van het knappe uiterlijk van haar moeder geërfd, al had ze zich er nooit zo druk om gemaakt toen ze opgroeide. Ze had een hechtere band met haar vader gehad: de klassieke wildebras die indruk wil maken op de grote, sterke, harde papa.
Ze nam de foto van hem over en legde hem op het nachtkastje terug. 'Heb je iets nodig?'

'Ik kan niet meer tegen al die mensen, Michelle. Ik kan niet naar die kamer terug.'
'Dan hoeft dat niet. Ik regel het wel. Misschien kun je wat gaan slapen.'
'Ja, goed,' zei hij onverschillig.
'Heeft je advocaat al contact met je opgenomen?'
Hij keek scherp op. 'Hè?'
'Je zei dat je een advocaat had. Ik vroeg me af of je al met hem hebt gepraat.'
Hij schudde alleen zijn hoofd en sloeg zijn ogen weer neer.
Ze wachtte nog even, maar hij zei niets. Ten slotte sloeg ze haar armen om hem heen en stond toen op om weg te gaan.
Toen ze bij de deur was, zei hij iets. Ze verstijfde meteen, met haar hand op de deurknop.
'Jij denkt dat ik haar heb vermoord, hè?'
Ze draaide zich langzaam om. Hij had de trouwfoto weer in zijn handen, al keek hij niet naar het gelukkige jonge paar dat daarop voor altijd was vastgelegd. Hij keek haar recht aan.
'Je denkt dat ik háár heb vermoord.' Hij hield de foto omhoog, alsof daarop het bewijs voor die beschuldiging aanwezig was.
'Dat heb ik nooit gezegd.'
'Je hoeft het niet te zéggen,' snauwde hij.
'Pa...'
Hij onderbrak haar. 'Maak nou maar dat je wegkomt. Nu!'
Ze vluchtte de kamer uit.

•38•

Iedereen was weg, het eten was opgeborgen en de tranen waren vergoten. De Maxwell-broers zaten in de achtertuin te praten en bier te drinken. Frank Maxwell was nog in de slaapkamer.

Sean en Michelle zaten in de huiskamer. Buiten ging de schemering langzaam over in duisternis.

'Dus hij beschuldigde je ervan dat je hem van moord verdacht?'

Michelle knikte langzaam. Blijkbaar kon ze dat idee nog steeds niet helemaal bevatten. 'Eigenlijk kan ik het hem niet kwalijk nemen,' zei ze. 'Eens een politieman, altijd een politieman. Hij weet hoe het is. Het is heel normaal dat hij een van de verdachten is.'

'Dat is waar. Als een vrouw door geweld om het leven komt, is meestal haar man de dader.'

'Ik geloof niet dat ze van elkaar hielden.'

Sean zette zijn blikje frisdrank neer en keek haar aan. 'Waarom niet?'

'Ze hadden eigenlijk niets met elkaar gemeen, behalve hun vijf kinderen. Pa werkte altijd. Ma was altijd thuis. Toen hij met pensioen ging, kenden ze elkaar nauwelijks. Weet je nog dat ze een reis naar Hawaï maakten om hun trouwdag te vieren? Ze kwamen vervroegd terug. Ik heb daar later met Bill over gepraat. Pa had tegen hem gezegd dat ze na één dag al geen gespreksonderwerpen meer hadden. Er was helemaal niets wat ze graag met z'n tweeën deden. Ze waren gewoon uit elkaar gegroeid.'

'Hebben ze ooit over een scheiding gedacht?'

'Ik weet het niet. Ze hebben er mij nooit iets over verteld.'

'Maar je had niet zo'n nauwe band met je moeder, hè?'

'Ik had een beter contact met mijn vader, maar zelfs dat werd na verloop van tijd minder.'

'Waarom?'

'Ik heb geen zin om me nu te laten psychoanalyseren.'

'Oké, het was maar een vraag.'

'Wie waren die mensen die binnenkwamen voordat pa naar de slaapkamer verdween?'

'Kende je niemand van hen?' zei Sean.

'Ik ken geen vrienden van mijn ouders.'

'Ik heb met iedereen gepraat. De meesten waren vrienden van je moeder. Ze golfden, kaartten en winkelden met elkaar. Deden een beetje aan liefdadigheid.'

'Niets bijzonders? Het leek wel of mijn vader ze absoluut niet wilde zien.'
'Niets opvallends. Blijkbaar waren ze echt verdrietig om de dood van je moeder.'
Ze draaiden zich om, want ze hoorden de deur opengaan.
Frank Maxwell was al langs hen heen naar buiten gelopen voordat ze zelfs maar van de bank waren gekomen.
Michelle was op tijd bij de voordeur om haar vader in zijn auto te zien stappen en veel sneller te zien wegrijden dan verstandig was.
'Wat was dat nou?' vroeg Sean, die naast haar bij de deur kwam staan.
Michelle schudde alleen maar haar hoofd. Ze keek naar de gang en de deur van de slaapkamer. 'Kom mee.'
Het eerste wat Michelle opviel toen ze de kamer binnenkwam, was dat de trouwfoto niet op zijn plek stond.
Sean keek in een hoek. Hij stak zijn hand uit en pakte de foto op. 'Waarom zou hij hem in de prullenbak gooien?'
'Ik krijg hier een heel slecht gevoel bij.'
Sean keek naar de foto. 'Je moeder is dood. Op de dag van haar begrafenis gooit hij hun trouwfoto weg. Waarom zou hij dat doen?'
'Denk je dat Pam Dutton haar trouwfoto ooit heeft weggegooid?'
'Omdat Tuck haar bedroog? Denk je dat je moeder...' Blijkbaar kon hij die gedachte in haar bijzijn niet afmaken.
'Ik... Ik weet het niet.'
'Weet je zeker dat je die kant op wilt?'
'Ik wil de waarheid weten. Hoe dan ook.'
'Er zijn meestal wel tekenen. Afgezien van trouwfoto's in de prullenbak,' voegde hij eraan toe.
Michelle trok de laden van het bureau al open, terwijl Sean in de kast keek. Enkele minuten later hield Michelle wat onthullende lingerie omhoog, met de prijskaartjes er nog aan, terwijl Sean drie nieuwe outfits en een paar laarzen met scherpe puntneuzen uit de kast had gehaald.
Ze keken elkaar aan, maar spraken de voor de hand liggende gedachte niet uit. Ze legden de kleren terug en Michelle ging hem voor naar de kleine studeerkamer tegenover de eetkamer. Er stond een bureau in een hoek. Ze doorzocht de laden, haalde er het chequeboek uit en gaf het aan Sean. 'Mijn moeder betaalde de rekeningen.'
Terwijl Sean de controlestroken van het chequeboek doornam, bestudeerde Michelle de creditcardgegevens.
Even later keek ze op. 'Er is de laatste tijd voor honderden dollars aan herenkleding gekocht bij vier verschillende onlinewinkels. Ik heb die kleren niet in de slaapkamer gezien.'

Hij hield het chequeboek omhoog. 'Er is deelnamegeld betaald voor een plaatselijk golftoernooi. Speelde je vader golf?'
'Nee, maar mijn moeder wel. Dus dat is niet zo vreemd.'
Sean hield een papier omhoog dat hij uit het bureau had gehaald. 'Dit hoort bij het deelnameformulier voor het golftoernooi. Het is vijftig dollar per persoon, maar er is een cheque voor honderd uitgeschreven.'
'Dan waren het dus twee mensen.'
'Michelle, volgens het formulier was het een parentoernooi. Gemengd dubbel.'
Michelle griste het papier uit zijn hand, keek ernaar en legde het weg.
Sean keek haar met een onbehaaglijk gevoel aan. 'Kan je vader dit alles niet gemakkelijk hebben ontdekt? Het lukte ons in ongeveer tien minuten.'
'Mijn moeder deed blijkbaar niet erg haar best om het verborgen te houden. Misschien kon het haar niet schelen. Misschien hem niet.'
'Je vader leek me niet iemand die zich er zomaar bij neerlegt dat hij wordt bedrogen.'
'Jij kent mijn vader niet goed, Sean.' Ze keek naar haar handen. 'En ik misschien ook niet.'
'Wat is hier aan de hand?'
Ze keken allebei op. Bill Maxwell stond naar hen te kijken. Hij zag het chequeboek en de creditcardgegevens.
'Wat ben je aan het doen, Mik?'
'Ik neem rekeningen door. Ik weet dat ma daarvoor zorgde en ik wilde niet dat pa zich erin moet verdiepen.'
Ze stopte alles in de la terug en stond op. 'Pa is weggegaan.'
'Waarheen?'
'Weet ik niet. En hij heeft mij niet om toestemming gevraagd.'
Ze keek naar het bierblikje in zijn hand. 'Is dat het enige wat jullie van plan zijn te doen – bier drinken en ouwehoeren?'
'Allemachtig, Mik, we hebben net onze moeder begraven. We moeten ook even ontspannen.'
'Zo bedoelde ze het vast niet, Bill,' zei Sean.
'Echt wel,' snauwde Michelle.
Ze pakte vlug haar sleutels en liep naar de deur. Sean keek Bill verontschuldigend aan en ging haar achterna.
Sean haalde Michelle in toen ze in haar SUV stapte.
'Waar gaan we heen?'
'Nog eens met Donna Rothwell praten.'
'Waarom?'
'Als mijn moeder een verhouding had, weet zij waarschijnlijk met wie.'

•39•

Shirley Meyers keek naar de brief en wist niet wat ze ervan moest denken. Ze had de post al eerder opgehaald, maar er nog niets van opengemaakt. Nu ze op het punt stond naar haar werk te gaan, nam ze even de tijd om het stapeltje door te nemen.

Er stond geen afzender op de brief die ze in haar hand had. Toen ze naar het poststempel keek, turend om het goed te kunnen zien, schudde ze verbaasd haar hoofd. Ze kende niemand in Kentucky. Ze keerde de envelop om. Hij kwam niet van een bedrijf; het was geen reclame. Het was gewoon een blanco witte envelop. Er zat iets diks in. Niet alleen papier.

Ze maakte de brief met haar pink open. Er zaten een vel papier en een kleine sleutel in. Nadat ze de sleutel had bekeken, waarin cijfers waren gegraveerd, vouwde ze de brief open. Hij was getypt en niet aan haar gericht. Shirley sloeg haar hand voor haar mond toen ze zag voor wie de brief wel bestemd was. Ze las hem en stopte hem vlug met de sleutel terug in de envelop. Een hele tijd bleef ze roerloos staan. Het was niet de bedoeling dat zulke dingen mensen als zij overkwamen.

Toch kon ze daar niet zomaar blijven staan. Ze trok haar jas aan en ging haar huisje uit. Ze nam de bus naar de binnenstad en keek op haar horloge. Shirley ging altijd prat op haar punctualiteit. Ze kwam nooit te laat op haar werk. Toch wilde ze die dag eigenlijk niet naar haar werk gaan, niet met die brief in haar zak. Ze piekerde er nog steeds over toen ze naar de ingang liep, de beveiliging passeerde en in het gebouw werd toegelaten. In het voorbijgaan knikte ze naar mensen die ze kende.

Ze ging naar de keuken, trok haar jas uit en hing hem op. Nadat ze haar handen had gewassen, ging ze aan haar werk: eten klaarmaken. Ze keek telkens op haar horloge, en intussen kwamen en gingen er andere mensen. Ze deed haar best niet naar hen te kijken en knikte alleen als ze haar gedag zeiden. Ze wist niet wat ze moest doen. Elke gedachte die door haar hoofd ging was erger dan de vorige. Konden ze haar achter de tralies zetten? Maar ze had toch niets anders gedaan dan haar eigen post openmaken? Maar zouden ze haar geloven? Er kwam nog een angstaanjagende mogelijkheid bij haar op. Als ze nu eens dachten dat ze die brief uit dit gebouw had gestolen? Maar wacht, dat konden ze niet denken, zei ze tegen zichzelf. Haar adres stond op de envelop, niet dit adres.

Op een gegeven moment keek ze zo ontredderd dat haar chef haar vroeg wat

eraan schortte. Eerst wilde ze hem de waarheid niet vertellen, maar als ze dat niet deed, zou ze uiteindelijk in elkaar zakken.
Ze haalde de brief uit haar zak en liet hem aan de man zien. Hij las hem door, wierp een blik op de sleutel en keek haar toen scherp aan.
'Verdomme,' zei hij.
'Hij is aan haar gericht,' zei Shirley.
'Alle post die hier binnenkomt, moet eerst worden gecontroleerd. Dat weet je,' zei de man verwijtend.
'Die brief is hier toch niet binnengekomen?' verdedigde Shirley zich. 'Hij is naar *mijn* huis gestuurd. Het is niet verboden je eigen post open te maken,' voegde ze er uitdagend aan toe.
'Hoe wisten ze jouw naam en adres?'
'Hoe moet ik dat nou weten? Ik kan niet voorkomen dat iemand me iets stuurt.'
De man dacht ergens aan. 'Er zat toch geen wit poeder in?'
'Dacht je dat ik hier dan was? Ik ben niet achterlijk, Steve. Er zat alleen die brief in, en die sleutel.'
'Misschien heb je vingerafdrukken uitgewist.'
'Hoe kon ik dat nou weten? Ik wist pas wat het was toen ik hem openmaakte.'
Steve wreef over zijn kin. 'Hij is aan haar gericht.'
'Ja, de brief wel, maar niet de envelop. Ik kan hem niet naar haar toe brengen. Dat mag ik niet. Dat weet je toch?'
'Ik weet het. Ik weet het,' zei hij geërgerd.
'Wat moet ik doen?'
Hij aarzelde en zei toen: 'De politie?'
'Je hebt gelezen wat er in de brief staat. Wil je dat het meisje doodgaat?'
'Verdomme, waarom moet ik hier nou bij betrokken raken?' klaagde Steve, maar hij dempte zijn stem, want er kwam ander keukenpersoneel binnen. Hij zag eruit alsof hij de wijnkelder van het Witte Huis zou willen plunderen om zich moed in te drinken. Als hij dat deed, was zijn keuze beperkt. Al sinds Gerald Ford president was, lag er in die kelder alleen maar Amerikaanse wijn.
'We moeten iets doen,' fluisterde ze. 'Als iemand erachter komt dat ik deze brief heb gekregen en er niets mee heb gedaan... Ik wil haar dood niet op mijn geweten hebben. Dat wil ik niet! En nu weet jij het ook. Je moet iets doen.'
'Rustig maar.' Steve dacht even na. 'Laat me even iemand bellen.' Hij gaf haar de brief weer terug.
Vijf minuten later kwam er een vrouw in een zwart pakje de keuken binnen. Ze vroeg Shirley met haar mee te komen en ze liepen naar een deel van het enorme huis waar Shirley nooit eerder was geweest. Toen ze om zich heen keek naar alle mensen die haastig in allerlei richtingen liepen, en naar de stoïcijnse mannen

en vrouwen die naast deuren in de houding stonden, en weer anderen in militaire uniformen of mooie pakken die dikke mappen in hun handen hadden en een gejaagde indruk maakten, kreeg ze een droog gevoel in haar mond. Dit waren mensen die je altijd op tv zag. Belangrijke mensen. Het liefst zou ze naar de keuken terug zijn gerend om verder te gaan met haar fruit- en kaasschotel.

Toen ze bij het kantoor van de vrouw kwamen, draaide ze zich abrupt naar Shirley om en zei streng: 'Dit is heel ongebruikelijk.'

'Ik wist niet wat ik moest doen. Heeft Steve u erover verteld?' voegde Shirley er nerveus aan toe.

'Ja. Waar is de brief?'

Shirley haalde de envelop uit haar zak en gaf hem aan de vrouw. 'Leest u hem zelf maar, mevrouw. Wat kon ik anders doen?' zei ze.

De vrouw legde de sleutel op haar bureau, vouwde de brief open en las hem door. Haar ogen werden steeds groter. Toen ze hem uit had, stopte ze de twee voorwerpen in de envelop terug. 'Ik wil dat je weer aan je werk gaat en vergeet dat je dit ooit hebt gezien.'

'Ja, mevrouw. Geeft u het aan haar?'

De vrouw had haar telefoon al gepakt. 'Dat zijn jouw zaken niet.'

Toen Shirley de kamer had verlaten, toetste de vrouw een nummer in en sprak vlug in de telefoon. Even later kwam er een man, die nog strenger keek dan zij, om de envelop op te halen.

Hij liep haastig een trap op, stak een grote hal over, sloeg een andere gang in en kwam ten slotte bij een deur. Hij klopte zachtjes aan. Een vrouw deed open, nam de brief aan en deed de deur dicht zonder een woord met haar bezoeker te wisselen.

Even later werd de brief op het bureau van de vrouw gelegd. De deur ging dicht en de vrouw zat in haar eentje naar de blanco envelop te kijken.

Jane Cox haalde de brief eruit en las hem door. De brief was bondig opgesteld. Als Jane wilde dat Willa Dutton levend en wel terugkwam, mocht de volgende brief die werd verzonden niemand anders onder ogen komen. De schrijver zei dat hij het zou weten als de politie hem in handen kreeg. Als de inhoud in de openbaarheid kwam, beweerde de schrijver, zou dat alles bederven. En het zou Willa Dutton haar leven kosten.

Ze las één kritieke passage verscheidene keren door. Die luidde: 'Ik wil het meisje niet doden, maar als het moet, zal ik het doen. De volgende brief die aan u zal worden verzonden, zal veel duidelijk maken. In sommige opzichten alles. Als hij in de openbaarheid komt, is alles voor u verloren. Ik weet dat u weet wat ik bedoel. Als u zich aan de instructies houdt, komt Willa levend en wel bij u terug. Zo niet, dan sterft Willa en is al het andere voorbij. Dat is dan de enige mogelijkheid.'

De schrijver vertelde haar dat de volgende brief naar een postbus in Washington zou worden gestuurd. Het nummer daarvan stond in de brief, en de sleutel moest ze gebruiken om de postbus open te maken.
Jane leunde in haar stoel achterover. Een geniepig afgrijzen verplaatste zich door haar hele lichaam, zodat ze bijna niets meer kon beginnen. Ze pakte de telefoon op en legde hem weer neer.
Nee, ze zou dat telefoongesprek niet voeren. Nog niet.
Ze legde de brief achter slot en grendel in haar bureau en stopte de sleutel in de zak van haar jasje.
Over tien minuten zou ze een receptie geven voor een delegatie van vrouwelijke gouverneurs en andere vrouwen in de politiek, die in de stad waren voor een bijeenkomst over hervorming van de gezondheidszorg. Ze zou een korte toespraak houden, die al zorgvuldig was uitgetypt en klaarlag op de lessenaar die in de East Room was neergezet. Zulke dingen had ze al honderden keren gedaan, en bijna altijd foutloos. Ze had ervaring genoeg. Het Witte Huis ontving duizenden van zulke bezoekers per week.
Deze keer, wist ze, zou ze al haar wilskracht nodig hebben om alleen maar naar die lessenaar te lopen, het boek open te slaan en de woorden voor te lezen die iemand anders voor haar had geschreven. Toen ze vijf minuten later door de gang liep, omringd door haar medewerkers en bewakers, was ze met haar gedachten niet bij de hervorming van de gezondheidszorg. En ook niet bij de inhoud van de brief.
Nadat ze haar broer genadeloos onder druk had gezet, had hij haar uiteindelijk verteld wat Sean hem door de telefoon had gevraagd.
Was Willa het geadopteerde kind?
Ze dreigde te struikelen toen ze daaraan dacht. Een agent van de Secret Service pakte meteen haar arm vast.
'Mevrouw, gaat het wel?'
'Ja. Niets aan de hand. Dank u.'
Ze liep door, weer helemaal de First Lady.
Toch sneed één vreselijke gedachte door dat anders zo harde pantser, alsof het papier was.
Krijgt het verleden me nu eindelijk te pakken?

•40•

Quarry reed. Gabriel zat in het midden en Daryl aan zijn andere kant. De pick-uptruck reed hobbelend en schommelend over de weg tot hij op stevig asfalt kwam. Ze hadden het grootste deel van de dag op het land gewerkt en waren doodmoe, maar dit bezoek mochten ze niet overslaan. Ze waren meteen na het avondeten vertrokken.

Gabriel keek uit het raam en zei: 'Meneer Sam, ik denk dat u gelijk had wat Kurt betrof. Hij is weggegaan. Er is geen spoor meer van hem te bekennen.'

Daryl keek even naar zijn vader, maar zei niets.

Quarry zei ook niets. Hij hield zijn hand op het stuur en keek strak voor zich uit, terwijl de rook opkringelde vanaf de punt van zijn sigaret. Ze reden het parkeerterrein van het verpleegtehuis op. Toen ze uitstapten, pakte Quarry een cassetterecorder uit het dashboardkastje en drukte zijn sigaret op de grond uit. Vervolgens gingen ze met z'n drieën naar binnen.

Toen ze door de gang liepen, zei Quarry: 'Lang geleden dat je bij je zus bent geweest, Daryl.'

Daryl trok een gezicht. 'Ik hou er niet van om haar zo te zien liggen. Zo wil ik me haar niet herinneren, pa.'

'Het was niet haar eigen beslissing.'

'Dat weet ik.'

'Ze mag er aan de buitenkant dan anders uitzien, je zus is nog steeds daar binnen.'

Hij duwde de deur open en ze gingen de kamer in.

Omdat de zusters Tippi op haar rechterzij hadden gelegd, zette Quarry de stoelen ook aan die kant. Hij haalde het boek van Jane Austen uit zijn zak en gaf het aan Daryl.

'Ik ben niet zo goed in lezen,' zei Daryl. 'Vooral die oude dingen niet, pa.'

'Probeer het eens. Ik deel geen prijzen uit.'

Daryl zuchtte, nam het boek, ging zitten en las voor. Het ging traag en haperend, maar hij deed zijn best. Toen hij vier bladzijden had gedaan, bedankte Quarry hem en gaf het boek aan Gabriel.

De kleine jongen kon duidelijk beter lezen dan Daryl. Hij las een heel hoofdstuk door, verplaatste zich in de personages en paste zijn stem bij hen aan. Toen hij klaar was, zei Quarry: 'Het klonk deze keer niet alsof je het saai vond, kleine man.'

Gabriel keek hem schaapachtig aan. 'Ik heb het boek op Atlee gelezen. Als juf-

frouw Tippi en u het zo mooi vonden, wilde ik het ook een keer proberen.'
'En je oordeel?' vroeg Quarry met een glimlach om zijn lippen.
'Beter dan ik had gedacht, maar ik kan nog steeds niet zeggen dat het mijn favoriete boek is.'
'Dat is goed genoeg.'
Quarry legde de cassetterecorder op het nachtkastje en zette hem aan. Hij pakte Tippi's hand stevig vast en de stem van Cameron Quarry, Sams overleden echtgenote en Tippi's moeder, klonk door de kamer. Ze sprak rechtstreeks tegen haar dochter – woorden van liefde, bemoediging en hoop en alles wat ze in haar hart voelde.
Aan het eind werd haar stem zwak, want het waren de laatste woorden die de stervende Cameron Quarry had uitgesproken. Op haar aandrang had Sam bandopnamen gemaakt van zijn vrouw toen ze in Atlee op haar sterfbed lag. De laatste woorden waren: 'Ik hou van je, Tippi, lieveling. Mammie houdt met heel haar hart van jou. Ik kan niet wachten tot ik je weer in mijn armen sluit, lief meisje. Als we allebei gezond en wel zijn in de armen van Jezus.'
Quarry vormde de laatste woorden van zijn vrouw met zijn lippen en eindigde precies gelijk met haar. Zodra de naam Jezus over haar lippen was gekomen, had Cameron Quarry haar laatste adem uitgeblazen. Quarry had het een waardig einde voor een godvrezende vrouw gevonden. Hij had haar ogen gesloten en haar handen over haar borst gevouwen, ongeveer zoals hij ook met zijn moeder had gedaan.
Daryl en Gabriel hadden tranen in hun ogen. Ze veegden ze weg en keken elkaar bewust niet aan.
'Mama was de beste vrouw die er ooit is geweest,' zei Daryl ten slotte met gedempte stem, terwijl Quarry instemmend knikte.
Hij streek over Tippi's wang. 'En zij hier doet niet voor haar onder.'
'Amen,' zei Gabriel. 'Wordt ze ooit beter, meneer Sam?'
'Nee, jongen. Nooit.'
'Wilt u een gebed voor haar zeggen?' Gabriel vouwde zijn handen samen en knielde.
'Dat mag jij doen, als je wilt, Gabriel, maar ik doe dat niet meer.'
'Mama zegt dat u niet in God gelooft. Hoe komt dat?'
'Omdat Hij niet meer in mij gelooft, jongen.'
Hij stond op en stak de kleine cassetterecorder in de zak van zijn jasje. 'Als je klaar bent, zit ik buiten in de wagen te roken.'
Quarry zat in zijn gammele pick-up, het raampje open, een niet-brandende sigaret bungelend aan zijn kurkdroge lippen. De hitte van Alabama brandde om bijna negen uur 's avonds nog in volle glorie, en Quarry knipte een zweetdruppel van zijn neus weg. Bij zijn rechteroor zoemde een mug.

Quarry trok zich niet veel van de mug aan. Hij keek naar een komeet die vlammend door de hemel ging, met de Grote Beer als hemelse achtergrond van de show. Toen de komeet verdwenen was, liet hij zijn blik naar het lage betonnen gebouw zakken dat tegenwoordig het thuis van zijn dochter was. Geen man, geen kinderen, geen kleinkinderen voor Tippi. Alleen dode hersenen, een verslagen lichaam en een infuusslang.
'Dat heb je verprutst, God. Dat had je niet moeten doen. Ik ken die onzin van "Gods wegen zijn ondoorgrondelijk". Ik ken die flauwekul van "Alles heeft een doel". Je hebt het mis. Je bent niet onfeilbaar. Je had mijn meisje met rust moeten laten. Ik zal je dat nooit vergeven, en het kan me geen moer schelen of jij me datgene wat ik moet doen niet vergeeft.' Hij sprak met een onvaste, haperende stem. Toen zweeg hij. Hij wilde dat de tranen kwamen, al was het maar om de druk op zijn hersenen te verlichten, de druk op zijn ziel, maar ze wilden niet uit zijn ogen komen. Blijkbaar bestond zijn ziel uit verschroeide aarde zonder een druppel vocht.
Toen ze met z'n tweeën naar buiten kwamen en in de pick-up stapten, gooide Quarry zijn niet-brandende sigaret uit het raam. Ze reden in stilte naar de Atlee-plantage terug.
Quarry liep meteen naar zijn bibliotheek, ging achter zijn bureau zitten, dronk zich met Old Grand Dad-whisky moed in, maakte een vuur in de haard, stak de pook erin, stroopte zijn mouw op en hield de pook tegen zijn arm. Hij maakte een tweede teken dat loodrecht op de eerder aangebrachte lange brandwond stond, aan het rechtereind daarvan. Tien seconden later viel de pook op het vloerkleed, waar weer een gat in werd gebrand. Quarry liet zich in zijn stoel achteroverzakken.
Diep ademhalend staarde hij omhoog naar het beroete plafond dat enkele eeuwen de rook en de hitte van het vuur van zijn voorouders had opgevangen. Hij praatte. Het meeste was onbegrijpelijk voor iedereen behalve Quarry zelf; hij vond het kristalhelder. Hij zei tegen mensen dat hij spijt had. Hij noemde namen en op vreemde momenten zwol zijn stem aan en zakte die weg. Hij pakte de whiskyfles weer op en hield hem een hele tijd tegen zijn lippen.
Er kwam nog meer uit zijn mond. Hij stortte zijn hele hart uit. Aan het plafond zweefden Cameron en Tippi in elkaars armen. Hij kon hen zo helder zien dat hij wilde opstaan om hen allebei aan te raken. Het was goed dat ze wegzweefden naar een betere plaats dan de ellendige wereld waarin hij moest leven.
Soms vroeg hij zich af wat hij in godsnaam aan het doen was. Eén onbeduidende, onontwikkelde man tegen de wereld. Buitensporig, ongelooflijk, dwaas. Dat was het. Zeker. Toch kon hij het nu niet meer stopzetten. Niet alleen was hij al te ver gegaan om ermee op te houden, hij kon ook nergens anders heen.
Toen hij zijn ogen dicht- en weer opendeed, waren zijn vrouw en dochter weg.

Het vuur knetterde nog wat; hij had het alleen maar groot genoeg gemaakt om de pook roodgloeiend te maken. Hij keek weer naar zijn arm, naar de lijnen die elkaar kruisten. Hercules had zijn twaalf werken, Ishmael uit *Moby Dick* de albatros van de walvis, Jezus de last van het kruis dat met de levens van alle mensen op zijn vermoeide schouders rustte.
Dit was het kruis dat Sam Quarry te dragen had. Geen twijfel mogelijk. Niet alleen de vierkante kilometers Quarry-land die tot bijna niets waren teruggebracht, of het vervallen huis dat nooit meer betere tijden zou kennen. Niet alleen de dode vrouw, de zo goed als dode dochter. De domme zoon en de andere dochter die ver weg was. Het was ook niet alleen de geschiedenis van de familie Quarry, die zich vaak zo obstinaat had gedragen dat een fatsoenlijke nazaat zich ervoor zou schamen.
Het kruis dat Sam Quarry te dragen had, was het feit dat hij niet meer de man was die hij vroeger was geweest. Hij herkende zichzelf niet meer. Niet door de wonden op zijn arm, maar door de helse brandmerken op zijn innerlijk. Hij had tegen Gabriel gelogen. Misschien had hij ook tegen zichzelf gelogen. Het was niet zo dat hij niet in God geloofde; hij was báng voor Hem. Met heel zijn hart en ziel. Door wat hij op deze aarde had gedaan zou hij niet, als de tijd daar was, herenigd worden met zijn dierbare vrouw of met zijn mooie, wederopgestane dochter. De prijs die hij voor gerechtigheid moest betalen was eeuwige scheiding. Daarom luisterde hij keer op keer naar de laatste woorden van zijn vrouw. Daarom ging hij zo vaak naar Tippi als hij maar kon. Want als het voorbij was, was het ook echt voorbij.
Hij keek weer naar het plafond en zei zo zacht dat het bijna niet te horen was boven het vermoeide kraken van het vuur: 'De eeuwigheid is verrekte eeuwig.'

Aan de andere kant van de gesloten deur rende Gabriel weg. Hij was naar de bibliotheek gekomen om een boek te halen, en hij had veel meer gehoord dan hij had gewild. Veel meer dan de kleine jongen, hoe intelligent hij ook was, ooit zou kunnen begrijpen.
Hij had altijd tegen meneer Sam opgekeken. Hij kende niemand die hem beter behandelde dan het huidige hoofd van de familie Quarry. Toch rende Gabriel zo hard als hij kon naar zijn kamer, deed de deur op slot en dook onder de dekens van zijn bed.
En hij sliep die hele nacht niet. Het was alsof de jammerklachten van Sam Quarry beneden hem tot in elke kubieke centimeter van Atlee konden doordringen. Alsof hij er nergens van verlost kon zijn.

•41•

Donna Rothwell geloofde niet dat Sally Maxwell een verhouding met iemand had gehad, zei ze tegen hen. Ze zaten in de enorme huiskamer van de vrouw.
'Alleen al het idee vind ik een smet op de nagedachtenis van je moeder,' zei ze op scherpe toon en met een duistere blik op Michelle.
'Maar iemand heeft haar vermoord,' merkte Sean op.
'Er worden elke dag mensen vermoord. Een inbreker? Een overvaller?'
'Er is niets weggenomen.'
Ze maakte een laatdunkend gebaar. 'Dus ze werden bang en renden weg.'
'De vorige keer dat we u spraken was u doodsbang bij het idee dat er hier een moordenaar rondliep. Nu schijnt u dat vrij gemakkelijk te accepteren,' merkte Michelle met een stem vol scepsis op.
'Dit is een goede buurt, maar misdaad heb je overal. Zeker, ik ben bang, maar dat wil niet zeggen dat ik onrealistisch ben. Ik heb een goed beveiligingssysteem. Ik heb twee inwonende dienstmeisjes. En ik heb Doug.'
'Doug?'
'Mijn verkering. Maar ik vind het heel onredelijk tegenover je moeder om haar van zoiets te beschuldigen. Vooral omdat ze zich niet meer kan verdedigen.'
Sean legde zijn hand op Michelles arm, want hij voelde dat ze op het punt stond de vrouw aan te vliegen, en het zou bepaald geen eerlijk gevecht zijn. Op dat moment kwam er een man met een zakje zoute krakelingen de kamer in. Hij was ongeveer één meter tachtig en zag er heel fit uit. Hij had het zilverige halflange haar van een televisiepresentator en een diep gebruinde huid. Een knappe man van in de zestig.
'Mijn "verkering", die ik u al noemde. Doug Reagan,' zei Donna trots. 'Een bijzonder succesvolle oprichter van een wereldwijd IT-bedrijf. Hij heeft het vier jaar geleden verkocht en geniet nu van het goede leven. Met mij.'
'Nou, dat is de Amerikaanse droom,' zei Michelle met een zweem van afkeer.
Doug gaf hun een hand. 'Ik vind het heel erg van Sally,' zei hij. 'Ze was een goed mens. Een goede vriendin voor Donna.'
'Dank u,' zei Michelle.
Doug keek Donna aan en pakte haar hand. 'We zullen haar lachende gezicht missen, nietwaar?'
Donna propte een papieren zakdoekje in haar hand en knikte. 'Maar Michelle denkt dat Sally misschien een verhouding had.'
'Wat?' Doug keek hen aan. 'Dat is absurd.'

'Verkeert u in een positie dat u dat zeker kunt weten?' vroeg Sean.
De man deed zijn mond open en weer dicht. 'Hè? Ik...' Hij keek naar zijn 'verkering'. 'Donna zou dat beter weten dan ik. Ik heb Sally wel gekend, maar niet zo goed als Donna. Evengoed is het hier een klein wereldje. Iemand zou het hebben geweten.'
'Dat proberen we uit te zoeken,' zei Michelle. 'Maar dan moeten de mensen wel de waarheid spreken.'
'Ik spreek de waarheid,' snauwde Donna. 'Je moeder had geen verhouding met iemand die ik ken. Zoals Doug zei, is het een klein wereldje.'
'Mijn moeder kocht twee deelnamebewijzen voor een golftoernooi. Er werd gemengd dubbel gespeeld. Mijn vader golft niet.'
'O, allemachtig. Ze speelde met Doug,' zei Donna.
Michelle en Sean keken Doug aan, die net een krakeling naar zijn mond bracht.
'Donna, je vroeg me toch of ik dat wilde doen? Omdat ze niemand had om mee te spelen.'
'Ja, dat klopt.'
'Waarom speelde hij niet met u?' vroeg Michelle. 'U golft ook.'
Donna zei: 'Omdat het weliswaar voor een goed doel was, maar toch een competitief toernooi, en mijn handicap was te hoog voor deelname. Je moeder kon uitstekend golfen, en Doug ook.'
'Zo ongeveer het enige wat ik nog doe,' zei hij glimlachend. 'Een balletje in een kuiltje slaan. En bij Donna zijn,' voegde hij er vlug aan toe.
'Mijn verkering,' zei Donna.
'Een oude dag om je hele leven naar uit te kijken,' zei Michelle met een geërgerde blik op Donna.
'Zeg, als jullie hier zijn gekomen om ons te beledigen...' begon Donna, waarna Sean haar onderbrak door te zeggen: 'Dit is natuurlijk een erg gespannen tijd voor iedereen. We stellen uw mededelingen op prijs. Ik denk dat we nu echt moeten gaan.'
Voordat Michelle kon protesteren, pakte Sean haar bij haar arm vast en dirigeerde haar de deur uit.
Het duurde even voor ze beseften dat Doug achter hen aan naar buiten was gekomen.
'Ik vind het echt heel erg van je moeder. Ik mocht Sally heel graag. Iedereen mocht haar.'
'Nou, één iemand niet,' snauwde Michelle.
'Wat? O ja, natuurlijk.' Ze stonden daar wat stuntelig op de voorveranda, geflankeerd door hoge zuilen in Korinthische stijl.
Michelle vond het net tralies van een luxe kooi.
'Wilde u ons iets vertellen?' vroeg Sean.

'Het is nogal pijnlijk,' zei Doug.
'Ja, dat is het zeker,' beaamde Michelle. Sean keek haar aan.
'Ik heb je vader niet goed gekend, maar Sally praatte soms met Donna en mij over hem.'
'Gaat u me nu vertellen dat ze niet gelukkig waren en dat mijn moeder erover dacht bij hem weg te gaan?'
'Nee, helemaal niet. Ik denk dat je moeder, nou, redelijk gelukkig was met je vader. Ik... eh...'
'Zeg het nou maar, Doug.'
'Ik denk dat je vader niet erg gelukkig was met Sally. Ze waren uit elkaar gegroeid. Tenminste, zo zei ze het zelf.'
Michelles gezicht betrok.
Doug keek haar aandachtig aan. 'Dacht jij dat ook?'
'Het doet er niet toe wat ik denk. We willen alleen maar weten wie mijn moeder heeft vermoord.'
'Nou, ze heeft ons niet verteld over iemand die haar lastigviel of stalkte. Ze leidde een heel normaal leven. Vrienden, golfen, tuinieren. Voor zover ik weet lopen hier geen psychopaten rond.'
'Dat is het probleem met psychopaten, Doug, vooral met de geksten onder hen: je ziet ze pas aankomen als ze al een mes in je hart hebben gestoken,' zei ze.
Doug de verkering mompelde een woord van afscheid en rende toen bijna het huis in. Ze hoorden het slot dichtklikken.
Toen ze naar de auto liepen, zei Michelle: 'Denk je dat het een inbraak was die uit de hand is gelopen?'
'Het zou kunnen.'
Ze stapten in. 'Heb je honger?' vroeg ze. 'Ik weet hier wel iets.'
Tien minuten later zaten ze in een klein restaurant en hadden ze al besteld.
Sean zei: 'Oké, de politie heeft de garage en omgeving doorzocht en geen sporen gevonden. De garagedeur was omlaag en de deur van de garage naar de tuin zat op slot, maar dat kan de moordenaar op weg naar buiten hebben gedaan. Het was maar een knopslot.'
'Dus het is mogelijk dat er iemand naar binnen is gegaan, op haar heeft gewacht, haar vermoordde en door die deur is weggegaan. De grond was droog, dus er waren geen voetafdrukken.'
'En er was een schutting aan de garagekant. Die zou hem ook aan het oog onttrekken.'
Ze zei: 'De patholoog-anatoom vertelde dat ze tussen acht en negen uur is gestorven. Je zou toch denken dat iemand iets had gezien. Of dat iemand ma had horen schreeuwen toen ze werd aangevallen.'

Sam keek peinzend. 'De buren hadden een zwembadfeest. Dat kan zulke geluiden hebben overstemd.' Hij voegde eraan toe: 'Ik neem aan dat ze allemaal ondervraagd zijn – de mensen op het feest?'
'Ik denk het wel.' Ze keek hem aan. 'Hoezo, wat denk je?'
'Ik denk dat als ik iemand wilde vermoorden, ik ervoor zou zorgen dat ik op dat feest werd uitgenodigd. Ik glipte weg, pleegde de moord en was zo weer terug.'
'Daar heb ik ook aan gedacht, maar dan zou je moeten weten dat mijn moeder uitging en dat ze op die tijd in de garage zou zijn.'
'Dat hoeft niet. Misschien was de moordenaar door de zijdeur van de garage naar binnen gegaan en wilde hij het huis in gaan toen je moeder naar de garage kwam en hem de moeite bespaarde.'
'Dat is nog steeds riskant, Sean. Mijn vader was thuis. Hij is politieman geweest en heeft ook een pistool in huis. Zoals Donna zei, is het een klein wereldje. De mensen weten zulke dingen.'
Sean leunde peinzend achterover. Hun eten kwam en ze aten voornamelijk in stilte.
'Mag ik je om een dienst vragen?' zei ze toen ze weggingen.
'Vragen staat vrij,' zei hij glimlachend.
Haar volgende woorden verdreven zijn glimlach.
'Toen ik nog klein was, woonden we ongeveer twee uur ten zuiden van hier in een landelijk stukje Tennessee. Ik wil daar weer heen. Ik móét daar nu meteen naartoe.'

•42•

Ze verlieten de grote weg en de banden van de SUV vraten zich door gravel. Sean reed en hield zich aan Michelles nauwkeurige instructies.
'Wanneer ben je hier voor het laatst geweest?' vroeg hij.
Ze keek recht voor zich uit. Afgezien van hun koplampen kwam er alleen licht van een halvemaan. 'Toen ik een kind was.'
Hij keek verrast. 'Hoe weet je dan zo precies hoe we moeten rijden? Heb je het opgezocht?'
'Nee. Ik... Ik weet het gewoon. Ik weet niet hoe.'
Hij keek even met gefronste wenkbrauwen naar haar en zag een merkwaardige mengeling van emoties over haar gezicht glijden. Hij zag ook dat ze hooggespannen verwachtingen had. En hij zag angst. Dat laatste was ongebruikelijk voor Michelle.
Ze reden een donkere straat in en kwamen in een woonwijk die zo'n zestig jaar geleden gloednieuw was geweest. De huizen waren nu vervallen. De voorveranda's stonden uit het lood en de tuinen waren een wirwar van onkruid en zieke bomen en struiken.
'Dit heeft wel betere tijden gekend,' zei ze.
'Zo te zien wel ja,' antwoordde hij kalm. 'Welk huis is het?'
Ze wees voor zich uit. 'Dat daar. Die oude boerderij, de enige in deze straat. De kavels van de rest zijn van de grond van de boerderij afgescheiden.'
Sean stopte voor de boerderij. 'Blijkbaar woont er nu niemand,' zei hij.
Ze maakte geen aanstalten om uit te stappen.
'Wat nu?' vroeg hij ten slotte aan haar.
'Ik weet het niet.'
'Wil je uitstappen om een kijkje te nemen? We hebben het hele eind gereden.'
Ze aarzelde. 'Goed.'
Ze liepen het uitgesleten pad op. Het huis stond een eind van de straat af. Een oude autoband hing aan een rottend stuk touw dat aan de enige overgebleven tak van een stervende eik was gebonden. Een oude pick-uptruck zonder wielen stond op betonblokken in de zijtuin. De hordeur lag op de verzakte voorveranda.
Op een gegeven moment bleef Michelle staan en keek naar de resten van een paar struiken. Die waren zo ver teruggesnoeid dat er in feite alleen nog wat stammetjes uit de grond staken. Het was een hele rij.
'Dit was een heg,' zei Michelle. 'Ik weet niet meer wat voor soort. Op een och-

tend werden we wakker en was hij weg. Mijn vader had hem geplant op een van hun trouwdagen. Nadat die heg was vernield, groeide hij nooit meer aan. Ik denk dat degene die het heeft gedaan er een plantenverdelger of zoiets op heeft gegoten.'
'Zijn jullie er ooit achter gekomen wie het had gedaan?'
Ze schudde alleen haar hoofd en liep door naar het huis. Ze stapten over de hordeur heen en Michelle probeerde de deurknop. Die gaf mee. Sean legde zijn hand over de hare. 'Weet je zeker dat je dit wilt?'
'We hebben dit hele eind gereden, en ik kom hier vast nooit meer terug.'
Hij haalde zijn hand weg en ze liepen naar binnen. Het huis was leeg en vuil. Sean had een zaklantaarn uit de auto meegenomen en scheen daar nu mee op rafelige dekens, voedselverpakkingen, lege bierflesjes en meer dan tien gebruikte condooms.
'Niet bepaald iets voor het familiealbum,' mompelde ze, terwijl ze alles in zich opnam.
'Dat is meestal zo, als je terugkeert naar iets van vroeger. Het is bijna nooit zo goed als je het je herinnert.'
Ze keek naar de trap.
Hij volgde haar blik. 'Wat was jouw kamer?'
'De tweede aan de rechterkant.'
'Wil je naar boven?'
'Misschien later.'
Ze liepen over de begane grond en zagen overal bederf en rommel. Sean merkte dat Michelle de dingen niet echt in zich opnam. Ze duwde de achterdeur open en ging naar buiten. Nog meer rommel, het karkas van de pick-up in de zijtuin en een scheefhangende garage; de deur ontbrak en er lag een berg troep in. Het was allemaal vervallen en deprimerend; Sean hield het er bijna niet meer uit. Hij zou het begrijpen als Michelle gillend weg zou rennen.
'Nou, wat doen we hier?' vroeg hij.
Ze ging op de achterveranda zitten. Hij kwam naast haar staan.
'Ben jij ooit teruggekeerd naar de plaats waar je bent opgegroeid?'
'Eén keer,' zei hij.
'En?'
'Geen grote openbaringen. Behalve dat alles veel kleiner was dan ik me herinnerde, en dat is ook wel te begrijpen, want ik ben nu veel groter. Ik keek even naar het huis en reed door.'
'Dat zou ik ook wel willen. Even naar het huis kijken en doorrijden.'
'Laten we dan gaan.' Hij greep in zijn zak, haalde de sleutels van de SUV tevoorschijn en gooide ze naar haar toe. 'Aan jou de eer.'
Ze liep door het huis terug en bleef bij de trap staan.

'Michelle, je hoeft jezelf dit niet aan te doen.'
Ze liep de trap op.
'Weet je dit zeker?' vroeg hij.
'Nee,' zei ze, maar ze liep door.
Ze kwamen op de brede overloop en bleven staan. Er waren vier deuren, twee aan elke kant.
'Dus de tweede daar was van jou?' Hij wees naar rechts.
Ze knikte.
Sean wilde hem openmaken, maar ze hield hem tegen.
'Niet doen.'
Hij trok zijn hand terug en keek haar aan. 'Misschien kunnen we beter weggaan.'
Ze knikte, maar toen hij terug wilde lopen, draaide ze zich abrupt om, pakte de knop van de tweede deur vast en deed hem open.
En slaakte een kreet toen ze de man zag die haar daar stond aan te staren.
Toen duwde de man Michelle opzij en rende langs Sean. Hij vloog de trap af en verdween door de openstaande voordeur naar buiten.
Michelle was zo geschrokken dat Sean ervan afzag om achter de man aan te rennen. Hij liep vlug naar Michelle en sloeg zijn armen om haar heen. Toen ze eindelijk tot bedaren kwam, trok hij zich terug. Ze keken elkaar aan, ongetwijfeld met dezelfde vraag in gedachten.
Sean sprak hem het eerst uit. Verbijsterd zei hij: 'Wat deed je vader in dit huis?'

•43•

De Air Force One raakte de grond op luchtmachtbasis Andrews. De piloten zetten de 747 in zijn achteruit en de vier motoren stuwden hun kracht in die richting. De president zat in de neus van het vliegtuig, in zijn suite met twee divans, een bad en een stevig vastgemaakt trainingstoestel. Kort daarna vloog de Marine One door de lucht, in de gebruikelijke formatie van meer helikopters. Tegen middernacht landde de helikopter met de president op het gazon van het Witte Huis.

Dan Cox sprong energiek van de trap van de helikopter, alsof het vroeg in de ochtend was en hij klaarstond om aan een nieuwe dag te beginnen. Zo was hij altijd als hij campagne voerde. Hij bleef fris, terwijl veel jongere assistenten doodmoe waren. Onder het genot van liters koffie vloog hij door het hele land, van staat naar staat. De spanning van de wedloop gaf hem blijkbaar zoveel adrenaline dat hij altijd maar door kon gaan. Het was ook opwindend om president van de Verenigde Staten te zijn; geen enkele andere functie kon daaraan tippen. Het was of hij tegelijkertijd popster, filmster, sportheld en zoiets als God op aarde was.

Zoals altijd bewoog de president zich ook deze avond in een soort luchtbel die door de Secret Service 'het pakket' werd genoemd: de president, naaste medewerkers, persoonlijke bewakers en enkele fortuinlijke vertegenwoordigers van de media. Toen hij het Witte Huis naderde, werden medewerkers en verslaggevers soepel van hem gescheiden en bleven alleen een hoge stafmedewerkster en de bewakers over.

Alle deuren gingen open voor de leider van de vrije wereld en hij liep het Witte Huis binnen alsof het zijn eigendom was. Wat het officieus ook was. Hoewel ze door de Amerikaanse belastingbetalers werden gefinancierd, waren het in feite zijn huis, zijn helikopter, zijn vliegtuig. Niemand mocht op bezoek komen of een eindje meevliegen als hij daar geen toestemming voor gaf.

De stafmedewerkster keerde naar haar kantoor terug en de president liep door naar de woonverblijven van de presidentiële familie, met achterlating van de bewakers. Nu was hij in de echte luchtbel, zo veilig als het op 1600 Pennsylvania Avenue, het adres van het Witte Huis, maar kon zijn. Als de Secret Service zijn zin kreeg, zou hij het gebouw nooit verlaten, totdat zijn twee ambtstermijnen erop zaten of de kiezers de baan aan iemand anders gaven. Toch was hij nu eenmaal de president, de man van het volk. En dus moest hij zich onder de burgers mengen, terwijl de maagzweren van zijn bewakers groeiden.

Dan Cox gooide zijn jasje uit, drukte op een knop van een kastje dat op een tafel stond en er verscheen een steward van het Witte Huis. Cox gaf zijn bestelling op en een minuut later werd hem een gin-tonic met ijs en twee schijfjes citroen gebracht. Dat was een van de voordelen van zijn baan. De president kon zo ongeveer alles krijgen wat hij maar wilde, op elk tijdstip van de dag. Toen de steward weg was, plofte Cox naast zijn vrouw neer, die op de bank een tijdschrift zat te lezen en haar best deed een ontspannen indruk te maken.

'Heb je de nieuwste peilingresultaten gezien?' vroeg hij opgetogen.

Ze knikte. 'Maar je hebt nog een lange weg te gaan. Op het laatst komen de cijfers vaak dichter naar elkaar toe.'

'Ik weet dat het nog vroeg is, maar laten we eerlijk zijn: de tegenpartij kan niets beginnen.'

'Je moet niet te zeker van je zaak zijn,' las ze hem de les.

Hij hield zijn kristallen glas omhoog. 'Jij ook?'

'Nee, dank je.'

Hij kauwde op een paar ongezouten amandelen. 'Wanneer heb jij ooit meegemaakt dat ik te zeker van mijn zaak was of een verkiezing verloor?'

Ze gaf hem een kus op zijn wang. 'Voor alles is er een eerste keer.'

'Ze willen nog steeds drie debatten. Ik denk aan twee.'

'Je zou er maar één moeten doen.'

'Waarom maar één? Graham is niet zo'n goede debater.'

'Je bent veel te mild, Danny. Graham is niet alleen een slechte debater, hij is in alle opzichten middelmatig. Het Amerikaanse volk heeft aan één debat genoeg om te zien hoe hopeloos hij is. Dus waarom zou je je tijd verspillen? En je hoeft hem niet drie happen van de appel te geven om iemands gedachten te veranderen of om hem naar jouw niveau te verheffen. Laten we wel wezen, schat: jij bent ook maar menselijk. Alle mensen maken fouten. Dus waarom zou je jezelf onder zo grote druk zetten? Hij heeft alles te winnen bij die strategie en jij hebt alles te verliezen. De tegenstanders weten dat ze over vier jaar hun beste kans maken, als jij je twee termijnen hebt gehad. Ze rekenen erop dat ze dan een jonge kerel hebben met een goed stel hersens, echte ideeën en een kernaanhang die ze kunnen uitbreiden om dan een échte gooi naar het Witte Huis te doen. Graham is alleen maar een noodoplossing.'

Hij glimlachte en hield bij wijze van eerbetoon zijn glas omhoog. 'Ik weet niet waarom ik eigenlijk een campagneteam heb. Ik kan het gewoon aan jou komen vragen.'

'Als je maar genoeg gevechten overleeft, dringen de lessen wel tot je door.'

'Over vier jaar mag ik niet meer meedoen, maar jij wel,' zei hij speels. 'Dan kan er weer acht jaar een Cox in het Witte Huis zitten.'

'Het Witte Huis is een mooi gebouw, maar ik wil hier liever niet wonen.'

Blijkbaar herinnerde hij zich iets. Hij zette zijn glas neer, sloeg zijn arm om haar heen en vroeg: 'Nog nieuws over Willa?'
'Nee.'
'De hele FBI zit op de zaak en er komt niets uit? Ik bel morgenochtend meteen Munson. Dit is volkomen onaanvaardbaar.'
'Ik vind het heel vreemd dat iemand Willa zou willen kidnappen.'
Hij hield haar steviger vast. 'Jane, slim als je bent, heb je daar vast wel over nagedacht. De reden waarom ze Willa hebben ontvoerd kan met ons te maken hebben. Ze willen ons en misschien het hele land kwaad doen. Daarvoor gebruiken ze dat lieve kleine meisje.'
Ze pakte zijn arm vast. 'Als ze nu eens om iets vragen? Iets in ruil voor haar vrijlating?'
Dan Cox liet zijn vrouw los, stond op en liep voor haar heen en weer. Hij was nog steeds een erg aantrekkelijke man. Toen ze hem daar zag lopen, keek ze naar zijn brede schouders, zijn volmaakte kapsel, zijn krachtige kinpartij, zijn markante jukbeenderen en de fonkeling in zijn ogen. In fysiek opzicht was hij een combinatie van Kennedy en Reagan, met ook nog iets van de stevig gebouwde Theodore Roosevelt erbij.
Ze was verliefd op hem geworden toen ze hem voor het eerst op een mooie dag in het begin van de herfst op de campus van de universiteit had gezien. Hij was derdejaars en zij was net als eerstejaars op de universiteit aangekomen. Die dag leek nu een eeuwigheid geleden. In veel belangrijke opzichten was dat ook zo. Dat leven was allang voorbij. Ze kon het amper nog een deel van haar geschiedenis noemen, want er waren in de tussenliggende jaren een heleboel belangrijke dingen gebeurd.
'Het hangt er helemaal van af wat ze willen, Jane. De nucleaire codes? Dat kan ik niet doen. Een van de oprichtingsdocumenten van de Verenigde Staten? Dat kan ik ook niet doen. Eerlijk gezegd mag de president van de Verenigde Staten nooit toegeven aan chantage. Er zou een precedent worden geschapen waardoor toekomstige regeringen in de grootste problemen kunnen komen. Het zou het hele ambt ontkrachten.'
'Dus je bedoelt dat we Willa nooit terugzien?'
Hij kwam naast haar zitten en legde zijn hand op haar knie. 'Ik bedoel dat we er alles aan doen om dat meisje veilig en wel terug te krijgen. We moeten gewoon positief blijven denken. We hebben de macht van de Verenigde Staten achter ons. Dat is niet gering.'
'Ga je morgen naar de begrafenis?'
Hij knikte. 'Natuurlijk. Ik heb morgenvroeg een verkiezingstoespraak in Michigan, maar ik ben ruimschoots op tijd terug. De Air Force One wacht op niemand. En op zulke momenten moet deze familie bijeen blijven. Zonder het

er te dik bovenop te leggen zal ik het land laten weten dat bij de Coxen in tijden van crisis hun familie op de eerste plaats komt. En dat is de waarheid.'
Ze legde haar tijdschrift neer. 'Ik merk dat je nog helemaal in de campagnestemming bent. Het is laat, maar ik heb niet echt slaap. Zullen we naar een film gaan kijken in de huisbioscoop? Warner Brothers heeft net een van de nieuwste gestuurd. Ik geloof dat hij nog niet eens in de bioscopen draait.'
Hij dronk zijn glas leeg, stond op en stak zijn hand uit.
'Geen film. Ik heb je gemist, mijn allerliefste.'
Hij keek haar aan met dezelfde hartveroverende glimlach als toen hij vijfentwintig jaar geleden een derdejaars student was geweest. Ze stond gehoorzaam op en volgde hem naar de slaapkamer. Hij deed de deur achter hen dicht. Hij ontdeed zich van das en schoenen en trok zijn broek uit. Zij liet haar jurk van zich af glijden en maakte de sluiting van haar beha los. Ze ging op haar rug op het bed liggen, en hij liet zich op haar neerzakken. Wat nu volgde, was een intiem privémoment, een buitengewoon zeldzame gebeurtenis voor het presidentiële echtpaar. Soms dacht Jane, terwijl hij boven haar op-en-neerging en stootte, en zij in zijn oor kreunde, dat het liefdesspel voor haar man de enige privacy was die ze nog hadden.
Toen hij klaar was, viel hij van haar af. Hij gaf zijn vrouw een laatste kus en ging slapen. De Air Force One zou de volgende morgen al vroeg klaarstaan en zelfs de onvermoeibare Dan Cox had enkele uren rust nodig voordat hij weer op pad ging. De eerste keer dat ze in ditzelfde bed de liefde hadden bedreven, had Jane moeten giechelen. De pas ingezworen president had het niet grappig gevonden. Hij had gedacht dat ze om een tekortkoming in zijn vrijtechnieken had gelachen, maar toen ze hem had verteld waarom ze lachte, had hij ook gelachen. Ze had namelijk gezegd: 'Ik kan niet geloven dat ik neuk met de president van de Verenigde Staten.'
Nu bleef Jane daar een halfuur liggen, waarna ze opstond, douchte, zich aankleedde en de agenten van de Secret Service verraste door weer naar beneden te gaan. Ze opende de deur van haar werkkamer, deed hem achter zich dicht, maakte haar bureau open en haalde de brief en de sleutel eruit.
Wanneer zou ze die nieuwe brief krijgen? Wat zou erin staan? Wat zou ze dan doen?
Ze keek op haar horloge. Het was laat, maar ze wás de First Lady.
Ze belde hem wakker.
'Jane?' zei Sean King slaperig.
'Sorry dat ik je zo laat bel. Je komt natuurlijk naar de begrafenis.' Het kwam niet eens in de buurt van een vraag.
'Gek genoeg kom ik net bij een begrafenis vandaan.'
'Wat?'

'Dat is een lang verhaal. Ja, ik ben van plan te komen.'
'Tuck zei dat je had gebeld.'
'Heeft hij je ook verteld waarover we hebben gepraat?'
'Dat was een vergissing, Sean. Het spijt me. We hadden van het begin af aan de waarheid moeten spreken.'
'Ja, dat is zo.'
'Ik maakte me zorgen om de... de...'
'Je broer die zijn vrouw bedroog?' zei hij behulpzaam.
'Dat het een slechte uitwerking op de herverkiezingscampagne van de president zou hebben.'
'Nou, dat kunnen we niet hebben, hè?'
'Alsjeblieft, doe niet zo cynisch. Dat kan ik nu echt niet gebruiken.'
'Je maakte je terecht zorgen, maar het betekende wel dat ik een onnodige omweg moest maken. We kunnen ons echt geen tijdverspilling veroorloven.'
'Dus je denkt dat het niets met Willa's verdwijning te maken heeft?'
'Of ik dat zeker weet? Nee, maar mijn professionele instinct zegt me dat het er niets mee te maken heeft.'
'Wat nu?'
'Vertel me over Willa.'
'Wat is er met haar?'
'Pam heeft maar twee kinderen gehad, allebei met een keizersnede.'
Het was alsof het bloed in Janes aderen bevroor. 'Pam had dríé kinderen, zoals je heel goed weet.'
'Oké, maar ze heeft ze niet alle drie gebáárd. Dat bleek uit de sectie. Ik heb Tuck daarover verteld. Ik dacht dat hij het jou ook zou vertellen.'
Natuurlijk had Tuck haar dat verteld, maar dat hoefde Sean niet te weten. 'Wat bedoel je nu precies?' vroeg ze.
'Dat een van de kinderen niet van Pam was. Was het van Tuck bij een andere vrouw? En was dat kind Willa?'
'Daar kan ik geen antwoord op geven.'
'Kun je dat niet of wil je dat niet?'
'Waarom is dit alles relevant?'
Sean ging rechtop in het bed in zijn hotelkamer zitten. 'Meen je dat nou? Het is relevant, want als Willa niet de dochter van Pam is, zou haar echte moeder of haar echte vader achter de ontvoering kunnen zitten.'
'Willa is twaalf. Waarom zou iemand zo lang wachten?'
'Dat dacht ik ook, maar ik heb daar nu eenmaal geen antwoord op. Ik ben ervan overtuigd dat ik het antwoord op die vraag moet hebben als we deze zaak willen oplossen en Willa willen vinden. Dus kun je me helpen?'
'Ik weet er niets van.'

'Nou, als ze Pams dochter is, moet Pam al die jaren geleden zwanger van haar zijn geweest. Was ze dat?'

'Ik... Ze... Ik herinner me opeens dat ze toen niet in de Verenigde Staten woonden. Ze woonden in Italië. Tucks werk. Nu ik erover nadenk, kwamen ze kort na Willa's geboorte terug.'

Sean leunde tegen het hoofdeinde. 'Nou, dat kwam dan mooi uit. Dus je weet niet zeker of ze zwanger was? Je hebt nooit foto's gezien? Moeder en kind in het ziekenhuis? Geen kraambezoek? Je hebt ze daar niet opgezocht?'

'Nu doe je weer cynisch,' zei ze koel.

'Nee, ik ben beleefd aan het spitten.'

'Oké, ik geef toe dat ik niet zeker weet of Willa een dochter van Pam is. Ik heb altijd geloofd dat ze dat was. Of beter gezegd: ik had geen reden om níét te geloven dat ze dat was.'

'Nou, als je iets voor me achterhoudt, kom ik er op een dag toch achter en dan staan de resultaten je misschien helemaal niet aan.'

'Is dat een bedreiging?'

'Het is een misdrijf om een lid van de presidentiële familie te bedreigen, zoals je heel goed weet. Ik sta aan de goede kant. Ik zie je op de begrafenis, mevrouw Cox.'

Hij hing op.

Jane borg de brief en de sleutel weer in haar bureau op en liep bijna op een drafje naar de woonverblijven. Toen ze zich uitkleedde en weer in bed stapte, hoorde ze haar man zacht snurken. Hij viel altijd gemakkelijk in slaap. Zelfs nadat hij tot in de kleine uurtjes aan het telefoneren was geweest en over een kwestie van groot nationaal belang had gemarchandeerd, legde hij ten slotte de hoorn neer, poetste zijn tanden en sliep binnen vijf minuten. Zij daarentegen had er uren voor nodig om in slaap te vallen, als het al lukte.

Terwijl ze op haar zij lag en naar de muur keek, stelde ze zich voor dat ze Willa's gezicht daar kon zien. Het kind wenkte naar haar. Smekend.

Help me, tante Jane. Red me. Ik heb je nodig.

•44•

'Wat is er, Gabriel? Je ziet eruit alsof je je niet goed voelt.'
Quarry keek de jongen over de zware keukentafel heen aan.
'Ik slaap de laatste tijd niet zo goed, meneer Sam,' zei hij ongelukkig.
'Kinderen moeten altijd goed slapen. Zit je iets dwars?'
Gabriel kon hem niet aankijken toen hij zei: 'Niets belangrijks. Het komt wel goed.'
'Heb je vandaag school?' vroeg Quarry, terwijl hij de jongen aandachtig aankeek. 'Want als dat zo is, mis je de bus.'
'Nee. Het is lerarendag. Ik wilde ma gaan helpen, wat op het veld werken en dan wat lezen.'
'Ik moet met je moeder praten als ik naar de stad ben geweest.'
'Waarover?'
'Persoonlijke dingen.'
Gabriels gezicht betrok. 'Ik heb toch niets verkeerds gedaan?'
Quarry glimlachte. 'Denk je dat de hele wereld om jou draait? Nee, het zijn alleen maar zakelijke dingen. Als je kans ziet de werkbank in de schuur een beetje op te ruimen, zou dat heel mooi zijn. Gooi alles weg wat lelijk verroest is. En ik heb weer een postzegel voor je.'
Gabriel deed zijn best om te glimlachen. 'Dank u, meneer Sam. Ik heb al een hele verzameling. De zegel die u me laatst hebt gegeven heb ik op school op de computer opgezocht. Op eBay.'
'Wat is dat nou weer?'
'Daar kun je dingen kopen en verkopen. Zoals veel winkels op internet.'
Quarry keek enigszins geïnteresseerd. 'Ga verder.'
'Nou, die ene postzegel die u me gaf is veertig dollar waard!'
'Verrek. Ga je hem verkopen?'
Gabriel keek geschrokken. 'Meneer Sam, ik verkoop niets wat ik van u heb gekregen.'
'Ik zal je een beetje gratis advies geven, kleine man. Die postzegels gaan je helpen om voor je studie te betalen. Waarom denk je dat ik ze aan je geef? En die oude munten ook.'
Gabriel keek verbaasd. 'Daar heb ik nooit over nagedacht.'
'Zie je wel? Je hersenen zijn niet zo groot als je denkt.'
'Blijkbaar niet.'
Ze aten nog wat, en toen zei de jongen: 'U vliegt de laatste tijd vaak naar de mijn.'

Hij grijnsde. 'Ik probeer diamanten te vinden.'
'Diamanten in de mijn?' zei Gabriel op scherpe toon. 'Ik dacht dat al die mijnen in Afrika waren.'
'Misschien hebben we er ook een paar hier in Alabama.'
'Ik zou weleens mee willen.'
'Jongen, je bent al met me in die mijn geweest. Het is alleen maar een groot gat.'
'Ik bedoel met het vliegtuig. We gingen altijd met de auto.'
'We gingen altijd met de auto omdat jij niet van vliegen houdt. Je hebt me verteld dat je elke keer dat je me ziet opstijgen wel in de grond wilt kruipen om nooit meer tevoorschijn te komen.'
Gabriel glimlachte zwakjes. 'Daar probeer ik overheen te komen. Als ik meer van deze wereld wil zien dan alleen Alabama, moet ik met vliegtuigen reizen.'
Quarry glimlachte om de trefzekere logica van de jongen. 'Ja, dat is zo.'
'Wilt u het me dan laten weten? Ik zal opschieten met de karweitjes.'
'Doe dat.'
Gabriel zette de afwas in de gootsteen en rende de keuken uit.
Op weg naar de schuur dacht Gabriel diep na. Hij dacht aan wat hij meneer Sam had horen zeggen toen hij die avond dronken in de bibliotheek zat. Hij had de naam Willow of zoiets gehoord. Hij had meneer Sam ook het woord 'kool' horen zeggen, of iets wat erop leek, en dat had hem aan steenkool en de mijn doen denken.
Hij wilde meneer Sam er niet rechtstreeks naar vragen, want dan zou hij weten dat Gabriel voor luistervink had gespeeld, al had hij alleen maar een boek willen halen. Meneer Sam was in elk geval verdrietig om iets geweest, zei Gabriel tegen zichzelf terwijl hij de werkbank in de schuur aan het opruimen was. En laatst had hij gezien dat meneer Sam zijn mouwen had opgestroopt om met de afwas te helpen. Er zaten brandwonden op zijn onderarm. Dat vond Gabriel ook vreemd.
En hij had Daryl en Carlos op een avond in de wapenkamer over dingen horen praten, toen ze hun geweren aan het schoonmaken waren, maar daar had hij niet veel van begrepen. Op een gegeven moment hadden ze het over Kurt gehad. Toen Gabriel was binnengekomen, hadden ze meteen hun mond gehouden en hadden ze hem laten zien hoe je in minder dan vijftig seconden een pistool uit elkaar kon halen en in elkaar kon zetten. Waarom gingen ze trouwens elke dag naar de mijn? Waarom bleef Carlos daar slapen, en soms Daryl ook? Was daar iets aan de hand? Gabriel geloofde niet dat het om diamanten ging.
En het was meer dan eens gebeurd dat hij uit bed kwam en meneer Sam met een grote sleutelbos naar de kelder zag lopen. Gabriel was hem een keer ge-

volgd. Zijn hart had toen zo hard gebonkt dat hij zeker meende te weten dat meneer Sam het zou horen. Hij had de man een deur zien openmaken naar een lange gang die vies rook. Zijn moeder had hem eens verteld dat de Quarry's daar vroeger hun slechte slaven opsloten. Hij had haar eerst niet geloofd en had meneer Sam ernaar gevraagd, maar die had het bevestigd.
'Had uw familie slaven, meneer Sam?' had hij hem eens gevraagd toen ze door de velden liepen.
'De meeste mensen hier hadden vroeger slaven. Atlee was toen een katoenplantage. Je had mensen nodig voor het werk. Veel mensen.'
'Waarom betaalden ze die mensen dan niet gewoon? In plaats van slaven te houden, omdat dat nu eenmaal kon?'
'Ik denk dat het allemaal een kwestie van hebzucht is. Als je mensen niet betaalt, verdien je meer geld. Verder dachten ze dat het ene ras niet zo goed was als het andere.'
Gabriel had zijn handen in zijn broekzakken gestoken en gezegd: 'Dat was schandalig.'
'Er zijn te veel mensen die denken dat ze alles kunnen doen. Ze kunnen iedereen kwaad doen zonder dat iemand hun iets kan maken.'
Maar dat verklaarde niet waarom meneer Sam naar die stinkende kelder ging waar ze vroeger de slechte slaven opsloten. Er gebeurden vreemde dingen op Atlee, maar het was Gabriels thuis; zijn moeder en hij hadden niets anders, en eigenlijk gingen die dingen hem ook niet aan. Hij wilde gewoon verdergaan met zijn leven. Toch was hij nieuwsgierig. Heel nieuwsgierig. Zo was hij nu eenmaal.

•45•

Quarry zette de pick-uptruck voor Freds Airstream neer en drukte op de claxon. Fred kwam naar buiten met een sigaret in zijn ene hand en een papieren zak in de andere. Hij droeg een oude strohoed met zweetvlekken, een corduroy jasje, een verbleekte spijkerbroek en hoge schoenen die verweerd waren door zon en regen. Zijn witte haar hing tot op zijn schouders en zag er glanzend en schoon uit.

Quarry boog zich uit het raam. 'Heb je eraan gedacht een identiteitsbewijs mee te brengen?'

Fred stapte in, haalde zijn portefeuille tevoorschijn, die in feite uit twee leren lappen bestond die met elastiek bijeengehouden werden, en haalde er een identiteitskaart uit. 'Op die manier houdt de blanke man ons échte Amerikanen in de gaten.'

Quarry grijnsde. 'Ik heb nieuws voor je, beste man. Die goeie ouwe Uncle Sam houdt niet alleen mensen als jij in de gaten, maar ons allemaal. Echte Amerikanen als jij, en degenen die hier alleen maar ruimte huren, zoals ik.'

Fred haalde een fles bier uit de papieren zak.

'Hé, kun je daar nou niet mee wachten tot we klaar zijn?' zei Quarry. 'Ik moet er niet aan denken hoe die lever van jou eruitziet,' voegde hij eraan toe.

'Mijn moeder is achtennegentig geworden,' antwoordde Fred, en hij nam een grote slok en stopte de fles weer in de zak.

'O ja? Nou, ik kan je wel min of meer garanderen dat jij dat niet wordt. En je hebt geen ziektekostenverzekering. Ik trouwens ook niet. Ze zeggen dat het ziekenhuis iedereen moet behandelen, maar ze zeggen er niet bij wannéér ze dat doen. Ik heb hier in het streekziekenhuis al meer dan eens op de vloer van de wachtkamer gelegen, krimpend van koorts, rillingen en oprispingen, zo erg dat ik dacht dat ik doodging. Er gaan twee dagen voorbij en dan komt er eindelijk een jongen in een witte jas die je vraagt je tong uit te steken en die wil weten waar het pijn doet, terwijl je daar op de vloer ligt en je maag zowat uit je reet naar buiten komt. Inmiddels heb je het ergste dan wel achter de rug, maar wat geneesmiddelen zouden goed van pas zijn gekomen.'

'Ik ga nooit naar het ziekenhuis.' Fred zei dat in het Indiaans. Daarna praatte hij vlug door in zijn eigen taal.

Quarry onderbrak hem. 'Fred, ik heb Gabriel nu niet bij me, dus als je in het Muskogean tegen me praat, kan ik je niet volgen.'

Fred herhaalde alles in het Engels.

'Kijk eens aan. Hier in Amerika spreken we Engels. Als je maar niet zonder verzekeringskaart naar dat kloteziekenhuis gaat. Het dondert niet wat voor taal je spreekt, je kunt het wel schudden.'
De pick-up hobbelde voort. Fred wees naar een gebouw in de verte. Het was het huisje dat Quarry had gebouwd.
'Dat heb je goed gedaan. Ik heb af en toe naar je gekeken toen je ermee bezig was.'
'Dank je.'
'Voor wie heb je het gebouwd?'
'Voor een speciaal iemand.'
'Voor wie?'
'Voor mij. Mijn vakantiehuis.'
Ze reden door.
Quarry haalde een dikke envelop uit zijn jasje en gaf hem aan Fred. Toen Fred hem openmaakte, beefden zijn handen enigszins. Verbaasd keek hij op naar Quarry, die hem vanonder zijn dichte wenkbrauwen gadesloeg.
'Daar zit duizend dollar in.'
'Waar is het voor?' vroeg Fred. Hij rochelde wat slijm op en spuwde het uit het raam.
'Omdat je bent thuisgekomen,' zei hij grijnzend. 'En ook voor iets anders.'
'Wat dan?'
'Daarvoor moest je je identiteitsbewijs meebrengen.'
'En waar heb ik mijn identiteitsbewijs voor nodig? Dat heb je me niet verteld.'
'Je wordt getuige van iets. Iets belangrijks.'
'Dit is te veel geld om getuige te zijn,' zei Fred.
'Wil je het niet hebben?'
'Dat heb ik niet gezegd,' antwoordde de man. De rimpels op zijn gezicht werden nog dieper.
Quarry stootte hem speels met zijn elleboog aan. 'Goed. Want ik wil het niet terug hebben.'
Een halfuur later kwamen ze in het stadje aan. Fred keek nog naar de envelop met twintigjes. 'Je hebt dit toch niet gestolen?'
'Ik heb in mijn hele leven nog nooit gestolen.' Hij keek Fred aan. 'Mensen niet meegerekend. Ik heb nu wat mensen gestolen, weet je.' Er volgde een lange stilte, en toen lachte Quarry. Fred lachte ook.
'Ik heb wat oude obligaties van mijn vader verzilverd,' legde Quarry uit.
Hij stopte voor de bank, een bakstenen gebouw van één verdieping, met een dubbele glazen voordeur.
'Laten we gaan.'
Quarry liep naar de deur en Fred volgde hem.

'Ik ben nooit in een bank geweest,' zei Fred.
'Waarom niet?'
'Ik heb nooit geld gehad.'
'Ik ook niet, maar toch ga ik naar de bank.'
'Waarom?'
'Nou, Fred, daar is al het geld.'
Quarry sprak een bankier aan die hij kende en vertelde wat hij wilde. Hij haalde het papier tevoorschijn. 'Ik heb mijn écht Amerikaanse vriend meegebracht als getuige.'
De dikke, bebrilde bankier keek naar de sjofele Fred en probeerde te glimlachen. 'Dat is goed, Sam.'
'Ik vind ook dat het goed is,' zei Fred. Hij klopte op zijn jasje, waar de envelop vol geld in zat, en Quarry en hij wisselden een snelle glimlach.
De bankier nam hen mee naar zijn kantoor. Er werd nog een getuige bij gehaald, en ook de notaris van de bank. Quarry ondertekende zijn testament in het bijzijn van Fred, de andere getuige en de notaris. Toen tekenden Fred en de andere getuige. Daarna werkte de notaris de officiële procedure af. Toen het allemaal klaar was, maakte de bankier een kopie van het testament. Na afloop vouwde Quarry het origineel op en stopte het in zijn jasje.
'Bewaar het wel op een veilige plaats,' waarschuwde de bankier. 'Want een kopie is niet goed genoeg voor een bekrachtiging. Wil je het hier in een kluisje leggen?'
'Maak je daar maar geen zorgen over,' zei Quarry. 'Als iemand bij mij probeert in te breken, schiet ik zijn kop van zijn romp.'
'Zeker,' zei de bankier een beetje nerveus.
'Ik ben er ook zeker van,' zei Quarry.
Voordat Fred en Quarry terugreden, gingen ze naar een bar om iets te drinken.
'Dus nú mag ik drinken, Sam?' vroeg Fred, en hij zette het glas bier aan zijn mond.
Quarry nam een grote slok whisky. 'Het is twaalf uur geweest, hè? Ik zeg alleen, Fred, dat een mens redelijke normen in acht moet nemen.'
Ze reden terug naar Atlee. Quarry zette Fred bij de Airstream af.
Toen de oude man langzaam naar het trapje van betonblokken liep, draaide hij zich om naar Quarry, die in de oude pick-up was blijven zitten. 'Bedankt voor het geld.'
'Bedankt voor je medewerking bij de bank.'
'Verwacht je gauw te sterven?'
Quarry grijnsde. 'Als ik dat wist, ging ik nu waarschijnlijk naar Hawaï. Dan zwom ik in zee en at ik inktvis. Dan reed ik niet in een roestige wagen door de rimboe van Alabama en praatte ik niet met types als jij, Fred.'

'Tussen haakjes: ik heet niet Fred.'
'Dat weet ik, want ik heb je die naam gegeven. Hoe heet je dan? Wat is je echte naam? Ik heb je identiteitskaart niet zo goed gezien en ik heb ook niet naar je handtekening gekeken.'
'Eugene.'
'Is dat een indiaanse naam?'
'Nee, maar zo noemde mijn moeder me.'
'Waarom?'
'Omdat ze blank was.'
'En is ze echt achtennegentig geworden?'
'Nee. Ze stierf op haar vijftigste. Te veel drank. Ze dronk nog meer dan ik.'
'Mag ik je Fred blijven noemen?'
'Ja. Ik vind dat een betere naam dan Eugene.'
'Zeg eens eerlijk, Fred: hoe lang heb je nog te leven?'
'Ongeveer een jaar, als ik geluk heb.'
'Wat erg.'
'Dat vind ik ook. Hoe wist je dat?'
'Ik heb veel met de dood te maken gehad. Die rochelende hoest van je. En je handen zijn te koud en je huid is te bleek onder het bruin.'
'Je bent een slimme man.'
'Op een dag gaan we allemaal. Nu kun je duizend keer meer genieten van de tijd die je nog rest dan een paar uur geleden.' Hij wees met zijn vinger naar zijn vriend. 'En laat niets voor mij over, Fred. Ik zal het niet nodig hebben.'
Quarry reed in een stofwolk weg.
Toen hij in Atlee terug was, vielen de eerste regendruppels van een naderend front. Hij ging naar binnen en liep regelrecht naar de keuken, want daar hoorde hij haar. Ruth Ann was een paar grote pannen aan het boenen toen ze Quarry's zware schoenen op de keukenvloer hoorde. Ze draaide zich om en glimlachte.
'Gabriel zocht u.'
'Ik heb hem verteld dat ik met Fred naar de stad ging.'
'Waarvoor ging u naar de stad?' vroeg Ruth Ann, terwijl ze doorwerkte.
Quarry ging zitten. Hij haalde het document uit zijn jasje en vouwde het open. 'Ik wilde hierover met je praten.' Hij hield het papier omhoog. 'Dit is mijn testament. Ik heb het vandaag getekend. Nu is het allemaal officieel.'
Ruth Ann zette de pan die ze aan het boenen was neer en veegde haar handen af aan een vaatdoek.
Ze fronste haar wenkbrauwen. 'Uw testament? U bent toch niet ziek of zo?'
'Nee, niet voor zover ik weet, maar alleen een gek wacht tot hij te ziek is om een testament te maken. Kom eens hier en kijk ernaar.'

Ruth Ann kwam aarzelend een stap naar voren, liep toen vlug door de keuken en ging zitten. Ze nam het papier van hem over, haalde een goedkope leesbril tevoorschijn en zette hem op.
'Ik kan niet zo goed lezen,' zei ze een beetje beschaamd. 'Meestal laat ik Gabriel dat voor me doen.'
Hij wees naar een deel van het papier. 'Het is voor het merendeel juristerij, maar daar staat iets waarop je moet letten, Ruth Ann.'
Ze las het. Haar lippen bewogen langzaam mee met de weinige woorden. Toen keek ze naar hem op. Het papier trilde in haar handen.
'Meneer Sam. Dit is niet goed.'
'Wat is er niet goed aan?'
'U laat alles aan Gabriel en mij na?'
'Dat klopt. Mijn eigendom. Ik mag het geven aan wie ik wil.'
'Maar u hebt familie. U hebt meneer Daryl en juffrouw Tippi. En uw andere dochter ook.'
'Ik vertrouw erop dat jullie voor Daryl zorgen, als hij er dan nog is. En voor Tippi. Suzie... Nou, ik denk niet dat ze iets van me wil, want ze heeft me in vier jaar tijd niet één keer gebeld. En Gabriel en jij zijn ook mijn familie. Dus wil ik voor jullie zorgen. Dit is mijn manier om dat te doen.'
'Weet u dit zeker?'
'Ja.'
Ze pakte over de tafel zijn hand vast. 'U bent een goede man, meneer Sam. Waarschijnlijk overleeft u ons allemaal, maar ik dank u voor wat u voor Gabriel en mij hebt gedaan. Ik zal voor iedereen zorgen, meneer Sam. Heel goed voor iedereen zorgen. Zoals u zou hebben gedaan.'
'Ruth Ann, je mag met het eigendom doen wat je wilt. Je mag het ook verkopen, als je het geld nodig hebt.'
Ze keek hem ontzet aan. 'Ik zal dit alles nooit verkopen, meneer Sam. Dit is ons thuis.'
Ze hoorden iets bij de deuropening, keken op en zagen dat Gabriel daar stond.
'Hé, Gabriel,' zei Quarry. 'Je moeder en ik hadden het net over een paar dingen.'
'Welke dingen, meneer Sam?' Gabriel keek zijn moeder aan en zag dat de tranen over haar ingevallen wangen liepen. 'Is er iets aan de hand?' vroeg hij langzaam.
'Kom eens hier jij,' zei zijn moeder, en ze wenkte hem. Hij rende naar haar toe en ze sloeg haar armen om hem heen. Quarry gaf Gabriel een klopje op zijn hoofd, vouwde zijn testament op, stopte het weer in zijn zak en verliet de kamer.

Hij had nog een brief te schrijven.
En hij moest naar Tippi toe.
En daarna zou hij naar de mijn gaan.
Het was nu bijna afgelopen.

•46•

Voor de tweede keer in evenzoveel dagen hoorden Sean en Michelle een dominee over een overledene praten. Het was een regenachtige, winderige middag en er werden zwarte paraplu's opgestoken. Pam Dutton werd ter aarde besteld op een begraafplaats die een kleine tien kilometer verwijderd was van het huis waarin ze was gestorven. De kinderen stonden met hun vader op de eerste rij onder het baldakijn. Tucks hoofd zat in het verband en de man zag eruit alsof hij een paar cocktails en een handvol pillen had genomen. Zijn zus, de First Lady, zat naast hem en hield haar arm beschermend om zijn schouders. Colleen Dutton zat bij Jane op schoot. John zat tegen zijn vader aan. Naast Jane zat haar man, die in het zwart gekleed was en plechtig presidentieel keek.

De begraafplaats was omringd door een muur van agenten van de Secret Service. De omringende straten waren ontruimd en afgesloten, en elk putdeksel in de straten waar de begrafenisstoet doorheen was gereden, was dichtgelast. De begraafplaats was gesloten voor iedereen behalve de nabestaanden en genodigden. Een regiment van journalisten en cameraploegen stond buiten het hek te wachten, in de hoop een glimp van de president en de rouwende First Lady op te vangen als ze de begraafplaats verlieten.

Michelle stootte Sean aan en gebaarde met haar hoofd naar links. FBI-agent Waters was ook aanwezig. Zijn blik was strak op Sean en Michelle gericht.

'Hij kijkt niet erg blij,' zei ze.

'Ik durf te wedden dat hij in zijn hele leven nog nooit blij is geweest.'

Ze waren in alle vroegte uit Tennessee teruggevlogen. In het vliegtuig hadden ze gepraat over wat er de vorige avond was gebeurd.

Toen ze bij het huis van Frank Maxwell waren teruggekomen, was de man daar niet geweest. Michelle had geprobeerd hem op zijn mobiele telefoon te bellen, maar er werd niet opgenomen. Ze wilden net de politie bellen toen Frank door de garagedeur binnenkwam.

'Pa?'

Hij had haar opzijgeduwd, was naar zijn slaapkamer gegaan en had de deur dichtgedaan. Toen Michelle eraan had gemorreld, bleek die op slot te zitten.

'Pa?' had ze door de deur geroepen. 'Pa!' Ze sloeg op de deur, tot een hand haar vastpakte. Het was Sean.

'Laat hem nou maar.'

'Maar...'

'Er is hier iets aan de hand wat we niet begrijpen. Laten we nu niet aandringen.'

Sean had op de bank geslapen en Michelle in een van de logeerkamers. Haar broers logeerden bij Bobby, die in de buurt woonde.

Toen ze de volgende morgen wakker werden om hun vliegtuig te halen, had Frank Maxwell zich al aangekleed en had hij het huis verlaten. Ditmaal probeerde Michelle niet eens zijn mobiele telefoon te bellen.

'Hij neemt toch niet op,' zei ze bij een kop koffie op het vliegveld.

'Wat denk je dat hij in de boerderij deed?'

'Misschien was hij daar om dezelfde reden als ik.'

'Wat bedoel je precies?'

'Ik bedoel dat ik het niet precies weet,' zei ze ongelukkig.

'Wil je hier blijven? Ik kan ook alleen naar de begrafenis gaan.'

'Nee, ik geloof niet dat ik hier op dit moment iets kan doen. Als ik naar een andere begrafenis ga, is dat lang niet zo deprimerend als hier blijven en zien hoe mijn familie uiteindelijk uit elkaar valt.'

De dienst voor Pam Dutton was nu voorbij en er gingen al mensen weg, al viel het Sean op dat veel aanwezigen hun best deden om een presidentiële handdruk in de wacht te slepen. Het strekte de president tot eer dat hij hen zo goed mogelijk ter wille was.

'Je wilt geen potentiële kiezers afschrikken,' zei Michelle sarcastisch.

Jane verliet de begraafplaats met haar broer en de kinderen. Ze werden geflankeerd door enkele agenten van de Secret Service, maar de meesten bleven bij de president. Toen hij dat zag, besefte Sean weer eens goed dat dát ene leven de prioriteit had boven alle andere levens. De First Lady was een buitengewoon belangrijke beschermelinge in de wereld van de Secret Service, maar ze stond zoveel lager dan de president dat als ze moesten kiezen wie er gered moest worden, het geen moeilijke beslissing zou zijn.

Michelle las blijkbaar zijn gedachten, want ze zei: 'Heb je je ook afgevraagd wat je zou doen?'

Hij keek haar aan. 'Wat ik waaraan zou doen?'

'Als je moest kiezen tussen de president en zijn vrouw? Wie je zou redden?'

'Michelle, als er één regel is die de Secret Service in je hoofd stampte, dan is het deze wel: het leven van de president is het enige waaraan je geen eind mag laten komen.'

'Laten we zeggen dat hij een misdrijf pleegt. Of dat hij gek wordt en de First Lady aanvalt. Hij staat op het punt haar te vermoorden. Wat zou je dan doen? Hem uitschakelen of haar laten sterven?'

'Waarom hebben we dit gesprek? Is het feit dat we op een begrafenis zijn nog niet deprimerend genoeg?'

'Ik vroeg het me alleen maar af.'
'Goed, vraag jij het je maar af. Ik blijf erbuiten.'
'Het is zuiver hypothetisch.'
'Ik heb het al moeilijk genoeg met de realiteit.'
'Gaan we naar de First Lady toe?'
'Na mijn laatste telefoongesprek met haar ben ik daar niet zeker van. Ik weet niet eens of we nog wel aan dezelfde kant staan als zij.'
'Wat bedoel je daarmee?'
Sean slaakte een diepe zucht. 'Ik zeg maar wat.' Hij keek naar een man die naar hen toe kwam. 'Hoe later op de dag, hoe schoner volk.'
Michelle keek op tijd in dezelfde richting om FBI-agent Waters met grote stappen naar hen toe te zien komen.
'Ik dacht dat ik jullie had gevraagd in de stad te blijven,' zei hij op scherpe toon.
'Nee, volgens mij zei je dat we ons beschikbaar moesten houden voor vragen,' kaatste Michelle terug. 'Nou, hier zijn we dan. Helemaal beschikbaar.'
'Waar zijn jullie geweest?' wilde hij weten.
'In Tennessee.'
'Wat is er in Tennessee?' zei hij kwaad. 'Een spoor dat jullie achterhouden?'
'Nee. We waren op een andere begrafenis.'
'Van wie?'
'Mijn moeder.'
Waters keek haar aandachtig aan. Misschien probeerde hij na te gaan of Michelle hem in de maling nam. Blijkbaar geloofde hij haar, want hij zei: 'Wat vervelend. Was het onverwacht?'
'Dat is moord meestal,' zei Michelle, waarna ze doorliep naar de rij geparkeerde auto's.
Waters keek Sean aan. 'Is dat waar?'
'Jammer genoeg wel.'
'Verdorie.'
'Hadden jullie ons ergens voor nodig?'
'Nee. Ik bedoel, niet op dit moment.'
'Goed. Tot ziens dan.'
Hij liep achter Michelle aan, en ze wilden net in haar SUV stappen toen ze iemand achter zich hoorden, iemand die buiten adem was.
Tuck Dutton zag eruit alsof hij een kilometer had hardgelopen. Zijn gezicht liep rood aan en zijn borst ging op en neer.
'Tuck, wat is er?' vroeg Sean, en hij pakte zijn arm vast. 'Kom op, man, je komt net uit het ziekenhuis. Je zou niet zo hard moeten lopen.'
Tuck haalde diep adem, steunde met zijn hand op de SUV en knikte naar de

presidentiële limousine. Jane Cox en haar man stapten net in, omringd door agenten van de Secret Service.
'De man die ik met Pam zag,' zei hij ademloos.
'Wat is er met hem?' vroeg Michelle.
'Hij is hier.'
'Wat? Waar?' Sean keek snel om zich heen.
'Daar.'
Tuck wees naar de limousine.
'Welke?'
'De grote kerel naast de president.'
Sean keek naar de man en keek toen achtereenvolgens Tuck en Michelle aan.
'Aaron Betack?' zei Sean. Op dat moment begon het hard te regenen.

•47•

Er werd een receptie gehouden voor de mensen die bij de begrafenis aanwezig waren geweest. Niet in het Witte Huis, maar in Blair House aan de overkant van de straat. Eigenlijk bestond dat uit vier huizen die met elkaar verbonden waren, en met zijn zesduizend vierkante meter was het ook groter dan het Witte Huis. Meestal werd het gebouw door bezoekende buitenlandse staatshoofden en andere vips gebruikt. Harry Truman en zijn gezin hadden er in de jaren vijftig een tijdje gewoond toen het Witte Huis bijna helemaal was gesloopt en opnieuw opgebouwd, maar vandaag zou het een plek zijn waar mensen bij elkaar kwamen om Pam Dutton te gedenken, een glaasje te drinken en hapjes te eten die waren bereid door de topkoks uit het Witte Huis.

Sean en Michelle passeerden de metaaldetector, liepen onder het lange baldakijn door, werden nog eens met een detectorstaaf onderzocht en gingen het huis binnen. In hun jaren bij de Secret Service waren ze hier ook al geweest om belangrijke gasten te bewaken, maar dit was de eerste keer dat ze hier als privépersoon kwamen. Ze pakten drankjes van een kelner aan en gingen in een hoek staan kijken. De president kwam binnen met Jane, gevolgd door Tuck en de kinderen.

'Daar heb je hem,' zei Michelle.

Sean knikte toen Aaron Betack de kamer binnenkwam en hem systematisch met zijn ogen verkende, zoals iedere agent en ex-agent die ooit voor de Secret Service had gewerkt deed. Het was een gewoonte die je nooit vergat. Of die je niet kon doorbreken.

'Hoe wil je dit aanpakken?' vroeg ze.

'Hij kan ons niet ontslaan omdat we hem ondervragen.'

'Moeten we hem laten weten dat wij van zijn ontmoeting met Pam op de hoogte zijn?'

'Dat is de grote vraag. Laten we hem omzichtig benaderen en kijken of het antwoord uit zijn mond valt.'

Ze wachtten tot Betack bij een andere groep vandaan was gegaan en naar een andere kamer liep.

'Hé, Aaron,' zei Sean toen Michelle en hij achter hem binnenkwamen.

Betack knikte naar hen, maar zei niets.

Sean keek naar het glas in de hand van de man. 'Heb je vandaag geen dienst?'

'Ik kom uit beleefdheid.'

'Een trieste dag,' zei Michelle.

Betack liet de ijsblokjes in zijn glas tegen elkaar tikken, beet op een cracker en knikte. 'Het is in alle opzichten een rotdag.'
'Niet alleen de begrafenis, bedoel je?' zei Sean.
'Geen nieuws over het meisje. De First Lady is daar slecht over te spreken.'
'De FBI volgt nog sporen. We hebben Waters gezien. Die komt niet op me over als iemand die het gauw opgeeft.'
Betack kwam dichter naar hen toe. 'Ook de beste rechercheur van de wereld heeft een spoor nodig.'
'Dat kan ik niet tegenspreken.'
'Dus de ontvoerders hebben niets meer van zich laten horen?' vroeg Michelle.
'Niet sinds dat kommetje en die lepel.'
'Vreemd,' vond Sean.
'Alles aan deze zaak is vreemd,' zei Betack.
'De ontvoering was ook heel goed voorbereid. Als Michelle en ik niet onverwachts bij dat huis waren gekomen, zouden we nog minder weten. Je zou dus verwachten dat ze van zich lieten horen.'
Betack haalde zijn schouders op. 'Het is zoals het is.'
'Nog iets ontdekt over de letters op Pams arm?'
'Niet dat ik weet.'
Sean keek Michelle aan en zei: 'Ik herinner me de eerste keer dat ik Pam ontmoette. Ze was geweldig. Een fantastische moeder. Heb jij haar gekend?'
Sean zei het nonchalant, maar sloeg de andere man aandachtig gade.
'Ik heb nooit het genoegen gehad,' zei Betack zakelijk. 'Toen ik zei dat ik uit beleefdheid kwam, doelde ik op de First Lady.'
Sean keek naar de deuropening, waar Jane Cox voorbijkwam, gevolgd door enkele van haar assistenten. 'Ze is bijzonder.'
'Hebben jullie tweeën nog iets ontdekt?'
Michelle gaf antwoord. 'In dat geval hadden we het al aan Waters doorgegeven.'
'Het belangrijkste is dat Willa terugkomt. Het doet er niet toe wie de eer krijgt,' voegde Sean eraan toe.
'Een mooie filosofie,' merkte Betack op, en hij dronk zijn glas leeg. 'En zeldzaam in deze stad.'
'Dat zou betekenen dat iedereen alles moet vertellen wat hij weet,' zei Michelle nadrukkelijk, haar blik strak op Betack gericht.
De man merkte dat. Hij keek Sean en toen Michelle weer aan. 'Wil je daarmee iets suggereren?'
Sean dempte zijn stem. 'Tuck Dutton zegt dat zijn vrouw een ontmoeting met jou had toen ze dacht dat hij de stad uit was.'
'Hij vergist zich.'

‘Hij kon je vrij goed beschrijven, en hij wees je op de begrafenis aan.’
‘Ik lijk op veel kerels. Waarom zou ik een ontmoeting met Pam Dutton hebben gehad?’
‘Ik hoopte dat jij ons dat kon vertellen.’
‘Dat kan ik niet, want het is niet gebeurd.’
Sean keek hem een hele tijd aan en zei toen: ‘Oké. Dus Tuck heeft zich vergist.’
‘Dat klopt. Hij heeft zich vergist. Als jullie me willen excuseren...’
Hij liep weg.
Michelle keek Sean aan. ‘Hoe lang denk je dat het duurt voordat hij degene belt met wie hij samenwerkte?’
‘Niet zo lang.’
‘En wij wachten gewoon af?’
Sean keek in de kamer om zich heen en liet zijn blik op Tuck rusten. ‘Ik heb genoeg van het wachten.’

•48•

Willa had haar laatste boek uit. Ze legde het op de stapel terug, ging weer op het bed zitten en keek naar de deur. Als ze las, vergat ze waar ze was. Toen ze de laatste bladzijde had omgeslagen, besefte ze weer precies wát ze was.
Een gevangene.
Ze zou haar familie nooit terugzien. Dat wist ze gewoon.
Ze verstijfde toen ze voetstappen hoorde naderen. Het was de grote man. De oude man. Ze herkende zijn manier van lopen. Enkele ogenblikken later ging de deur open, en daar was hij. Hij deed de deur achter zich dicht en liep naar haar toe.
'Gaat het goed, Willa?'
Hij ging aan de tafel zitten en liet zijn handen op zijn schoot zakken.
'Ik heb alle boeken uit.'
Hij maakte zijn plunjezak open, haalde er weer een stapel boeken uit en legde ze op de tafel. 'Kijk eens aan.'
Ze keek naar de boeken. 'Dus ik ben hier nog een hele tijd?'
'Nee. Niet lang meer.'
'En ga ik dan naar huis terug?'
Hij wendde zijn ogen af. 'Vond je de vrouw aardig die je hier hebt ontmoet?'
Willa bleef recht naar hem kijken. 'Ze is bang. Ik ben ook bang.'
'Ik denk dat we in zekere zin allemaal bang zijn.'
'Waarom zou u bang zijn? Ik kan u niets doen.'
'Ik hoop dat je van de boeken geniet.'
'Zit er een bij waarin er aan het eind een kind doodgaat? Dan kan ik me voorbereiden!'
Hij stond op. 'Je bent niet helemaal jezelf, Willa.'
Zij stond ook op. Hoewel ze meer dan een halve meter kleiner was dan hij, leek ze zijn gelijke. 'U kent me niet. U mag dan dingen over me hebben ontdekt, maar u kent me niet. Mijn familie ook niet. Hebt u ze kwaad gedaan? Nou?' wilde ze weten.
Quarry liet zijn blik door de kamer gaan. Hij keek naar alles behalve haar.
'Ik zal je wat laten slapen. Blijkbaar heb je dat nodig.'
'Laat me met rust,' zei ze met een harde, ferme stem. 'Ik wil u niet meer zien.'
Quarry had zijn hand op de deur. 'Wil je die vrouw terugzien?'
'Waarom?'
'Dan heb je iemand om mee te praten, Willa. Iemand anders dan ik. Ik begrijp

waarom je mij niet mag. Als ik jou was, zou ik er net zo over denken. Ik vind het niet prettig om te doen wat ik doe. Als je de hele waarheid wist, zou je het misschien beter begrijpen. Of misschien ook niet.'

'Ik wil wel met haar praten,' zei Willa nors. Ze keerde hem haar rug toe.

'Dat is goed,' zei Quarry zacht.

Haar volgende woorden lieten hem verstijven.

'Heeft dit iets met uw dochter te maken? Die niet meer kan lezen?'

Hij draaide zich langzaam om en keek haar nu doordringend aan. 'Waarom zeg je dat?' Zijn stem was hard en fel.

Ze beantwoordde zijn felle blik. 'Omdat ik óók iemands dochter ben.'

Ja, dat ben je, dacht Quarry. Je weet alleen niet van wie. Hij ging de kamer uit en deed de deur achter zich op slot.

Enkele minuten later ging die weer open.

De vrouw stond in de deuropening, met Quarry achter haar.

'Ik ben over een uur terug,' zei hij.

Hij sloot de deur en Diane Wohl kwam behoedzaam naar voren en nam plaats aan de tafel. Willa kwam bij haar zitten en draaide de lamp wat hoger.

'Hoe gaat het?' vroeg Willa vriendelijk.

'Ik ben zo bang dat ik soms bijna geen adem krijg.'

'Ik ook.'

'Jij gedraagt je niet bang. Ik ben hier de volwassene, maar jij bent blijkbaar veel moediger dan ik.'

'Heeft hij met jou gepraat? De man?'

'Eigenlijk niet. Hij zei alleen dat ik mee moest komen. Om naar jou toe te gaan.'

'Wilde je dat?'

'Natuurlijk, meisje. Ik bedoel... Ik bedoel, ik word zo eenzaam in die kamer.'

Ze keek naar de boeken. Willa volgde haar blik. 'Wil je wat boeken om te lezen?'

'Ik heb nooit veel gelezen.'

Willa pakte er een paar op en schoof ze naar haar toe. 'Dit is een goede gelegenheid om te beginnen.'

Diane streek met haar vinger over het omslag van een van de boeken. 'Hij is een heel vreemde ontvoerder.'

'Ja, dat is hij zeker,' beaamde Willa, 'maar toch moeten we bang voor hem zijn.'

'Dat is niet moeilijk. Geloof me.'

'We zijn bijna weggekomen,' zei Willa uitdagend. 'Het scheelde maar heel weinig.'

'Door jou. Waarschijnlijk was ik de reden waarom we niet zijn weggekomen. Ik ben niet erg heldhaftig.'

'Ik wilde alleen maar naar huis terug.'
Diane legde haar hand op de arm van het meisje. 'Willa, je bent erg moedig, en je zult gewoon moedig moeten blijven.'
Er kwam een snik uit haar keel. 'Ik ben nog maar twaalf. Ik ben nog maar een kind.'
'Dat weet ik, meisje. Dat weet ik.'
Diane verplaatste haar stoel en sloeg haar armen beschermend om Willa heen. Het meisje beefde en Diane hield haar dicht tegen zich aan. Ze fluisterde tegen haar dat het allemaal wel goed zou komen. Dat haar familie ongedeerd zou zijn en dat ze echt wel weer naar huis ging. Diane wist dat Willa haar moeder nooit meer zou zien, want de man had haar verteld dat ze dood was. Toch moest ze dit tegen het diep getroffen meisje zeggen.
Mijn kleine meisje.

Buiten de deur leunde Quarry tegen de wand van de mijn. Hij wreef een oude munt tussen zijn vingers. Het was een Lady Liberty, die hij aan Gabriel wilde geven. Niet voor eBay. Voor zijn studie. Quarry was met zijn gedachten niet bij de munt. Hij luisterde naar Willa, die haar hart uitstortte. De jammerkreten van het meisje galmden door de gangen van de mijn, zoals tientallen jaren geleden het gekreun van afgebeulde mijnwerkers, en generaties daarvoor de kreten van noordelijke soldaten die aan de vreselijkste ziekten stierven.
Toch kon hij zich geen pijnlijker, hartverscheurender geluid voorstellen dan wat hij nu hoorde. Hij liet de munt weer in zijn zak glijden.
Hij had zijn zaken op orde. Hij had voor de mensen gezorgd om wie hij gaf. Daarna had hij het niet meer in de hand.
De mensen zouden hem natuurlijk veroordelen, maar dat moest dan maar. Hij had wel ergere dingen doorstaan dan de negatieve opinie van anderen.
Toch zou hij blij zijn als het voorbij was.
Het móést nu gauw voorbij zijn.
Ze konden dit geen van allen nog veel langer verdragen.
Hijzelf zeker niet.
Later die avond reed hij naar Tippi. Ditmaal ging hij alleen.
Hij las haar voor. Hij draaide het bandje van de moeder die tegen haar dochter sprak.
Hij keek om zich heen in de kamer van drie bij vier meter die al die jaren Tippi's wereld was geweest. Hij kende elk stukje apparatuur dat nodig was om haar hier in leven te houden, want hij had het personeel bestookt met vragen over elk apparaat. Ze wisten niet waarom hij zo nieuwsgierig was, maar dat hoefde ook niet. Hij wist waarom.
Toen hij eindelijk naar het verschrompelde gezicht van zijn dochter keek, haar

vermagerde ledematen, haar skelet van een romp, voelde hij dat zijn eigen grote lichaam in elkaar zakte, alsof de zwaartekracht hem opeens meer naar beneden trok. Misschien bij wijze van straf.

Quarry had niets tegen straf, zolang die maar eerlijk en redelijk werd uitgedeeld. Alleen gebeurde dat nooit.

Hij verliet de kamer en ging naar de afdelingspost. Hij moest een paar regelingen treffen. Het werd tijd dat Tippi dit ziekenhuis eindelijk verliet.

Het werd tijd om zijn kleine meisje naar huis te brengen.

•49•

'Hoor eens, King, we hebben orders om ze daar allemaal te houden,' zei de agent van de Secret Service tegen Sean en Michelle.
Ze stonden bij de ingang van Blair House. Er was besloten dat Tuck en zijn kinderen in Blair House zouden blijven, waar ze althans tijdelijk de volledige bescherming van de Secret Service zouden krijgen.
'Het enige wat ik van je vraag, is dat je Tuck Dutton laat weten dat wij hier zijn. Als hij ons wil ontmoeten, kun je daar niets aan doen, hè? Hij is geen misdadiger. Hij is niet in beschermende hechtenis genomen. Hij is hier vrijwillig. Als hij weg wil gaan, moeten jullie hem laten vertrekken.'
Michelle voegde daaraan toe: 'We zullen goed op hem passen.'
'Ja, en ik moet me bij de president verantwoorden als zijn zwager iets overkomt.'
'Ik zou eerder bang zijn voor de First Lady,' merkte Sean op.
'Ik ga Dutton niet halen. Ik stel voor dat...'
'Sean?'
Ze keken allemaal naar de voordeur. Daar stond Tuck. Hij had Colleen op zijn ene arm en een kop koffie in zijn andere hand.
'Meneer Dutton, wilt u bij de deur vandaan gaan?' waarschuwde de agent.
Tuck zette Colleen neer en zei dat ze naar haar broer moest gaan. Toen zette hij het koffiekopje neer en kwam naar buiten.
'Meneer Dutton!' De agent kwam een stap naar hem toe. Twee andere agenten verlieten hun post.
Tuck stak zijn hand op. 'Ik weet het, ik weet het. Jullie zijn hier om me te beschermen. Zeg, waarom gaan jullie mijn kinderen niet beschermen? Ik red me wel.'
'Meneer Dutton,' begon de agent opnieuw.
'Hoor eens, jongen, ik ben hier alleen omdat mijn zus zei dat het goed was. Geweldig. Ik stel het op prijs, maar we zijn nog steeds in Amerika en ik mag hier met mijn kinderen weggaan wanneer ik maar wil, en daar kun jij dan helemaal niks aan doen. Dus ga naar mijn kinderen toe of ga een sigaretje roken terwijl ik met deze mensen praat. Oké?'
'Eerst moet ik de First Lady inlichten,' snauwde de agent.
'Ja, doe dat. Voor jou mag ze dan de First Lady zijn, maar voor mij is ze alleen maar een oudere zus. Vroeger liet ik voor een dollar haar slipje aan mijn vrienden zien.'

De agent kreeg een kleur. Hij keek woedend naar Sean en Michelle, draaide zich toen om en ging het huis in.
'Tuck, die kant van jou had ik nog niet meegemaakt,' zei Sean toen ze tegenover het Witte Huis over straat liepen.
Tuck tikte een sigaret uit een pakje, maakte een kommetje van zijn handen en stak hem aan. Hij blies een kleine rookwolk uit. 'Het werkt op je gemoed, weet je dat? Ik weet niet hoe Jane en Dan het klaarspelen. Over een vissenkom gesproken. Het is verdomme eerder alsof je je leven leidt onder de Hubble-telescoop.'
'Elk gebrek komt aan het licht,' zei Michelle, en intussen keek ze zo systematisch als een radarschijf naar voren, naar opzij en ook naar achteren. Ze mochten dan op een van de veiligste plaatsen ter wereld zijn, ze wist ook heel goed dat één explosief moment genoeg was om daar verandering in te brengen.
'Hoe gaat het met de kinderen?'
'Bang, nerveus, gespannen, gedeprimeerd. Ze weten natuurlijk dat Pam dood is. Dat is al verschrikkelijk genoeg. Daar komt dan nog bij dat we niet weten wat er met Willa is gebeurd. Het is gewoon te veel. We gaan er allemaal aan onderdoor. Ik heb geen oog meer dichtgedaan sinds ze me in het ziekenhuis van de medicijnen haalden. Ik weet niet eens hoe ik functioneer.'
Michelle keek naar de sigaret. 'Ze hebben nog maar één ouder over, Tuck. Doe jezelf en hun een plezier en kap met die kankerstokken.'
Tuck liet de sigaret op het trottoir vallen en drukte hem uit met de hak van zijn schoen. 'Wat willen jullie van me?'
'Eén ding.'
Tuck stak zijn handen op. 'Hé, als het die onzin is dat Willa geadopteerd zou zijn...'
'Nee, het gaat over de man met wie je Pam samen heeft gezien.'
'Hebben jullie met hem gepraat? Wie is het?'
'Het is een agent van de Secret Service. Een vrij hoge,' zei Michelle.
'Hij heet Aaron Betack. Hij zegt dat je je vergiste toen je zei dat je hem met Pam had gezien.'
'Dan lult hij uit zijn nek. Ik keek door een gewone glazen ruit naar hem. Op niet meer dan drie meter afstand. Hij was het! Dat zou ik zweren op een stapel bijbels.'
'We geloven je, Tuck,' zei Michelle.
'En het kan misschien gemakkelijker dan met die bijbels,' voegde Sean eraan toe.
'Wat bedoel je?'
Sean wees naar het Witte Huis. 'Hij is daar. We hebben hem naar binnen zien gaan. Daarom zijn we hier.'

'Betack?'
'Ja,' zei Sean.
'Wat willen jullie dat ik doe?'
'We willen dat je je zus belt en vraagt of je met ons bij haar kunt komen. Als we daar binnen zijn, willen we dat ze Betack bij zich laat komen, en dan confronteren we hem met wat we weten. Als hij dan in haar gezicht wil liegen, gaat hij zijn gang maar.'
Tuck was plotseling niet zo zeker van zichzelf. 'Ze heeft het vast erg druk.'
Michelle pakte zijn arm vast. 'Tuck, je hebt net je vrouw begraven. Je oudste kind is ontvoerd. Je hoeft je er nu echt geen zorgen over te maken of je zus het druk heeft.'
Sean keek hem strak aan. 'Wat wordt het?'
Tuck haalde zijn mobieltje tevoorschijn. 'Vijf minuten?'
'Dat is goed,' antwoordde Sean.

•50•

Sean King, die een tijdlang bewakingsdienst had gehad toen hij bij de Secret Service werkte, was in de streng beveiligde Situation Room van het Witte Huis toegelaten als hij de president bewaakte, maar de woonverblijven van het presidentiële gezin had hij nog nooit gezien. Dat verzuim werd nu goedgemaakt. Nadat ze de lift naar boven hadden genomen en door een echte liftbediende uit de kleine kooi waren gelaten, keken Michelle en hij om zich heen in de kamer waarin ze zich nu bevonden. Ze zagen luxueuze meubelen, fraai lijstwerk en prachtige bloemstukken. Toen keek hij weer naar de vrouw die met een kop warme thee in haar hand tegenover hem op de bank zat. In de haard knetterde een behaaglijk vuur. Aan de overkant van de straat scandeerden demonstranten iets in Lafayette Park.

Blijkbaar hoorde zij dat ook. 'Je zou denken dat ze op een afstand werden gehouden, na alles wat er gebeurd is.'

'Ze moeten een vergunning aanvragen,' zei Michelle, 'en als ze die krijgen, moeten ze een foto laten maken.'

'Natuurlijk.'

Ze zag er moe uit, vond Sean. Dat kwam natuurlijk niet alleen door de verkiezingscampagne. De dunne lijntjes in het gezicht van de First Lady waren scherper; de wallen onder haar ogen waren groter; haar haar zat niet zo zorgvuldig in model als anders. Blijkbaar was ze ook afgevallen. Haar kleren hingen losser om haar heen.

Michelle keek naar Tuck. De broer van Jane Cox zat naast zijn zus en wierp nerveuze blikken om zich heen. Hij had een mixdrankje in zijn hand dat hem door een van de personeelsleden van het Witte Huis was gebracht, en hij hield het zo stevig vast dat zijn vingers er wit van zagen. Waarschijnlijk zou hij een sigaret willen opsteken, maar tot grote ergernis van veel gestreste mensen die hier werkten was het in het Witte Huis verboden te roken.

'Hoe gaat het met John en Colleen?' vroeg Jane.

'Niet zo geweldig.'

'Ze kunnen hier logeren, Tuck.'

'Dat zou niet uitmaken, zus. Het is niet thuis.'

'Ik weet het.'

Tuck keek in de grote kamer om zich heen. 'En dit huis is niet echt op kinderen ingesteld.'

'Daar zou je nog van staan te kijken,' zei Jane. 'Weet je nog, dat verjaardagsfeest in de State Dining Room dat Dan junior gaf toen hij zestien werd? En er hebben hier veel kleine kinderen gewoond. Het gezin van Teddy Roosevelt. En van Kennedy.'

'Het hoeft niet, zus. Echt niet.'

Ze keek Sean aan. 'Ik stel het op prijs dat jullie op de begrafenis zijn gekomen.'

'Ik zei toch dat we er zouden zijn?'

'Ons vorige gesprek verliep niet helemaal goed.'

'Ik vond dat ik vrij duidelijk was.'

Ze perste haar lippen even op elkaar. 'Ik probeer dit zo professioneel mogelijk te doen, Sean.'

Hij boog zich naar voren, nerveus gadegeslagen door Michelle en Tuck.

'En *wij* proberen Willa te vinden. Eigenlijk kan het me niet schelen of we dat op een professionele manier doen, zolang we haar maar terugkrijgen. Ik hoop dat jullie daar geen probleem mee hebben.' Hij keek Tuck aan. 'Geen van beiden.'

'Ik wil alleen maar mijn dochter terug,' zei Tuck vlug.

'Natuurlijk,' zei Jane. 'Dat willen we allemaal.'

'Goed. Ik ben blij dat we het daarover eens zijn.' Hij knikte Tuck bemoedigend toe.

Tuck deed zijn mond open. 'Wel... is Dan er ook?'

Sean rolde met zijn ogen en leunde achterover. Michelle keek Tuck alleen maar aan alsof hij de grootste sukkel was die zij ooit had gezien.

'Hij is in zijn werkkamer. Vanavond laat vliegt hij naar de westkust. Ik zou daar morgen ook heen gaan, maar zoals je zult begrijpen, zijn mijn plannen in de war gestuurd. Ik denk niet dat ik ga.'

Ze keek Sean aan. 'Heb je me iets te vertellen?'

'Nee, maar je broer wel, denk ik. Daarom zijn we hier.'

Ze keek Tuck aan. 'Wat is er?'

Tuck slikte de rest van zijn drankje zo snel door dat hij er bijna in stikte.

Toen hij zich had hersteld, zei hij nog steeds niets.

Geërgerd zei Michelle: 'Tuck heeft een ontmoeting van agent Betack en Pam gezien, ongeveer een maand voordat ze werd vermoord. Agent Betack ontkent dat die ontmoeting heeft plaatsgevonden. We zouden graag willen dat je hem hier bij je laat komen, dan kan die kwestie eens en voor al worden geregeld. We weten dat hij in het Witte Huis is. We zijn hem zelfs hierheen gevolgd.'

Tuck keek strak naar zijn schoenen. Zijn zus keek eerst Michelle en toen Sean aan.

'Dat is niet nodig.'

'Waarom niet?' vroeg Sean.

'Agent Betack heeft Pam inderdaad ontmoet.'
'Hoe weet jij dat?'
'Omdat ik het hem had gevraagd.'
Gedurende enkele pijnlijke ogenblikken was er geen ander geluid te horen dan het knetteren van de haard en de verre kreten van de demonstranten.
Verrassend genoeg was Tuck Dutton degene die de stilte verbrak.
'Wat is er aan de hand, zus?'
Ze zette haar theekopje neer. De blik waarmee ze elk van hen aankeek, en die ten slotte op Tuck bleef rusten, was een van de vreemdste blikken die Sean ooit had gezien. Die vormde een combinatie van gezag en wanhoop. Hij wist niet hoe ze het voor elkaar kreeg, maar het lukte haar.
'Doe niet zo stom, Tuck.'
Het was, vond Sean, geen toon waarop je een broer aansprak die net zijn vrouw had begraven.
'Hoe kan het stom van me zijn om die vraag te stellen?'
'Pam dacht dat je een verhouding had. Ze vroeg mij om raad. Zoals gewoonlijk probeerde ik de dingen voor je glad te strijken.'
'Wíst je dat ik een verhouding had?'
'Ja, nadat ik agent Betack had gevraagd het te onderzoeken. Hij liet je volgen en rapporteerde aan mij dat je inderdaad aan het schuinsmarcheren was.' Ze keek Sean en Michelle aan. 'Natuurlijk niet voor het eerst. Mijn broer schijnt 'm niet in zijn broek te kunnen houden, behalve als hij bij zijn vrouw is. Hij is trouwens de enige niet. Ik denk dat alle getrouwde mannen er last van hebben. Zodra ze de belofte hebben afgelegd, zegt een van hun chromosomen tegen hen dat het tijd wordt om hun vrouw te bedriegen.'
Tuck zag eruit alsof een heel grote man hem in zijn gezicht had gestompt.
'Ik kan niet geloven dat je...' begon hij.
'Hou nou maar je mond, Tuck. Het is al verleden tijd.'
Oké, dacht Sean, *dit is een kant van die vrouw die ik nog nooit heb gezien, en hij staat me helemaal niet aan.*
'Dus Betack sprak met Pam over wat hij had ontdekt?' vroeg Michelle.
'Dat niet precies.'
'Wat dan wel precies?' vroeg Sean.
'Ik heb agent Betack tegen Pam laten zeggen dat Tuck haar níét bedroog.'
Zelfs op Tucks gezicht tekende zich nu enige walging af, al was zijn ontrouw met die leugen toegedekt. Misschien dacht hij aan zijn overleden vrouw, die daar helemaal in haar eentje in de modderige grond lag.
'Met andere woorden, je liet hem tegen haar liegen?' zei Michelle.
'De herverkiezing van mijn man is een uitgemaakte zaak, tenzij zich een onvoorziene ramp voordoet, ook op het persoonlijke vlak.'

'Je was dus bang dat je man opeens veel minder kans zou maken als Tucks verhouding uitkwam? Liet je Betack daarom tegen Pam liegen?' zei Sean, die geen enkele poging deed zijn woede verborgen te houden.
'Je bent je broeders hoeder niet, en de president is dat ook niet,' merkte Michelle op. 'Tuck is een grote jongen. Het zou misschien een schandaal zijn geworden, maar het presidentiële gezin zou erbuiten zijn gebleven.'
'Soms is moeilijk vast te stellen waar het presidentiële gezin begint en eindigt,' zei Jane. 'Trouwens, ik wilde niet nagaan of de kiezers anders over mijn man gingen denken als zoiets in de openbaarheid kwam. Op z'n minst zou het de tegenpartij weer wat houvast geven.'
Er was nog een andere reden, maar daar wilde de First Lady niets over zeggen.
'Nou, Pam heeft Betack vast niet geloofd,' zei Sean.
'Waarom niet?'
'Omdat we op de avond dat ze vermoord werd op Pams verzoek naar het huis kwamen. Ze wist niet dat Tuck die avond zou thuiskomen. Ze wilde ons vragen iets voor haar uit te zoeken. Driemaal raden wat dat zou kunnen zijn.'
'Ik kon op het feest in Camp David zien dat ze zich er nog steeds zorgen over maakte,' gaf Jane toe.
Tuck keek Sean aan. 'En toen ik die avond plotseling thuiskwam, keek ze erg geschrokken.'
Sean knikte. 'Misschien wilde ze me bellen om het af te zeggen, maar ze had alleen mijn kantoornummer, niet mijn mobiele nummer. We waren al op weg toen Tuck thuiskwam.'
'Dus nu weten jullie alles,' zei Jane.
'Nee, niet alles.'
Ze draaiden zich allemaal om naar agent Aaron Betack, die in de deuropening stond.
'Wat is er?' vroeg Sean.
Betack liep de kamer in.
'Ik kan me niet herinneren dat ik u heb gevraagd hier te komen, agent Betack,' zei Jane verrast.
'Nee, mevrouw. Ik... Ik kom uit eigen beweging.' De ervaren agent zag erg bleek.
'Ik begrijp niet goed hoe u dat kunt doen,' zei ze botweg.
Betack keek de anderen ongemakkelijk aan. 'Er is een brief gestuurd naar een vrouw die hier in de keuken werkt. Shirley Meyers.'
Jane stond op. 'U gaat nu meteen weg, agent Betack. Ogenblikkelijk.'
Sean stond ook op. 'Wat is hier aan de hand?'
'U gaat nu weg!' snauwde Jane.
'Wat voor brief, Aaron?' vroeg Michelle.

Voordat Betack antwoord kon geven, pakte Jane de telefoon. 'Eén telefoontje, Betack. Of je gaat nu weg, of je carrière is voorbij.'
'Dat is hij misschien toch al,' zei Betack. 'Maar wat is een carrière in vergelijking met het leven van een klein meisje? Hebt u daar niet eens over nagedacht?'
'Hoe durft u zo'n toon tegen mij aan te slaan!'
Tuck stond op. 'Ik durf dat net zo goed! Als het iets met het leven of de dood van mijn dochter te maken heeft, dan durf ik dat net zo goed!'
Jane keek hem en toen de anderen een voor een aan. Haar zelfvertrouwen brokkelde zichtbaar af. Ze keek Sean aan als een in het nauw gedreven dier dat wanhopig naar een uitweg zoekt.
Hij zei: 'Jane, als je een brief hebt ontvangen die iets met Willa te maken heeft, moeten we het weten. De FBI moet het weten.'
'Dat is onmogelijk.'
Tuck pakte haar arm vast. 'Helemaal niet.'
Betack kwam instinctief naar voren om de First Lady te beschermen, maar Michelle had Tucks arm al vastgepakt en hem gedwongen de presidentsvrouw los te laten. Ze duwde hem op de bank.
'Rustig maar, Tuck. Daar help je niemand mee. Ze is nog steeds de First Lady.'
'Het kan me geen moer schelen wat ze is. Al was ze de president, dan kon het me nog geen moer schelen. Als ze iets weet wat kan helpen om Willa terug te krijgen, moet ik weten wat dat is.'
Jane keek Betack nu rustig aan. 'Hoe weet u hier iets van?'
'Er gebeurt niets in dit gebouw zonder dat de Secret Service het weet, mevrouw Cox.'
'Kwam de brief van de ontvoerders?' vroeg Sean.
Jane wendde nu eindelijk haar ogen van Betack af. 'Het zou kunnen. Ik kan het niet nagaan. Dat kan niemand.'
'Is er naar vingerafdrukken gezocht?' vroeg Michelle.
'Omdat hij niet rechtstreeks hierheen is gestuurd en door veel handen is gegaan voordat hij in de mijne belandde, denk ik van niet,' zei ze koel.
'Waar is hij nu?' vroeg Sean.
'Ik heb hem vernietigd.'
Sean keek Betack vragend aan. 'Jane, dit is een federaal onderzoek. Als uitkomt dat je bewijsmateriaal bewust hebt achtergehouden en vernietigd...'
'Dát zou de verkiezingskansen van je man pas goed torpederen,' voegde Michelle eraan toe.
'Waarom heb je hem achtergehouden?' wilde Sean weten.
Jane keek hem niet recht aan. 'Het was een schok toen ik die brief op die manier kreeg. Ik wilde de dingen eerst beoordelen voordat ik besloot wat ik ging doen.'

Oké, nu begint het politieke praatje, dacht Sean.
'Ik denk dat u die beoordeling aan de autoriteiten moet overlaten,' zei Betack. 'Alstublieft, mevrouw Cox, u moet ten volle begrijpen wat u aan het doen bent. U moet ze vertellen wat er in die brief stond.'
'Goed, dan vertel ik dat. In de brief stond dat ik nog een brief zou krijgen, die naar een postbus zou worden gestuurd. Ze gaven me ook het adres van die postbus en de sleutel ervan.'
Sean, Michelle en Betack wisselden een blik.
Jane zag dat, want ze voegde eraan toe: 'En er stond in dat als iemand die ook maar enigszins op een politieman of federaal agent leek ergens in de buurt van die postbus kwam, we Willa nooit terug zouden krijgen.'
'Heb je de brief daarom achtergehouden?' vroeg Tuck.
'Natuurlijk. Dacht je nou echt dat ik wilde dat Willa iets overkwam? Ik hou van haar alsof ze een van mijn eigen kinderen is.'
De manier waarop ze dat zei kwam een beetje vreemd op Sean over. 'Wanneer zou die andere brief komen?'
'Dat stond er niet in. Wel dat ik regelmatig moest kijken. Vandaag was er nog niets.'
'We móéten dit aan de FBI melden,' zei Betack.
Sean en Michelle knikten instemmend, maar Jane schudde haar hoofd. 'Als jullie dat doen, zien we Willa nooit meer terug.'
'Jane, de FBI is hier heel goed in.'
'Ja, tot nu toe hebben ze voortreffelijk werk geleverd. Ze hebben alles ontdekt, hè? Ik kan me niet voorstellen dat ze het nu zouden verpesten.'
'Dat is onredelijk,' begon Michelle.
Jane Cox verhief haar stem. 'Wat weet jij van redelijkheid?'
'Als je die brief krijgt, moet je ons laten zien wat erin staat.'
Ze keek Sean aan. 'Móét ik dat?'
'Je hebt ons in de arm genomen om deze zaak te onderzoeken, Jane. Tot nu toe heb je tegen ons gelogen, heb je belangrijke informatie achtergehouden en ons tijd laten verspillen die we niet hebben. Ja, je moet ons en de FBI de brief laten zien zodra hij binnenkomt. Anders houden wij er nu meteen mee op.'
'Jane, in godsnaam,' zei Tuck. 'We hebben het over Willa. Je moet hen laten helpen.'
'Ik zal erover nadenken.'
Tuck was met stomheid geslagen, maar Sean zei: 'Goed, denk erover na en laat het ons weten.'
Hij stond op en gaf Tuck en Michelle een teken dat ze ook op moesten staan.
'Tuck, waarom kom je niet met de kinderen hier logeren?' vroeg Jane.
Hij keek haar niet eens aan. 'Nee, dank je.'

Tuck liep de kamer uit. Michelle en Sean volgden hem.
Betack had zich al omgedraaid om achter hen aan te gaan toen Jane zei: 'Ik zal dit verraad nooit vergeten, agent Betack. Nooit.'
Betack streek met zijn tong over zijn lippen, maar zag er toen van af om iets te zeggen. Hij draaide zich om en liep weg.
Toen ze het Witte Huis verlieten, nam Sean agent Betack apart.
'Aaron, één ding.'
'Hebben jullie behoefte aan freelancedetectives? Ik voorzie een onvrijwillige carrièreverandering in mijn toekomst.'
'Je moet een beetje speurwerk doen.'
'Wat bedoel je?'
'De brief die de First Lady heeft gekregen.'
'Ze zei dat ze hem heeft vernietigd.'
'Als je nagaat dat zo ongeveer alles wat er uit de mond van die dame is gekomen een leugen was, is de kans groot dat ze hem helemaal niet heeft vernietigd.'
'En je wilt dat ík dat ga uitzoeken?'
'Ja. Ik vraag je ons te helpen het leven van een klein meisje te redden.'
'Hoe speel je toch klaar om mij steeds een schuldgevoel aan te praten?'
'Zou je het ook doen als ik dat niet deed?'
Betack keek even in de verte. Toen keek hij Sean weer aan en zei: 'Ik zal zien wat ik kan doen.'
Toen ze Tuck naar Blair House hadden teruggebracht, zoemde Seans telefoon. Hij nam op, luisterde, glimlachte en verbrak de verbinding. 'Ik voel dat het tij begint te keren.'
'O ja? Wie was dat?' vroeg Michelle.
'Mijn vriend op de talenfaculteit. Misschien kunnen ze ons iets over de tekens op Pams armen vertellen.'

•51•

'We zijn zo ongeveer alles nagegaan wat we konden bedenken,' zei Phil Jenkins, Seans vriend die hoogleraar aan de Georgetown University was. 'Natuurlijk was het niet het Chinese Yi, zoals je eerst dacht. Verkeerde alfabet. Nu houden hoogleraren van zo'n uitdaging, en dus haalde ik er collega's van sommige van onze interdisciplinaire afdelingen bij. Het was in elk geval leuker dan vijftig tentamens nakijken.'

'Dat denk ik ook,' zei Michelle, terwijl ze in Jenkins' rommelige kamer op de rand van zijn bureau ging zitten. Ze zou voor een stoel hebben gekozen, maar de twee die in de kamer stonden lagen vol met zware boeken.

'En jullie hebben iets ontdekt?' vroeg Sean ongeduldig.

'Ooit van Muskogean gehoord?'

'Is dat niet een plaats in Wisconsin, of misschien Oklahoma?'

'Dat is Muskogee. Nee, het is een indiaanse taal. Niet dat ik het te ingewikkeld wil maken, maar het is eigenlijk een familie van talen.'

'Dus die tekens zijn Muskogean?' vroeg Michelle.

'De eigenlijke taal is Koasati en wordt meestal Coushatta genoemd, maar hij komt voort uit het Muskogean.'

'En wat staat er?' vroeg Sean. 'Wat we je hebben gegeven.'

Jenkins keek naar een papier met een heleboel notities. 'Het was een beetje moeilijk om daarachter te komen, want de accenttekens en andere leestekens waren weggelaten. Er had bijvoorbeeld een dubbele punt tussen "chaffa" en "kan" moeten staan. Bovendien staan alle letters achter elkaar, dus niet in woorden gegroepeerd. Dat maakte het veel moeilijker.'

'Zo te horen wilden ze ons het werk niet gemakkelijk maken,' merkte Sean op.

'Dat is dan gelukt,' zei Jenkins. 'Nou, voor zover we kunnen nagaan staat er het volgende. "Chaffakan" betekent "één". "Hatka" betekent "blank" en "Tayyi" betekent "vrouw".'

'Eén blanke vrouw?' zei Sean.

'Eén dóde blanke vrouw,' verbeterde Michelle.

Jenkins keek scherp naar haar op. 'Dood?'

'Het is een lang verhaal, Phil,' zei Sean. 'Wat kun je ons over die Koasati-taal vertellen?'

'Ik heb overlegd met een hoogleraar hier die zich in inheems-Amerikaanse talen heeft gespecialiseerd. Hij is degene die de oplossing heeft gevonden. De

Koasati-stam maakte deel uit van het Creek-verbond in wat tegenwoordig Alabama is. Toen de Europeanen zich daar vestigden, en ze ook nog door rivaliserende stammen werden belaagd, trokken de Koasati- en Alibamu-stammen naar Louisiana en vandaar naar Texas. Blijkbaar leven er geen leden van de stam meer in Alabama. De meeste mensen die de taal nog gebruiken – en dat zijn er nog maar enkele honderden – wonen in Allen Parish. Dat ligt iets ten noorden van Elton in Louisiana. Al schijnen er in Livingston, Texas, ook nog een paar mensen te zijn die de taal spreken.'

Michelle en Sean keken elkaar aan.

'Texas en Louisiana,' zei ze. 'Dat is een heel groot zoekgebied.'

'Maar als het maar om enkele plaatsen gaat, en om een paar honderd mensen?' zei Sean.

'Waarom hebben ze die woorden op Pams arm gezet? Zeker, ze maakten het moeilijk, maar niet onmogelijk,' merkte ze op.

Jenkins zei: 'Stonden die woorden op de armen van een vrouw? En je zei iets over een dode?'

'Niet zomaar dood. Vermoord,' zei Michelle.

'Lieve help,' zei Jenkins, en hij liet het papier op zijn bureau vallen.

'Rustig maar, Phil. Ik denk niet dat die mensen nog eens terugkomen om hun taal te gebruiken. Bedankt voor je hulp.'

Toen ze zijn kamer uit waren, schudde Sean zijn hoofd. 'Waarom heb ik het idee dat dit een afleidingsmanoeuvre is?'

'En nog een domme ook, want ze hoefden dat helemaal niet te doen.'

'Akkoord.'

'Wat nu?'

'We moeten met Waters praten. Hem vertellen wat we weten.'

'Die lul? Waarom?'

'Omdat we dat hebben beloofd. En omdat we Willa zo snel mogelijk moeten vinden. Daar hebben we de mankracht van de FBI voor nodig.'

'Ja, maar je moet niet verbaasd zijn als ze die mankracht juist tegen óns gebruiken.'

•52•

Sean belde Waters en ze spraken af elkaar in een bar op enkele straten afstand van het Hoover Building van de FBI te ontmoeten.

'Ik verwachtte geen telefoontje van je,' zei Waters, toen ze aan een tafel achterin zaten.

'Ik heb je gezegd dat we contact zouden opnemen als we iets te melden hadden.'

'Nou, meld dan maar.'

'Die tekens op de armen van Pam Dutton komen uit een inheems-Amerikaanse taal, het Koasati.'

Waters ging rechtop zitten. 'Weten jullie wat het betekent?'

'Eén blanke vrouw,' antwoordde Michelle. 'Iets wat we natuurlijk al wisten.'

'Dat is absurd,' zei Waters.

'Waarschijnlijk was het een stuntelige poging ons op een dwaalspoor te zetten nadat ze het hadden verknoeid.'

'Hoe verknoeid?'

Sean zei: 'De man raakte in paniek, doodde de vrouw zonder dat hij het wilde en zette die tekens op haar armen om ons op het verkeerde been te zetten. Het was vast niet de bedoeling dat er die avond iemand doodging. Tuck vormde de meest voor de hand liggende bedreiging, en ze hebben hem alleen maar buiten westen geslagen, terwijl ze net zo makkelijk een kogel door zijn kop hadden kunnen schieten.'

'Oké. Vertel me eens wat meer over die Koasati.'

Sean vertelde hem wat ze van Phil Jenkins over de indiaanse stam hadden gehoord.

'Nou, misschien maakt dat het zoekgebied wat kleiner,' zei hij twijfelend. 'Maar een indiaanse stam die zo'n grote wrok tegen de president koestert dat ze zijn nichtje ontvoeren? Dat is nogal vergezocht.'

'Punt twee,' zei Sean. 'Pam Dutton heeft maar twee kinderen gebaard. We denken dat Willa is geadopteerd.'

'Dat weet ik al. De patholoog-anatoom heeft ons ingeseind toen jullie het onder haar aandacht hadden gebracht.'

'We hebben met Tuck gepraat en hij wil er geen woord over zeggen. Hij zegt dat we gek zijn. De First Lady beweert van niets te weten. Ze zegt dat de Duttons in Italië woonden toen Willa werd geboren. Of zou zijn geboren.'

'Misschien is Willa niet het geadopteerde kind,' zei Waters.

'Die andere twee lijken veel op hun ouders,' merkte Michelle op.

‘In elk geval zei de patholoog-anatoom dat het er maar twee waren. Welk kind het ook is, Tuck liegt,’ zei Sean. ‘Misschien kunnen jullie hem onder druk zetten om achter de waarheid te komen.’

‘Het is niet zo gemakkelijk om de zwager van de president onder druk te zetten,’ zei Waters nerveus.

‘Er moeten ergens gegevens zijn waaruit duidelijk blijkt dat Willa geadopteerd is. Hier of in Italië. Daar kan de FBI wel achter komen.’

‘Denk je dat die adoptie iets met haar ontvoering te maken zou hebben?’

‘Spreekt dat niet vanzelf?’

‘Wacht eens even,’ zei Michelle. ‘Gesteld dat Willa geadopteerd is, waarom wil Tuck dat dan niet toegeven? Adoptie is niet illegaal.’

‘Misschien levert de identiteit van de moeder een probleem op,’ zei Sean langzaam.

‘Of die van de vader,’ merkte Michelle op.

Ze dachten daar alle drie een tijdje over na.

Ten slotte verbrak Waters de stilte. ‘En de First Lady wist daar niets van? Haar eigen broer?’

‘Dat zegt ze,’ antwoordde Sean.

Waters keek hem scherp aan. ‘Jij gelooft haar niet?’

‘Dat heb ik niet gezegd.’

‘Dus je gelooft haar wél?’

‘Dat heb ik ook niet gezegd.’ Sean leunde achterover en keek de FBI-agent aan. ‘Hebben jullie nog iets ontdekt?’

Waters’ gezichtsuitdrukking verslapte. ‘Sorry, ik wist niet dat dit gesprek van twee kanten moest komen.’

‘Als we samenwerken, is de kans dat we Willa Dutton levend terugkrijgen misschien een beetje groter.’

Waters was nog steeds niet overtuigd.

‘Hé, ik heb al gezegd dat het me niet kan schelen wie de eer of de roem krijgt. Wij willen alleen het meisje terug.’

‘Met zo’n regeling kun je onmogelijk een probleem hebben,’ zei Michelle.

Waters dronk zijn bierglas leeg en keek haar nieuwsgierig aan. ‘Is je moeder echt vermoord?’

‘Ja.’

‘Zijn er sporen?’

‘De hoofdverdachte is mijn vader.’

‘Jezus!’

‘Nee, hij heet Frank.’

‘Moet je je daar niet op concentreren?’

‘Ik ben een vrouw.’

'Wat bedoel je?'
'Ik bedoel dat ik in tegenstelling tot mannen meer dan één ding tegelijk kan doen.'
Sean tikte op zijn arm. 'Nou, wat wordt het, Chuck?'
Waters liet de kelner nog een rondje brengen en zei toen: 'We hebben een haar op Pam Dutton gevonden die niet van haar was en ook niet van iemand uit haar gezin.'
'Ik dacht dat er in de criminele databases geen overeenkomend DNA was gevonden,' zei Michelle.
'Dat is ook zo. Daarom hebben we verschillende onderzoeken met die haar laten doen. Een isotopisch onderzoek om een geografische indicatie te krijgen.'
Sean en Michelle wisselden een blik.
'Wat hebben jullie ontdekt?' vroeg Sean.
'Degene wiens haar het was heeft jarenlang veel dierlijke vetten, maar ook veel groenten gegeten.'
'Wat kun je daaruit afleiden?' vroeg Michelle.
'Niet veel, al eten de meeste Amerikanen niet veel groenten meer.'
'Waren de vetten en groenten in een fabriek verwerkt?' vroeg Michelle.
'We denken van niet. Het natriumgehalte was ook hoog.'
Sean keek Waters aan. 'Iemand van een boerderij? Waar ze hun eigen vlees slachten en eten? Misschien zelfs conserveren met zout. Groenten van eigen oogst. Je conserveert ze en blikt ze in, ook met zout.'
'Het zou kunnen,' zei Waters. 'Ze hebben nog iets anders ontdekt.'
'Hou ons niet in spanning,' grapte Sean.
'Het water dat de persoon dronk. Dat is ook in de haarisotoop terug te vinden. Het lab kon zeggen dat het uit een gebied van drie staten kwam.'
'Welke drie?'
'Georgia, Alabama en Mississippi.'
'De brieven kwamen ook uit die regio,' merkte Michelle op.
'Drie staten,' zei Sean zacht, kijkend naar zijn glas. 'Drie staten op een rij.'
'Blijkbaar zitten er duidelijke kenmerken in het regen- en drinkwater daar,' zei Waters. 'En dat is in de loop der jaren goed in kaart gebracht. Daarom is het lab vrij zeker van de bevindingen.'
'Konden ze zeggen of het bron- of leidingwater was?'
'Bron,' zei Waters. 'Geen commerciële chlorine of andere desinfecterende middelen.'
'Dat wijst dus op het platteland?'
'Misschien, al kun je dat bronwater ook weer in bepaalde categorieën onderverdelen. Ik heb in een van die staten gewoond, voordat ik hierheen werd overgeplaatst.'

'Iemand die veel dierlijke vetten en groenten eet die niet uit een fabriek komen?' riep Sean uit.
'Oké, waarschijnlijk platteland. Evengoed is het nog een groot gebied.'
'Die staten komen niet overeen met het Koasati-verhaal,' zei Michelle. 'Texas of Louisiana.'
'De Koasati kwamen oorspronkelijk uit Alabama,' merkte Sean op.
'Ja, oorspronkelijk, maar nu niet meer.'
'Kunnen jullie iets met dat Koasati-spoor?' vroeg hij Waters.
Waters knikte. 'Ik laat onze agenten daar er meteen aan werken.' Hij keek hen beiden aan. 'Is dat alles wat jullie weten?'
Sean dronk zijn glas leeg en stond op. 'Het is alles wat de moeite van het vertellen waard is.'
Ze lieten Waters bij zijn tweede biertje achter en liepen naar de SUV terug. Voordat ze daar waren, ging Michelles telefoon. Ze keek naar het schermpje.
'Wie is het?' vroeg Sean.
'Volgens mijn nummerherkenning is het een zekere Tammy Fitzgerald.'
'Wie is dat?'
'Geen idee.'
Ze stopte de telefoon weg en zei: 'Je hebt ons FBI-vriendje niets verteld over de brief die de First Lady heeft gekregen.'
'Dat klopt.'
'Waarom niet?'
'Ik geef haar de tijd om haar verstand te gebruiken voordat ik haar voor de leeuwen van de FBI gooi. Ze zouden haar van belemmering van een onderzoek beschuldigen, en waarschijnlijk zou het haar man de verkiezingen kosten. En hij heeft goed werk gedaan.'
'Meen je dat nou? Wie kan het nou wat schelen welke politieke gevolgen dit voor de Coxen heeft? Als het Willa nu eens haar leven kost? Het gaat je er toch om dat we Willa terugkrijgen? Of zat je maar wat te ouwehoeren tegen Waters?'
Sean bleef staan en keek haar aan. 'Michelle, ik doe mijn best. Het is ingewikkeld. Het is verdomd ingewikkeld.'
'Je maakt het zelf ingewikkeld. Ik hou de dingen graag eenvoudig. We moeten Willa vinden, hoe dan ook.'
Hij wilde iets zeggen, maar zweeg en keek over haar schouder.
Michelle draaide zich om en keek in dezelfde richting.
Aan de overkant van de straat liepen twee mannen in camouflagepakken van het leger.
'Verrek.'
Michelle keek Sean weer aan. 'Verrek wat?'

'Zei je niet dat die kerel die je met die MP5 zag waarschijnlijk een kogelwerend vest van militaire kwaliteit droeg?'
'Dat klopt.'
'Ja, dat klopt,' zei Sean.

•53•

Gabriel deed zijn best om niet eens adem te halen. Hij had de grote sleutelbos stevig in zijn hand, en voordat hij een stap zette, luisterde hij aandachtig naar alle geluiden die uit de vele hoeken en gaten van Atlee kwamen. Aan de ene kant vroeg de jongen zich af waarom hij dit aan het doen was. Aan de andere kant wist hij dat heel goed: hij was nieuwsgierig. Sam Quarry had vaak tegen Gabriel gezegd dat nieuwsgierigheid een goede zaak was. Het betekende dat je leefde, dat je je afvroeg hoe de wereld in elkaar zat. Hij dacht dat meneer Sam het op dit moment niet zo'n goede zaak zou vinden, want Gabriel sloop midden in de nacht naar de kelder om naar iets te kijken waarvan meneer Sam waarschijnlijk niet wilde dat hij of iemand anders het zag.

Hij kwam langs de oude verwarmingsketel, die in het donker veel weg had van een ijzeren monster dat niets liever deed dan kleine jongens opslokken. Toen zag hij de oude kluis met de draaischijf waarvan de cijfers en streepjes bijna waren weggesleten, en met de bronzen handgreep die je omlaag moest drukken om de deur open te maken. Gabriel had nooit geprobeerd de kluis open te krijgen, maar hij had er vaak aan gedacht. Welk avontuurlijk ingesteld kind zou daar niet aan denken?

Hij liep vlug door de gang en probeerde in die vochtige mufheid zo min mogelijk adem te halen. Wanneer je in een huis als Atlee woonde, kon het niet anders of je kreeg te maken met een of andere schimmelallergie; dat hoorde er gewoon bij. Toch liep hij dapper door.

Hij kwam bij de zware deur en keek naar de sleutelbos. Hij bekeek het slot en keek vervolgens welke sleutel erin zou passen. Op die manier kon hij al driekwart van de sleutels uitsluiten, en daarna stak hij gewoon de ene na de andere overgebleven sleutel in het oude slot. De derde die hij probeerde bleek de goede te zijn. Met een hard klikgeluid schoven de tuimelaars van het slot op hun plaats. Gabriel verstijfde. Hij dacht dat hij zware stappen op de trap had gehoord toen hij hierheen ging. Een hele tijd hield hij zijn adem in en bad hij dat het niet meneer Sam was, uit een diepe slaap gewekt door de geluiden die Gabriel in het huis maakte. Toen stopte hij de sleutelbos in zijn zak en trok aan de deur.

De deur bleek goed geoliede scharnieren te hebben. Hij wist dat meneer Sam de dingen altijd goed onderhield. Misschien was Gabriel vooral naar de kelder gekomen om te zien waar de slaven waren opgesloten omdat ze gekke dingen deden, zoals proberen te ontsnappen en vrij te zijn – alsof niet iedereen die geketend was, blank of zwart, dat zou proberen.

Toen hij de deur achter zich had gesloten en de kleine zaklantaarn die hij had meegebracht had aangedaan, zag hij eerst de rij oude archiefkasten. Toen viel de lichtbundel op de muur daarboven. Zijn mond viel open toen hij de schoolborden zag: geschreven tekst, punaises, draden daartussen, foto's van mensen en plaatsen, systeemkaarten. Hij ging dichterbij staan en er verschenen diepe rimpels van verwarring en verwondering in zijn jeugdige gezicht. Toen hij zich omdraaide en naar de andere muren scheen, waar nog meer van hetzelfde te zien was, schokte er iets diep in Gabriels borst.

Angst.

En toch won de nieuwsgierigheid het uiteindelijk. Hij ging verder en concentreerde zich op wat blijkbaar het eerste schoolbord van de reeks was – tenminste, als hij kon afgaan op de data die op elke sectie van de muur geschreven waren. Namen, plaatsen, gebeurtenissen, tijden, details die op het eerste gezicht onbeduidend waren – het had hier allemaal een leven gekregen. Toen Gabriel het verhaal volgde, door een ruimte waar meer dan honderdvijftig jaar geleden mensen met dezelfde huidskleur als hij voor dood waren achtergelaten, kwam de angst langzaam weer bij hem opzetten.

Gabriel had een geweldig goed geheugen. Dat was een van de redenen waarom hij zo'n uitmuntende leerling was. Hij nam zo veel mogelijk in zich op, maar zelfs zijn geest kon al die informatie op de muren niet bevatten. De kleine jongen stond versteld van het grote brein dat Sam Quarry moest hebben. Hij had altijd geweten dat de man slimmer, taaier en onafhankelijker was dan iedereen die hij ooit had ontmoet. Er was blijkbaar niet veel waar Quarry niet achter kon komen. Evengoed brachten de dingen die Gabriel nu zag zijn respect – nee, zijn ontzag, op een veel hoger plan.

Toch was er nog die angst. Die breidde zich steeds meer uit.

Gabriel was zozeer verdiept in het verhaal dat op de muren te lezen stond dat hij de deur niet hoorde opengaan en ook de voetstappen niet hoorde die naar hem toe kwamen.

Toen er een hand op zijn schouder werd gelegd, dreigde hij door zijn knieën te zakken en schreeuwde hij het bijna uit.

'Gabriel!'

Hij draaide zich met een ruk om en zag zijn moeder in haar oude ochtendjas staan.

'Wat doe jij hier in de kelder?'

'Mama!'

Ze schudde hem heen en weer. 'Wat doe je hier?' zei ze opnieuw, haar stem woedend en angstig. 'Ik heb je overal gezocht. Ik dacht dat je iets was overkomen. Je hebt me doodsbang gemaakt, jongen.'

'Het spijt me, mama.'

'Wat doe je hier?' zei ze opnieuw. 'Zeg op!'
Hij scheen met zijn zaklantaarn op de muren. 'Kijk.'
Ruth Ann keek langzaam om zich heen, maar in tegenstelling tot haar zoon was ze niet nieuwsgierig. Ze keek hem weer aan. 'Je mag hier helemaal niet zijn. Hoe ben je hier gekomen?'
Hij haalde de sleutelbos tevoorschijn en ze griste hem uit zijn hand.
'Mama, kijk dan. Alsjeblieft.' Hij wees koortsachtig naar de muren met alles wat daarop aangebracht was.
'Ik kijk nergens naar. En jij gaat meteen naar bed.'
'Kijk dan naar de foto van dat meisje. Ik heb haar op school op tv gezien.'
Ze gaf hem een klap. De grote schrik op Gabriels gezicht verried dat dit niet eerder was gebeurd.
'Ik zal je eens wat vertellen,' zei ze. 'Meneer Sam geeft ons zijn huis. Al zijn land en dit huis, als hij doodgaat. We hebben alles aan hem te danken. Dus zeg niks kwaads over die man of ik geef je nog een klap, en dan harder.'
'Maar mama...'
Ze bracht haar hand omhoog en hij deinsde voor haar terug.
'Ik zal je nog wat anders vertellen. Ik ken Sam Quarry al een hele tijd, al toen jij nog niet veel groter was dan mijn hand. Hij nam ons op terwijl dat helemaal niet hoefde. Hij is een goed mens. Als hij hier iets doet, is dat zijn zaak.' Ze wees naar de kamer. 'Wat dit ook is, hij heeft vast een goede reden om het te doen. Nu gaan we hier weg, jongen.'
Ze pakte zijn arm vast en dirigeerde hem de kamer uit. Ze deed de deur achter hen op slot. Toen ze vlug de trap op liepen, keek Gabriel nog eens naar de kamer beneden hen. Toen rende hij naar zijn slaapkamer, voortgestuwd door de klap tegen zijn achterste die hij van zijn nog steeds boze moeder had gekregen.

•54•

Jane Cox ging steeds zelf naar de postbus. Ze vond het te belangrijk om het aan een personeelslid over te laten. Nu was er wel het probleem dat ze als First Lady bijna nergens heen kon gaan zonder dat er een heel gevolg met haar meekwam. De wet bepaalde dat de president en zijn vrouw niet zonder begeleiding mochten reizen.

Ze ging vanuit de woonverblijven in het Witte Huis naar beneden. Bij wijze van uitzondering had ze twee uur lang niets te doen, en dus had ze tegen haar stafchef gezegd dat ze een eindje wilde rijden. Dat had ze elke dag gedaan sinds ze de brief had gekregen. Ze had voet bij stuk gehouden. Geen colonne. Eén limousine en één volgauto. Daar had ze op gestaan.

Het was niet Cadillac One of wat de Secret Service 'het Beest' noemde, de vijfduizend kilo zware auto die bijna tegen een kernaanval bestand zou zijn en die gereserveerd was voor de president of het presidentiële echtpaar. Ze had er trouwens een hekel aan om in het Beest te rijden. De ruiten waren zo dik als een telefoonboek en je hoorde geen enkel geluid van buiten. Het was een verstikkend gevoel om in die auto te zitten, alsof je onder water of op een andere planeet was.

Er reden drie agenten met haar mee in de limousine, en in de SUV die hen volgde zaten er ook zes. De agenten waren niet blij met deze regeling, maar ze putten enige troost uit het feit dat niemand wist dat de First Lady in die limousine zat. Op alle uren van de dag vertrokken er limousines van het Witte Huis, en in het bekendgemaakte schema van de First Lady voor dezelfde dag kwamen geen uitstapjes voor. Evengoed gaven ze hun ogen goed de kost toen ze door de straten van Washington reden.

De chauffeur volgde haar instructies op en stopte tegenover een onopvallend pand van de firma Mailbox Etc. in het zuidwesten van de stad. Vanuit de auto kon Jane door de etalageruit naar de rij postbussen kijken. Ze sloeg een doek om haar hoofd, zette daar een muts overheen en trok die omlaag. Haar ogen gingen schuil achter een zonnebril. Ten slotte zette ze de kraag van haar winterjas omhoog.

'Mevrouw, alstublieft,' zei de leider van het bewakingsteam. 'We hebben dat pand nog niet doorzocht.'

'Dat hebben jullie de vorige keren dat ik hier kwam ook niet gedaan,' zei ze onverstoorbaar. 'En er is nooit iets gebeurd.'

'Maar als er iets gebeurt, mevrouw...' Zijn stem stierf weg. De stress stond in zijn ogen te lezen. Als er iets misging, was zijn carrière naar de maan. De rest van het

team keek al even gespannen. Ze wilden geen van allen door zoiets hun baan verliezen.
'Ik heb u al gezegd dat ik alle verantwoordelijkheid aanvaard.'
'Het zou een val kunnen zijn.'
'Ik aanvaard alle verantwoordelijkheid.'
'Het is onze taak om u te beschermen.'
'En het is mijn taak om beslissingen over mijn familie te nemen. U kunt vanuit de auto toekijken, maar u mag onder geen beding uitstappen.'
'Mevrouw, ik kan u verzekeren dat ik uitstap zodra ik zie dat u in enig opzicht bedreigd wordt.'
'Goed. Daar kan ik mee leven.'
Zodra ze was uitgestapt, zei de teamleider: 'Shit.' Binnensmonds voegde hij er nog een lelijk woord aan het adres van de presidentsvrouw aan toe.
Alle inzittenden van de twee auto's, van wie er vier een krachtige kijker gebruikten, keken aandachtig naar de First Lady, die de straat overstak en het winkelpand binnenging. Zonder dat Jane Cox het wist waren er al drie agenten van de Secret Service in het pand aanwezig, alle drie informeel gekleed als klant, terwijl twee anderen de achterdeur bewaakten. De Secret Service was het wel gewend om te maken te hebben met eigenzinnige, veeleisende en onafhankelijk ingestelde leden van het presidentiële gezin.
Jane liep regelrecht naar de postbus, gebruikte haar sleutel om hem open te maken en trof er niets in aan. Binnen een minuut zat ze weer in de auto.
'Rijden,' zei ze, terwijl ze zich in het leer liet zakken.
'Mevrouw,' zei de teamleider. 'Kunnen we u ergens mee helpen?'
'Niemand kan me helpen,' zei ze uitdagend, maar haar stem sloeg enigszins over.
De terugrit naar het Witte Huis verliep in stilte.

Zodra de First Lady het Witte Huis had verlaten, was Aaron Betack in actie gekomen. Onder het voorwendsel dat hij met het oog op afluisterapparatuur een routinecontrole hield in de gang waaraan de werkkamer van de First Lady was gelegen, ging hij naar haar afdeling en vroeg de personeelsleden daar om even naar buiten te gaan, zodat hij zijn controle kon uitvoeren.
Hij had maar heel even nodig om de persoonlijke werkkamer van de First Lady binnen te gaan, het slot van haar bureaula open te krijgen, de brief te vinden, er een kopie van te maken en het origineel in het bureau terug te leggen. Hij keek even naar de inhoud van het papier en stopte het toen in de zak van zijn pak.
Het was de allereerste keer in zijn carrière bij de overheid dat hij zoiets deed. Zojuist had hij een misdrijf gepleegd dat hem op jarenlange federale gevangenisstraf zou komen te staan als hij betrapt werd.
Op de een of andere manier leek het hem elke minuut van zo'n straf waard.

•55•

Sean en Michelle hadden zich het grootste deel van de avond en de volgende dag verdiept in militaire faciliteiten in Georgia, Arkansas en Mississippi. Het bleken er tientallen te zijn, met honderdduizenden militairen, zoveel dat ze er niet veel mee konden beginnen. Ze zaten in hun kantoor toen Sean op een idee kwam. Hij belde Chuck Waters en sprak een boodschap in. Enkele minuten later belde de FBI-agent terug.

'Over dat isotopenonderzoek met die haar,' begon Sean.

'Wat is daarmee?'

'Is daar nog iets anders uit naar voren gekomen?'

'Wat bijvoorbeeld?'

'Ik weet dat zo'n haar je veel over eetgewoonten van de afgelopen jaren kan vertellen, maar brengt zo'n onderzoek ook afwijkingen aan het licht?'

'Afwijkingen?'

'Een onderbreking van de eetgewoonten, tijdelijk een ander soort voeding?'

'Wacht even.'

Sean hoorde papier ritselen en een stoel kraken.

'Zoiets staat er niet bij,' zei Waters.

'Niets afwijkends?'

Nog meer geritsel van papier. 'Nou, ik ben geen wetenschapper, maar we hadden het erover dat de dader waarschijnlijk van het platteland komt, omdat hij vers vlees en verse groente eet en water uit een bron drinkt, nietwaar?'

'Ja.'

'Nou, er was een verhoogd zoutgehalte. Dat is niet zo vreemd, als mensen voedsel conserveren, toch?'

'Ja. Daar hebben we het al over gehad.'

'Nou, naast dat verhoogde zoutgehalte was er ook meer natrium dan normaal is.'

'Chuck, natrium ís zout. Dat krijg je binnen als je ingeblikte groente en verduurzaamd vlees eet. Dat hebben we al besproken.'

'Hé, Einstein, dat weet ik, maar ze hebben nieuwe technologieën ontwikkeld waardoor ze onderscheid kunnen maken tussen verschillende soorten natrium. Het onderzoek geeft een verhoogd niveau te zien van een gespecialiseerd natriumproduct dat commercieel wordt geproduceerd maar niet overal verkrijgbaar is.'

'Misschien omdat ze aan een bepaald onderdeel van de overheid leveren? Bijvoorbeeld het leger? Natrium in kant-en-klare rantsoenen?'

'Als je van die kant-en-klare rantsoenen wist, waarom verspil je dan mijn tijd?' zei Waters kwaad.
'Ik vermoedde het alleen. Ik wist het pas zeker toen je me er daarnet over vertelde. Omdat jij het blijkbaar al wist, zou het mooi zijn geweest als je uit eigen beweging met die informatie was gekomen.'
'Ik leid een rechercheteam, King. Ik heb geen adviesbureau.'
'Dat soort rantsoenen zijn ook in winkels te koop. Voor mensen die de natuur in trekken en zo. Weet je zeker dat het niet dat soort natrium is?'
'Het natriumgehalte van de militaire rantsoenen is hoger dan dat van die maaltijden die in winkels te koop zijn. Trouwens, als het iets van het leger was, wat dan nog? Dan hou je nog miljoenen mensen over.'
'Misschien wel. Misschien niet.'
'Wat bedoel je daarmee?'
'Als de daders militairen zijn, kun je het DNA van de haar toch vergelijken met wat het Pentagon in de personeelsgegevens heeft? Tegenwoordig willen ze van iedereen een DNA-monster.'
'Dat heb ik geprobeerd, maar hun systeem is gecrasht. Doordat ze in twee oorlogen vechten, hebben ze blijkbaar geen geld meer voor computeronderhoud. Het duurt nog wel een paar weken.'
'Fantastisch.' Sean verbrak de verbinding en keek Michelle aan.
'Nou, hoe helpen die militaire rantsoenen ons verder?' zei ze.
'We weten nu dat de dader hoogstwaarschijnlijk iets met het leger te maken heeft. Het is in elk geval goed dat we dat nu bevestigd krijgen. Evengoed moeten we hem nog op het spoor zien te komen. Zo te horen laat dat DNA-onderzoek nog even op zich wachten.'
'Hij kan niet nog steeds in het leger zitten, hè?'
'En op verlof gaan om een kind te ontvoeren? En dan naar de kazerne terugkeren met allemaal schrammen op zijn gezicht en een blauwe plek van een kogel op zijn borst?'
'Hij is dus uit de dienst ontslagen?'
'Vermoedelijk. Eervol of oneervol. Daar komen we nog steeds niet verder mee, want er lopen letterlijk miljoenen ex-militairen rond.'
Michelle keek naar Seans borst.
Hij keek omlaag.
'Koffie gemorst?' zei hij.
'Hij droeg een kogelwerend vest. Oké, als je uit het leger gaat, mag je best wat spullen meenemen, maar een kogelvrij vest?'
'Dat kun je wel ergens kopen.'
'Ja, of je neemt het gewoon mee.'
'Dat is nogal moeilijk verborgen te houden als je uit dienst gaat.'

'Als je nu eens weggaat zonder ontslagen te zijn?'
'Gedeserteerd?'
'Dat zijn er al heel wat minder dan miljoenen mensen. Ken je iemand die dat voor ons kan uitzoeken?' vroeg ze.
Sean pakte zijn telefoon. 'Ja. Een tweesterrengeneraal die ik heb ontmoet toen ik bij de Secret Service zat. Misschien wil hij het voor me doen als ik hem kaartjes voor de Redskins aanbied.'
'Heb jij kaartjes voor de Skins?'
'Nee, maar voor een goed doel kan ik er wel aan komen.'

•56•

'Dit is hoogst ongebruikelijk, meneer Quarry,' zei de dienstdoende arts.
'Niet voor mij,' zei Quarry. 'Ik kom mijn dochter halen om haar naar huis te brengen. Niets is normaler dan dat.'
'Ze ligt aan de beademing. Ze kan niet zelfstandig ademhalen.' De man klonk alsof hij tegen een kind sprak.
Quarry haalde de papieren tevoorschijn. 'Ik heb die onzin al met de mensen op kantoor besproken. Ik ben volledig gemachtigd. In feite kan ik haar overal heen brengen waar ik wil. Daar kunt u niets tegen beginnen, meneer.'
De arts las de papieren door die Quarry hem gaf. 'Ze gaat dood als we haar van de machines af halen.'
'Nee, dat gaat ze niet. Dat heb ik allemaal geregeld.'
'Wat bedoelt u met "allemaal geregeld"?' vroeg de arts sceptisch.
'Alle apparatuur die u in haar kamer hebt om haar ademhaling op gang te houden, heb ik ook.'
'Hoe kan dat? Het is allemaal erg duur en gecompliceerd.'
'Ongeveer een jaar geleden brak er brand uit in een pakhuis van een groothandel in medische apparatuur. Vanwege de voorschriften deden ze veel dingen van de hand die niet eens beschadigd waren. Een beademingsapparaat met een trancheacanule. Een monitor voor de levenstekenen. Een voedingsslang. Zuurstoftanks en een converter. Een infuuseenheid. Ik heb ze allemaal gecontroleerd en ze werken goed. Sterker nog, ik durf er honderd dollar onder te verwedden dat ze beter werken dan wat u hier hebt. Dit is nogal oud spul. Ik kan het weten, want ik kom hier al heel wat jaren, en ik geloof niet dat jullie ooit iets hebben vervangen.'
De dokter grijnsde zuur. 'Maar meneer Quarry...'
Quarry liet hem niet aan het woord komen. 'Zorg er nu voor dat ze kan vertrekken. Ik laat ze de ambulance voor de voordeur zetten.'
'Ambulance?'
'Ja. Wat dacht u dan? Dat ik haar in mijn pick-uptruck naar huis bracht? Gebruik je verstand, man. Ik heb een ambulance gehuurd, een speciale met beademingsapparatuur. Hij staat buiten te wachten.' Hij griste de papieren terug. 'Nou, zorg ervoor dat ze kan vertrekken.' Hij liep weg.
'Hoe wilt u voor haar zorgen?'
Quarry draaide zich met een ruk om. 'Ik ken de gang van zaken beter dan jullie hier. Ik weet hoe ik haar moet voeden en haar medicijnen moet toedienen. Ik

kan haar wassen, haar armen en benen laten bewegen en haar omdraaien om te voorkomen dat ze gaat doorliggen. Noem maar op. Dacht je dat ik hier alleen maar naar de vloer heb zitten staren? O ja, hebben jullie haar ooit voorgelezen?'

De man keek verbaasd. 'Haar voorgelezen? Nee.'

'Nou, ik wel. Al die jaren. Waarschijnlijk heeft dat haar in leven gehouden.' Hij wees naar de dokter. 'Zorg dat ze kan vertrekken, want mijn kleine meisje gaat hier eindelijk weg.'

Quarry tekende een stapel papieren om het verpleegtehuis van alle aansprakelijkheid te ontheffen, en toen verliet Tippi eindelijk haar gevangenis. De zon stond nog aan de hemel. Quarry kneep zijn ogen half dicht tegen het felle licht en keek toe terwijl ze zijn dochter achter in de ambulance legden. Hij stapte in zijn oude pick-up, stak zijn middelvinger op naar het tehuis en reed voor de ambulance uit over de weg naar Atlee.

Toen ze thuiskwamen, was daar alles al in gereedheid gebracht. Carlos en Daryl hielpen de ziekenbroeders de brancard naar binnen te dragen. Ruth Ann, bij wie de tranen over de wangen liepen, en Gabriel keken naar de stoet. De volwassen dochter werd in de kamer gelegd die ze als jong meisje ook had gehad. Quarry en zijn vrouw hadden alles bewaard, vanaf de dag dat Tippi de wereld in trok voor wat een te korte tijd zou blijken te zijn. Studeren, een tijdje bij een marketingfirma in Atlanta werken, en vervolgens aan een beademingsslang in een verpleegtehuis toen ze nog in de twintig was.

Maar nu was zijn mooie meisje thuisgekomen.

De ambulance vertrok nadat een kritische verpleegkundige die was meegekomen zich ervan had vergewist dat Quarry's apparatuur adequaat was en op de juiste manier was aangesloten. Daarna sloot Quarry de deur achter hen allen. Hij ging naast Tippi zitten en nam haar hand in de zijne.

'Je bent thuis, kleine meid. Papa heeft je naar huis gehaald, Tippi.'

Hij hield haar hand omhoog en wees ermee naar voorwerpen in de kamer.

'Daar is dat blauwe lint dat je kreeg toen je dat gedicht had geschreven. Daar hangt de galajurk die je moeder voor je heeft gemaakt. Hij stond je zo goed, Tippi. We wilden je het huis niet uit laten met die jurk aan. O nee. We wilden niet dat de jongens je zo zagen. Zo mooi.' Hij wees met haar hand naar een foto op een boekenkastje.

Het was een foto van het hele gezin. Moeder, vader en de drie kinderen toen ze klein waren. Daryl was nog niet zo zwaargebouwd, maar een lief jongetje met nog wat babyvet. Suzie zat met haar gebruikelijke uitdagende gezicht in het midden. En dan was er Tippi, die een hoed droeg die ze van een krant en een reep leer had gemaakt. De hoed stond scheef op haar hoofd en haar goudblonde haar hing om haar schouders. Ze had die wonderlijke glimlach om haar mondhoeken en die ondeugende blik in haar ogen. Als weinig andere dingen kon die foto Quarry tot tranen roeren. Telkens wanneer hij naar die foto van Tippi keek, met haar hele leven nog voor zich, met die grappige hoed, met die ogen die enthousiast de wereld in keken, zonder ook maar iets te vermoeden van de wanhoop, het vreselijke verlies dat ze allemaal zouden moeten doorstaan, kwamen de tranen bij hem op als kippenvel op een herfstavond.

Hij legde haar hand voorzichtig naast haar zij en stond op om uit het raam te kijken. Zijn meisje was thuis. Hij zou daarvan genieten zolang hij kon, en dan zou hij zijn volgende brief typen.

Hij draaide zich weer om naar Tippi en luisterde naar het mechanische rijzen en dalen van de machine die haar longen liet pompen en haar hart liet kloppen. Toen keek hij naar de foto en slaagde erin om, door zijn ogen dicht en weer open te doen, de Tippi van de foto over te plaatsen naar die in het bed. In die denkbeeldige wereld rustte zijn dochter alleen maar uit. In zijn fantasie zou ze wakker worden, opstaan, haar papa omhelzen en verdergaan met haar leven.

Quarry liet zich in een stoel zakken, deed zijn ogen weer dicht en bleef nog even in die andere wereld.

•57•

Michelles telefoon ging weer. Ze hadden nu twee dagen niets gehoord van Seans vriend in het leger. Blijkbaar was het niet zo eenvoudig om gegevens over deserteurs in drie staten te krijgen.

'Wie is het?' vroeg Sean, die achteroverleunde in zijn bureaustoel.

'Hetzelfde nummer van laatst, toen ik niet wist wie het was.'

'Neem maar op. We zijn nu toch nergens mee bezig.'

Michelle haalde haar schouders op en drukte op de toets. 'Hallo?'

'Met Michelle Maxwell?'

'Ja, met wie spreek ik?'

'Ik ben Nancy Drummond. U hebt een boodschap voor me ingesproken over uw moeder. Ik was een vriendin van haar.'

'Volgens uw netnummer belt u niet vanuit Nashville. En de nummerherkenning geeft de naam Tammy Fitzgerald op.'

'O, sorry, daar had ik niet aan gedacht. Ik gebruik het mobieltje van mijn dochter. Die heet Fitzgerald sinds ze getrouwd is. Ze woont in Memphis, maar logeert een tijdje bij ons. Voor lange afstanden is het goedkoper om een mobiele telefoon te gebruiken. Ik heb alleen een vaste lijn.'

'O, ja. Waarom hebt u geen boodschap ingesproken?'

'Ik heb moeite met mobiele telefoons en voicemail.' Zonder omhaal voegde ze eraan toe: 'Ik ben oud.'

'Dat geeft niet. Soms heb ik er ook moeite mee.'

'Ik was de stad uit toen uw moeder stierf. Ik vind het heel erg.'

'Dank u. Dat stel ik op prijs.' Michelle ging aan haar bureau zitten, terwijl Sean wat zat te krabbelen op een blocnote. 'Ik belde u omdat... Nou, ik neem aan dat u hebt gehoord dat mijn moeder geen natuurlijke dood is gestorven.'

'Ik hoorde dat iemand haar heeft vermoord.'

'Wie heeft u dat verteld?'

'Donna Rothwell.'

'Goed. Luistert u eens, mevrouw Drummond.'

'Zeg maar Nancy.'

'Oké, Nancy, ik belde omdat ik wilde weten of je iemand wist die mijn moeder kwaad zou willen doen.' Michelle verwachtte dat de vrouw nu geschokt en ademloos 'Nee!' zou uitroepen, maar dat gebeurde niet.

'Toen ik zei dat ik het erg vond dat je moeder dood was, meende ik dat,

Michelle. Ik mocht haar graag, maar ik in alle eerlijkheid kan ik niet zeggen dat ik verrast was.'

Michelle ging rechtop in haar stoel zitten en gaf een teken aan Sean, die ophield met schrijven. Michelle drukte op een knop van haar mobiele telefoon om hem op de luidsprekerstand te zetten.

'Zei je dat het je niet verraste dat mijn moeder door iemand was vermoord?'

Sean legde zijn pen neer, liep naar Michelles bureau en ging op de rand zitten.

'Waarom zei je dat?'

Nancy Drummonds honingzoete stem galmde door de kamer. 'Hoe goed kende je je moeder?'

'Niet zo heel goed, denk ik.'

'Ik vind het moeilijk om dit te zeggen, omdat je haar dochter bent.'

'Mevrouw... Nancy, je hoeft me niet te ontzien. Ik wil alleen maar uitzoeken wie het heeft gedaan.'

'Ik heb je vader niet zo goed gekend. Je moeder en hij gingen niet vaak samen uit, maar Sally genoot van het sociale leven dat we hier hadden. Ze genoot daar intens van.'

Michelle hoorde de nadruk op dat woord. 'Hoe intens?'

'Ik klap niet graag uit de school.'

'Luister eens, als mijn moeder mijn vader bedroog, is het erg belangrijk dat ik dat weet, Nancy. Weet je met wie ze omging?'

'Het waren er meer dan één.'

Michelle zakte nog verder in haar stoel. 'Hoevéél meer dan een?'

'Drie – tenminste, voor zover ik weet. Twee zijn verhuisd, de laatste ongeveer een maand geleden.'

'Waar zijn ze heen verhuisd?'

'De een naar Seattle, de ander naar het buitenland.'

'En wie was de derde?'

'Je hebt dit niet van mij gehoord, want niet iedereen weet dit. Je moeder ging erg discreet te werk, dat moet ik haar nageven. Ik weet niet of ze... nou, je weet wel, of ze intiem waren. Misschien gingen ze alleen maar met elkaar om. Misschien waren ze alleen maar eenzaam.'

'Wie?' zei Michelle kalm, al zou ze een kogel door de telefoon willen schieten om de vrouw tot een onomwonden antwoord te brengen.

'Doug Reagan.'

'Doug Reagan? De verkering van Donna Rothwell?'

'Ja, die. Ken je hem?'

'Niet echt, maar dat gaat veranderen, denk ik. Hoe lang hadden ze een verhouding?'

'Nou, ik dacht dat ze die verhouding nog steeds hadden, tot aan de dood van je moeder, bedoel ik.'
'Wacht eens even, hoe weet je dit allemaal?'
'Je moeder heeft me in vertrouwen genomen. We waren heel goede vriendinnen.'
'Dus niemand anders weet dat jij het weet?'
'Ik weet niet of ze het iemand anders heeft verteld, maar ik heb er tot nu toe nooit met iemand over gepraat. Ze had het me immers in vertrouwen verteld, maar nu ze dood is... Nou, ik vond dat je het recht had om het te weten.'
Om te weten dat mijn moeder een slet was. Dank je.
'Ben je daar nog?'
'Ja, ik ben er nog,' snauwde Michelle. 'Ben je bereid de politie te vertellen wat je mij zojuist hebt verteld?'
'Moet dat?'
Sean legde zijn hand op Michelles arm en schudde zijn hoofd.
'Misschien niet,' zei Michelle vlug. 'Tenminste, niet op dit moment.' Ze zweeg even. 'Eh... wist mijn vader van... van de dingen die mijn moeder deed?'
'Zoals ik al zei, heb ik je vader niet goed gekend, maar hij kwam altijd op me over als iemand die er iets aan gedaan zou hebben als hij het wist.'
'Ja, zo komt hij ook op mij over. Dank je, Nancy. Wil je dit aan niemand anders vertellen?'
'Goed. Als jij het zegt.'
'Ik stel het echt op prijs dat je zo openhartig bent.'
'Ik heb zelf vier volwassen dochters, van wie er twee gescheiden zijn. Ik weet dat zulke dingen gebeuren. Het leven is niet volmaakt. Toen je moeder tegen me zei wat ze deed, raadde ik haar met klem aan om geen verhoudingen met andere mannen meer te hebben. Om naar je vader terug te gaan en naar een oplossing te zoeken. Zoals ik al zei: ik heb hem niet zo goed gekend, maar ik kon merken dat hij een goed mens was. Hij verdiende dit niet.'
'Nancy, je bent een engel.'
'Nee, ik ben alleen maar een moeder die het allemaal heeft meegemaakt.'
Michelle verbrak de verbinding en keek Sean aan.
'Geen wonder dat ik psychisch in de war ben, hè?'
'Ik vind juist dat je opmerkelijk stabiel bent.'
'Waarom wilde je niet dat ze met de politie gaat praten?'
'Ik weet het niet. Noem het maar een ingeving.'
'Wat doen we nu?'
'Zolang we niets van mijn generaal hebben gehoord, kunnen we niet veel doen. Wat zou je zeggen van een snelle trip naar Nashville om dit te onderzoeken?'
Ze kwamen er algauw achter dat de volgende directe vlucht naar Nashville pas

de volgende dag zou vertrekken, tenzij ze via Chicago en Denver wilden reizen, en dat zou het grootste deel van een dag in beslag nemen, tijd die ze vooral op vliegvelden zouden doorbrengen.
'Wat is vliegen toch geweldig,' zei Sean, toen hij de verschillende mogelijkheden had aangehoord en zijn telefoon uitzette. 'Je vliegt naar het noorden of westen om in het zuiden te komen.'
'Ze kunnen opzouten. Heb je zin in een ritje?' zei Michelle.
'Met jou altijd.'
Ze kochten sandwiches en twee reusachtige bekers koffie en vertrokken om acht uur die avond. Onderweg had Michelle haar broer Bill gebeld en gehoord dat al haar broers naar hun eigen woonplaats waren teruggekeerd, behalve natuurlijk Bobby, die daar woonde.
'Ik heb goed nieuws,' had Bill tegen zijn zus gezegd.
'Wat dan?'
'Pa is geen verdachte meer. Tenminste, geen serieuze verdachte.'
'Hoe dat zo?'
'De patholoog-anatoom zei dat de klap van een linkshandige was gekomen en onze vader slaat met zijn andere hand.'
'Dat wisten ze niet eerder?'
'De raderen van justitie draaien langzaam, zus, maar evengoed is het goed nieuws.'
'Waarom zijn jullie allemaal bij pa weggegaan?'
'Dat hebben we niet gedaan. Hij is bij ons weggegaan.'
'Wat bedoel je precies?'
'Ik bedoel dat hij tegen ons zei dat we moesten opsodemieteren omdat hij het zat was om ons om zich heen te hebben. Wat weet hij het toch altijd tactvol te brengen.'
Michelle kon bijna voelen dat haar oudste broer glimlachte aan de andere kant van de lijn.
'Is het wel een goed idee om hem alleen te laten?'
'Bobby is er. En pa is een grote jongen. Hij kan voor zichzelf zorgen.'
'Dat bedoel ik niet.'
Voordat Bill kon vragen wat zijn zus dan wel bedoelde, had ze de verbinding al verbroken.
Sean zei: 'Het is dus goed nieuws dat hij geen verdachte meer is, maar het is ook slecht nieuws, want je vader weet dat de moordenaar nog vrij rondloopt en neemt de zaak misschien in eigen hand.'
'Mijn broers zijn goede politiemannen, maar domme zoons. Ze zouden nooit op het idee komen dat mijn vader zoiets zou kunnen doen. Of dat mijn moeder hem bedroog.'

'Maar jij wel?'
Ze keek hem even aan en wendde zich toen weer af. 'Ja, ik wel.'
Michelle reed met haar gebruikelijke veronachtzaming van alle maximumsnelheden. Nadat ze maar twee keer voor een plaspauze waren gestopt, kwamen ze kort na vijf uur 's morgens bij het huis van haar vader aan. Dat was ruim vier uur eerder dan de aankomsttijd van de non-stop vlucht.
Michelle keek in de garage en schudde haar hoofd. De Camry stond er niet. Ze gebruikte haar sleutel om het huis in te komen. Ze liepen er vlug doorheen en constateerden dat er niemand was.
'Heeft je vader ergens een wapenkluis?'
'Alleen een pistoolkistje, denk ik. Waarschijnlijk in de kast in de slaapkamer.'
Sean keek. Hij vond het kistje, maar er zat geen pistool in.
Ze gingen op het onopgemaakte bed zitten en keken elkaar aan.
'Moeten we Bobby bellen?' vroeg Sean.
'Het zou te lang duren om het hem uit te leggen. Misschien moeten we met Doug Reagan gaan praten. Hem vragen waarom hij vergeten was te vertellen dat hij het met mijn moeder deed.'
'Heb je een adres van hem?'
'Dat is gemakkelijk genoeg te vinden. Zoals iedereen steeds zegt, is dit stadje niet zo groot. Of anders vragen we het aan zijn verkering: Donna.'
'Nou, als we eerst eens een douche nemen en andere kleren aantrekken? Het is lang geleden dat ik een hele nacht ben doorgereden. De laatste keer was met jou.'
'Onze horizon verruimen. Dat schijnt mijn levenslot te zijn.'
Michelle douchte als eerste in de badkamer van de logeerkamer. Toen ze klaar was, maakte ze de slaapkamerdeur open en riep door de gang: 'Jouw beurt, King.'
Toen hij de kamer in kwam, had ze een handdoek om zich heen geslagen.
Hij hield een verse kop koffie omhoog. 'Trek?'
'Altijd.'
Ze ging op het bed de koffie zitten drinken. Hij liep de badkamer in.
Ze riep hem toe: 'En het tuinfeest hiernaast? Misschien kunnen we een gastenlijst krijgen en daar ook mee aan het werk gaan.'
'Of we kunnen hem van je broer krijgen,' riep hij terug. 'Dat was vast een van de eerste dingen die de politie deed.'
Ze liep dichter naar de deur toe, want de douche stroomde nu. 'Ik heb liever dat we het zelf doen.'
'Hè?'
'Het zelf doen,' zei ze met harde stem.
'Oké, jouw wil is wet.'
'Als ik dat nog eens mag beleven.' Maar zijn woorden brachten haar toch tot een glimlach.

Ze ging naar de slaapkamer van haar vader en keek om zich heen. De foto van haar moeder was weg. Ze keek in de prullenbak. Daar zat hij ook niet in. Om de een of andere reden keek ze onder het bed. Daar was hij. Ze haalde hem tevoorschijn. Het glas was gebarsten. Ze keek ernaar. Een stukje scherp glas had een scheurtje over de gezichten van haar ouders gemaakt.
Kwam een huwelijk van bijna vijftig jaar hierop neer? De volgende gedachte was al even verschrikkelijk: *En waar gaat mijn leven precies naartoe?*
Ze liep met de foto naar de logeerkamer terug, liet zich op het bed zakken en begon te beven.
'Verdomme!'
Ze vloekte weer, stond op en liep naar de badkamer. Ze huiverde weer en aarzelde. Ze slikte, deed de deur open en ging naar binnen. Ze beefde nog steeds. De snikken schokten in haar keel.
Sean zag haar door de douchedeur. 'Michelle?' Hij keek haar vragend aan en bleef in haar ogen kijken, die elk moment vol tranen konden schieten. 'Wat doe je?'
'Ik weet het niet. Ik weet echt niet wat ik doe, Sean!'
Hij pakte een handdoek en sloeg hem om zich heen voordat hij uit de douche stapte. Hij leidde haar de badkamer uit en naar het bed. Ze gingen op de rand zitten, zij met haar hoofd tegen zijn borst.
'Ik geloof echt dat ik de kluts kwijtraak,' zei ze.
'Je hebt veel meegemaakt. Het is niet meer dan natuurlijk dat het je allemaal te veel wordt.'
'Mijn ouders zijn een eeuwigheid bij elkaar geweest. Ze hebben vijf kinderen gekregen. Vier broers en ik, het domme kleintje.'
'Ik denk niet dat iemand zo over jou denkt. Ik in elk geval niet.'
Ze keek hem aan. 'Hoe denk jij precies over mij?'
'Michelle, ik...'
Ze pakte de gebarsten foto op. 'Bijna vijftig jaar huwelijk, vijf kinderen en dit is het resultaat? Dit?'
'Michelle, we weten nog niet wat er echt aan de hand is.'
'Ik heb het gevoel dat ik een groot deel van mijn leven heb verspild.'
'Een olympische medaille, agente bij de Secret Service, en nu mijn compagnon?' Hij probeerde te glimlachen. 'Ik denk dat veel mensen best met jou van plaats zouden willen ruilen. Vooral vanwege dat compagnonschap met mij.'
Ze glimlachte niet. Ze huilde niet. Ze boog zich naar hem toe en kuste hem zacht op de lippen.
Ze ademde in zijn oor. 'Ik wil niet nog meer tijd verspillen, Sean. Geen seconde meer.'
Ze kuste hem opnieuw en hij kuste haar terug. Ze leunde tegen hem aan.

En toen trok Sean zich terug.
Ze keken elkaar aan. 'Je wilt niet?' zei ze.
'Niet zo. Niet op deze manier, nee. En jij ook n...'
Ze gaf hem een klap en wendde zich af.
'Michelle...'
'Laat me met rust!'
Ze wilde weglopen, maar toen was het opeens alsof er een harde muur van iets wat tegelijk warm en koud was tegen haar aan sloeg, haar organen in brand stak, haar huid in ijs veranderde. Haar knieën knikten en ze zakte op de vloer, waar ze snikkend bleef liggen, opgerold tot zo'n strak balletje dat het was of ze weer zo klein als een kind was geworden. Haar vingers graaiden over de vloer, vonden de gebarsten foto die daar was neergekomen. Ze drukte hem tegen haar borst.
Even later werd Michelle van de vloer getild en viel haar hoofd tegen Seans borst. Hij praatte op haar in, maar ze antwoordde niet.
Sean legde Michelle op het bed, nam de foto van haar over, legde het laken over haar heen en ging naast haar zitten. Hij stak zijn hand uit en ze pakte hem instinctief vast. Terwijl de minuten verstreken en de zon opkwam, werden haar snikken minder hevig. Ten slotte verslapte haar greep op zijn hand en liet ze hem zelfs helemaal los. Ze sliep. Hij legde haar hand onder het laken.
Sean ging naast haar liggen en streek met zijn vinger door haar natte haar. Hij keek naar haar, tot zijn eigen ogen van vermoeidheid dichtzakten en ook hij in slaap viel.

•58•

Quarry liep door het zand bij zijn kleine huisje, gevolgd door Carlos. De grote man bleef staan en wees naar de wal.
'De camerabeelden gaan rechtstreeks naar jou toe. De monitor staat al klaar. Ik heb het gecontroleerd; het werkt prima. Het is natuurlijk maar een buitenopname. Je kunt geen camera in het huisje verbergen.'
'Begrepen.'
Ze hadden dit al vaak besproken, maar Carlos had in de loop van de tijd geleerd dat Sam Quarry van herhalingen hield. De vroegere piloot was er heilig van overtuigd dat je de kans op fouten zo klein mogelijk maakte als je alles steeds weer opnieuw doornam.
'De camera is er recht op gericht,' ging Quarry verder. 'Maar ik blijf het tot het laatste moment controleren.'
'Hoe groot is de kans dat hij wordt ontdekt en uitgeschakeld?'
'Die kans is erg klein, gezien de weinige tijd die beschikbaar is, maar als het toch gebeurt, moet je overgaan op het reserveplan.' Quarry haalde een grote verrekijker uit zijn plunjezak en gaf hem aan Carlos. 'Een ouderwetse kijker en twee goede ogen. Ik weet waar je moet staan zonder dat je te zien bent. Je haalt gewoon de schuif over, zoals ik je in de bunker heb laten zien, als een geschutpoort.'
Carlos knikte begrijpend. 'En het andere?' zei Carlos. Hij keek naar het huis, de rij bomen en het kritieke terrein daartussenin.
Quarry glimlachte. 'Dat is het mooie van dit alles, Carlos. Eén druk op de knop is genoeg om het allemaal in werking te stellen.' Hij grijnsde als een schooljongen die een wiskundewedstrijd had gewonnen. 'Het heeft me tijd gekost om het te bouwen. Het was niet gemakkelijk en het werkt met een splitsing, maar ik heb het voor elkaar gekregen. Als je eenmaal op die knop drukt, Carlos, is er geen weg terug meer, mijn vriend.'
'En hoe neem ik contact met u op in de mijn?'
'Je neemt in elk geval contact op, of het nu goed of helemaal verkeerd gaat. Dat doe je hiermee.'
Quarry gaf hem een kastje. 'Het is net een satelliettelefoon,' legde hij uit. 'Je krijgt verbinding met mij, zelfs in de mijn. Ik heb het al uitgetest, maar de spleet in het gat waar jij in zit moet open zijn, want alleen dan kun je met de satelliet communiceren. Een paar seconden moeten trouwens genoeg zijn. Dus geen hele verhalen, alleen ja of nee.'

Carlos hield de telefoon in zijn handen. 'Hoe komt u hieraan?'
'Gebouwd van reserveonderdelen.'
'Maar het signaal van de satelliet?'
'Ik lift mee met een bestaand platform. Ik ben naar de bibliotheek geweest en heb op internet opgezocht hoe dat moet. Het is gemakkelijker dan je zou denken, als je er feeling voor hebt. Ach, Carlos, al die dingen die ik hier heb gedaan zijn gemakkelijk in vergelijking met wat we in Vietnam moesten improviseren. Op deze manier heb ik mezelf veel geld bespaard. Geld dat ik niet heb.'
Carlos keek hem met onverholen ontzag aan. 'Is er dan niets wat u niet kunt?'
'Er zijn veel dingen die ik niet kan. De meeste daarvan zijn juist erg belangrijk. Ik ben maar een werkende man. Ik weet nergens iets van.'
'Wanneer gaat het allemaal gebeuren?'
'Dat laat ik je nog weten, maar het is gauw.'
Carlos keek weer naar het heuveltje. Quarry sloeg hem nauwlettend gade.
'Je bent daar verborgen, maar tegelijkertijd kwetsbaar,' zei Quarry. 'De afstand is kort.'
'Dat weet ik,' zei Carlos, die nu naar een gier keek die lome ovalen beschreef in de lucht.
'Er ontstaan alleen problemen als zij ze veroorzaken. Anders kom je goed weg.'
Carlos knikte, maar hij bleef naar de vogel kijken.
'Als je met me wilt ruilen, heb ik daar geen probleem mee, Carlos, maar ik vraag het alleen deze ene keer.'
De pezige man schudde zijn hoofd. 'Ik heb u gezegd dat ik dit zou doen en ik zál het doen.'
Carlos ging weg en Quarry maakte de deur van het huisje open en liep naar binnen. Alles was klaar, behalve één ontbrekend element. Maar dat zou nog komen.
Een uur later steeg Quarry op met de Cessna. Op geringe hoogte stond veel wind en zijn kleine toestelletje krabbelde als het ware door de lucht, maar dat vond hij niet erg. Hij had wel onder ergere omstandigheden gevlogen. Van een beetje turbulentie ging hij niet dood. Een heleboel andere dingen konden hem wel doden. En zouden het waarschijnlijk ook doen.
Hij had veel om over na te denken, en dat deed hij terwijl hij daar vloog. Op honderden meters hoogte was het alsof zijn geest helderder werd naarmate de lucht ijler werd. Achter in het vliegtuig stond een kist met kabels en draden. In die kist, en in een tweede kist in de mijn, zou Quarry zijn doemscenario uitwerken. Hij zou er alleen gebruik van maken als het moest en hij hoopte dat het niet nodig zou zijn.
Onder het vliegen dacht Quarry aan de laatste keer dat Tippi nog iets had gezegd. Zijn vrouw en hij waren in allerijl naar Atlanta gegaan en hadden daar te

horen gekregen dat hun dochter heel ernstig ziek was. Quarry had nooit gewild dat zijn kleine meisje naar de grote stad ging, maar kleine kinderen werden groot en dan moest je ze laten gaan.
Toen de arts in het ziekenhuis hun vertelde wat er was gebeurd, konden ze het geen van beiden geloven. Niet hun Tippi. Er moest een vergissing in het spel zijn, maar dat was niet zo. Ze was door het bloedverlies al in coma geraakt. De fysieke gegevens waren volkomen duidelijk, werd hun verteld.
Cameron was weggegaan om koffie te halen en Quarry had tegen de muur geleund gestaan, zijn spijkerbroek vuil, zijn shirt met zweetvlekken van de lange rit die ze in de zomerhitte zonder airconditioning vanuit Alabama hadden gemaakt. Hij was rechtstreeks van het veld gekomen toen zijn vrouw over de geploegde aarde was komen aanrennen, roepend over het telefoontje dat ze had gekregen. De samengeperste, kunstmatige lucht in het ziekenhuis was vies en benauwd geweest voor iemand die het open veld gewend was.
De politie was ook gekomen, en Quarry had hen te woord moeten staan. Hun ondervraging had hem zo kwaad gemaakt dat Cameron hem had gedwongen de kamer uit te gaan. Zij was de enige op de hele wereld, afgezien dan van Tippi, die zoveel invloed op hem had. De politie had iedereen ondervraagd en was weggegaan. Toen ze hem op de gang voorbijliepen, keken ze somber, en Quarry had weinig hoop dat er gerechtigheid zou geschieden.
En dus was hij alleen in haar kamer geweest, alleen hij en zijn kleine meisje. De apparaten hadden gerateld; de pompen hadden gepompt; de monitor had zijn piepjes laten horen, die Quarry als het bulderen van geschut in de oren klonken. Zelfs de gierende schoten van luchtdoelgeschut, gericht op zijn Phantom in de hemel boven Vietnam, hadden hem nooit zo bang gemaakt als het piepen van die ellendige machine, die plichtsgetrouw registreerde hoe verschrikkelijk slecht zijn meisje eraan toe was.
Het was buitengewoon twijfelachtig of ze ooit zou herstellen, hadden de artsen hun gewaarschuwd. Vooral één gevoelloze arts met de patiëntvriendelijkheid van een hyena was erg pessimistisch geweest. 'Te veel bloedverlies. Hersenletsel. Een deel van haar geest was al afgestorven.' Hij ging verder. 'Als het u een beter gevoel geeft: ze lijdt geen pijn. Eigenlijk is het ook niet meer uw dochter. Die is allang dood.'
Dat had Quarry juist géén goed gevoel gegeven. Hij had de voortanden van de dokter uit zijn mond geslagen en was daardoor bijna uit het ziekenhuis verbannen.
En toen hij daar had gestaan, had Tippi haar ogen opengedaan en hem aangekeken. Zomaar. Hij herinnerde zich elk moment daarvan nog heel precies toen hij in zijn Cessna door de thermiek vloog.
Hij was zo geschrokken dat hij eerst niet had geweten wat hij moest doen. Hij

had met zijn ogen geknipperd, want hij dacht dat die niet goed werkten, of dat hij zag wat hij wilde zien in plaats van wat er werkelijk te zien was.
'Papa?'
Hij was meteen bij haar en pakte haar hand vast. Zijn gezicht was maar enkele centimeters bij het hare vandaan geweest.
'Tippi? Schatje. Papa is hier. Hier bij je.'
Haar hoofd ging heen en weer en de monitor piepte als nooit tevoren. Hij was bang dat hij haar weer aan de schimmenwereld zou verliezen, aan het deel van haar geest dat niet meer bestond.
Hij gaf een kneepje in haar hand, hield haar kin voorzichtig op zijn plaats en maakte een eind aan haar beweging, zodat haar ogen alleen op hem gericht waren. 'Tippi. Ik ben hier. Je mama komt zo terug. Ga nu niet weg. Tippi! Ga nu niet weg!'
Ze had haar ogen dichtgedaan en hij was meteen in paniek geraakt. Hij had gekeken of hij iemand kon roepen, hulp kon halen om zijn dochter bij hen te houden.
'Papa?'
Hij keek haar meteen weer aan. 'Ik ben hier, meisje.' Hoe hij ook zijn best deed om ze tegen te houden, de tranen liepen over zijn doorgroefde gezicht, dat in deze ene dag meer was verouderd dan in de afgelopen tien jaar.
'Ik hou van je.'
'Ik hou ook van jou, meisje.' Hij legde zijn hand op zijn borst, alsof hij moest voorkomen dat zijn hart naar buiten brak. 'Tippi, je moet me vertellen wat er gebeurd is. Je moet me vertellen wie je dit heeft aangedaan.'
Haar ogen werden weer wazig en gingen toen dicht. Hij zocht koortsachtig naar iets wat hij kon zeggen om haar aandacht vast te houden.
'"Het is een algemeen erkende waarheid dat een ongehuwde man die een goed fortuin bezit behoefte moet hebben aan een echtgenote,"' zei hij.
Dat was de eerste regel van *Pride and Prejudice.*
In de loop van de jaren hadden ze elkaar het boek voorgelezen.
Tippi deed haar ogen open en glimlachte, en er ontsnapte Quarry een diepe zucht, want hij was er nu van overtuigd dat God hem zijn kleine meisje had teruggegeven, ondanks alles wat de artsen hadden gezegd.
'Vertel me wie je dit heeft aangedaan, Tippi. Vertel het me, meisje,' zei hij zo krachtig mogelijk.
Ze vormde maar vijf woorden met haar lippen, maar het was genoeg. Hij begreep ze.
'Dank je, meisje. God, wat hou ik veel van je.'
Hij keek op naar het plafond. 'Dank je, Jezus.'
De deur naar de kamer was opengegaan. Quarry draaide zich om. Het was

Cameron met twee bekers koffie. Hij sprong bijna dwars door de kamer en greep haar zo heftig vast dat ze koffie uit beide bekers morste. Hij trok haar mee naar het bed.

'Ons kleine meisje is wakker, Cam. Ze is terug.'

Cameron Quarry's ogen waren zo groot geworden, en haar glimlach zo stralend, als Quarry nog nooit bij haar had meegemaakt, maar toen ze naar het bed keek, werden haar ogen weer klein en verdween haar glimlach.

Quarry had ook gekeken. Tippi's ogen waren dicht. Haar glimlach was weg. Ze zou nooit meer wakker worden. Hij zou haar stem nooit meer horen.

Vanwege die glimlach die hij had gekregen, de laatste glimlach die hij ooit van zijn dochter zou ontvangen, had Quarry haar al die jaren het boek van Jane Austen voorgelezen. Op die manier wilde hij eer bewijzen aan de auteur, haar bedanken voor wat ze hem had gegeven. Enkele kostbare laatste ogenblikken met zijn dochter.

De vijf woorden die Tippi had gezegd bleven voor altijd in Quarry's geheugen gegrift, maar ze brachten hem niet tot actie, want ze wezen niet duidelijk naar één persoon. En wat hem nog woedender maakte: toen ze de dokter erbij haalden en Quarry hem vertelde dat Tippi wakker was geweest, had de man hem niet geloofd.

'Als ze wakker is geweest,' zei de arts, 'moet dat alleen maar zo hebben geleken.'

Het scheelde niet veel of Quarry had ook zíjn tanden uitgeslagen.

Nee, die woorden zetten hem niet tot actie aan, en eigenlijk wist hij zelf niet waarom. Na Camerons dood hield niets hem meer tegen. Toen was hij aan zijn lange reis naar de waarheid begonnen. Die reis was zo ver gegaan dat de gerechtigheid voor Tippi en hem nu verder weg leek dan ooit.

Terwijl hij daar vloog, dacht hij dat er misschien maar één ding erger was dan in eenzaamheid sterven, namelijk sterven zonder dat je je werk had afgemaakt. Dat zou hem niet overkomen.

•59•

'Het spijt me.'

Michelle zat helemaal aangekleed op de rand van het bed in de logeerkamer. Sean werd net wakker. Hij had de handdoek nog om zijn middel en het kussen was nat van zijn vochtige haar.

Hij draaide zich naar haar om en masseerde zijn schouderspieren. 'Je hoeft nergens spijt van te hebben. Je bent door een hel gegaan. Iedereen zou zijn ingestort.'

'Jij niet.'

Hij ging rechtop zitten en zette een kussen achter zijn rug. 'Daar zou je nog van staan te kijken.' Hij keek uit het raam. Het werd donker. Hij keek verbaasd naar Michelle. 'Hoe laat is het?'

'Bijna zeven uur 's avonds.'

'Heb ik al die tijd geslapen? Waarom heb je me niet wakker gemaakt?'

'Ik ben zelf nog niet zo lang wakker.' Ze sloeg haar ogen neer. 'Sean, heb ik iets gezegd – ik bedoel, toen ik niet meer bij mijn positieven was?'

Hij wreef over haar arm. 'Michelle, je kunt niet altijd volmaakt zijn. Je kropt dingen op tot het barst. Daar moet je mee ophouden.'

Ze stond op en keek uit het raam. 'We hebben een hele dag verpest.' Ze draaide zich om. 'Als Willa nu eens iets is overkomen?'

Het was duidelijk dat ze niet meer wilde praten over wat er in deze kamer was gebeurd.

Sean voelde dat aan en pakte zijn telefoon van het nachtkastje. Hij keek naar de berichten en e-mails. 'Niets. We kunnen niets doen tot de sporen die we volgen iets opleveren. Tenzij jij iets anders kunt bedenken.'

Ze ging achteroverzitten op het bed en schudde haar hoofd. 'Het helpt ook al niet dat Tuck en Jane Cox in feite vanaf de eerste dag tegen ons hebben gelogen.'

'Nee, dat hielp zeker niet, maar we zijn nu hier, en misschien kunnen we iets aan de zaak van je moeder doen. Bijvoorbeeld Doug Reagan opsporen.'

'Oké.'

De telefoon ging. Het was haar broer Bobby.

'Wat doe je daar?' zei hij.

'We zijn vanmorgen aangekomen. We... We kwamen kijken hoe het met pa ging.'

'Nou, hoe gaat het met hem?'

'Hij is er niet.' Plotseling verstijfde Michelle. *Was haar pa er soms wel? Zou hij eraan denken dat Sean en zij misschien samen in bed lagen in dat huis, net na de dood van haar moeder?* 'Wacht even, Bobby.' Ze legde de telefoon neer en liep vlug de kamer uit. Even later kwam ze terug en pakte de telefoon weer op.
'Nee, hij is er niet. Zijn auto is weg. Hoezo?'
'Ik ben in de country club.'
'Oké. Ben je lid?'
'Geen volwaardig lid. Zoveel verdien je niet bij de politie. Ik speel nu en dan een paar rondjes.'
'Het is een beetje donker om een paar rondjes te spelen.'
'Ik heb hier met een vrouw gepraat.'
'Welke vrouw?'
'Een vrouw die haar hond uitliet op de avond dat ma werd vermoord. Omdat ze niet in de buurt woont, is ze niet door de politie ondervraagd.'
'Heeft ze iets gezien? Zo ja, waarom ging ze dan niet naar de politie?'
'Ik denk dat ze bang was.'
'Waardoor veranderde ze van gedachten?'
'Door een vriendin van haar. Een zekere Nancy Drummond zei dat ze zich moest melden. Daarom praatte ze met mij.'
'Ik heb Nancy gesproken.'
'Dat zei ze. Daarom belde ik trouwens.'
'Wat, je bedoelt dat je míj aan het opsporen was?'
'Ja.'
'Bobby, waarom heb je me niet op mijn mobieltje gebeld?'
'Dat heb ik gedaan. Een keer of zes in de afgelopen uren. Ik heb vier keer iets ingesproken.'
Michelle keek naar het nachtkastje, waar haar mobiele telefoon lag. Ze pakte hem op en zag de lijst van gemiste oproepen. 'Ik moet per ongeluk het geluid hebben uitgezet. Sorry.'
'Ik dacht dat pa misschien zou weten waar je was, maar zo sla ik twee vliegen in één klap.'
'Wat bedoel je?'
'Ik bedoel dat die vrouw alleen met mij wil praten als jij erbij bent. Blijkbaar heb je nogal indruk gemaakt op haar vriendin Nancy. Nancy zei tegen haar dat ze jou kon vertrouwen.'
'Jij bent van de politie, Bobby. Ze zou met jou moeten praten.'
'Ze is koppig. Een oud dametje met twaalf kleinkinderen. Ik denk niet dat ik haar kan overhalen, maar we kunnen de kortste weg volgen. Zij vertelt het jou, en dan grijpen we de schoft die ma dit heeft aangedaan.'
'Ze is nu op de club?'

'Ja.'
Michelles maag knorde. 'Kun je daar ook eten?'
'Ik trakteer.'
'We zijn er over twintig minuten.'

•60•

Met hulp van Daryl leidde Quarry de kabels langs strategische punten in de mijngangen, om ten slotte bij de ingang uit te komen.
Terwijl ze aan het werk waren, zei Daryl: 'Je kijkt alsof je gelukkig bent.'
'Tippi is weer thuis, dus waarom zou ik niet gelukkig zijn?'
'Ze is niet echt thuis, pa. Ze is...'
Daryl kon zijn zin niet afmaken, want de onderarm van zijn vader drukte tegen zijn luchtpijp.
Daryl voelde de warme, scherpe adem van zijn vader. 'Denk jij nou eerst maar eens heel goed na over wat je gaat zeggen, jongen, en hou dan je stomme kop!'
Quarry duwde zijn zoon weg. Daryl stuiterde tegen de harde rotswand, maar in plaats van af te druipen vloog hij zijn vader aan en gooide hem tegen de wand. Quarry plantte zijn arm tegen de dikke hals van zijn zoon, zette zich af tegen de rotswand en duwde hem weg. De twee worstelden op de onregelmatige bodem van de mijngang om de overhand. Hun adem schoot uit hun mond en hun zweet maakte ondanks de kou grote vlekken onder hun oksels.
Daryl wankelde achterover, maar herwon zijn evenwicht. Hij stormde weer naar voren, sloeg zijn armen om het middel van zijn vader, tilde hem van de grond en gooide hem tegen de rotswand.
Alle lucht werd uit Quarry's longen gedrukt, en zijn voortanden vlogen door zijn onderlip, maar toen Daryl hem losliet, vond hij de kracht om met zijn knie in de buik van zijn zoon te stoten. Hij liet er een keiharde zwaaistoot tegen Daryls gezicht op volgen, met inzet van al zijn kracht. Daryl plofte op zijn achterste neer. Zijn wang was opengehaald en hij bloedde uit zijn mond.
Quarry viel zelf ook bijna om, zo hard had hij toegeslagen. Hij draaide zich half om en hurkte op de grond neer, rochelend en bloed ophoestend. 'Jij kon het nog niet van mij winnen, al zat ik in een rolstoel havermout te eten door een rietje!' riep hij.
Daryl keek naar de staaf dynamiet die op de vloer van de mijngang lag, bevestigd aan een lange kabel. 'Wou je mij ook de lucht in laten vliegen, ouwe?'
'Ons allemaal, als het moet, verdomme!'
'Ik ga niet mijn hele leven doen wat jij zegt.'
'Jij hebt geen ander leven dan voor mij. Het leger kwam je zoeken, en wie heeft je gered? Ik! En toen verknalde je het met die vrouw. Daarna maakte je de ene fout na de andere. Ik had je toen overhoop moeten schieten.'
'Waarom deed je dat dan niet, ouwe? Waarom niet?' riep Daryl. Hij balde zijn

vuisten, en de tranen rolden over zijn gezicht en vermengden zich met het bloed.
'Ik heb Kurt doodgeschoten.'
'En je had niet het recht om dat te doen! Ik had die vrouw gedood. Niet Kurt.'
'Ik had jou moeten doodschieten,' zei Quarry opnieuw. Hij spuwde stukjes van zijn lip uit.
'Waarom deed je dat dan niet, pa? Waarom heb je me niet doodgeschoten?'
Quarry keek hem nu niet aan. Hij steunde met zijn hand tegen de muur en haalde adem met korte stoten.
'Omdat ik je nodig heb. Daarom,' zei hij met kalmere stem. Hij bukte zich en stak zijn hand uit om Daryl overeind te helpen. De jongen pakte hem niet vast.
'Ik heb je nodig, Daryl. Ik heb je nodig, jongen.' Quarry schuifelde nog steeds voorovergebogen over de bodem van de mijngang. Hij keek naar zijn zoon en stelde zich hem voor als een jonge, bewonderend kijkende jongen met grote blauwe ogen en een scheve grijns. *Zeg maar wat ik moet doen, papa.*
Toen hij weer helder kon kijken, zag hij alleen een grote, zwaargebouwde woedende man die langzaam overeind krabbelde.
'Ik heb je nodig, jongen,' zei Quarry opnieuw, en hij stak zijn hand weer uit. 'Alsjeblieft.'
Daryl duwde hem opzij. 'Laten we dit afwerken,' zei hij, en hij veegde met een van zijn smerige handen het bloed van zijn gezicht. 'Hoe eerder, hoe beter. En dan ga ik weg.'

Quarry maakte de deur open en liep de kamer in. Omdat de lamp op de tafel laag gedraaid was, kon hij haar niet zien, maar hij voelde dat ze er was.
'Ik wilde haar niet afstaan,' zei Diane Wohl toen ze uit de schaduw kwam.
Quarry verscheen in de lichtkring.
'Je bloedt,' zei ze.
'Dat stelt niets voor,' zei Quarry. Hij ging aan de tafel zitten en streek met zijn hand door zijn dichte, bezwete haar. Hij hijgde nog een beetje van het gevecht met zijn zoon.
Die vervloekte sigaretten.
Diane ging tegenover hem zitten. 'Ik wilde haar niet afstaan.'
Quarry haalde diep adem en leunde achterover om haar vanonder zijn dichte wenkbrauwen te bestuderen.
'Oké.'
'Je maakt me doodsbang. Alles aan jou is angstaanjagend.'
'Jij maakt mij ook bang,' zei hij.
Diane keek verbaasd. 'Hoe zou ik jou nou bang kunnen maken?'
'Er zijn veel manieren om bang te zijn. Fysiek. In je hoofd. Allebei.'
'En hoe maak ik jou bang?'

Quarry drukte zijn handen tegen elkaar en boog zich naar voren. Zijn grote hoofd hing nu boven het midden van de tafel en er vielen druppels bloed uit zijn kapotte lip op het hout. 'Als ik jou zie, ben ik bang dat het nooit meer goed komt met de wereld. Voor niemand.'
Ze leunde achterover, getroffen door zijn woorden. 'Ik ben een goed mens! Ik heb nooit iemand kwaad gedaan.'
'Je hebt dat meisje kwaad gedaan, al weet ze het niet.'
'Ik heb haar afgestaan om haar een beter leven te geven.'
'Onzin. Je hebt haar afgestaan om van haar af te zijn.'
Ze reikte over de tafel en gaf hem een klap. Toen trok ze zich met een verschrikt gezicht terug. Ze keek naar haar hand alsof die van iemand anders was.
'Je hebt tenminste wel pit,' zei Quarry, die zich niets van de klap had aangetrokken.
'En ik heb de hele wereld bedorven?'
'Nee, dat laat je andere mensen doen. Mensen als jij laten andere klootzakken over zich heen lopen. Ook als ze slecht zijn. Zelfs wanneer jullie wéten dat ze slecht zijn. Dat maakt jullie net zo slecht als zij. Mensen als jij komen niet in het geweer om te vechten voor wat goed is. Jullie kruipen gewoon door het stof. Jullie accepteren het. De rottigheid die ze over jullie heen laten komen. Jullie accepteren alles met een glimlach en zeggen "dankjewel" en "Waar kan ik nog meer van die rottigheid krijgen?"'
Een traan uit Dianes rechteroog viel op de tafel en vermengde zich met Quarry's bloed. 'Jij kent mij niet.'
'Ik ken jou. Ik ken jou en de mensen die zo zijn als jij.'
Ze streek over haar ogen. 'Nou, wat ga je doen? Me doodmaken?'
'Ik weet het niet. Ik weet niet wat ik met je ga doen.' Hij stond langzaam op. Zijn rug deed nog verschrikkelijk pijn van de dreun tegen de rotswand. 'Wil je Willa nog eens zien? Het is misschien voor het laatst. Het is nu bijna afgelopen.'
Dianes ogen waren wazig van de tranen. 'Nee, dat kan ik niet.' Ze bewoog haar hoofd heen en weer. Haar handen waren tot trillende vuisten gebald.
'Kruip je weer in het stof weg? Probeer je je te verstoppen? Je zegt dat je bang voor me bent? Je hebt me net geslagen. Daarmee toonde je een beetje ruggengraat. Je kunt best voor jezelf opkomen, als je dat wilt. De mensen die denken dat ze sterk zijn, die eruitzien alsof ze alles hebben – de rijken en machtigen? Ach, die mensen hebben niks. Je hoeft maar één keer tegen ze in het geweer te komen en ze lopen hard weg, want ze zijn niet echt zo sterk of zo hard. Ze hebben gewoon dingen. Ze hebben hun opgezwollen trots, die op niets is gebaseerd.' Hij sloeg zo hard met zijn grote vuist op de tafel dat de lamp omviel en het licht uitging. Vanuit de plotselinge duisternis zei hij: 'Ik vroeg je of je je dochter wilt zien. Wat wordt het?'
'Ja.'

•61•

Het was stil in de country club, en hoewel het geen koude avond was, knapperde er een vuur in de grote stenen haard van het restaurant. Sean en Michelle zaten aan de ene kant van de tafel, en Bobby en June Battle, een sprieterig vrouwtje van begin tachtig, met sneeuwwit haar dat genadeloos kort was geknipt, zaten tegenover hen.

Ze hadden net hun eten besteld.

Michelle begon. 'Ik ben blij dat u met Nancy Drummond hebt gepraat. Want we hebben uw hulp echt nodig.'

In plaats van antwoord te geven slikte June systematisch een stel pillen die ze op de tafel had gelegd. Ze spoelde ze weg met een groot glas water.

Misschien voelde Sean aan dat Michelle ongeduldig werd. Hij stak zijn hand onder de tafel, kneep in haar dij en schudde nauwelijks waarneembaar zijn hoofd.

June slikte de laatste pil en keek naar hen op. 'Ik heb een hekel aan medicijnen, maar blijkbaar zijn ze het enige wat me in leven houdt, dus ik moet wel.'

'Dus op de avond waarop Sally Maxwell werd vermoord, liet u uw hond uit in de straat waar de Maxwells wonen?' zei Sean aanmoedigend.

'Ik wist toen nog niet dat ze vermoord was,' merkte June nuchter op. 'Ik liet Cedric uit. Dat is mijn hond. Een pekinees. Een klein hondje. Vroeger had ik een grote hond, maar zo'n grote kan ik niet meer aan. Het is een braaf beestje. Cedric was mijn oudere broer. Die is nu dood. Ik hield meer van hem dan van mijn andere broers en zusters, en dus noemde ik mijn hond naar hem.'

Michelle schraapte luidruchtig haar keel en Sean kneep harder in haar been.

Bobby zei: 'Ik heb tegen mijn zus hier gezegd dat u alleen met haar wilde praten.'

'Ik hou niet van politie.' Ze gaf een klopje op Bobby's hand. 'Begrijp me niet verkeerd. Ik weet dat we politie nodig hebben. Ik bedoel, als de politie ergens is, moet daar iets ergs zijn gebeurd.'

'Bijvoorbeeld dat mijn moeder is vermoord?' zei Michelle, die June strak aankeek.

Het kleine vrouwtje keek haar nu eindelijk aan. 'Ik vind het heel erg, kind. Ik heb twee van mijn kinderen en een kleinkind verloren, maar door ziekte, niet door een misdaad.'

'Hebt u die avond iets gezien?' vroeg Sean.

'Een man.'

Sean en Michelle bogen zich tegelijk naar voren, alsof ze door een touw met elkaar verbonden waren.
'Kunt u hem beschrijven?' vroeg Michelle.
'Het was donker, en mijn ogen zijn niet meer zo goed als ze geweest zijn, maar ik kan u wel vertellen dat hij lang was en niet dik of zo. Hij had geen jas aan, alleen een broek en een trui.'
'Oud, jong?'
'Al wat ouder. Ik denk dat hij grijs haar had, maar ik weet het niet zeker. Ik herinner me dat het een warme avond was. Het verbaasde me nog dat hij die trui droeg.'
'Bij de buren was zelfs een zwembadfeest aan de gang,' zei Sean.
'Daar weet ik niets van, maar er stonden veel auto's in de straat geparkeerd.'
'Hoe laat was dat?'
'Ik begin altijd om acht uur aan mijn wandeling. Op dat punt ben ik altijd om ongeveer twintig over acht, tenzij Cedric poept en ik het moet oprapen, maar dat deed hij niet. Poepen, bedoel ik.'
'Dus acht uur twintig,' zei Sean.
Michelle, Bobby en hij wisselden een blik.
'De patholoog-anatoom zegt dat de dood tussen acht en negen uur is ingetreden,' merkte Bobby op.
'Dat betekent dat die man daar op het juiste moment was,' zei Michelle.
'Het juiste moment?' June keek haar vragend aan.
'Hij had de gelegenheid,' legde Sean uit. 'Dus die man was daar. Wat deed hij?'
'Lopen. Hij liep bij me vandaan. Ik weet niet eens of hij me heeft gezien. Het was nogal donker in die straat. Ik heb altijd een zaklantaarn bij me, maar die had ik niet aan, want de maan scheen en Cedric en ik lopen erg langzaam. We hebben allebei artritis.'
'Dus hij liep bij u vandaan. Hebt u verder nog iets gezien? Bijvoorbeeld waar hij vandaan kwam?' drong Michelle aan.
'Nou, ik dacht dat hij tussen twee huizen vandaan kwam. Dat huis waar al die auto's voor stonden en het huis ernaast.'
'Het huis van mijn ouders,' zei Michelle.
'Ik geloof van wel, al wist ik dat toen niet.'
'Wat nog meer?' vroeg Sean.
'Nou, dat was heel vreemd,' begon June.
'Vreemd?' zei Bobby.
'Ja. Ik was aan de andere kant van de straat, maar ik kon het evengoed zien.'
'Wat kon u zien?' vroeg Michelle. Haar stem beefde enigszins.
'O ja, dat had ik nog niet verteld. Het waren de flitsen.'

'De flitsen?' zeiden Sean en Michelle tegelijk.

'Ja. De man liep door de straat, maar hij stopte bij elk van de geparkeerde auto's. Dan stak hij zijn hand op en was er een kleine flits.'

'Stond hij naast elke auto als hij dat deed, of ervoor, of erachter?' vroeg Michelle.

'Erachter, en hij boog zich telkens een klein beetje naar voren. Zoals ik al zei: hij was lang.'

Michelle keek Sean aan. 'Hij fotografeerde de nummerborden van de auto's.'

'Die flits kwam van de camera,' voegde Sean daaraan toe. Bobby knikte.

'En dat deed hij bij elke auto?' vroeg Michelle.

June knikte. 'Daar leek het op.'

'Waarom zou onze dader foto's maken?' vroeg Bobby zich af.

Junes gezicht klaarde op. 'Dader? O, ik ben gek op misdaadseries. Ik kijk altijd naar *Law and Order*. Ik was gek op Jerry Orbach; hij ruste in vrede. En die Sam Waterston. Hij speelde Lincoln, weet u.'

'Hebt u nog iets anders gezien?' vroeg Michelle. 'Bijvoorbeeld waar de man heen ging?'

'O, ja. Toen hij klaar was met de auto's, liep hij weer in mijn richting, maar aan de overkant van de straat. Hij keek om zich heen, waarschijnlijk om er zeker van te zijn dat niemand naar hem keek. Ik denk niet dat hij Cedric en mij heeft gezien. Aan onze kant waren er grote struiken en ik stond daar min of meer achter, want Cedric deed een plas en hij voelt zich niet op zijn gemak als mensen hem dat zien doen. Toen liep hij het pad op en ging het huis binnen.'

Michelle keek verbaasd. 'Huis? Welk huis?'

'Het huis naast het huis waar de auto's geparkeerd stonden. Hij ging door de voordeur naar binnen.'

Michelle, Bobby en Sean keken elkaar aan.

De lange, oudere man die foto's maakte moest Frank Maxwell zijn.

•62•

Na het eten moesten ze June Battle naar het politiebureau brengen om haar een formele verklaring te laten afleggen.
'Brengen jullie tweeën haar maar,' zei Michelle.
'Hè?' Sean keek haar verbaasd aan.
'Ik moet even alleen zijn, Sean,' zei ze. 'Ik zie jullie straks in het huis van mijn vader.'
'Michelle, ik vind het geen goed idee om uit elkaar te gaan.'
'Ik kan mevrouw Battle wel brengen,' zei Bobby. 'Geen probleem.'
'Sean, ga nou maar. Ik zie je straks bij pa.'
'Weet je het zeker?'
Ze knikte. 'Heel zeker.'
Toen ze met z'n drieën weggingen, keek Sean naar haar om, maar Michelle keek niet naar hem.
Ze zat tien minuten aan de tafel. Toen stond ze langzaam op, maakte haar jasje open en keek naar de Sig aan haar riemholster.
Hij moest hebben geweten dat zijn vrouw dood in de garage lag. En dan buiten foto's maken van nummerborden? Wat een gevoelloze schoft. Wat had hij gedaan? Wilde hij iemand anders de moord die hij zelf had gepleegd in de schoenen schuiven? Hij had haar moeder gemakkelijk met zijn linker- in plaats van zijn rechterhand kunnen slaan om de politie op het verkeerde been te zetten. Haar vader was een sterke man. Ook in dat geval zou Sally Maxwell dood zijn geweest.
En hij was nu ergens. Haar vader was nu ergens, en hij had een pistool.
Ze stond op en liep doelbewust naar de uitgang. Op weg daarheen kwam ze langs de trofeeënkast van de golfclub. Ze wierp er niet meer dan een vluchtige blik op, maar dat was genoeg. Ze keek met een ruk om en liep vlug naar de vitrinekast. Die stond vol glanzende dingen, plaquettes en andere spullen die met prijsuitreikingen te maken hadden. Twee voorwerpen interesseerden haar enorm, en dat terwijl ze zelf niet eens golf speelde.
Ze bukte om ze van dichtbij te bekijken.
Het eerste was een foto van drie vrouwen, van wie de middelste een kolossale beker omhooghield. Donna Rothwell glimlachte stralend. Michelle keek naar de inscriptie aan de onderkant van de plaquette.
'Donna Rothwell, Clubkampioen Amateurs,' stond er. Het was iets van het afgelopen jaar. Haar scores op het toernooi stonden op een gelamineerde kaart

naast de foto. Michelle wist niet veel van golf, maar zelfs zij begreep dat het indrukwekkende scores waren.
Op de tweede foto zag je Rothwell een lange slag vanaf de tee maken. De dame zag eruit alsof ze precies wist wat ze deed.
Toen ze daar stond, kwam er een bebaarde man in een kaki broek en een golfshirt voorbijlopen.
'Kijkt u naar onze plaatselijke golflegendes?' vroeg hij met een glimlach.
Michelle wees naar de twee foto's. 'Vooral deze.'
De man keek waar ze naar wees. 'O, Donna Rothwell. Ze heeft een van de beste natuurlijke swings die ik ooit heb gezien.'
'Dus ze is goed?'
'Goed? Ze is de beste vrouwelijke golfer van boven de vijftig in de hele county, misschien zelfs van de staat. Er zijn zelfs vrij goede dertigers en veertigers die ze keer op keer kan verslaan. Ze heeft in haar jeugd veel aan sport gedaan. Tennis, golf, atletiek – ze kon het allemaal. Ze heeft nog steeds een heel goede conditie.'
'Dus haar handicap is laag?'
'Ze heeft bijna geen handicap, zou je kunnen zeggen. Hoezo?'
'Dus het zou geen probleem voor haar zijn om zich hier voor een toernooi te kwalificeren, ik bedoel op grond van haar handicap?'
De man lachte. 'Een probleem om zich te kwalificeren? Voor zover ik me kan herinneren, heeft Donna zo ongeveer elk toernooi gewonnen waaraan ze heeft deelgenomen.'
'Hebt u Sally Maxwell gekend?'
De man knikte. 'Een mooie vrouw. Verschrikkelijk wat er gebeurd is. U lijkt trouwens op haar.'
'Was ze een goede golfer?'
'Ja, dat wel. Goed spel. Beter als putter dan op de fairways.'
'Maar lang niet zo goed als Donna?'
'Bij lange na niet.' Hij glimlachte. 'Waarom al die vragen? Wilt u het tegen Donna opnemen en verdiept u zich in de concurrentie? U bent veel jonger dan zij, maar ik durf te wedden dat ze het u niet makkelijk zal maken.'
'Misschien neem ik het tegen haar op, maar niet op de golfcourse.'
Michelle liet de man verbaasd achter.
Ze liep naar het parkeerterrein, waar haar SUV stond.
Ze keek snel om, omdat ze dacht dat ze iets hoorde. Met haar duim maakte ze de leren riem van haar holster los. Ze pakte de kolf van haar pistool vast, klaar om het uit de holster te trekken, maar toen kwam ze veilig bij haar auto aan en stapte in.
Een halfuur later was ze bij het huis. Ze reed er voorbij, parkeerde in een zijstraat en stapte uit. Donna Rothwells grote huis stond een eindje van de straat

af. Er was een hek aan de voorkant en een bochtige oprijlaan voerde naar een parkeerterreintje aan de voorkant. Toen ze langs de straat liep, vond ze een opening tussen de heggen. Het was donker in het huis, in elk geval aan de voorkant. Het huis was zo groot dat ze vanaf de plaats waar ze stond niet kon zien of er licht in de kamers aan de achterkant brandde.
Michelle keek op haar horloge. Het was bijna tien uur.
Waarom had Rothwell gelogen over iets wat op het eerste gezicht zo onbeduidend was? Ze had tegen Sean en haar gezegd dat Sally Maxwell met Doug Reagan aan een liefdadigheidstoernooi had deelgenomen omdat haar eigen handicap te hoog was en ze daarom niet mocht meedoen. Nu bleek dat ze een veel betere golfer was dan Michelles moeder was geweest. Het was een domme leugen. Rothwell ging er blijkbaar van uit dat Michelle, een vreemde in dit stadje, nooit te weten zou komen dat ze loog.
Waarom had ze gelogen? Wat maakte het uit dat haar moeder met Doug had gespeeld?
Michelle bleef staan. Voetstappen, een ademhaling van iemand anders dan zijzelf, de klap van huid op metaal. Wapenmetaal. Dat was dom. Ze ging niet inbreken bij Donna Rothwell, want dan zou ze de vrouw een uitstekende reden geven om haar te laten arresteren. Ze zou hier ook niet blijven wachten tot iemand haar in haar kraag greep.
Ze liep naar de SUV terug, belde Sean en vertelde hem wat ze over Rothwell te weten was gekomen.
'Bobby en ik komen naar het huis van je vader,' zei hij. 'Ga daarheen en blijf wachten.'
Ze kwam bij het huis en parkeerde aan de voorkant. Ze keek door het raam van de garage. Haar vader was niet thuis. Met de sleutel die ze had maakte ze de deur open.
Zodra ze de deur achter zich dicht had gedaan, voelde ze het. Ze trok haar pistool, maar het was een seconde te laat. De klap kwam op haar arm neer. De Sig kletterde op de grond en ging daarbij af. De kogel ricochetteerde over de natuurstenen vloer. Michelle greep haar gewonde arm vast en dook omlaag. Dicht bij haar viel iets zwaars neer.
Toen voelde ze iets langs haar hoofd zwiepen. Ze sprong overeind en haalde uit met haar been, maar raakte niets. Iemand gaf een schreeuw en er sloeg iets hard en pijnlijk tegen Michelles been. Ze vloekte, rende naar de huiskamer en wierp zich ruggelings over de bank. In elk geval kende ze de indeling van het huis.
Toen de persoon weer op haar af kwam, was ze er klaar voor. Ze ontweek de klap, kwam overeind en schopte keihard in de buik van haar belager, gevolgd door een stomp tegen het hoofd. Ze hoorde een hard gekreun, alsof de lucht uit de longen van de aanvaller werd geperst. Er sloeg iemand tegen de vloer.

Michelle sprong naar voren om daar gebruik van te maken, maar toen vloog het wapen van de persoon omhoog en trof Michelle op haar kin. Het was iets van metaal. Michelle proefde bloed. Ze week uit naar links, struikelde over de salontafel en viel hard neer. Haar arm en been deden vreselijk pijn en er gingen nu ook pulserende steken door haar kin.

Michelle ging rechtop zitten en voelde dat de ander dicht bij haar was. Ze rook iets heets.

Shit, dat is mijn pistool. Ze hebben mijn pistool.

Ze dook achter de salontafel en verwachtte elk moment het schot.

Het schot viel, maar ze voelde niets. Er klonk een schreeuw, schel en doodsbang. Er kletterde iets op de vloer en iemand viel naast haar neer.

Het licht ging aan.

Ze ging rechtop zitten en knipperde met haar ogen.

Toen ze hem zag, viel haar mond open van verbazing. Doug Reagan lag met een schotwond in zijn borst bij de deur.

En naast haar zat Donna Rothwell op haar knieën. Ze hield haar bebloede hand vast en snikte van pijn. Michelles pistool lag naast de vrouw. Michelle pakte het vlug op.

Toen verstijfde ze weer.

Hij stond bij de voordeur, naast Reagan. Zijn pistool was naar voren gericht en er kwam een flard van rook uit de loop.

Frank Maxwell kwam dichterbij en stak zijn hand uit om zijn dochter overeind te helpen. 'Gaat het, meisje?' zei hij.

•63•

'Ik maakte foto's van de nummerborden omdat ik wist dat de buren een feest hadden. Ik keek naar de lijst van de mensen op het feest en vergeleek die met de eigenaren van de auto's die op die avond in de straat hadden gestaan.'
Frank Maxwell zette zijn koffiekop neer en leunde achterover.
Het was de volgende morgen en ze waren op het politiebureau. Donna Rothwell was gearresteerd voor de moord op Sally Maxwell en de poging tot moord op Michelle Maxwell. Ze was naar het ziekenhuis gebracht om haar hand te laten verbinden, die door een kogel uit Frank Maxwells pistool was geraakt. Doug Reagan lag in het ziekenhuis; zijn toestand was stabiel. Hij had een gat in zijn borst gekregen toen Michelles pistool op de vloer was gevallen en per ongeluk was afgegaan. Verwacht werd dat hij volledig zou herstellen en dan samen met Donna terecht zou staan.
Bobby Maxwell zei: 'Hoe kwam je aan de autogegevens?'
'Ik ken iemand bij de verkeerspolitie.'
'Je vond ma dood in de garage en toen ging je naar buiten om foto's te maken?' zei Michelle ongelovig.
Frank Maxwell keek zijn jongste kind aan. 'Ze was net vermoord. Geen pols, geen reactie van pupillen. Ik kon niets doen om haar terug te krijgen. Het lichaam was nog warm. Ik wist dat de moordenaar nog in de buurt was. Ik stond niet onder de douche. Ik was in de huiskamer. Ik hoorde een geluid in de garage en toen klapte er een deur dicht.'
'Dat heb je niet tegen de politie gezegd,' merkte Bobby op. 'Allemachtig, pa, dat heb je *mij* ook niet verteld.'
'Daar had ik mijn redenen voor. Ik kon ook de politie bellen en huilend bij haar lichaam blijven zitten, maar ik weet hoe belangrijk het is om na een moord snel in actie te komen en ik was niet van plan ook maar een seconde te verspillen. Ik rende naar de zijdeur van de garage en maakte hem open. Ik zag of hoorde niemand. Ik rende door de straat heen en weer, maar zag niets. Omdat ik geen auto hoorde starten, dacht ik dat de dader te voet was of nog niet was weggereden. Ik hoorde de geluiden van het zwembadfeest bij de buren. Ik vroeg me af of ik daarheen moest gaan om hun te vertellen wat er gebeurd was en na te gaan of daar iemand was die er niet thuishoorde, maar ik koos voor een andere methode.
Ik wist dat ik niet veel tijd had. Ik rende naar het huis en pakte mijn camera. Ik maakte de foto's van de nummerborden. Daarna ging ik het huis weer in en

belde de politie. Dat alles had misschien twee minuten in beslag genomen. Toen rende ik weer naar buiten om te kijken of ik iemand zag, maar ik zag niemand. Vervolgens ging ik naar de garage terug om bij Sally te zijn.' Hij zei dat laatste zacht en met gebogen hoofd.
'Weet je zeker dat je niemand hebt gezien?' vroeg Sean, die tegenover Frank zat.
'Als ik iemand had gezien, had ik er iets aan gedaan. Toen mijn vriend de nummers natrok, bleek de auto die helemaal aan het eind van de straat stond van Doug Reagan te zijn. Ik geloofde niet dat hij op het verjaardagsfeestje van een tiener was uitgenodigd. Dat bleek ook uit de lijst van genodigden. Zijn auto was de enige die daar niet thuishoorde. De andere waren van mensen op het feest of van mensen die bij mij in de straat woonden.'
'Een knap stukje detectivewerk,' vond Sean. 'Waarom heb je dit niet aan de politie verteld?'
'Ja, pa,' zei Bobby. 'Waarom niet?'
Michelle keek met een mengeling van woede en medeleven naar haar vader. Uiteindelijk won het laatste. 'Hij wilde het blijkbaar zelf uitzoeken om er zeker van te zijn dat hij gelijk had. Misschien zou hij daarmee anderen onnodig werk besparen,' zei Michelle.
Frank keek zijn dochter aan. Michelle meende een zweem van dankbaarheid op zijn gezicht te zien.
'Dus je dacht dat Reagan erbij betrokken was. En Rothwell?'
'Ik heb haar nooit gemogen,' zei hij. 'Er deugde gewoon iets niet aan haar. Je zou het politie-instinct kunnen noemen. Toen Sally was vermoord, verdiepte ik me in dat tweetal. Het bleek dat zo'n twintig jaar geleden twee mensen in Ohio die een grote gelijkenis met Rothwell en Reagan vertoonden, maar met andere namen, ervan beschuldigd werden dat ze een machtiging hadden misbruikt om miljoenen dollars van een gepensioneerde topmanager te verduisteren. Toen de kinderen van de oude man argwaan kregen, werd hij op een ochtend dood in zijn bad gevonden. Het tweetal was de stad uit en niemand heeft ooit nog iets van hen gehoord. Het zal wel niet de enige keer zijn dat ze zoiets deden. Ik vond nog een paar gevallen waarvan ik geloof dat ze erbij betrokken waren, maar er waren nooit genoeg bewijzen. Zulke mensen komen op die manier aan de kost. Een vos verliest wel zijn haren, maar niet zijn streken.'
'Dus het verhaal dat haar man een gepensioneerde president-directeur was met wie ze een goed leven had gehad, was onzin?' zei Michelle.
'Het is gemakkelijk een verleden te verzinnen, zeker tegenwoordig,' voegde Sean eraan toe. 'Ze komt hier wonen als rijke weduwe die de wereld heeft bereisd. Wie kan bewijzen dat het niet zo is?'
'Dus haar "nieuwe" verkering Doug Reagan werkt al tientallen jaren met haar samen? Azend op rijke oude mensen,' zei Bobby.

'Ik geloof van wel, ja,' antwoordde zijn vader. 'Maar ik had geen concrete bewijzen.'
'Waarom hadden ze het op ma voorzien?' vroeg Michelle. 'Jullie zijn nou niet bepaald schatrijk.'
Frank Maxwell keek ongemakkelijk. Hij sloeg zijn ogen weer neer en klemde het piepschuimen bekertje stevig in zijn hand. 'Ik geloof niet dat ze het op ons hadden voorzien. Ik denk... Ik denk dat je moeder graag bij Doug Reagan was.' Hij zweeg even. 'En hij graag bij haar.' Hij zweeg en niemand in de kamer wilde de stilte verbreken.
Hij ging verder. 'Hij was overal geweest, had alles gedaan, kende iedereen – tenminste, dat zei hij. Dingen waarmee Sally nooit in aanraking was gekomen. Hij was knap en rijk, en bewoog zich in bepaalde kringen. Hij was charmant. Een man van de wereld. Ik was maar een politieman. Ik kon daar niet tegenop. Ach, ik kon ook wel begrijpen dat ze hem interessant vond.' Hij haalde zijn schouders op, maar Michelle kon merken dat haar vader eigenlijk helemaal niet kon begrijpen waarom zijn vrouw verliefd op die man was geworden.
'En Rothwell kwam daarachter?' zei Sean.
'Donna Rothwell is iemand voor wie je moet oppassen,' zei Frank bondig. 'Niet dat ik haar zo goed kende, maar ik ken haar sóórt maar al te goed. Ik zag dingen die anderen niet zagen. Weer met dat oog van een politieman. Ik had gezien hoe ze soms keek als ze niet in het middelpunt van de belangstelling stond, of als haar vriendje meer aandacht aan een andere vrouw schonk dan aan haar. Ze was obsessief; ze wilde alles beheersen. Ze kon aan niemand toegeven, zeker niet aan zichzelf, dat ze een situatie niet volledig in de hand had. Dat maakte haar gevaarlijk. Zelfs op de golfcourse was ze overdreven competitief ingesteld. Ze kon niet tegen haar verlies.'
Michelle zei: 'Daarom moet ze die leugen hebben verzonnen over Reagan die met ma aan dat golftoernooi meedeed. Ze wilde niet toegeven dat het zonder haar toestemming was gebeurd.'
'Daarom zei ze ook met zoveel klem dat je moeder niet met andere mannen omging,' zei Sean.
Michelle ging verder: 'En dus besloot ze ma te vermoorden, omdat die met Reagan aan het flikflooien was. Ze maakte een eetafspraak met haar en wist blijkbaar van het luidruchtige zwembadfeest bij de buren. Ze sloop de garage in en wachtte tot ma naar buiten kwam...' Michelles stem stierf even weg. 'Wat heeft ze gebruikt om haar te vermoorden?' vroeg ze aan Bobby, die tranen in zijn ogen had.
Hij haalde diep adem. 'Een golfclub. Een nieuw model putter. Dat verklaart de vreemde vorm van de hoofdwond. De politie heeft hem in de kofferbak van haar auto gevonden. Er zaten nog sporen op. Ze ging jou gisteravond ook met

een golfclub te lijf. Alleen was dat een driver.'
Michelle wreef over haar arm en been, waar ze grote blauwe plekken had. 'Die vrouw heeft een natuurlijke swing,' merkte ze zuur op. 'Maar waarom viel ze mij aan?'
Haar vader gaf antwoord. 'Reagan was gisteravond in de country club. Dat weet ik, want ik was er ook. Ik volgde hem. Hij zag jou bij de trofeeënkast. Hij hoorde je met die man over Donna praten. Blijkbaar legde hij toen verbanden. Is je iets opgevallen op die foto?'
'Dat Donna linkshandig is? Ja.'
'Hij sloop weg, voerde een telefoongesprek, ongetwijfeld met Rothwell, en ging er toen vlug vandoor.'
'Naar jouw huis?'
Frank zei: 'Dat wist ik niet, want ik zat niet meer achter hem aan, maar volgde jou. Evengoed kwam ik weer bij hem terecht, want ze hadden een hinderlaag voor je gelegd.'
'Waarom?'
'Waarom? Omdat je dichter bij de waarheid kwam.'
'Nee. Waarom volgde je míj?'
'Omdat ik me zorgen over je maakte. Dat uitschot mocht je absoluut geen kwaad doen. Dat heb ik alleen niet helemaal kunnen voorkomen.'
Ze legde haar hand op zijn arm. 'Pa, je hebt mijn leven gered. Als jij er niet was geweest, zou ik nu in het mortuarium liggen.'
Die woorden hadden een opmerkelijke uitwerking op haar vader. Hij sloeg zijn handen voor zijn gezicht en begon te huilen. Zijn kinderen stonden op, knielden bij hem neer en hielden hem vast.
Sean stond ook op, maar hij sloot zich niet bij hen aan. Hij verliet de kamer en deed de deur zacht achter zich dicht.

•64•

Quarry zat in de bibliotheek van Atlee en telde het geld dat hij nog had. Twee jaar geleden had hij iets gedaan waarvan hij nooit had gedacht dat hij het zou doen. Om aan geld te komen voor de dingen die hij deed had hij een aantal erfstukken uit zijn familie aan een antiquair verkocht. Hij had lang niet de werkelijke waarde ervan gekregen, maar hij had niet in de positie verkeerd om kieskeurig te zijn. Nu stopte hij het geld weg, haalde zijn schrijfmachine tevoorschijn, trok handschoenen aan, draaide het papier in de machine en begon aan de laatste brief die hij ooit op deze machine zou schrijven. Ook in dit geval had hij over elk woord nagedacht.

Hierna zou de communicatie niet via brieven verlopen. Het contact zou veel directer worden. Hij was klaar met de brief en riep Carlos bij zich. Het pezige mannetje was in het huis, terwijl Daryl wachtdienst in de mijn had. Hij had een opdracht voor Carlos. Na zijn gevecht met Daryl wilde hij zijn zoon dicht bij huis houden.

Carlos droeg ook handschoenen, zoals hem door Quarry was opgedragen. Hij zou met een van de pick-uptrucks naar het noorden rijden, de staatsgrens over, om deze laatste brief op de bus te doen. De man stelde geen vragen; hij wist al wat er van hem werd verwacht. Quarry gaf hem de dichtgeplakte envelop en geld voor de reis.

Toen Carlos weg was, deed Quarry de deur van de bibliotheek op slot, porde het vuur op, nam de pook, stak hem in de vlammen tot hij heet was, stroopte zijn mouw op en voegde de derde streep aan het teken op zijn arm toe. Deze streep stond loodrecht op de lange brandwond, ditmaal aan de linkerkant daarvan. Terwijl de huid siste en opbolde door de aanraking met het roodhete metaal, liet Quarry zich in zijn oude bureaustoel achteroverzakken. Hij beet niet op zijn lip, want die was nog gezwollen van zijn gevecht met Daryl; hij had er zelfs verband op gefabriceerd. Hij trok zijn fles whisky open, huiverde toen de alcohol in de wonden brandde en keek naar het rijzen en dalen van de vlammen in de haard. Nu hoefde hij nog maar één streep in zijn huid te branden. Nog één.

Hij verliet de bibliotheek en wankelde de trap op naar Tippi's kamer. Hij deed de deur open en keek in de donkere ruimte. Ze lag op het bed. *Waar zou ze anders zijn?* zei Quarry tegen zichzelf.

Ruth Ann had snel geleerd wat Tippi nodig had en was er al helemaal aan gewend om Quarry te helpen haar te verzorgen. Hij dacht erover naar binnen te gaan en haar voor te lezen, maar hij was moe en zijn mond deed pijn.

'Wilt u dat ik haar voorlees, meneer Sam?'
Quarry draaide zich langzaam om en zag Gabriel op de overloop staan. De jongen had zijn kleine hand op de dikke houten leuning gelegd die enkele eeuwen geleden was aangebracht door een man die honderden slaven in bezit had gehad. Quarry veronderstelde dat het hout nu zo ongeveer verrot zou zijn, net als de man die het had aangebracht, of beter gezegd: die dat door zijn slaven had laten doen. Op de een of andere manier vond Quarry het geruststellend die kleinere donkere hand op dat oude stuk rottend hout te zien rusten.
'Dat zou ik op prijs stellen,' zei hij. Hij bewoog zijn beschadigde lip zo langzaam mogelijk.
'Ma zei dat u bent gevallen en uw mond hebt bezeerd.'
'Ik word te oud voor het boerenwerk.'
'Wilt u dat ik iets in het bijzonder voorlees?'
'Hoofdstuk vijf.'
Gabriel keek hem nieuwsgierig aan. 'Waarom dat?'
'Dat weet ik niet, behalve dat het getal vijf net bij me opkwam.'
'Meneer Sam, zou juffrouw Tippi willen dat we haar ook andere boeken voorlezen?'
Quarry wendde zich af en keek naar zijn dochter. 'Nee, jongen, dat ene boek lijkt me wel genoeg.'
'Dan ga ik beginnen.'
Gabriel liep hem voorbij en deed de plafondlamp aan. Het plotselinge licht deed Quarry pijn aan zijn ogen en hij wendde zich af.
Ik ben een echt nachtdier geworden, dacht hij.
Hij zag pas dat de jongen naar hem keek toen Gabriel zei: 'Meneer Sam, gaat het wel goed met u? Wilt u ergens over praten?'
Quarry keek naar Gabriel, die daar naast Tippi zat, met de dierbare roman van Jane Austen in zijn handen.
'Er is veel waarover ik zou willen praten, Gabriel, maar het zou je niet interesseren.'
'Daar zou u misschien nog van staan te kijken.'
'Misschien,' beaamde Quarry.
'Het was heel aardig wat u hebt gedaan. Dit huis nalaten aan ma.'
'En aan jou, Gabriel. En aan jou.'
'Dank u.'
'Ga nu maar voorlezen. Hoofdstuk vijf.'
Gabriel wijdde zich aan zijn taak. Quarry luisterde een tijdje en ging toen naar beneden. Zijn zware schoenen dreunden over de vloerplanken. Hij ging een poosje op de voorveranda zitten en keek vol bewondering naar een avond die een frisheid bezat die je hier in het Zuiden niet vaak meemaakte.

Even later reed hij in zijn oude pick-uptruck. Hij hobbelde over onregelmatige zandwegen, kwam ten slotte op zijn bestemming aan, stopte en stapte uit. Met grote stappen verkleinde hij de afstand, maar hij hield halt voordat hij bij het huisje was dat hij had gebouwd. Ongeveer tien meter ervandaan hurkte hij neer.

Twintig vierkante meter perfectie, midden in de rimboe. Met vermoeide benen ging hij in het zand zitten, zijn blik nog steeds op het huisje gericht. Hij tikte een sigaret uit zijn pakje en nam hem tussen zijn lippen, maar stak hem niet aan. De sigaret bungelde daar als een strootje. Ergens in de bomen kraste een uil. In de lucht zag hij lampjes knipperen van een vliegtuig. Niemand daar boven kon hem hier in Alabama zien. Het vliegtuig zou hier nooit landen. Waarschijnlijk was het op weg naar Florida of misschien Atlanta. Het zou hier nooit landen. Er was hier niet veel om voor te landen, wist hij. Evengoed stak hij zijn hand op en zwaaide langzaam naar de passagiers, al betwijfelde hij of er iemand was die uit het raam keek.

Hij stond op en liep naar de plaats waar Carlos zou zijn. Voor de duizendste keer keek hij naar het huis om het gezichtsveld te controleren. Dat was niet veranderd. Geen millimeter. De camera daarboven, met de kabel naar Carlos toe. De afstandsbediening die het allemaal in werking zou stellen. De satelliettelefoon die in verbinding stond met Quarry in de mijn. Het dynamiet. Willa. Haar echte moeder. Daryl. Kurt die al dood in een mijngang aan het zuidelijke eind lag. Zijn Patriot die smadelijk begraven was.

Ruth Ann.

Gabriel.

En ten slotte Tippi.

Dat was nog het moeilijkste. Tippi.

Hij verliet het heuveltje en liep doelbewust in de richting van het huis. Ditmaal liep hij door en stapte hij de veranda op. Hij deed de deur niet open, maar ging op de houten veranda zitten, met zijn rug tegen een paal, zijn blik strak op de deur gericht.

Dat was het moeilijkste.

Hij ademde een beetje koude lucht in en spuwde die weer uit. Het was of zijn longen niet van die frisheid, die zuiverheid hielden. Hij hoestte. Hij kreeg al net zo'n hoest als Fred.

Enkele seconden lang deed Quarry iets wat onvoorstelbaar was, in elk geval voor hem. Hij dacht erover om te stoppen. De brief was al weg, maar hij hoefde zich er niet aan te houden. Hij kon de volgende dag naar de mijn vliegen, Wohl en Willa ophalen en hen op een veilige plaats achterlaten, waar ze gevonden zouden worden. Hij kon gewoon hier blijven met Tippi.

Hij stapte weer in zijn pick-up en reed met hoge snelheid naar de Atlee-plantage terug. Hij ging naar zijn bibliotheek, deed de deur op slot en nam een glas whisky. Hij ging aan zijn bureau zitten, staarde in de lege haard en betastte de gezwollen huid op zijn onderarm. Plotseling haalde hij uit met zijn arm en maaide alles van zijn bureau. Het kletterde op de vloer.

'Wat doe ik toch?' riep hij uit. Hij stond op, boog zich naar voren, haalde snel adem; er zat geen rek meer in zijn zenuwen. Hij vloog de kamer uit, rende de trap af en haalde sleutels uit zijn zak. Hij kwam in de kelder, draafde door de gang, maakte de deur open en ging de kamer in. Hij deed het licht aan en keek naar de muren. Zijn muren. Zijn leven. Zijn routekaart naar gerechtigheid. Hij keek naar al die oude namen, plaatsen en gebeurtenissen, de gespannen draden die elkaar kruisten en die jaren van zweet en volharding vertegenwoordigden, jaren waarin hij de allesoverheersende aandrang had gehad om achter de waarheid te komen.

Zijn ademhaling werd regelmatiger en hij kreeg zijn zenuwen weer in bedwang. Hij stak een sigaret op en liet de rook langzaam ontsnappen. Zijn blik bleef rusten op een foto van Tippi helemaal aan het eind van de muren, de plaats waar het allemaal begonnen was.

De muren wonnen het. Hij ging hiermee door tot het eind. Toen hij het licht uitdeed, verdwenen de muren weer in de duisternis, maar ze hadden hun werk al gedaan. Hij deed de deur op slot en ging naar boven.

Gabriel had Tippi voorgelezen en was naar bed gegaan. Quarry ging bij hem kijken toen hij langs zijn slaapkamer kwam. Hij zette de deur op een kier, luisterde naar de zachte ademhaling van de jongen en keek naar het rijzen en dalen van de deken.

Een beste jongen. Waarschijnlijk zou hij uitgroeien tot een prima man en een leven leiden dat hem ver van deze plaats zou brengen. Dat was goed. Hij hoorde hier niet thuis, niet zoals Sam Quarry hier thuishoorde.

Iedereen moest zijn eigen weg kiezen. Gabriel kon nog beslissen. Quarry had zijn route al uitgekozen. Zijn snelweg had geen afslagen. Hij reed er al met een snelheid van een miljoen kilometer per uur overheen.

Toen hij de trap op ging om naar bed te gaan, keek hij op zijn horloge. Over een uur of twee zou Carlos de brief op de bus doen. Daarna zou het twee dagen duren voordat die aankwam, drie op z'n hoogst. Daar had hij zijn instructies op afgestemd.

En dan zou het gebeuren. Dan kon hij zeggen wat hij op zijn hart had. Ze zouden luisteren. Daar was hij zeker van. Dat zou hij duidelijk maken. En dan zou de beslissing aan hem zijn. Hij wist vrij zeker wat die beslissing zou zijn, maar mensen waren vreemd. Soms wist je niet wat je aan ze had. Toen hij in zijn slaapkamer boven in het huis kwam, besefte hij dat hijzelf typisch iemand was van wie mensen niet wisten wat ze aan hem hadden.

Hij deed het licht niet aan, trok alleen zijn schoenen en sokken uit, maakte zijn riem los, ritste zijn broek open en liet hem op de vloer vallen. Hij liep naar de bank en pakte zijn fles met vloeibare pijnstiller. Toen keek hij naar het bed. Wat gaf het? Hij ging erop liggen, zette de fles weg en droomde van betere tijden.
Toch zou dat het enige zijn wat hem restte. Een droom.

•65•

Michelle en Sean zagen Frank Maxwell de bloemen op het verse graf van zijn vrouw leggen, zijn hoofd buigen en enkele woorden mompelen. Toen stond hij daar alleen maar voor zich uit te kijken. Ze wisten niet waarnaar.

Sean fluisterde tegen haar: 'Denk je dat het goed komt met hem?'

'Ik weet het niet. Ik weet niet eens of het met mij goed komt.'

'Hoe gaat het met je been en arm?'

'Goed. Daar heb ik het niet over.'

'Ik weet het,' zei hij zacht.

Ze keek hem aan. 'Heb jij ook dit soort familieproblemen?'

'In iedere familie zijn problemen. Hoezo?'

'Ik vroeg het me alleen maar af.'

Ze zwegen toen Frank naar hen toe liep.

Michelle legde haar hand op zijn arm. 'Gaat het wel?'

Hij haalde zijn schouders op, maar knikte. Toen ze naar Michelles SUV terugliepen, zei hij: 'Waarschijnlijk had ik Sally niet alleen moeten laten om op onderzoek uit te gaan. Waarschijnlijk had ik bij haar moeten blijven.'

'Als je dat had gedaan, hadden we Rothwell en Reagan niet te pakken gekregen,' merkte Sean op.

Toen ze in het huis terug waren, zette Michelle koffie en maakte Sean sandwiches klaar voor de lunch. Ze keken allebei op toen ze een stem op de kleine tv in de keuken hoorden.

Even later keken ze allebei naar Willa's foto op het scherm. Het journaal had geen nieuws. Ze zeiden de gebruikelijke dingen. Dat de FBI nog bezig was met het onderzoek. Dat het presidentiële echtpaar gespannen afwachtte. Dat het land zich afvroeg waar het meisje was. Dat wisten ze allemaal al. Toch had de aanblik van het meisje hen meteen helemaal in beslag genomen. Het was of ze opeens onder extra grote druk stonden.

Sean ging naar buiten om te bellen. Toen hij terugkwam, keek Michelle hem vragend aan.

'Ik heb de First Lady en Chuck Waters gebeld.'

'Nog nieuws?'

'Nee. Ik heb weer een boodschap bij mijn vriend de generaal ingesproken.'

'Is Waters al wat verder met het volgen van het Koasati-spoor?'

'Ze hebben mensen naar dat plaatsje in Louisiana gestuurd. Tot nu toe heeft dat niets opgeleverd. Ze konden geen verdachte vinden.'

Ze zwegen. Nu het raadsel van Sally Maxwells dood was opgelost, was het zaak dat ze Willa vonden. Levend. Ze hadden een nieuw spoor nodig. Eén nieuw spoor.

Toen ze later in de keuken zaten te eten, pakte Frank een servet om zijn mond af te vegen en schraapte zijn keel.

'Ik was verbaasd toen jullie daar waren,' zei hij.

'Waar?' vroeg ze.

'Je weet wel.'

'Ik was ook verbijsterd toen ik jou daar zag.'

'We zijn daar nooit gelukkig geweest, weet je. Je moeder en ik.'

'Blijkbaar niet.'

'Kun je je er nog iets van herinneren?' vroeg hij voorzichtig. 'Je was nog zo klein. Niet veel meer dan een peuter.'

'Pa, ik was geen peuter. Ik was zes. Maar nee, ik kan me er niet veel van herinneren.'

'Maar je wist nog wel hoe je daar kon komen?'

Michelle loog: 'Dat noemen we gps.'

Sean speelde met de chips op zijn bord, terwijl hij zijn best deed om niet naar vader en dochter te kijken. 'Ik ben zo terug,' zei hij. Hij stond op en liep weg voordat een van hen iets kon zeggen.

'Hij is een beste kerel,' zei Frank.

Michelle knikte. 'Waarschijnlijk beter dan ik verdien.'

'Dus jullie tweeën zijn een stel?' Hij keek zijn dochter aan.

Ze speelde met het oor van haar koffiekopje. 'Eerder compagnons,' zei ze.

Frank keek uit het raam. 'Ik werkte toen veel. Liet je moeder te veel alleen. Het was moeilijk. Dat zie ik nu in. Mijn carrière als politieman was mijn leven. Je broers hebben een veel beter evenwicht gevonden dan ik ooit heb gedaan.'

'Ik heb me nooit verwaarloosd gevoeld, pa. De jongens ook niet, voor zover ik kan nagaan. Ze waren gek op jou en ma.'

'Maar jij?'

Hij keek haar zo smekend aan dat ze even haar adem moest inhouden.

'Of ik wat?' Maar ze wist het al.

'Of je gek op ons was? Op je moeder en mij?'

'Ik hou heel veel van jullie twee. Dat is altijd zo geweest.'

'Ja. Goed.' Hij ging verder met zijn lunch, kauwde systematisch op zijn sandwich en pakte zijn koffiekopje op met sterke handen waarop de aderen afstaken. Hij keek haar niet meer aan. Michelle kon het niet over haar hart verkrijgen iets toe te voegen aan wat ze al had gezegd.

Toen Sean en zij na het eten de tafel afruimden, klopte er iemand op de voordeur. Ze ging opendoen en kwam even later met een grote doos terug.

Sean zette het laatste kopje in de vaatwasmachine, deed hem dicht en keek haar aan. 'Wat is dat? Voor je vader?'
'Nee, voor jou.'
'Voor mij?'
Ze zette de doos op de tafel en keek wie de afzender was.
'Generaal Tom Holloway? Ministerie van Defensie?'
'Mijn tweesterrenvriend. Blijkbaar zijn dat de gegevens van deserteurs.'
'Hoe is het hier terechtgekomen?'
'Toen we naar Tennessee onderweg waren, stuurde ik hem een mailtje. Ik gaf hem dit adres voor het geval hij iets had en we hier nog waren. Maak vlug open.'
Michelle pakte een schaar en sneed de doos los. Er zaten plastic mappen in, een stuk of veertig. Ze haalde er een paar uit. Het waren kopieën van officiële onderzoeksrapporten van het leger.
'Ik weet dat hij je vriend is en zo, maar waarom zou het leger een burger al dit materiaal geven? En zo snel?'
Sean pakte een van de mappen en keek erin.
'Sean? Ik vroeg je iets.'
Hij keek op. 'Nou, afgezien van de footballkaartjes heb ik me laten ontvallen dat het Witte Huis achter ons onderzoek zat en dat ze met hun eventuele medewerking een persoonlijke dienst bewezen aan zowel de president als de First Lady. Het leger kennende, weet ik zeker dat ze het zijn nagegaan en hebben geconstateerd dat het waar was. Regel één in het leger: doe nooit iets wat de opperbevelhebber kwaad maakt.'
'Ik ben onder de indruk.'
'Dat is blijkbaar het doel van mijn leven.'
'Nou, gaan we dit doornemen?'
'Bladzijde voor bladzijde. Regel voor regel. Nou maar hopen dat dit de doorbraak is die we nodig hebben.'
Er klapte een deur dicht. Michelle stond op en keek nog net op tijd uit het raam om te zien dat haar vader in zijn auto stapte en wegreed.
'Waar denk je dat hij heen gaat?' vroeg Sean.
Michelle ging weer zitten. 'Hoe moet ik dat weten? Ik ben zijn oppas niet.'
'Hij heeft je leven gered.'
'Daar heb ik hem toch voor bedankt?'
'Voordat ik verderga: ben ik al dicht bij het punt waarop je meestal tegen me zegt dat ik moet oprotten?'
'Gevaarlijk dichtbij.'
'Dat dacht ik al.' Hij keek weer naar de map.
'Ik hou echt wel van mijn vader. En ik hield van mijn moeder.'

'Ongetwijfeld. Ik weet dat die dingen gecompliceerd zijn.'
'Ik denk dat mijn familie het woord "gecompliceerd" heeft uitgevonden.'
'Je broers lijken me vrij normaal.'
'Ik denk dat ik alle problemen heb geërfd.'
'Waarom wilde je naar die boerderij terug?'
'Dat zei ik al: ik weet het niet.'
'Ik heb nooit eerder meegemaakt dat je ergens zonder reden heen ging.'
'Er is voor alles een eerste keer.'
'Wil je het zo laten met je vader?'
Ze keek hem aan. 'Hoe laat ik het dan precies met hem?'
'Je laat het ergens in de lucht hangen.'
'Sean, mijn moeder is vermoord nadat ze blijkbaar mijn vader had bedrogen. De vrouw die haar heeft vermoord, heeft mij ook bijna vermoord. Mijn vader heeft mijn leven gered, maar met hem heb ik ook problemen. Een tijdlang heb ik zelfs gedacht dat hij haar had vermoord. Dus je moet het me maar niet kwalijk nemen als ik een beetje in de war ben.'
'Sorry, Michelle. Je hebt gelijk.'
Ze legde de map die ze had opgepakt neer en begroef haar gezicht in haar handen. 'Nee, misschien heb jij gelijk. Alleen weet ik niet hoe ik hiermee moet omgaan. Echt niet.'
'Misschien kun je eerst met de man gaan praten. Een-op-een, met niemand erbij.'
'Dat vind ik een angstaanjagend vooruitzicht.'
'Dat weet ik. Je hoeft het niet te doen.'
'Waarschijnlijk moet ik het wel doen, als ik hier ooit overheen wil komen.' Ze stond op. 'Wil jij die mappen doornemen? Ik ga op zoek naar mijn vader.'
'Enig idee waar hij heen is?'
'Ik denk van wel.'

•66•

Jane Cox kwam in de limousine terug van Mailbox Etc. Zonder dat ze het wist had de FBI onderzoek gedaan naar de postbus waar ze elke dag heen ging. Ze hadden niets ontdekt. Valse naam, zes maanden vooruitbetaald met cash, geen papieren spoor. Ze hadden de bedrijfsleider de wind van voren gegeven omdat hij zich niet aan de regels had gehouden.

'Zo is 9/11 begonnen, stomme idioot,' had FBI-agent Chuck Waters tegen de man van middelbare leeftijd achter de balie gesnauwd. 'Je laat een terroristische cel hier een postbus huren zonder dat ze informatie hoeven te verstrekken. Zo help je de vijanden van ons land. Wil je daarmee de geschiedenis in gaan – Als steun en toeverlaat van Osama bin Laden?'

De man was door die uitbrander zo diep geschokt dat er zelfs tranen in zijn ogen sprongen. Waters zag dat niet meer. Hij was al weg.

Jane kwam bij het Witte Huis aan en stapte langzaam uit. Ze was de laatste tijd niet veel in het openbaar verschenen, en dat was maar goed ook, want ze zag er ouder en afgetobd uit. De HD-camera's die tegenwoordig werden gebruikt, zouden haar geen eer aandoen. Zelfs de president had het gemerkt.

'Gaat het wel goed met je, schat?' had hij gevraagd. Hij was even met zijn campagneteam in Washington om een groep veteranen toe te spreken en daarna een verlaat bezoek aan een vrouwenbasketbalteam te brengen dat nationaal kampioen was geworden. Ze was regelrecht van de limousine naar hun privéverblijven gegaan, waar ze hem aantrof terwijl hij papieren doornam.

'Ik voel me goed, Danny. Ik wou dat mensen me daar niets steeds naar vroegen. Straks ga ik zelf nog denken dat er iets met me aan de hand is.'

'De FBI heeft me verteld dat je steeds naar een postbus gaat.'

'Niet de Secret Service?' had ze vlug gezegd. 'De spionnen onder ons?'

Hij zuchtte. 'Ze doen alleen maar hun werk, Jane. We zijn tegenwoordig staatseigendom. Een nationale schat – tenminste, jij wel,' had hij eraan toegevoegd met een glimlachje dat haar meestal wel in een beter humeur kon brengen.

Meestal, maar niet vandaag. 'Jij bent de schat, Danny. Ik ben alleen maar de bagage.'

'Jane, dat is niet...'

'Ik kan hier eigenlijk geen tijd aan verspillen, en jij ook niet. De ontvoerders hebben me een brief gestuurd. Daarin werd die postbus genoemd. De sleutel zat er ook bij. Ze zeiden dat ik op een gegeven moment opnieuw een brief zou krijgen en dat ik elke dag in die postbus moest kijken. Dat doe ik. Tot nu toe geen brief.'

'Waarom spelen ze het via jou? Waarom niet via Tuck?'

'Ja, waarom niet via Tuck? Ik weet het niet, Danny, want blijkbaar kan ik niet denken als een ontvoerder.'

'Goed, goed, zo bedoelde ik het niet. Dus misschien hadden we gelijk en gaan ze mij iets vragen in ruil voor Willa's terugkeer. Het kan niet om geld gaan, want je broer heeft meer geld dan ik. We kunnen hier amper voor onze persoonlijke levensmiddelen betalen. Het moet met het presidentschap te maken hebben.'

'En dan wordt het problematisch, zoals je al zei. Het zou het ambt ontkrachten. Zo zei je het, geloof ik.'

'Jane, ik zal doen wat ik kan, maar er zijn grenzen.'

'Ik dacht dat de macht van de president onbegrensd was. Daar heb ik me dan blijkbaar in vergist.'

'We doen wat we kunnen om haar terug te krijgen.'

'En als dat niet genoeg is?' vroeg ze woedend.

Hij keek haar enigszins hopeloos aan.

De machtigste man ter wereld, dacht ze. *Ontkracht.*

Haar plotseling opgekomen woede koelde even plotseling af. 'Hou me vast, Danny. Hou me vast.'

Hij deed het vlug en drukte haar stevig tegen zich aan.

'Je rilt. Heb je iets onder de leden? Je bent ook afgevallen.'

Ze ging bij hem vandaan. 'Hé, je moet gaan. Je hebt je toespraak in de East Room.'

Hij keek automatisch op zijn horloge. 'Ze bellen als het tijd is.'

Hij wilde haar weer vastpakken, maar ze draaide zich weg, ging zitten en keek voor zich uit.

'Jane, ik ben de president van de Verenigde Staten. Ik heb een zekere invloed. Waarschijnlijk kan ik helpen.'

'Dat is toch ook te verwachten, hè?'

De telefoon ging. Hij nam op.

'Ja, ik weet het. Ik kom zo.'

Hij bukte zich en kuste zijn vrouw op de wang. 'Ik kom later bij je terug.'

'Na het vrouwenbasketbalteam.'

'Dat heb ik nou altijd al willen ontmoeten,' zei hij voor de grap. 'Een stel langbenige vrouwen die veel groter zijn dan ik.'

'Ik heb ook dingen op mijn programma staan.'

'Ik laat ze door Cindy afzeggen. Je hebt rust nodig.'

'Maar...'

'Rust nou maar uit.'
Toen hij wegliep, zei ze: 'Danny, op een gegeven moment heb ik je nodig. Zul je er dan voor me zijn?'
Hij knielde bij haar neer en sloeg zijn arm om haar schouders. 'Ik zal er altijd voor jou zijn, zoals jij er altijd voor mij bent geweest. Rust wat uit. Ik zal ze koffie laten brengen, en iets te eten. Ik vind dat je erg mager wordt. Er moet wat meer vlees op je botten komen.' Hij gaf haar een kus en ging weg.
Ik ben er altijd voor jou geweest, Danny. Altijd.

•67•

Michelle parkeerde en stapte uit. Ze liep over platgestampte aarde en keek op naar het oude huis met de stervende boom, de kapotte schommelband, het karkas van de pick-uptruck op blokken in de tuin.

Ze keek naar de overkant van de straat, naar het huis waar vroeger een oude dame, Hazel Roze, had gewoond. Haar huis was onberispelijk geweest, en haar tuin ook. Nu was het pand niet meer te redden. Het leek wel of je erop kon wachten of het zakte voorgoed in elkaar. Toch woonde daar iemand. Er lag speelgoed in de voortuin. Ze zag een lijn met wapperend wasgoed in de zijtuin. Evengoed was het een deprimerend tafereel. Haar verleden sleet weg waar ze bij stond, als zand op een bergtop.

Hazel Rose was altijd aardig voor Michelle geweest. Zelfs toen het kleine meisje niet meer naar de theepartijtjes kwam die Hazel Rose voor kinderen uit de buurt gaf. Michelle wist niet waarom die herinnering juist nu bij haar opkwam. Ze keek weer naar het huis en wist wat haar te doen stond, al wilde ze het niet doen.

Michelle had goed geraden. De auto van haar vader stond voor de hare. De voordeur van de boerderij stond open. Ze liep langs zijn auto en de schamele resten van de rozenhaag.

Dat was het geweest, wist ze nu weer. Een rozenhaag. Waarom was dát bij haar opgekomen? Toen dacht ze aan de lelies op de kist van haar moeder. Ze had tegen Sean gezegd dat haar moeder meer van rozen hield. Ze had pijn in haar hand gevoeld, alsof ze zich aan een doorn had geprikt. Er was geen doorn geweest, want er waren geen rozen geweest. Net als nu. Geen rozen.

Ze liep door en vroeg zich af wat ze tegen hem zou zeggen.

Ze hoefde niet lang na te denken.

'Ik ben hier boven!' hoorde ze hem roepen. Ze hield haar hand boven haar ogen om ze tegen de zon te beschermen en keek omhoog. Hij stond voor een open raam op de eerste verdieping.

Ze stapte over de omgevallen hordeur en liep een huis in dat in haar jeugd korte tijd het hare was geweest. In zekere zin was het alsof ze terugreisde in de tijd. Bij elke stap werd ze jonger, minder zelfverzekerd en minder competent. Alle jaren van haar leven, de ervaringen die ze in haar studententijd en bij de Secret Service had opgedaan, en in de tijd dat ze Seans compagnon was – het viel allemaal weg. Ze was weer zes en sleepte een oude honkbalknuppel met zich mee, op zoek naar iemand om mee te spelen.

Ze keek naar de oude trap. Daarover was ze op platgevouwen karton naar bene-

den gegleden toen ze een kind was. Haar moeder had dat niet leuk gevonden, maar haar vader had gelachen en haar opgevangen als ze beneden kwam.
'Mijn jongste zoon,' noemde hij haar soms, omdat ze zo'n robbedoes was.
Ze ging naar boven. Haar vader stond op de overloop te wachten.
'Ik dacht wel dat je hier zou komen,' zei hij.
'Waarom?'
'Misschien had je nog iets af te maken.'
Ze deed de deur van haar oude kamer open, liep naar het raam en ging op de rand van de vensterbank zitten, met haar rug naar de vuile ruiten.
Haar vader leunde tegen de muur, stak zijn handen in zijn zakken en schoof wat met zijn schoen over de uitgesleten houten vloer. 'Kun je je hier veel van herinneren?' vroeg hij, zijn blik strak op zijn schoen gericht.
'Toen ik net kwam aanlopen, herinnerde ik me de rozenhaag. Die heb je geplant op een trouwdag, hè?'
'Nee, op de verjaardag van je moeder.'
'En in een nacht heeft iemand hem omgehakt.'
'Ja.'
Michelle wendde zich van het raam af. 'We hebben nooit geweten wie.'
'Ik mis haar. Ik mis haar echt.'
Ze draaide zich om en zag dat haar vader naar haar keek. 'Ik weet het. Ik heb je nooit zo zien huilen als laatst 's morgens.'
'Ik huilde omdat ik je bijna kwijt was, meisje.'
Dat antwoord verraste Michelle. Ze vroeg zich af waarom.
'Ik weet dat ma van je hield, pa. Zelfs als ze... als ze dat niet altijd op precies de goede manier liet blijken.'
'Laten we naar buiten gaan. Het wordt hier benauwd.'
Ze liepen langs de rand van de achtertuin. 'Je moeder en ik waren al een stel op de middelbare school. Ze wachtte op me toen ik in Vietnam was. We trouwden. Toen kwamen de kinderen.'
'Vier jongens. In vier jaar tijd. Bij de konijnen af.'
'En toen kwam mijn kleine meisje.'
Ze glimlachte en stootte tegen zijn arm. 'Zullen we maar zeggen dat het een ongelukje was?'
'Nee, Michelle, het was geen ongelukje. We wilden je graag hebben.'
Ze keek hem vragend aan. 'Ik heb dit nooit aan een van jullie gevraagd, maar ik heb altijd gedacht dat ik min of meer een verrassing was. Wilden jullie graag een meisje?'
Frank bleef staan. 'We wilden... iets.'
'Iets om jullie bij elkaar te houden,' zei ze langzaam.
Hij liep door, maar zij niet. Hij bleef staan en keek om.

'Heb je ooit aan scheiden gedacht, pa?'
'Dat deed je in onze tijd niet zo gemakkelijk.'
'Scheiden is niet altijd de verkeerde oplossing. Als je niet gelukkig bent.'
Frank stak zijn hand op. 'Je moeder was niet gelukkig. Ik, eh... ik deed mijn best. Al zal ik de eerste zijn om toe te geven dat ik te veel werkte en te veel bij haar vandaan was. Zij bracht de kinderen groot en deed dat heel goed, maar ze deed het zonder veel steun van mij.'
'Het leven van een politieman.'
'Nee, het leven van déze politieman.'
'Je wist uiteraard van Doug Reagan?'
'Ik kon wel merken dat ze zich tot hem aangetrokken voelde.'
Michelle kon niet geloven dat ze op het punt stond dit te vragen, maar ze moest wel. 'Zou het je dwars hebben gezeten als je wist dat ze met elkaar naar bed gingen?'
'Ik was nog steeds haar man. Natuurlijk zou het me diep hebben gekwetst.'
'Zou je er een eind aan hebben gemaakt?'
'Waarschijnlijk zou ik Reagan halfdood hebben geslagen.'
'En ma?'
'Ik heb je moeder in de loop der jaren op andere manieren kwaad gedaan. Het was niet haar schuld.'
'Door zo vaak weg te zijn?'
'In sommige opzichten is dat erger dan bedrog.'
'Vind je dat?'
'Wat stelt zo'n avontuurtje voor in vergelijking met tientallen jaren van onverschilligheid?'
'Pa, je was niet altijd weg.'
'Jij was er nog niet toen de jongens klein waren. Geloof me: je moeder was in feite een alleenstaande ouder. Je kunt die tijd, dat vertrouwen, nooit terugkrijgen. Tenminste, ik niet.'
'Huilde je ook om haar?'
Hij stak zijn hand naar haar uit. Ze pakte hem vast.
'Je huilt, meisje. Je huilt altijd.'
'Ik wil hier niet blijven.'
'Laten we gaan.'
Michelle was al bijna bij haar SUV toen het gebeurde. Plotseling draaide ze zich om naar het huis en zette het op een lopen.
'Michelle!' riep haar vader.
Ze was al in het oude huis en rende de trap op. Voetstappen dreunden achter haar aan. Ze nam de treden met twee tegelijk en haalde hijgend adem, alsof ze kilometers in plaats van meters had gerend.

Ze kwam boven. De deur van haar slaapkamer was dicht, maar daar wilde ze ook niet heen. Ze rende naar de deur aan het eind van de gang en schopte hem open.
'Michelle, nee!' brulde haar vader achter haar.
Ze keek de kamer in. Haar hand ging naar haar pistool. Ze maakte het holsterriempje los, nam de Sig in haar hand, wees er recht mee vooruit.
'Michelle!' De voetstappen kwamen dichterbij.
'Ga bij mijn mama vandaan!' riep ze.
Voor Michelles geestesoog keek haar moeder doodsbang naar haar. Ze zat op haar knieën, haar jurk half gescheurd. Michelle kon de beha van haar moeder zien, de spleet van haar diepe boezem, en die aanblik maakte haar doodsbang.
'Schatje!' riep Sally Maxwell naar haar. 'Ga weer naar beneden.' Haar moeder was jong – jong en levend. Haar lange witte haar had plaatsgemaakt voor zachte donkere lokken. Ze was mooi en zag er onberispelijk uit, afgezien van die gescheurde jurk, die bange ogen, de man in legertenue die over haar heen gebogen stond.
'Ga bij haar vandaan. Doe haar geen pijn meer!' schreeuwde Michelle met een stem die ze alleen had gebruikt om iemand te arresteren.
'Schatje, alsjeblieft, er is niets aan de hand,' zei haar moeder. 'Ga weer naar beneden.'
Michelles vinger gleed naar de trekker. 'Hou op. Hou op!'
De man draaide zich om en keek haar aan. Hij zou waarschijnlijk hebben geglimlacht, zoals hij op alle avonden deed. Alleen richtte ze nu zijn eigen pistool op hem, het pistool dat ze uit de holster had getrokken die hij achteloos op de stoel had geworpen. Je glimlachte niet als iemand een pistool op je richtte. Al was het een kind van zes.
Hij maakte een beweging in haar richting.
Zoals ze die avond ook had gedaan, loste Michelle een enkel schot. De kogel vloog door de lucht en boorde zich in de muur tegenover haar.
Een grote hand pakte haar pistool vast, nam het van haar over. Ze liet het los. Het was zo zwaar dat ze het niet meer kon vasthouden. Ze keek de kamer in. Zag haar moeder schreeuwen. Schreeuwen om wat Michelle had gedaan. Om de dode man die op de vloer lag.
Ze voelde een hand op haar schouder en draaide zich om.
'Pa?' zei ze met een vreemde stem.
'Het is al goed, meisje,' zei haar vader. 'Ik ben er.'
Michelle wees naar de kamer. 'Ik heb dat gedaan.'
'Dat weet ik. Je beschermde je moeder. Dat is alles.'
Ze pakte zijn schouder vast. 'We moeten hem wegbrengen, maar laat me niet in de auto zitten, pa. Niet deze keer. Ik kan zijn gezicht zien. Je moet eraan denken zijn gezicht te bedekken.'

'Michelle!'
'Je moet zijn gezicht bedekken. Als ik zijn gezicht zie...' Ze haalde adem met horten en stoten. Ze kreeg nauwelijks lucht.
Haar vader legde het pistool neer en hield haar stevig vast, totdat ze langzamer ademhaalde. Totdat Michelle die kamer in keek en zag wat daar werkelijk was. Niets.
'Ik heb hem doodgeschoten, pa. Ik heb een man gedood.'
Hij stapte iets naar achteren en keek haar aandachtig aan. Ze keek helder naar hem terug. 'Je hebt niets verkeerds gedaan,' zei hij. 'Je was nog maar een kind. Een angstig klein kind. Je beschermde je moeder.'
'Maar ze... Hij was al eerder in huis geweest. Hij was bíj haar, pa.'
'Als je iemand de schuld wilt geven, dan mij. Het was mijn schuld. Helemaal mijn schuld.' De tranen liepen over zijn wangen en Michelle voelde dat haar eigen ogen ook vochtig werden.
'Dat doe ik nooit. Ik zal jou nooit de schuld daarvan geven.'
Hij pakte haar hand vast en leidde haar de trap af.
'We moeten hier weggaan, Michelle. We moeten hier weggaan en niet terugkomen. Dit is het verleden, en we kunnen het niet meer tot leven wekken. We moeten doorgaan, Michelle. We kunnen niets anders doen. Anders maakt het ons beiden kapot.'
Buiten hield hij het portier voor haar open en ze stapte in. Voordat hij het dichtdeed, zei hij: 'Weet je zeker dat je je weer beter voelt?'
Ze haalde diep adem en knikte. 'Ik weet niet precies wat daar binnen gebeurd is.'
'Ik denk dat je alles weet wat je ooit moet weten. Nu wordt het tijd om te vergeten.'
Ze keek over zijn schouder. 'Jij hebt die rozenhaag zelf gekapt, hè?'
Hij volgde haar blik en keek toen haar weer aan. 'Je moeder hield van die rozen. Ik had ze haar nooit moeten afnemen.'
'Waarschijnlijk had je een goede reden.'
'Vaders zijn niet volmaakt, Michelle. Voor een heleboel dingen had ik geen goede reden.'
Ze keek naar het oude huis. 'Ik kom hier nooit meer terug.'
'Daar heb je ook geen reden voor.'
Ze keek hem weer aan. 'We moeten dingen anders doen, pa. Ik moet dingen anders doen.'
Hij gaf een kneepje in haar hand en sloot het portier.
Toen hij naar zijn eigen auto liep, wierp Michelle nog een blik op het huis. Haar blik telde de ramen tot ze bij de bewuste kamer kwam.
'Ik vind het zo erg, ma. Ik vind het zo erg dat je weg bent. Het lijkt wel alsof

mijn verdriet het enige is wat ik nog heb.' De tranen stroomden uit haar ogen, en ze liet snikkend haar voorhoofd op het stuur zakken. Haar borst ging heftig op en neer, en trof het stuur met de regelmaat van een klepel die tegen een klok slaat.

Ze keek op en zag haar vader zijn eigen tranen wegvegen en in zijn auto stappen.

Kort voordat ze haar eigen motor startte, zei Michelle: 'Vaarwel, ma. Ik... Het kan me niet schelen wat je hebt gedaan. Ik zal altijd van je houden.'

•68•

Terwijl hij de mappen aan het doornemen was, ging Seans mobiele telefoon. Het was Aaron Betack.

'Je hebt dit niet van mij,' zei de agent van de Secret Service.

'Je hebt de brief gevonden?'

'Dat was een goed idee van je, Sean. Ja, hij lag in haar bureau. Ik vond hem al een tijdje geleden. Sorry dat ik het je nu pas vertel. Als iemand erachter komt dat ik dit heb gedaan, is mijn carrière voorbij. Waarschijnlijk ga ik dan nog naar de gevangenis ook.'

'Niemand krijgt het van mij te horen. Dat kan ik je garanderen.'

'Ik heb het niet eens aan de FBI verteld. Dat zou ook moeilijk kunnen zonder uit te leggen hoe ik eraan kom.'

'Dat begrijp ik. Was hij getypt, net als de eerste brief?'

'Ja.'

'Wat stond erin?'

'Niet veel. De schrijver is zuinig met woorden, maar toch hadden die genoeg betekenis.'

'Wat bijvoorbeeld?'

'Dingen die we al weten. Dat ze steeds in die postbus moest kijken. Ze gaat er elke dag heen. Waters heeft die postbus nagetrokken. Dat was een dood spoor. De FBI is van plan haar die brief met geweld af te pakken als hij komt.'

'Ze willen hem de First Lady met geweld afnemen?'

'Ik weet het. Ik stel me een soort patstelling tussen de FBI en de Secret Service voor. Dat is niet zo mooi, maar het zal wel gladgestreken worden. De president zal niet willen dat zijn herverkiezing hierdoor wordt getorpedeerd, of zijn nichtje nu ontvoerd is of niet.'

'Wat stond er nog meer in de brief?'

'Dat was het meest verontrustende.'

'In welk opzicht?' vroeg Sean behoedzaam.

'Ik weet niet of deze hele zaak iets met de Duttons te maken heeft. Misschien heeft het met de First Lady te maken.'

'Je bedoelt dat de ontvoerders iets van de president willen?'

'Nee. In de brief stond dat het allemaal in de volgende brief zou staan. Als ze iemand anders deze brief liet lezen, zou het uit zijn voor haar en voor iedereen om wie ze iets gaf. Er zou dan geen uitweg voor haar zijn. Ze zou alleen in

leven blijven als ze de brief aan niemand liet zien.'
'Staat dat er zo?'
'Niet woord voor woord, maar dat is de strekking. Sean, jij kent haar blijkbaar van vroeger. Ik ken haar alleen van deze ambtstermijn. Waar kan die persoon het over hebben? Iets in het verleden van mevrouw Cox?'
Sean dacht aan de eerste keer dat hij Jane Cox had ontmoet, de avond waarop hij haar dronken echtgenoot, de pasgekozen senator, naar hun bescheiden huis had gezeuld. Dat had geen gevolgen gehad.
'Sean?'
'Ja, ik dacht even na. Ik kan niets bedenken, Aaron.'
Hij hoorde de andere man zuchten. 'Als ik mijn carrière voor niets op het spel heb gezet...'
'Dat denk ik niet. De inhoud van die brief verandert dingen, Aaron. Ik weet alleen niet hoe.'
'Nou, als dit iets met de First Lady te maken heeft, en als het in de openbaarheid komt, midden in de verkiezingscampagne, dan wil ik niet binnen duizend kilometer afstand zijn.'
'Misschien hebben we geen keus.'
'Heb jij nog iets ontdekt?'
'Ik volg alleen wat sporen in samenwerking met Waters.'
'Hoe gaat het met Michelle? Ik hoorde dat haar moeder is gestorven.'
'Het gaat goed met haar. Naar omstandigheden.'
'Voor zover je er iets aan hebt: ik vond dat jullie slecht behandeld werden door de Secret Service.'
'Dank je.'
Aaron verbrak de verbinding en Sean zocht enkele minuten in zijn geheugen naar iets in het verleden van Jane Cox wat een verklaring zou kunnen vormen voor de situatie die zich nu voordeed. Hij kon niets vinden en boog zich weer over zijn mappen.
Enkele minuten later ging de deur open en kwam Michelle binnen.
'Heb je je vader gevonden?' Hij stond op.
'Ja, hij was waar ik dacht dat hij zou zijn.'
'In de boerderij?'
Ze keek hem somber aan.
'Ik ben detective,' zei hij. 'Het is mijn werk.'
'Soms wou ik dat je het niet zo goed deed, vooral niet wanneer het om mij gaat.'
Hij keek haar aandachtig aan. 'Heb je gehuild?'
'Tranen zijn soms goed. Daar ben ik de laatste tijd achter gekomen.'
'Hebben jullie de dingen uitgepraat?'

'Ja, min of meer.'
'Is hij met je teruggekomen?'
'Nee. Hij ging naar Bobby.'
Ze keek naar de stapels mappen. 'Sorry dat ik zomaar wegliep. Iets ontdekt?'
'Nog niet. Ik ben er de afgelopen vier uur mee bezig geweest, maar ik heb niets gevonden. Als je op het aantal onderzoeken mag afgaan, is desertie blijkbaar een groot probleem voor het leger geworden. Ik heb ook van Betack gehoord.' Hij stelde haar op de hoogte.
Michelle zette koffie voor Sean en haar. Ze gingen ermee aan de keukentafel zitten. 'Dat zou verklaren waarom ze zo gespannen was, en zo terughoudend met informatie.'
'Je bedoelt dat ze het onderzoek belemmert?'
'Dat ook.'
Ze stak haar hand uit. 'Geef me een map. Laten we dat kind gaan zoeken.'
Twee uur later zaten ze daar nog steeds.
'Nog zes,' zei Sean. Hij rekte zich uit en gaf haar weer een map.
Ze lazen langzaam, op zoek naar elke aanwijzing die hun de kans gaf om van die stoelen op te staan en weer in actie te komen. Ze waren zo gespannen als op een examen. Ze mochten geen fouten maken. Als er een aanwijzing in dit alles begraven lag, zou het waarschijnlijk een heel subtiele zijn, en die mochten ze niet over het hoofd zien.
'Zullen we ergens gaan eten?' stelde Sean ten slotte voor. 'Ik trakteer. Dan kunnen we blijven lezen.'
Ze reden naar een restaurant in de buurt.
'Dus je denkt echt dat het goed komt met je vader?'
Ze knikte. 'Ik denk van wel. We moeten er allebei aan werken. Ik ben niet de meest attente, liefdevolle dochter ter wereld geweest.'
'Of zuster,' merkte hij op.
'Leuk dat je me daaraan herinnert.'
Onder het eten keek ze hem nerveus aan. 'Sean, wat er in het huis van mijn vader is gebeurd...'
'Wat is daarmee?'
'Dat zal niet opnieuw gebeuren.'
'Als het opnieuw gebeurt, zal ik je helpen, oké? Er zijn in dit leven maar weinig garanties, maar dit is er een van.'
'Ik zou hetzelfde voor jou doen. Ik hoop dat je dat weet.'
'Daarom zijn we compagnons, nietwaar? Als er hobbels in de weg komen, gaan we er samen overheen. Oké? Samen.'
'Oké.'
Hij schoof een map naar haar toe. 'Laten we nu aan het werk gaan.'

Voordat ze de map openmaakte, boog ze zich naar hem toe en drukte een kus op zijn wang.
'Waar was dat voor?' vroeg hij.
'Voor de hobbels waar je zo goed overheen gaat. En omdat je geen misbruik van een dame hebt gemaakt toen je de gelegenheid had.'

•69•

'Mag ik daglicht zien?'
Quarry was naar de mijn gevlogen en zat nu tegenover Willa in haar kamer.
'Waarom wil je daglicht zien?'
'Omdat ik het een hele tijd niet heb gezien. Ik mis het. Ik hou van de zon.'
'Je kunt niet wegkomen. Er is daar niemand die je kan horen.'
'Dan is er dus geen reden om niet met me naar buiten te gaan,' antwoordde ze in alle redelijkheid.
'Waar hebben jij en de vrouw laatst over gepraat?'
'Allerlei dingen. Ik mag haar graag.'
'Je hebt haar nooit eerder gezien, hè?'
'Waarom zou ik?' vroeg Willa, en ze keek Quarry met haar grote ogen aan.
'Je mag best even naar buiten. Kom maar mee.'
'Nu?'
'Waarom niet?'
Ze volgde hem de kamer uit. Toen ze door de lange gang liepen, zei ze: 'Mag Diane ook mee?'
'Mij best.'
Ze haalden Diane op en de twee dames volgden de lange Quarry naar de uitgang. Willa keek naar links en rechts, en nam alle details in zich op, terwijl Diane alleen maar voortsjokte en haar blik op Quarry's rug gericht hield. Achter hen liep Daryl mee. Zijn gezicht was nog gekneusd van het gevecht met zijn vader en hij had een navenant humeur.
Willa zag kabels door sommige gangen lopen. Voor zover ze zich herinnerde, waren die er de vorige keer nog niet geweest. Ze wist niet waar ze voor bestemd waren, maar voelde intuïtief aan dat ze niets goeds voorspelden.
Quarry maakte de deur open en ze gingen met z'n allen naar buiten, knipperend met hun ogen tegen het licht.
'Mooie dag,' zei Quarry, die voor het groepje uit liep.
En dat was het inderdaad. De hemel was lichtblauw en onbewolkt. De bries uit het westen was verwarmend, maar zacht. Ze gingen op een grote rots zitten en keken om zich heen. Willa keek geïnteresseerd, Diane Wohl onverschillig, en Daryl staarde alleen maar kwaad in de verte.
'Waar hebt u leren vliegen?' vroeg Willa. Ze wees naar de kleine Cessna, die op de met gras begroeide landingsbaan stond.
'In Vietnam. Als je heel goed wilt leren vliegen, gaat er niets boven een oorlog.

Want als je in een oorlog niet heel goed vliegt, heeft dat niet tot gevolg dat je te laat aankomt, maar dat je helemaal niet aankomt.'
'Ik heb in een vliegtuig gezeten,' zei Willa. 'We zijn vorige zomer naar Europa geweest. Wij met ons gezin. En ik ben naar Californië gevlogen. Heb jij in een vliegtuig gezeten?' vroeg ze aan Diane.
Nerveus antwoordde ze: 'Ja, ik reis veel voor mijn werk. Maar niet in dat soort vliegtuigen.' Ze wees naar Quarry's toestel. 'Alleen in grote.'
'Wat voor werk doe je?' vroeg Willa.
'Hoor eens, Willa, ik ben niet bepaald in de stemming voor een praatje,' zei ze met een behoedzame blik op Quarry.
'Oké,' zei het meisje, blijkbaar onverstoord. 'Mag ik daarheen lopen?' vroeg ze aan Quarry, en ze wees naar de landingsbaan.
Quarry keek Daryl even aan en knikte toen naar Diane.
'Goed. Laten we gaan.'
Ze liepen de korte helling af, Quarry met Willa's hand in de zijne. Toen ze op het vlakke terrein waren, liet hij haar los en liepen ze naast elkaar door.
'Is die berg van u?' Ze wees achter zich.
'Het is meer een heuvel dan een berg. Maar ja, hij is van mij. Tenminste, hij was van mijn opa en hij is op mij overgegaan.'
'Hebt u echt tegen mijn ouders gezegd dat ik ongedeerd ben?'
'Ja. Hoezo?'
'Diane gelooft niet dat u contact met haar moeder hebt opgenomen om te zeggen dat ze ongedeerd is.'
'O nee?' Quarry keek om naar Diane, die op een rots zat en er net zo ellendig uitzag als ze zich ongetwijfeld ook voelde.
Willa zei vlug: 'U moet niet boos op haar zijn. We praatten maar wat.' Ze aarzelde. 'Hebt u haar moeder gebeld?'
Quarry gaf geen antwoord. Hij liep gewoon door. Willa moest vlugger lopen om hem te kunnen bijhouden.
'Hoe gaat het met uw dochter?'
Quarry bleef staan. 'Waarom stel je al die vragen, meisje?' zei hij somber.
'Waarom niet?'
'Dat is ook alweer een vraag. Geef eens antwoord op de mijne.'
'Ik heb niets anders te doen,' zei Willa eenvoudigweg. 'Ik ben bijna de hele tijd alleen. Ik heb alle boeken gelezen die u me hebt gebracht. Diane zegt niet veel als we bij elkaar zijn. Ze huilt vooral en omhelst me. Ik mis thuis, en dit is de eerste keer dat ik de zon zie sinds ik heb geprobeerd te ontsnappen. Ik probeer alleen maar mijn evenwicht te bewaren. Zou u liever zien dat ik raasde en tierde en huilde? Want dat kan ik ook, als u dat wilt.'
Quarry liep door. 'Ik heb twee dochters. Veel ouder dan jij. Volwassen.'

Willa volgde. 'Ik bedoelde de dochter die niet meer leest. Hoe gaat het met haar?'
'Niet zo goed.'
'Mag ik nog meer vragen stellen? Of wordt u dan boos?'
Quarry bleef staan, pakte een steen van de grond en gooide hem een paar meter ver. 'Ga je gang.'
'Is ze erg ziek?'
'Weet je wat een coma is?'
'Ja.'
'Nou, ze ligt in coma. Al meer dan dertien jaar. Langer dan jij leeft.'
'Wat erg.'
'Ik vind het ook erg.'
'Wat is er met haar gebeurd?'
'Iemand heeft haar kwaad gedaan.'
'Waarom zouden ze dat doen?'
'Goede vraag. Het schijnt sommige mensen niet te kunnen schelen wie ze kwaad doen.'
'Hebben ze de dader ooit te pakken gekregen?'
'Nee.'
'Hoe heet uw dochter?'
'Tippi.'
'Kunt u me úw naam vertellen?'
'Sam.'
'Ik weet dat u me uw achternaam niet kunt vertellen.'
'Ik heet Quarry. Sam Quarry.'
Willa keek geschrokken.
'Wat is er?' vroeg hij.
'U hebt me zojuist uw hele naam verteld,' zei ze met bevende stem.
'Nou en? Je vroeg ernaar.'
'Ik zou uw naam aan de politie kunnen doorgeven, als u van plan was ons te laten gaan. Dat betekent dus dat u ons niet laat gaan.' Ze zei dat laatste op gedempte toon.
'Denk daar eens over na. Er is nog een andere mogelijkheid. Je bent pienter. Denk na.'
Willa keek met een vreemde uitdrukking op haar gezicht naar hem op. Ten slotte zei ze: 'Misschien kan het u niet schelen of ik de politie uw naam vertel.'
'Ik verwacht dat veel mensen binnenkort mijn naam kennen.'
'Waarom?'
'Het is gewoon zo. Over namen gesproken: er woont een zwart jongetje bij me in huis. Hij heet Gabriel en hij is bijna net zo oud als jij. Hij is ook ongeveer net zo pienter als jij. Een heel goede jongen. En aardig ook.'

'Mag ik hem ontmoeten?' zei ze vlug.
'Niet nu meteen, nee. Hij weet hier niets van, en dat wil ik zo houden. Maar je kunt tegen de mensen zeggen dat hij en zijn moeder, Ruth Ann, niets van dit alles wisten. Helemaal niets. Wil je dat voor me doen, Willa?'
'Oké, goed.'
'Dank je. Want het is belangrijk.'
'Is hij uw zoon?' Willa keek om naar Daryl.
'Waarom zeg je dat?'
'Jullie hebben dezelfde ogen.'
Quarry keek de helling op naar Daryl. 'Ja, hij is mijn zoon.'
'Hebben jullie gevochten? Ik hoorde geluiden in de mijn. Zijn gezicht is helemaal kapot. En uw mond ook.'
Quarry streek over zijn gebarsten lip. 'Soms zijn mensen het niet eens over dingen. Maar ik hou toch van hem. Zoals ik ook van Tippi hou.'
'U bent een heel ongewone ontvoerder, meneer Quarry,' zei ze zonder omhaal.
'Noem me maar meneer Sam. Zo noemt Gabriel me ook.'
'Gaat dit nog veel langer duren? Dit alles.'
Quarry haalde diep adem en liet de lucht even in zijn longen voordat hij hem weer uitblies.
'Nee, niet erg veel langer.'
'Ik denk dat je het jammer vindt dat je dit moest doen.'
'Aan de ene kant wel, aan de andere kant niet. Ik kon niet anders.'
'Moeten we al terug, meneer Sam?'
'Nog niet. Straks. Maar nu nog niet.'
Ze gingen op de grond zitten en genoten van de warmte van de zon.
Toen ze weer naar binnen gingen, vond Quarry het goed dat Diane en Willa een tijdje bij elkaar waren in Dianes kamer.
'Waarom ben je zo aardig tegen die man?' zei Diane zodra Quarry de deur op slot had gedaan en was weggelopen.
'Hij heeft iets vreemds.'
'Allicht. Hij is een psychopaat.'
'Nee, dat geloof ik niet. In elk geval ben ik aardig voor hem, want ik wil een beroep doen op zijn goede kant.'
'Als hij die heeft. God, wat heb ik trek in een sigaret.'
'Sigaretten kunnen je doodmaken.'
'Ik ga liever dood door mijn eigen hand dan door die van hem.' Die laatste woorden zei ze heel hard, wijzend naar de deur.
'Nu maak je me bang.' Willa trok zich een beetje terug.
Diane kwam tot bedaren en ging aan de tafel zitten. 'Het spijt me, Willa. Het spijt me. We staan allemaal onder grote spanning. Jij mist je ouders, ik mijn moeder.'

'Zei je niet dat je geen eigen gezin had? Hoe komt dat?'
Diane keek haar vreemd aan. 'Ik wilde trouwen en kinderen krijgen, maar dat is er gewoon niet van gekomen.'
'Je bent nog jong.'
'Tweeëndertig.'
'Je hebt nog tijd genoeg. Je kunt nog steeds een gezin krijgen.'
'Wie zegt dat ik dat nu wil?' zei Diane verbitterd.
Willa zweeg. Ze zag dat Diane nerveus haar handen over elkaar wreef en strak naar het tafelblad keek.
'We komen hier nooit uit. Dat weet je toch?' zei Diane.
'Ik denk van wel, als de dingen lopen volgens het plan van meneer Sam.'
Diane sprong overeind. 'Noem hem niet zo! Het klinkt net alsof hij iemands leuke opa is en niet een of andere gek.'
'Oké,' zei Willa geschrokken. 'Oké. Ik zal hem niet meer zo noemen.'
Diane liet zich weer op de stoel zakken. 'Mis je je moeder?' zei ze zachtjes.
Willa knikte. 'Ik mis iedereen. Zelfs mijn kleine broertje.'
'Heeft hij je verteld dat het goed ging met iedereen bij je thuis?'
'Ja. Hij...' Willa keek haar opeens scherp aan. 'Waarom vraag je dat? Heeft hij jou iets anders verteld?'
Diane keek verrast. 'Nee, we hebben daar niet over gepraat. Hij en ik... Ik weet niets.'
Willa stond op. Ze keek de vrouw onderzoekend aan en drong gemakkelijk door het dunne vernislaagje van leugens heen.
'Hij heeft je iets verteld,' zei ze beschuldigend.
'Nee.'
'Gaat het goed bij mij thuis?'
'Willa, ik weet het niet. Ik... Hij... Zeg, we kunnen niet afgaan op wat hij zegt!'
'Dus hij heeft je inderdaad iets verteld. Wat dan?'
'Willa, ik kan het niet zeggen.'
'Vertel het! Vertel het!'
Ze vloog op Diane af en sloeg haar. 'Vertel het! Vertel het!'
Er waren voetstappen op de gang te horen. Er werd een sleutel in het slot omgedraaid. De deur vloog open. Quarry rende naar haar toe en tilde Willa op. Ze draaide zich naar hem toe en sloeg op zijn gezicht.
'Vertel me dat bij mij thuis iedereen ongedeerd is. Vertel het me!' riep ze Quarry toe.
Quarry wierp een woedende blik op Diane, die terugdeinsde tegen de muur.
'Willa... Hou op,' zei hij.
Maar ze sloeg hem op zijn kapotte mond. Ze bleef stompen, slaan, meppen. Ze was niet meer te houden.

'Daryl!' bulderde Quarry.
Zijn zoon kwam vlug binnen met een injectiespuit. Hij haalde het dopje eraf en stak de naald in Willa's arm. Twee tellen later lag ze in Quarry's armen. Hij gaf haar over aan zijn zoon.
'Breng haar naar haar kamer terug.'
Toen hij met Diane alleen was, keek Quarry haar aan. 'Wat heb je haar verteld?'
'Niets. Dat zweer ik je. Ze vroeg naar thuis.'
'Heb je haar verteld dat je haar moeder bent?'
'Nee, dat zou ik nooit doen.'
'Wat is er dan gebeurd?'
'Zeg, je hebt haar moeder vermoord.'
'Nee, dat heb ik niet gedaan.'
'Nou, je hebt me verteld dat ze dood was. Is ze dat of is ze dat niet?'
Quarry keek naar de deur en keek toen haar weer aan. 'Het was een ongelukje.'
'Ja hoor,' zei ze sarcastisch.
'Heb je haar verteld dat ze dood is?' Zijn woede kwam weer terug.
'Nee, maar ze is slim. Ik zei tegen haar dat jij niet te vertrouwen bent. Ze bracht het een met het ander in verband. Als je ons niet laat gaan, komt ze er op een gegeven moment toch achter.'
Vanonder zijn dichte wenkbrauwen keek Quarry haar fel aan. 'Dat had je niet tegen haar moeten zeggen.'
'Ja, nou, jij had haar moeder niet moeten doden, per ongeluk of niet. En je had ons niet moeten ontvoeren. Op dit moment kan het me echt niet schelen of je me vermoordt. Loop naar de hel, menéér Sam.'
'Ik ben al in de hel. Al jaren.'
Hij gooide de deur achter zich dicht.

•70•

Jane Cox haalde snel adem toen ze in de postbus keek. Alle vorige keren had er niets in gelegen, maar vandaag lag er een witte envelop. Ze keek om zich heen, hield haar tasje dicht bij de postbus en schoof de envelop erin.
Ze was net in de limousine gestapt toen er op de ruit werd getikt. Jane keek de leider van haar bewakingsteam aan. 'Laten we gaan.'
In plaats daarvan ging het portier van de limousine open en stond FBI-agent Chuck Waters daar. 'Ik moet die brief hebben, mevrouw Cox.'
'Pardon, wie bent u?'
Waters hield zijn insigne omhoog. 'FBI. Ik moet die brief hebben,' zei hij opnieuw.
'Welke brief?'
'De brief die u zojuist uit die postbus daar hebt gehaald.' Hij wees over zijn schouders naar Mailbox Etc.
'Ik weet niet waar u het over hebt. En laat u me nu met rust.' Ze keek de teamleider aan. 'Drew, zeg tegen hem dat hij weggaat.'
Drew Fuller, een ervaren agent van de Secret Service, keek haar nerveus aan. 'Mevrouw Cox, de FBI volgt u al sinds dit aan de gang is.'
'Wat?!' riep ze uit. Fuller keek haar berustend aan. Blijkbaar besefte hij dat een overplaatsing naar een veel minder aangename buitenpost niet lang op zich zou laten wachten.
'Ik heb een rechterlijk bevel,' zei Waters. Hij hield het papier omhoog. 'Ik mag u fouilleren en uw tasje doorzoeken.'
'Dat mag niet. Ik ben geen misdadiger.'
'Als u over materiaal beschikt dat van kritiek belang is voor een onderzoek naar ontvoering, en u houdt dat materiaal opzettelijk achter, dan bent u een misdadiger, mevrouw.'
'Waar haalt u de brutaliteit vandaan?'
'Ik probeer alleen maar uw nichtje terug te krijgen. Ik neem aan dat u dat ook wilt.'
'Hoe durft u?'
Waters keek Fuller aan. 'We kunnen dit gemakkelijk doen, of op een onprettige manier. Het is aan haar.'
'Mevrouw Cox,' zei Fuller, 'de Secret Service weet wat de FBI doet. Het officiële standpunt houdt in dat we niet het recht hebben hen tegen te houden. Het is een federaal onderzoek. De juristen van het Witte Huis zijn die mening ook toegedaan.'

'Dus blijkbaar is iedereen het met elkaar eens en spant iedereen achter mijn rug tegen me samen. Mijn man ook?'
'Daar kan ik niets over zeggen,' zei Fuller vlug.
'Nou, ik wel. En dat zal ik doen ook, als ik in het Witte Huis terug ben.'
'Dat is uw goed recht, mevrouw Cox.'
'Nee, dat is mijn opdracht!'
Waters zei: 'De brief, mevrouw Cox? De tijdfactor is van groot belang.'
Ze maakte langzaam haar tasje open en stak haar hand erin.
'Mevrouw, als u geen bezwaar hebt, haal ik hem er zelf uit.'
Ze keek hem aan met een blik die hem waarschijnlijk de rest van zijn leven zou bijblijven.
'Laat me eerst die machtiging zien.'
Hij gaf haar het papier, en ze las het langzaam door en hield hem toen haar geopende tas voor. 'Ik heb daar ook lipstick in, als u neigingen in die richting hebt.'
Hij keek naar de inhoud van het tasje. 'Het gaat me alleen om de brief, mevrouw.'
Hij haalde de brief eruit en ze klapte het tasje dicht, bijna met zijn vingers ertussen. 'Dit kost u uw baan,' snauwde ze. Toen keek ze Fuller woedend aan. 'Kunnen we nú gaan?'
Hij wendde zich meteen tot de bestuurder. 'Rijden.'
Terug in het Witte Huis, ging Jane meteen naar de presidentiële woonverblijven. Ze trok haar jas en haar schoenen uit, liep naar haar slaapkamer en deed de deur op slot. Ze maakte haar tasje open, stak haar hand achter de nauwelijks zichtbare scheur in de voering en haalde de brief eruit. Hij was geadresseerd aan haar op haar postbusadres. Het adres was getypt. Ze maakte de envelop open. Er zat maar één vel papier in. Dat was ook met een typemachine beschreven.
Ze had geweten dat ze door de FBI in de gaten werd gehouden. Toen ze de postbus openmaakte en de brief zag liggen, had ze haar tasje er dichtbij gehouden en de brief achter de opengescheurde voering geschoven, terwijl het leek of ze hem alleen maar in haar tasje deed. De brief die ze Waters had laten meenemen had ze zelf geschreven. Daarvoor had ze een schrijfmachine gebruikt die ze in een opslagruimte van het Witte Huis had gevonden. Ze had de nepbrief in haar tas gedaan voordat ze naar de postbus ging. Wie zou eraan denken om achter de voering van een tasje te kijken als er ook een brief bij haar cosmetica lag? Om de man nog meer in verlegenheid te brengen, zodat hij niet uitgebreid in haar tas ging zoeken, had ze er zelfs een potje met pillen tegen overgangsklachten bij gedaan.
Omdat de envelop die ze via het keukenpersoneel van het Witte Huis had ge-

kregen wit was geweest, had ze aangenomen dat de volgende brief dat ook zou zijn. Ze wist dat de FBI-agenten alleen maar een glimp van de envelop zouden opvangen als hij van de postbus naar haar tasje ging.
Ze wist ook dat ze haar zouden aanspreken zodra de brief was gearriveerd. Ze had bronnen in het Witte Huis. Net als de Secret Service was ze op de hoogte van bijna alles wat daar gebeurde. Daarom waren de FBI en de rechterlijke machtiging geen verrassingen voor haar geweest. Nou, ze had die ontzagwekkende dienst goed tuk gehad.
Haar triomfantelijke gevoel was van korte duur. Met bevende handen vouwde ze de brief open en las hem. Er stonden een datum en een tijdstip in waarop ze naar een bepaald nummer moest bellen. Het nummer was niet naar iemand te herleiden, stond erbij. Wat nog belangrijker was: als er iemand anders meeluisterde met dat telefoongesprek, waarin de waarheid over dit alles zou worden verteld, zou dat niet alleen Willa het leven kosten maar ook hun levens onomkeerbaar vernietigen.
Dat laatste woord viel haar op: *onomkeerbaar*. Een vreemd woord in dit verband. Zat daar een verborgen betekenis in? Ze kon het niet nagaan.
Ze noteerde het telefoonnummer op een ander stukje papier, liep vlug naar de badkamer, maakte een prop van de brief en spoelde hem door het toilet. Een verlammend ogenblik lang stelde ze zich voor dat er ergens in het Witte Huis FBI-agenten zaten die haar toiletwater onderschepten en de brief reconstrueerden. Maar dat was onmogelijk. Dat was iets uit *1984* van Orwell. Aan de andere kant had ze, in de tijd dat ze in het Witte Huis woonde, al meer van Orwells meesterwerk over 'vervolmaakt fascisme' gezien dan de meeste Amerikanen zich konden voorstellen.
Voor alle zekerheid spoelde ze het toilet een tweede keer door, en toen liep ze langzaam de badkamer uit. Ze belde iemand om al haar afspraken voor die dag af te zeggen. In de meer dan drie jaar dat ze als First Lady in het Witte Huis had gewoond had ze nooit iets afgezegd, hoe klein of relatief onbeduidend het ook was. Sinds Willa was verdwenen, had ze dat wel vaak gedaan, en daar had ze geen spijt van. Ze hadden niet over haar te klagen. Ze had haar land goed gediend. De gedachte dat haar man zich het vuur uit de sloffen liep om nog eens vier jaar president te mogen blijven, maakte haar misselijk.
Plotseling had ze het koud. Ze liet het bad vollopen met warm water en trok haar kleren uit. Voordat ze in het bad stapte, keek ze in de manshoge spiegel naar haar naakte lichaam. Ze was afgevallen. Dat was ze van plan geweest, maar niet op deze manier. Ze zag er niet beter uit nu ze die kilo's kwijt was. Ze leek zwakker, zelfs ouder. Het was geen mooi gezicht, vond ze. Haar huid was slap en haar botten staken uit op plaatsen waar een vrouw dat niet wilde. Ze deed het licht uit en stapte in het warme water.

Toen ze daar lag, vroeg ze zich af hoe ze iets zou doen wat voor geen enkele andere Amerikaan – misschien met uitzondering van haar man – ooit een probleem was. Jane Cox moest een manier bedenken om een eenvoudig telefoongesprek te voeren dat volkomen privé was, dus zonder dat er iemand meeluisterde. Vanuit het Witte Huis kon ze dat niet doen. Als de FBI een machtiging had om haar tas te doorzoeken, hadden ze vast ook wel een machtiging om de telefoongesprekken in het Witte Huis af te luisteren, in elk geval die van haar. Misschien werd elk gesprek van en naar dit gebouw wel door iemand afgeluisterd, bijvoorbeeld door de NSA. Ze schenen te luisteren naar iedereen die ze maar wilden.

Jane kon het gesprek dus niet vanuit het Witte Huis voeren, maar ze kon ook nergens anders heen gaan zonder dat ze iemand bij zich had. Ze werd altijd begeleid, in een vliegtuig of helikopter, in een limousine, als ze zat te eten, in haar werkkamer, op een theepartijtje, als ze een lint doorknipte voor een nieuw kinderziekenhuis, als ze een schip doopte, als ze gewone soldaten in het Walter Reed-ziekenhuis bezocht.

Dat was de prijs die je betaalde als je het Witte Huis had veroverd. Toch zou ze een manier bedenken. Er schoot haar vast wel iets te binnen. Ze was de FBI te slim af geweest met die brief. Ze had handschoenen gedragen om geen vingerafdrukken achter te laten. Ze had vage taal gebruikt en geschreven dat er een bedrag van tien miljoen dollar moest worden betaald en dat de ontvoerders opnieuw per brief contact met haar zouden opnemen. Dat leverde haar wat tijd op, zij het niet veel. Ze moest op de avond van de volgende dag naar dat nummer bellen. Nee, het was niet veel tijd.

Ze deed haar ogen dicht. Het woord 'onomkeerbaar' kwam telkens weer bij haar op. Toen deed ze haar ogen open, want ze herinnerde zich de tekst die onmiddellijk aan dat vreemde woord voorafging.

Ze vormde de woorden met haar lippen terwijl ze in het donker in het warme water lag. '*Jullie* levens zullen onomkeerbaar worden vernietigd.'

Niet alleen mijn leven. Maar jullie *levens.*

Helaas wist ze wie daarmee bedoeld werden.

•71•

Jane had de oplossing gevonden. Ze was nu op weg naar Georgetown om in haar favoriete Franse restaurant op de hoek van Wisconsin Avenue en M Street te gaan eten. Ze ging met haar broer Tuck en twee vrienden. Met het gebruikelijke team van de Secret Service. Er was al een verkenningsteam in het restaurant geweest om het grondig te doorzoeken. Daarna was er een team gestuurd om het restaurant te bewaken totdat de First Lady en haar gasten arriveerden. Op die manier konden ze er zeker van zijn dat haar daar geen enkele terrorist, krankzinnige of bommengooier opwachtte.

Het plan om daar te gaan eten was inderhaast uitgevoerd, want de First Lady had pas op het laatste moment besloten naar dit restaurant te gaan. Daarom had de Secret Service in korte tijd veel werk moeten verzetten, maar dat waren ze wel gewend. Vooral de laatste tijd, met Jane Cox, die sinds de ontvoering van haar nichtje telkens van plan veranderde.

De maaltijd werd opgediend, de wijn werd gedronken, en van tijd tot tijd keek Jane op haar horloge. Tuck merkte dat niet. Daarvoor werd hij te veel in beslag genomen door zijn eigen problemen. Jane had de twee andere gasten geselecteerd op hun onvermogen om iets op te merken wat buiten het rijk van de politiek viel. Na het plichtmatige gesprek over wat er met Tucks gezin was gebeurd praatten ze doelloos over senatoren en afgevaardigden, over de verkiezingen, de laatste peilingen. Jane knikte alleen maar wat en gaf net genoeg feedback om hen te laten doorpraten.

En ze keek telkens op haar horloge.

Ze had dit restaurant niet alleen uitgekozen omdat het menu en de wijnlijst zo voortreffelijk waren. Er was nog een andere reden.

Om vijf voor elf gaf ze een teken aan de leider van haar bewakingsteam, die aan een hoektafel zat. Hij zei iets in zijn polsradio. Een vrouwelijke agent rende naar de damestoiletten. Ze vergewiste zich ervan dat alles daar veilig was, gaf een teken en ging toen voor de deur staan om andere vrouwelijke bezoekers de weg te versperren, hoe hoog de nood van hun blaas of darmen ook was.

Om twee minuten voor elf ging de First Lady naar de damestoiletten. Ze liep meteen door naar achteren.

Hiervoor was ze gekomen. Het was het enige restaurant dat ze kende dat nog een telefoon in de damestoiletten had.

Ze had een prepaid telefoonkaart. Ze wilde geen creditcardgegevens van dit gesprek. Ze had het nummer in haar geheugen geprent en toetste het nu in.

Het toestel aan de andere kant ging één keer over. Twee keer. Toen nam er iemand op. Ze zette zich schrap.
'Hallo?' zei de mannenstem.
'Met Jane Cox,' zei ze zo duidelijk als ze kon.

Sam Quarry zat in zijn bibliotheek in Atlee. In de haard bulderde een vuur, want hij wilde de pook die avond goed heet hebben. Hij gebruikte een gekloonde mobiele telefoon die Daryl van een kennis had gekocht die zich in dat soort dingen specialiseerde. Dat betekende dat het toestel illegaal en niet na te trekken was.
Hij nam een slok van zijn favoriete plaatselijke drank. Voor hem lagen foto's van Tippi en zijn vrouw. Alles was klaar. Na jaren van planning had hij nu eindelijk alles voor elkaar.
'Dat weet ik,' zei hij langzaam. 'Je bent precies op tijd.'
'Wat wil je?' vroeg ze op scherpe toon. 'Als je Willa iets hebt gedaan...'
Hij onderbrak haar. 'Ik weet dat er waarschijnlijk al duizend mensen op zoek naar je zijn, dus laat mij m'n zegje doen, dan kunnen we dit snel afhandelen.'
'Goed.'
'Het gaat goed met je nichtje. Ik heb haar moeder ook bij me.'
Jane zei fel: 'Haar moeder is dood. Jíj hebt haar vermoord.'
'Ik bedoelde haar échte moeder. Jij hebt haar gekend als Diane Wright. Ze noemt zich tegenwoordig Diane Wohl. Ze is getrouwd, verhuisd en opnieuw begonnen. Ik wist niet of je dat wist. Of dat het je ook maar iets kon schelen.'
Jane stond daar met de telefoon in de damestoiletten en had het gevoel alsof iemand een kogel in haar hoofd had geschoten. Ze zette haar hand tegen de tegelmuur om zichzelf in evenwicht te houden.
'Ik weet niet wat...'
Hij onderbrak haar opnieuw. 'Ik ga je vertellen wat je moet doen als je Willa op een andere manier terug wilt zien dan als lijk.'
'Hoe kan ik zeker weten dat je haar bij je hebt?'
Quarry nam een cassetterecordertje en zette het aan. Hij hield het dicht bij de telefoon. Toen hij bij Willa en Diane samen was geweest, had hij het recordertje meegenomen en heimelijk opnamen gemaakt.
'Eerst Willa,' zei hij. Willa's stem was duidelijk te horen. Ze vroeg aan Quarry waarom hij haar had ontvoerd.
'Nu Diane. Zij en ik hadden het erover dat ze haar dochter had afgestaan. Dat wil je misschien wel horen.'
Diane was te horen, en toen Quarry, die haar over de resultaten van het DNA-onderzoek vertelde.
Hij zette het apparaatje uit en pakte de telefoon op. 'Tevreden?'

'Waarom doe je dit?' zei Jane met doffe stem.
'Omwille van de gerechtigheid.'
'Gerechtigheid? Wie had ervan te lijden dat Willa geadopteerd werd? We bewezen haar een dienst. Die vrouw wilde haar niet. Ik kende iemand die haar wel wilde.'
'Ik geef helemaal niks om Diane Wohl, en het kan me ook niet schelen dat je je broer en zijn vrouw gelukkig maakte door hun een dochtertje te geven. Ik had Diane en Willa nodig om jouw aandacht te trekken.'
'Waarom?' vroeg ze met stemverheffing.
'Mevrouw Cox?' Dat was de vrouwelijke agent van de Secret Service die voor de deur stond. 'Is er iets?'
'Ik praat met iemand,' zei ze vlug. 'Door de telefoon,' voegde ze er haastig aan toe.
Ze luisterde weer naar de telefoon, net op tijd om Quarry te horen zeggen: 'Zegt de naam Tippi je iets, of heb je haar al helemaal uit je geheugen gebannen?'
'Tippi?'
'Tippi Quarry, Atlanta,' voegde hij er luider aan toe, zijn blik strak op de foto van zijn dochter gericht.
Een seconde, twee seconden, drie seconden. 'O mijn god!'
'Zeg dat wel, dame.'
'Luister eens...'
'Nee, luister jíj eens. Ik weet alles. Ik heb data, namen, plaatsen, noem maar op. Nu noem ik je een vliegveld waar je heen moet vliegen. Als je daar aankomt, volg je exact de coördinaten die je op de plaats brengen waar je wezen moet. Die geef je maar aan je federaal agenten; die weten wel wat ze ermee moeten doen. Het zijn vooral cijfers, dus pak pen en papier. Nu meteen. We mogen geen fouten maken.'
Jane zocht in haar tasje naar pen en papier.
'Oké,' zei ze met bevende stem.
Hij noemde haar het vliegveld en de coördinaten.
'Wil je dat ik daarheen ga?'
'Nee! Ik wil dat jullie daar allebéí heen gaan.'
'Allebei? Wanneer?'
Quarry keek op zijn horloge. 'Over negen uur. Precies. Geen minuut eerder en geen minuut later, als jullie willen dat het meisje nog ademhaalt.'
Jane keek op haar horloge. 'Hij is vanavond in de stad, maar hij vliegt morgenvroeg naar New York om een toespraak voor de Verenigde Naties te houden.'
'Het kan me niet schelen, al had hij een afspraak met God. Als jullie daar niet over exact negen uur zijn, krijg je Willa misschien nog wel te zien, maar dan kan ze jou niet meer zien. Dan komt dat DNA-onderzoek dat ik heb laten doen in de publiciteit, samen met al het andere. Ik kan alles bewijzen. Jaren van mijn

leven heb ik niets anders gedaan dan naar bewijzen zoeken. Jij hebt ons in de ellende gestort, dame, en daarna ging jij gewoon door met je leven. Nou, het is nu tijd om iets terug te doen. Het is Tippi's tijd. Het is mijn tijd!'

'Alsjeblieft, alsjeblieft, kun je ons niet wat...'

'Dan geef ik je nu instructies voor als jullie daar zijn. Jullie kunnen ze maar beter letterlijk opvolgen, want als jullie dat niet doen, of als jullie de FBI eropaf sturen, zal ik het weten. Ik zal het meteen weten. En dan sterft Willa. Dan komt de hele waarheid uit. Dan zit er geen tweede termijn voor Danny in. Gegarandeerd!'

De tranen liepen Jane over de wangen.

De tranen liepen Quarry ook over de wangen. Hij keek naar de foto's van de twee belangrijkste vrouwen in zijn leven, die allebei voorgoed bij hem weg waren. Dat kwam door de vrouw met wie hij nu sprak. Door haar. En door hem.

'Luister je?' zei hij zacht.

'Ja,' fluisterde ze.

Hij gaf haar de instructies.

'En als we dat doen, komt Willa vrij?' mompelde ze. 'En dan... dan vertel je het niet?'

'Ik geef je mijn woord.'

'Is dat alles? Hoe kan ik je vertrouwen? Ik weet niet eens wie je bent.'

'Je kent me.'

'O... ja?' zei ze haperend.

'Nou en of. Ik ben je ergste nachtmerrie. Wil je weten waarom?' Jane gaf geen antwoord. Hij zei: 'Omdat jullie tweeën mijn ergste nachtmerrie waren.'

'Ben je haar vader?' zei Jane met holle stem.

'De klok begint nu te tikken,' zei Quarry. 'Dus schiet maar op. Het is niet zo dat jij en je man zomaar in een taxi kunnen stappen. Wat hebben jullie nu aan al die macht? Jullie komen net zo snel vooruit als een dode koe.' Hij verbrak de verbinding, gooide de telefoon door de kamer en leunde vermoeid achterover. Toen pakte hij de pook, liet het uiteinde roodgloeiend worden in het vuur, stroopte zijn mouw op en brandde de laatste streep in zijn arm. Het merkteken was nu compleet. De pijn was afschuwelijk. Het werd er met elke brandwond niet gemakkelijker op, maar juist erger. Toch gaf hij geen kik. Hij trok geen grimas, huilde niet. Terwijl hij het deed, keek hij alleen maar naar de foto van Tippi.

En voelde niets. Zoals zijn kleine meisje niets voelde. Niets. Door hen.

Toen liep hij vlug de kamer uit, weg van het vuur. Hij had veel te doen voordat ze kwamen. Hij voelde zich energiek en opgewonden.

In Georgetown legde Jane de hoorn op de haak en haastte ze zich de damestoiletten uit.

De klok tikte.

•72•

Sean en Michelle hadden hun bagage in de auto gezet en namen afscheid van haar vader en broer.

Ze omhelsde hen en zei: 'Ik bel gauw, pa. En ik kom bij je logeren. We kunnen...'

'Elkaar weer leren kennen?'

'Ja.'

Toen ze naar de deur liepen, zei Frank: 'O, dat was ik bijna vergeten. Er is eerder vandaag een pakje voor Sean gekomen. Ik heb het in de huiskamer.'

Hij ging weg en kwam even later terug met een kleine doos. Toen Sean zag van wie het pakje afkomstig was, zei hij: 'Mijn tweesterrenvriendje weer. Nog meer desertiemappen.'

'Desertiemappen?' zei Bobby.

'Een zaak waaraan we werken,' legde Michelle uit.

Ze liepen naar de SUV. 'Ik neem de mappen wel door terwijl jij rijdt, Sean. Op die manier besparen we tijd. Daar hebben we niet veel van.'

'Dank je, Michelle,' zei hij ernstig. 'Dat is erg aardig.'

'Het heeft niets met aardigheid te maken. Jij wordt wagenziek als je leest. Ik wil niet dat je in mijn auto kotst.'

Bobby glimlachte. 'Typisch mijn kleine zusje.'

Ze reden door het stadje naar de snelweg. Michelle maakte de doos open en haalde de eerste map eruit.

'Het is goed dat je broer hier woont. Hij kan je vader gezelschap houden.'

'Ik ben van plan hem ook gezelschap te houden. Als ik hier iets van heb geleerd, dan is het wel dat je niets voor vanzelfsprekend moet aannemen. Vandaag heb je iets; morgen is het weg.'

'Ik stop ergens voor koffie voordat we op de snelweg zijn,' zei Sean. 'Het lijkt wel alsof we altijd laat op de avond aan die lange ritten beginnen.'

'Doe mij maar een dubbele.'

Sean ging de koffie halen en ze reden naar het noorden.

Michelle nam nog vijf mappen door en rekte toen haar armen uit.

'Wil je dat ik het overneem? Ik kan de kots wel binnenhouden.'

'Nee, ik ga door. Maar als we hierin niets vinden, wat dan?'

'Hoop nou maar dat je inderdaad iets in die stapel vindt, want er is geen "wat dan".'

Sean keek op de dashboardklok, pakte zijn telefoon en toetste een nummer in.

'Wie bel je?'
'Chuck Waters. Ik wil horen of hij nieuws heeft. Misschien heeft hij iets ontdekt waarover hij ons wil vertellen.'
'Ja, en ik ga meedoen aan *Dancing with the Stars*.'
De FBI-agent nam bijna meteen op. Sean en hij praatten een poosje en toen verbrak Sean de verbinding.
'Nog nieuws?' vroeg Michelle.
'Jane heeft die brief in haar postbus gekregen, en Waters heeft hem in beslag genomen.'
'Wat stond erin?'
'Iets over een losgeld van tien miljoen dollar. Alleen denkt Waters dat ze hen in de maling heeft genomen en hun een nepbrief heeft toegestopt.'
'Waarom denkt hij dat?'
'Dingen in deze brief kwamen niet overeen met de brief die bij de lepel en het kommetje zat. Ze komen bijvoorbeeld uit verschillende schrijfmachines. En hij zei dat er iets raars was met het poststempel.'
'Waarom zou ze ze verwisselen?'
'Ze heeft zelf belang bij deze zaak, Michelle. Uit die tweede brief die Betack heeft gevonden kunnen we afleiden dat dit voor Jane Cox iets persoonlijks is. Ze wilde niet dat iemand anders die laatste brief las.'
'Je denkt toch niet dat Willa haar kind is? Misschien heeft ze de president wel bedrogen voordat hij president was. Misschien werd ze zwanger en gaf ze het kind aan haar broer en zijn vrouw.'
'Dat zou ik misschien denken, maar ik heb Jane Cox zo'n twaalf jaar geleden ontmoet en toen was ze niet zwanger.'
'Zo'n twaalf jaar geleden?'
'Ik bedoel dat ik haar in die tijd nu en dan zag. Ze kan niet Willa's moeder zijn, tenzij ze liegen over de leeftijd van het meisje.'
Michelle schudde haar hoofd en ging verder met lezen. Een halfuur later riep ze opeens uit: 'We moeten keren!'
Sean reed bijna tegen de betonnen afscheiding op die hem van het tegemoetkomend verkeer scheidde. 'Wat is er?'
'We moeten keren.'
'Waarom?'
'We moeten naar het zuiden.'
Sean gaf richting aan en ging naar de rechterrijbaan. 'Waarom naar het zuiden?'
Ze keek naar de papieren in de map die ze in haar handen had en sprak snel. 'Drie deserteurs met hetzelfde adres in Alabama, maar wel met verschillende achternamen. Kurt Stevens, Carlos Rivera en Daryl Quarry. Ze moesten naar

hun basis komen om naar Irak te worden uitgezonden, maar ze kwamen niet opdagen. De MP ging het na. Het huis heet Atlee en het is een vroegere plantage. Vader Sam Quarry, Vietnam-veteraan, is de eigenaar. De MP kon ze niet vinden.'

'Oké, het zijn deserteurs en het is een van de staten die uit het isotopisch onderzoek zijn gekomen. Maar daarmee weten we het nog niet zeker, Michelle.'

'Ze hebben gepraat met Sam Quarry, een zekere Ruth Ann Macon en haar zoon Gabriel. En met een zekere Eugene.'

'Nogmaals: nou en, Michelle?'

'Het leger is altijd gek op details. Volgens het rapport zei Eugene tegen de MP dat hij lid van de Koasati-stam was.'

Sean reed met gierende banden over alle rijbanen, begeleid door een claxonconcert, en nam de eerstvolgende afrit. Twee minuten later reden ze aan de andere kant, richting Alabama.

•73•

Er was op de hele wereld waarschijnlijk geen formelere plaats te vinden dan het Oval Office in het Witte Huis. Alles was daar tot in de puntjes voorbereid. Soms werd er dagen of zelfs weken achter de coulissen overlegd over de vraag wie in de kamer werden toegelaten, van de premier van een relatief onbelangrijk land tot iemand die een grote donatie aan de verkiezingscampagne had gegeven. Voor mensen die niet regelmatig met de president te maken hadden, was het een hele toer om een uitnodiging voor het Oval Office te krijgen. Daar moest met felheid en tact om gestreden worden. Als je eenmaal toegang tot de heilige ruimte had gekregen, was de behandeling die je kreeg tot in details vastgelegd: een handdruk, een schouderklop, een gesigneerde foto, of alleen maar de foto die werd gemaakt. Ook daar ging veel overleg aan vooraf. Het Oval Office was geen omgeving die tot spontaniteit stimuleerde. Vooral de Secret Service hield helemaal niet van alles wat ook maar enigszins op een ongeplande manoeuvre leek.

Het was laat, maar Dan Cox werkte een paar van die verplichte ontmoetingen af voordat hij de volgende ochtend naar zijn toespraak voor de Verenigde Naties zou vertrekken. Er was hem verteld wie deze mensen waren. De meesten waren vooraanstaande campagneondersteuners die hun chequeboek hadden getrokken en – nog belangrijker – veel van hun rijke vrienden hadden overgehaald hetzelfde te doen.

Ze kwamen een voor een binnen en de president begroette hen op de automatische piloot: handdruk, knikje, glimlachje, schouderklopje, beantwoord met kruiperige dank. In het geval van enkele bij uitstek grote fondsenwervers, die hem discreet werden aangewezen door de adjudanten die hem met argusogen overal volgden, pakte de president een nationale schat van zijn bureau en praatte daarover met hen. Sommige gelukkigen kregen zelfs een klein souvenier. En die blije mensen gingen weg in de overtuiging dat ze persoonlijk contact met de man hadden gehad. Dat iets briljants wat zij hadden gezegd de wereldleider ertoe had gebracht hun een gesigneerde presidentiële golfbal te geven, of een doosje met presidentiële manchetknopen, of pennen met het presidentiële zegel erop. Al die dingen had het Witte Huis op voorraad voor dit soort gelegenheden.

Deze zorgvuldig uitgewerkte procedure werd wreed verstoord toen de deur van het Oval Office werd opengegooid. Dat was geen geringe prestatie, want het was een zware deur.

Dan Cox keek op en zag zijn vrouw staan, of beter gezegd: ze wankelde op haar hoge hakken, gekleed in een elegante jurk en een openhangende jas, haar ogen wild en wazig, haar anders zo volmaakte kapsel helemaal uit model. Naast haar stonden twee gespannen kijkende agenten van de Secret Service. Hun gezichten spraken boekdelen. Ondanks het officieuze beleid om de First Lady meestal toegang tot het Oval Office te geven wanneer ze maar wilde, hadden ze bij deze gelegenheid blijkbaar niet geweten of ze haar moesten binnenlaten of tegenhouden.

'Jane?' zei de verbaasde president. Hij liet de golfbal uit zijn handen vallen die hij net aan een projectontwikkelaar uit Ohio wilde geven. Die had een smak geld voor Cox' campagne opgehaald.

'Dan!' riep ze ademloos uit. Ze was echt buiten adem, want ze had gerend vanaf het moment dat ze uit de limousine was gestapt, en het Witte Huis is geen klein optrekje.

'Allemachtig, wat is er? Ben je ziek?'

Ze deed een stap naar voren. De agenten deden dat ook; ze gingen tactvol voor haar staan. Misschien dachten ze dat ze inderdaad onwel was geworden, of dat ze een of andere giftige stof had binnengekregen, en dat het hun plicht was te voorkomen dat de leider van de vrije wereld werd besmet.

'We moeten praten. Nu meteen!'

'Ik ben hier bijna klaar.' Hij keek even naar de man, die de golfbal van de vloer had gepakt. Glimlachend zei Cox: 'Het is een lange dag geweest voor iedereen.' Hij nam de bal terug. 'Ik zal hem even voor je signeren...' Meestal kon de president geweldig goed namen onthouden, maar hij was ook maar een mens, en nu hij was gestoord, was hij de naam van de man even kwijt.

Jay, zijn speciaal assistent, kwam meteen naar voren. 'Zoals we al zeiden, meneer de president, heeft Wally Garrett hier in Cincinnati en omgeving meer geld voor uw herverkiezingscampagne opgehaald dan wie ook.'

'Nou, Wally, ik stel het echt op prijs...'

Het zou nooit bekend worden wat de president echt op prijs stelde, want Jane sprong naar voren, greep de golfbal uit de hand van haar man en gooide hem de kamer door. Hij raakte een portret van Thomas Jefferson, een van Dan Cox' persoonlijke helden; Thomas kreeg een gat waar zijn linkeroog had gezeten.

De agenten van de Secret Service kwamen meteen naar voren, maar Dan stak zijn hand op om hen tegen te houden. Hij knikte zijn adjudanten toe en Garrett werd vlug de kamer uit geleid, zonder zijn felbegeerde golfbal. Maar geen enkele politicus die zover was gekomen als Dan Cox liet ooit iets aan het toeval over of liet ooit een donor ontevreden weggaan. De man uit Ohio kreeg een gesigneerde foto van de president en vipkaartjes voor een evenement, met het verzoek om datgene wat hij zojuist had meegemaakt nooit in de openbaarheid te brengen.

Dan Cox stak zijn hand naar zijn vrouw uit. 'Jane, wat is...'

'Niet hier. Boven. Ik vertrouw deze kamer niet.'

Ze keek de agenten en adjudanten fel aan, draaide zich om en liep even snel de kamer uit als ze was binnengekomen. Zodra ze de zware deur achter zich dicht had gegooid, keken de adjudanten en agenten naar de president. Niemand durfde een woord te zeggen. Ze hadden wel hun gedachten over wat ze zojuist hadden gezien, maar die zouden ze nooit onder woorden brengen in het bijzijn van hun baas.

Cox bleef nog even staan. Een politicus die het zo ver had gebracht als hij had zo ongeveer alles meegemaakt. En alles afgehandeld. Toch was dit zelfs voor een veteraan als Dan Cox een heel nieuwe situatie.

'Ik moet maar gaan kijken wat ze wil,' zei hij ten slotte. De zee van lichamen week uiteen en de president verliet de kamer.

Larry Foster, de leider van het dienstdoende bewakingsteam, kwam naar hem toe en zei: 'Meneer de president, wilt u dat we u vergezellen...?' De spanning stond duidelijk op het gezicht van de agent te lezen en het kostte hem de grootste moeite zijn verzoek zo behoedzaam mogelijk naar voren te brengen. 'Overal?'

Hij bedoelde: tot voorbij de deur van hun privéverblijven. Die waren in het algemeen verboden terrein voor het bewakingsteam, tenzij hun gevraagd werd daarheen te gaan.

Cox dacht even na en zei: 'Eh... nee, dat hoeft niet, Larry.' Toen hij de kamer uit liep, voegde hij er over zijn schouder aan toe: 'Maar blijf in de buurt. Eh, voor het geval mijn vrouw iets nodig heeft.'

'Jazeker, meneer de president. We kunnen er binnen enkele seconden zijn.'

Cox ging naar boven om met zijn vrouw te praten. De agenten van de Secret Service volgden hem en bleven bij de ingang van hun privéverblijf staan, hun oren gespitst voor het geval ze iets hoorden wat erop wees dat de president in gevaar verkeerde. Ongetwijfeld vroegen ze zich allemaal hetzelfde af. Ze hadden de plicht de president en zijn vrouw tegen elk gevaar te beschermen. Ze waren getraind om desnoods hun eigen leven op te offeren, om dat ene leven in stand te houden.

Aan de andere kant waren ze niet echt goed voorbereid op een situatie die zich straks misschien enkele meters bij hen vandaan zou voordoen. Als het gevaar waarin de president verkeerde nu eens van zijn vrouw kwam?

Mochten ze zo nodig dodelijk geweld gebruiken? Mochten ze haar doden om hem te redden? Dat stond niet zo precies in het handboek van de Secret Service. Als je de verhalen mocht geloven, had een dergelijke situatie zich maar één keer eerder voorgedaan. President Warren G. Harding en zijn maîtresse waren betrapt door mevrouw Harding. Ze hadden hun toevlucht gezocht in een kast in het Witte Huis, en de woedende First Lady had geprobeerd de deur open te slaan, volgens de verhalen met een brandweerbijl. De Secret Service had haar het wapen moeten afpakken en Harding had het overleefd. Overigens was hij later, toen hij nog steeds president was, onder mysterieuze omstandigheden in een hotelkamer in San Francisco gestorven. Sommigen dachten dat zijn vrouw eindelijk wraak had genomen door haar man te vergiftigen. Dat werd niet bewezen, want mevrouw Harding stond geen sectie toe en had opdracht gegeven het lichaam van haar man snel te balsemen. Het was een fraai voorbeeld van een bedrogen echtgenote die met pure wilskracht de overhand kreeg op de wensen van een hele natie.

Er waren geen brandweerbijlen meer in het Witte Huis. Hoewel er een keukentje in hun privéverblijf was, maakte de First Lady bijna nooit meer zelf een maaltijd klaar. Als ze dat al eens deed, was het verre van zeker dat de president, die wist hoe Harding aan zijn eind was gekomen, er iets van zou eten.

Larry Foster dacht diep na. Hij vroeg zich af of er in de woonverblijven ook briefopeners waren die als wapen gebruikt konden worden. Een zware lamp waarmee de presidentiële schedel kon worden gekraakt? Een pook uit de haard die een eind aan het leven van de president zou maken terwijl hij, Larry, dienst had? Toen Foster daar op de gang stond en aan het eind van zijn carrière dacht, meende hij te kunnen voelen dat er een maagzweer bij hem opkwam. Hoewel het in het Witte Huis verre van warm was, verschenen er zweetplekken onder Fosters oksels en parelden er druppels op zijn voorhoofd. Zijn team en hij schuifelden steeds dichter naar de deur toe. Hun hartslag bereikte nieuwe hoogten.

Elk van de agenten zag de vette krantenkoppen van de volgende dag al voor zich: SECRET SERVICE DOODT FIRST LADY OM PRESIDENT TE REDDEN.

Er stonden zes zwaarbewapende agenten klaar op de gang om in actie te komen wanneer dat nodig was. Alle zes werden ze ongeveer tegelijk door dezelfde gedachte gekweld.

Twintig gespannen minuten later ging Larry Fosters telefoon. Het was de grote baas.

'Ja, meneer de president?' zei hij vlug.

Hij luisterde aandachtig en met stijgende verbazing, maar omdat hij de president was, kon Foster maar één ding zeggen.

'Komt voor elkaar, meneer de president.'

Hij verbrak de verbinding en keek zijn plaatsvervanger aan. 'Bruce, bel de basis Andrews en zorg dat er een vliegtuig klaarstaat.'

'Je bedoelt de Air Force One?'

'Elk vliegtuig waar de president in zit, is de Air Force One.'

'Maar ik bedoelde...'

'Ik weet wat je bedoelde,' snauwde Foster. 'Nee, we nemen niet de 747. Vraag of een van de ondersteunende vliegtuigen beschikbaar is. De 757 misschien, zonder presidentieel logo.'

'Neemt Wolfman een 757 zonder logo naar New York?' Bruce keek hem verbijsterd aan.

'We gaan ergens heen,' zei Foster grimmig, 'maar ik denk niet dat het New York is.'

'Maar we hebben nergens anders een verkenningsteam heen gestuurd.'

'We gaan in stilte, zoals we ook doen als we naar Irak of Afghanistan gaan.'

'Maar dan sturen we toch altijd een team vooruit? Er is minstens een week van logistiek voor nodig als de baas op reis gaat.'

'Alsof ik dat niet weet, Bruce. We hebben geen week. We hebben een paar uur, en ik weet niet eens waar we heen gaan. Dus bel naar Andrews en zorg voor een toestel. Ik moet nu de directeur bellen en vragen hoe ik dit in godsnaam moet aanpakken. Want dit kan ik je wel vertellen: ik heb in de loop der jaren veel meegemaakt, maar dit is helemaal nieuw voor me.'

•74•

Quarry controleerde de apparaten die Tippi in leven hielden. Het zuurstofniveau was in orde en alles draaide probleemloos op de volledig opgeladen generator. Buiten was het nog donker; de zon zou nog uren op zich laten wachten.

Toen hij het gezicht van zijn dochter aanraakte, dacht hij aan zijn telefoongesprek met Jane Cox. Hij had nooit eerder met een presidentsvrouw gepraat; mensen als hij kregen daar nooit de gelegenheid voor. Hij had natuurlijk jarenlang over haar gelezen en de carrière van haar man gevolgd. Eigenlijk had hij meer van haar verwacht. Ze was immers een goed opgeleide en verfijnde, maar ook geharde vrouw. Ze was hem tegengevallen. Ze had door de telefoon heel menselijk geklonken. Bang dus. Al die tijd had ze zo veilig in haar hoge toren gezeten dat ze de rottigheid ver beneden haar helemaal niet meer zag. Nou, nu had ze er iets van gezien. En ze zou het van nog dichterbij bekijken.

Quarry haalde diep adem. Nu was het zover. Tot aan dit moment had hij het kunnen afblazen, en dat had hij ook bijna gedaan, totdat de muren in de kelder hem nieuwe kracht hadden gegeven. Hij haalde *Pride and Prejudice* uit zijn zak. Bij het licht van de oude zaklantaarn van zijn vader las hij het laatste hoofdstuk van het boek. Dit zou echt het laatste hoofdstuk zijn dat hij haar nog voorlas.

Hij sloot het boek en legde het zachtjes op haar borst. Quarry pakte een van haar handen vast en gaf er een kneepje in. Hij had dit jarenlang gedaan, altijd in de hoop dat ze terug zou knijpen, maar dat had ze nooit gedaan. Hij geloofde allang niet meer dat Tippi's vingers de zijne ooit nog zouden vastgrijpen; dat deden ze ook deze keer niet. Hij legde haar hand weer neer en schoof hem onder de dekens.

Hij haalde het cassetterecordertje uit zijn zak, legde het op het bed en zette het aan. De volgende minuten luisterden zijn dochter en hij naar Cameron Quarry die haar laatste woorden op aarde sprak. Zoals altijd sprak Quarry de laatste regel tegelijk met zijn overleden vrouw uit.

'Ik hou van je, Tippi, lieveling. Mammie houdt met heel haar hart van jou. Ik kan niet wachten tot ik je weer in mijn armen kan sluiten, lief meisje. Als we allebei gezond en wel zijn in de armen van Jezus.'

Hij zette de recorder uit en stopte hem in zijn zak.

De herinneringen spoelden in lange golven over hem heen. Het had zo anders kunnen zijn. Het had zo anders moeten zijn.

'Je mama zal heel blij zijn je te zien, Tippi. Ik wou dat ik er ook bij kon zijn.'

Hij bukte zich en kuste zijn dochter voor het laatst.
Hij liet de deur open, draaide zich toen om en keek de kamer weer in. Zelfs in het donker zag hij Tippi's contouren in het schijnsel van de apparaten die haar al die jaren uit het graf hadden gehouden.
Men had vele malen geprobeerd de Quarry's over te halen de stekker eruit te laten trekken.
Aanhoudende vegetatieve staat. Geen hersenactiviteit. In feite hersendood, hadden ze tegen het echtpaar gezegd, met het medische jargon dat volgens Quarry tot doel had hen te intimideren en in verwarring te brengen. Nadat hij had aangehoord hoe ze zich in alle welsprekendheid over het ultieme lot van zijn dochter uitlieten, had Quarry elk van hen een eenvoudige vraag gesteld.
'Als ze uw kind was, zou u haar dan laten sterven?'
Ze hadden hem zwijgend aangekeken. Meer antwoord had hij niet nodig gehad.
Eigenlijk voelde hij er niets voor om zijn kind nu te verlaten, maar hij had geen keus. Hij stapte van de veranda af en keek naar de bomen. In de kleine bunker die Quarry had uitgegraven en met hout had versterkt zat Carlos met de afstandsbediening in zijn hand. Dat apparaatje was met een kabel verbonden, terwijl het andere eind van die kabel in de muur van het huisje verdween. De bunker was afgedekt met zand en gras, en daaronder zaten loodplaten die röntgenstralen en andere elektronische signalen tegenhielden. Omdat hij had geweten dat de federale diensten gespecialiseerde apparatuur zouden meebrengen, had Quarry de loodplaten daar aangebracht. Hij had ze vervaardigd van oude röntgenplaten uit een tandartsenpraktijk.
Zelfs op een meter afstand zou niemand kunnen zien dat daar een man zat te kijken, en de loodplaten zouden zo ongeveer alles blokkeren wat de federale diensten bij zich hadden. De andere kabel had Quarry langs de boom omlaag en vervolgens de grond in geleid, tot aan de kleine tv-monitor waarop Carlos ongetwijfeld al zat te turen. Op die monitor kreeg Carlos de beelden van de camera in de boom te zien. Hij moest in de bunker blijven tot alles achter de rug was. De bunker had een luchttoevoer en er was voldoende eten en drinken. Carlos was van plan naar Mexico te vluchten en vandaar nog verder naar het zuiden te gaan. Quarry hoopte dat hij het zou redden.
Quarry stond op een plaats waar hij wist dat Carlos hem op de tv kon zien. Hij stak zijn duimen omhoog en salueerde. Toen ging hij weg en reed naar huis.
Quarry had een brief geschreven, die hij in de kelderkamer achterliet. Die brief was niet gericht aan Ruth Ann of Gabriel, maar ging wel over hen. Hij wilde dat de mensen die hier zouden komen de waarheid wisten. Ze moesten weten dat dit alleen zijn werk was. Hij liet ook zijn testament achter.
Hij sloop naar boven en keek bij Ruth Ann, die in diepe slaap verzonken was.

Toen ging hij naar Gabriels kamer en zag de jongen vredig slapen. Hij haalde de Lady Liberty-munt uit zijn zak en legde hem op de tafel naast het bed.

Hij mompelde: 'Ga studeren, Gabriel. Ga verder met je leven en vergeet dat je mij ooit hebt gekend. Maar als je nu en dan aan me denkt, hoop ik dat je je herinnert dat ik niet puur slecht was. Dat ik gewoon een slechte kaart toebedeeld had gekregen en niet wist wat ik daarmee moest doen. Maar dat ik mijn best heb gedaan.'

Hij liep door het huis naar zijn bibliotheek. De haard was gedoofd met een emmer water. Hij bewoog zijn arm, waarop nu het volledige merkteken prijkte. Hij deed het licht aan, keek nog even naar de muren met boeken, knipte toen het licht uit en sloot de deur voor de laatste keer.

Een halfuur later zette hij zijn pick-up naast zijn Cessna. Twintig minuten later was hij opgestegen. Terwijl hij over het land vloog, keek hij naar het kleine huisje. Hij zwaaide niet, knikte niet, gaf niet te kennen dat hij wist dat het daar stond. Hij moest zich nu concentreren. Wat was gebeurd, was gebeurd. Hij kon nu alleen nog vooruitkijken.

Daryl had de baan voor hem verlicht door om de drie meter een brandende fakkel neer te zetten. Quarry landde met een harde dreun omdat er veel wind stond, taxiede over de baan, keerde het toestel, stapte uit en blokkeerde de wielen.

Wanneer alles volgens plan verliep, zouden Daryl en hij hiervandaan vliegen en in Texas landen. Het zou allemaal niet meer dan enkele uren in beslag nemen. Ze hadden voorbereidingen getroffen om vanuit Texas de grens naar Mexico over te steken. Het was gemakkelijker om van noord naar zuid over die grens te gaan dan andersom. Eenmaal in Mexico zou Quarry een gestolen mobieltje gebruiken om de FBI te bellen en de exacte locatie van de mijn door te geven, zodat Willa en Wohl gered konden worden. Tot dan toe zaten ze daar volkomen veilig, met genoeg eten en drinken.

Het was een goed plan, maar alleen als het werkte.

Hij pakte zijn plunjezak en liep naar de ingang van de mijn.

Over een paar uur zou hij het antwoord weten.

•75•

Toen Sean en Michelle de harde zandweg insloegen die naar Atlee leidde, was de zon er al bijna aan toe om in het oosten boven de horizon te komen.

'Griezelig,' zei Michelle, toen ze over de eenzame, kronkelende weg reden. 'Heb je een boodschap voor Waters achtergelaten?'

'Ja, maar ik weet niet wanneer hij terugbelt. Misschien levert dit toch niets op.'

'Ik heb sterk het gevoel van wel.'

'Ik ook,' gaf hij toe.

'Hoe wil je dit aanpakken?'

'Eerst het terrein verkennen. Kijken wat we kunnen doen. Op een wonder hopen. Willa vinden.'

Michelle wees naar voren. 'Dat zou Atlee kunnen zijn.' Het huis was in zicht gekomen toen ze een bocht om gingen. Aan weerskanten van het pad dat naar het oude landhuis van voor de Burgeroorlog leidde stonden grote zuidelijke moerasdennen. Die maakten de duisternis nog dieper.

'Ik zie geen auto's bij het huis staan,' zei Michelle, terwijl ze haar pistool tevoorschijn haalde.

'Er zijn hier vast veel meer plaatsen waar je kunt parkeren.'

De telefoon ging. Ze schrokken er allebei van.

Het was Aaron Betack. Sean luisterde een tijdje, verbrak toen de verbinding en keek zijn compagnon aan.

'In het Witte Huis zijn de poppen aan het dansen. Het schijnt dat Jane Cox uit een restaurant terugkwam en dat ze toen het Oval Office binnen is gestormd. De president en zij gingen naar hun privéverblijf, voerden een gesprek, en toen zaten ze binnen de kortste keren in een vliegtuig zonder logo, op weg naar een onbekende bestemming.'

'Wat is er toch aan de hand?'

'Het is duidelijk dat iemand contact met haar heeft gehad toen ze in dat restaurant was.'

'Maar waarom een vliegtuig zonder logo?'

'Blijkbaar willen ze niet dat iemand er iets van weet. Zeker niet het publiek.'

'De Secret Service heeft dus geen verkenningsteam vooruit kunnen sturen. Dat zal ze dwarszitten.'

'Precies. Ze proberen zich zo goed mogelijk te behelpen, maar als je niet weet waar je heen gaat...?'

'Je hebt hem niet verteld wat wij hebben ontdekt.'

'Hij heeft zijn handen al vol, en dit levert misschien niets op. Als we iets ontdekken wat met de president te maken heeft, lichten we hem zo gauw mogelijk in.'
'Sean, doe het licht uit!' fluisterde Michelle opeens.
De auto werd donker en stil. 'Wat is er?'
'Er kwam net iemand het huis uit.' Ze wees naar voren. 'Laten we de rest lopend doen.'
Ze stapten uit de SUV en slopen naar het donkere huis.
Michelle stak haar hand op. Blijkbaar had ze iets gezien wat hem was ontgaan. Hij wist uit ervaring dat ze een bovenmenselijk nachtzicht had.
'Waar?' fluisterde Sean in Michelles oor.
'Daar, op de veranda.'
Hij keek in die richting en zag een kleine figuur op het trapje zitten. Michelle fluisterde in zijn oor: 'Dat zal Gabriel zijn, de kleine jongen die door de MP is ondervraagd. Hij was toen bijna negen en moet nu dus tien of elf zijn.'
Terwijl ze wachtten of er iemand bij Gabriel kwam zitten, trok de duisternis om hen heen steeds sneller weg. Ergens kraaide een haan.
'Dat heb ik een hele tijd niet gehoord,' bekende Sean.
'We moeten iets doen,' zei ze. 'We verliezen onze dekking. Straks ziet hij de wagen.'
'Jij links, ik rechts.'
Ze gingen elk een kant op. Een tijdje later bevonden ze zich aan weerskanten van de figuur, waarvan ze in het ochtendlicht nu konden zien dat het inderdaad een jongetje was.
Een jongetje dat huilde. Hij huilde zelfs zo erg dat hij niet eens merkte dat Michelle naast hem kwam staan. Toen ze zijn schouder aanraakte, schrok hij zo erg dat hij bijna van de veranda viel. Sean stond aan zijn andere kant en greep zijn arm vast voordat hij de kans kreeg weg te rennen.
'Wie zijn jullie?' sputterde Gabriel. Hij keek hen beiden met verschrikte, betraande ogen aan.
'Ben jij Gabriel?' vroeg Michelle. Ze legde haar hand op de andere arm van de jongen.
'Hoe weet je mijn naam?' vroeg hij angstig.
'We doen je geen kwaad,' zei Sean. 'We zijn alleen maar op zoek naar iemand. Een klein meisje dat Willa heet.'
'Zijn jullie van de politie?'
'Waarom zou je denken dat wij van de politie zijn?' vroeg Michelle, en ze versterkte haar greep op Gabriels arm enigszins.
Gabriel snotterde nog wat en boog zich toen voorover, zijn blik strak op zijn blote voeten gericht. 'Ik weet het niet.'

'Weet je waar Willa is?'
'Ik ken niemand die Willa heet.'
'Dat vroegen we je niet,' zei Sean. 'We vroegen je of je wist waar ze was.'
'Nee, dat weet ik niet, oké? Ik weet het niet.'
'Maar je weet van haar af?' zei Michelle.
Gabriel keek doodongelukkig en met zware oogleden naar haar op. 'Ik heb niets verkeerds gedaan. Mijn moeder ook niet.'
'Dat heeft ook niemand gezegd. Waar is je moeder?' vroeg Michelle.
'Ze slaapt.'
'Is er nog iemand anders in het huis?'
'Ik denk dat meneer Sam weg is.'
'Sam Quarry?' vroeg Sean.
'Kent u hem?'
'Ik heb van hem gehoord. Waarom denk je dat hij weg is?'
'Zijn auto staat er niet,' antwoordde de jongen simpelweg.
'Waarom huilde je toen we hier aankwamen?'
'Gewoon... Gewoon, daarom.'
'Er moet een reden zijn,' zei Michelle vriendelijk.
'Moet je altijd een reden hebben om te huilen?' zei Gabriel uitdagend.
'Ja.'
'Nou, ik niet. Ik huil soms zomaar.'
'Dus Sam is weg en je moeder slaapt. Is er verder nog iemand binnen?'
Gabriel wilde iets zeggen, maar hield zich in.
'Het is erg belangrijk dat we weten wie hier zijn,' zei Sean.
'Nou, zijn jullie van de politie of niet?'
Michelle haalde haar detective-insigne tevoorschijn en liet het hem zien. 'We werken met de FBI en de Secret Service aan de ontvoering van Willa Dutton. Hebben jullie hier een Koasati-indiaan die Eugene heet?'
'Nee, maar er is er wel een. Hij heet Fred.'
'Is hij in het huis?'
'Nee, hij woont in een oude caravan op het terrein. Die kant op.' Hij wees naar het westen.
'Wie is er nog meer binnen?'
'Tippi was er, maar ze is er niet meer.'
'Wie is Tippi?'
'De dochter van meneer Sam. Hij heeft haar nog niet zo lang geleden naar huis gehaald uit het verpleeghuis.'
'Wat is er met haar aan de hand?'
'Ze is lang geleden ziek geworden. Ze ligt aan beademingsapparatuur en andere machines. Heeft jarenlang in dat verpleeghuis gelegen. Meneer Sam en ik gin-

gen haar voorlezen. Jane Austen, *Pride and Prejudice*. Hebt u dat gelezen?'
'Waarom haalde hij haar naar huis?' vroeg Michelle.
'Dat weet ik niet. Hij deed het gewoon.'
'Maar nu is ze er niet?'
'Ze is niet in haar slaapkamer. Ik heb gekeken.'
'Huilde je daarom – omdat je dacht dat haar iets was overkomen?'
Gabriel keek op naar Michelle. 'Mevrouw, meneer Sam is een goed mens. Hij heeft mijn moeder en mij opgenomen toen we nergens anders heen konden. Hij helpt mensen, veel mensen. Hij zou juffrouw Tippi niets aandoen. Hij heeft alles voor haar gedaan.'
'Toch huilde je. Daar moet een reden voor zijn.'
'Waarom zou ik u die vertellen?'
'Omdat we willen helpen,' zei ze.
'Dat zegt u nou wel, maar ik weet niet of u dat echt meent.'
'Je bent een pientere jongeman,' zei Sean.
'Meneer Sam zegt dat je mensen nooit moet vertrouwen tot ze je een goede reden geven om dat wel te doen.'
'Wat doet u hier?' snauwde een stem.
Ze draaiden zich om en zagen Ruth Ann in haar oude ochtendjas staan. Al keken ze niet naar die ochtendjas. Hun aandacht werd in beslag genomen door het enkelloops jachtgeweer dat ze op hen richtte.

•76•

Ze hadden gekozen voor een Boeing 757 die voor het ministerie van Buitenlandse Zaken had gevlogen, maar daarna was geüpgraded tot wide-body 767-300. Het vliegtuig had met de rest van de presidentiële vloot op de luchtmachtbasis Andrews gestaan. Alle logo's en insignes van de overheid waren al eerder verwijderd, en het toestel werd nu vooral gebruikt om agenten, adjudanten, de pers en materieel te vervoeren.

De minister van Buitenlandse Zaken had een eigen kantoor en slaapkamer in het vliegtuig gehad, en daar was niets aan veranderd. Toen ze van Andrews opstegen, enkele uren nadat Jane Cox het Oval Office binnen was gestormd en een golfbal in de linkeroogkas van Thomas Jefferson had gegooid, zaten de president en mevrouw Cox in dat kantoor. In de rest van het vliegtuig zat een inderhaast bijeengebracht team van agenten van de Secret Service. Die agenten wisten absoluut niet wat er aan de hand was.

De president zat naar zijn vrouw te kijken, die ineengedoken op haar stoel zat en strak naar de vloer keek. Toen ze op kruishoogte waren gekomen, maakte de president zijn gordel los en keek om zich heen.

'Mooi kantoor. Niet zo groot als het mijne in de Air Force One, maar niet gek.'

'Het spijt me, Dan. Het spijt me dat je niet in je grote stuk speelgoed mag vliegen.' Ze had haar armen over elkaar geslagen en keek hem afwisselend met angst en wanhoop aan.

'Denk je zo over dit alles? Dat het speelgoed is?'

'Op dit moment weet ik eigenlijk niet wat ik denk. Of eigenlijk weet ik dat wel. Ik denk dat we nu eindelijk op het dieptepunt zijn.'

Hij trok zijn schoenen uit, wreef over zijn voeten, nam een slokje en liep door de cabine.

'Eigenlijk kan ik het me niet eens herinneren.'

'Nee, jij vast niet. Maar ik wel.'

'Ik ben veranderd.'

'Oké.'

'Echt waar, Jane. En dat weet je heel goed.'

'Oké, je bent veranderd. Daar schieten we in deze situatie niets mee op.'

Hij zuchtte, ging naast haar zitten en masseerde haar schouders. 'Dat weet ik. Ik weet dat dit afschuwelijk voor je is geweest.'

Ze keek hem langzaam aan. 'Daarom heeft hij Willa ontvoerd.'

'Dat heb je tegen me gezegd. Nee, tegen me geschrééuwd.'

'Je zei dat je het ambt van president niet kon compromitteren om haar terug te krijgen.'
'Dat klopt, Jane. Dat kan ik niet. Ook als deze puinhoop niet mijn verantwoordelijkheid was, zou ik dat niet kunnen.'
'Onze verantwoordelijkheid.'
'Jane...'
Ze nam zijn hand in de hare. 'Onze,' zei ze zachtjes.'Ik heb geen idee waarom je bij me bent gebleven.'
'Ik hou van je. Soms weet ik niet waarom, maar het is zo. Ik heb mijn lot aan het jouwe verbonden, Dan. Onze sterren zijn samen de hemel in geschoten.'
'En misschien vallen we net zo hard op aarde terug.'
'Misschien.'
'Ik heb bij deze verkiezing alleen maar iets te verliezen. Het is al een tijdje geleden dat een president niet voor een tweede termijn is gekozen.' Ze zei niets. Hij keek haar aan. 'Denk je dat hij zich aan zijn woord houdt? Als we doen wat hij vraagt?'
'Ik weet het niet. Ik ken die man niet. Ik weet alleen dat hij klonk als iemand die het allemaal precies weet. Hij weet niet alleen alles van ons, maar ook wat hij zelf wil.'
'De Secret Service heeft grote problemen met dit alles.'
Jane keek alsof ze wilde lachen. 'Ik heb er ook grote problemen mee. En hoe dit ook afloopt, zij hebben nog steeds hun baan. Dat kunnen we van jou niet zeggen.'
'Van ons,' herinnerde hij haar.
'Een beetje zelfbeheersing. Dat zou genoeg zijn geweest.'
'Het was net een ziekte. Je weet hoe het was. Eigenlijk vind ik het een wonder dat dit nooit eerder de kop heeft opgestoken.'
'Een wonder? O ja? Terwijl ik de hele tijd achter je aan liep om de scherven op te rapen? En jij vindt het een wonder?'
'Zo bedoelde ik het niet.'
'Hoe kun je het anders hebben bedoeld?'
'Dit is niet het moment voor tweedracht, Jane. Als we dit te boven willen komen, moeten we schouder aan schouder staan.'
'Ja, we hebben later nog jaren de tijd om ruzie te maken.'
'Als jij dat wilt,' zei hij koel.
'Weet je wat ik wil? Dat we niet in dit vliegtuig zaten, op weg naar die plek.'
'Hoe klonk hij door de telefoon?'
'Vastbesloten. Vol woede en haat. Kun je het hem kwalijk nemen?'
'Denk je dat hij het meende? Ik bedoel, het lijkt me zoiets kleins in ruil voor, je weet wel...'

‘Zou je liever willen dat hij Willa doodde?’ zei ze somber.
‘Dat bedoelde ik niet. Je moet me geen woorden in de mond leggen.’
Hun gekibbel werd onderbroken door een klop op de deur.
Het was Larry Foster, de leider van het bewakingsteam. ‘Meneer de president, de piloten zeggen dat we over ongeveer anderhalf uur in Huntsville landen. Gelukkig hebben ze daar net een nieuwe baan geopend die geschikt is voor een vliegtuig van deze klasse.’
‘Goed.’
‘En dan moeten we naar een andere plaats.’
‘Jullie hebben de coördinaten gekregen.’
‘Ja, meneer de president. Die hebben we.’
‘Nou, is er een probleem?’
‘Meneer de president, mag ik openhartig spreken?’
Cox keek eerst zijn vrouw en toen Foster weer aan. ‘Ga je gang,’ zei hij nors.
‘Deze hele zaak is een probleem. We weten niet waar we heen gaan en wat we daar kunnen verwachten. Ik heb hier te weinig personeel voor en we hebben nog geen kwart van onze gebruikelijke ondersteuning en apparatuur. Ik wil met klem aanbevelen rechtsomkeert te maken naar Washington.’
‘Dat kan niet.’
‘Meneer de president, ik wil met klem aanbevelen hier niet mee door te gaan.’
‘Ik ben de president. Ik wilde alleen maar een reis maken die niet op het programma staat. Zo bijzonder is dat nou ook weer niet.’
Foster schraapte zijn keel. Aan zijn gebalde vuisten was te zien dat hij zijn uiterste best deed niet te laten blijken hoezeer dit alles hem tegenstond. ‘Dan is er ook nog het probleem dat we geen colonne hebben, president. De bestemming in kwestie ligt ongeveer honderddertig kilometer ten zuidoosten van het vliegveld van Huntsville.’
Cox keek op zijn horloge. ‘We moeten daar over precies vier uur en zeven minuten zijn.’
‘Ik heb een C-130 voor ons uit laten vliegen met twee helikopters erin. Het kost een beetje tijd om de helikopters uit te laden en vliegklaar te maken.’
‘Je hebt het tijdschema. We mogen die deadline niet missen.’
‘Meneer de president, wilt u me echt niet vertellen wat er aan de hand is? Ik weet dat de directeur met u heeft gesproken, en hij is het met mij eens, maar...’
Cox wees naar hem. ‘De directeur doet wat ik zeg. Ik kan hem morgen vervangen. Dat doe ik ook als hij met nog meer bezwaren komt. Ik wil dat jullie doen wat jullie wordt gezegd. Ik ben de opperbevelhebber. Als jullie het niet doen, laat ik het door het leger doen. Dat zal mijn gezag niet in twijfel trekken.’
Foster ging kaarsrecht staan. ‘Meneer de president, de federale wet legt ons de

plicht op u te beschermen.' Hij keek Jane aan. 'U beiden. Dit alles is nooit eerder gebeurd en is misschien erg gevaarlijk. We zijn niet in de gelegenheid geweest de plaats waar we heen gaan te verkennen. We hebben het terrein niet kunnen bekijken, de bedreigingen niet kunnen vaststellen, niet...'

'Hoor eens, Larry,' zei Cox op kalmere toon. 'Ik weet dat het een puinhoop is. Ik zou dit liever ook niet doen.' Hij wees naar zijn vrouw. 'Zij ook niet. Maar het is niet anders.'

'Heeft dit met uw nichtje te maken?' Larry vroeg het aan Jane Cox. 'In dat geval vind ik dat we op z'n allerminst de FBI moeten laten weten wat we doen.'

'Dat kan niet.'

'Maar...'

Cox legde zijn hand op de schouder van de man. 'Ik vertrouw erop dat jullie ons beschermen, Larry. Je krijgt de tijd om op verkenning te gaan, zoveel tijd als ik je kan geven. Ik ben niet roekeloos. Ik ga niet zomaar ergens heen waar ik gedood kan worden, om van mijn vrouw nog maar te zwijgen. Het komt wel goed.'

Foster zei langzaam: 'Goed, meneer de president, maar als het er niet goed uitziet, zet ik alles stop. Ik mag dat gezag uitoefenen, meneer de president. Ook dat bepaalt de federale wet.'

'Laten we hopen dat het niet zover komt.'

Toen Foster weg was, zei Jane: 'En als Larry je niet laat doen wat je moet doen?'

'Dat gaat niet gebeuren, Jane.'

'Waarom niet?'

'Ik ben nog steeds de president. Trouwens, ik heb altijd geluk gehad. Daar is nog geen eind aan gekomen. Nog niet.'

Jane wendde haar ogen af. 'Wees daar maar niet zo zeker van,' zei ze.

Hij keek haar boos aan. 'Aan wiens kant sta je eigenlijk?'

'Daar heb ik de hele nacht over nagedacht. Ik ben er nog niet uit.'

Ze verliet de cabine.

De president ging achter het bureau zitten en bad dat hij nog één keer geluk zou hebben.

•77•

'Ben jij Ruth Ann?' vroeg Michelle, haar blik niet meer gericht op het wapen maar op de vrouw.

'Hoe weet u mijn naam?'

'Mama, ze werken voor de regering. Ze komen voor meneer Sam.'

'Hou je mond over meneer Sam, jongen.'

'Ruth Ann,' zei Sean. 'We willen niet dat iemand iets overkomt, maar we denken dat die meneer Sam een klein meisje heeft ontvoerd dat Willa Dutton heet.'

'Dat is niet waar!' Ze verstrakte haar greep om de trekker.

'Mama, ik heb die naam in de kamer gezien. En haar foto. Die hebben we op tv gezien.'

'Stil, Gabriel. Ik zeg het niet nog een keer.'

'Het leven van een klein meisje staat op het spel,' zei Michelle. 'Een klein meisje dat niet veel ouder is dan Gabriel.'

'Meneer Sam doet niemand kwaad. Zo is hij niet.'

'Juffrouw Tippi is weg, mama,' zei Gabriel.

Ruth Anns mond viel open. 'Wat?'

'Ze is niet in haar kamer. Meneer Sam heeft haar meegenomen.'

'Waarheen?'

'Weet ik niet.'

'Ruth Ann, laat ons in het huis rondkijken. Als we niets verkeerds vinden, gaan we weg,' zei Sean. 'We willen alleen maar Willa vinden en naar huis terugbrengen.'

'Is dat het kleine meisje van wie de moeder is vermoord?' vroeg Ruth Ann. Haar greep op het geweer werd een beetje losser.

'Ja.'

'Wat heeft meneer Sam daarmee te maken? Zegt u dat eens!'

'Misschien heeft hij er niets mee te maken. In dat geval overkomt hem niets. Zo simpel is het. Als u niet gelooft dat hij erbij betrokken is, kunt u ons gerust laten rondkijken,' zei Michelle.

'Alsjeblieft, mama, laat ze.'

'Waarom wil jij zo graag dat ze dat doen, Gabriel?'

'Omdat het goed is. Meneer Sam zou hetzelfde zeggen als hij hier was.'

Ruth Ann keek haar zoon een hele tijd aan, liet toen het geweer zakken en ging een stap terug.

Sean en Michelle liepen vlug de hal van Atlee in en keken om zich heen.

'Alsof je een reis naar het verleden maakt,' mompelde Sam.

Michelle keek naar de vrouw die hen was gevolgd. 'Ruth Ann, ik zou graag willen dat je dat geweer neerlegt en erbij vandaan gaat. Nu meteen.' Michelle had haar hand op de kolf van haar pistool.

'Doe het, mama!' Gabriel had tranen in zijn ogen.

Ruth Ann deed wat haar gezegd werd en Michelle pakte het geweer op en haalde de munitie eruit.

'Gabriel,' zei Sean. 'Waar is die kamer waar je het over had?'

Ze liepen met z'n allen de trap af naar de zware deur.

'Ik heb de sleutel niet. Die heeft meneer Sam.'

'Ga een eindje terug,' zei Michelle. Ze deden het en ze loste twee schoten, een aan elke kant van het slot. Toen stak ze haar pistool in de holster, maakte een sprong en gaf een verpletterende trap, precies op het punt waar het slot de deurpost raakte. De deur vloog open. Gabriel keek met grote ogen naar de vrouw. Toen keek hij Sean even aan, die glimlachend zijn schouders ophaalde.

'Ze is altijd al een uitslover geweest,' zei hij.

Ze renden de kamer in en Gabriel zette de lichtschakelaar om. Toen Sean en Michelle zagen wat er op de muren stond, viel hun mond open van verbazing. Foto's, systeemkaarten, notities op schoolborden, punaises, draad dat tussen de verschillende onderdelen gespannen was.

Sean zei: 'Gabriel en Ruth Ann, weten jullie wat dit betekent?'

'Nee, meneer,' zei Ruth Ann.

'Wie zou dit allemaal hebben gedaan?' vroeg hij.

'Meneer Sam,' zei Gabriel. Hij voegde eraan toe: 'Ik ben hier op een avond geweest toen hij er niet was. Toen zag ik de foto van dat meisje. Kijk, daar.'

Hij wees naar een deel van de muur. Even later keken Sean en Michelle naar een foto van Willa.

Toen Sean zijn blik over de muren liet gaan, verstijfde hij opeens. 'Ruth Ann, Gabriel, jullie moeten buiten wachten.'

'Hè?' zei Gabriel. 'Waarom?'

'Naar buiten. Nu meteen!'

Hij werkte hen door de deuropening, deed de deur dicht en keek weer naar de foto van de vrouw.

'Sean, wat is er?'

'Weet je nog dat ik je vertelde hoe ik Jane Cox heb ontmoet?'

'Ja, haar man was toen nog senator en je bracht hem dronken thuis nadat je hem met een of andere slet in een auto had aangetroffen.'

Sean wees naar de foto. 'Dat is de slet.'

Het was een foto van een jongere Diane Wohl.

Michelle keek naar de foto. 'Was zíj bij Cox?'

Sean knikte. 'Naast de foto staat de naam Diane Wohl, maar die naam gebruikte ze toen niet. Ik geloof dat haar voornaam wel Diane was, maar ik kan me Wohl niet herinneren.'

'Misschien heeft ze haar naam veranderd of is ze getrouwd.' Ze keek naar een andere plaats, waar een draad vanuit Wohls naam naar een andere systeemkaart ging.

'Diane Wright? Komt die naam je bekend voor?' Ze las de naam voor van de kaart.

'Ja, zo heette ze!'

Hij wees naar een recent krantenbericht dat naast de foto was vastgeprikt. Daarin werd melding gemaakt van de verdwijning en vermoedelijke ontvoering van Diane Wohl uit Georgia.

'Hij heeft Diane Wright ook ontvoerd,' zei Sean. Hij wees naar de muren. 'Dit alles vertelt een verhaal, Michelle. Quarry heeft al die gegevens verzameld.'

Ze wees naar de uiterste linkerkant van de kamer. 'En ik denk dat het daar begint.'

Helemaal aan het begin van die muur stond een kalenderdatum van bijna veertien jaar geleden.

Michelle las de vier woorden die naast de datum geschreven stonden: 'Hij heeft me verkracht, papa.'

Daarnaast stond de naam Tippi Quarry en daar weer naast hing een foto van Tippi die in haar ziekenhuisbed aan de beademing lag. Michelle draaide zich naar Sean om. De paniek in haar ogen was even groot als die in de zijne.

'Sean, ik word niet goed.'

'Gewoon doorgaan, Michelle. We moeten doorgaan.'

Ze volgden het verhaal op de muren in de kelder van Atlee.

Toen ze klaar waren met een hele muur, zei Michelle zacht: 'Hij heeft haar verkracht. Later lieten ze haar een illegale abortus ondergaan. De First Lady was er ook bij betrokken.'

'Ze bloedde bijna dood en raakte in coma,' voegde Sean er met doffe stem aan toe.

'Maar als Cox haar heeft verkracht, waarom deed ze dan geen aangifte bij de politie?' vroeg Sean.

'Misschien heeft iemand haar overgehaald om dat niet te doen. Bijvoorbeeld Jane Cox. Ze is erg goed in manipuleren.'

'Welke rol speelt Willa in dit alles?'

Ze gingen naar de muur met Willa's foto. Het was schokkend om het verdwenen kleine meisje naar hen te zien glimlachen in deze kamer, waar al die schoolborden en systeemkaarten zo'n ellendig verhaal vertelden.

Terwijl ze het overzicht van Quarry's detectivewerk volgden, zei Michelle: 'Hoe lang is dat incident met Cox geleden, Sean?'

Hij rekende het in zijn hoofd uit. 'Ongeveer dertien jaar geleden.'
'Willa is net twaalf geworden,' zei ze. 'Plus negen maanden zwangerschap. Sean, Willa is de dochter van de president. Jij stuitte op hen toen ze al seks hadden gehad, niet ervoor. En de vrouw werd zwanger.'
'En deze keer vonden ze het beter om het kind door Janes broer te laten adopteren. Ze wilden niet nog een illegale abortus, niet nog een coma.'
'Maar je weet zeker dat hij geen geweld tegen Diane Wright heeft gebruikt?'
'Het gebeurde blijkbaar met wederzijdse instemming.'
'Als Tippi Quarry door Dan Cox is verkracht en in coma raakte na een mislukte abortus, neemt Sam Quarry wraak.'
Sean keek verbaasd. 'Maar waarom zou hij Willa ontvoeren? En haar moeder vermoorden? Wat zou dat voor nut hebben?'
'Het zou hem overwicht geven.'
'In welk opzicht?'
'Ik weet het niet,' gaf ze toe. 'Maar het zou iets te maken kunnen hebben met de plaats waar de president en zijn vrouw nu naartoe gaan.' Michelle keek naar de muren. 'Hoe denk je dat hij dit alles te weten is gekomen? Het moet hem jaren hebben gekost.'
'Hij moet heel veel van zijn dochter hebben gehouden. Hij gaf het nooit op.'
'Maar hij is ook een moordenaar. En hij heeft Willa. We moeten haar terughalen.'
'Heb je je fototoestel nog in de wagen?'
Michelle rende naar buiten en kwam even later met haar Nikon terug. Ze maakte foto's van alle muren, zoomde in op alle teksten en foto's. Intussen zocht Sean in de kasten en haalde er stapels dossiers uit die hij wilde meenemen. Toen zag hij de brief die Quarry met zijn testament op de tafel had laten liggen. Hij pakte ze op en las ze door voordat hij de papieren in zijn zak stopte.
Michelle en hij overtraden zo ongeveer alle regels voor het in stand houden van een plaats van een misdrijf. Maar dit was dan ook niet de gemiddelde plaats delict, en hij had nieuwe regels ingevoerd. Hij wist niet hoe het allemaal zou lopen, maar hij wist wel zo ongeveer hoe hij het wilde afsluiten.
'Klaar,' zei Michelle toen ze de laatste foto's had gemaakt.
Sean gaf haar een stapeltje dossiers om mee te nemen. 'Michelle, waarom haalde hij Tippi van het verpleegtehuis naar huis en bracht hij haar toen ergens anders heen?'
'Ik weet het niet. Het is onlogisch.'
Terwijl Michelle verder praatte, was Sean verder de kamer in gekomen. Hij ging een hoek om, keek om een oude scheidingswand heen en riep uit: 'Wat krijgen we nou?'

Ze kwam naar hem toe. Hij liep vlug naar een stel metalen cilinders die achter in deze ruimte waren opgestapeld. Hij legde de dossiers neer en draaide enkele cilinders om. Sommige bevatten zuurstof, andere niet.
'Wat is het?' vroeg Michelle.
In plaats van antwoord te geven liep Sean vlug naar de deur terug en gooide hem open. Hij haalde Gabriel en Ruth Ann naar binnen en liet hun de cilinders zien.
Ze keken hem allebei verbaasd aan en schudden hun hoofd toen hij vroeg of ze wisten waarom Quarry die dingen had. Toen keek Sean naar de andere dingen die op een werkbank naast de cilinders lagen. De resten van een leeggehaalde videocamera, oude afstandsbedieningen, kabels en rollen plaatmetaal.
'Waar is dat allemaal voor?' vroeg hij.
Gabriel schudde zijn hoofd. 'Dat weet ik niet, maar ik weet wel dat meneer Sam alles kan bouwen wat hij wil. Hij kan alle apparaten repareren. Elektronica. Hij is ook een heel goede timmerman.'
'Hij heeft het in zijn vingers,' beaamde Ruth Ann. 'Er is niets wat die man niet kan repareren of bouwen.'
'Enig idee waar hij heen is? Je zei dat er een auto weg was.'
'Ja, maar hij heeft ook een vliegtuig,' zei Gabriel.
'Wat voor vliegtuig?' vroeg Michelle vlug.
'Een kleine eenmotorige Cessna.'
'Waar heeft hij een vliegtuig voor nodig?'
'Hij was piloot in Vietnam,' antwoordde Ruth Ann. 'En hij ging vaak naar de oude mijn. Met het vliegtuig.'
'Welke oude mijn?'
Gabriel vertelde over de kolenmijn. Ten slotte zei hij: 'In de Burgeroorlog gebruikten de Zuidelijken hem als gevangenis. Dat heeft meneer Sam me verteld.'
'Een gevangenis,' zei Sean, en hij keek Michelle gespannen aan. 'Denk je dat hij daarheen is?'
'Als het vliegtuig weg is,' zei Gabriel, 'is hij daarheen. Hij gaat er nergens anders mee naartoe.'
'Zou hij Tippi daarheen hebben gebracht?'
'Ik denk het niet. Alle apparatuur en wat ze verder nog nodig heeft passen niet in het vliegtuig. Het is een klein toestel.'
'Dus waar denk je dat ze is?'
Gabriel dacht na. 'Meneer Sam heeft een heel klein huisje gebouwd, een heel eind hiervandaan op land dat in het bezit is van zijn familie. Eigenlijk is daar niets. Geen stroom en zo. Dus ik denk niet dat juffrouw Tippi daar is. Want ze zou stroom nodig hebben voor de apparaten.'

'Waarom zou hij zoiets bouwen?' vroeg Michelle.
Gabriel haalde zijn schouders op. 'Weet ik niet. Hij heeft het zelf gebouwd. Het kostte hem veel tijd.'
Sean keek Michelle nerveus aan en wendde zich toen tot Gabriel. 'Kun je ons laten zien hoe we bij de mijn kunnen komen?'
'Ik kan het zeggen als ik met jullie meega.'
'Gabriel!' riep zijn moeder uit.
'Ik weet de weg niet als ik het moet vertellen, mama. Maar als ik erheen ga, weet ik het wel.'
Ze keek bezorgd naar haar zoon. 'Hij is heel goed voor ons geweest. Meneer Sam, bedoel ik. Als hij iets slechts heeft gedaan, moet daar een goede reden voor zijn.'
'Hij heeft ons zijn huis en bezit nagelaten,' merkte Gabriel op.
'En hij heeft Fred duizend dollar contant gegeven. Dat heeft Fred me verteld,' voegde Ruth Ann daaraan toe.
'Zou hij hebben gedacht dat hij het niet veel langer meer maakt?' zei Sean.
'Je weet nooit hoe lang je nog leeft,' wierp Ruth Ann tegen. 'We kunnen allemaal morgen dood neervallen. De wil van God.'
'Wie denken jullie dat er nog meer bij de mijn zijn?' vroeg Sean.
'Misschien Daryl, zijn zoon,' zei Gabriel. 'En misschien Carlos.'
'En een zekere Kurt Stevens?'
'Meneer Sam zei dat Kurt is weggegaan,' zei Gabriel.
'Hebben ze wapens in de mijn?' vroeg Michelle.
'Meneer Sam houdt van zijn wapens. Daryl ook. Ze kunnen schieten als de besten. Allebei.'
'Geweldig,' zei Sean. 'Gabriel, kun je met ons meerijden naar de plaats waar hij zijn vliegtuig heeft staan? En als het daar niet staat, wil je dan met ons meegaan naar de mijn?'
Gabriel keek zijn moeder aan. Ze legde beschermend haar hand op zijn schouder.
'Mama, ik vind dat ik dit moet doen.'
'Waarom, jongen? Waarom? Het zijn jouw zaken niet.'
'Meneer Sam is geen slecht mens. Dat heb je zelf gezegd. Ik ken hem het grootste deel van mijn leven. Als ik daarheen ga, kan ik hem misschien helpen de dingen in orde te maken. Ik vind dat ik dat moet doen.'
Er liep een traan over Ruth Anns gezicht.
'We zullen goed op hem passen, Ruth Ann,' zei Sean. 'We brengen hem bij je terug. Dat beloof ik je.'
Ruth Ann keek Sean met betraande ogen aan. 'Het is je geraden, dat je hem bij me terugbrengt. Die jongen is alles wat ik heb.'

•78•

De twee helikopters kwamen van de grond en vlogen in zuidoostelijke richting. In de ene zaten de president en zijn vrouw, met een aantal agenten van de Secret Service en zoveel materieel als ze op het laatste moment bij elkaar konden krijgen. In de tweede helikopter zaten nog meer agenten, met de twee beste explosievenhonden waarover de dienst beschikte, nog meer materieel, en Chuck Waters, die een tip van Larry Foster had gekregen en was meegevlogen zonder dat het presidentiële echtpaar het wist. Naast hem zat Aaron Betack, die ook zonder medeweten van de First Lady was meegekomen. Het werd met de minuut lichter. Er stond weinig wind en de opkomende zon verdreef de ochtendkilte.

Betacks telefoon ging.

'Ja?'

'Aaron, met Sean King. We moeten praten.'

'Ik heb het nogal druk.'

'Ik ben in Alabama.'

'Wat? Wij ook.'

'Wie zijn wij?'

Betack keek Waters aan en zei toen in de telefoon: 'Zoals ik je al eerder zei, zijn Wolfman en Lynx op reis,' zei hij. Dat waren de codenamen die de Secret Service voor Dan en Jane Cox gebruikte. 'Wat doe jij in Alabama?'

'Als ik moest raden, zou ik zeggen dat we ongeveer op hetzelfde spoor zitten als jullie. Waar gaan jullie precies naartoe?'

'Dat weten we niet, Sean. Dat heb ik je al eerder gezegd.'

'Dat weet ik, maar ik dacht dat daar inmiddels verandering in was gekomen. Je bent bij de president en je weet niet waar je heen gaat?'

'Het is een puinhoop. We vliegen blind en we hebben alle regels en protocollen uit het handboek van de Secret Service overboord gezet. Larry Foster is leider van het team en hij kan elk moment een hartaanval krijgen. We hadden dus die confrontatie in het Oval Office, en nu vliegen we opeens met een helikopter boven Alabama, op weg naar een stel coördinaten.'

'Aaron, dat is krankzinnig. Jullie kunnen in een val lopen.'

'Alsof ik dat niet weet. Denk je dat de Secret Service hier blij mee is? Maar ja, hij is de president.'

'Bedoel je dat de directeur van de Secret Service dit laat gebeuren? En de adviseurs van de president? Hoe denkt de vicepresident erover?'

'Je weet dat het een kwestie van afweging is. De president is de opperbevelhebber en wij moeten hem gehoorzamen. We hebben ons trouwens uit de naad gewerkt. We hebben de hulp van de FBI en het leger ingeroepen, en we denken dat we zelfs onder deze beroerde omstandigheden voldoende bescherming kunnen bieden.'

Waters vroeg Betack met een gebaar om de telefoon.

'King? Met Chuck Waters.'

'Hallo, Chuck, ik heb een boodschap voor je achtergelaten.'

'Wat ben je aan het doen?'

'Als ik je dat vertelde, Chuck, zou je me niet geloven. Aaron heeft me verteld wat er daar gebeurt. Misschien lopen jullie regelrecht in een hinderlaag.'

'Ja, maar wat de president niet weet, is dat er nog een helikopter met een gijzelingsteam voor ons uit vliegt. Tegen de tijd dat wij landen, en voordat de president een voet buiten dit toestel zit, hebben ze het terrein verkend en een beschermingslinie ingesteld waar zelfs geen mier doorheen komt. Als de situatie ons dan nog steeds niet bevalt, gaan we meteen weg, president of niet.'

'Maar als ze jullie nu eens uit de lucht schieten?'

'Daar hebben we ook aan gedacht. Elke helikopter is uitgerust met de nieuwste apparatuur om aanvallen vanuit de lucht en vanaf de grond tegen te gaan. Verder hebben we militaire vliegtuigen in de lucht om ons te beschermen. En een bataljon bewapende Apache-helikopters verkent het terrein systematisch vanaf de coördinaten die we hebben gekregen, op zoek naar alles wat een bedreiging kan vormen. En, man, als je een Apache jouw kant ziet opkomen, geef je je over, of je schijt in je broek, of allebei.'

'Oké, maar we hebben iets ontdekt wat jullie moeten weten. Misschien is het de achilleshiel.' Sean vertelde over de metalen cilinders.

'Waar heb je die gevonden?'

'Dat leg ik je later wel uit. Ik hoop dat jullie daar ook iets tegen kunnen doen.'

'Ik zal zien wat ik kan doen. Waar ben je nu?'

'Op weg naar een verlaten mijn. Met een jongetje dat Gabriel heet.'

'Gabriel? En waarom een mijn?'

'Omdat ik denk dat daar misschien een klein meisje is.'

'Willa?'

'Laten we hopen en bidden, Chuck, en het contact aanhouden. Veel succes.'

•79•

Sam Quarry keek zo gespannen naar de geïmproviseerde satelliettelefoon in zijn hand dat het was of hij een giftige slang had opgepakt. Het was nog lang geen tijd voor Carlos' telefoontje, maar eigenlijk zou hij willen dat Carlos hem al had gebeld. Hij wilde dit achter de rug hebben.

Hij keek bij Daryl om er zeker van te zijn dat die alles in gereedheid had en ging toen naar Willa's kamer. Toen hij binnenkwam, zaten Diane en zij aan de tafel. Hij had besloten dat de twee vrouwen op deze dag, deze laatste dag, bij elkaar zouden zijn. Ze keken op toen hij binnenkwam en de deur achter zich dichtdeed.

Hij leunde tegen een muur en stak een sigaret op.

'Wat is er aan de hand?' vroeg Willa met bevende stem. Ze was nooit meer de oude geweest sinds ze had ontdekt dat er misschien iets met haar vader en moeder was gebeurd.

'Het is bijna voorbij,' zei Quarry. 'Tenminste, dat hoop ik.'

'Dat hoop je?' zei Diane. Haar gezicht zag er vermoeid uit en haar stem klonk al even moe.

'Ja, dat hoop ik,' zei Quarry. 'En daar bid ik om.'

'En als uw hoop niet uitkomt?' vroeg Willa.

'Ja, vertel ons dat eens, menéér Sam,' zei Diane koel. 'Wat dan?'

Hij negeerde haar en keek Willa aan. 'Ik heb mijn dochter naar huis gehaald. De zieke dochter.'

'Waarom hebt u dat gedaan?'

Hij haalde zijn schouders op. 'Het was tijd. Ik heb afscheid genomen. Het is goed.'

'Afscheid?' vroeg Willa angstig.

'Hoe het ook gaat, voor mij is het allemaal voorbij. Ik zie niemand terug.'

'Ga je zelfmoord plegen?' zei Diane met een hoopvolle ondertoon in haar stem.

Quarry's lippen plooide zich tot een glimlach. 'Je kunt niet iemand doden die al dood is.'

Diane wendde haar ogen af, maar Willa zei: 'Wie zorgt er voor uw dochter als u dat niet meer kunt?'

Diane keek hem weer nieuwsgierig aan. Het was duidelijk dat ze daar niet eens over had nagedacht.

Quarry haalde zijn schouders op. 'Het komt wel goed met haar.'

'Maar...'
Hij liep naar de deur. 'Blijven jullie hier maar wachten.'
Hij ging weg.
Diane boog zich naar het meisje toe. 'Het komt niet goed, Willa.'
Willa keek alleen maar naar de deur.
'Willa, hoor je me?'
Blijkbaar hoorde Willa haar niet. Ze keek alleen maar naar de deur.

Het vliegtuig had er niet gestaan en Michelle reed nu hard. Gabriel zat naast haar om de weg te wijzen en Sean zat op de achterbank. Hij keek naar de lucht, zocht naar een helikopter met daarin een president en een First Lady die veel te verantwoorden hadden.
'Daar naar links,' zei Gabriel.
Michelle ging zo abrupt naar links dat Sean over de achterbank vloog.
'Als we doodgaan voordat we daar aankomen, heeft het allemaal geen zin,' zei hij op scherpe toon, terwijl hij overeind krabbelde en zijn gordel omdeed.
'Hoeveel verder nog, Gabriel?' vroeg Michelle.
'Nog een uur,' zei hij. 'Meneer Sam kan er veel vlugger komen met het vliegtuig. Ik heb nog nooit in een vliegtuig gezeten. U wel?'
Michelle tuurde naar de weg. Telkens wanneer ze op een recht stuk waren, trapte ze het gaspedaal helemaal in, maar toen ze op heuvelachtig terrein kwamen, waren er algauw geen rechte stukken meer. 'Ja, ik heb in een vliegtuig gezeten.' Ze gebaarde met haar hoofd in Seans richting. 'Hij heeft met de president in de Air Force One gezeten.'
Gabriel draaide zich om en keek vol ontzag naar Sean. 'Heb je de president ontmoet?'
Sean knikte. 'Maar vergeet niet: hij trekt zijn broek net zo aan als jij en ik. Alleen kan hij dan ook nog op een knop drukken om de wereld in de lucht te laten vliegen.'
Michelle draaide zich met een blik van 'Kom nou!' naar hem om en zei toen: 'Als je een keer met een vliegtuig mee wilt, Gabriel, kunnen we dat wel regelen.'
'Dat zou cool zijn. De volgende weg rechts.'
'Welke weg?' zei Sean. Ze reden weer over een bult en hij vloog bijna van zijn plaats. 'Je bedoelt de hindernisbaan waar we al tien kilometer op zitten?'
Toen Michelle de afslag had genomen en de weg steiler werd, zette ze de vierwielaandrijving aan. Ze hobbelden verder.
'Vertel ons eens iets over de mijn, Gabriel,' zei Michelle.
'Wat bijvoorbeeld?'
'Eén ingang of meer?'
'Ik ken er maar één. Meneer Sam heeft daar een landingsbaan van gras aange-

legd. Hij nam me soms mee als hij er met de pick-up heen reed en dan maaiden we het gras.'
'Ga verder,' moedigde Michelle hem aan. 'Hoe meer we weten, des te beter zijn we voorbereid.'
Hij vertelde over de gangen en de kamers die Quarry in de mijn had gebouwd.
'Waarom heeft hij dat allemaal gedaan?' vroeg Sean.
'Hij zei dat we daarheen zouden gaan als de wereld verging. Hij heeft daar eten, water, lampen en dat soort dingen.'
'En wapens,' zei Michelle.
'En wapens,' beaamde Gabriel. 'Waarschijnlijk een heleboel.'
Sean trok zijn eigen 9mm en pakte ook de twee extra magazijnen die hij altijd bij zich had.
Twee pistolen, een paar extra magazijnen, een kleine jongen, twee potentiële gijzelaars en een donkere mijn waar de tegenpartij tot de tanden gewapend was en alle hoeken en gaten kende, terwijl jij van niets wist. Hij keek Michelle in het spiegeltje aan.
Blijkbaar dacht zij hetzelfde, want ze zei: 'Ik weet het.'
Sean keek uit het zijraam. Het terrein werd steeds steiler. Zelfs nu de zon op was, zag alles er donker en koud uit. Hij dacht weer aan de kamer in Atlee. Aan een verhaal op een muur, een verhaal waaraan Sam Quarry waarschijnlijk jarenlang had gewerkt. Toen dacht hij weer aan die avond in Georgia, die straat waar hij liep, die jongedame die hij op de schoot van de toekomstige president zag zitten en die met haar slipje om haar enkels uit de auto tuimelde. De man had een mooie, intelligente vrouw die thuis op hem wachtte. Hij was net in de Senaat gekozen. En hij liet zich in een auto beklimmen door een meisje van twintig?
Toen dacht hij aan een andere vrouw. Tippi Quarry.
Hij heeft me verkracht, papa.
Een bloederige abortus.
Al die jaren in coma.
Aanhoudende vegetatieve staat, had Quarry op de muur geschreven, en hij had elk woord drie keer onderstreept.
Sean had geen kinderen, maar als hij ze had gehad en er was zijn dochter zoiets overkomen, wat zou hij dan doen? Hoe ver zou hij gaan? Wat voor verhaal zou hij op een muur zetten? Hoeveel mensen kon hij vermoorden?
Hij stak het pistool weer in de riemholster.
Ze zouden Sam Quarry in de mijn vinden. Daar was hij zeker van. Ze zouden Willa en die Diane ook vinden. Levend of dood, daar was hij niet zeker van.
Maar wat moesten Michelle en hij aan dit alles doen?
Dat wist hij echt niet.

•80•

Een uur voordat de helikopters met de president en zijn bewakers landden, werden er al twee helikopters met meer dan twintig leden van een gijzelingsteam en veel materieel op ongeveer honderd meter van Quarry's huisje aan de grond gezet. De mannen sprongen eruit en verspreidden zich met hun wapens in de aanslag. Er werd materieel uit de helikopters geladen en ingezet. Ze verkenden de onmiddellijke omgeving, maar vonden niets bijzonders.
In de met lood omgeven ondergrondse bunker had Carlos de helikopters horen naderen. Hij kromp een beetje ineen, maar hield zijn blik op de tv-monitor gericht. Wel sloeg hij een kruis en mompelde hij een kort gebed.
De helft van het gijzelingsteam zette een beschermingslinie op, terwijl de andere helft nog meer materieel uit de tweede helikopter haalde.
Ze zouden vooral met twee mobiele robots werken, die elk ongeveer vijftig kilo wogen. Ze plaatsten ze op de grond en zetten ze aan, en vervolgens gebruikte een lid van het gijzelingsteam een soort verfijnde joystick om de eerste robot eropuit te sturen. Hij bewoog zich in een kring om het huisje heen, telkens een beetje dichterbij, en ging ten slotte naar binnen en zocht Daryl. Als er mijnen, bermbommen of andere explosieven lagen, zouden de infraroodsensoren van de robot ze vinden voordat ze tot ontploffing kwamen. Dan konden de explosievenspecialisten van het gijzelingsteam ze uitschakelen.
Er werden geen explosieven gevonden, en dus stuurden ze de tweede robot. Deze was technologisch nog verfijnder dan de eerste. Het gijzelingsteam noemde hem de Gamma Hound. Hij moest radiologische, biologische en chemische stoffen detecteren in de grond waar hij zich overheen bewoog. Het lid van het gijzelingsteam werkte behendig met de joystick om Gamma Hound zijn ronde te laten doen. Hij stuurde hem zelfs de veranda op en het huis in. Gamma Hound 'blafte' niet één keer. Hij had niets gevonden.
Pas toen naderden ze het huis en gingen ze naar binnen. Wat ze daar aantroffen, verbijsterde zelfs de meest geharde leden van het team.
De leider van het subteam nam zijn radio en meldde: 'We hebben hier een comateuze blanke vrouw van tussen de dertig en de veertig in een ziekenhuisbed. Ze ligt aan apparatuur, zo te zien een systeem om haar levensfuncties in gang te houden, aangedreven door een generator. We hebben naar wapens en andere bedreigingen gezocht, en niets gevonden. Afgezien van die vrouw is hier niemand.'
De teamleider die buiten stond te wachten, luisterde naar dit rapport en riep toen uit: 'Wat zei je nou allemaal?'

De man herhaalde het. De teamleider gaf deze informatie op zijn beurt door aan de helikopter met de president.
Een van zijn mannen keek hem aan en zei: 'Wat doen we nu?'
'We kammen dat huis grondig uit. We sluiten de hele omgeving af. Ik wil tot op duizend meter in de omtrek geen enkel levend wezen hebben, afgezien van de vrouw die daar in coma ligt.'
'Wie is ze?'
'Ik heb geen idee, en ik hoef het niet te weten ook. Ik weet alleen dat de president hier straks is en dat hem niets mag overkomen zolang ik dienst heb. En nu opschieten!'
De hele omgeving werd nog eens grondig doorzocht. Leden van het gijzelingsteam liepen op en langs de bunker waarin Carlos zat. Ze vonden de camera in de boom niet, want Quarry, die geen detail verwaarloosde, had een gat in de eik gemaakt, de camera daarin gezet en het gat dichtgeplakt met schors, waarbij hij alleen een klein gaatje voor de lens had opengelaten. Omdat de camera ook nog hoog in de boom zat, en door dicht gebladerte aan het oog werd onttrokken, met uitzondering van de zichtlijn die Quarry had gemaakt, was hij zo goed als onzichtbaar.
Enkele teamleden gingen het huis weer in en gebruikten een koevoet om een van Quarry's fraaie vloerplanken omhoog te trekken. Er lag een standaardplaat van multiplex in, enkele centimeters dik. Een teamlid sloeg er met zijn vuist op. 'Zo massief als een rots. Er moet een betonnen fundering onder zitten.'
'Ga dat na,' zei de teamleider.
Ze haalden een boor en maakten daarmee een gat in het multiplex, tot ze op iets hards stuitten en niet verder konden.
'Massief.'
'Oké. Dat is goed genoeg.'
Ze legden de vloerplank terug. En toen deden ze hetzelfde met elk van de vier wanden. Ook massief.
Nu ze de omgeving hadden verkend, geen bedreigingen hadden gevonden en de beschermingslinie hadden ingesteld, wachtte het gijzelingsteam geduldig op de landing van de president van de Verenigde Staten. Ze wisten niet wat hij wilde doen als hij daar eenmaal was aangekomen. Ze wisten alleen dat als zich een bedreiging aandiende, ze die met genoeg vuurkracht zouden vernietigen om een heel legerbataljon uit te schakelen.

Ze hadden de SUV geparkeerd en waren uitgestapt. Dat moest wel, want de weg werd versperd door een muur van gevallen rotsen.
'Die was hier vroeger niet,' zei Gabriel. 'Vroeger reden we tot aan de deur.'
'Dat hadden we waarschijnlijk toch niet kunnen doen,' zei Sean.

Met Gabriel voorop liepen ze naar de mijn. Ze moesten over nog meer rotsen met glibberige modder klauteren. Sean gleed een keer een eindje terug voordat hij zijn evenwicht hervond.
'Ik word een jaartje ouder,' zei hij gegeneerd.
'Hé, wanneer heb je voor het laatst een opfriscursus op de schietbaan gevolgd?' vroeg Michelle.
'Als we iets tegenkomen wat geraakt moet worden, raak ik het. Ik reken er alleen op dat jij het eerst raakt.'
'Goh, ik zal proberen dat te onthouden.'
Ze liepen door.
'Ik heb geen sleutel van de deur van de mijn,' zei Gabriel.
'Dat zal geen probleem zijn,' zei Michelle. 'Breng ons er maar heen.'
Even later lieten ze de rotsen achter zich en zagen ze de grasbaan.
'Is dat zijn vliegtuig?' Sean wees naar de kleine Cessna.
'Ja.'
Plotseling wees Gabriel naar rechts. 'En daar is meneer Sam,' fluisterde hij.
Ze keken alle drie in die richting.
Sam Quarry was met een zwart kistje uit de mijn gekomen. Vanuit hun schuilplaats richtte Michelle haar pistool, maar op deze afstand stond niet vast dat ze hem met dat wapen zou doden. Ze keek Sean even aan en schudde haar hoofd.
'Hij is ouder dan ik had gedacht,' fluisterde Sean, die aandachtig naar de lange, witharige man keek.
'Hij is zo sterk als een stier,' zei Gabriel. 'Ik heb hem eens een man zien neerslaan die nog groter was dan hij, en half zo oud, omdat die man mijn moeder uitschold. Hij kan erg goed vechten.'
'Ik kom er liever niet achter hoe goed,' merkte Sean droogjes op.
'Maar we zijn hierheen gegaan om ervoor te zorgen dat er niemand gewond raakt. Dat meisje en meneer Sam, hè?'
Sean en Michelle wisselden weer een blik.
'Ja. Maar luister, Gabriel, dat is aan hem. Als hij iets begint, moeten we reageren. Oké?'
'Ik ga met hem praten. Het komt wel goed. Hij doet niemand pijn. Ik ken meneer Sam.'
Michelle keek Sean aan. Ze hadden geen van beiden zoveel vertrouwen in een goede afloop als Gabriel.

•81•

De twee helikopters maakten een zachte landing.

De president keek uit het raam en zijn gezicht liep rood aan. 'Wat is hier aan de hand? Wie zijn dat?' Hij wees naar het gijzelingsteam.

Voordat iemand antwoord kon geven, tikte Chuck Waters op de ruit. Een agent maakte de helikopterdeur open en klapte de trap uit.

'Wie zijn dat?' vroeg de president opnieuw.

'Een gijzelingsteam, meneer de president,' zei Waters. 'Ze zijn vooruitgegaan om de omgeving te beveiligen.'

'Daar heb ik geen toestemming voor gegeven.'

'Nee, meneer de president. Dit gebeurt met toestemming van de directeur van de FBI.'

Cox keek misnoegd, maar de FBI-directeur was de enige die hem niet op zijn wenken hoefde te bedienen, want hij was voor een vaste tijd benoemd en bleef op zijn post zitten, of er nu een nieuwe president in het Witte Huis kwam of niet.

Ze zagen dat de twee explosievenhonden uit de andere helikopters naar het gebouw werden gebracht. De robot had alles al doorzocht, maar als de veiligheid van de president op het spel stond, was extra controle de standaardprocedure. De honden liepen om het gebouw heen en gingen naar binnen. Een tijdje later kwamen ze naar buiten. Een van de begeleiders gaf het teken dat alles in orde was.

Bij de helikopter ging Waters verder: 'Hij was op de hoogte gesteld door de directeur van de Secret Service en kwam tot de conclusie dat dit de beste handelwijze was, als u hier absoluut naartoe wilde komen, meneer de president.'

'Wat attent van hem. Laten we hopen dat mijn nichtje niet door die conclusie om het leven is gekomen.'

'Dus daarom zijn we hier?' vroeg Larry Foster. 'Omdat de ontvoerders een eis hebben gesteld?'

Ze keken allemaal naar Jane Cox.

Waters zei: 'We weten dat de brief die ik u heb afgenomen, mevrouw Cox, niet de echte was. Stond er in de echte brief dat u hierheen moest komen?'

'Nee, er stond een telefoonnummer in dat ik moest bellen. Dat heb ik gedaan, en toen kreeg ik te horen dat ik met de president hiernaartoe moest komen, als ik mijn nichtje levend terug wilde zien.'

'Is u ook verteld wat u moest doen als u hier was?'

'Een huis binnengaan en naar een vrouw in een bed kijken,' zei ze.
'Nou, het gijzelingsteam heeft in dat huisje een vrouw in een bed aangetroffen. Ze ligt aan de beademing. Wie is het?'
'Ik weet het niet,' zei Jane op besliste toon. 'Ik ben hier alleen om mijn nichtje terug te halen.'
'U kent haar niet?' zei Waters sceptisch. 'Weet u dat zeker?'
'Hoe moet ik dat nu weten? Ik heb niet eens gezien wie ze is!' snauwde Jane.
Foster keek verbaasd. 'Goed, maar wat moet u daar binnen precies doen? Het gijzelingsteam zegt dat de vrouw buiten bewustzijn is.'
Jane en de president keken elkaar aan. Ze zei: 'Ik kan alleen maar zeggen wat me verteld is: de president en ik moeten het huis binnengaan en naar de vrouw kijken. Dat was alles.'
'En we moesten alleen naar binnen gaan. Tenminste, dat is Jane verteld,' voegde hij er vlug aan toe.
Waters en Foster wisselden een zorgelijke blik. Foster zei: 'Meneer de president, dit staat me helemaal niet aan. Ik zie maar één reden waarom iemand u hierheen haalt, namelijk om u kwaad te doen. Anders zou ik het niet weten. Dat gebouw zou net zo goed een x op het dak kunnen hebben. We moeten met deze helikopter naar Huntsville terug en dan naar huis vliegen. Nu meteen.'
'Dan gaat mijn nichtje dood!' riep de president uit. 'Dacht je nou echt dat ik zomaar wegvloog en het ergste liet gebeuren?'
'Meneer de president, ik begrijp wat u moet doormaken. Maar u hebt geen keus. Ik ook niet. U bent president van de Verenigde Staten. Uw leven mag niet op het spel worden gezet. Wat mijn plicht betreft, gaat uw leven boven het mijne. Niet dat van uw nichtje.' Hij keek Jane even aan. 'Zelfs niet dat van uw vrouw. Dat is de wet. Dat is mijn taak en ik ben van plan die missie uit te voeren.'
'De wet kan me geen moer schelen. En jouw missie ook niet, Foster. We hebben het over het leven van een klein meisje. Ik ga niet terug.'
'Meneer de president, alstublieft, dwingt u me niet om in te grijpen. Zoals ik al zei, heb ik de bevoegdheid om u te dwingen terug te gaan, en ik ben bereid daar gebruik van te maken.'
'Hebben uw mensen het huis niet verkend? Heeft dat gijzelingsteam niet alles uitgekamd? Wat is er voor gevaar bij? Gaat die vrouw daar binnen me bespringen en vermoorden?'
'Ze heeft een tracheacanule in haar hals.'
'Dan vormt ze geen bedreiging voor mij. Jullie hebben de bommenhonden meegebracht. Die hebben niets gevonden. Er staat hier een leger van zwaarbewapende mannen. Je hebt me verteld dat we vliegtuigen en helikopters in de lucht hebben. Alleen een tank, vliegtuig of raketwerper kan dat huis van grote

afstand treffen, en ik geloof niet dat er van die dingen in de staat Alabama zijn, behalve die van onszelf. We zijn hier helemaal alleen. Wat zou me kwaad kunnen doen? Wat?'

'President, als ik wist waar het gevaar was, zou het geen gevaar meer zijn. Ik maak me juist zorgen om het onbekende.'

'Het onbekende!' snauwde de president. 'Ik zal je eens wat over het békende vertellen, Larry. Als ik rechtsomkeert maak en naar huis terugvlieg en mijn nichtje laat doodgaan terwijl ik haar had kunnen redden, en het wordt bekend, dan verlies ik deze verkiezingen. Zo simpel ligt het. Begrijp je dat, vriend?'

Foster, Waters en de andere agenten in de helikopter keken elkaar aan. Blijkbaar konden ze niet geloven wat ze zojuist hadden gehoord.

'Oké,' begon Foster langzaam. 'Dan verliest u de verkiezingen.'

'Dat kwam er niet zo uit als de president het bedoelde,' zei Jane vlug. Misschien had haar man de verbaasde blikken van de mannen niet gezien, maar zij wel. 'De president is diep getroffen door dit alles, net als ik. Hij maakt zich vreselijk veel zorgen om ons nichtje, net als ik. Aan de andere kant heeft hij lang en hard voor dit land gewerkt. We willen niet dat een psychopaat of terroristencel ons nichtje kwaad doet en de geschiedenis van dit land verandert door mijn man een tweede termijn te ontnemen. Het leven van mijn nichtje komt natuurlijk op de allereerste plaats, maar er staat nog meer op het spel. Veel meer, heren. Laten we onszelf niets wijsmaken.'

'Het spijt me, mevrouw Cox,' zei Foster hoofdschuddend. 'Evengoed sta ik niet toe dat een van u beiden dat gebouw binnengaat.' Hij sprak in zijn headset tegen de piloot: 'Jimmy, bereid je voor op de...'

Foster kon zijn zin niet afmaken, want op dat moment pakte de president het pistool van de agent die naast hem zat, haalde de veiligheidspal over en drukte de loop van het wapen tegen zijn eigen slaap.

'Jezus christus, meneer de president,' riep Foster uit.

'Meneer de president, niet...' zei Waters verschrikt.

'Hou je bek, hou allebei je bek!' schreeuwde Cox. 'Nou, als iemand probeert ons tegen te houden, Larry, mag je mijn lijk naar Washington terugbrengen en iedereen daar uitleggen dat je me probeerde te beschermen door me zo gek te maken dat ik mijn eigen hersens uit mijn kop schoot!'

Hij maakte een gebaar naar Jane. 'Stap uit, Jane.' Hij keek Foster weer aan. 'Ik ga met mijn vrouw dat gebouw in. We blijven daar niet langer dan een paar minuten. En ik wil geen microfoontjes of andere surveillanceapparatuur in dat huis hebben. Daar was de ontvoerder heel duidelijk over. Als we klaar zijn, gaan we weg. We stappen in deze helikopter en vliegen terug. Hopelijk wordt mijn nichtje dan vrijgelaten. En dan vergeten jullie alles wat hier gebeurd is. Is dat duidelijk?'

De mannen zeiden niets. Ze keken alleen maar naar hun president, met dat pistool tegen zijn hoofd.

Ten slotte verbrak Waters de stilte. 'Meneer de president, als u hierop staat, moet u één ding doen.'

'Ik geef hier de bevelen, niet de FBI!'

Waters keek Jane aan. 'Het gaat om iets wat Sean King ons heeft verteld, mevrouw. Iets wat hij heeft ontdekt. U vertrouwt hem toch?'

Ze knikte langzaam.

'Dan moet u precies doen wat ik u nu ga vertellen. Wilt u dat allebei doen?'

'Als het betekent dat we dat gebouw daar kunnen binnengaan en dit kunnen afwerken: ja!' zei de president.

Enkele minuten later stapten Jane, die haar lange jas droeg, en de president uit de helikopter. Toen de leden van het gijzelingsteam de president met een pistool in zijn hand zagen, deden ze iets wat ze anders nooit zouden doen: ze verstijfden.

'Meneer de president?' zei de teamleider met een vragende blik.

'Uit de weg!' riep Cox. De teamleider, een veteraan die twee oorlogen had meegemaakt, en ook talloze vuurgevechten met moorddadige drugsdealers en krankzinnigen die met pistolen zwaaiden en geen enkele consideratie met mensenlevens hadden, maakte bijna een sprongetje van schrik. Nu de weg naar het huisje vrij was, pakte Cox de hand van zijn vrouw vast. Ze liepen door. Toen ze bij de kleine veranda kwamen, keken ze elkaar nog eens aan en gingen toen naar binnen.

•82•

Het presidentiële echtpaar keek naar Tippi Quarry. Terwijl de machine haar longen liet werken, ging de zuurstof haar neus in en registreerde de monitor de sprongetjes van haar hart en haar andere levenstekenen.

'Zo ligt ze er al meer dan dertien jaar bij,' zei Jane. 'Ik had geen idee.'

De president keek haar aan. 'Ik kan me haar niet herinneren, schat, dat zweer ik je. Maar ze heeft wel een mooi gezicht.'

Toen hij dat zei, ging ze een stukje bij hem vandaan. Blijkbaar merkte hij het niet. 'Tippi Quarry?' zei hij vragend.

'Ja.'

'In Atlanta?'

'Dat klopt. Van het pr-bureau dat je had geholpen je campagne voor de Senaatsverkiezingen op te zetten. Ze was net afgestudeerd en werkte daar als vrijwilligster.'

'Hoe weet je dat allemaal?'

'Ik heb het uitgezocht. Ik heb onderzoek gedaan naar alle dames voor wie je je in die tijd zo hevig interesseerde.'

'Ik weet dat ik je veel heb aangedaan.' Hij keek Tippi weer aan. 'Ik kan me niet herinneren dat ik ooit met haar in contact ben geweest.'

'Dat is natuurlijk ook de reden waarom niemand jullie ooit met elkaar in verband heeft gebracht. Maar je bent wel degelijk met haar in contact geweest. Zelfs ik werd erdoor verrast. Ik vond jullie samen in onze hotelkamer. Ze riep dat je van haar af moest gaan, maar het was te laat. Je was al klaar. Ik heb er uren over gedaan om haar te kalmeren, terwijl jij in een hoek lag, bewusteloos van te veel gin en te weinig tonic.'

'Waarom is de politie toen niet gekomen? Weet je zeker dat het niet met wederzijdse instemming gebeurde?

'Ze belde de politie niet, omdat ik haar er uiteindelijk van overtuigde dat het vervelende gevolgen kon hebben als het in de openbaarheid kwam. Dat het alleen maar haar woord tegen het jouwe was, en dat ze in ónze hotelkamer was en ik niet tegen mijn eigen man kon getuigen. Jij was op weg naar de Senaat en misschien het presidentschap. Zij was een jonge vrouw die haar hele toekomst nog voor zich had. Een toekomst die verwoest kon worden als hier iets van uitkwam. Als de mensen dachten dat zij de seks had uitgelokt. Als ze dachten dat ze misbruik van jouw positie probeerde te maken. Dat ze je in de val probeerde te lokken. Ik was erg overtuigend. Ik zei zelfs tegen haar dat het

een ziekte van je was. Ik maakte er een heel meelijwekkend verhaal van.'
'Dank je, Jane. Je hebt me gered. Voor de zoveelste keer.'
Met kille stem zei ze: 'Ik haatte je toen. Ik haatte je om wat je haar had aangedaan. En mij.'
'Zoals je zei: het was een ziekte. Ik ben veranderd. Ik heb eraan gewerkt. Dat weet je. Het is toch nooit meer gebeurd?'
'Het is nog één keer gebeurd.'
'Die tweede keer heb ik geen geweld gebruikt. Daarna heb ik het niet meer gedaan. Ik heb er hard aan gewerkt, Jane. Ik heb het afgeleerd.'
'Het afgeleerd? Dan, dit was niet zoiets als je ondergoed op de vloer laten slingeren. Je hebt je aan die arme vrouw vergrepen.'
'Maar ik heb het nooit meer gedaan. Dat bedoel ik. Ik ben veranderd. Ik ben verdergegaan.'
'Nou, zij kreeg niet de kans om verder te gaan.'
De president dacht plotseling ergens aan. Hij keek in paniek om zich heen. 'Je denkt toch niet dat hier afluisterappatuur is, hè?'
'Ik denk dat die man alles heeft wat hij nodig heeft. Zelfs zonder deze arme vrouw.'
'Wat bedoel je?'
'Ik bedoel Willa.'
'Wat is er met haar?'
'Ze is jouw dochter. En dat weet hij.'
De president draaide zich langzaam om naar zijn vrouw. 'Is Willa mijn dochter?'
'Doe niet zo stom, Dan. Dacht je dat Diane Wright gewoon zou verdwijnen toen ze zwanger werd?'
Cox moest zijn hand tegen de muur zetten om zichzelf in evenwicht te houden.
'Waarom heb je me dat niet eerder verteld?'
'Wat zou je dan hebben gedaan?'
'Ik... eh, ik...'
'Ja. Niks, zoals gewoonlijk. En dus heb ik de scherven weer voor je opgeruimd.'
'Waarom koos ze niet gewoon voor een abortus?'
'Met dezelfde afloop als bij haar?' Jane wees naar Tippi. 'En het is ook niet zo gemakkelijk als je denkt, Danny. Ik nam contact met haar op. Ik zei tegen haar dat het goed zou komen. Dat ik begreep wat er was gebeurd en het haar niet kwalijk nam.'
'Wat was er gebeurd?'
'Blijkbaar had je haar opgepikt. In een bar, geloof ik. Je moet wel heel charmant zijn geweest, als je haar zo snel kon overhalen met je het bed in te duiken. Of misschien zegt het iets over het soort vrouwen waar jij op valt.'

Hij drukte zijn andere hand tegen zijn voorhoofd. 'Ik kan me daar niets van herinneren. Dat zweer ik je.'
'Dus je herinnert je ook niet dat Sean King je naar huis heeft gebracht?'
'King? Sean King? Weet hij het?'
'Hij heeft jou met haar in de auto gezien. Hij heeft er nooit iemand iets over verteld.'
'Ben je daarom met hem bevriend geraakt?'
'Ja, dat was een van de redenen.'
Hij keek haar scherp aan. 'Waren er andere redenen?'
'Heb niet eens het lef me dat te vragen.'
'Sorry, Jane. Sorry.'
'Ongeveer een maand later belde Wright me terug. Ze was over tijd. Daarna bleek dat ze inderdaad zwanger was. Ze was er zeker van dat jij de vader was. Ze had het met niemand anders gedaan. Je was zelfs haar eerste, zei ze. Ik geloofde haar. Ze wilde geen geld of zo. Ze was alleen maar bang en wist niet wat ze moest doen. Ongeveer als Tippi Quarry. Tuck en Pam woonden in die tijd in Italië. Ze was zwanger geweest, maar had een miskraam gehad. Dat had ze aan niemand anders dan Tuck en mij verteld. En het was nu eenmaal jouw kind, al had je het bij een andere vrouw verwekt dan je eigen vrouw. Ik kon het niet zomaar naar een vreemde laten gaan, want ik wist dat Wright het niet wilde houden. Het was nog steeds jouw bloed. Ik trof een regeling met Wright, en acht maanden later ging ze naar Italië. Ik heb haar daar ontmoet. Toen ze was bevallen, bracht ik de baby naar Pam en Tuck. Toen Pam later thuiskwam, ging iedereen er gewoon van uit dat het kleine meisje van haar was.'
'En dat heb je allemaal voor me verborgen gehouden?'
'Als je bedenkt wat jij in de loop der jaren voor mij verborgen probeerde te houden, heb ik nog heel wat in te halen.'
'Maar waarom deed je dat allemaal voor...'
'Voor een baby die je kreeg door het met een andere vrouw te doen? Zoals ik al zei, is ze jouw bloed. Ze is jóúw kind, Dan. Een van ons moest de verantwoordelijkheid nemen. Die ene was ik. Die ene ben ik altijd geweest!'
'Heb je het ze nooit verteld – Tuck en Pam? Dat Willa van mij was?'
'Hoe kon ik? Ik kon toch moeilijk naar hem toe gaan en zeggen: "O ja, beste broer, dit is een bastaardkind van Dan. Wil jij haar hebben?" En Diane Wright heeft Pam of Tuck nooit ontmoet. Ze ging ervan uit dat ik iemand had klaarstaan die de baby wilde overnemen. Om voor de hand liggende redenen heb ik nooit gewild dat ze Willa's nieuwe naam kende. Toen hoorde Sean King dat Pam maar twee kinderen had gekregen. Daarom moest ik de brieven van de ontvoerders voor iedereen verborgen houden. Ik probeerde de zaak onder het tapijt te vegen.'

'Ik begrijp het niet.'
'Als ze erachter kwamen dat Willa geadopteerd was, zouden mensen op onderzoek uitgaan, Dan. Bijvoorbeeld je politieke vijanden. Ze zouden Diane Wright vinden en misschien achter de waarheid komen. Misschien ontdekten ze dan dat jij seks met haar had gehad en dat ik ervoor had gezorgd dat haar baby, jóúw baby, naar mijn broer ging. Daar zou je je nooit onderuit kunnen praten. Je carrière zou voorgoed voorbij zijn.'
'Ik begrijp het. Ik ben erg op Willa gesteld,' zei de president. 'Dat ben ik altijd al geweest. Misschien voelde ik een band met haar.'
'Ze is een intelligent en aardig meisje. Ik zou er alles voor overhebben om haar veilig terug te krijgen.'
De president keek Tippi aan. 'Maar het is niet onze schuld dat zíj er nu zo slecht aan toe is.'
Jane veegde met een papieren zakdoekje over haar ogen. 'De mijne wel. Toen bleek dat ze zwanger was, belde ze me in paniek op. Ze kon het niet aan haar ouders vertellen, zei ze. Die zouden het niet begrijpen. Ze wilde de baby ook niet. Dat kon ik haar niet kwalijk nemen, want in feite had jij je aan haar opgedrongen. Abortus was de enige mogelijkheid. Ik kon haar niet naar een ziekenhuis of een echte arts sturen, want dan kwam er misschien iets uit. Dan was er misschien contact met haar ouders opgenomen. Het moest snel en discreet gebeuren. Ik wist iemand die het kon doen. Ik bracht haar daar zelfs heen en zette haar af. Ik betaalde voor de ingreep en gaf haar het geld voor een taxi naar huis. Blijkbaar heeft die gek het verpest. Ik... Ik heb nooit geweten dat dit was gebeurd. Ik heb dat nooit uitgezocht. Misschien wilde ik het niet uitzoeken. Misschien wilde ik het alleen maar vergeten.'
'Een tragedie in alle opzichten,' zei de president verdoofd. Hij keek nog steeds naar Tippi.
'We moeten dit doen,' zei Jane, 'en dan maken we dat we hier wegkomen. Dan krijgen we Willa terug.'
'Schat, als Waters gelijk had met wat hij in de helikopter tegen ons zei, krijgen we Willa niet terug.'
'Wat bedoel je?'
'Hij wil ons doden, die Quarry. Misschien probeert hij dat terwijl we hier zijn.'
'Hoe kan hij dat doen? We hebben een heel leger om ons heen. Dat hebben we altijd.'
'Ik weet het niet, maar als het nu eens al die tijd zijn bedoeling was? Hij zal het zeker proberen.'
'Dus wat stel je voor?'
'Dat we ons erop concentreren dit te overleven. Als er een moordaanslag plaats-

vindt, en die mislukt, dan zal hij het weten. Hij zal Willa doden, als ze nog niet dood is. Dan zal hij ook ruchtbaarheid proberen te geven aan wat er gebeurd is. Daar moeten we op voorbereid zijn. We moeten een alternatief bedenken. Wat hij ook aan bewijzen mag hebben, ik weet dat mijn mensen ze kunnen weerleggen. Hij is maar één man. Ik heb een heel leger van mensen die de publieke opinie manipuleren.'

'Hij mag dan maar één man zijn, tot nu toe heeft hij heel wat gedaan.'

'Dat doet er niet toe. Het gaat erom hoe het afloopt. Nou, laten we nu doen wat Quarry ons heeft gevraagd en dan maken dat we wegkomen.'

Ze gingen voor het bed staan en hielden elkaars hand vast.

Jane zei als eerste iets. 'Het spijt me, Tippi. Het was nooit mijn bedoeling dat dit zou gebeuren. Het spijt me echt.'

De president schraapte zijn keel. 'Ik hoop dat je me wilt vergeven wat ik je heb aangedaan. Ik... Het is niet genoeg dat ik zeg dat ik het me niet herinner, of dat ik mezelf niet was. Het was mijn verantwoordelijkheid. Daar moet ik voortaan mee leven. Het spijt mij ook, Tippi. Het spijt me heel, heel erg.'

Jane raakte Tippi's hand even aan. De president wilde hetzelfde doen, maar zag er toen van af en trok zijn hand terug.

Ze draaiden zich om naar de deuropening.

Het gijzelingsteam stond op een paar meter afstand. Waters en het team van de Secret Service stonden vlak achter hen. Iedereen was klaar om in actie te komen.

In de bunker kon Carlos het echtpaar duidelijk op de monitor zien.

Hij drukte op de enige knop van de afstandsbediening. Daardoor gebeurden er twee dingen tegelijk.

De linkerkant van het deurkozijn vloog naar buiten en een bijna vijf centimeter dikke metalen deur, verborgen in de holte van de muur, sprong naar voren, voortgestuwd door een hydraulisch systeem dat achter de loodplaten in de muur verborgen zat. Hierdoor werden de president en zijn vrouw in de kamer opgesloten.

Toen was er in de kamer een sissend geluid te horen. Overal langs de rand waren gaten geboord in een metalen bekleding onder de ondervloer. Daar was de boor van het gijzelingsteam op gestuit: niet op beton, maar op een twéédé ondervloer die een holte in de fundering afdekte. In die holte stonden metalen cilinders met stikstofgas. Die cilinders waren met elkaar verbonden en ook met de kabel die Quarry door de pvc-buis in de fundering had geleid, en ze waren nu geactiveerd door de afstandsbediening. Het gas steeg op door de gaatjes in het metaal en door de smalle kieren tussen de vloerplanken. De tanks stonden onder grote druk en stootten hun inhoud krachtig uit. Algauw was de kleine ruimte gevuld met stikstofgas.

Stikstofgas komt in de atmosfeer voor, maar het verdrijft zuurstof en kan onder bepaalde omstandigheden dodelijk zijn. Mensen die aan onveilige niveaus van het gas worden blootgesteld, voelen geen pijn. Snel en zonder te merken wat er gebeurt raken ze bewusteloos. Ze beseffen niet dat ze na enkele minuten, als de zuurstof is vervangen, zullen stikken. Om die reden onderzochten landen die erover dachten de doodstraf weer in te voeren de mogelijkheid om stikstofgas in een gaskamer te gebruiken, want het werkt snel en pijnloos.
Misschien zouden ze er goed aan doen Sam Quarry's model te bestuderen, want de man uit Alabama had de volmaakte executiekamer gebouwd, vermomd als huisje.
Tot de apparatuur die Tippi in leven hield behoorden een zuurstofapparaat en een zuurstoftank die samen een mengeling van zuivere en uit de atmosfeer afkomstige zuurstof via de tracheacanule naar haar longen leidden. De mengeling was zorgvuldig afgestemd, maar nu was er geen zuurstof meer over in de kamer. De hoeveelheid zuivere zuurstof die uit de tank kwam, kon het gemis bij lange na niet compenseren. In haar verregaand verzwakte toestand overleed ze bijna onmiddellijk. De monitor piepte zodra de lijn vlak werd. Haar hel op aarde was eindelijk voorbij.
Buiten gebruikten het koortsachtige gijzelingsteam en het team van de Secret Service al het gereedschap dat ze hadden om de deur open te krijgen. Ze konden er niet op schieten en ook geen bom tot ontploffing brengen, want dan zouden de mensen in het huisje omkomen. Ze gingen de metalen deur te lijf en richtten zich daarna op de muren, maar ontdekten dat er gelast metaal onder de planken zat. Mannen in pakken klauterden naast mannen in militair tenue met bijlen en kettingzagen op het dak, maar stuitten op dikke shingles en platen metaal die op dik hout waren geschroefd. Het kleine huisje was bijna ondoordringbaar.
Toch gaven ze het niet op. Ze gebruikten motorzagen, pneumatische boren, een hydraulische stormram en zweet en spieren, en slaagden er na acht minuten in om de metalen deur van zijn plaats te krijgen. Vijf mannen stormden naar binnen en renden meteen weer naar buiten, kokhalzend van zuurstofgebrek. Andere agenten zetten zuurstofmaskers op en renden ook naar binnen.
Na enkele minuten kwamen ze weer buiten. Carlos vloekte toen hij het op de monitor zag. De president en zijn vrouw trokken de zuurstofmaskers met daaraan bevestigde kleine cilinders af die Jane onder haar jas mee naar binnen had gesmokkeld. Ze hadden ze gekregen van FBI-agent Waters. Die had daarmee het advies opgevolgd van King, die de extra stikstofcilinders in Quarry's kelder had zien staan en had vermoed waar ze voor dienden.
Foster en zijn mannen renden naar de president en zijn vrouw en begeleidden hen zo snel naar de helikopter terug dat het leek alsof de voeten van de man en de vrouw de grond nog maar nauwelijks raakten.

'Bent u ongedeerd, meneer de president?' vroeg Foster bezorgd toen ze veilig in de helikopter zaten. 'We moeten de First Lady en u medisch laten onderzoeken.'
'Ik mankeer niets. Wij mankeren niets.' Hij keek Chuck Waters aan. 'Dat was een goed idee. We hebben de maskers opgezet zodra het gas binnenstroomde.'
'Dat was het werk van Sean King, president, niet het mijne. Evengoed geloofde ik niet dat er gas in dat huis zou zijn. We dachten dat we alles hadden doorzocht.'
'Nou, dan moet ik meneer King bedanken.' Hij keek zijn vrouw aan. 'Opnieuw.'
Een bleke Foster voegde daaraan toe: 'Als ik ook maar enigszins had vermoed dat er zo'n boobytrap in dat huis zat, meneer de president, had ik u nooit naar binnen laten gaan.'
Cox haalde het pistool achter zijn broekband vandaan en gaf het aan Foster. 'Nou, ik liet u niet veel keus, hè? Degene die dit heeft gebouwd, was buitengewoon slim. Het zit allemaal zo geraffineerd in elkaar dat het lijkt alsof er een goed gefinancierde terreurorganisatie achter zit. En door mijn stomme streken kwam jij voor een hopeloos dilemma te staan, Larry. Dat spijt me.'
Foster kreeg een kleur. Het gebeurde niet vaak dat een president zich bij iemand verontschuldigde, zeker niet bij een agent van de Secret Service.
'Ik aanvaard uw verontschuldiging, meneer de president.' De twee mannen gaven elkaar een hand.
Toen de deur van de helikopter dichtklapte, zei de president: 'We moeten direct naar Washington terug.'
'Ik ben het volkomen met u eens, president,' zei Foster opgelucht.
'En uw nichtje?' vroeg Waters.
'Na wat er zojuist is gebeurd, lijkt de kans dat ze nog leeft me erg klein. Als het hun doel was mij te vermoorden, zijn ze natuurlijk nooit van plan geweest haar vrij te laten.'
Jane Cox snikte en sloeg haar handen voor haar gezicht. De president legde zijn arm om haar heen. 'Maar we moeten blijven doen wat we kunnen.' Hij keek in de helikopter om zich heen. 'We moeten de hoop niet opgeven, maar we moeten ons ook op het ergste voorbereiden. Die schoften hebben vandaag geprobeerd mijn vrouw en mij te vermoorden, maar dat is ze niet gelukt. Amerika zal nooit toegeven aan dit soort kwaad. Nooit. Hoe lang ze ook proberen me te pakken te krijgen, ik zal ze nooit laten winnen. Niet zolang ik president ben.'
Iedere agent in de helikopter keek met immense trots naar Dan Cox. Ze vergaten dat hij nog maar enkele minuten geleden een woeste gek was geweest die een pistool tegen zijn slaap drukte en zich drukker maakte om zijn herverkiezing dan om de terugkeer van zijn nichtje. Om zijn nichtje te redden was hij

dapper op iets af gegaan wat een val bleek te zijn. Nu hij ternauwernood aan de dood ontkomen was, steunde hij zijn vrouw en sprak hij de troepen moed in. Dat leverde hem bij deze mannen een prestige op dat niet veel Amerikaanse presidenten hadden verworven.

Voordat ze opstegen, besloten ze dat de Coxen onder deze omstandigheden beter niet in dezelfde helikopter konden zitten. Jane werd met zes agenten en twee leden van het gijzelingsteam naar de tweede helikopter gebracht, terwijl het merendeel van de vuurkracht en FBI-agent Waters bij de president bleven. Er bleven twee agenten achter om met de plaatselijke politie te praten en regelingen te treffen voor het stoffelijk overschot van Tippi Quarry.

•83•

Quarry gooide de satelliettelefoon op de grond en rende met een kreet van woede de mijn weer in.
Sean, die vanuit hun dekking naar hem keek, zei: 'Hij ziet er niet blij uit.'
'Ik denk dat hij zojuist heeft gehoord dat de man niet dood is.'
'Waar hebben jullie het over?' vroeg een aandachtige Gabriel. 'Welke man?'
'Gabriel, hoe goed ken je de binnenkant van de mijn?'
'Sean, nee!' zei Michelle meteen.
'Michelle, we kunnen daar niet blindelings naar binnen gaan.'
'Hij is nog maar een kind.'
'Misschien is daar nog een kind.'
'Ik ga wel,' zei Gabriel. 'Ik ken die mijn heel goed. Ik wil naar binnen. Ik kan met meneer Sam praten.'
'Hij wil gaan,' zei Sean.
Michelle keek Sean aan en keek toen in Gabriels smekende ogen.
'Michelle, we hebben niet veel tijd. Je hebt Quarry naar binnen zien stormen.'
Ze klauterden over nog een paar rotsen en sprintten naar de ingang van de mijn. De deur was geen probleem, want Quarry had hem niet dichtgedaan.
Ze renden naar binnen, hun wapens en zaklantaarns in de hand.
Binnen enkele ogenblikken waren ze in de duisternis verdwenen.

'Daryl!' riep Quarry. 'Daryl!'
Zijn zoon dook op uit de duisternis. 'Wat is er?'
Quarry kon amper een woord uitbrengen. Hij kon amper denken.
Hij legde zijn grote hand op de schouder van zijn zoon. 'Carlos heeft gebeld. Het werkte niet. Ze zijn eruit gekomen.'
'Shit! We zijn de lul!'
'Ze hadden zuurstofmaskers,' mompelde Quarry.
Daryl keek zijn vader woedend aan. 'Wat gaan we nu doen, ouwe?'
Quarry draaide zich om en rende door de gang. Daryl draafde achter hem aan.
Hij haalde de deur van Willa's kamer van het slot en gooide hem open.
Eén blik op zijn woedende gezicht en Diane Wohl strompelde al achteruit.
'Nee, alsjeblieft. Niet doen. Alsjeblieft!' gilde ze.
Willa keek verbaasd. 'Wat is er?'
'Maak ons niet dood!' krijste Diane.

Willa sprong overeind en deinsde terug. Quarry en Daryl kwamen naar voren. Quarry haalde diep adem. 'Ze leven nog! Ze leven nog! Verdomme!'
'Wie leven er nog?' riep Willa uit.
Quarry gooide de tafel opzij en smeet de stoelen door de kamer. Willa rende op Diane af, die zo ver mogelijk in de hoek was teruggedeinsd.
Ze gilden allebei toen Quarry hen vastgreep en naar de deur trok.
'Kom mee!' riep hij. 'Daryl!'
Daryl pakte Willa vast en tilde haar van de vloer.
'Alsjeblieft, meneer Sam, alsjeblieft.' Willa huilde zo erg dat ze bijna geen woord kon uitbrengen.
Diane was helemaal slap geworden, en uiteindelijk sleepte Quarry de vrouw over de vloer.
Toen ze op de gang kwamen, bleef Quarry staan luisteren.
Diane krijste nog steeds en hij zei: 'Hou je kop, vrouw. Nu!'
Ze ging gewoon door.
Hij trok een pistool en drukte het tegen haar slaap.
'Nu!' zei hij heel nadrukkelijk.
Diane zweeg.
Willa werd door Daryl gedragen. Toen Quarry opkeek, zag hij dat ze naar hem keek. En naar zijn pistool.
'Hoorde je dat, Daryl?' zei Quarry.
'Wat?'
'Dat.'
Er galmden voetstappen door de mijngangen.
'Het is de politie,' zei Quarry. 'Ze zijn er. Waarschijnlijk een heel leger.'
Daryl keek zijn vader ijzig aan. 'Wat wil je nu doen?'
'Ik wil een gevecht. We nemen er zo veel mogelijk mee.'
'Dan ga ik iets halen om mee te vechten.'
Daryl droeg Willa aan Quarry over. Voordat zijn zoon in een zijgang verdween, pakte Quarry zijn arm vast en zei: 'Breng de schakelaar mee.'
Daryl glimlachte boosaardig. 'We gaan ze uitschakelen, pa.'
'Breng hem nou maar mee. Maar geef hem aan mij.'
'Jij geeft nog steeds de bevelen, hè? We komen hier nooit levend uit. We gaan Kurt achterna. Straks zijn we een hoopje botten.'
'Waar heeft hij het over?' riep Willa.
'Ga nou maar!' snauwde Quarry tegen zijn zoon.
'Goed, ik ga. En dan kom ik terug. Maar we doen het op mijn manier, ouwe. Alleen deze ene keer. Deze ene láátste keer. Op míjn manier.'
'Daryl...'
Zijn zoon was al in de duisternis verdwenen.

Er kwamen nog meer voetstappen hun kant op.
'Wie is daar?' bulderde Quarry. 'Ik heb gijzelaars!'
'Meneer Sam!' riep een stem.
'Gabriel?' zei Quarry verbaasd.
Michelle was niet snel genoeg geweest om Gabriel ervan te weerhouden naar Quarry te roepen. Nu hield ze haar hand over zijn mond en schudde haar hoofd.
'Gabriel!' riep Quarry. 'Wat doe je hier?' Stilte. 'Wie heb je bij je?'
Quarry wist dat de jongen daar nooit in zijn eentje had kunnen komen. Ze hadden hem. Ze waren uit het kleine huisje ontkomen. Tippi was dood. Ze hadden Gabriel. En nu dachten ze dat ze Sam Quarry ook hadden. Nou, dat dachten ze dan verkeerd. Zijn woede laaide op. Al die jaren. Al dat werk. Voor niets.
'Wie is dat?' vroeg Willa met een trillende stem. Ze had haar armen om Quarry's dikke hals.
'Stil nu.'
'Het is die jongen over wie je het had. Gabriel.'
'Ja, die. Maar hij heeft iemand bij zich.'
Quarry porde Diane met zijn voet aan. 'Opstaan. Schiet op.'
Diane kwam overeind en Quarry pakte haar arm vast. Ze liepen vlug door de gang en sloegen een hoek om.
'Alsjeblieft, laat ons gaan,' jammerde Diane. 'Alsjeblieft.'
'Hou je kop, vrouw, of ik zweer je...'
'Doe haar niets,' zei Willa. 'Ze is alleen maar bang.'
'We zijn allemaal bang. Ze hadden Gabriel hier nooit heen moeten brengen.'
'Meneer Quarry!'
Ze verstijfden alle drie toen ze die nieuwe stem hoorden.
'Meneer Quarry. Ik ben Sean King. Ik ben hier met mijn compagnon Michelle Maxwell. Kunt u me horen?'
Quarry zweeg en porde met zijn pistool in Dianes zij om haar ook te laten zwijgen.
'Kunt u me horen? We zijn ingehuurd om Willa Dutton te zoeken. Dat is alles. We zijn niet van de politie. We zijn privédetectives. Als u Willa hebt, laat u haar dan gaan. Dan gaan wij weg.'
Quarry zei nog steeds niets.
'Meneer Quarry?'
'Ik heb het gehoord!' riep hij terug. 'En als ik haar aan jullie geef, lopen jullie gewoon weg? Hoe kom ik er toch bij dat er buiten een legertje politie staat te wachten?'
'Er is niemand buiten.'

'Ja, je hebt geen enkele reden om tegen me te liegen.' Quarry trok Diane verder de gang in.
'We willen alleen Willa. Dat is alles.'
'We willen allemaal een heleboel dingen, maar we krijgen niet altijd wat we willen.'
Toen hij Seans volgende woorden hoorde, verstijfde de oudere man.
'We zijn in uw huis geweest. We hebben de kamer gezien. Gabriel heeft hem ons laten zien. We weten wat er met uw dochter is gebeurd. We weten er alles van. Als u Willa laat gaan, doen we ons best om de waarheid aan het licht te brengen.'
'Waarom willen jullie dat doen?' riep hij.
'Het was verkeerd wat er is gebeurd, meneer Quarry. Dat weten we, en we willen u helpen. Maar eerst moet Willa veilig terug zijn.'
'Ik ben niet meer te helpen. Ik heb niets meer over. Je weet wat ik heb geprobeerd. Het is niet gelukt. Nu komen ze achter me aan.'
'Toch kunnen we helpen.'
Sean was steeds zachter gaan praten, zodat Quarry niet merkte dat ze doorliepen en steeds dichterbij kwamen.
'U wilt een klein meisje toch geen kwaad doen?' zei Sean. 'Ik weet dat u dat niet wilt. Anders had u het al eerder gedaan.'
Quarry dacht vlug na. 'Waar is Gabriel? Ik wil met hem praten.'
Michelle knikte het jongetje toe.
'Meneer Sam, hier ben ik.'
'Wat doe jij hier?'
'Ik kom u helpen. Ik wil niet dat u iets overkomt, meneer Sam.'
'Dat stel ik op prijs, Gabriel. Maar die mensen bij je... Luister naar me: Gabriel en zijn moeder hadden hier niets mee te maken. Het is allemaal mijn werk.'
'We hebben de brief gevonden die u hebt achtergelaten,' zei Sean. 'We weten het. Ze komen niet in moeilijkheden.'
'Meneer Sam,' zei Gabriel, 'ik wil niet dat iemand iets overkomt. U niet en dat meisje niet. Wilt u haar laten gaan? Dan kunnen u en ik naar huis teruggaan. Misschien met het vliegtuig, zoals u hebt beloofd.'
Quarry schudde langzaam zijn hoofd. 'Ja, dat zou heel mooi zijn, jongen. Maar ik zie het echt niet gebeuren.'
'Waarom niet?'
'Regels, Gabriel, regels. Weet je, ze zijn niet op iedereen van toepassing. Sommige mensen overtreden alle regels en...' Zijn stem stierf weg.
Sean zei: 'Meneer Quarry, wilt u Willa alstublieft laten gaan? En Diane Wohl ook? U hebt haar toch ook? U wilt hun geen kwaad doen. Ik weet dat u dat niet wilt. Zo'n soort man bent u niet.'

Ze waren nu dichtbij. Sean en Michelle konden het voelen. Ze gaven Gabriel een teken dat hij achter hen moest blijven.
'Meneer Quarry!'
Quarry voelde dat Willa haar armen strak om zijn hals sloeg. Toen hij naar haar keek, dacht hij daar plotseling een ander meisje te zien, een meisje van wie hij met heel zijn hart had gehouden en dat hij had laten sterven in een huis dat hij zelf had gebouwd. De man had gelijk. Quarry was niet zo'n soort man. Tenminste, dat wilde hij niet zijn.
'Goed. Goed. Ik laat ze gaan.'
Hij zette Willa op de vloer en knielde voor haar neer, zodat hun ogen zich op gelijke hoogte bevonden. 'Luister, Willa. Ik heb spijt van alles wat ik heb gedaan. Als ik het ongedaan kon maken, zou ik het doen, maar dat kan ik niet. Door toedoen van bepaalde mensen heb ik mijn kleine meisje verloren. Dat vrat aan me en maakte me tot iets wat ik nooit heb willen zijn. Kun je je dat voorstellen?'
Ze knikte langzaam. 'Ik geloof van wel,' zei ze met een klein stemmetje. 'Ja.'
'Als je van iemand houdt, moet je ook bereid zijn te haten. En soms krijgt de haat gewoon de overhand. Maar luister naar me, Willa. Je mag dan een goede reden hebben om iemand te haten, je moet die haat toch laten varen. Doe je dat niet, dan verwoest die je hele leven. Erger nog: de haat neemt alle ruimte in beslag en de liefde kan er niet meer in.'
Voordat ze iets kon zeggen, draaide hij haar van zich weg. Hij riep: 'Ze komt naar u toe. Alleen zij. Lopen, Willa. Loop naar hun stemmen toe.'
'Deze kant op, Willa!' riep Michelle.
Willa keek nog één keer om naar Quarry.
'Ga nou maar, Willa. Ga nou maar. Niet achteromkijken.' Hij wist dat het verdriet haar hele leven zou veranderen als ze over haar moeder hoorde. Ze zou Quarry haten, en terecht. Hij hoopte alleen dat het meisje naar zijn woorden had geluisterd en dat die haat niet haar hele leven zou verwoesten. Zoals dat bij hem was gebeurd.
Ze liep vlug door de gang.
Quarry riep: 'Hoe hebben jullie me ontdekt? Kwam het door die letters op de arm van die vrouw? Die Koasati-woorden?'
Sean aarzelde even voor hij antwoord gaf. 'Ja.'
Quarry schudde zijn hoofd. 'Verdomme,' zei hij zachtjes.
'Nu Diane Wohl,' riep Sean, toen Willa veilig bij hen aangekomen was.
Quarry keek even naar de vrouw en knikte. 'Toe maar.'
'Je schiet me niet in de rug?' zei ze met trillende stem.
'Ik schiet mensen niet in de rug. Maar ik schiet ze wel in hun borst, als ze me een reden geven.' Hij duwde haar naar voren. 'Vooruit!'

Ze rende door de mijngang, maar draaide zich nog eens om en riep: 'Schoft!' Dat woord ging verloren in een andere kreet die hun kant op kwam. Het was zoiets als een strijdkreet van soldaten op het slagveld.
'Pas op!' riep Michelle even later.
'Daryl!' riep Quarry, die had gehoord waar de eerste kreet vandaan kwam. 'Nee, jongen! Néé! Gabriel is hier.'
Daryl rende met een MP5 door een mijngang en schoot in het wilde weg.
'Liggen,' zei Michelle. Ze duwde Willa achter zich neer en schoot terug.
Sean dook omlaag toen er een muur van kogels over zijn hoofd vloog.
Diane Wohl kwam midden in de vuurlinie terecht. Ze kreeg verscheidene MP-5-kogels in haar bovenlijf en werd daardoor bijna in tweeën gesneden. Toen ze viel, keek de vrouw om naar Quarry, haar mond halfopen, haar ogen groot en wild. En verwijtend. Badend in haar eigen bloed zakte ze op de harde vloer. Deze mijn zou haar graf worden.
'Rotzakken!' brulde Daryl, die zijn lege magazijn op de vloer liet vallen en een nieuw in het wapen schoof. De kogels vlogen overal door de gang. Ze ketsten tegen de muren, het plafond, de vloer. Het was of ze gevangenzaten in een dodelijke flipperkast.
Quarry sprong naar voren. 'Daryl, hou op! Hou op! Gabriel...'
Als Daryl hem al hoorde, luisterde hij niet meer naar zijn vader. Dit had hij blijkbaar bedoeld met 'zijn manier'.
Hij liet de oververhitte MP5 vallen en trok zijn twee pistolen met nikkelbeslag. Hij liep door en joeg een regen van kogels voor zich uit. Toen de pistolen leeg waren, stopte hij er nieuwe magazijnen in en schoot weer in het wilde weg. Toen ze weer leeg waren, trok hij een jachtgeweer uit een lange leren holster die hij op zijn rug had. Hij laadde het wapen door en opende opnieuw het vuur. Het geweer van groot kaliber sloeg stukken rots van de muren. Dodelijke scherven vlogen in het rond.
Enkele ogenblikken later, toen Daryl het jachtgeweer herlaadde, sprong Michelle overeind en schoot een kogel hoog in zijn borst.
'Shit!' riep ze uit toen hij alleen maar even wankelde, omdat het kogelwerende vest het grootste deel van de schok had opgevangen. 'Wanneer leer ik het nou?'
Sean opende ook het vuur. Hij probeerde Daryl in het nauw te drijven, maar de man was blijkbaar niet bang voor de dood. Hij herlaadde en loste het ene na het andere schot met het jachtgeweer, lachend en vloekend. Op een gegeven riep hij uit: 'Is dit de bedoeling, pa? Hè? Je zoon staat voor je klaar, pa.'
Omdat ze besefte dat ze niet tegen de vuurkracht op konden die tegen hen in stelling werd gebracht, riep Michelle: 'Gabriel, Willa, rennen!' Ze wees achter zich. 'Die kant op!'
Gabriel pakte Willa's hand. 'Kom!'

Ze renden weg.
'Shit!' kreunde Sean even later van pijn.
Michelle, die aan het herladen was, keek op en zag dat hij zich over zijn arm boog, die door een rondvliegende scherf van de rotswand was geraakt.
'Niets aan de hand,' zei hij met een grimas.
Ze konden Daryl in het donker niet zien, maar hij had nu iets veel angstaanjagenders in zijn handen dan een MP5: een klein kastje met een tuimelschakelaar.
'Hé, smerissen, we gaan allemaal naar Jezus,' wauwelde Daryl.
'Niet doen!' Quarry dreunde tegen zijn zoon aan op het moment dat die de schakelaar overhaalde. Daryl smakte tegen de vloer. Quarry hervond zijn evenwicht niet. Hij vloog zijn zoon voorbij en rolde op een bergje keien en daaroverheen.
Er volgde een korte stilte, en toen ging de eerste lading af. De kracht van de nabije explosie bulderde als een op hol geslagen trein door de mijngang en stuwde verstikkende rook en door de lucht vliegende brokstukken voor zich uit.
Daryl stond net op tijd op om de volle laag te krijgen. Een grote, door de gang vliegende kei scheidde zijn hoofd volledig van zijn romp. Quarry werd grotendeels tegen de explosie beschermd door de berg keien waarachter hij was terechtgekomen. Even later kwam hij op trillende benen overeind. Hij hoestte mijnstof uit.
Quarry wierp een vluchtige blik op wat er van zijn zoon was overgebleven en rende toen door de mijngang. Hij vond Sean en Michelle, die door de explosie waren opgetild en een eind verder waren neergekomen, en hielp hen overeind.
'Rennen!' riep hij. 'De volgende ontploft hier drie meter vandaan.'
Ze renden zo hard als ze konden. Toen de volgende explosie kwam, stortte het plafond van de gang vlak achter hen in. De schok gooide hen weer ondersteboven. Michelle probeerde op te staan, maar schreeuwde het uit van pijn en greep haar enkel vast. Quarry bukte zich en tilde de lange vrouw met zijn grote kracht van de vloer en gooide haar in één vloeiende beweging over zijn schouder. Meteen daarop kwam er een groot stuk rots precies op de plaats neer waar ze had gelegen.
'Lopen, lopen!' schreeuwde hij naar Sean, die zich vlak voor hem bevond en zijn gewonde arm vasthield. 'Bij de volgende stort alles in.'
Toen ze met z'n drieën over het puin klauterden, in rook en verwarring, zagen ze Gabriel en Willa niet, die in een zijgang zaten. De kinderen waren daar weggekropen nadat het plafond bijna op hen was ingestort.
Even later ging de derde lading af en schudde de berg weer op zijn grondvesten. Nog meer delen van het rotsplafond bezweken en daverden omlaag.

Ten slotte kwamen ze bij de ingang en waren ze buiten. Quarry zette Michelle neer en bleef voorovergebogen staan, hijgend als een uitgeputte marathonloper.

Michelle hield haar enkel vast en keek naar hem op. Hij zat onder het vuil en kolenstof, en met zijn wilde, witte haren en door de zon verweerde gezicht leek hij net een overlevende van een ramp. In zekere zin was hij dat ook. Dat waren ze allemaal.

'Je hebt mijn leven gered,' hijgde ze.

Hij keek naar Sean en zag het bloed langs zijn arm lopen. Hij scheurde een van zijn mouwen af en legde een primitief schroefverband aan boven de wond. Toen hij bij Sean vandaan ging, zag Sean het teken dat in de arm van de man was gebrand. Hij keek Michelle vragend aan. Zij had het ook gezien.

Plotseling verstijfde Sean. 'Waar zijn de kinderen?'

Quarry en Michelle keken om zich heen.

'Willa? Gabriel?' riep ze.

Quarry keek al naar de ingang van de mijn. 'Ze zijn nog binnen.' Hij draaide zich om en rende door de deur naar binnen, net op het moment dat er weer een explosie door de mijn schokte.

Sean sprong overeind om hem te volgen.

'Sean, niet doen!' schreeuwde Michelle. Ze greep zijn arm vast. 'Ga niet weer naar binnen. De hele berg komt omlaag.'

Hij trok zich los. 'Ik heb Gabriel hierheen gebracht. Ik heb zijn moeder beloofd dat ik hem terug zou brengen.'

De tranen liepen over Michelles vuile gezicht. Ze probeerde iets te zeggen, maar het wilde er niet uit komen. Hij draaide zich om en rende naar de mijn.

Ze krabbelde overeind en probeerde achter hem aan te gaan, maar ze zakte in elkaar en greep haar geblesseerde enkel weer vast.

Quarry liep een eind voor Sean uit. De paniek gaf hem snelheid, maar Sean rende zoals hij nooit eerder had gerend en haalde de oudere man algauw in. Allebei riepen ze: 'Gabriel! Willa!'

Links van hen hoorden ze iets. Ze gingen die gang in, net op het moment dat ergens anders in de mijn weer een lading tot ontploffing kwam. Alles kraakte en kreunde, en hele stukken rots kwamen los. Straks zou alles instorten, ook als er geen explosies meer kwamen.

Ze vonden de kinderen, tegen elkaar aan gedrukt bij een berg brokstukken uit het plafond. Sean tilde Willa op, en Quarry pakte Gabriels hand vast. Ze renden in de richting van de ingang terug.

Een volgende explosie, niet meer dan vijftien meter bij hen vandaan, gooide hen weer tegen de grond. Ze krabbelden sputterend en met gillende trommelvliezen overeind, stof uitspuwend, hun hele lichaam geteisterd tot ze bijna niet verder konden. Ze konden de bundel daglicht zien. Plotseling rende Sean harder dan ooit, met Willa dicht tegen zijn borst. Zijn hart voelde aan alsof het uit elkaar zou springen.

Toen waren ze buiten en zette Sean het meisje neer. 'Rennen, Willa, ren naar Michelle toe.'

Het meisje rende naar Michelle toe, die overeind was gekomen door zich aan een rots vast te grijpen.

Sean ging de mijn weer in. Quarry, altijd zo vast ter been maar nu volkomen uitgeput, struikelde over een stuk rots en viel. Gabriel bleef staan en keek om.

'Loop door, Gabriel, loop door!'

Gabriel liep niet door. Hij ging terug en hielp Quarry overeind.

Ze renden op de deur af, recht naar het zonlicht toe. De zon stond hoog en verwarmend aan de schitterende hemel van Alabama.

Sean ging weer naar binnen. Hij zag hen. 'Kom op,' riep hij. 'Kom op!' Hij pakte Gabriels hand vast en trok de jongen mee.

Michelle en Willa keken van een afstand toe. In de duisternis van de mijngang konden ze nog net de silhouetten zien van de twee mannen en de jongen die uit alle macht naar de uitgang renden.

'Vlug!' brulde Willa.

'Rennen, Sean!' riep Michelle.

Een meter.

Een kostbare halve meter.

Sean was buiten.

De laatste lading kwam tot ontploffing.

Een stortgolf van rook en puin stroomde de berg uit. De mijngang stortte nu helemaal in.

Toen het stof eindelijk was opgetrokken, lag Sean King languit op zijn rug, bedekt met steen en gruis.

Gabriel lag op hem. Hij ademde nog.

Sam Quarry was nergens te bekennen. Hij lag in de mijn, onder tonnen gesteente.

•84•

Dan Cox had een voortreffelijke opleiding genoten. Hij had succes gehad met zo ongeveer alles wat hij probeerde. Als president was hij goed thuis in zowel buitenlands beleid als binnenlandse aangelegenheden. Er zaten niet veel leemtes in zijn intellectuele pantser. Desondanks zouden de mensen die het presidentiële echtpaar kenden in elk geval in besloten kring beamen dat Jane Cox waarschijnlijk intelligenter was dan haar man. Of in elk geval slimmer.

Terwijl ze in een helikopter over het landelijke Alabama vloog, gaf ze er blijk van dat die mening juist was. Het plan van Dan Cox zou niet werken, dacht ze. Je kon dit niet oplossen met handige pr-tactieken of door terroristen de schuld te geven. Er waren dingen die ze niet wisten en die ze toch absoluut moesten weten om goed te kunnen beoordelen wat hun te doen stond.

Ze keek uit het raam van de helikopter en zag het grote huis beneden. Al sinds ze waren opgestegen had ze uit het raam gekeken, en dit was het eerste huis waar ze langs kwamen. De kans was erg groot, dacht ze, dat de eigenaar hiervan ook de eigenaar was van het gebouw waarin ze bijna om het leven was gekomen. Ze wees ernaar.

'Van wie is dat?'

Een jonge agent keek langs haar uit het raam. 'Ik weet het niet, mevrouw.'

Dat was ook iets wat Jane subtiel had geregeld zonder dat iemand het merkte. Larry Foster en Chuck Waters vlogen met haar man mee. Ze had de veteraan Aaron Betack ook naar die helikopter verbannen. Eén doordringende blik was genoeg geweest om de man naar de veilige Marine One te laten vluchten. Ze had hetzelfde met FBI-agent Waters gedaan. De bewakers die ze bij zich had, waren relatief jong. De twee leden van het gijzelingsteam waren eenvoudige soldaten. Ze wist hoe ze met hen moest omgaan.

'Ik wil naar dat huis.'

'Mevrouw?' zei de agent verbaasd.

'Zeg tegen de piloot dat hij voor dat huis landt.'

'Maar mijn orders...'

'Ik heb net een vreselijke beproeving doorstaan. Ik ben bijna omgekomen. Ik voel me niet goed en wil uitstappen voordat ik ga overgeven. Is dat duidelijk? Want anders neem ik het met de president op als ik in Washington terug ben, en dan maakt hij het je superieuren vast wel heel goed duidelijk.'

De mannen van het gijzelingsteam keken elkaar aan, maar zeiden geen woord. Ze verscholen zich achter hun grote wapens. De andere agenten die om de First

Lady heen zaten, keken naar de vloer van de helikopter, bang voor oogcontact met de vrouw.

De agent naast Jane zei: 'Walt, zet ons bij dat huis neer.'

Even later landden ze. Jane stapte uit de helikopter en liep naar Atlee toe.

De jonge agent rende voor haar uit. 'Mevrouw, mag ik vragen waar u heen gaat?'

'Ik ga naar dat huis om wat water te drinken en even uit te rusten. Hebt u daar iets op tegen?'

'Nee, mevrouw, natuurlijk niet, maar laat u me eerst het huis even onderzoeken.'

Ze keek hem minachtend aan. 'Denk u nu echt dat er zich misdadigers of terroristen in dat oude pand schuilhouden?'

'We moeten ons aan protocollen houden, mevrouw. Laat u me eerst even gaan kijken.'

Jane liep hem gewoon voorbij. Daarmee dwong ze het team van agenten en schutters van het gijzelingsteam om voor haar uit te rennen en een beschermingszone rondom de vrouw te improviseren.

De deur ging open en Ruth Ann verscheen met haar keukenschort in de opening. Toen ze zag wie er op haar bel had gedrukt, viel haar mond open van verbazing.

'Zou ik wat water mogen drinken en even mogen uitrusten, mevrouw...' zei Jane.

Toen Ruth Ann weer iets kon uitbrengen, zei ze: 'Ik ben Ruth Ann. Komt u binnen, mevrouw. Komt u maar binnen. Ik zal water voor u halen.'

Toen ze een glas water had gehaald, wilde Ruth Ann weer weggaan, maar Jane gaf haar met een gebaar te kennen dat ze in de kleine voorkamer moest blijven.

Ruth Ann ging tegenover haar zitten. Ze leek zo nerveus als iemand kan zijn zonder flauw te vallen.

Jane zei tegen de teamleider: 'Wil je in de hal wachten? Ik geloof dat onze vriendin hier bijzonder zenuwachtig van jou wordt.'

'Mevrouw...' begon de agent.

'Dank u,' zei ze, en ze wendde zich van hem af.

'Woont u hier alleen?' vroeg Jane, toen de agent naar de hal was gegaan.

'Nee, mevrouw. Ik woon hier met mijn zoon. En met meneer Sam. Het is zijn huis.'

'Sam?'

'Sam Quarry.'

'Ik ken die naam. Hij heeft een dochter, nietwaar? Tippi?'

'Ja, mevrouw. Ze is hier nu niet. Ik weet niet waar ze is.' Ruth Ann keek alsof ze de kamer uit wilde rennen, maar ze bleef zitten en plukte met haar vlekkerige werkhanden aan haar schort.

'Is er de laatste tijd iemand bij u op bezoek geweest?'

Ruth Ann sloeg haar ogen neer. 'Ik... eh...'

Jane legde vriendelijk haar hand op de knokige schouder van de vrouw. 'Ik ben hier niet bij toeval gekomen, Ruth Ann. Ik weet dingen. Ik weet van Sam. Ik wilde hier komen om hem te helpen. En jou te helpen. En je zoon. Is hij hier?'

Ruth Ann schudde haar hoofd. 'Hij is met die mensen mee.'

'Mensen? Welke mensen?'

'Een man en een vrouw.'

'Kende je ze?'

'Nee, ze stonden vanmorgen vroeg ineens voor de deur.'

'En je liet je zoon met volslagen vreemden meegaan?'

'Ik... Hij wilde zelf. Ze waren van de overheid, van de politie of zo. Gabriel zei dat hij meneer Sam wilde helpen. Als meneer Sam iets verkeerds heeft gedaan, weet ik daar niets van. Gabriel ook niet.' Er spatte een traan op het gevlekte schort.

'Natuurlijk niet, Ruth Ann. Natuurlijk niet. Dus die mensen kwamen hier. Hebben ze je hun namen genoemd?'

'De man noemde zijn naam... King. Ja. King.'

'Een lange, aantrekkelijke man? Was de vrouw ook lang en had ze bruin haar?'

'Kent u ze?'

'Het zijn vrienden van me. Wat wilden ze hier?'

'Ze zochten uw nichtje. Ik zei tegen ze dat wij daar niks van wisten. Ik zweer bij God, mevrouw, dat het waar is.'

Jane zei sussend: 'Ik geloof je. Natuurlijk wisten jullie er niets van.'

'En toen werd Gabriel heel opgewonden en wilde hij ze die kamer laten zien.'

'Kamer?'

'In de kelder. Meneer Sam heeft dingen in die kamer. Dingen op de muren. Foto's en geschreven dingen, allerlei dingen. Er was ook een foto van uw nichtje bij. Gabriel heeft hem me laten zien. Een leuk meisje.'

'En King en zijn vriendin hebben die kamer gezien?'

'O, ja, ze zijn daar een hele tijd geweest. Ze vonden het heel belangrijk.'

'Kun jij me die kamer laten zien?'

'Mevrouw?'

Jane stond op. 'Ik wil hem graag zien.'

Ze gingen naar beneden, waarbij Jane de protesten van haar bewakers negeerde. Ze bereikten de kamer. De deur zat niet op slot. De chef van het team stond erop dat hij op z'n minst eerst ging kijken of er iemand binnen was.

'Dat is dan het enige wat je doet,' zei ze streng. 'Doe niet eens het licht aan. En kom meteen terug.'

Binnen enkele seconden had hij zich ervan vergewist dat er niemand in de kamer was.
Jane keek Ruth Ann aan. 'Mag ik alleen naar binnen gaan?'
'Ga uw gang, mevrouw. Ik wil helemaal niet meer naar binnen.'
Jane sloot de deur achter zich, deed het licht aan en keek om zich heen.
Ze begon aan het ene eind van de kamer en ging door tot ze bij het andere eind was. Bij elke foto, elk stukje tekst, een naam, een datum, een beschrijving van een gebeurtenis, kwamen er herinneringen – afschuwelijke herinneringen – bij haar op.
'Hij heeft me verkracht, papa,' las ze toen ze was teruggekeerd naar het begin van het geschiedverhaal op deze muren. Ze schoof een stoel naar het midden van de kamer, ging zitten en keek naar het verhaal. Háár verhaal.
Ze keek in de archiefkasten, maar die waren grotendeels leeg.
Ze kreeg maar één keer tranen in haar ogen. Dat gebeurde toen ze op de foto Willa op haar neer zag kijken. Ze had haar man niet helemaal de waarheid over Willa verteld. Ze had Willa in de familie willen houden omdat ze dan een geheim had waarmee ze macht over Dan Cox kon uitoefenen. Haar man was in wezen een goed mens, maar hij was ook onvoorspelbaar. Er zou in hun huwelijk, als ze het Witte Huis al hadden verlaten, ongetwijfeld een moment komen waarop die macht haar heel goed van pas zou komen. Het was een bedwelmend idee dat de president van de Verenigde Staten in feite minder machtig was dan zijn vrouw. Evengoed was ze in de loop der jaren veel van Willa gaan houden. Ze wilde haar terug hebben.
Ze moest toegeven dat ze bewondering had voor Sam Quarry's capaciteiten en volharding. Na wat er op deze dag was gebeurd zou er natuurlijk een onderzoek worden ingesteld. Dat was een groot, maar niet onoverkomelijk probleem.
Haar man had vaak geluk gehad, en dat zou nog wel even zo blijven. Jane wist precies wat ze moest doen. En efficiënt als ze was, ging ze systematisch aan het werk. Het was gewoon de zoveelste keer dat ze de scherven moest opruimen. Nog één keer.
Haar man zou niet op deze manier de geschiedenis in gaan. Ze keek naar de muur. Hij was inderdaad veranderd. Dít verdiende hij niet.
En ik ook niet.
Als je je zo ver omhoog had gevochten als de Coxen hadden gedaan, had je alle individualiteit verloren. Dan beschouwde je jezelf niet meer als 'hem' of 'haar'; dan was je 'hen'.
Vijf minuten later kwam ze naar buiten en deed ze de deur achter zich dicht.
Ze keek de teamleider aan. 'Ik wil onmiddellijk naar Washington terug.' Ze wendde zich tot Ruth Ann. 'Bedankt voor de gastvrijheid.'
'Ja, mevrouw. Dank u, mevrouw.'

'En alles komt goed. Maakt u zich geen zorgen.'
Ze liep vlug de trap op en Atlee uit.
Even later steeg de helikopter op. Het toestel zette koers naar het noordwesten en de piloot zette er vaart achter. Algauw waren ze uit het zicht verdwenen.
Ruth Ann deed de voordeur dicht en ging weer aan het werk in de keuken. Een tijdje later rook ze iets vreemds. Ze ging op onderzoek uit en liep van kamer naar kamer. Ten slotte liep ze de trap af, draafde door de gang en kwam bij de deur van de kelderkamer. Toen ze de deurknop aanraakte, voelde hij warm aan. Verbaasd trok ze de deur open.
Op dat moment bereikte het vuur, dat door Jane Cox met verfverdunner, lappen en een lucifer was aangestoken, de metalen cilinders met samengeperst gas, die meteen ontbrandden. De explosie liet het oude plantagehuis op zijn grondvesten schudden. De vuurbal die door de deuropening vloog stortte zich over Ruth Ann heen en liet haar bijna meteen in vlammen opgaan. De vrouw had niet eens de tijd om te schreeuwen.
Uiteindelijk werd de brand opgemerkt en werd er om hulp gebeld, maar toen was het al veel te laat. Toen de vrijwillige brandweer arriveerde, was er al bijna niets meer van Atlee over.
Later reden Sean, Michelle, Willa en Gabriel het hele eind terug met de SUV-truck. Zodra ze zagen wat er was gebeurd, sprong Gabriel uit de wagen terwijl die nog reed en rende naar het huis.
'Mama! Mama!'
Sean gaf extra gas, maar Gabriel rende zo hard dat hij tegelijk met hen bij de puinhopen van het huis aankwam. Toen ze uitstapten, was de jongen al langs de brandweerlieden gerend en waadde hij door wat er van het huis was overgebleven.
Sean rende achter hem aan. 'Gabriel!'
Michelle strompelde naar een van de brandweerlieden toe en liet haar legitimatiebewijs zien. 'Hebt u iemand gevonden? Een zwarte vrouw?'
De man keek haar ernstig aan. 'We hebben... enige resten gevonden.' Hij keek naar Gabriel, die in het puin naar zijn moeder zocht.
Michelle draaide zich om en hinkte naar hem toe. Ze bleef staan toen Gabriel snikkend op de grond ging zitten. Hij had iets in zijn hand. Toen Michelle dichterbij kwam, zag ze wat het was. Een verbrande lap. Toen ze nog dichterbij kwam, kon ze het wat beter bekijken. Het was het restant van een schort.
Terwijl Sean en Michelle de kleine jongen probeerden te troosten, liep Willa behoedzaam door de bergen natte, rokerige wrakstukken. Ze ging naast hem in het stof en vuil zitten, en sloeg haar armen om hem heen.
Hij keek haar aan. 'Dit... Dit was van mijn moeder.'
'Wat erg,' zei ze zachtjes. 'Ik vind het heel erg, Gabriel.'

Hij keek haar met een vertrokken gezicht aan, maar hij knikte bij wijze van dank en begon weer te snikken. Willa sloeg haar armen weer stijf om hem heen.

Sean keek Michelle aan. 'Ik heb nooit gedacht dat zijn moeder gevaar liep,' fluisterde hij haar toe.

'Dat konden we niet weten. Denk je dat Quarry dit op de een of andere manier heeft gedaan? Om alle sporen uit te wissen?'

'Ik weet het niet.'

Sean en Michelle trokken zich terug en keken naar de kinderen die daar zaten en elkaar ondersteunden. Het was duidelijk aan hun gezichten te zien dat de twee detectives allebei hetzelfde dachten.

Willa wist het niet, maar ze zou precies hetzelfde verdriet doormaken. Sean en Michelle hadden op dat moment geen van beiden de moed om het haar te vertellen.

Al voordat de laatste balk in de smeulende diepten van het inferno viel en het oude huis van de Quarry's ophield te bestaan, landden Jane en Dan Cox op de luchtmachtbasis Andrews.

Jane had haar man verteld wat ze had gedaan. Hij prees zijn vrouw voor haar snelle denkwerk en gaf haar een kus. Hoewel ze waarschijnlijk hun nichtje hadden verloren, verkeerde het presidentiële echtpaar in de auto naar het Witte Huis in een betere stemming dan in tijden.

Opnieuw hadden ze het overleefd.

•85•

Het land was blij met de veilige terugkeer van Willa Dutton. Het was allemaal des te aangrijpender – ja, bitterzoeter – door de dood van haar moeder. Willa was nu het dappere dametje van Amerika, en toch kreeg het publiek niet veel van haar te zien, want haar familie beschermde het rouwende meisje tegen de nieuwsgierige ogen van de media.
Een duidelijk opgeluchte Dan en Jane Cox brachten het steeds weer ter sprake tijdens hun campagne. Ze vroegen het publiek en de media de privacy van het diepbedroefde meisje te respecteren.
Als Willa het grootste nieuwsverhaal was, dan was het op een na grootste de mislukte moordaanslag op Dan Cox. Die aanslag was gepleegd door onbekenden, al was het onderzoek nog in volle gang. Terwijl de president zelf bondig en bescheiden over de aanslag sprak, zorgden zijn mensen ervoor dat het publiek wist hoe moedig hij en de First Lady waren geweest. Ze hadden hun leven op het spel gezet om hun nichtje terug te halen en het complot te verijdelen dat volgens het grootste deel van het land het werk was van terroristen die hun president wilden vermoorden.
Dan Cox stond nu zo ver voor in de peilingen dat zelfs de tegenpartij openlijk toegaf de komende verkiezingen niet meer te kunnen winnen. Jane was nog nooit zo populair geweest. Ze was op de cover van allerlei tijdschriften verschenen en in nieuwsuitzendingen en talkshows te zien geweest. Hoewel ze in fysiek opzicht nog dezelfde was, nog altijd stralend, zij het magerder, vonden mensen die haar goed kenden dat er iets aan haar veranderd was. Ze had een bepaald licht in haar ogen gehad, en dat was er niet meer.
Sean King en Michelle Maxwell waren ook in de schijnwerpers gekomen, al wilden ze dat niet. Nadat de president en FBI-agent Waters hadden verteld wat ze hadden gedaan om de moordaanslag te verijdelen, waren ze van alle kanten benaderd door de pers. Dat ging zover dat ze allebei waren verhuisd en op een geheim adres waren gaan wonen.
Ze hadden Waters verteld wat er in de mijn was gebeurd. Ze hadden hem ook verteld dat Diane Wohl daar bij Daryl en Sam Quarry was geweest. Er waren pogingen in het werk gesteld om de ingestorte mijn uit te gaven, maar het was algauw duidelijk geworden dat eventuele sporen voor altijd begraven zouden blijven.
Toen Waters naar Quarry's motieven voor dit alles vroeg, hadden ze gezegd dat ze die niet kenden.

De wond op Seans arm en zijn andere verwondingen waren aan het genezen, en Michelles enkel was volledig hersteld. Gabriel had wonderbaarlijk genoeg geen ernstig lichamelijk letsel opgelopen, maar het verlies van zijn moeder en zijn huis had in emotioneel opzicht zijn tol geëist.

Sean en Michelle hadden het erover gehad wat ze met hem moesten doen.

'We kunnen hem niet gewoon in de pleegzorg stoppen,' zei ze.

'Dat wil ik ook niet. Ik wil een geweldig huis met een geweldig gezin voor hem vinden.'

'Ik denk dat hij voorlopig niets geweldig zal vinden,' zei Michelle. 'Bij welk gezin hij ook terechtkomt.'

'Zouden wij een tijdje voor hem kunnen zorgen?' stelde hij ten slotte voor.

'Wij? Wij wonen op aparte adressen. We zijn niet getrouwd. En met ons werk zijn we de helft van de tijd weg. Ze geven ons nooit de voogdij over hem.'

'We kunnen het proberen.'

Michelle had er al over nagedacht. Ze gaf een kneepje in zijn hand en glimlachte. 'We kunnen het proberen. In elk geval voorlopig.'

Met hulp van de FBI en het Witte Huis kregen Sean en Michelle tijdelijk de voogdij over Gabriel Macon, van wie al was vastgesteld dat hij geen in leven zijnde familieleden meer had. In de toekomst zouden ze voor de nodige juridische problemen komen te staan, maar voorlopig had Gabriel een huis waar hij kon wonen en mensen die voor hem zorgden.

Een paar dagen nadat Gabriel onder hun hoede was gekomen, waren Sean en Michelle nog een keer naar de Atlee-plantage gegaan. Ze hadden de jongen niet meegenomen, want er was daar niets voor hem overgebleven. Gabriel woonde nu bij Michelle en Sean in een huis dat hun door de Secret Service ter beschikking was gesteld.

De FBI was nog ter plaatse. Ze onderzochten het weinige dat van het plantagehuis was overgebleven, en ook de plaats waar de president en zijn vrouw bijna om het leven waren gekomen. En waar Tippi Quarry was gestorven.

De FBI stond versteld van het vernuft en de kundigheid waarmee Sam Quarry zijn moorddadige plan in elkaar had gezet. Sean en Michelle hadden gehoord dat er bij het gebouw waar het presidentiële echtpaar bijna was omgekomen een holte in de grond was ontdekt. In die bunker waren een tv-monitor, een verrekijker, een afstandsbediening, ander materieel en proviand aangetroffen. Als daar iemand had gezeten, was hij of zij allang weg.

Sean en Michelle vermoedden dat het Carlos Rivera of Kurt Stevens was, maar ze konden ze niets bewijzen.

'In feite heeft Quarry een gaskamer voor Dan en Jane Cox gebouwd,' zei Sean toen ze naar het huisje stonden te kijken.

'En hij heeft zijn eigen dochter daar ook gedood.'

'Dat kun je wel euthanasie noemen,' vond Sean. 'Na al die jaren.'
De belangrijkste vraag hadden ze nog niet beantwoord: wat moesten ze doen met wat ze in de kelder van Atlee hadden ontdekt?
'Iedereen is dood,' zei Sean. 'Quarry. Tippi. Ruth Ann.'
'Misschien moeten we het erbij laten,' zei Michelle. 'Willa en Gabriel zouden het helemaal opnieuw moeten doormaken.'
'En het land zou verscheurd worden,' voegde Sean daaraan toe.
'Dan komt Cox wel met de schrik vrij.'
'Dat weet ik, maar misschien is dat beter dan het alternatief.'
Ze reden naar de puinhopen van Atlee terug. Een van de leden van het gijzelingsteam, dat de omgeving nog bewaakte, kwam naar hen toe.
'Ik heb in de krant over jullie gelezen,' zei hij. 'Ik wilde jullie bedanken voor wat jullie voor de president hebben gedaan.'
'Niets te danken,' zei Sean zonder veel enthousiasme, terwijl Michelle helemaal niets zei. Ze zagen de president van de Verenigde Staten in een heel ander licht dan de soldaat, al hadden ze besloten er niets aan te doen.
De man knikte naar de puinhopen. 'De eerste keer dat ik hier was, zag het er heel anders uit.'
'Ben je hier al geweest toen het nog overeind stond?' vroeg Michelle.
Hij knikte. 'Ik vloog met de First Lady mee, toen al die toestanden aan de gang waren. Ze liet ons hier stoppen. Ze zei dat ze zich niet goed voelde. Ze ging naar binnen, praatte met een zwarte vrouw. Het dienstmeisje, denk ik. Na een tijdje ging de First Lady naar een kamer in de kelder. Ze stond erop. Ze was de enige die naar binnen mocht. Ze ging dus naar binnen, en later kwam ze weer tevoorschijn en gingen we zo snel mogelijk weg.'
Sean en Michelle keken naar de puinhopen.
En toen brandde Atlee af.

•86•

De uitnodiging kwam twee dagen nadat ze uit Alabama waren teruggekomen. Het Witte Huis zag er prachtig uit in het zachte licht van een late zomeravond.

Ze dineerden in de privéverblijven van het presidentiële echtpaar. De president was er niet. Ze waren uitgenodigd door Jane. Na het eten zaten ze in de huiskamer met de koffie die door de butler was gebracht. Enkele ogenblikken lang zei niemand iets. Sean en Michelle zaten er gespannen bij, terwijl Jane oogcontact meed.

Ten slotte zei Jane: 'We hebben een lange weg afgelegd.'

'Wat bedoel je?' vroeg Sean.

'We hebben Willa gevonden, de zaak weer op de rails gezet. Ik kan jullie niet genoeg bedanken voor wat jullie hebben gedaan. Als jullie er niet waren geweest, zouden de president en ik dood zijn. En Willa ook.'

'Sam Quarry is dood. En zijn zoon ook. En Tippi Quarry. Maar dat wist je al. Een jongetje dat Gabriel heet heeft zijn moeder verloren. En Diane Wohl? Wij kenden haar als Diane Wright. De vrouw die het met je man deed in een auto in Atlanta kun je je toch nog wel herinneren?'

'Alsjeblieft, doe niet zo grof, Sean. Dat is nergens voor nodig.'

'Willa heeft dus allebei haar moeders verloren. Een grote tragedie.'

'Je kunt niet bewijzen dat Pam niet haar moeder was.'

Hij haalde papieren uit zijn zak. 'Dat kan ik wel. Dit zijn DNA-resultaten. Ze laten zien dat Diane Wohl de moeder van Willa was.'

Jane zette haar kopje neer, streek met een linnen servet over haar lippen en keek hem aan. 'Ik heb jullie uitgenodigd om een aanbod voor de toekomst te doen. Niet om naar het verleden terug te gaan.'

'Waarom vind je dat nodig?' vroeg hij, terwijl Michelle zwijgend toekeek.

'Omdat ik weet dat jullie in dat huis zijn geweest. Ik weet dat jullie die kamer hebben gezien.'

'O, je bedoelt in Atlee – het huis dat tot de grond toe afbrandde toen jij daar net was geweest? Die brand waardoor Ruth Ann om het leven kwam?'

'Ik vond het heel erg om dat te horen.'

'Je hebt Ruth Ann ontmoet, hè?'

'Ja, even. Ze leek me een aardige vrouw. Ik ben blij dat we jullie konden helpen om de tijdelijke voogdij over haar zoon te krijgen.'

'Kon je geen andere manier bedenken om de bewijzen te vernietigen? Een an-

dere manier dan het huis in brand steken en die vrouw doden?'
Jane keek hem onbewogen aan. 'Ik weet echt niet waar je het over hebt. Toen ik dat huis verliet, was er niets mee aan de hand, en ook niet met haar. Vraag dat maar aan iedereen die bij me was. En je komt gevaarlijk dicht bij iets waar je niet bij in de buurt moet komen, Sean.'
'Is dat een bedreiging? Want zelfs bedreigingen aan het adres van een onbeduidend persoon als ik zijn vervolgbaar.'
'Willen jullie mijn aanbod horen?'
'Waarom niet? We zijn helemaal hierheen gekomen.'
'De dingen die zijn gebeurd zijn betreurenswaardig. In alle opzichten. Zonder in details te treden wil ik jullie vertellen dat dit alles heel moeilijk en heel gecompliceerd was. Voor mij en voor de president.'
'Ja, het is maar goed dat het voor de familie Quarry zo eenvoudig was. Ze hadden simpelweg een ellendig leven door wat je man had gedaan.'
Ze negeerde die onderbreking. 'In het belang van het land vraag ik jullie om niets in de openbaarheid te brengen wat de president in verlegenheid kan brengen. Hij is een goed mens. Hij heeft zijn land voortreffelijk gediend. Hij is een geweldige vader geweest.'
'En waarom zouden we dat doen?'
'In ruil daarvoor kan ik je verzekeren dat je niet vervolgd wordt voor de inbraak in het kantoor van mijn broer en de diefstal van zijn vertrouwelijke bestanden, waaronder geheime gegevens die de nationale veiligheid betroffen. Dat is een heel ernstige aangelegenheid.'
'Ik werkte aan een zaak. Voor jou.'
'Natuurlijk zou het aan de rechter zijn om daarover te beslissen. Ik heb jullie nooit opdracht gegeven de wet te overtreden. Daarnaast heb ik zelf wat onderzoek gedaan en is gebleken dat jij ook Cassandra Mallory hebt bedreigd. Je schijnt haar zelfs te hebben gechanteerd. Ik geloof dat mevrouw Mallory ook bereid is te verklaren dat je haar in seksueel opzicht hebt lastiggevallen in haar huis, nadat je je onder valse voorwendsels toegang had verschaft terwijl zij bijna geen kleren droeg.'
'Die kleine Cassandra maakt me helemaal niet bang, Jane.'
'Ik heb ook ontdekt dat Aaron Betack in mijn kantoor heeft ingebroken en iets uit mijn bureau heeft gehaald. Ik denk dat uit de feiten zal blijken dat hij dat op jullie verzoek deed. Niet alleen komt er dan een eind aan de carrière van agent Betack bij de Secret Service, maar jullie kunnen daarvoor ook alle drie in de gevangenis terechtkomen.'
'Als je dat kunt bewijzen, probeer je dat maar. Maar om op de lijst van verworvenheden van je geweldige man terug te komen: ik denk dat je er eentje bent vergeten.'

'Welke dan?' zei ze koel.
'Zijn overspel. Is dat uit de checklist weggevallen?'
'En wat zou je zeggen van verkrachting?' zei Michelle.
Jane stond op. 'Jullie kunnen niets bewijzen. Daarom raad ik jullie dringend aan om zulke belachelijke beschuldigingen voor je te houden, tenzij jullie in grote moeilijkheden willen komen. Hij is de president van de Verenigde Staten. Toon een beetje respect!'
'Respect waarvoor?'
'Het kan me niet schelen wat voor leugens jullie op die muren in dat huis hebben gezien. Jullie hebben het recht niet...'
Sean onderbrak haar. 'Wat we op die muren hebben gezien, was de waarheid. Dat wist jij ook. Daarom heb je dat huis platgebrand. En wij hebben het volste recht, lady.'
'Fírst Lady,' zei ze.
Sean stond ook op. 'Sinds wanneer interesseer jij je niet meer voor de waarheid, Jane? Sinds wanneer is de waarheid voor jou niet meer van belang? Na de eerste keer dat je iets in de doofpot had gestopt? Na de tweede keer? Heb je jezelf ervan overtuigd dat het altijd de schuld van iemand anders is? Of dat je man op een dag zou bijdraaien, wat pillen zou slikken, en dat het dan allemaal beter zou gaan? Het verleden, het verdriet – alles uitgewist? Dat een man als Sam Quarry zich er gewoon bij neer zou leggen? Zoals alle anderen hadden gedaan, omdat je man zo'n succesvolle politicus is? Omdat hij een geweldig goede president zou zijn?'
'Jij kunt niet weten hoe het is om hier in dit huis te wonen. Om je altijd te moeten beheersen. Om altijd op je qui-vive te moeten zijn. Om te weten dat je kleinste fout over de hele wereld bekend wordt gemaakt.'
'Hé, niemand heeft hem gedwongen. En jou ook niet.'
'Ik heb te hard gewerkt...' Ze zweeg en veegde met een zakdoekje over haar ogen.
Sean keek haar aan. 'Ik dacht echt dat ik je kende. Ik dacht dat ik respect voor je had. Ik dacht dat je echt was. Het was allemaal nep, hè? Allemaal leugens en bedrog. Net als deze stad. Alleen maar schijn.'
'Ik denk dat het tijd wordt dat jullie míjn huis verlaten.'
Michelle stond ook op.
'Goed,' zei hij. 'Maar bedenk één ding, Jane: het is niet jouw huis. Het is van het Amerikaanse volk. Jij en je man huren het alleen maar.'

•87•

'Het gaat beroerd met de kranten, hè Marty?' zei Sean hard. 'De mensen willen niet meer op de krant wachten. Ze kunnen het direct online zien. Ook als het allemaal verzonnen is.'

Het was twaalf uur 's avonds. Michelle en hij stonden naast een zuil in een ondergrondse parkeergarage in het centrum van Washington. De man die in hun richting liep, bleef staan en grinnikte toen Sean en Michelle in de lichtkring van een plafondlamp verschenen.

Sean gaf Martin Determann een hand en stelde Michelle aan hem voor.

'Waar gaat het tegenwoordig niet beroerd mee?' zei Determann, een kleine man met dicht, grijzend zwart haar en een harde stem. Zijn scherpe ogen dansten achter smalle brillenglazen. 'En dan ook nog van mensen verlangen dat ze de tijd nemen om te lezen en echt over dingen na te denken? Het idee alleen al!'

Sean grijnsde. 'Met klagen maak je je niet geliefd, Marty.'

'Nou, waarom zo geheimzinnig?' Hij keek naar de lege garage. 'Net of ik in een scène van *All the President's Men* terecht ben gekomen.'

'Denk je dat je eigen *Deep Throat* je kan helpen extra kranten te verkopen?'

Determann lachte. 'Ik heb liever een Pulitzerprijs, maar ik sta open voor andere suggesties. Hé, misschien kan ik de ghostwriter van jullie autobiografie worden. Na alle publiciteit die jullie de laatste tijd hebben gekregen vinden we met gemak een uitgever die er meer dan een miljoen voor wil geven.'

'Ik meen het. Dat van *Deep Throat*.'

Determann keek hem ernstig aan. 'Ik hoopte eigenlijk van niet. Wat heb je?'

'Kom mee. Dit gaat wel even duren.'

Sean had een motelkamer in een stadje ten noorden van Old Town Alexandria gehuurd. Daar gingen ze heen.

'Hoe kennen jullie tweeën elkaar?' vroeg Michelle, toen ze langs de Potomac over de George Washington Parkway reden.

Determann klopte Sean op zijn rug. 'Hij was mijn advocaat bij mijn scheiding. Zonder dat ik het wist, was mijn ex aan de cocaïne en gaf ze al mijn spaargeld uit. Ze bedroog me ook nog met de UPS-chauffeur en had zelfs het lef mijn goudvissen te vergiftigen. Evengoed wilde ze de helft van alles, toen ik het doorhad en naar de rechter stapte om haar uit mijn leven te schoppen. Toen Sean met Ursula klaar was, kreeg ze niks. Ik kreeg zelfs haar hond. Dat was goed, want die was altijd al meer aan mij gehecht.'

'Ik denk dat Marty mijn prestaties overdrijft, maar al neemt hij soms een loop-

je met de waarheid, hij is een verdomd goede journalist.'
'Toch nog steeds zonder Pulitzerprijs.' Hij keek naar de grote, volle harmonicamap die Sean naast zich had staan. 'Zit het daarin?'
'Daar kom je gauw genoeg achter.'
Ze kwamen bij de kamer. Sean deed de deur achter hen dicht, trok zijn jas uit en zei: 'Ter zake.'
Ze bekeken systematisch alle foto's die Michelle in Atlee had gemaakt. Ze vertelden Determann alles wat ze hadden ontdekt, van het desertierapport tot het verhaal dat Quarry op zijn keldermuur had opgebouwd en hun bijna fatale wederwaardigheden in de mijn.
Toen ze vertelden dat de First Lady het huis had platgebrand en Ruth Ann had gedood, zei Determann: 'Jullie nemen me in de maling!'
'Was dat maar waar.'
Sean liet hem ook alle dossiers zien die hij uit Atlee had meegenomen en die achtergrondinformatie over Quarry's onderzoek en zijn streven naar gerechtigheid bevatten.
Determann maakte uitgebreid aantekeningen en stelde veel vragen. Toen de zon opkwam, gingen ze voor koffie en ontbijt naar een restaurant in Old Town. Tijdens het eten bleven ze erover praten, terwijl het gladde water van de Potomac voor hen langs stroomde en een straaljager vanaf het nabijgelegen vliegveld de hemel in vloog. Toen ze in de kamer terug waren, kregen ze veel rook binnen van de kettingrokende journalist. Ze gingen verder met wat ze hadden ontdekt en ook wat ze vermoedden. Toen ze klaar waren, stond de zon hoog aan de hemel en was het al voorbij lunchtijd.
Determann leunde achterover en rekte zich uit. 'Mag ik zeggen dat dit het meest verbijsterende verhaal is dat ik ooit heb gehoord?'
'Ga nou niet vleien,' zei Sean voor de grap. 'Dat past niet bij je.'
'Nee, echt waar. Vergeleken hiermee zijn Watergate en Monicagate zoiets als sterke verhalen na een schoolwedstrijd.'
'Dus je gelooft ons?' vroeg Michelle.
'Of ik jullie geloof? Wie zou dit ooit kunnen verzinnen?' Hij wees naar de foto's en bladzijden vol aantekeningen die over de tafel verspreid lagen. 'En jullie hebben nog bewijzen ook.'
Hij stak weer een sigaret op. 'Maar wat ik niet begrijp is die ontvoering van Willa. Ze is weliswaar het nichtje en zo, maar hoe konden ze er zeker van zijn dat de president zou meewerken? Per slot van rekening was het niet zijn kind. Niemand had het hem kwalijk genomen als hij niet op de eisen was ingegaan.'
Sean haalde nog een map van Quarry tevoorschijn. Ze hadden dit deel van het verhaal met opzet achtergehouden, totdat de journalist die vraag stelde.
'Dit zijn de resultaten van DNA-onderzoek dat Quarry heeft laten doen. Dit zijn

de resultaten van Pam en Willa Dutton. En dit zijn die van Diane Wright. Quarry heeft de namen onder elk testresultaat geschreven.'
'Diane Wright alias Diane Wohl,' zei Determann, die een snelle leerling was gebleken en het verhaal en de hoofdrolspelers al goed in zijn hoofd had zitten.
'Ja.'
'Maar waarom DNA-onderzoek?'
'Daaruit blijkt dat Diane de moeder van Willa is en niet Pam.'
Determann nam de papieren op en bestudeerde ze.
'Misschien ben ik dom, maar ik kan je niet volgen, Sean.'
Sean vertelde wat er bijna dertien jaar geleden in dat steegje in Georgia was gebeurd. Het was voor het eerst dat hij dit aan iemand anders dan Michelle vertelde. Zijn loyaliteit ten opzichte van Jane Cox had hem al die jaren laten zwijgen, maar ook aan loyaliteit waren grenzen, en die had hij met de First Lady bereikt. Hij had in de mijn tegen Sam Quarry gezegd dat hij wilde helpen de waarheid aan het licht te brengen als Quarry het meisje liet gaan. De man had zich aan zijn deel van de afspraak gehouden. Sean was eerst van plan geweest te zwijgen, maar toen hij had gehoord wat de First Lady in Atlee had gedaan, had hij besloten te doen wat hij Quarry beloofd had.
Determann leunde achterover en zette zijn bril af. 'De toenmalige senator Cox, met Diane Wright boven op hem? En negen maanden later werd Willa geboren? Is ze zijn kind? Jezus. En wat hij daarvoor met Tippi Quarry heeft gedaan – wat een lul!'
'Dat is precies het deel van zijn anatomie dat hij niet kon beheersen,' merkte Michelle op.
Sean pakte een foto van een nors kijkende man van achter in de veertig op. 'Quarry ontdekte dat Jane Cox de slager kende die de abortus op Tippi had verricht en daarbij een slagader had geraakt. De politie vond haar in de kelder van een leegstaand huis. Waarschijnlijk had die ellendeling haar daar neergelegd toen hij besefte wat hij had gedaan. Hij was zijn bevoegdheid om als arts te werken kwijtgeraakt door problemen met drank en drugs, maar voor zijn oude vrienden wilde hij nog wel een karweitje opknappen.'
'En er kwam geen gewone arts of een ziekenhuis aan te pas omdat Tippi dan zou kunnen vertellen wat er gebeurd was? Of omdat mensen dan misschien lastige vragen gingen stellen?'
'Precies.'
Determann boog zich naar voren en bekeek de papieren. 'Heeft niemand het DNA van de president laten testen?'
'Als ze dat deden, zou het overeenkomen.'
'Nou, ze hebben het DNA van de man in de computer zitten. Misschien doen ze na dit verhaal nog een test.' Hij maakte notities, maar hield daarmee op toen

Sean zijn hand over de zijne legde. Hij keek vragend op.
'Marty, mag ik je om een dienst vragen?'
'Nadat je me het verhaal van de eeuw hebt gegeven? Ja, dat mag je.'
'Ik wil niet dat je over dit deel van het verhaal schrijft. Over Willa.'
'Hè?'
Michelle ging verder: 'Willa heeft haar moeder verloren. De vrouw die haar ter wereld heeft gebracht, is ook dood. We vinden dat het te veel zou zijn. Het zou onredelijk zijn om haar dat alles te laten doormaken.'
'En je hebt toch al genoeg materiaal,' voegde Sean daaraan toe. 'Waaronder heel sterke aanwijzingen dat de First Lady een huis in brand heeft gestoken en een onschuldige vrouw heeft laten omkomen om de misdragingen van haar man te camoufleren. Maar jij bent de journalist, dus je moet het zelf weten. We zullen je niet dwingen het achter te houden.'
Determann keek onbehaaglijk. 'Denken jullie dat het de bedoeling van Jane Cox was dat Ruth Ann in de brand zou omkomen?'
'Ik hoop van niet, maar ik denk dat zijzelf de enige is die dat weet. Ik weet wel dat Willa al genoeg heeft doorgemaakt.'
Determann knikte en stak zijn hand naar Sean uit. 'Afgesproken.'
'Het is een geweldig verhaal, Sean,' zei Determann. 'En ik kan me heel goed voorstellen waarom jullie willen dat de waarheid uitkomt.'
'Maar?' zei Sean behoedzaam.
'Maar dit zal het hele land in rep en roer brengen, man.'
'Soms moet dat, Marty. Soms moet dat gewoon.'

•88•

Willa zat tegenover Sean, Michelle en Gabriel. Ze zat met gebogen hoofd en met haar handen op haar schoot in een huis dat Tuck had gehuurd. Het stond ongeveer een kilometer bij hun vorige huis vandaan, dat te koop stond. Niemand van hen wilde daar nog wonen. Tuck zat naast zijn dochter en hield zijn arm beschermend om haar heen.

'Ik vind het heel erg dat je moeder is doodgegaan,' zei Gabriel zonder Willa recht aan te kijken. Hij droeg een nieuw wit poloshirt en een spijkerbroek, en hij had een nieuwe Atlanta Falcons-honkbalpet in zijn hand die Sean voor hem had gekocht ter vervanging van de pet die in de brand verloren was gegaan. Hij had zijn hand in zijn zak en hield daarin het enige van zijn bezittingen wat de brand had overleefd: de Lady Liberty-munt die Sam Quarry op zijn tafel naast zijn bed had gelegd voordat hij Atlee voorgoed verliet.

'Ik vind het ook heel erg van jouw moeder,' zei Willa. 'En je was erg moedig in die mijn. Ik denk dat ik zonder jou niet meer zou leven.'

Gabriel wierp een zijdelingse blik op Sean. 'Hij heeft me eruit gehaald. Zonder meneer Sean zou ik het vast niet hebben gered.'

Willa blikte in haar tijdelijke huis om zich heen en keek toen Gabriel weer aan. 'Hij had een dochter. Ze heette Tippi.'

'Ja. Ze was heel ziek. Meneer Sam liet me haar voorlezen.'

'Jane Austen, heeft hij me verteld.'

'Praatte hij veel met jou over haar?' vroeg Sean aan Willa.

'Niet veel, maar ik kon merken dat hij veel aan haar dacht. Zoiets weet je gewoon.' Ze keek haar vader aan. 'Ik heb een keer geprobeerd te ontsnappen. Ik viel bijna van de berg. Hij redde me. Meneer Sam greep me vast voordat ik viel.'

Tuck keek een beetje nerveus. 'Dat is allemaal verleden tijd, Willa. Je hoeft er niet meer aan te denken, schatje. Het is voorbij.'

Ze speelde met haar vingers. 'Ik weet het, pa. Maar toch...' Ze boog zich naar voren. 'Hij heeft zijn dochter verloren, hè? Hij heeft Tippi verloren?'

Michelle en Sean wisselden een snelle blik. 'Ja, dat is zo,' zei hij. 'Maar ik denk dat je vader gelijk heeft. Waarschijnlijk denk je er te veel over na.'

Tuck keek naar Gabriel. De man vond het duidelijk niet prettig dat iemand die bij Sam Quarry had gehoord nu in zijn huis en bij Willa was, al was het een onschuldige jongen. 'Dus hij logeert bij jullie. Hoe gaat dat?' Aan zijn toon te horen dacht hij dat het helemaal niet goed ging.

'Het gaat heel goed,' zei Michelle. 'We hebben hem hier op school ingeschreven voor het komende jaar. Hij mag zelfs algebra doen, al gaat hij nog maar naar de zevende klas, en wat vreemde talen betreft is hij een fenomeen,' zei ze trots.
'Spaans en inheems-Amerikaans,' voegde Sean daaraan toe.
'Nou, dat is geweldig,' zei Tuck onoprecht.
'Het is inderdaad geweldig,' zei Willa, en ze keek Gabriel aan. 'Je moet wel heel slim zijn.'
Gabriel haalde zijn schouders op. 'Dat valt wel mee. Ik moet nog veel leren, en alles hier is...'
'Anders?' zei Willa. 'Daar kan ik je mee helpen.'
Tuck liet een hol lachje horen. 'Wacht even, schatje. Je krijgt het zelf al druk genoeg. Meneer King hier kan vast wel voor de jongen zorgen.'
Michelle keek Willa aan. 'Maar bedankt voor het aanbod, Willa. Dat was erg aardig van je.' Nu keek ze Tuck recht aan. 'En wie weet, worden jullie heel goede vrienden.'
Later praatte Tuck met Sean en Michelle, terwijl Willa haar kamer aan Gabriel liet zien. 'Ik stel het enorm op prijs wat jullie hebben gedaan. De gebeurtenissen waarover Willa me heeft verteld... Het is een wonder dat ze het heeft overleefd, en ook dat jullie het hebben overleefd.'
'Waarschijnlijk wil je dit niet graag horen, maar Sam Quarry was degene die de mijn weer in ging en die Willa heeft gered. Als hij dat niet had gedaan, zou ze hier nu niet zijn.'
Tuck kreeg een kleur. 'Ja, nou, als die klootzak niets van dit alles had gedaan, zou Willa nooit in die mijn zijn geweest en zou Pam er ook nog zijn.'
'Je hebt gelijk. Heb je veel met je zus gepraat?'
Tuck keek kwaad. 'Niet veel. Dan wilde Willa een tijdje meenemen op zijn campagne. Maar...'
'Maar je vond dat hij haar dan een beetje zou uitbuiten?' zei Michelle.
'Zoiets, ja.'
'De kinderen hebben je nu nodig, Tuck. Dus misschien kun je de leiding van je zaak een tijdje aan je compagnon David Hilal overlaten.' Hij zweeg even. 'Als je maar bij zijn vrouw vandaan blijft.'
Voordat een verraste Tuck iets kon zeggen, legde Sean een hand op zijn schouder en zei: 'En als je nog eens in de buurt van Cassandra Mallory komt, snij ik 'm persoonlijk uit je broek, rotzak.'
Tuck grinnikte even, maar besefte toen dat Sean het meende.
Toen ze naar hun auto liepen, kwam Willa opeens naar buiten en rende naar hen toe. Ze gaf hun drie enveloppen.
'Wat is dit?' vroeg Michelle.

'Bedankbrieven voor alles wat jullie voor me hebben gedaan.'
'Meisje, dat hoefde je niet te doen.'
'Mijn moeder zei dat je altijd bedankbrieven moet schrijven. En trouwens, ik wilde het zelf.'
Gabriel hield zijn envelop vast alsof die het kostbaarste was wat hem ooit was gegeven. 'Dat was heel aardig van je, Willa. Dank je.'
Ze keek naar hen op met ogen zo groot dat ze haar hele gezicht in beslag leken te nemen. 'Ik haat meneer Sam om wat hij mijn moeder heeft aangedaan.'
Gabriel sloeg meteen zijn blik neer en deed een stap naar achteren.
Michelle zei: 'Ik weet het, meisje. Het was vast niet zijn bedoeling dat haar iets overkwam, maar het was evengoed zijn schuld.'
'Kort voordat hij me liet gaan zei hij tegen me dat als je ooit van iemand houdt, je ook bereid moet zijn om te haten. Dus als iemand van wie je houdt iets overkomt door toedoen van iemand anders, zul je die andere persoon haten. Dat is niet meer dan natuurlijk.'
'Dat zal best,' zei Sean een beetje ongemakkelijk. Hij wist niet goed waar dit heen ging.
'Ik denk dat meneer Sam van zijn dochter hield.'
'Dat denk ik ook,' zei Michelle zachtjes, en ze wreef over haar linkeroog.
'Ja,' beaamde Gabriel. 'Dat weet ik zeker.'
'En omdat mensen haar kwaad hadden gedaan, haatte hij hen.'
'Waarschijnlijk wel,' zei Sean.
'Daarna zei hij dat je die haat altijd moet laten varen. Anders neemt die je helemaal in beslag en is er geen ruimte meer voor liefde.' Terwijl ze dat zei, keek ze Gabriel aan. De twee kinderen keken een hele tijd in elkaars ogen.
'Ik denk dat meneer Sam gelijk had, Willa. Voor ons allebei.' Er viel een traan op Gabriels nieuwe shirt, terwijl er ook al tranen over Willa's wangen liepen. Michelle wendde zich af, en Sean haalde een paar keer snel adem. Willa keek met grote, trieste ogen naar hen op.
'En dus ga ik hem niet meer haten.'
Nu snikte Michelle even. Ze deed een stap achteruit en probeerde zich achter Sean te verschuilen, wiens ogen vochtig waren.
'Oké, Willa,' zei Sean met hese stem. 'Dat lijkt me een goed idee.'
Ze omhelsde hen alle drie en rende weer naar binnen.
Sean, Michelle en Gabriel bleven een tijdje staan. Ten slotte zei Gabriel: 'Het is goed om haar als vriendin te hebben.'
'Ja,' zei Michelle. 'Ja, dat is het zeker.'

Op de verkiezingsdag veroverde Dan Cox, mede dankzij zijn heldhaftigheid en de dramatische terugkeer van zijn dierbare nichtje, een tweede termijn in het

Witte Huis. Het was een van de grootste overwinningen die ooit in Amerikaanse presidentsverkiezingen waren behaald.

Twee maanden na de inauguratie publiceerde Martin Determann, die dag en nacht aan niets anders dan het grootste verhaal uit zijn carrière had gewerkt, een negen pagina's tellend exclusief verhaal in *The Washington Post*. Determann was uiteraard meegelift met het jarenlange werk dat Sam Quarry had verzet, maar hij had er met het oog van een professionele onderzoeksjournalist naar gekeken en zelf ook concrete bewijzen gevonden. Zijn verhaal werd ondersteund door feiten en bronnen, die zo nauwgezet gecultiveerd en gecatalogiseerd waren dat alle media ter wereld het verhaal meteen overnamen en hun eigen onderzoek deden, zodat er nog meer geheimen uit het verleden van Dan Cox aan het licht kwamen.

En Determann werd inderdaad genomineerd voor een Pulitzerprijs.

Dit alles veroorzaakte in het hele land een vloedgolf van woede. Iedereen was woedend op Dan en Jane Cox, zozeer dat op een sombere dag in april een diep vernederde Dan Cox zijn mede-Amerikanen vanuit het Oval Office toesprak en bekendmaakte dat hij de volgende dag om twaalf uur 's middags zou aftreden als president van de Verenigde Staten.

En dat deed hij.

•89•

Een maand na Cox' aftreden brachten Sean en Michelle weer een bezoek aan Atlee.
Tippi Quarry was naast haar moeder begraven op een kerkhof daar in de buurt. Op grond van de verklaring die Sean en Michelle over het tijdstip van Sam Quarry's dood hadden afgelegd, was zijn vermogen volgens het testament dat Sean in de kelder had gevonden op Ruth Ann Macon overgegaan, aangezien Quarry eerder was gestorven dan zij, al scheelde het maar een uur.
Dat betekende dat Gabriel, haar enige nakomeling, het bezit van Sam Quarry erfde. Sean werkte de juridische aspecten hiervan uit met een advocaat die geregistreerd stond in Alabama. Ze waren van plan de tachtig hectare te verkopen aan een projectontwikkelaar. Die wilde er zoveel voor neertellen dat Gabriel met gemak zijn studie zou kunnen betalen en ook nog een beetje zou overhouden.
Toen ze met de advocaat en vertegenwoordigers van de projectontwikkelaar hadden gepraat, liepen ze naar hun huurauto terug. Plotseling hoorden ze een stem.
'Hallo?'
Ze draaiden zich om en zagen een man met een bruine huid, wit haar dat tot zijn schouders reikte, een strohoed met brede rand en een diep doorgroefd gezicht. Hij stond op de plaats waar ooit de veranda van het huis was geweest.
'Hallo,' zei Sean. Ze liepen naar hem toe.
'Ben jij Fred?' vroeg Michelle.
Fred knikte en kwam ook naar hen toe.
'Ik ben Michelle, en dit is mijn compagnon Sean.'
Ze gaven elkaar een hand en keken toen naar de plaats waar eens het huis had gestaan.
'Hebben jullie Sam gekend?' vroeg Fred.
'Een beetje. Jij vrij goed, neem ik aan?'
'Hij was een beste man. Hij liet me op zijn land leven. Kocht sigaretten en whisky voor me. Ik zal hem missen. Ik zal ze allemaal missen. Nu Gabriel hier niet meer woont, ben ik de enige die is overgebleven. Ik had twee inheemsen bij me te logeren, maar die zijn weggegaan.'
'Koasati?' vroeg ze.
'De verdwaalde stam, ja. Hoe wist je dat?'
'Ik raadde maar wat.'

'Ik heb gehoord dat het land wordt verkocht. Zijn jullie daarbij betrokken? Ik zag jullie met mensen praten.'
'Dat klopt. Maar Gabriel heeft ons over jou verteld en we hebben de voorwaarde gesteld dat jij en je Airstream hier mogen blijven.'
Fred glimlachte grimmig. 'Ik denk niet dat het veel uitmaakt.'
'Waarom?'
Hij hoestte diep. 'De dokter zegt dat ik nog maar een paar maanden te leven heb. Mijn longen.'
'Dat is erg,' zei Sean.
'Zo erg is het niet. Ik ben oud. Je moet toch een keer doodgaan.' Hij legde zijn kleine hand op Michelles mouw. 'Willen jullie met me meekomen naar mijn caravan voor een biertje? Het is dichtbij. In mijn Airstream is nog nooit iemand geweest die zo mooi is als deze jongedame.'
Michelle glimlachte. 'Hoe kan een vrouw zo'n aanbod afwijzen?'
Ze zaten in zijn kleine caravan en dronken een biertje. Fred vertelde verhalen over Sam, Gabriel en het leven op de Atlee-plantage.
'Weet je, ik heb altijd kunnen zien dat Sam ongelukkig was. Hij probeerde het niet te laten blijken, maar hij was een ongelukkig mens.'
Sean nam een slok bier en knikte. 'Ik denk dat je gelijk hebt.'
'Sam had veel respect voor onze cultuur. Hij stelde me daar veel vragen over. Onze symbolen en rituelen.'
Sean ging rechtop zitten. 'Fred, ik heb een keer een teken op Sams arm gezien.' Sean tekende het in de laag stof op de gammele tafel in de caravan. Intussen zei hij: 'Vier strepen. Een lange streep met loodrecht daarop een streep aan elk uiteinde, en een korte streep in het midden.'
Fred knikte al voordat hij was uitgesproken. 'Ik heb hem daarover verteld. Weet je, in de inheems-Amerikaanse cultuur is dat het teken van spirituele bescherming. Het is geen Koasati, maar een andere stamtaal. Ik weet niet precies welke. Hoe dan ook, de linkerstreep betekent *winyan* of "vrouw". De rechterstreep betekent *wicasa* of "man". De lange lijn in het midden betekent *wakanyeza* of "onschuldige kinderen".'
'Maar wat betekent het?' vroeg Sean.
'Het betekent dat het de verantwoordelijkheid van een ouder is om zijn kind altijd te beschermen.'
Sean keek Michelle aan. 'Dank je, Fred. Dat is heel verhelderend.'
Toen ze terugreden naar het vliegveld, zei Michelle: 'Hoe kunnen mensen als Jane en Dan Cox zover komen?'
'Omdat zij sterk en hard is en alles doet wat nodig is. En hij heeft er een talent voor om mensen aan zijn kant te krijgen. Hij spreekt de mensen aan.'
'Dus dat is het enige wat ervoor nodig is? God beware ons.'

'Maar er moet wel een prijs voor worden betaald, Michelle.'
'O ja?' zei ze sceptisch.
'De wetenschap dat het op een dag allemaal kan instorten.'
'Sorry hoor, maar dat lijkt me niet zo'n hoge prijs.'
'Geloof me: zijn aftreden als president was nog maar het begin. Ze kunnen enkele tientallen jaren van juridische procedures tegemoetzien. Ze moeten veel geluk hebben, willen ze niet allebei in de gevangenis terechtkomen.'
'We kunnen alleen maar hopen dat ze dat geluk niet hebben.'
Ze reden enkele kilometers door, en toen reikte Sean naar de achterbank en pakte iets uit zijn aktetas. Michelle, die reed, keek ernaar.
'Wat is dat?'
'De map die je in de vuilcontainer gooide op de avond dat je in de praktijk van Horatio Barnes had ingebroken.'
'Wat? Hoe?'
'Toen ik de hoek omkwam, zag ik nog net dat je hem erin gooide. Ik haalde hem eruit en liet hem drogen. Ik heb hem niet gelezen, Michelle. Dat zou ik nooit doen. Maar ik dacht dat jij hem misschien wilde hebben.'
Ze keek naar de stapel papieren. 'Dank je, maar ik heb hem niet nodig. Mijn pa en ik hebben het al uitgepraat.'
'Dus je weet al wat erin staat?'
'Ik weet genoeg, Sean. Ik weet genoeg.'
Nadat ze in Washington waren geland, haalde Michelle haar SUV van het parkeerterrein. Een halfuur later waren ze bij Michelle thuis. Ze hadden besloten dat Gabriel voorlopig bij haar zou wonen, maar Sean zou de helft van de zorg op zich nemen.
Deze nacht zou Gabriel bij niemand minder dan Chuck Waters thuis slapen. De FBI-agent had zes kinderen, van wie drie ongeveer Gabriels leeftijd hadden, en de chagrijnige FBI-man had laten zien dat hij een zwak voor kinderen had. Hij had meteen sympathie voor Gabriel opgevat. De agent woonde in Manassas, en in de voorgaande maanden was Gabriel goede vrienden geworden met alle kinderen Waters. Sean dacht dat Chuck de buitengewoon intelligente Gabriel voor een carrière bij de FBI zou willen strikken als hij was afgestudeerd. Hij had Gabriel dan ook iets duidelijk gemaakt. 'Je moet hoger mikken dan de FBI,' had hij tegen Gabriel gezegd toen zij tweeën en Michelle op een avond zaten te eten.
'Hoe bedoel je, hoger?'
'De Secret Service natuurlijk,' had Michelle geantwoord.
Michelle liet de autosleutels op het aanrecht vallen. 'Neem maar een biertje. Ik ga douchen en schone kleren aantrekken. Misschien kunnen we daarna ergens gaan eten.'
'Ik bel even naar Waters om te vragen hoe het met Gabriel gaat.' Hij glimlachte.

'Dat vaderen is best leuk.'
'Ja, want de slapeloze nachten en vieze luiers zijn je bespaard gebleven.'
Sam trok een blikje frisdrank open, ging op de bank zitten en belde Waters. Het ging heel goed met Gabriel, zei de agent. Toen Sean met de jongen praatte, hoorde hij aan zijn stem hoe gelukkig hij was. Na het telefoontje hoorde Sean de douche stromen in Michelles slaapkamer. Hij keek een tijdje tv, maar het verhaal van de misdaadserie die hij zag was zo flinterdun en oninteressant in vergelijking met wat hij in het echte leven had meegemaakt dat hij het toestel uitzette. Hij bleef met gesloten ogen zitten en deed zijn best om minstens een paar tellen een groot deel van de afgelopen paar maanden te vergeten.
Toen hij zijn ogen opendeed, zag hij dat Michelle niet terug was gekomen. Hij keek op zijn horloge. Er waren vijftien minuten voorbijgegaan. Hij hoorde geen geluid in de slaapkamer.
'Michelle?'
Geen antwoord. 'Michelle!'
Hij mompelde een vloek, stond op en ging kijken. Na alle idiote toestanden van de laatste tijd kon er van alles aan de hand zijn. Hij trok zijn pistool en liep langzaam door het gangetje. Hij deed licht aan door met zijn elleboog tegen de knop te drukken.
'Michelle!'
Hij deed de deur van de slaapkamer open.
Er kwam een beetje licht uit de aangrenzende badkamer.
Met zachtere stem zei hij: 'Michelle? Is er iets? Ben je ziek?'
Hij hoorde dat de haardroger aanging en slaakte een zucht van verlichting. Hij maakte aanstalten om weg te gaan, maar deed dat niet. Hij bleef gewoon staan en keek naar de streep licht onder de badkamerdeur.
Enkele minuten later ging de haardroger uit en kwam ze tevoorschijn. Haar haar was nog vochtig en ze droeg een lange, dikke badjas. Het was geen sexy gevalletje, zoals dat van Cassandra Mallory. Michelle was helemaal bedekt. Geen spoor van make-up. Toch vond Sean dat ze niet met elkaar te vergelijken waren. Hij had nog nooit iemand gezien die zo mooi was als de vrouw naar wie hij nu keek.
'Sean?' zei ze verrast. 'Is er iets?'
'Ik kwam alleen maar even bij je kijken. Ik maakte me zorgen.' Hij sloeg gegeneerd zijn ogen neer. 'Maar zo te zien is er niets. Ik bedoel, je ziet er... geweldig uit.'
Hij maakte aanstalten om weg te gaan. 'Ik wacht in de kamer. We kunnen ergens gaan eten...'
Voordat hij zelfs maar bij de deur kon komen, was ze al bij hem. Ze greep zijn hand vast en trok hem verder de kamer in.

'Michelle?'
Ze pakte zijn pistool af en legde het op het bureau.
'Kom hier.'
Ze liepen naar het bed en gingen naast elkaar zitten. Ze liet haar badjas van zich af glijden en maakte de knoopjes van zijn overhemd los, terwijl hij licht met zijn hand over haar blote heup streek.
'Weet je dit zeker?' zei hij.
Ze wachtte even met een knoopje. 'Jij?'
Hij legde zijn hand op haar lippen en volgde de curven daarvan met zijn wijsvinger.
'Ik denk dat ik er al een hele tijd zeker van ben.'
'Ik ook.'
Michelle ging op haar rug op het bed liggen en trok Sean naar zich toe.

Dankbetuiging

Mijn dank aan Michelle, de eerste onder gelijken in ons gezin.

Aan Mitch Hoffman: je bent nog steeds mijn Amerikaanse uitgever, dus je moet me wel aardig vinden, heel aardig! Serieus: bedankt voor het geweldige werk dat je weer hebt geleverd.

Aan David Young, Jamie Raab, Emi Battaglia, Jennifer Romanello, Tom Maciag, Martha Otis en allen bij Grand Central Publishing die me steeds weer naar nieuwe hoogten tillen.

Aan Aaron en Arlene Priest, Lucy Childs, Lisa Erbach Vance, Nicole Kenealy en John Richmond, voor alles wat ze doen om de waanzin enigszins uit mijn leven te houden.

Aan Maria Rejt en Katie James van Pan Macmillan omdat ze aan de overkant van de grote plas voor me zorgen.

Aan Grace McQuade en Lynn Goldberg omdat ze er zo geweldig goed aan werken om mensen te laten beseffen dat ik niet John Grisham ben.

Aan Spencer en Collin, gewoon omdat ik meer van jullie hou dan van wat dan ook.

Aan Catherine Broome en Alli en Anshu Guleria, voor hun technisch-medische ondersteuning.

Aan de 'naamwinnaars' van de veiling voor een goed doel: Pamela Dutton, Diane Wohl, David Hilal en Lori Magoulas. Ik hoop dat jullie het leuk vonden om mee te liften. Aan degenen van jullie die het boek niet hebben overleefd bied ik mijn verontschuldigingen aan, maar thrillers zijn nu eenmaal gevaarlijk.

Aan mijn vriend Chuck Betack, omdat ik je achternaam heb gebruikt. Let wel: ik heb je groter gemaakt dan je in werkelijkheid bent, en daar heb ik geen stuiver extra voor gerekend.

Aan Steve Jennings voor zijn ervaren kijk op overheidsaangelegenheden.

Aan Lucy Stille en Karen Spiegel voor hun uitstekende commentaar op het verhaal.

Aan Ann Todd en Neil Schiff van de FBI voor hun technische hulp.

Aan mijn vriend Bobby Schule voor zijn verstandige commentaar op zowel politieke als grammaticale aangelegenheden. Als er fouten in het boek zijn achtergebleven, komen die uitsluitend voor mijn rekening.

Aan Lynette, Deborah en Natasha, omdat ze de zakelijke en filantropische zeilen vol wind en op koers houden.